北京大学艺术学院
北京曹雪芹学会
北京大学曹雪芹美学艺术研究中心
资助

红樓夢靖藏本辨僞

高树伟 著

中华书局

图书在版编目(CIP)数据

红楼梦靖藏本辨伪/高树伟著. —北京:中华书局,2024. 6(2024.8重印)
ISBN 978-7-101-16539-5

Ⅰ.红… Ⅱ.高… Ⅲ.《红楼梦》研究 Ⅳ. I207. 411

中国国家版本馆 CIP 数据核字(2024)第 030012 号

书　　名	红楼梦靖藏本辨伪
著　　者	高树伟
责任编辑	刘　楠
封面设计	许丽娟
责任印制	管　斌
出版发行	中华书局 (北京市丰台区太平桥西里 38 号　100073) http://www.zhbc.com.cn E-mail:zhbc@zhbc.com.cn
印　　刷	天津艺嘉印刷科技有限公司
版　　次	2024 年 6 月第 1 版 2024 年 8 月第 2 次印刷
规　　格	开本/710×1000 毫米　1/16 印张 25¼　插页 4　字数 380 千字
国际书号	ISBN 978-7-101-16539-5
定　　价	96.00 元

谨以此书

献给我的母亲成玉霞

目　录

图表目次

附录目次

自　序

原是要出版一本研究《红楼梦》的论文集，以回顾我自己过去十年间阅读、研究《红楼梦》的经历，算作一个阶段的总结。可是，因去年校勘《红楼梦》诸版本，逐字审视毛国瑶辑抄的150条靖藏本批语，突然发现其出伪作的一系列重要证据。这使我不得不从原来的计划中跳出来，从推开《红楼梦》靖藏本辨伪大门的那一刻起，继续追溯时间往回走，一直退回俞平伯收到毛国瑶第一封信的1964年3月，审视、分辨前后两个截然不同的红学世界。

在近六十年中已产生了巨大影响，且仍在左右认识惯性的靖藏本，现在突然要让大家完全抛弃，又谈何容易呢？除了情感、心理上难以接受外，每位学者所受的学术训练、研究问题的方法也都有差异，异说纷纭乃至谈《红》色变是这个研究领域的常态。之所以造成今天这种局面，与这本书要揭示的靖藏本作伪案有莫大关系。我认为，伪靖藏本的出现，完全改变了1964年以后研究《红楼梦》核心问题的路径。写作本书的目的，意在证明靖藏本出于蓄意伪造，并揭示其作伪的来龙去脉及产生的影响，以还原这段诡谲、荒诞的红学史，净化红学研究的文献环境。

起初，我并没有预料靖藏本批语竟如此深入人心。这种深入人心，不单是以《红楼梦》研究为业的众多学者信以为真，即便看到靖藏本批语与俞平伯《脂砚斋红楼梦辑评》诸版次文本关联的研究者，意识到靖藏本出于伪作，也不能完全逃离毛国瑶辑靖藏本批语的影响。这段研究经历也使我从最初由发现辨伪证据时的兴奋，逐渐转为对《红楼梦》研究的忧虑。这些纷繁微妙的感受，使我在做相关研究、撰写成文时，特别注意呈现具体环境、文本细节，还有那些置身其中的学者在特殊遭际下的感受。

由靖藏本辨伪到重审脂畸关系，再到重新审辨《红楼梦》的早期抄本，进而排比材料，对脂砚斋的可能身份展开讨论——这是在靖藏本辨伪以后自然串联起来的，本书的六章就是这个逻辑贯穿其中。确定这本书的内在逻辑后，基于已有六章的研究，在原来的计划里还要补写“论整理《红楼梦》底本与校本的选择”一章。这是因为，在靖藏本证伪、考实脂畸一人后，我对甲戌本、己卯本与庚辰本的版本性质的认识产生了变化，这在本书第四章有所表露。对《红楼梦》现存诸版本的新认识，自然影响到对如何整理《红楼梦》这部小说的理解。由于材料准备不够周密完备，目下也不允许我在这一议题上用足够的时间去完成这些讨论。权衡之下，只好暂将这部分搁置，待将来从容时补入。

修改这部书稿过程中，我再次回顾了新红学这一百年的学术史，其中竟有一多半的时间受到伪靖藏本的影响。胡适、顾颉刚、俞平伯三人持续通信讨论《红楼梦》，扩充材料，精细认识，三人基于《红楼梦》版本与作者的讨论，促成了两部研红名著的出版：胡、顾二人成就了以探寻小说作者及家世为核心的《红楼梦考证》，俞、顾二人成就了以探研小说文本及创作思想为核心的《红楼梦辨》。新红学就这样诞生、发展，日渐壮大。在这一百年中，红学研究因非学术因素的影响，出现过一些特殊状况，让原本跻身三大显学的红学元气大伤。靖藏本作伪案，恐怕是新红学一百年中性质最为恶劣的乌龙事件。

通过研究《红楼梦》，折射出的人的认知局限，顾颉刚早在给俞平伯《红楼梦辨》作的序里就感慨过：“《红楼梦》的本身不过传播了一百六十余年，而红学的成立却已有了一百年，在这一百年之中，他们已经闹得不成样子，险些儿把它的真面目涂得看不出了。”

如今，距《红楼梦考证》的发表又过去了一百年，顾先生当年的隐忧仍然存在，且较那时并不见有多少减弱的迹象。且顾先生所担心的问题早在其生前就出现了，只是那些生于特殊年代、被命运捉弄的奇怪的人，幻化了面目，隐在他的好友俞平伯身后，借了俞先生的影响，仍行走在世间。伪靖藏本批语出现以后，俞平伯还有没有再与顾颉刚交换过意见，顾先生的意见如何，也已无从知晓。

不过，幸而科学的研究方法一直立在那里，沿着它自己的路径迭代，并日臻完善。尤其是，我们现在所能见到的文献资料，以及处理文献以帮助延展认知的工具，都远超此前任何一个时代。尽管时间的洪流从未停止过对历史真相的冲刷，但文献研究、整理工作也愈加科学、规范，有关《红楼梦》的基本事实也愈加清晰，不致再被涂得面目全非。近数十年中，随着互联网的兴起，国内外典藏机构陆续将所藏古籍、档案等文献扫描公布，像《清代诗文集汇编》《清代诗文集珍本丛刊》《中国地方志集成补编》《四库提要著录丛书》等大套影印丛书的出版、数字化，使散落各图书馆、博物馆的古书秘本得以公开。

几乎与此同时，Google Books 图书扫描计划受挫，退出中国。国内的情形则相反，史超创办超星公司，接续了 Google Books 的计划。如今，已如他当年的发愿，“为网络时代打造文化中心”，已完成扫描五六百万种图书，且仍在不断扩充，使得只要在有网络的地方，随时可以打开电脑进入研究世界。近些年，各收藏单位也公布了大量专题文献，以家谱而言，据粗略估计，已有数十万册被数字化公开。这样大宗的专题文献公布，在以往的研究环境中是难以想象的。我想，随着这批家谱资源的公开与应用，它甚至会像殷墟甲骨、敦煌卷子、西北简牍、内阁大库档案等大发现一样，成为可以预期的研究热点，至少可以渗透至古代文史哲研究的方方面面，有很大机会补充、修正，乃至重塑一些领域的研究格局。我很有幸，在这十年的摸爬滚打中，逐渐积累了一些奇特的经验，通过一些特殊的渠道，预先启用这批尚待开掘的文献宝藏。

近些年，人文学科与计算机等学科交叉，在“数字人文”的大潮下，古典文献研究也随之焕发生机。目前，不单是可检索的文本呈爆炸式增长趋势，且更多便捷的研究工具开始陆续走到研究者面前。研究环境的变化及研究工具的迭代更新，既拓宽了研究者的视野，也提高了研究者处理文献资料的能力。一定程度上讲，新时代的工具对文科研究是一种革命性的更新。因此，我不得不重新回到本科阶段有机会学习但尚未修完的Python等课程，尝试运用文本挖掘、深度学习等技术辅助对要研究的文献做预处理，以重审古代文献研究中的问题。各类工具的使用已渗透至研究的日常，某些时候，已分不清是从哪里出发、借助什么工具才触碰到的这些关键问题。

十年前，我对《红楼梦》的研究生发兴趣，多赖胡文彬先生的鼓励，发表了第一篇研究《红楼梦》的论文，就是现在重新修改后收入本书的考证曹竹磵（涧）的部分。如今看来，这完全是在没有接受过正规文史研究训练的情况下，凭借粗粝的问题感知，由问题牵引，借助简陋的全文检索工具，生硬写成的一篇论文。但该文于我而言却十分重要，与本书要讨论的脂砚斋同样有密切关系，对我近十年所做的研究，影响也很大。在此要略展开说明的是，当时我发表的第一篇论文，已稍稍触及本书要研究的问题——脂砚何人。周汝昌提出脂砚斋、畸笏叟为同一人，且将其考证为曹雪芹的妻子，即小说中史湘云的原型。之后，吴世昌虽接受脂畸一人说，但并不认同“脂砚湘云说”。他据裕瑞《枣窗闲笔》中“本本有其叔脂研斋之批语”，提出脂砚斋为曹雪芹之叔，且据曹寅《楝亭集》中屡次提及的“竹磵／涧侄”，结合曹家的取名习惯，以“考槃在涧，硕人之宽”（《诗经・考槃》），认为脂砚斋名曹硕，号竹涧。

当时我读吴先生的书，知道这一观点后，产生的问题是，《楝亭集》里的这个曹竹涧到底是谁，是不是真如吴先生考证的那样，历史上真的有一位叫“曹硕”的人？那段时间这些问题一直萦绕脑海。

那时我还在烟台读书，学校的图书馆资料环境不大好，当时《清代诗文集汇编》刚刚出版，图书馆自然没有购买。现实世界的简陋，逼我不得不去互联网继续寻找感兴趣的材料和信息。也正是那时候，我偶然在超星视频里看到黄一农教授有关“e考据与文史研究”讲演，对文史研究资料环境的变化，稍稍有所感知。那时，大型的文史资料库并不像现在这么多，中国基本古籍库尚没有像现在这样普及，一般高校都还没有意识到这些工具之于文史研究的重要性。《文渊阁四库全书》光盘版、“雕龙”数据库、汉籍全文检索系统，虽不完善，但已让我沉迷其中。

考订曹竹涧生平事迹的工作，主要是依靠当时“古籍在线”（http://www.gujionline.com/）完成的，通过提取“竹涧 / 磵”“曹竹涧 / 磵”等关键词，在清人别集（主要是查嗣庭、吴贯勉、徐用锡等人的集子）及方志中迭代检索，其材料陆续浮出水面。曹寅《楝亭集》提到的“竹磵 / 涧”，即曹曰瑛，字仲经，浙江嘉兴人。此人善填词，酷嗜金石书法，并非曹荃（宣）之子，更不是脂砚斋。曹寅之所以称其为侄，仅是同姓联宗而已。因此，吴世昌将曹竹涧考订为历史上并不存在的曹硕，其实是一次错误的考证。正是这次奇特的研究经历，误打误撞触碰到重要问题的开关，使我在二十岁左右，对文史研究产生了朦胧的好奇，也知道了问题之所以产生，与可能的解决路径，是可以像考证曹竹涧这样一个过程的。这也大大增加了我对文史研究的兴趣和信心。这次“笨重”灵感的偶然光顾，使我在那以后的十年里，不止一次这样触碰过文史研究中一些重要问题的开关。在阅读、研究《红楼梦》上，更是如此。

此书出版前，已承诸多师友赐教，对书中涉及的问题当然还有不同的意见。我反复琢磨，归根到底，原因还是对相同文本的不同理解。工具、方法纷繁，但是否真正读懂文本，仍是解决问题的关键。在通往无限接近小说及批语文本的路上，因方法、训练的不同，研究者各自进入了不同的文本世界。这充分体现在对脂畸一人说四对批语及“甲午八日泪笔”的不同解读上。行文及此，我再次想起，1951年9月7日胡适在《答臧启芳书》中，曾谈及他与蔡元培论争时的体会：“方法不同，训练不同，讨论是无益的。我在当年，就感觉蔡孑民先生的雅量，终不肯完全抛弃他的索隐式的红学。现在我也快满六十岁了，更知道人们的成见是不容易消除的。”

在此，我必须要再重申对《红楼梦》靖藏本辨伪的核心方法与证据，是经由校勘，确认毛国瑶辑靖藏本150条批语中有不少文本承袭了俞平伯《脂砚斋红楼梦辑评》文本之讹误，而《辑评》致误之由，是因当时甲戌本、己卯本、庚辰本三抄本的特殊流传路径。在周汝昌、陶洙、俞平伯三人经手转录抄写过程中，产生了一些特殊的文本变异，而这些变异的文本却密集出现在毛国瑶辑抄的靖藏本批语中。以上用于证靖藏本之伪的文本“连结性讹误”，德国学者保罗·马斯已有过精彩的总结：

> 如果两个本子（B和C）相对于第三个本子（A）有一个共同讹误，而B和C彼此独立地形成这个讹误的可能性几乎为零，据此我们可以证明B和C相对于A是在一起的。这类讹误可以称为“连结性讹误”（errores coniunctivi）。

他对此又进一步解释：

> 之所以说“可能性几乎为零”，是因为在理论上我们不能绝对排除几个本子彼此独立地形成同样讹误的可能性。B本、C本各自或共同在文本中的其他地方出现相同或相似讹误的几率越小，两者属于一系的几率则越大。①

明晰了这一点，对毛辑靖藏本批语是怎样一回事，就不难理解了。

---

①〔德〕保罗·马斯（Paul Maas）《校勘学》，苏杰编译《西方校勘学论著选》，第90页。

还要强调的是，脂畸关系与伪靖藏本是存在紧密关系的，我也曾尝试用尽量精简的语言去描述这种关系：伪靖藏本与脂畸关系原本是两个问题，而蓄意伪造靖藏本的主要目的之一，即是要证成脂畸二人。将伪靖藏本完全剔除以后，重审脂畸关系的研究，自然应该退回 1964 年寻求别的证据。近六十年的红学研究受伪靖藏本影响太大，以至于没有多少成果认识到这一问题。靖藏本使研究者在脂畸关系这一问题上产生了惯性认识，返回头追溯学术史，细审脂畸一人说时，再次确认，当时研究者给出的证据是坚实的，执二人说者没有直面一人说的证据，更没有提出可以支撑二人说的证据，所谓的脂畸二人说，只是基于对批语模糊感知下未经证实的猜想。

如今，持二人说的学者，也就要再去寻找别的证据，重新替 1964 年还没有立起来的二人说寻找证据。那么，现在找到了吗？尽管又做了一些努力，我认为还是没有找到。关于脂畸关系，最终还是要退至周汝昌的《真本〈石头记〉之脂砚斋评》。这次学术研究的回环演进让我着实诧异，经由对文献真伪、文本涵义的不同判断固化的成见，短时间内并不容易消除。

知晓靖藏本的蓄意伪造后，并不意味着还能准确认识脂畸关系。我并不否认，靖藏本作伪目的与脂畸关系原本是两个问题，即便是剥离了伪靖藏本，部分研究者仍认为脂砚斋与畸笏叟是两个人。我也曾仔细思考过造成这种认识差异的缘由，不外乎以下几个方面：一是，《红楼梦》研究的纷繁复杂，过于强调甲戌本、己卯本、庚辰本的过录性质，对抄本外在的文献形态及内在的文本理路缺乏细致的综合研究。二是认知惯性，伪靖藏本在近六十年中大行其道，说改变了《红楼梦》研究的基本面貌也不为过，尤其是在脂畸关系上，深陷其中，很难在认识上完全摆脱其影响。三是，批语文本的模糊性与对批语文本的感知。文本何以产生、流转、变化，至关重要。文献学动用版本、目录、校勘三学，综合文字、音韵、训诂，其最终目的是要贴近理解文本，心知其意。

考察靖藏本正文及批语文本，应尽力回到文本产生的具体环境，在空间上审视四围，瞻顾前后左右，时间上既要注重观察小时段内的文本关联，又要适当跳出来，把握其与学术脉络之间的联系。对学术史做细致梳理，能使我们看清问题的研究真正处于什么阶段，走错、走歪的路，应该退至哪里。文献真伪研究，在学术演进路径上能够产生大的转向。我也坚信，靖藏本辨伪具备重大学术问题的特质。因靖藏本辨伪而重审脂畸关系，进而扭转对甲戌本、庚辰本的版本性质及关系的认知，进而影响成书研究，以至整理《红楼梦》底本、校本的择定。靖藏本辨伪是处于《红楼梦》研究核心线索较为上游的一个关键问题，因此，它会影响《红楼梦》绝大多数问题的研究路径。这本书涉及的发现与思考，曾使我整日沉于故纸，重新在时间的深海中打捞起那些鲜为人知的秘密。这次重新董理书稿，查考资料，又再次同他们千般悲喜，让我几乎忘记匆匆流逝的时间。现在书稿基本整理齐备，从故事里走出来，一切又归于幻渺。

感谢业师刘玉才先生的鼓励、支持，使我在课业之余，能够自由探索，运用古典文献研究方法，反思红学的关节问题。感谢中国国家图书馆于鹏先生，读他的论文，向他请教相关问题，不断交换意见，才有了写作这部书的动力。本书的写作，得到台湾清华大学历史所黄一农教授、清华大学图书馆王媛研究员、台湾大学刘广定教授、北京语言大学段江丽教授、北京曹雪芹学会位灵芝秘书长的帮助，得到了复旦大学陈维昭教授、南京大学文学院苗怀明教授，以及任晓辉、宋希於、顾斌、曹震、张昊苏、詹健、任世权、程诚、刘云虎、张桂琴、刘晓江等先生的支持，他们或协助调查提供资料，或纠正我的错误。尤其感谢李同生、严中、周伦玲、王长才、俞润生、李培良诸先生的帮助，有些稀见的材料，没有他们慷慨见示，我无法展开本书的研究。北京大学中文系李鹏飞教授对此项研究提出了许多有益的问难。中华书局许旭虹主任，编辑刘楠、许庆江协助校核全书，匡正讹谬。所用材料，得到北京故宫博物院、中国国家图书馆、北京大学图书馆古籍馆、台北故宫博物院、台湾胡适纪念馆等馆藏单位的支持。部分习作曾蒙《文史》《中国文化研究》《红楼梦学刊》《曹雪芹研究》等刊物青睐，予以发表。感谢北京大学大成国学基金对此项研究的支持，本书出版得到北京大学曹雪芹美学艺术研究中心、北京曹雪芹学会的资助，在此一并致谢。

这本小书出版后，在接下来的几年中，我可能要暂时告别《红楼梦》研究了，但仍对未来的红学研究充满期待。想着未来我在某个时空再次与《红楼梦》研究相逢，红学又可以找回原本属于它的丰神。学力所限，疏漏难免，敬祈海内博雅赐正。序写得有点长了，也可以算作本书的导言。

2021 年 4 月 26 日草于燕园

2022 年 7 月修改于广州

8 月改定于砚山

凡　例

1. 本书辨伪的“靖藏本”，特指毛国瑶所称1959年发现于友人靖应鹍收藏的脂评抄本《红楼梦》。
2. 本书各章穿插有20篇灰底附录，内容主要为辑录专题文献、对学术界最新研究的回应以及田野调查走访笔记等。
3. 本书有近百幅图表，在文字叙述之外，以图像或表格更为直观地展示相对复杂的文献内容及论证过程。
4. 书末有两个总的附录：一是三次公开发表的毛辑靖藏本《红楼梦》批语校勘记，以呈现三次发表与笔记本的文本差异；二是自1976年至今公开发表的《红楼梦》靖藏本辨伪论文目录，以便通览靖藏本辨伪历程。
5. 本书所涉人物年龄均以中国传统虚岁计，出生当年即计为一岁。
6. 涉及满文转写，均以穆林德夫（Paul Georg von Möllendorff）转译法以斜体 *Times New Roman* 标出。
7. 引文出处的注释一般仅标注作者、书名 / 文章名、册（卷）数、页码，反复引用的文本，仅首次引用时出注。书末附参考文献及附录二《红楼梦》靖藏本辨伪论文目录，以便回溯、核对。附录二与参考文献重复的条目，参考文献中不再出列。
8. 为便研究、核对，本文引用古文献，除涉及特殊问题、特殊版本，多据常见影印丛书（如“四库”系列）。
9. 为比较、分析版本用字，记录论证过程，本稿所引《红楼梦》及相关文献，皆据其版本原文，个别属错字、别字者，或意义相同而文字略异者一仍其旧，不做修改，也不统一。

第一章 《红楼梦》靖藏本述略 *

据毛国瑶回忆，1959年他曾从友人靖应鹍家借阅一部带有批语的《红楼梦》抄本（即靖藏本）。靖藏本短暂“问世”，旋即消失，此后再未出现。1964年3月，毛国瑶将抄录下的150条批语先寄给俞平伯，后来又分别寄给周汝昌、吴世昌、吴恩裕。因靖藏本150条批语涉及以往《红楼梦》研究中诸如脂砚斋、畸笏叟之关系，小说八十回后的故事，曹雪芹生卒年等重要问题，甫一“面世”，立即受到学术界广泛重视，同时也引发此后数十年的靖藏本真伪之争，羁绊至今。

自1921年胡适发表《红楼梦考证》起，“新红学”为《红楼梦》研究树立起一个新典范，如今已有一百余年的历史。在这一百多年中，《红楼梦》的作者与版本成为研究的两个核心，使曹雪芹家世与《红楼梦》版本两方面的研究得到前所未有的重视，保存下十分丰富的文献与研究成果。以《红楼梦》版本而言，在早期传抄过程中即附有脂砚斋、畸笏叟的批语，这些抄本被研究者称为“脂评本”。红学研究，依托早期版本讨论《红楼梦》作者、成书、流传等问题，引发持续关注，有些问题经过长期论争，仍得不到解

* 本章部分内容曾以《毛国瑶辑“靖藏本〈石头记〉”批语辨伪》为题，发表于《文史》2022年第4辑。

决，被视为红学研究的死结。[①] 在 1954 年以后的十余年间，相关论争达到一个高峰。近数十年中，红学文献、文物作伪频出，真伪混杂，更使相关讨论陷入胶着，乃至失去探研基本问题的共同起点。

红学史上有关《红楼梦》成书问题的历次大讨论，归结起来，主要分歧源于研究者对脂评本的不同认识。自 1927 年胡适从胡星垣处购得《脂砚斋重评石头记》甲戌本，至今已发现十一种《石头记》脂评本（戚沪本、戚宁本同出戚序本一源，视作一种）。此外，据传还有 1959 年毛国瑶（1930—2006）在靖应鹍（1916—1986）家发现的一部脂评本（下称“靖藏本”），由于该本“佚失”，现仅存毛国瑶辑抄在笔记本上的 150 条批语（下称“毛辑靖藏本批语”）与抄有批语的“夕葵书屋《石头记》”残叶。

自上世纪七十年代起，陆续有研究者从毛辑靖藏本批语出现的学术背景、内容指向、文本错乱等角度提出疑问，怀疑其出于伪造，靖藏本并不存在。1973 年，周汝昌在给吴世昌的信中曾谈及对毛辑靖藏本批语的怀疑，后又写成《靖本传闻录》补入《红楼梦新证》修订版，其中附记列数毛辑靖藏本批语的种种疑点及其与《石头记》抄本批语冲突之处，当时即获吴世昌认同。[②] 此后，那宗训（1979）、龚鹏程（1982）、任俊潮（1992）、俞润生（1992）、李同生（1994）、石昕生（1994）等陆续对靖藏本提出质疑。而多数研究者则认为，毛辑靖藏本批语不存在作伪的动机与条件，其中关涉作者及小说故事情节的独出批语，即使是最权威的研究者也伪造不出来，[③] 因此不少学者视毛辑靖藏本批语为研究《红楼梦》的重要文献，并据以探研《红楼梦》的版本与作者问题。[④] 学术界对毛辑靖藏本批语真伪的不同认识，使具体研究由此分辙异途。

对《红楼梦》基础文献的认识，依赖于对其产生、流传、演变等多重因素具体而系统的研究，而近些年随着古典文献数字化工具迭代更新，研究者

---

① 刘梦溪《红楼梦与百年中国》，第 418 页。

② 周汝昌《红楼梦新证》（下册），1976 年版，第 1050—1066 页。吴世昌《红楼梦探源外编》前言，第 14—16 页。

③ 蔡义江《靖本靖批能伪造吗？》。

④ 如吴恩裕《读靖本〈石头记〉批语谈脂砚斋、畸笏叟和曹雪芹》。梅节《也谈靖本》。郑庆山《谈靖藏本〈石头记〉》。

可以自主按需将专题文献数字化，以精准的问题意识为导向，自建全文检索数据库。在此基础上辅助比勘文献，重审争议较大的问题，会发现新材料、新角度，甚至会催生出新的考据路径，以精确对某些重要文献与重大学术问题的认知，这已经在文史领域产生了极为重要的革新。本章充分利用互联网、自建专题资料库及与相关知识社群的互动，考察毛国瑶生平与家世，聚焦1964年以前毛辑靖藏本批语出现的学术背景，还原靖藏本“问世”与消失的过程。

一、《红楼梦》靖藏本的“问世”与消失

1964年3月初，俞平伯收到一封来自南京浦口的信，寄信人是自称曾抄录下靖藏本批语的毛国瑶。① 正因这封信，引发了此后近六十年靖藏本真伪之争。如今，要循着蛛丝马迹重新回到历史现场，以尽力还原靖藏本的本来面目，面对的困难还比较多。

与靖藏本相关的材料，除了毛国瑶公开发表的回忆文字、研究文章，及俞平伯致毛国瑶、靖应鹍、靖宽荣（1942年生，靖应鹍之子）三人的六十余封信，仅存毛国瑶抄录在笔记本上的150条靖藏本批语②、“夕葵书屋《石头记》”残叶照片等材料。毛辑靖藏本批语在俞平伯、周汝昌、吴世昌等研究者小范围内流传开后，随着此后大讨论的兴起，毛国瑶、靖应鹍等人又“凭回忆”陆续提供了一些笔记本之外的材料，包括靖藏本正文的独特异文，如毛国瑶在后来的文章中又回忆，称靖藏本正文与有正本也有些异文，如《红楼梦》曲子有“箕裘颓堕皆荣玉”，第三回《西江月》作“富贵不知乐业，贫时那耐凄凉”（详第二章第三部分）。③

毛国瑶，安徽安庆人，其父毛北屏（字保恒，1889—1972），④ 曾在北京

① 据俞平伯致毛国瑶的第一封信“承于本月四日远道惠书”（1964年3月14日）。2019年12月29日摄于“隻立千古：《红楼梦》文化展”。参见图表1.1。又，俞平伯致毛国瑶函，见《靖本资料》第388—429页。

② 本书所引毛辑靖藏本批语，除特殊说明外，均据1964年毛国瑶寄给俞平伯抄录150条批语的笔记本复制件。

③ 毛国瑶《再谈靖应鹍藏抄本〈红楼梦〉批语及有关问题》，俞平伯致毛国瑶函（1964年7月12日）。关于“靖藏本”的异文“荣玉”出现的具体背景，参见于鹏《“荣玉”时间线——兼答梅节先生》。

④ 据犹他家谱学会公布的旅美外国乘客名单信息，毛北屏生年为1894年（图表1.11）。

高等师范学校求学，其后获得公款赴美留学。1925 年，毛北屏在美国印第安纳州巴特勒大学（Butler University）获得教育学硕士学位，随即进入美国福特汽车公司工作。回国后，历任安徽省立第一职业学校校长、上海大夏大学兼职教授、驻德国大使馆主事、工合办事处主任、国民党时期南京粮食部参事等职，与程天放、蒋百里、高一涵等人交好，① 毛氏家族曾十分显赫。毛国瑶的家世生平详本章第二部分。

毛国瑶在给俞平伯的这封信中谈及，1959 年他曾从南京浦口友人靖应鹍家借得一部《红楼梦》旧抄本，当时与有正书局石印戚蓼生序大字本（下称“有正本”）参照，抄录下有正本没有的批语。在这封信中他还抄录了部分较为重要的批语。俞平伯看后，觉得毛国瑶介绍的这部靖藏本十分重要，涉及《红楼梦》研究的许多重要问题，在十天后给毛国瑶回了信。

由于毛国瑶致俞平伯函已在“文革”中全部毁掉，我们今天无法直接通过毛国瑶致俞平伯函追溯、还原当时的具体情形。幸运的是，虽然期间经历过几个动荡时段，1964 年至 1982 年俞平伯写给毛国瑶的六十余封信，大都被毛国瑶保存下来，为今天重新审视靖藏本真伪一案的来龙去脉提供了珍贵的第一手资料。俞平伯写给毛国瑶的第一封信如下：

国瑶先生：

承于本月四日远道惠书。详告以昔年所见旧抄本八十回《红楼梦》情形，盛意拳拳，非常感谢。据函中所述，此确是脂砚斋评本，在今存甲戌、己卯、庚辰、有正诸本之外者，甚可珍贵。您在五九年见过，距现在不过四五年，时间不久，不知此书尚有法找到否？这是最重要之一点。深盼您热心帮助。如能找得，如何进行当再另商。

就来书所抄看来，即已有许多特点和新发见。如平儿在副册中，非又副册；畸笏与脂砚非一人②；后回有“证前缘”一回，大约是回目等等。又所录第四十一回之评您称为不明何意者，兹经校读，亦大致可通，其文如下：

① 毛健全《洗马塘：毛家一百年的故事》，第 3、14、17—22、38、62—69、207 页。
② 引文下划虚线为笔者所加，重点强调。下同。

“他日瓜州渡口劝惩，不能不屈从，哀哉，红颜固枯骨□□□。”所述盖妙玉之结局，亦出今本之外者。

第53回之评讹乱尤多。除后半段之诗当依“有正本”校正不计外，其上半段疑是一个半首的“临江仙”，亦录校文如下：

“亘古宏恩浩荡，无依孀母先兄，屡遭变故不逢辰，心摧令（疑是“全”字）□□，无数（原作“所”，乃“数”字之误）断肠人。”

又第十八回墨笔前半所抄文字是庾信的《哀江南赋》的序文，略有错字，如“戢”当作“轵”，“洴”当作“并”是也。

平近未有所作，有一谈文学所所藏抄本《红楼梦》的长文，发表在上海中华所出之《文史论丛》第五期，将于下月出版。届时当以抽印本候正。盼来书连系。匆复，致

敬礼！

俞平伯　三、十四日

来信请径寄北京朝阳门内老君堂79号

图表1.1　1964年3月14日俞平伯首次致毛国瑶函

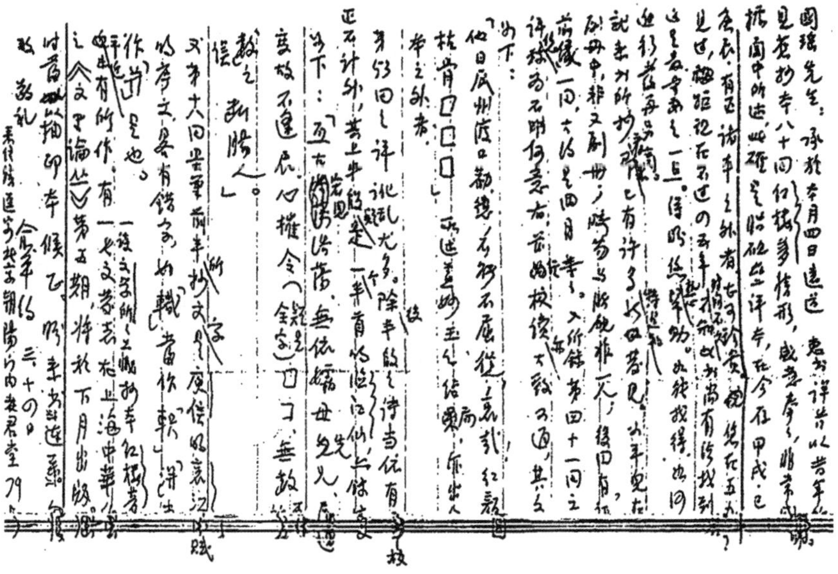

俞信虽不是很长，内容却十分丰富，足以逆推毛国瑶当时信件谈及的话题。综合后来毛国瑶的回忆，大致可以将毛国瑶给俞平伯首次写信介绍这部靖藏本的细节还原。当时，俞平伯看到毛国瑶的信后，真正关心的是这部旧抄本是否还在，如原书还在，对全面研究这部旧抄本，进一步解决有关《红楼梦》早期评点与传抄流布等一系列问题都会有极大的推动。因此，俞回信首先询问的就是这部书是否还能找到。此外，俞信至少还谈到以下三个方面的内容：首先，肯定了毛国瑶在信中提及的这部旧抄本是脂砚斋评本，这是在此前已发现的甲戌本、己卯本、庚辰本、有正本等版本之外，新发现的另一个非常重要的版本。其次，据毛国瑶信中抄录的部分批语，对靖藏本批语的特点、价值做了初步估计，如畸笏与脂砚非一人、平儿在副册等。其三，对毛国瑶信中称“不明何意”的批语做了初步校正。

毛国瑶在第一封信中详细介绍了靖藏本的发现时间、经过，也大致描述了靖藏本的函册等情况，且抄录了其中部分独异的批语，包括第四十一回“妙玉偏辟处此所谓过洁世同嫌也他日瓜州渡口劝惩不哀哉屈从红颜固能不枯骨□□□”这条讹乱难读的批语。除了向俞平伯介绍这部靖藏本，毛国瑶还询问俞平伯最近是否有新作，希望能够学习。这就是毛国瑶首次给俞平伯写信时谈及的主要内容，也是靖藏本的第一次正式“问世”。

关心此事的读者不禁要问，毛国瑶为何会将抄录的靖藏本先寄给俞平伯？据毛国瑶回忆，1964 年，他偶然看到俞平伯发表在《文学评论》上的《红楼梦中关于“十二钗”的描写》(此文曾叙及宝黛二人的共同点)，遂想起 1959 年夏天，曾从友人靖应鹍家借得一部《石头记》旧抄本，并对照有正本将其中多出来的批语抄录到了笔记本上。他注意到，靖藏本第五回有一条批语与此有关，“此句定评想世人目中各有所取也按黛玉宝钗二人一如姣花一如纤柳各极其妙者皆性分甘苦不同世人之故耳”，但有正本自“想世人目中”以后均误抄入正文。这是毛国瑶自述给俞平伯写信的缘由。

此后，毛国瑶也曾多次撰文回忆靖藏本发现的经过：

一九五九年夏，我在靖应鹍同志家得见这部带批语的抄本，那时我

> 对《红楼梦》的版本和脂批等情况尚无所知；因我家里有一部有正书局石印戚蓼生序八十回大字本，见到靖藏抄本上也有大量的批语，有的与有正本的相同，有些却为有正本所没有的，遂引起我的兴趣。经向靖应鹍同志借回对看，为了将有正本所短缺的批语补齐，乃逐条抄录，并注明眉批或回前、回后批。当时对抄本的正文未加校对，今天回忆，两本文字比较接近，似无很大差异……我于一九五九年秋末将抄本当面归还靖应鹍同志，以后再没有看过。①

对俞平伯所关心的靖藏本下落，毛国瑶称："当时俞先生通过我向靖应鹍同志商借这部抄本，靖后来告诉我，此书已不知去向。"② 得知靖藏本遍寻不得的消息，1964 年 4 月 1 日，俞平伯在给毛国瑶的回信中感到十分遗憾，这是现存俞平伯写给毛国瑶的第二封信。

> 国瑶先生：
>
> 前寄一信片，未知收察否？继奉来书，知旧抄本《红楼梦》遍觅不得，甚为惋惜。
>
> 您前者所抄各条，至希暇时抄出惠寄。如材料稍多，或可写为文字也。匆上，即候
>
> 大安！
>
> 俞平伯　四月一日

这封信曾提及"前寄一信片"，又称"继奉来书，知旧抄本《红楼梦》遍觅不得"，可见在 3 月 14 日、4 月 1 日的两封信之间，俞平伯似乎还有一封信寄给毛国瑶，这封信既不见于现存俞平伯致毛国瑶函，又未见其他文章引用，现已不知下落。得知靖藏本原书已无从寻找，俞平伯在这封信中又提出了另一个请求，请毛国瑶空闲时将当时抄录的靖藏本批语抄出寄给他，视批语留存情况，或许可以专门写一篇文章。

俞平伯第四次给毛国瑶写信前，收到了毛国瑶寄来的抄有 150 条靖藏

---

① 毛国瑶《再谈靖应鹍藏抄本〈红楼梦〉批语及有关问题》。
② 毛国瑶《靖应鹍藏抄本〈红楼梦〉发现的经过》。

本批语的笔记本，时间在同年4月1日至4日间。

国瑶先生：

承挂号寄来尊抄脂评小册子，感谢感谢。尚未细检对，粗粗一看，其诸本未见之佚文，恐不出前次来函抄示之外，足见您选择甚精也。仍当细校，再将原件挂号寄还，祈勿念。他日写成文字，当志尊惠于勿忘也。匆上，致

敬礼！

俞平伯　四月四日

俞平伯拿到毛国瑶抄录靖藏本批语的笔记本后，粗疏浏览，觉得不见于传世诸本的批语不出毛国瑶第一次信中抄录。可见，毛国瑶在给俞平伯的第一封信中就已将150条批语中最为关键的部分都抄给了俞平伯。

4月4日，俞平伯收到毛国瑶回信。信中称靖藏本原书始终没有找到，靖藏本中只有畸笏一名，还曾询问俞平伯是否有《文艺报》上批评其《红楼梦中关于"十二钗"的描写》的文章。4月7日，俞平伯给毛国瑶写了第五封信。

国瑶先生：

前得寄来尊抄手册，即复一信，计已收察。正在校读册子。续奉四日手教，甚欣。原书如能找到自最好，万一始终找不着，即您所记，已大可研味。诸评有极讹乱者，有极整齐者，此最不可解。非小小错误，系完全颠倒错乱，若如来书所云系传抄之故，恐亦未能圆满地解答。以一般抄写，总是随着文字，绝不会东抄一字，西写一字。且照此抄写，非但不能省力，反而增加困难了。我看了亦非常迷惑。其另一方则在极其讹乱之中，有罕见之资料，又绝非伪作。我还有一感想，即对于您当日之细心抄录，非常钦佩，若在他人早已弃置不观，更谈不上抄写矣。除去文理通顺者外，其讹乱者有些可用他脂本校出；有些各本所无，就不好办了。我将尽可能将我的校文，写在您的手册上，用毕即寄奉。若写为文章，当稍缓些时。至您所说此抄本只有"畸笏"一名，却无碍其

为脂本。所谓“脂砚斋评”只是一个总标题，其实评家非一人，先后非一时，十分混乱。即如尊抄第九回“入家塾”两评，第二评即系批评这第一评的，显然非出一手。

《文艺报》载有批我所作十二钗描写一文，我亦只在他处见到，手边没有，未能奉上为歉。拙说本非定论，无妨见仁见智多异说论也。匆复，候

安。

俞平伯 四月七日

俞平伯写这封信时，已着手对抄有150条靖藏本批语的笔记本作校勘，这封信就其校勘结果，大致谈到这些批语的情况及对早期评点的认识：其一，批语有抄写极为讹乱的情况，“东抄一字，西写一字”，完全颠倒错乱；其二，150条靖藏本批语有与传世诸本重合者，有不见于传世诸本者；其三，《石头记》早期批点，“评家非一人，先后非一时，十分混乱”。

俞平伯初步校理完靖藏本150条批语后，又给毛国瑶写了一封长信。

国瑶先生：

十一日来书欣诵，因事迟答为歉。

您叙述抄评的经过很详细。所抄手册，已大致为整理一遍，却发现这样的情形：有很清楚的，有很混乱的。凡是眉批均清楚，不注明眉批的便很混乱。因此有一个问题，手册上不注明“眉”字的是双行之间的夹批，还是本文下面的双行小注？此点祈告知。据来信看，似在两行之间（简称夹批），非在本文之下，不知是否？假如这样，则此本的夹批之所以讹乱，大约是从他本的双行小字转抄而来之故。因双行小字抄者每每弄不清楚，以致前后误连，文理不通。在“庚辰本”即有如此的情形，举一例如下：

第七十二回

“妙文又写出贾老儿女|写贾老则不然文若不如此写之情|细思一部书总不|则又非贾老”

原来行款如上，事实本是两截，看此线可知，当读为：

“妙文，又写贾老儿女之情。细思一部书总不写贾老则不成文

（原误作“然文”）若不如此写，则又非贯老。”

“庚辰本”也是转抄的。不过它将原来的双行小注仍抄为双行小注，而今靖藏本则将原来的双行小注改抄为行间夹批，那就格外的讹乱了。鄙人解释如此，不知是否？来书所谓抄本批语是从其他本子转抄而来的，我完全同意。至于有三十多回没有批，这理由不大明白，大约是拼凑的缘故，是个百衲本。各本也有类似的情况，不仅此本然也。

靖氏既是旗下世家，则此书当系早年收藏遗留的，自可珍贵。他家与《红楼梦》作者家庭有些关系，亦属可能，却无由证明了。

近来书店中关于《红楼梦》的书非常少。来信所提两本书，《红楼梦研究参考资料》这是早年印本；《脂砚斋重评石头记》当是“庚辰本”，现在都买不到。如果有机会，自当为您代觅或代购。又靖宽荣君曾来信，已复之。匆复，候

安。

俞平伯　四月二十一日

在此以后，毛国瑶仍不断与俞平伯鱼雁往还（图表 1.3），一直延续到 1982 年，主要涉及寻找靖藏本原书、讨论靖藏本的版本性质、150 条中未标注位置的批语、托俞平伯代购庚辰本等影印本、脂砚斋与畸笏叟之关系、曹雪芹生平家世等。1973 年秋，俞平伯听闻传言靖藏本在北京出现，也在给毛国瑶回信中询问具体情况。[①] 俞、毛二人通信，集中在 1964、1965 两年，有 54 封之多，占现存全部信件的 85% 有奇。

期间，有关靖藏本，还有一件重要的事情不能不提。在俞平伯据笔记本校勘 150 条批语、撰文研究靖藏本的过程中，毛国瑶又于 6 月 25 日挂号邮递给俞平伯“夕葵书屋《石头记》”残叶，俞平伯对“甲午八日泪笔”批语系年的认识发生了转变，且又专门撰写了《记“夕葵书屋〈石头记〉卷一”批语》予以解释。靖藏本匆匆“问世”后，旋即消失，除了毛国瑶、靖应鹍等少数几个人，没有人见过这部书。靖藏本的来源、文献形态等，也都是毛氏或靖氏两家撰文提供的信息。

① 裴世安、柏秀英、沈柏松编《靖本资料》，第 426 页。

图表 1.2　1965 年 1 月 9 日俞平伯致毛国瑶函

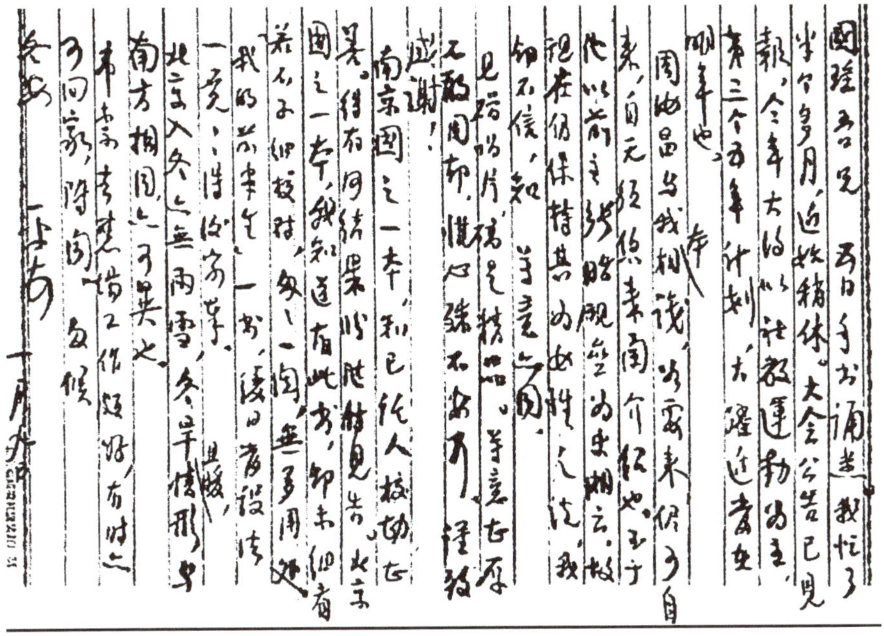

国瑶吾兄：五日手书诵悉。我忙了半个多月，近始稍休。大会公告已见报，今年大约以社教运动为主，第三个五年计划、大跃进当在明年也。

周汝昌与我本相识，如要来，尽可自来，自无须您来函介绍也。至于他以前主张脂砚斋为史湘云，故现在仍保持其为女性之说，我却不信，知尊意亦同。

见赠唱片，确是精品。尊意甚厚，不敢固却，惟心殊不安耳。谨致感谢！

南京圕之一本，知已托人校勘，甚善，待有何结果，盼随信见告。北京圕之一本，我知道有此书，却未细看，若不予细校对，匆匆一阅，无多用处。

「我的前半生」一书，缓日当设法一觅，觅得后寄奉。

北京入冬亦无雨雪，冬旱且暖，情形与南方相同，亦可异也。

韦柰去农场工作颇好，有时亦可回家，附闻。匆候

冬安　平顿首

一月九日

图表1.3　1964年上半年俞平伯、毛国瑶通信大事表

时间	大事	备注
1964年3月初	毛国瑶（下称毛）自南京浦口寄给俞平伯第一封信，介绍1959年他在友人靖应鹍家发现的一部《红楼梦》抄本，并将当年与有正大字本比对后抄录下的靖藏本批语抄寄俞平伯	俞平伯（下称俞）3月14日给毛回信
1964年4月1日	此前，毛回信称靖藏本遍找不得	4月1日俞回信
4月1日~ 4月4日之间	俞收到毛自南京挂号寄来的抄有靖藏本批语的笔记本	4月4日俞回信称计划细致校勘，用完后会将笔记本寄还
4月4日	俞收到毛信，信中称靖藏本只有“畸笏”一个名号	4月7日俞回信称，靖藏本虽然只有一个名号，但不妨碍其为脂本。“脂砚斋评本”只是总标题，其实评家非一人
4月20日	俞收到毛函，信中称靖家为旗下世家，与《红楼梦》作者家庭可能有些关系	4月21日俞回信
4月21日	毛致俞函：“靖应鹍君，此人是旗籍。祖上约在康熙、乾隆年间任过要职，原籍辽阳，始祖靖国公。这些都是见靖氏家谱，并有绘像，我疑此书不但是靖氏原藏，而且与《红楼梦》作者的家庭或者还有些关系。”	
4月23、24日	毛致俞函，想买庚辰本影印本	4月28日俞回信称，庚辰本出版以后，会为毛代购一部。此前曾寄《辑评》给毛
5月9日	俞致毛称，已将靖藏本批语小册子抄录一遍，开始写研究靖藏本的文章	
5月12日	毛致俞，将有正本批语与《辑评》对校	
5月16日	俞致毛，回应毛上一封信的商榷意见，询问毛1959年与靖藏本对校的有正本是大字本还是小字本，六十七回所记笔记“岂犬兄也是有情之人”为“向西北大哭一场”眉批，是小说正文异文，非常重要	5月21日—6月6日赴霸县参加政协组织的学习会
6月4日	毛致俞，南京图书馆藏有《红楼梦》抄本，并向俞请教脂砚斋身份等问题	

续表

时间	大事	备注
6月9日	俞致毛，周汝昌脂砚斋为史湘云说不可信，靖藏本研究文章已写好，稍过数日会将原稿寄去	
6月10日	毛致俞，指出《辑评》部分讹误	俞将八十回校本《红楼梦》寄去
6月18日	毛致俞，认为曹雪芹若是曹頫遗腹子，则不能有弟棠村	6月22日俞致毛，作者为曹颙遗腹子，棠村大概是其堂弟。并将《五庆堂曹氏宗谱》中曹雪芹一支情况向毛作了简略说明
6月25日	毛致俞，并附靖应鹍赠“夕葵书屋《石头记》”残叶。靖应鹍也写信给俞	6月28日毛致俞，表示感谢，指出“杏斋”应是“松斋”，“常村”应是“棠村”

1964年末，毛国瑶又主动给周汝昌、吴世昌、吴恩裕三位红学家写信，将150条批语分别寄给他们。[①]1965年7月，周汝昌在香港《大公报》发表《红楼梦版本的新发现》，公开介绍、研究毛辑靖藏本批语，首先引起海外学者关注。日本学者伊藤漱平就此发表论文《脂砚斎と脂砚斎评本に关する觉书（五）》（1966），即据毛辑靖藏本批语第87条“不数年，芹溪、脂砚、杏斋诸子皆相继别去，今丁亥夏只剩朽物一枚，宁不痛杀（前批稍后墨笔）”，认为脂畸是二人，又据“夕葵书屋《石头记》”残叶校正甲戌本中“甲午八日泪笔”眉批，认为“甲午八日”应是“甲申八月”之讹，且批语中“一芹一脂”应为“一脂一芹”，“余二人”是曹雪芹、脂砚斋之外的另外两个人，而畸笏叟可能是曹頫或曹天佑 。[②]

与伊藤漱平类似，靖藏本批语第87条也影响了赵冈（1929—2021）等研究者的判断。如赵冈由原来坚定的脂畸一人说转变成了二人说，且接受伊藤漱平对“余二人”的看法，认为此批并非出于脂砚斋之手，“余二人”是

① 据1975年5月8日毛国瑶致周汝昌函称：“我昔年寄给您的150条批语因是据靖宽荣从我的底本所录的副本转抄的。”

② 〔日〕伊藤漱平《脂砚斎と脂砚斎评本に关する觉书（五）》。

曹雪芹、脂砚斋之外的畸笏叟与棠村。[①]二十世纪七十年代，仅有周汝昌、吴世昌、那宗训、高阳等少数研究者认为毛辑靖藏本批语出于伪造。多数研究者直接或间接受毛辑靖藏本批语影响，据此认为脂畸为二人，在此基础上继续做研究，阐释相关问题。初步统计，自 1964 年至今，已有百余位研究者认为毛辑靖藏本批语为真，并据其撰写文章讨论相关问题。也有从相信到怀疑，后来认识到毛辑靖藏本批语出于伪造后转变认识的研究者，如徐恭时、徐乃为、刘世德等。

下文即据当事人记述，结合笔者走访调查记录，对靖藏本出现的背景、文献形态与批语特点略作介绍。

（一）明远里、靖家营与靖氏源流

毛国瑶在几篇文章中介绍靖藏本情况时，对收藏靖藏本的扬州靖氏家族情况做过说明，他说：

> 此本为靖氏所藏。靖氏是旗人，原籍辽阳，上世约在乾嘉时期移居扬州，清朝末年又迁居南京浦口。当时津浦铁路初创，收藏者的祖父在浦口建造住宅，其居住的街道取名“明远里”，至今仍沿称未改。[②]

“明远里”在今天浦口区泰山街道浦口大马路天桥西端，2021 年 7 月 12 日笔者实地探访，明远里正架设围栏施工，无法入内参观。据 1935 年王焕镳修《首都志》，其“街道”表中即著录“明远里”，似非靖家命名。[③]靖家营位于扬州市江都区仙女镇樊庄，人口有百余户，半数以上为靖姓，每户门墙挂有“靖营组某某号”牌。1983 年，江都县地名委员会所编《江苏省江都县地名录》，其中砖桥公社所辖樊庄大队下即有“靖营”地名，未注明取名缘由。砖桥公社所辖以“营”命名的村落还有赵

---

① 赵冈《红楼梦新探》，第 107—114 页。赵冈《从靖应鹍藏抄本〈红楼梦〉谈红学考证的新问题》，赵冈、陈钟毅《红楼梦研究新编》，第 112—138 页。

② 毛国瑶《对脂靖本〈红楼梦〉批语的几点看法》。

③ 俞润生《对靖本〈石头记〉及其批语的若干疑问》。

家营、王营、火营等。[①]2021 年 7 月 16 日笔者探访靖家营时，曾与村民交谈，提及靖藏本，仍有不少人熟悉这段旧事。询问村民靖氏祖上情况，大都说不清楚。

关于靖氏家世，毛国瑶给俞平伯写信时曾提及：

> 靖应鹍君，此人是旗籍。祖上约在康熙、乾隆年间任过要职，原籍辽阳，始祖靖国公。这些都是见靖氏家谱，并有绘像，我疑此书不但是靖氏原藏，而且与《红楼梦》作者的家庭或者还有些关系。[②]

对此，王惠萍、靖宽荣也曾撰文说明：

> 据靖宽荣自言，先世辽阳，有军功而赐姓“靖”；在江都落户时，居住称“靖家营”，则必为旗下领兵的大将，屯住扬州，乃能有“靖家营”的地名，而且此“旗下领兵的大将”极可能有爵位……
>
> 靖宽荣幼年听祖父所说祖籍辽阳和系旗人等等，家谱上确有记载。
>
> 据了解，靖家近十代辈分的排字是“兆长应宽德，恩厚自昌宏”。虽然时隔二百年左右，我们数代人互不通音讯，但这里和我们的排辈完全相同。只是我们这一支系已到“德”字辈，他们只到“宽”字辈。
>
> 当我们问及家世及家谱情况时，靖家十多位“长”字辈的家长都说：原来四家长房都有一部家谱，但都毁于“文革”中。同时还有一套挂谱，为绢质，上有祖先官服绘像，支系衍传名讳。每年清明、冬至两节，族中都要祭祖，四家长房轮流保管，但这套挂谱也毁在“文革”中。[③]

据称，1955 年靖应鹍的父亲靖松元将靖藏本从扬州砖桥靖家营带到南京浦口。靖松元育有二子四女，长子靖应鹏于 1947 年病故，后来书籍杂物均归次子靖应鹍。靖应鹍初中毕业后，曾做过浦口铁路工人。其子靖宽荣曾在浦口港务管理处工作。王惠萍 1946 年生于南京浦口镇东门，大专毕业，

---

① 江都县地名委员会编《江苏省江都县地名录》，第 78 页。
② 俞平伯《记毛国瑶所见靖应鹍藏本〈红楼梦〉》。
③ 王惠萍、靖宽荣《关于靖本〈石头记〉及其批语流传的几个问题》。

曾在浦口文化局工作。1967 年 2 月，靖宽荣、王惠萍两人结婚，也是由毛国瑶促成。①

关于靖氏渊源，毛国瑶还有如下记述：

> 至靖氏先人何时入关，何时迁至扬州，现均无考。据靖应鹍同志闻其先人言，当初系因罪或其他缘由南迁，初至江都，后又分支于扬州之黄金坝，另一支迁往徐州，现两地皆有靖氏族人。一九六五年靖家尚存有宗谱，惜已于“文革”时毁去。②

靖家原有家谱，在“文革”中被毁。查检现存靖氏家谱，发现 2012 年春淮海周边地区靖氏族人曾发起修谱计划，联络徐州、铜山、邳州、睢宁，山东临沭、聊城、冠县、枣庄，以及安徽灵璧、泗县等地十余个地域族人，筹划修谱，在 2013 年 10 月出版淮海周边地区《靖氏族谱》。据此谱，徐州铜山有靖家庙，始建于明末天启年间，清康熙五十八年（1719）五月曾重修祖庙，后来用作私塾，建国后成立“靖集小学校”。学校也在“文革”期间被毁，仅存残碑、旧址。③ 徐州靖氏并非如毛国瑶所转述，靖氏在明代即在徐州有支脉，并非清入关后赐姓因罪迁徙至此。且若靖氏为旗人，获罪以后，也要像清雍正年间曹家被抄家治罪返京归旗一样回到北京。④ 如毛、靖所述，靖家既为旗人，获罪后不可能迁往扬州。

---

① 魏绍昌《所谓“靖本”究竟是怎么一回事？》。
② 毛国瑶《再谈靖应鹍藏抄本〈红楼梦〉批语及有关问题》。
③ 淮海靖氏族谱修编委员会自印《靖氏族谱》，第 24 页。
④ 龚鹏程《靖本脂评〈石头记〉辨伪录》，龚鹏程《红楼丛谈》，第 159 页。

图表 1.4 靖氏租住旧宅所在街道、明远里旧址与靖家营

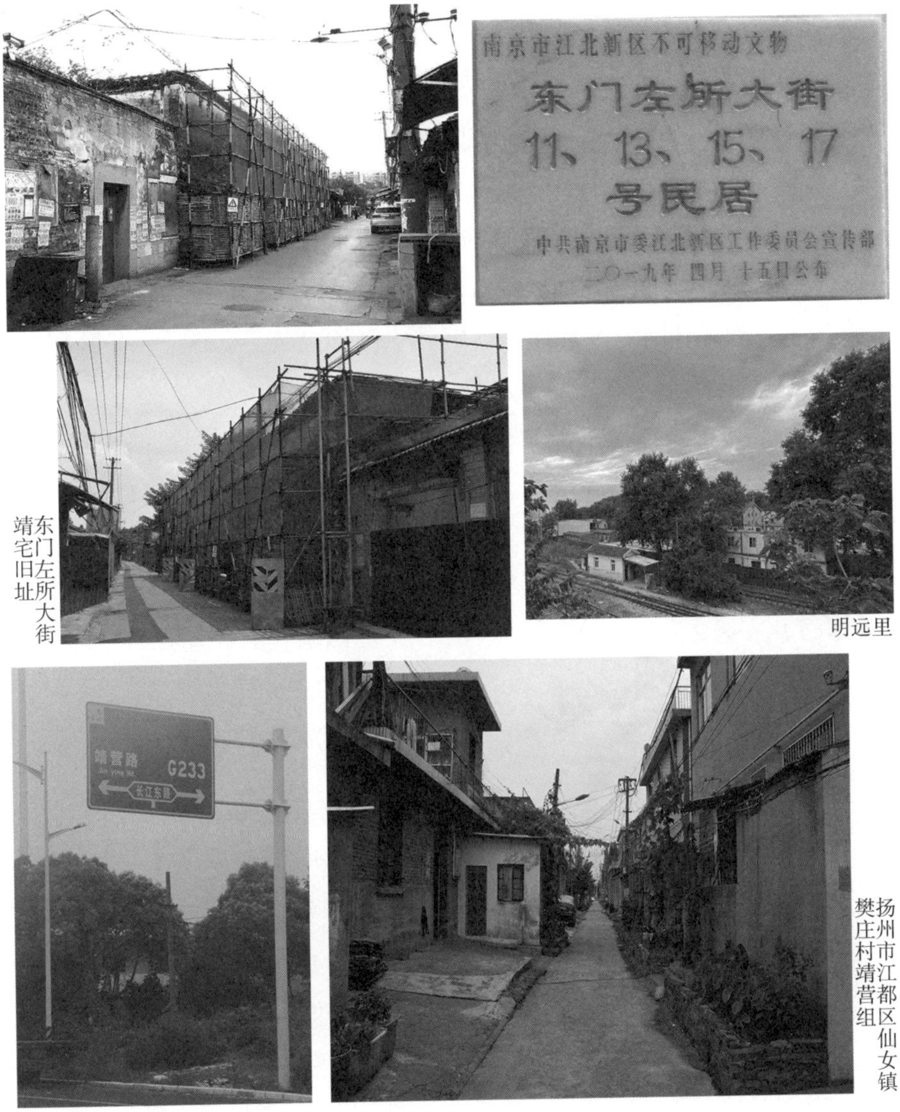

东门左所大街靖宅旧址

明远里

扬州市江都区仙女镇樊庄村靖营组

** 靖氏租住旧宅地址：南京江北新区泰山街道东门左所大街

（左上：王长才摄；左中：作者摄于 2021-07-12）

明远里旧址：泰山街道浦口大马路天桥西端

靖家营地址：扬州市江都区仙女镇樊庄村（作者摄于 2021-07-16）

附录1.1

“靖国公”小考

毛国瑶提及在“文革”中毁掉的靖氏家谱时，曾向俞平伯介绍过一条重要信息：靖氏始祖为“靖国公”。家谱编纂者对祖辈称谓，多称官爵而冠以“公”字，靖姓且称国公，显而易见，“国公”不是名字，而是一个封号，且是有功于国家，由皇帝敕封，个人才会有这样的封号。

“靖”义为平定、安定，“国公”为封爵名，自隋代始设，分国王、郡王、国公、郡公、县公、侯、伯、子、男九等，沿用至明代。《红楼梦》以“假语村言”敷衍出的宁荣二府，其始祖贾演、贾源，即敕封“国公”。黛玉进贾府，看到“荣禧堂”大匾，后有小字“某年月日，书赐荣国公贾源”，且有“万几宸翰之宝”。小说虽然虚构，但宁荣两“国公”的封号为皇帝所赐，仍是基于史实逻辑。

靖家的具体情况，靖应鹍之子靖宽荣也有较为详细的自述：

> 笔者幼年曾听祖父（名松元，字长钧）说过，我家原籍辽阳，系旗人，本不姓“靖”，因祖上立有军功，遂赐姓“靖”……家父年轻时就曾问过祖父，祖父说：我们家祖上立过功、做过官、吃过粮（指皇家的俸禄）……后来，始祖由北方迁到江南，在江都落户，居处后称“靖家营”。约当乾、嘉之间，我家这一支又由江都迁往扬州城北之“黄金坝”。清末，家已败落，约在一九一〇年祖父只身来南京谋生。先在轮船上当学徒，后因修筑津浦铁路，转到铁路上工作。他当时的工牌是七号，意即第七个中国工人。我的祖父于1954年病故。[①]

① 靖宽荣、王惠萍《靖本琐忆及其他》，《靖本资料》，第154—161页。

如果毛国瑶所述靖氏家谱记载始祖为靖国公无误，这样重要的人物，史册应有明文记载，但遍考诸书，并不存在与靖家相符的这样一位“靖国公”。历史上因军功受封“靖国公”的，仅有明代的两位。

明代首次受封“靖国公”的人是陈珪（1335—1419），扬州路泰兴（今江苏泰兴）人，明初曾随大将军徐达平中原，随永乐帝出塞为前锋，又从起兵，封泰宁侯。永乐四年（1406），曾总理北京宫殿建设。永乐八年，永乐帝北征，陈珪与驸马都尉袁容辅赵王留守北京。永乐十七年四月卒，享年八十五。赠“靖国公”，谥“忠襄”。①

明代第二位受封“靖国公”的人是黄得功（？—1645）。黄得功，号虎山，辽东开原卫（今辽宁开原）人，祖籍合肥。以军功起家，明崇祯九年（1636）迁副总兵，分管京卫营。崇祯十一年，从熊文灿于舞阳抗敌，连续取胜。诏加太子太师，署总兵衔，屡立战功。十七年封靖南伯。南明福王立江南，进封侯，与刘良佐、刘泽清、高杰为四镇。清军大举南下，福王朱由崧逃至黄得功军营，黄得功奋力作战，不敌清军，愤而自杀。南明福王弘光元年，晋靖国公。②

陈珪、黄得功二人都因参与战事、为国捐躯，因被封为“靖国公”。毛国瑶致俞平伯函中提及的“靖国公”，有颇多难解之处。从毛国瑶相关叙述看，似乎是杂糅了赐姓为“靖”与“靖国公”这个封号。为什么这样说？靖家这位始祖“靖国公”，是明朝人，还是清朝人？是明代追封的国公，还是清代追封的国公？明代两位靖国公已经析分出来，既然明代已封“靖国公”，其后代便不可能在康熙、乾隆年间担任要职，且浦口靖氏原籍辽阳与明代的两位“靖国公”陈珪、黄得功祖籍都不合。

那么，有没有可能是清代封的“靖国公”？实际上，遍查清代史志，清代并没有承明代之旧再封“靖国公”。也就是说，虽然历代有封“国公”之实，但封“靖国公”似为明代特有，是对为效忠国家鞠躬尽瘁之人的至高褒奖，清代并未延续。由此可见，所谓靖氏家谱始祖“靖国公”云云，实属附

① 《明史》卷一四六《陈珪传》。
② 《明史》卷二六八《黄得功传》等。

会明代“靖国公”封号与清代皇帝赐姓两端，靖家并不存在这样一位“靖国公”。但后人在追寻靖氏源流时，关于扬州靖氏的叙说，不管这种附会是出于靖氏族谱，还是转述者，都为靖氏源流建构了一个影响极大但缺乏证实的支脉。

（二）毛国瑶所述靖藏本的文献形态

据毛国瑶回忆，他当时见到的靖藏本，有十册八十回，已十分破旧，书叶黄脆，又遭虫蛀。书中每隔四回有蓝色书衣，每册各钤“明远堂”、“拙生藏书”（毛国瑶文有时又作“拙生收藏”）两印。原为四回装一册，凡二十册。当时已缺第二十八、二十九两回及第三十回末数叶。其中批语朱墨相杂，有双行小注、行侧批、眉批、回前回后批。句下双行批都比较清楚，眉批、行侧批文字讹乱，行侧批尤甚。他将此书借回家后，曾与有正本对照，发现靖藏本中有些批语不见于有正本。为将有正本所缺批语补齐，他将靖藏本批语抄录在一个笔记本上，总共抄下150条，并在多数批语后以括号注明对应的小说正文及批语位置。同年秋末，毛国瑶将此书归还靖应鹍。[①]

毛辑靖藏本批语，以钢笔蓝色小楷抄录在南京市人民政府税务局印行的笔记本上，共二十六页。笔记本封面印有“学习与工作”五字，其下印“南京市人民政府税务局印”十一字，笔记本为蓝格，[②]上下边栏为波浪线，上栏天头有“　年　月　日（星期）”字样，每页十七行。批语前以朱笔阿拉伯数字标注序号，共150条。在抄写各回批语前，居中抄写回目“第 × 回”。因毛国瑶曾将这个笔记本寄给俞平伯，其中多有俞平伯据甲戌本、庚辰本用朱笔校改的文字，笔记本第一页天头有“1964.4月平伯阅。校正本均用朱笔注明”字样。

在抄录靖藏本批语笔记本的末尾，有毛国瑶附记，介绍了靖藏本批语概况：

---

① 毛国瑶《对脂靖本〈红楼梦〉批语的几点看法》《再谈靖应鹍藏抄本〈红楼梦〉批语及有关问题》。

② 笔者仅见笔记本黑白复制件及部分彩色复制件，因年代久远，彩色复制件颜色似有变化，涉及墨迹、行格的颜色等，均据毛国瑶自述。毛国瑶《靖应鹍藏抄本〈红楼梦〉发现的经过》。

以上计11、19—21、25—27、31—36、38—40、44—46、51—52、55—62、68—77共三十五回全无批语，书缺28、29两回及30回3页，凡有正石印本已有之批均未录。

图表1.5 毛辑靖藏本批语位置分布表

	朱笔眉批	墨笔眉批	双行夹批	回前批	回后批	位置不明批
批语	12、25（前半）、33、44、47、70、71、72、74、75、81、87（前段）、101	1、5-7、9-11、13-15、18、20、23-24、25（后半）、30-31、34-39、42-43、45-46、48-58、60-67、76-79、82-86、87（后段）、88-91、93-94、96-100、102-121、123-126、130、132、135-148	22、32、69	28、41、68、92、95、122、133	40、80、149、150	2、3、4、8、16、17、19、21、26、27、29、59、73、127、128、129、131、134

（三）靖藏本批语的特点

据毛国瑶称，1959年夏天，他从靖应鹍那里借来靖藏本时，就已经注意到靖藏本与有正本中的批语有许多不同，才将这些与有正本有差异的批语抄录下来。毛国瑶除了抄下来150条靖藏本批语，还抄录了靖藏本中贴条类的副文本，如第21条批语“寡母孤儿毕有真”之后第一册封面下粘一长五寸、宽约三寸半长方形字条，墨笔录曹寅《题楝亭夜话图》，左下方撕缺，有亓白三五彐录字样。

毛国瑶抄录下的靖藏本150条批语，与传世诸抄本校勘，有如下几个比较明显的特点：

其一，其中仅有畸笏叟署名，毛国瑶1964年在给俞平伯的信中也特别提及这一点。[①]

其二，其中有不少独出的纪年，除第83条末有戊子（1768）夏，还有第97条丁丑（1757）、第102条辛卯（1771）、第21条后字条上的丙申（1776）（图表2.17）。

其三，庚辰本中己卯、丁亥的呼应批语，在毛国瑶抄录的150条批语中，或仅有其中一条，或有增益文字。如靖藏本第91条为“丁亥春日偶识一浙省客”批，而没有庚辰本第23回的眉批“此图欲画之心久矣，誓不遇仙笔不写，恐亵我颦卿故也。己卯冬”。庚辰本第22回原有一对呼应眉批：

〔庚眉〕凤姐点戏脂砚执笔事，今知者聊聊矣，不怨夫？

〔庚眉〕前批“书（知）者聊聊”，今丁亥夏只剩朽物一枚，宁不痛乎？

毛国瑶抄录的靖藏本批语第87条，在“前批‘知者聊聊’”与“今丁亥夏只剩朽物一枚”中间，另多出“不数年，芹溪、脂砚、杏斋诸子皆相继别去”十六字。

其四，其中有四十余条独出批语（附录1.2），这些批语有的涉及前八十回故事情节，如“遗簪、更衣”“西帆楼”等。也有的涉及八十回后故事，如“芸哥仗义探庵”“瓜州渡口”“试观证前缘回黛玉逝后诸文便知”等。还有的涉及作者生平经历，如“谢园送茶”等。

以上为靖藏本批语的四个主要特点，关涉《红楼梦》成书过程、早期批点者脂砚斋与畸笏叟两个名号的关系、八十回后故事情节等等重要问题，是研究者重视的主要原因。

---

① 俞平伯致毛国瑶函（1964年4月7日）。

附录1.2

靖藏本独出批语辑录

（据毛国瑶辑抄靖藏本批语的笔记本转录）

1. 作者自己形容（“生得骨骼不凡，丰神迥异”眉批）

〔以上第 1 回〕

第一册封面下粘一长五寸、宽约三寸半长方形字条，墨笔录曹寅《题楝亭夜话图》，左下方撕缺，可见丙白乍五习录字样。

紫雪溟蒙楝花老，蛙鸣厅事多青草。
庐江太守访故人，浔江并驾能倾倒。
两家门第皆列戟，中年领郡稍迟早。
文采风流政有余，相逢甚欲抒怀抱。
于时亦有不速客，合坐清炎斗炎熇。
岂无炙鲤与寒鹦，不乏蒸梨兼瀹枣。
二簋用享古则然，宾酬主醉今诚少。
忆昔宿卫明光宫，楞伽山人貌姣好。
马曹狗监共嘲难，而今触痛伤怀抱。
交情独剩张公子，晚识施君通纻缟。
多闻直谅复奚疑，此乐不殊鱼在藻。
始觉诗书是坦途，未防车毂当行潦。
家家争唱饮水词，纳兰小字几曾知。
布袍廓落任安在，说向名场尔许时。

33. 观警幻情榜方知余言不谬（同上句朱眉）

39. 如见如闻此种话头作者从何想来应是心花欲开之候（眉）

〔以上第 6 回〕

41. 他小说中一笔作两三笔者一事启两事者均曾见之岂有似送花一回间三带四赞花簇锦之文哉（前批）

〔以上第 7 回〕

54. 此岂是宝玉所乐为者然不入家塾则何能有后回试才结社文字作者从不作安逸苟且文字于此可见（眉）

55. 此以俗眼读石头记也作者之意又岂是俗人所能知余谓石头记不得与俗人读（眉批，与上批隔一行）

56. 安分守己也不是宝玉了（眉）

57. 前有幻境遇可卿今又出学中小儿淫浪之态后文更放笔写贾瑞正照看书人细心体贴方许你看（眉）

58. 声口如闻（眉）

〔以上第 9 回〕

59. 这个理怕不能评

60. 吾为趋炎附势仰人鼻息者一叹（眉）

61. 不知心中作何想（眉）

〔以上第 10 回〕

68.……因命芹溪删去遗簪更衣诸文……

70. 可从此批通回将可卿如何死故隐去是余大发慈悲也叹叹壬午季春畸笏叟（同上句书眉朱笔）

71. 删却是未删之文（商议料理丧事及贾珍痛哭一段朱笔眉批）

72. 何必定用西字读之令人酸笔（设坛于西帆楼上一段朱笔眉批）

74. 刺心之笔（贾珍蹲身跪下道乏朱笔眉批）

〔以上第 13 回〕

81. 伤心笔（朱眉，在“面若春花目似点漆”上）

〔以上第 15 回〕

83. 孙策以天下为三分众才一旅项籍用江东之子弟人惟八千遂乃分裂山河宰割天下岂有百万义师一朝卷申芟夷斩伐如草木焉江淮无涯岸之阻亭壁无藩篱之固头会箕敛者合从缔交锄櫌棘矜者因利乘便将非江表王气终于三百年乎是知并吞六合不免轵道之灾混一车书无救平阳之祸呜呼山岳崩颓既履危亡

之运春秋迭代不免去故之悲天意人事可以凄沧伤心者矣大族之败必不致如此之速特以子孙不肖招接匪类不知创业之艰难当知瞬息荣华暂时欢乐无异于烈火烹油鲜花著锦岂得久乎戊子孟夏读虞子山文集因将数语系此后世子孙其毋慢忽之（书眉墨笔书写）

〔以上第 18 回〕

92. 醉金刚一回文字伏芸哥仗义探庵……

94. 果然（与上批相接隔数字）

〔以上第 24 回〕

95. 无限文字痴情画蔷可知前缘有定强求人力非（回前批，恐有缺字）

〔以上第 30 回〕

96. 观湘云作海棠诗如见其娇憨之态是乃实有非作其事者杜撰也（眉）

〔以上第 37 回〕

97. 尚记丁巳春日谢园送茶乎展眼二十年矣丁丑仲春畸笏叟（妙玉泡茶一段眉批）

98. 妙玉偏僻处此所谓过洁世同嫌也他日瓜州渡口劝惩不哀哉屈从红颜固能不枯骨□□□（妙玉不收成窑杯一节眉批，缺字前二字看不清，似是“各示”两字，第三字为虫蛀去，文义也不可解）

99. 玉兄独至岂无真吃茶作书人又弄狡猾只瞒不过老朽然不知落笔时作作者如何想丁亥夏（眉批）

100. 黛是解事人（眉批）

〔以上第 41 回〕

102. 应了这句话固好批书人焉能不心伤狱庙相逢之日始知遇难成祥逢凶化吉实伏线于千里哀哉伤哉此后文字不忍卒读辛卯冬日（眉）

103. 也算二字太谦（眉）

104. 男人分内究是何事（眉）

105. 读书明理治民辅国者能有几人（眉批）

〔以上第 42 回〕

109. 这方是作者真意（茗烟祝告一段眉批）

〔以上第 43 回〕

112. 奇谈此亦是□呆（眉批，蛀一字）

113. 呆子声口如闻（眉批）

114. 纨绔子弟齐来看此（眉批）

〔以上第 47 回〕

117. 此批甚当（稍后眉批）

〔以上第 48 回〕

121. 的是湘云写海棠是一样笔墨如今联句又是一样写法（眉批）

〔以上第 50 回〕

124. 招匪类赌钱养红小婆子即是败家的根本（贾珍对贾芹说话一段眉批）

〔以上第 53 回〕

125. 文章满去赃腹作余谓多（眉批。有错漏字，在"那男子文章满腹却去作贼"一段上）

〔以上第 54 回〕

128. 玉兄此想周到的是在可女儿工夫上身左右于此时难其亦不故证其后先以恼况无夫嗔处（不可解）

〔以上第 64 回〕

133. 四撒手乃已悟是虽眷恋却破此迷关是必何削发埂峰时缘了证情仍出士不隐梦而前引即秋三中姐（回前批，不解何意）

134. 宝卿不以为怪虽慰此言以其母不然亦知何为□□□□宝卿心机余已此又是□□（不解，前四字看不清，后两字蛀去）

135. 似糊涂却不糊涂若非有风缘根基有之人岂能有此□□□姣姣册之副者也（眉批，三字不清）

136. 岂犬兄也是有情之人（"向西北大哭一场"一段眉批）

〔以上第 67 回〕

144.……试观证前缘回黛玉逝后诸文便知……

146. 妙极菱卿声口斩不可少看作他此言可知其心中等意略无忌讳疑直是浑然天真余为一哭（眉批）

〔以上第 79 回〕

147. 是乃不及全儿昨闻煦堂语更难揣此意然则余亦幸有雨意期然合而不□同（眉批，不可解，在"菱角谁闻见香来着"一段上）

〔以上第 80 回〕

图表 1.6 毛国瑶以笔记本辑抄 150 条靖藏本批语示例

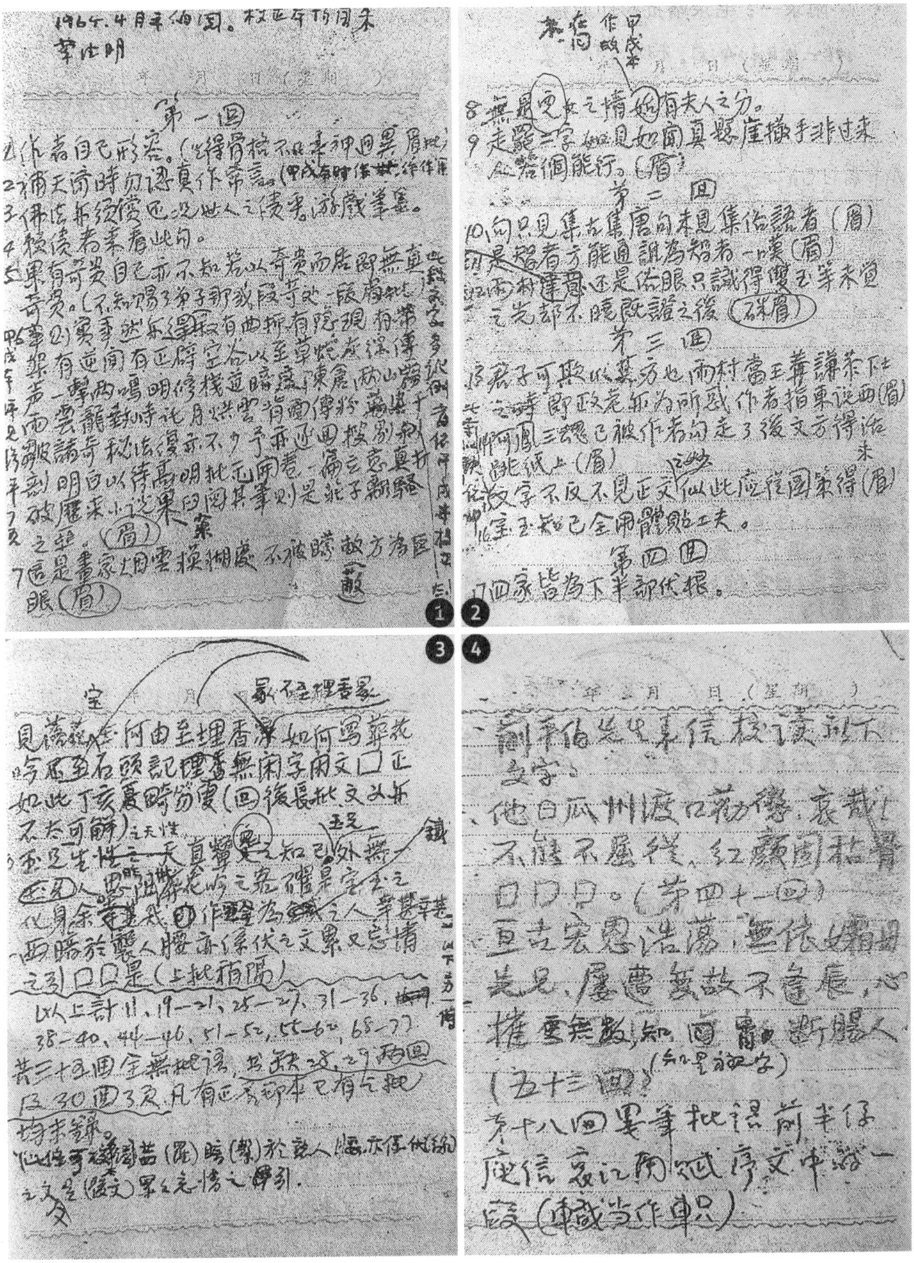

（四）有关靖藏本下落的几种说法

其一，被靖家人当作废品卖掉。

毛国瑶赶到靖家再去问书时，已经找不到了。是借走的呢，还是当废品卖掉了，一家人谁也回答不出来。阁楼上的书籍杂物，1961年前后曾被靖应鹍老伴当废品卖掉过一批，问她这部抄本是否也一起卖掉了，她已记不得，好像没有卖过，但有一只宣德炉，的确被她当“废铜烂铁”处理掉了。所以靖本不但是怎样失落的搞不清楚，连在什么时候没有的也难以确指，只能说是在毛国瑶还书之后至又去要书之前的这几年之间吧。①

其二，王惠萍称曾在罗时金家玻璃书橱内见过。

王惠萍在婚前曾认识罗时金，罗原在江苏人民出版社任编辑，被错划右派，下放到浦镇东门供销社。1960年前后在东门废品收购站工作过一段时间，恰巧在靖本的丢失期间。因此罗很可能得到这部抄本。特别值得注意的是，王惠萍就在他家里的玻璃书橱内见到过有十厚册蓝封皮的抄本《红楼梦》，与毛国瑶介绍的形状相同，可惜她当时没有仔细翻阅。②

其三，或因陈慕洲家拆卖楼板搬书时佚失。

我家住的房子原来是陈慕洲家的私房，改造为公房后由房管所换房给我家住。我家放书的阁楼因原属陈家，一九六二年前后陈家拆卖楼板，我家的书，本来和陈家的什物堆在一起。拆楼板时，我们的书搬到楼下，陈家的东西搬回他家。因我家书多，当时我们也没人重视，他们曾搬走了不少书。靖本是否在这时迷失，难以断言。这一情况尚未为外界所知，将补充说明。③

---

① 魏绍昌《靖本〈石头记〉的故事》。
② 魏绍昌《靖本〈石头记〉的故事》。
③ 王惠萍、靖宽荣《海外奇谈——答周汝昌靖本〈石头记〉佚失之谜》。

其四，传言八十年代曾在开往南京的列车上出现。

后来有消息说，八十年代初在开往南京的列车上，有人发现一位乘客在看这本书，封面上还写着“此是大毒草”的字样。可惜车去人散，昙花一现的靖本又迷失了。①

上世纪九十年代，当事人毛国瑶曾在致严中函中谈过对以上几种说法的看法：

王惠萍处我未联系，我想书也不会在她夫妇手中，至于“当废纸处理”，我也不相信，靖家也没有说过，过去曾怀疑是靖夫人卖给收购站，后来也未查出，到底怎样谁也说不清。我在《集刊》第十三辑文中，已说明“当面还给靖应鹍同志”，那时他们健在，对这一点他也是肯定的。我想不必去解释，还是那句话，看事实好了。②

二、靖藏本“发现者”毛国瑶及其家世

《红楼梦》靖藏本涉及的主要人物有毛国瑶、靖应鹍、靖宽荣、王惠萍四人，其中与红学家交往最密切，于保存、传播靖藏本批语“功劳”最大的是毛国瑶。他于1964年将抄有150条靖藏本批语寄给俞平伯，并与俞平伯密集通信讨论《红楼梦》研究中的相关问题，后来连续撰写靖藏本相关研究论文。1982年江苏省红学会成立，毛国瑶在这一年连写三篇有关靖藏本的文章（《曹雪芹、脂砚斋和富察氏的关系》《再谈曹雪芹与富察氏的关系》《再谈靖应鹍藏抄本〈红楼梦〉批语及有关问题》），③ 期间多次应邀参加学术会议，成为江苏省红楼梦学会会员。

毛国瑶对《红楼梦》非常熟悉，尤留意脂批、曹家家世，深度参与红学论争。毛国瑶在靖藏本一案中扮演了重要角色，但学界对他并不是很熟悉。迄今为止，谈及当年靖藏本的发现者，多数学者对毛国瑶的认识仍是一位不

① 韦明铧《枝枝叶叶总关情：扑朔迷离的“扬州靖本”》《红楼梦断靖家营》。
② 毛国瑶致严中函（1991年12月28日）。
③《再谈靖应鹍藏抄本〈红楼梦〉批语及有关问题》是毛国瑶与石昕生合作。

谙世事的年轻人。那么，事实是否如此？

为全面深入了解毛国瑶其人其事，以及他发现靖藏本的背景，首先要聚焦毛国瑶幼年的成长环境。毛氏家族中有一位毛健全，是贵州大学地质系教授。洗马塘毛氏家族历经百年沧桑，在动荡的时代下与命运抗争，仍恪守祖训，培养了诸多人才，有感于此，毛健全与妻子崔淑萍共同拟订写作提纲、联系亲友，多方调查汇集资料，写成《洗马塘：毛家一百年的故事》，这本书为深入了解毛国瑶其人其事提供了丰富的资料。

毛国瑶，生于1930年。其祖父毛少远，安徽合肥洗马塘人，是一位私塾先生。毛少远育有毛东屏、毛北屏、毛西屏三子，长子毛东屏承续毛少远的私塾事业。三兄弟的青年时期，正值清末民初的动荡年代。1912年，中华民国临时政府在南京成立，孙中山被推举为临时大总统。孙中山曾接到一份报告，称当下仍有清朝皇室及不少封建余孽等组织反动势力活动，因此提请范鸿仙广招人员，组织训练铁血军，准备北伐。后来组成了一支五千多人队伍的铁血军，范鸿仙任总司令，下有两支队，又各辖三个大队。这一年，毛东屏得肺结核去世。毛北屏、毛西屏毅然加入铁血军。毛北屏任司令部文书，毛西屏任第一支队下所辖大队的队长。[①] 毛北屏就是后来抄存靖藏本批语的毛国瑶的父亲。

有关毛北屏的传奇经历，毛健全有如下口述：

> 以我的二爹爹（伟按：指毛北屏）而言，他从参加铁血军到上北京求学，与后来诺贝尔物理奖获得者杨振宁的父亲、著名数学家杨武之成为同学、同事，且两家曾同住一处；他获得公费赴美留学却又不得已而在底特律打工，与后曾任国民党中央宣传部长的程天放相识，得到程天放的赏识、眷顾，却又数次掩护共产党亲戚；以当面骂蒋介石而“一骂成名”的狂人刘文典被拘押后，是他领衔保释；他曾任驻德国大使馆主事，与著名军事学家蒋百里成为至交，却又辞职回国继续当他的教授……[②]

① 毛北屏《范鸿仙与铁血军》。

② 毛健全《洗马塘：毛家一百年的故事》，第4页。

其后南北和谈，范鸿仙辞去铁血军总司令职务，铁血军中五千人员改编为步兵旅。铁血军解散以后，毛北屏又回到合肥洗马塘。毛西屏曾被南京临时政府陆军部任命为右都尉、陆军第三十五旅七十团一营营长。在孙中山辞去大总统职位后，临时政府迁往北京，毛西屏在北京审计处谋得一份小职员工作。

在兄弟三人中，毛北屏走的路与他兄弟二人不太一样，他从小在家随毛少远读私塾，李鸿章儿子李经方在合肥创办庐州中学堂时，毛少远就把毛北屏送进了学堂，李经方游学海外，对西方现代教育非常熟悉，庐州中学堂设有英文、数学、化学等新课程。在这样的环境中，毛北屏很早就学习了英文、数学等课程，为他后来读南京法政学堂、留学美国打下了基础。

1911 年，毛北屏与开馆办私学的费先生二女儿费志明结婚。此后，毛北屏就读于南京法政学堂，又经当时在北京做审计员的毛西屏极力推荐，转学至北京高等师范学校历史地理部深造。[①] 在北京求学的这段经历，他又结识了合肥老乡杨武之（1896—1973）。杨武之比毛北屏小七岁，去北京高等师范学校求学之前，是安徽省立第二中学的应届毕业生。二人在北京高等师范学校成为挚友。1917 年，毛北屏毕业以后，[②] 回到合肥，在省立第六师范教授教育学、教育心理学。1921 年，在学校图书馆，毛北屏看到了那张改变他命运的报纸。当时，安徽省政府为发展教育事业，为安徽籍且在安徽教育界服务十年以上的人员提供了政府公派留学机会，这则消息就刊登在毛北屏偶然看到的那份报纸上。

1929 年编写的《安徽省立大学一览》，其中“教职员姓名”有毛保恒的履历：

> 姓名：毛保恒　字：北屏　籍贯：安徽合肥
>
> 履历：北京高等师范本科毕业，美国金锡维利亚大学学士，印第安纳大学教育硕士，芝加哥大学密西根大学教育学院研究员。曾充安徽省立第六师范第二中学教员，第一职业学校校长，现任安徽教育厅科长。

---

① 国立北京高等师范学校编《北京高等师范学校十周年纪念录》。

② 1917 年第四届史地部共毕业 25 人，国立北平师范大学编《国立北平师范大学毕业同学录》，第 557 页。

名称：曾任副教授　所授学程：教育概论

住址或通讯处：圣公会四号[①]

这份履历中涉及的毛北屏教育、工作等信息较为详细，但与实际情形并不相符。

毛保恒英文名为 Paoheng Mao，1922 年 8 月在上海乘“南京号”邮轮离开上海。在去美国的轮船上，毛北屏认识了张闻天（1900—1976），后来在美国又认识了程天放（1899—1967），这些人都影响了毛北屏回国以后的经历。尤其是程天放，他学成回国后，时时处处保举、护佑毛北屏。

毛北屏在美国印第安纳州巴特勒大学（Butler University）攻读教育学硕士学位，1925 年以毕业论文《中国的中学教育》（Chinese Secondary Education，图表 1.7）获得硕士学位，[②]由年级学术委员会主席、动物学家 Henry Lane Bruner（1861—1945）教授为其颁发学位证书，与毛北屏同时获得文学硕士学位（Master of Arts）的还有以下四位：Ethel M. Hightower、Ellen Katherine Ocker、Lalit Kumar Shah、Toyozo Wada Nakarai（图表 1.8）。[③]毕业以后，毛北屏去了福特汽车公司工作。[④]

毛北屏回国以后，经时任国民政府驻德大使的程天放保荐，担任驻德大使主事。据程天放回忆，当时他虽然已研究过国际公法和国际关系，但对实际外交工作毫无经验，被任命为驻德大使以后，一切都要从头学起，其中一项就是人的准备，他曾保荐毛北屏为主事。对这段故事，程天放有如下回忆：

驻德公使馆人员很少，当时谭伯羽兄是使馆参事，还兼商务专员，负军事接洽和购买军火责任。二等秘书是谭葆瑞君兼管领事事物。三等秘书是王家鸿君管留学事物。此外还有主事刘君，甲种学习员王学理和黄维立两君，还有两个当地雇用的打字和杂物人员。而且王家鸿君已奉

① 安徽省立大学编《安徽省立大学一览》，第 9 页。

② Mao PaoHeng.Chinese Secondary Education: https://digitalcommons.butler.edu/cgi/viewcontent.cgi?article=1047&context=grtheses

③ Butler University,“Butler Alumnal Quarterly (1925)”. Butler Alumnal Quarterly.13. p81. https://digitalcommons.butler.edu/bualumnalquarterly/13

④《留美学生之汽车实习》照片，《图画时报》1926 年第 331 期。

图表 1.7 毛北屏的硕士毕业论文《中国的中学教育》(1925.6.15)内页书影

CHINESE SECONDARY EDUCATION

****

A Thesis Submitted as a Partial Requirement

for the Degree of Master of Arts

Department of Education

by

Pao Heng Mao

****

B U T L E R U N I V E R S I T Y

****

June 15

Nineteen Hundred Twenty-five

CHINESE SECONDARY EDUCATION

I INTRODUCTION

It is not easy to define the limits of secondary education. Each person has periods in which he can receive education. The middle period of this time can be called the period for secondary education. Looking at it from the stand-point of society, the government has established a school system for the education of its people which can be called secondary education. With the individual the maximum period of receiving education is from six to twenty-four years of age. The period from twelve to eighteen is the suitable period to term the central part or the period of secondary education. Secondary education constitutes the center of any educational system. In the school of all modern nations the central portion is called secondary schools. Although the limits of the period vary slightly, yet in general they correspond. Now that we have defined secondary education it is well to see what the school laws say about secondary education.

Real secondary education in China dates from the year 1903. In that year the Royal House proclaimed a school law and decided that between the colleges and the primary

图表 1.8 巴特勒大学校友季刊（The Butler Alumnal Quarterly）中的毛北屏

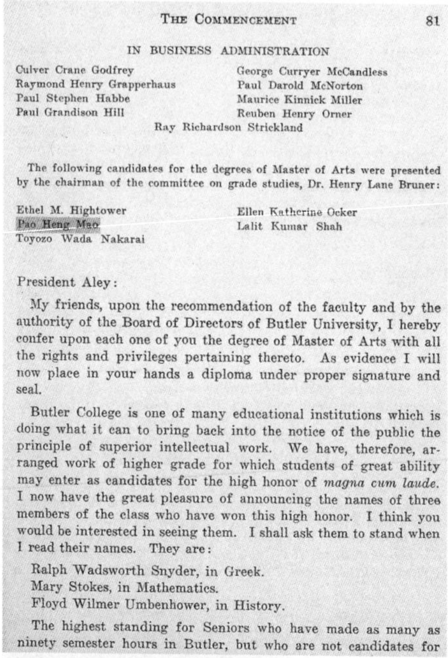

THE COMMENCEMENT 81

IN BUSINESS ADMINISTRATION

Culver Crane Godfrey
Raymond Henry Grapperhaus
Paul Stephen Habbe
Paul Grandison Hill
George Curryer McCandless
Paul Darold McNorton
Maurice Kinnick Miller
Reuben Henry Orner
Ray Richardson Strickland

The following candidates for the degrees of Master of Arts were presented by the chairman of the committee on grade studies, Dr. Henry Lane Bruner:

Ethel M. Hightower
Pao Heng Mao
Toyozo Wada Nakarai
Ellen Katherine Ocker
Lalit Kumar Shah

President Aley:

My friends, upon the recommendation of the faculty and by the authority of the Board of Directors of Butler University, I hereby confer upon each one of you the degree of Master of Arts with all the rights and privileges pertaining thereto. As evidence I will now place in your hands a diploma under proper signature and seal.

Butler College is one of many educational institutions which is doing what it can to bring back into the notice of the public the principle of superior intellectual work. We have, therefore, arranged work of higher grade for which students of great ability may enter as candidates for the high honor of *magna cum laude.* I now have the great pleasure of announcing the names of three members of the class who have won this high honor. I think you would be interested in seeing them. I shall ask them to stand when I read their names. They are:

Ralph Wadsworth Snyder, in Greek.
Mary Stokes, in Mathematics.
Floyd Wilmer Umbenhower, in History.

The highest standing for Seniors who have made as many as ninety semester hours in Butler, but who are not candidates for

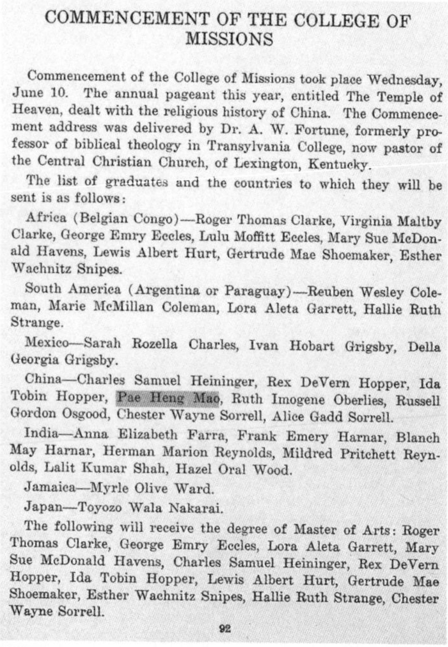

COMMENCEMENT OF THE COLLEGE OF MISSIONS

Commencement of the College of Missions took place Wednesday, June 10. The annual pageant this year, entitled The Temple of Heaven, dealt with the religious history of China. The Commencement address was delivered by Dr. A. W. Fortune, formerly professor of biblical theology in Transylvania College, now pastor of the Central Christian Church, of Lexington, Kentucky.

The list of graduates and the countries to which they will be sent is as follows:

Africa (Belgian Congo)—Roger Thomas Clarke, Virginia Maltby Clarke, George Emry Eccles, Lulu Moffitt Eccles, Mary Sue McDonald Havens, Lewis Albert Hurt, Gertrude Mae Shoemaker, Esther Wachnitz Snipes.

South America (Argentina or Paraguay)—Reuben Wesley Coleman, Marie McMillan Coleman, Lora Aleta Garrett, Hallie Ruth Strange.

Mexico—Sarah Rozella Charles, Ivan Hobart Grigsby, Della Georgia Grigsby.

China—Charles Samuel Heininger, Rex DeVern Hopper, Ida Tobin Hopper, Pae Heng Mao, Ruth Imogene Oberlies, Russell Gordon Osgood, Chester Wayne Sorrell, Alice Gadd Sorrell.

India—Anna Elizabeth Farra, Frank Emery Harnar, Blanch May Harnar, Herman Marion Reynolds, Mildred Pritchett Reynolds, Lalit Kumar Shah, Hazel Oral Wood.

Jamaica—Myrle Olive Ward.

Japan—Toyozo Wala Nakarai.

The following will receive the degree of Master of Arts: Roger Thomas Clarke, George Emry Eccles, Lora Aleta Garrett, Mary Sue McDonald Havens, Charles Samuel Heininger, Rex DeVern Hopper, Ida Tobin Hopper, Lewis Albert Hurt, Gertrude Mae Shoemaker, Esther Wachnitz Snipes, Hallie Ruth Strange, Chester Wayne Sorrell.

92

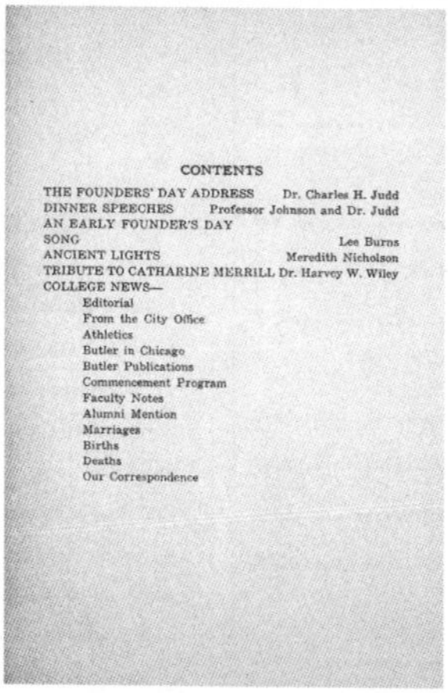

CONTENTS

THE FOUNDERS' DAY ADDRESS Dr. Charles H. Judd
DINNER SPEECHES Professor Johnson and Dr. Judd
AN EARLY FOUNDER'S DAY
SONG Lee Burns
ANCIENT LIGHTS Meredith Nicholson
TRIBUTE TO CATHARINE MERRILL Dr. Harvey W. Wiley
COLLEGE NEWS—
Editorial
From the City Office
Athletics
Butler in Chicago
Butler Publications
Commencement Program
Faculty Notes
Alumni Mention
Marriages
Births
Deaths
Our Correspondence

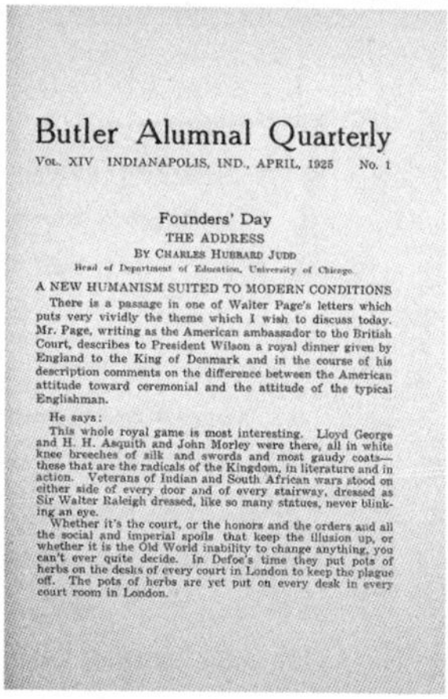

Butler Alumnal Quarterly

VOL. XIV INDIANAPOLIS, IND., APRIL, 1925 No. 1

Founders' Day
THE ADDRESS
BY CHARLES HUBBARD JUDD
Head of Department of Education, University of Chicago

A NEW HUMANISM SUITED TO MODERN CONDITIONS

There is a passage in one of Walter Page's letters which puts very vividly the theme which I wish to discuss today. Mr. Page, writing as the American ambassador to the British Court, describes to President Wilson a royal dinner given by England to the King of Denmark and in the course of his description comments on the difference between the American attitude toward ceremonial and the attitude of the typical Englishman.

He says:

This whole royal game is most interesting. Lloyd George and H. H. Asquith and John Morley were there, all in white knee breeches of silk and swords and most gaudy coats—these that are the radicals of the Kingdom, in literature and in action. Veterans of Indian and South African wars stood on either side of every door and of every stairway, dressed as Sir Walter Raleigh dressed, like so many statues, never blinking an eye.

Whether it's the court, or the honors and the orders and all the social and imperial spoils that keep the illusion up, or whether it is the Old World inability to change anything, you can't ever quite decide. In Defoe's time they put pots of herbs on the desks of every court in London to keep the plague off. The pots of herbs are yet put on every desk in every court room in London.

令调部，刘主事也由刘公使调往驻奥使馆，人员更感缺乏。我向汪精卫请求，使馆既然升格，人员也应该充实，蒙汪允许。我就保荐李维果、姚定尘两君做二等秘书，邱长康君做三等秘书，陈泽华君做随员，毛保恒君做主事，大使馆里有了七个正式职员两个甲种学习员。同时蒋委员长以中央政校校长的身份，派外交系毕业的萧作梁、朱建民、周炽夏、斯颂熙四君，到德国去进修，一面在柏林大学研究，一面大使馆做乙种学习员，不领公家薪水而为使馆服务。这样大使馆里连我就有了十六个人工作。①

毛北屏被正式任命代理驻德大使主事，时间为1935年8月31日。②1935年12月24日，毛北屏随程天放一行从上海乘“朴资丹号”(S.S. Potsdam)游轮前往欧洲。在近一个月的旅途中，毛北屏曾随程天放游览香港、马尼剌、新加坡、槟榔等地。次年1月18日，他们在马赛码头登岸。20日上午抵达巴黎。由萧继荣（1895—1966）陪同游览拿破仑墓、埃菲尔铁塔(Eiffel Tower)、巴黎圣母院等地。21日抵达柏林。③

毛北屏对政治没什么兴趣，又加上思念国内亲人，他逐渐失去了对这份工作的兴趣。1937年4月21日，毛北屏在驻德使馆工作一年零五个月后，获准辞去驻德大使主事职务，回国。④1949年建国以后，毛北屏听取扬扶清建议，没有去台湾，后来成为江苏省文史研究馆馆员、南京市文物保管委员会图书组组员。⑤

---

① 程天放《使德回忆录》，第4—5页。

② 《国民政府令》第327号：“派毛保恒代理驻德大使馆主事，加随员衔，支委任三级俸。此令。八月三十一日。”《外交部公报》1935年9月第8卷第9号。

③ 程天放《使德回忆录》，第12—21页。

④ 《国民政府令》第324号：“代理驻德大使主事毛保恒呈请辞职应即照准。此令。四月廿一日。”《外交部公报》1937年4月第10卷第4号。

⑤ 当时南京市文物保管委员会文物组组长为胡锡畴，图书组组长为陈延杰，史料组组长为程万孚，总务组组长赵蘧。江苏省博物馆学会编《江苏博物馆年鉴》，第69页。

图表 1.9　1939 年冬洗马塘毛氏家族贵阳合影 ①

图表 1.10　毛北屏生平履历简表 ②

年份	年龄	履历
1889	1	出生于安徽合肥洗马塘，随父亲毛少远读私塾
1898	10	入庐州中学堂学习，后转入皖江中学读书
1911—1912	24	与弟弟毛西屏参加铁血军，哥哥毛东屏得肺结核去世。娶私塾先生费先生二女儿费志明。在妻子费氏的支持下，入南京政法学堂读书

① 图片取自《洗马塘：毛家一百年的故事》封面。
② 此表主要依据毛健全《洗马塘：毛家一百年的故事》、毛北屏毕业论文及当时报纸刊登的消息整理。

续表

年份	年龄	履历
1914	26	大女儿毛国琼出生。随后转入北京高等师范学校深造。结识杨武之，两人在校期间成为极好的朋友
1917	29	从北京高等师范学校毕业，回到合肥，进入省立第六师范担任教员
1919	31	参加五四运动，与杨武之等一批教师与学生组织成立“安徽全省学校学生会”，公开致电北京政府，要求释放被逮捕学生
1921	33	在图书馆浏览报纸时，偶然注意到报纸刊载安徽省政府支持教育界人事公费留学的消息，申请后获得许可
1922	34	春天，辞去省立第六师范教职，赴上海办理出国手续。8月，从上海登上赴美“南京号”邮轮。结识张闻天，其后又在美结识程天放
1924	36	母亲去世，毛西屏操持丧事，在北京下葬。安徽省仅提供了一个学期经费后中断，期间曾得到当地教会帮助，加入圣公会，成为基督徒
1925	37	以毕业论文《中国的中学教育》（Chinese Secondary Education）在巴特勒大学（Butler University）获得教育学硕士学位。毕业后，入福特汽车公司工作
1928	40	结束在美国留学、打工生活。回国后，经程天放推荐，被安徽省政府任命为安徽省立第一职业学校校长、安徽省高等检定考试委员会委员。[①]蒋介石召见刘文典，二人发生口角，安庆市公安局关押刘文典。毛北屏领衔将其保释
1929	41	因职业中学办学成绩显著，受邀参加安徽省第二届全省教育局长会议，以“地方教育与职业”为题发表演讲
1930	42	毛国瑶出生。正值毛家兴盛阶段
1935	47	经程天放推荐，出任驻德国大使馆主事。同年，随同大使程天放等人在上海乘德国游轮“朴资丹号”前往欧洲
1936	48	赴巴黎参观拿破仑墓、巴黎圣母院，登上埃菲尔铁塔。在大使馆工作期间，结识来德国考察军事的蒋百里，成为至交

① 据《年来安徽之教育》：“民国十七年春，全省中等学校改组，易今名。十七年秋省令改委毛保恒为校长。十八年四月，教育厅调任毛保恒为教育厅第二科长，委该校第一部主任余立基，第二部主任戴严，代行校务。七月，毛保恒仍回原职。”李景文、马小泉主编《民国教育史料丛刊》，第425册，第612页。据《安徽省高等检定考试委员会委员名单》，委员长程天放，毛北屏为委员。

续表

年份	年龄	履历
1937	49	辞去驻德大使馆主事职务，回国。应聘当时已迁至庐山的上海大夏联合大学兼职教授。后来，逃难至湖南、广西桂林
1939	51	被任命为中国工合云南办事处主任，从桂林赴昆明上任，期间撰写《合作运动与战后建设》等文
1942	54	应甘肃省之请，出任甘肃省合作企业管理处处长。期间，结识高一涵
1946	58	调任国民政府粮食部参事，自兰州迁至南京，在南京定居
1949	61	4月，国共战事已定。国民政府委托高一涵为考试院委员，高一涵坚辞未就，隐居南京。在认真考虑扬扶清的建议后，决定放弃去台湾，留在大陆

1949年以后，南京市人民政府成立南京市文物保管委员会，毛北屏任史料组组长。曾给胡适做过助手、誊校过甲戌本的程万孚也在史料组，[①]任一般组员，系业务骨干，负责主持或参与策划展览。[②]

图表1.11 “南京号”游轮旅美外国乘客名单中的毛北屏登记信息[③]

姓名	Pao Heng Mao
性别	Male
年龄	28
入境时间	1922
入境地点	San Francisco, California, United States
出生年份（推算）	1894
出生地点	China
事项类型	Immigration
船舶名称	Nanking

① 无畏庵主《许杨联欢宴中之谈片》，参见附录4.2。

② 郭存孝《程万孚与胡适》。

③ 美国犹他家谱学会胶卷：https://familysearch.org/ark:/61903/1:1:KX4L–BXM（2022–08–11）California, San Francisco Passenger Lists, 1893—1953. 其中1922年9月4日至10月8日档案中第725、726页涉及毛北屏信息，下图为第726页。第725页记录其旅费支付者为中国政府，美国联系人一项为“to study at Columbia Univ., New York City. New York”.

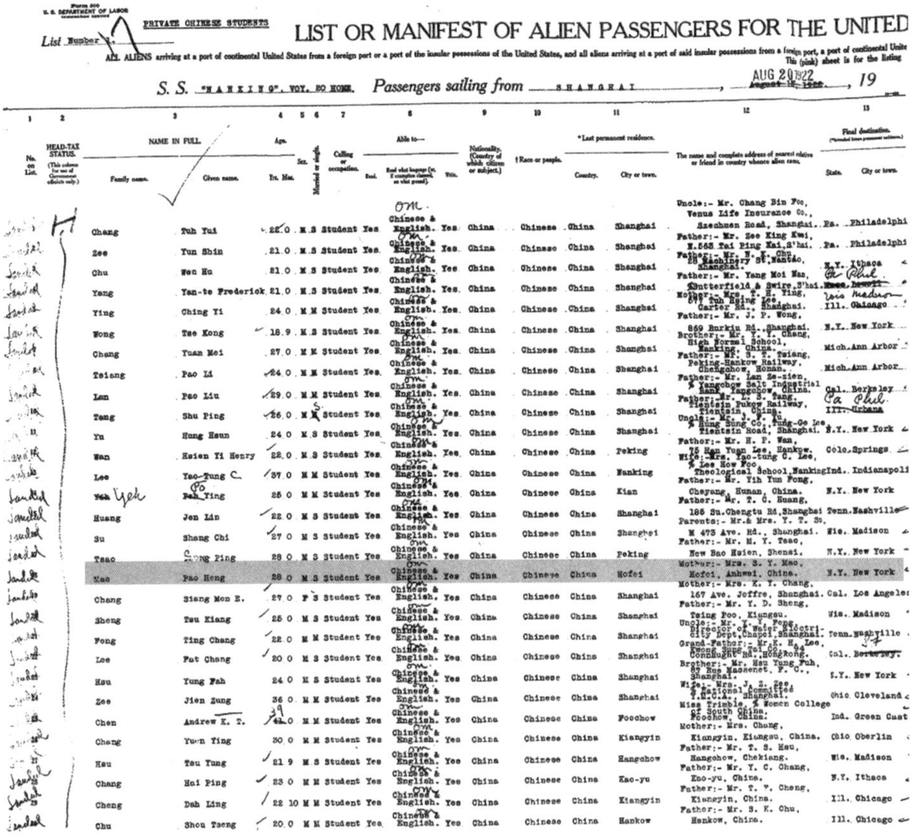

Form 500
U. S. DEPARTMENT OF LABOR

List Number 1. PRIVATE CHINESE STUDENTS

LIST OR MANIFEST OF ALIEN PASSENGERS FOR THE UNITED

ALL ALIENS arriving at a port of continental United States from a foreign port or a port of the insular possessions of the United States, and all aliens arriving at a port of said insular possessions from a foreign port, a port of continental Unite
This (pink) sheet is for the listing

S. S. "NANKING", VOY. 20 HOME. Passengers sailing from SHANGHAI, AUG 20 1922, 19

1 No. on List.	2 Head-tax status.	3 Family name.	Given name.	4 Age Yrs.	Mos.	5 Sex.	6 Married or single.	7 Calling or occupation.	8 Able to— Read.	Read what language	Write.	9 Nationality.	10 Race or people.	11 Last permanent residence. Country.	City or town.	12 The name and complete address of nearest relative or friend in country whence alien came.	13 Final destination. State.	City or town.
		Chang	Tuh Yui	22	0	M	S	Student	Yes	Chinese & English.	Yes	China	Chinese	China	Shanghai	Uncle:- Mr. Chang Bin Foo, Venus Life Insurance Co., Szechuen Road, Shanghai.	Pa.	Philadelphi
		Zee	Yun Shin	21	0	M	S	Student	Yes	Chinese & English.	Yes	China	Chinese	China	Shanghai	Father:- Mr. Zee King Kwei, N.563 Tai Ping Kai, S'hai.	Pa.	Philadelphi
		Chu	Wen Hu	21	0	M	S	Student	Yes	Chinese & English.	Yes	China	Chinese	China	Shanghai	Father:- Mr. N. Y. Chu, 28 Machinery St, Nantao, Shanghai.	N.Y.	Ithaca
		Yang	Yan-te Frederick	21	0	M	S	Student	Yes	Chinese & English.	Yes	China	Chinese	China	Shanghai	Father:- Mr. Yang Moi Nan, Butterfield & Swire, S'hai.	Mass.	Lowell
		Ying	Ching Yi	24	0	M	M	Student	Yes	Chinese & English.	Yes	China	Chinese	China	Shanghai	Mother:- Mrs. T. H. Ying, 677 Tuh Hsing Lee, Carter Rd., Shanghai.	Ill.	Chicago
		Wong	Tse Kong	18	9	M	S	Student	Yes	Chinese & English.	Yes	China	Chinese	China	Shanghai	Father:- Mr. J. P. Wong, 869 Burkiu Rd., Shanghai.	N.Y.	New York
		Chang	Yuan Mei	27	0	M	M	Student	Yes	Chinese & English.	Yes	China	Chinese	China	Shanghai	Brother:- Mr. Y. Y. Chang, High Normal School, Nanking, China.	Mich.	Ann Arbor
		Tsiang	Pao Li	24	0	M	M	Student	Yes	Chinese & English.	Yes	China	Chinese	China	Shanghai	Father:- Mr. S. T. Tsiang, Peking-Hankow Railway, Chengchow, Honan.	Mich.	Ann Arbor
		Lan	Pao Liu	29	0	M	M	Student	Yes	Chinese & English.	Yes	China	Chinese	China	Shanghai	Father:- Mr. Lan Ze-zien, % Yangchow Salt Industrial Bank, Yangchow, China.	Cal.	Berkeley
		Tang	Shu Ping	26	0	M	M	Student	Yes	Chinese & English.	Yes	China	Chinese	China	Shanghai	Father:- Mr. L. S. Tang, Tientsin Pukow Railway, Tientsin, China.	Ill.	Urbana
		Yu	Hung Hsun	24	0	M	S	Student	Yes	Chinese & English.	Yes	China	Chinese	China	Shanghai	Uncle:- Mr. J. P. Yu, % Hung Sung Co., Tung-Ge Lee, Tientsin Road, Shanghai.	N.Y.	New York
		Wan	Hsien Yi Henry	22	0	M	S	Student	Yes	Chinese & English.	Yes	China	Chinese	China	Peking	Father:- Mr. H. P. Wan, 75 Han Yuan Lee, Hankow.	Colo.	Springs
		Lee	Yao-Tung C.	37	0	M	M	Student	Yes	Chinese & English.	Yes	China	Chinese	China	Nanking	Wife:- Mrs. Yao-tung C. Lee, % Lee How Foo, Theological School, Nanking	Ind.	Indianapoli
		Yeh	Pah Ying	25	0	M	M	Student	Yes	Chinese & English.	Yes	China	Chinese	China	Kian	Father:- Mr. Yih Yun Fong, Cheyang, Hunan, China.	N.Y.	New York
		Huang	Jen Lin	22	0	M	S	Student	Yes	Chinese & English.	Yes	China	Chinese	China	Shanghai	Father:- Mr. T. C. Huang, 185 Su.Chengtu Rd, Shanghai	Tenn.	Nashville
		Su	Shang Chi	27	0	M	S	Student	Yes	Chinese & English.	Yes	China	Chinese	China	Shanghai	Parents:- Mr.& Mrs. Y. T. Su, M 473 Ave. Rd., Shanghai.	Wis.	Madison
		Tsao	Sung Ping	28	0	M	S	Student	Yes	Chinese & English.	Yes	China	Chinese	China	Peking	Father:- Mr. M. Y. Tsao, New Bao Hsien, Shensi.	N.Y.	New York
		Mao	Pao Heng	28	0	M	S	Student	Yes	Chinese & English.	Yes	China	Chinese	China	Hofei	Mother:- Mrs. S. Y. Mao, Hofei, Anhwei, China.	N.Y.	New York
		Chang	Siang Mon E.	27	0	F	S	Student	Yes	Chinese & English.	Yes	China	Chinese	China	Shanghai	Mother:- Mrs. K. Y. Chang, 167 Ave. Joffre, Shanghai.	Cal.	Los Angele
		Sheng	Tsu Kiang	25	0	M	S	Student	Yes	Chinese & English.	Yes	China	Chinese	China	Shanghai	Father:- Mr. Y. D. Sheng, Tsing Poo, Kiangsu.	Wis.	Madison
		Fong	Ting Chang	22	0	M	M	Student	Yes	Chinese & English.	Yes	China	Chinese	China	Shanghai	Uncle:- Mr. Y. Y. Fong, Director of Water Electricity Dept, Chapei, Shanghai.	Tenn.	Nashville
		Lee	Fat Chang	20	0	M	S	Student	Yes	Chinese & English.	Yes	China	Chinese	China	Shanghai	Grand-Father:- Mr. K. H. Lee, Kwong Sung Tai Co., 94 Connaught Rd., Hongkong.	Cal.	Berkeley
		Hsu	Yung Fah	24	0	M	S	Student	Yes	Chinese & English.	Yes	China	Chinese	China	Shanghai	Brother:- Mr. Hsu Yung Fuh, 87 Rue Massenet, F. C., Shanghai.	N.Y.	New York
		Zee	Jien Zung	36	0	M	M	Student	Yes	Chinese & English.	Yes	China	Chinese	China	Shanghai	Wife:- Mrs. J. Z. Zee, % National Committee Y.M.C.A., Shanghai.	Ohio	Cleveland
		Chen	Andrew K. T.	42	0	M	M	Student	Yes	Chinese & English.	Yes	China	Chinese	China	Foochow	Miss Trimble, % Women College of South China, Foochow, China.	Ind.	Green Cast
		Chang	Yuen Ying	30	0	M	M	Student	Yes	Chinese & English.	Yes	China	Chinese	China	Kiangyin	Mother:- Mrs. Chang, Kiangyin, Kiangsu, China.	Ohio	Oberlin
		Hsu	Tsu Yung	21	9	M	S	Student	Yes	Chinese & English.	Yes	China	Chinese	China	Hangchow	Father:- Mr. T. S. Hsu, Hangchow, Chekiang.	Wis.	Madison
		Chang	Hai Ping	23	0	M	M	Student	Yes	Chinese & English.	Yes	China	Chinese	China	Kao-yu	Father:- Mr. Y. C. Chang, Kao-yu, China.	N.Y.	Ithaca
		Cheng	Dah Ling	22	10	M	M	Student	Yes	Chinese & English.	Yes	China	Chinese	China	Kiangyin	Father:- Mr. T. Y. Cheng, Kiangyin, China.	Ill.	Chicago
		Chu	Shou Tseng	20	0	M	M	Student	Yes	Chinese & English.	Yes	China	Chinese	China	Hankow	Father:- Mr. S. K. Chu, Hankow, China.	Ill.	Chicago

毛国瑶出生后，正值洗马塘毛家生活条件等各方面开始好转。毛国瑶在20岁之前，一直生活在物质优渥、学殖深厚的家庭中。

邻居张鸿度对毛国瑶有这样一段回忆：

这毛国瑶住在我家后门口附近，他与我父亲很早就相识。记得童年时随父亲在街上与之碰面，总要寒暄几句。毛先生身材颀长，面貌和善，说话带安庆口音。常穿一套蓝色制服，上衣口袋总挂着一支钢笔。他曾在税务部门工作，以后读师范学院中文专业，因故中途肄业，听说又到运输公司工作。[①]

① 张鸿度《东门纪事》。

毛国瑶高中毕业后，曾任职浦口税务局，当时靖应鹍在浦口工商联工作，二人因工作相识。毛国瑶1957年初考入合肥师范学院中文系，次年即因言论被划为右派，又因停发“调干”待遇，未能毕业，仍返浦口老家，在浦口东门居委会接受改造。居委会老太太看毛国瑶走投无路，十分可怜，给他安排了一份在长江边上看守芦苇的工作。① 去年夏天，我去浦口探访，因素材拍摄需要，曾几次去江边取景。溽热夏夜的浦口江边，迟重的货运轮渡缓缓驶来，汽笛沉闷，笼罩江天，当时毛国瑶的沉闷心境也大抵如是。

毛国瑶有较好的文史功底，他对《石头记》批语及当时学术界的研究热点都非常熟悉。这从二十世纪六十年代他主动给俞平伯、周汝昌、吴世昌、吴恩裕等红学专家写信并抄寄150条靖藏本批语，及陆续撰写研究《红楼梦》的文章，② 可以看得出来。毛国瑶探讨曹雪芹家世生平，以靖藏本批语讨论脂畸关系、八十回后故事等，均信手拈来，十分熟稔。尤其是在“文革”期间，南京图书馆藏戚宁本由毛国瑶真正发现并介绍给学术界，并且他将其与有正本做了校勘，初步揭示了戚宁本的文献价值，这也显示了他较高的红学素养。③

---

① 以上有关毛国瑶的生平事迹，撮述自《洗马塘：毛家一百年的故事》，第261—279页。另参见魏绍昌《所谓“靖本”究竟是怎么一回事？》。

② 毛国瑶陆续写过八篇论文：《对脂靖本〈红楼梦〉批语的几点看法》(1974)、《谈南京图书馆藏戚序抄本〈红楼梦〉》(1976)、《曹雪芹、脂砚斋和富察氏的关系》(1982，与石昕生合作)、《再谈曹雪芹与富察氏的关系》(1982)、《再谈靖应鹍藏抄本〈红楼梦〉批语及有关问题》(1982)、《靖应鹍藏抄本〈红楼梦〉发现的经过——兼论靖本批语的特点和重要性》(1985)、《致〈红楼梦〉研究者的公开信》(1995)、《谈“夕葵书屋”残页及其他》(1997)。

③ 毛国瑶《谈南京图书馆藏戚序抄本〈红楼梦〉》。

图表 1.12 靖藏本的收藏者与发现者合影[①]

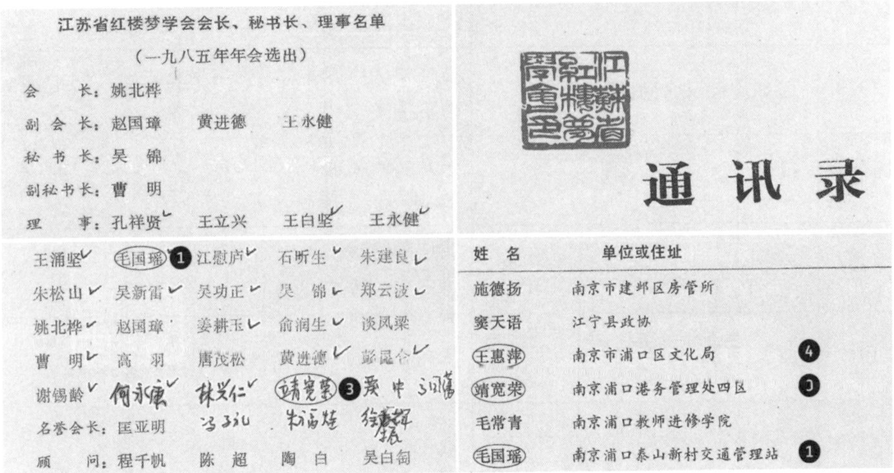

江苏省红楼梦学会会长、秘书长、理事名单

（一九八五年年会选出）

会　　长：姚北桦

副 会 长：赵国璋　黄进德　王永健

秘 书 长：吴　锦

副秘书长：曹　明

理　　事：孔祥贤　王立兴　王白坚　王永健

王涌坚　毛国瑶 ❶　江慰庐　石昕生　朱建良

朱松山　吴新雷　吴功正　吴　锦　郑云波

姚北桦　赵国璋　姜耕玉　俞润生　谈凤梁

曹　明　高　羽　唐茂松　黄进德　彭昆仑

谢锡龄　何永康　林兴仁　靖宽荣 ❸　[illegible]

名誉会长：匡亚明　[illegible]

顾　　问：程千帆　陈　超　陶　白　吴白匋

江苏省红楼梦学会

通讯录

姓名	单位或住址	
施德扬	南京市建邺区房管所	
窦天语	江宁县政协	
王惠萍	南京市浦口区文化局	❹
靖宽荣	南京浦口港务管理处四区	❸
毛常青	南京浦口教师进修学院	
毛国瑶	南京浦口泰山新村交通管理站	❶

① 四人照片取自江苏省红学会编印《江苏红学论文选》封三，1982 年。《江苏省红楼梦学会通讯录》为笔者收藏。

图表 1.13　毛国瑶、毛北屏履历对照简表

年份	年龄	毛国瑶	毛北屏
1930	1岁	出生	任安徽省立第一职业学校校长，月薪大洋二百元，全家迁居至安庆圣公会四号。本年前后，曾从美国传教士处买下庐山牯岭上中路303号和中路322号两座房产
1935	6岁	随母亲费志明住在安徽安庆圣公会四号	经程天放保荐，出任驻德国大使馆主事。同年，随同大使程天放等人在上海乘德国游轮“朴资丹号”（S.S. Potsdam）前往欧洲
1936	7岁		到巴黎参观拿破仑墓、巴黎圣母院，登上埃菲尔铁塔。在大使馆工作期间，结识来德国考察军事的蒋百里，成为至交
1937	8岁	随父亲毛北屏迁居之庐山牯岭别墅	辞去驻德大使馆主事职务回国，应聘当时已迁至庐山的上海大夏联合大学兼职教授
1939	10岁	随父亲到昆明	被任命为中国工合云南办事处主任，从桂林赴昆明上任
1942	13岁	随父亲到兰州	应甘肃省之请，出任甘肃省合作企业管理处处长。期间，结识高一涵
1946	17岁	在国立十四中读高中	调任国民政府粮食部参事，自兰州迁至南京，在南京定居
1947	18岁	随父亲重返庐山，期间与一名叫菊花的女子恋爱	携全家来到庐山别墅暂住一月，又回到南京
1948	19岁	回到南京后，女友找上门，随后在南京收容所产下女婴，菊花因腹膜炎随即去世	
1949	20岁		4月，国共战事已定。考虑扬扶清的建议后，决定放弃去台湾，留在大陆
1953	24岁		6月2日，被聘为江苏省文史馆馆员。旋由高一涵介绍加入民盟，成为民盟江苏省会员。毛北屏将南京匡庐路15号房子卖掉，全家搬到上海路一间小房子中居住

续表

年份	年龄	毛国瑶	毛北屏
1957	28岁	以调干生资格进入安徽合肥师范大学中文系学习。在大鸣大放中给班干部提了意见，被打为右派，在学校肄业，到浦口东门居委会接受改造。居委会老太太见他可怜，安排给他一份在长江边看守芦苇的工作	

三、靖藏本批语出现前后的学术背景

毛国瑶先将抄录的靖藏本批语寄给俞平伯，另抄写三份，分寄周汝昌、吴世昌、吴恩裕。起初，其影响仅限于小范围。俞平伯收到毛国瑶信件后，不断往返通信讨论毛辑靖藏本批语涉及的相关问题，1964 年撰成《记毛国瑶所见靖应鹍藏本〈红楼梦〉》《记“夕葵书屋〈石头记〉卷一”批语》两篇长文。前者在与毛国瑶通信了解相关情况并校勘毛辑靖藏本批语的基础上，认为靖藏本是一个非常宝贵的版本，可据此确证脂砚斋、畸笏叟是两位评点者，且可据以研究曹雪芹生年、八十回后的故事情节等问题。[①] 后者是 1964 年 10 月草成，专门讨论毛国瑶同年 6 月 25 日寄给他的所谓“夕葵书屋《石头记》”残叶，也断定为真，认为文献价值很高。此文据毛辑靖藏本批语认为脂砚斋于丁亥（1767）夏以前去世，故脂砚斋不可能在乾隆三十九年（甲午，1774）作批，而残叶中批语所署“甲申”（1764）恰好解释了这一矛盾，仍将这条批语归属于脂砚斋，并据此残叶认为批语中“壬午”二字无误，曹雪芹应卒于壬午。[②] 以上两文因当时诸多因素影响，均未及时公开发表。

① 俞平伯《记毛国瑶所见靖应鹍藏本〈红楼梦〉》。
② 俞平伯《记“夕葵书屋〈石头记〉卷一”批语》。

毛辑靖藏本批语的历次刊布也较为曲折，二十世纪七十年代以前，仅有俞平伯、周汝昌等少数几位研究者能看到毛辑靖藏本批语。直到 1974 年，南京师范学院中文系资料室编印《文教资料简报》(8、9 月合刊)，首次将 150 条毛辑靖藏本批语全文发表。此次发表，部分批语类别及墨色标注有误。1975 年 5 月 8 日，毛国瑶曾写信给周汝昌并另抄寄一份批语，凡 19 页，函称："我昔年抄寄给您的 150 条批语因是据靖宽荣从我的底本所录的副本转抄的，而底本又为俞平伯先生用朱笔涂抹，靖在抄写时不免有误，今据底本将 150 条批语分类列出，请核对。又南师《简报》印出的也有一些错误，当依底本改正。"(图表 1.14)①1976 年南师大中文系另编《红楼梦版本论丛》，予以重新发表，并附"编者按"加以说明，但文字仍有问题。1982 年，由毛国瑶校正个别字句后，又收入《江苏红学论文选》。据唐茂松比勘，历次公开发表的毛辑靖藏本批语与最初寄给俞平伯的笔记本在批语位置、颜色上多有不同（详书末附录一）。②

近六十年来，围绕毛辑靖藏本批语真伪之争及相关研究，已有百余篇文章，甚至有研究者专门搜集相关资料、文章，汇编了一部近八百页的《靖本资料》。③关于靖藏本，在正反两面意见夹持的混沌认识中，期间出版的大部分红学论文、专著、工具书等，或径以为真，或作骑墙之论。如发行量已有数百万册的红研所校注本《红楼梦》，前言称"另有南京靖应鹍藏本，今已遗失，学术界对其真伪尚有争议"。④《红楼梦大辞典》专列词条，充分肯定其文献价值："抄录的这 150 条脂批，与现存各本中的脂批相校，时有异同，研究者由此或推测佚书的情节，或考索批者的身份，也还可以与他本批语相校，都有可资探究的价值。"⑤《红楼梦大辞典（增订本）》靖藏本词条内容大致相同，唯删去"也还可以与他本批语相校都"十二字，将"抄录的

① 毛国瑶致周汝昌函原件（1975 年 5 月 8 日），周伦玲收藏。
② 唐茂松《关于脂靖本〈红楼梦〉批语的校正》曾对毛辑靖藏本批语刊布情况进行梳理，并做了细致校勘。
③ 裴世安等编《靖本资料》(增订版) 即将出版，届时读者可以参考。
④ 曹雪芹《红楼梦》，第 5 页。
⑤ 冯其庸、李希凡主编《红楼梦大辞典》，1990 年版，第 926、927 页。

图表 1.14 1975 年毛国瑶致周汝昌函与重新誊抄的靖藏本批语

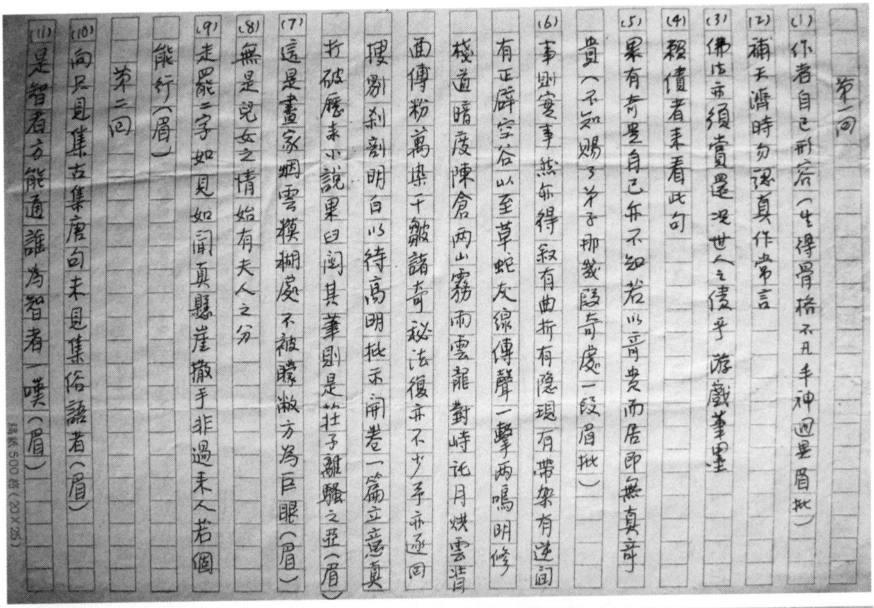

第一回

(1) 作者自己形容（生得骨格不凡 手神迥異 眉批）

(2) 補天濟時勿認真作常言

(3) 佛法亦須償還 況世人之債乎 游戲筆墨

(4) 歷債者來看此句

(5) 果有奇貴自己亦不知若以奇貴而居即無真奇貴（不知賜了弟子那幾段奇處一段眉批）

(6) 事則寔事然亦得敘有曲折有隱現有帶架有逆回有正閏空谷以至草蛇灰線傳聲一擊兩鳴明修棧道暗度陳倉兩山霧雨雲龍對峙託月烘雲背面傳粉萬染千皴諸奇秘法復亦不少予亦逐回搜剔刳剖明白以待高明批示開卷一篇立意真打破歷來小說窠臼閱其筆則是莊子離騷之亞（眉）

(7) 這是畫家烟雲模糊處不被瞞蔽方為巨眼（眉）

(8) 無是兒女之情始有夫人之分

(9) 走罷二字如見如聞真懸崖撒手非過來人若個能行（眉）

第二回

(10) 向只見集古集唐句未見集俗語者（眉）

(11) 是智者方能通誰為智者一嘆（眉）

稿紙 500 格（20×25）

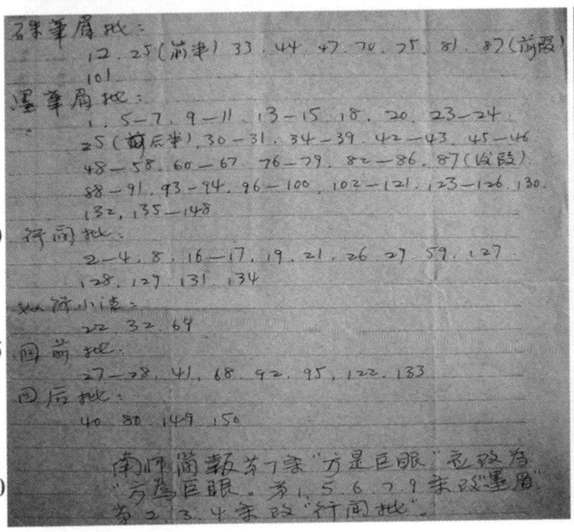

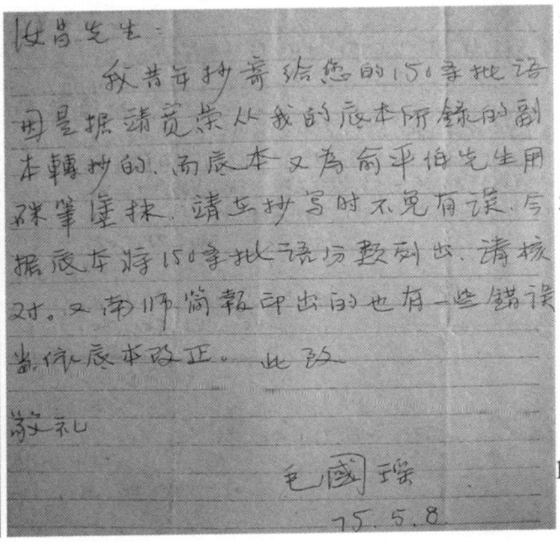

朱笔眉批：

12、25（前半）、33、44、47、70、75、81、87（前段）
101

墨笔眉批：

1、5-7、9-11、13-15、18、20、23-24、
25（后半）、30-31、34-39、42-43、45-46、
48-58、60-67、76-79、82-86、87（后段）、
88-91、93-94、96-100、102-121、123-126、130、
132、135-148

行间批：

2-4、8、16-17、19、21、26、29、59、127
128、129、131、134

双行小注：

22、32、69

回前批：27-28、41、68、92、95、122、133

回后批：40、80、149、150

南师简报第7条"方是巨眼"应改为"方为巨眼。第1、5、6、7、9条改"墨眉，第2、3、4条改"行间批"。

汝昌先生：

我昔年抄寄给您的150条批语因是据靖宽荣从我的底本所录的副本转抄的，而底本又为俞平伯先生用朱笔涂抹，靖在抄写时不免有误，今据底本将150条批语分类列出，请核对。又南师《简报》印出的也有一些错误，当依底本改正。此致

敬礼

毛国瑶

75. 5. 8

这150条脂批”改作“抄录的这150条批语”。[①] 即便视毛辑靖藏本批语为伪作，研究者对一些问题的认识也在潜移默化中受其影响，始终无法摆脱其干扰。毛辑靖藏本批语甚至还影响了《红楼梦》影视剧的拍摄。[②]

图表 1.15　毛辑靖藏本批语历次刊布与影响

时间	事件	备注
1959年夏	毛国瑶在友人靖应鹍家借得《红楼梦》抄本一部十册，每册钤“拙生收藏”（毛文有时作“拙生藏书”）、“明远堂”印，全书缺28、29两回，实存77回余。对照有正书局石印戚序大字本，辑抄靖藏本150条批语	据毛国瑶“回忆”
1964年3月	毛国瑶写信给俞平伯介绍靖藏本，并将抄有150条批语的笔记本寄给俞平伯	
1964年末	毛国瑶分别寄信给周汝昌、吴世昌、吴恩裕，介绍靖藏本，并将靖藏本150条批语寄去。给周汝昌的信称，脂畸一人论不能成立，因靖藏本上有朱批明确证明脂畸为二人，畸在而脂亡。据靖藏本可证雪芹卒于壬午，而非癸未	周汝昌《挑战之来》
1965年7月25日	周汝昌在香港《大公报》发表《红楼梦版本的新发现》，首先引起海外伊藤漱平、赵冈等学者关注	周文发表，未经毛同意，二人遂生嫌隙
1966年	日本学者伊藤漱平发表《脂砚斎と脂砚斎评本に关する覚书（五）》，据靖藏本第87条认为脂砚斋、畸笏叟为二人	赵冈继之，由一人说转为二人说
1973年	周汝昌在《文物》发表《红楼梦及曹雪芹有关文物叙录一束》，其中也介绍了靖藏本	
1974年9月	南京师范学院中文系资料室《文教资料简报》首次发表毛国瑶辑录150条靖藏本批语	

① 冯其庸、李希凡主编《红楼梦大辞典（增订本）》，第409页。
② 如1987版《红楼梦》电视剧中秦可卿“遗簪”的故事情节，即据毛辑靖藏本批语第68条“因命芹溪删去遗簪更衣诸文”设计，1989年电影、1996年电视剧《红楼梦》妙玉结局据毛辑靖藏本批语第98条“他日瓜州渡口”设计。

续表

时间	事件	备注
1976年5月	南京师范学院中文系资料室编辑出版《红楼梦版本论丛》，以《脂靖本红楼梦批语》为题，重新发表毛国瑶辑录的150条靖藏本批语	毛国瑶辑抄150条靖藏本批语的三次发表，在批语类别、墨色及批语所对应的靖藏本正文某段、某句的注文有些变化
1982年7月	江苏省红楼梦学会编辑出版《江苏红学论文选》，第三次全文发表	

上世纪九十年代，任俊潮、李同生、石昕生等研究者陆续注意到，部分毛辑靖藏本批语指向支持俞平伯的学术观点。举其中重要的两例，对脂砚斋与畸笏叟是一人还是二人，当时学术界有两种观点：一是以周汝昌为代表，首次提出且论证脂砚斋、畸笏叟实为同一人，[①] 胡适、王利器、吴世昌、赵冈等均持脂畸一人说。除了俞平伯，很少有研究者认为脂砚斋、畸笏叟为二人，也未举证。[②] 其次，曹雪芹卒于何年，也有壬午、癸未两说："壬午说"以胡适、俞平伯为代表，[③]"癸未说"以周汝昌为代表，[④] 争执不下。尤以 1963 年为筹备纪念曹雪芹逝世 200 周年会议时的论争最为激烈。毛辑靖藏本批语第 87 条"不数年，芹溪、脂砚、杏斋诸子皆相继别去，今丁亥夏只剩朽物一枚，宁不痛杀（前批稍后墨笔）"，明确将脂砚斋、畸笏叟断为二人。随后出现的"夕葵书屋《石头记》"残叶，其中的"甲申八月泪笔"署年，进一步支持脂畸二人说。基于此，经研究者进一步考察发现，毛辑靖藏本批语与俞平伯《辑评》存在某些关联。尤其是任俊潮发现毛辑靖藏本批语第 116 条中的"端雅不让龙平"承袭《辑评》脱文，已初步揭示毛辑靖藏本批语作伪痕迹。[⑤]

① 周汝昌《红楼梦新证》，1953 年版，第 533—547 页。

② 俞平伯《脂砚斋红楼梦辑评》，1954 年 12 月版，第 13 页。

③ 胡适《考证〈红楼梦〉的新材料》。俞平伯《曹雪芹卒于一七六三年》《曹雪芹的卒年》。

④ 周汝昌《曹雪芹生卒年之新推定——〈懋斋诗钞〉中之曹雪芹》，1947 年 12 月 5 日《天津民国日报》图书副刊。

⑤ 李同生《论毛国瑶所抄"靖批"为假古董》《"靖批"为证俞平伯先生红学观点而伪造——再论毛国瑶所抄"靖批"为假古董》《论"靖批"之伪造得助于〈红楼梦新证〉——兼示毛国瑶并议俞平伯先生之受惑》，任俊潮《〈红楼梦〉"脂靖本"质疑》，俞润生《对靖本〈石头记〉及其批语的若干疑问》，石昕生《关于靖本〈红楼梦〉及其批语的讨论》《谈"靖本"〈红楼梦〉有关问题》《再谈"靖本"〈红楼梦〉批语》等。

毛辑靖藏本批语“问世”的时间上限，是毛国瑶致俞平伯函中自称的1959年夏，时间下限为俞平伯收到抄有毛辑靖藏本批语笔记本的1964年4月初。[①] 因此，1964年4月以前影印、出版的红学文献、论著，成为考察毛辑靖藏本批语是否作伪的重要参考资料。现对新红学建立之初俞平伯所做的研究工作做简要追溯，以勾勒1964年之前的新红学研究背景。1921年，胡适、顾颉刚、俞平伯三人通信研讨《红楼梦》诸问题。同年4月至7月，俞平伯与顾颉刚通信尤密，胡适《红楼梦考证》(1921)、俞平伯《红楼梦辨》(1923) 陆续出版。那时，俞平伯就曾与顾颉刚商议，计划重新校勘整理《红楼梦》。如1921年6月30日，俞平伯曾致函顾颉刚：“将来如有闲暇，重印、重标点、重校《红楼梦》之不可缓，特恐我无此才力与时间耳。如兄有意，大可负荷此任也。”[②] 此后又曾多次提及此事，强调校勘诸本之重要与紧迫。[③]

在新红学的广泛影响下，《石头记》抄本得到前所未有的重视。自1927年起，甲戌本、庚辰本、己卯本等重要的《石头记》抄本陆续被发现。1927年，胡适在上海从胡星垣处购得《脂砚斋重评石头记》(甲戌本)，1961年始由台北商务印书馆影印出版，首印1500部。次年六月再版，又印1000部。[④]1933年，王克敏为胡适自徐星署处借来《脂砚斋重评石头记》(庚辰本)。1933年前后，陶洙委托赵万里在北京图书馆（今中国国家图书馆）制作了两套晒蓝本（下称“庚辰本晒蓝本”），[⑤] 分别为赵万里、陶洙收藏（图表1.16)。[⑥] 庚辰本原件在1949或1950年入藏燕京大学图书馆（今北京大学图书馆），[⑦]1955年始由文学古籍刊行社影印出

① 俞平伯致毛国瑶函“承挂号寄来尊抄脂评小册子”(1964年4月4日)。
② 俞平伯致顾颉刚函（1921年6月30日)，《俞平伯全集》(第五卷)。
③ 俞平伯致顾颉刚函（1921年7月23日、8月7日)，《俞平伯全集》(第五卷)。
④ 甲戌本正式影印以前，1950年3月，胡适曾委托美国国会图书馆据其私藏甲戌本制作缩微胶卷。项旋《美国国会图书馆摄甲戌本缩微胶卷所见附条批语考论》。
⑤ 胡文彬《陶洙与抄本〈石头记〉之流传》。
⑥ 周汝昌《周汝昌与胡适》，第107—108页。两部晒蓝本现均为中国国家图书馆收藏(索书号分别为：35064、35065)，本文研究依据35064。经笔者目验，其中一部书后贴有一纸，有“北京图书馆照相庚辰本石头记”“经手人：徐”等字样。
⑦ 魏广洲《追述〈脂砚斋重评石头记〉(庚辰本) 的发现过程》。

版，首印 2100 部。1936 年前后，《脂砚斋重评石头记》（己卯本）为陶洙收藏，[1]后入藏北京图书馆。1959 年，北京琉璃厂中国书店又收得己卯本第五十五回后半、第五十六至五十八回及五十九回前半，入藏中国历史博物馆（今中国国家博物馆），1980 年始由上海古籍出版社合并影印出版。1952 年，张瑞玑之子张小衡将旧藏《石头记》抄本（甲辰本）捐献北京图书馆。[2]1989 年始由北京书目文献出版社（今国家图书馆出版社）影印出版。1964 年毛国瑶给俞平伯写信以前，甲戌本、庚辰本、杨藏本虽分别于 1961、1955、1963 年影印出版，但流通未广，并不易得。从俞平伯致毛国瑶函可以看到，毛国瑶在信件中多次向俞平伯表示想看甲戌本、庚辰本等影印本，并询问出版社影印情况。[3]

1955 年以前，重要的几种《石头记》抄本虽都已被发现，但均未影印出版。这几种陆续发现的抄本，研究者应用于具体研究，在 1950—1964 这十余年中取得丰硕成果。1952 年，俞平伯将先前在亚东图书馆出版的《红楼梦辨》（1923）删削订补，更名作《红楼梦研究》于棠棣出版社再版。次年九月，周汝昌《红楼梦新证》（下称"《新证》初版"）出版。1958 年，吴恩裕《有关曹雪芹八种》出版。[4]1963 年，吴恩裕又将此书增补修订，更名作《有关曹雪芹十种》再版（图表 1.17）。

---

① 一粟《红楼梦书录》称，己卯本是董康藏书，后归陶洙。但据董康日记，己卯本实陶自藏。一粟《红楼梦书录》，第 5 页。董康《书舶庸谭》，第 284 页。

② 沈治钧《乾隆甲辰本红楼梦递藏史述闻》。

③ 分见 1964 年 4 月 21 日、28 日，5 月 9 日，7 月 18 日、23 日俞平伯致毛国瑶函，《靖本资料》，第 392、393、403 页。

④ 毛国瑶称："俞先生于一九六四年见到时，并不知此诗出于何人之手，后来吴恩裕先生送我一册《有关曹雪芹十种》，始知是曹寅所作。"石昕生称毛国瑶曾将自藏此书赠予他："毛先生何其健忘，1959 年 8 月上海新一版的《有关曹雪芹八种》，就是毛先生赠送我的。"毛国瑶《再谈靖应鹍藏抄本〈红楼梦〉批语及有关问题》，石昕生《撒谎永远成不了事实——答毛国瑶先生》。

图表 1.16　中国国家图书馆藏两部庚辰本晒蓝本书影

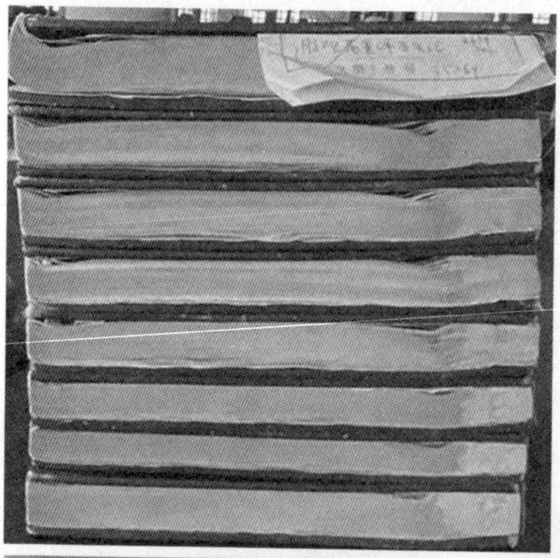

庚辰本晒蓝本（索书号 35064）

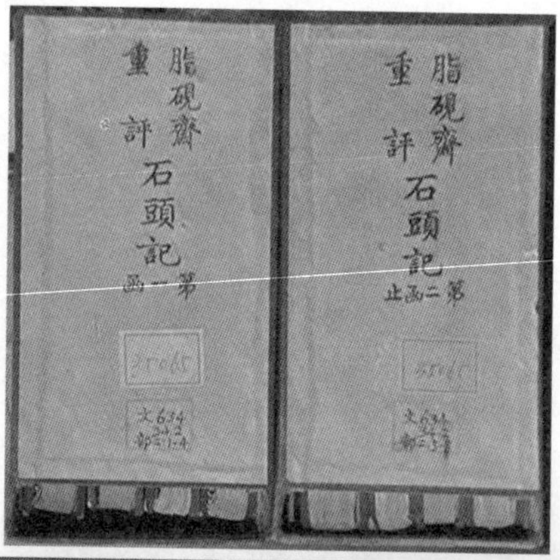

庚辰本晒蓝本（索书号 35065）

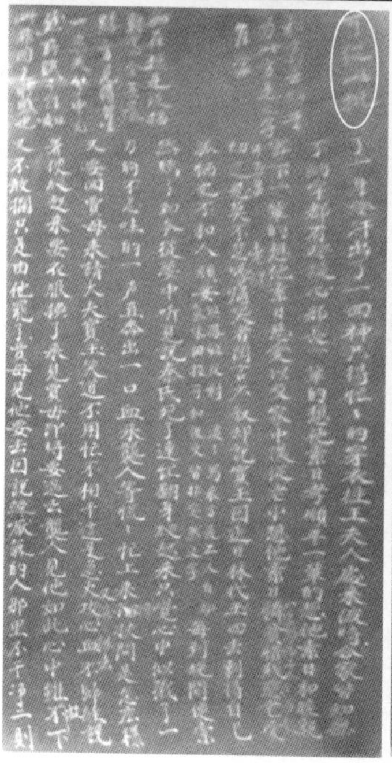

图表 1.17 1950—1964 年中国大陆出版的重要红学著作

序	作者	书名	初版年月	首印出版社	引用关涉毛辑靖藏本批语的脂评本等资料
1	俞平伯	红楼梦研究	1952年9月	棠棣出版社	甲戌本、庚辰本、有正本
2	周汝昌	红楼梦新证	1953年9月	棠棣出版社	甲戌本、己卯本、庚辰本、有正本、曹寅《题楝亭夜话图》
3	俞平伯	脂砚斋红楼梦辑评	1954年12月	上海文艺联合出版社	甲戌本、己卯本、庚辰本、甲辰本、有正本
4	吴恩裕	有关曹雪芹八种	1958年1月	古典文学出版社	影印曹寅《题楝亭夜话图》手迹
5	吴恩裕	有关曹雪芹十种	1963年10月	中华书局上海编辑所	影印曹寅《题楝亭夜话图》手迹

上世纪五六十年代，在全面辑录、传播《石头记》抄本批语上影响最大的应属俞平伯《辑评》。1954 年，俞平伯辑录甲戌本、己卯本、庚辰本、甲辰本及有正本批语的《辑评》在上海文艺联合出版社出版，次年又连续刷印两次。1957 年 2 月，于古典文学出版社再版。1954—1957 年间印行的版本，并无修订（1958 年以前印行的版本，下称未修订版）。[①]1958 年 2 月古典文学出版社二版二印，略有修订。[②]1960 年 2 月，俞平伯第二次修订此书，中华书局上海编辑所再版。1963 年 9 月，又据甲戌本影印本对《辑评》做全面修订，仍在中华书局上海编辑所出版。1966 年 5 月，在中华书局上海编辑所第三次刷印。《辑评》在十余年中连续刷印八次，累计发行量为 20400 册。此外，香港太平书局另于 1975、1979 年翻印过两次（图表 1.18）。

① 《辑评》早期诸版次，其中有部分书页在刷印时重排，或更换置字，不影响本文所涉证据，整体上仍视为“未修订”。
② 此版“引言”后附有一行说明：“本书这次的修订，多承住在昆明的葛真先生远道指正，非常感谢。一九五七，六，十四，编者。”俞平伯《脂砚斋红楼梦辑评》，1958 年 2 月版，第 18 页。

图表 1.18　俞平伯《脂砚斋红楼梦辑评》版次印次简表 [①]

序	版次印次	出版年月	出版社	印数	在前一版次基础上是否修订
1	一版一印	1954年12月	上海文艺联合出版社	1—4000	/
2	一版二印	1955年2月	上海文艺联合出版社	4001—7000	否
3	一版三印	1955年4月	上海文艺联合出版社	7001—10000	否
4	二版一印	1957年2月	古典文学出版社	1—2000	否
5	二版二印	1958年2月	古典文学出版社	2001—4500	是
6	三版一印	1960年2月	中华书局上海编辑所	1—1100	是
7	三版二印	1963年9月	中华书局上海编辑所	1101—3100	是
8	三版三印	1966年5月	中华书局上海编辑所	3101—5900	否
9	四版一印	1975年4月	香港太平书局	版权页无印数	/
10	四版二印	1979年2月	香港太平书局	版权页无印数	/

《辑评》出版后主要有三次修订：第一次是 1958 年 2 月古典文学出版社二版二印（下称 58 版），第二次是 1960 年 2 月中华书局上海编辑所三版一印（下称 60 版），第三次是 1963 年 9 月中华书局上海编辑所三版二印（下称 63 版）。由于当时已能见到甲戌本影印本，63 版修订内容最多。[②] 当时俞平伯整理《石头记》诸抄本，底本用的是当时比较易得的有正本。辑录批语所据其他几个抄本均为孤本，尚未影印出版。经启功提议，俞平伯趁《石头记》几个抄本都在手边，决定先将批语辑出、出版，以提供给研究者参考。《辑评》所据《石头记》各抄本情况，俞平伯曾在“引言”中有说明：

① 此前，已有研究者注意到《辑评》刷印版次对相关文献辨伪的作用，但对《辑评》版次之间的具体文本变化，认识仍不精确。石昕生《关于靖本〈红楼梦〉及其批语的讨论》《谈“靖本”〈红楼梦〉有关问题》《“靖本”批语“增益”“删并”者是谁》。陈传坤《胡适原藏〈石头记〉甲戌本“附条”铨辨》。

② 63 版《辑评》“引言”末补有一条修订说明：“原引甲戌本系根据过录，讹缺甚多，兹查对影印本重新订补，承戈润之先生相助，并志感谢。一九六三年二月。”俞平伯《脂砚斋红楼梦辑评》，1963 年 9 月版，第 12 页。

（一）乾隆甲戌（一七五四）脂砚斋重评本（凡十六回，一至八，十三至十六，二十五至二十八）。

（二）乾隆己卯（一七五九）冬月脂砚斋四阅评本（凡三十八回，一至二十，三十一至四十，六十一至七十回，内缺六十四、六十七两回，后经抄配）。

（三）乾隆庚辰（一七六〇）秋脂砚斋四阅评本（凡七十八回，缺六十四、六十七两回）。

（四）乾隆甲辰（一七八四）菊月梦觉主人序本（八十回）。

（五）有正书局石印戚蓼生序本（八十回，重抄付印，底本已毁，原来年代不明，有正两次印本有大字小字之别，大字本稍好）。

（二）（四）（五）都在我手边。（一）我现在有的是近人将那本脂评过录在己卯本上的。（三）藏西郊北京大学，我有它的照片。（一）（三）两种都打了个折扣，对于辑评工作有些影响。[①]

俞平伯当时做辑评工作，己卯本、甲辰本、有正本都在手边。这里需要说明，己卯本情况较为特殊。今传己卯本分两次陆续被发现：一是陶洙自藏部分（凡三十八回，一至二十，三十一至四十，六十一至七十回，内缺六十四、六十七两回，后经抄配），后归中国国家图书馆收藏；二是 1959 年北京琉璃厂中国书店又收得己卯本第五十五回后半、五十六至五十八回及五十九回前半，后入藏中国历史博物馆（今中国国家博物馆）。[②] 但因为当时条件所限，保存批语更多，也更重要的甲戌本、庚辰本，俞平伯却没能利用原书。《辑评》所辑庚辰本批语，则来源于己卯本陶洙所录庚辰本晒蓝本（下称“陶录庚蓝本”）。甲戌本批语的早期传播路径最为特殊。1948 年夏，周汝昌、周祜昌曾据甲戌本原本抄过一个副本（下称“周录甲副本”）。[③] 周汝昌将甲戌本归还胡适后，胡适即将甲戌本原书携至台湾。甲戌本在 1961

① 俞平伯《脂砚斋红楼梦辑评》，1954 年 12 月版。其中提到的“近人”即陶洙，“照片”即庚辰本晒蓝本。

② 俞平伯做《辑评》时，己卯本第五十五回后半、五十六至五十八回及五十九回前半，尚未发现。毛辑靖藏本批语恰好也缺这四回批语。

③ 周汝昌《周汝昌与胡适》，第 76 页。

年正式影印以前的十余年间，中国大陆仅有周录甲副本在北京学术圈小范围流传，而俞平伯《辑评》中甲戌本批语的间接来源就是周录甲副本。周录甲副本主要由周祜昌抄成，先抄正文，后抄朱批，并未遵照甲戌本原书行款，批语位置也未尽依原书抄录，陶洙又据周录甲副本将其中批语抄至己卯本（下称“陶录甲副本”）。[①] 甲戌本早期在北京的特殊传播路径，导致己卯本陶录甲副本批语、《辑评》及毛辑靖藏本批语因袭了周录甲副本的特殊文本印记。由于甲戌本批语数量较多，己卯本纸张版面有限，陶录甲副本、陶录庚蓝本出现批语移动、错位等现象，对俞平伯辑录批语工作产生了不少影响，导致《辑评》出现倒衍讹脱等文本错误，又影响了毛辑靖藏本批语。

《辑评》在书前“引言”中谈及辑评的经过和方法时，曾对他如何校理批语做过细致说明：

> 最大的困难，这些批注每错得一团糟。就存其真面讲来，似不应改，而且改字，我又怕改得不对。就读者的需要方便讲来，又必须校字。把一大堆破破烂烂的，原封送给大家，也是不大负责任的态度。我觉得处于两难的地位。后来碰到有错误，还是校改的地方多，仍其原文的少。大抵改字补字都用（ ）为记，亦有太显明的径自改了，未注括号的。不改的亦有一些情形。如某本错了，而另本不错；两本既已并列，则某本的错字比较可知，即无须改。又如错得过分了，我虽努力去找，有时找得着，有时却找不着……有些比这个还错得更凶，那只好由它去了，藉存其本来面目。[②]

俞平伯的工作虽然主要是辑录各本批语，但考虑到使广大读者更便使用，还是对批语尽量做了全面校理，其中改字较多。俞平伯辑录批语过程中，由于材料限制、辑录疏忽、主观校理等造成的文字讹误、批语错位，大都保存在了《辑评》未修订版及58版中。60、63两版《辑评》在此基础上

① 《脂砚斋重评石头记》（己卯本）书前附陶洙纸条：“甲戌残本只十六回计（一至八）（十三至十六）（廿五至廿八），胡适之君藏，周汝昌君抄有副本，曾假互校，所有异同处及眉批、旁批、夹注，皆用蓝笔校录。”

② 俞平伯《脂砚斋红楼梦辑评》，1954年12月版，“引言”第11页。

又做了不少修订，修正了一些错误。俞平伯也曾在“引言”坦言此前《辑评》各版次的缺陷：

> 本编初排，以抄写讹脱，缺点很多。现在重新修订，用庚辰本补正为多，恐尚不免有错误，希望读者们随时发见，赐以教正，最为切盼。又屡承葛真先生远道指正，并提出新版改用八十回校本作为正文的意见，非常感谢！一九五九年八月
>
> 原引甲戌本系根据过录，讹缺甚多，兹查对影印本重新订补，承戈润之先生相助，并志感谢。一九六三年二月[①]

在《石头记》诸抄本尚未广泛影印流通的上世纪五六十年代，《辑评》成为相对全面传播《石头记》各抄本批语的唯一载体。而俞平伯《辑评》未修订版及58版，因袭周录甲副本、已卯本中陶录甲副本、陶录庚蓝本批语所产生的讹误，以及由于多种因素影响产生的其他讹误，这些特殊的文本印记成为毛辑靖藏本批语辨伪的一把标尺。

---

① 俞平伯《脂砚斋红楼梦辑评》，1963年9月版，“引言”第12页。

附录1.3

访“三生”记

“三生一潮”是指二十世纪九十年代陆续参与揭示靖藏本出于伪造的石昕生（1930—2006）、李同生（1938— ）、俞润生（1938— ）和任俊潮（1962— ），因前三位学者名字中均有“生”字，另取一“潮”字，以统称参与靖藏本辨伪的四位学者。“三生一潮”在九十年代从诸多方面揭露靖藏本批语之伪，尤其是任俊潮、李同生，为证实靖藏本批语出于蓄意伪造贡献了很大力量。石昕生已去世十多年，其余三位健在。

自笔者证实靖藏本出于蓄意伪造，初步了解这段辨伪历史以后，一直期待能有机会拜访这几位先生。“三生一潮”，除了任俊潮，“三生”都曾与毛国瑶有过近距离接触，尤其是石昕生，还曾与毛国瑶合作撰写红学文章，两人有过一段珍贵的友谊。自石昕生觉察经毛国瑶披露的靖藏本批语有问题之后，遂致力于揭露靖藏本之伪，由此两人关系逐渐疏远，乃至反目。此后，石昕生对靖藏本辨伪工作不遗余力，一直延续到他生命的尽头。九十年代“三生一潮”做了大量调查研究工作，也积累下十分丰富的文献资料，因不被学界重视，如今正陆续散佚，这也是我极想早点见到这几位先生的原因。

2021 年暑假，笔者专程去南京调查有关靖藏本的资料，蒙刘云虎、张桂琴、刘晓江帮助，终于见到了俞润生、李同生。对俞润生的正式访问有两次，分别为 2021 年 7 月 10 日、12 日，地点在南京大学附属十一中楹联协会画室、浦口俞宅。俞润生以往在《文教资料简报》编辑部工作时，读到唐茂松《关于脂靖本〈红楼梦〉批语的校正》，即注意到此文揭示历次发表的靖藏本批语多有不同，异文还比较多，才开始留意这一问题。俞润生研究过毛国瑶发表的文章之后，发现矛盾比较多。比如里面涉及唐圭璋等学者，他认为毛国瑶描述不实。我离开南京以后，俞润生另写了《就讨论靖本批语再说几句》，对毛国瑶的生平家世、靖藏本批语三次对外公布、毛国瑶自述靖藏本的矛盾及靖藏本批语的文本情况等又提出了一些有力的质疑。[①]

准备去南京之前，已事先尝试联络俞润生、李同生两位先生，通过几位友人及明清小说、红楼微信群尝试联系。在我即将离开南京时，又蒙曲塘中学语文教师刘晓江联络，得到了李同生夫人的联系方式，辗转终于联系上。7月14日，匆忙购买去海安的车票，下午15:10在李宅见到了李先生。李先生已满头白发，一口南通话，与我这个熟悉的陌生人谈了一个下午。其中，最让我感到不安的是，他说1999年“全国中青年《红楼梦》学术研讨会”在浙江金华举办以后，讨论靖藏本之伪的论文再也没有平台可以发表，意兴阑珊，遂放弃继续研究，直至现在。

我离开海安以后，蒙李同生先生雅谊，他回曲塘老家时，又把当年的未刊稿《“靖批”与“残页”——为曹雪芹卒年论战特制的伪证》（图表2.7）找出来寄给我，其中还附有2003年石昕生写给他的两封信原件，信的内容当然是谈靖藏本之伪的（图表1.22）。那时候，石昕生的身体已不大好，三年以后去世。2018年，石昕生旧藏周汝昌、吴世昌、冯其庸、徐恭时等红学家信件及手稿270余页，被冠以“《红楼梦》靖藏本之谜”在网上拍卖，以六万五千元价格成交。粗疏浏览拍卖信件照片，内容多是围绕靖藏本展开，对通过考察诸学者之间的交流，以还原靖藏本作伪案的细节，至关重要。

石昕生与毛国瑶，两人原是很好的朋友，在八十年代合作撰写《曹雪芹、脂砚斋和富察氏的关系》《秦淮八艳与金陵十二钗》等文章。此后，石昕生注意到，毛国瑶抄录的靖藏本批语150条，其中注明原文或出处者有27条，但第3、4条理应注明原文的却没有注出。石昕生之所以说“理应注明原文”，是因为毛国瑶自述抄录靖藏本批语时，是对照有正本《石头记》，抄录其所无。而第2、3、4条批语所对应的正文是甲戌本400余字独出异文，有正本及其他传世诸本，并没有“石头变玉”这段文字（详本书第四章第三部分），而第10条批语“向只见集古集唐句未见集俗语者（眉）”是批

① 俞润生《就讨论靖本批语再说几句》。

在甲戌本“偶因一着错，便为人上人”这句之上的，有正本并没有这句话。以上这些使石昕生对靖藏本极为怀疑，且据此指出这三条批语“是有直接录自俞平伯先生《辑评》上的”。[①]此外，石昕生已注意到，毛国瑶抄录的靖藏本批语第21条附有曹寅《题楝亭夜话图》，是杂抄《楝亭夜话图》上的曹寅原稿与《楝亭集》刻本所收修订稿而成。注意到毛国瑶辑抄靖藏本批语的以上诸问题后，石昕生写信向毛国瑶请教，索要毛北屏遗墨，毛国瑶仍坚持对许多关键问题避而不谈。而石昕生自信掌握了靖藏本蓄意作伪的证据，二人由此反目。此后，靖藏本辨伪成为石昕生一直装在心里的一件大事，直到2006年去世。后来我才注意到，毛国瑶也在同一年去世。

网上拍卖的“《红楼梦》靖藏本之谜”相关材料中，除了红学家的信件，其中有直接关系靖藏本的材料五件，兹摘录拍卖目录简介如下，存以备考。

其一，南京文物局与石昕生有关靖本真伪研究之往来信札及资料一组十二页（内收其往来信札三通，笔迹专家袁之宜有关鉴定“夕葵书屋石头记卷一之批语残页非毛国瑶所书”信札三通，批语与毛国瑶字迹对比手稿两页，关于成立《靖本石头记》调查组的建议手稿复印件两页，残卷复印件一页等）；

其二，石昕生2003年《靖本资料文辑》手稿及资料一册四十余页（详见内目录及图，内收靖本红楼梦及毛辑批语之谜底、相关照片二十余张，大多为复印件）；

其三，石昕生2004年整理《靖本物证——靖本批语是伪著的物证》手稿及资料一册约三十四页（详见内证物目录及图，收江南晚报《四十年一痴为红楼》一文论证靖本批语系伪作，脂砚斋重评石头记庚午本四十八回评语，俞平伯《脂砚斋红楼梦辑评》，毛国瑶靖藏本批语116条等）；

其四，石昕生与毛国瑶往来信札一册，约四十通约七十页附实寄封十余枚。

① 石昕生《关于靖本〈红楼梦〉及其批语的讨论》。

图表 1.19 石昕生旧藏靖藏本相关资料

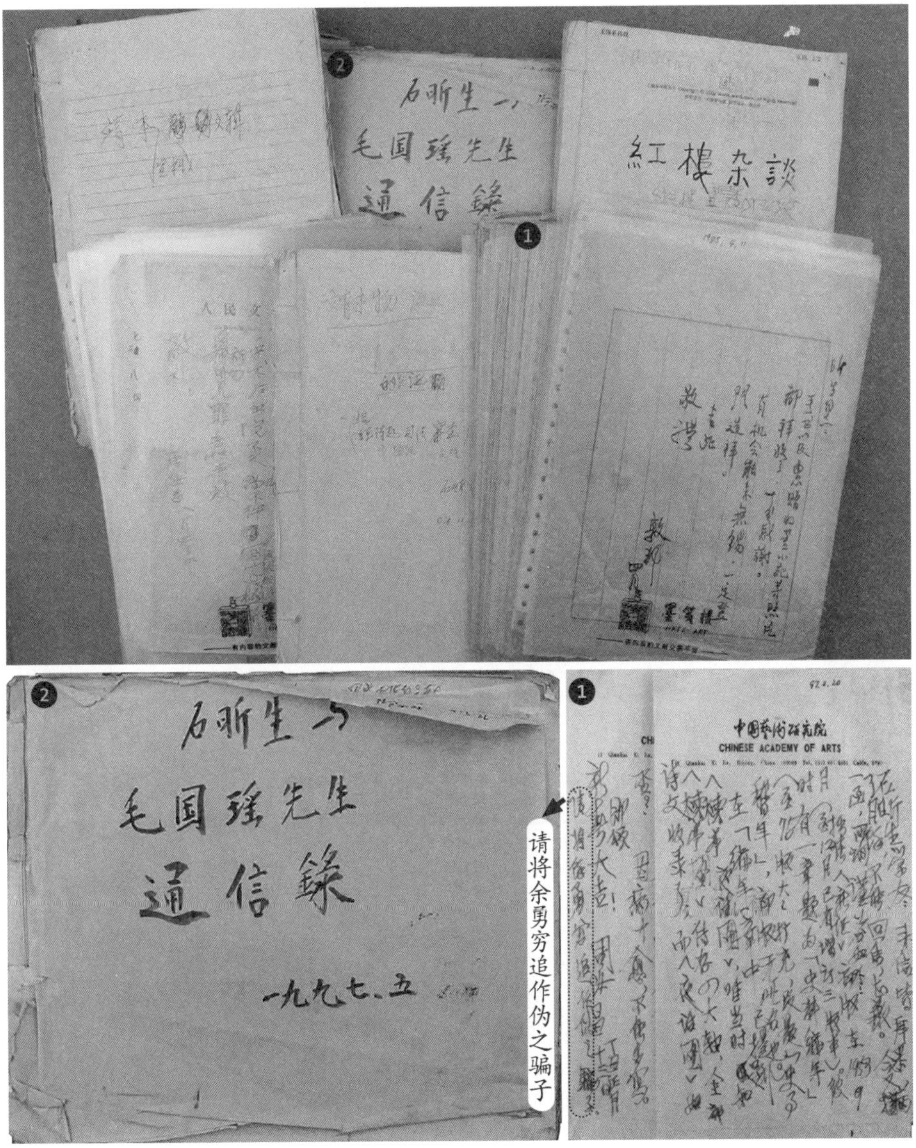

图表1.20　1979年11月20日毛国瑶致石昕生函[①]

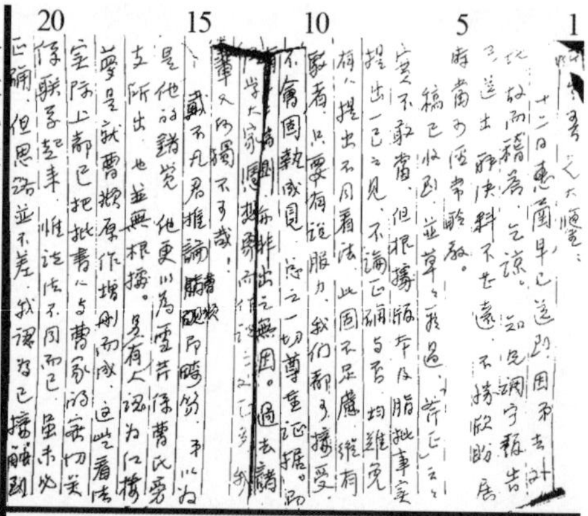
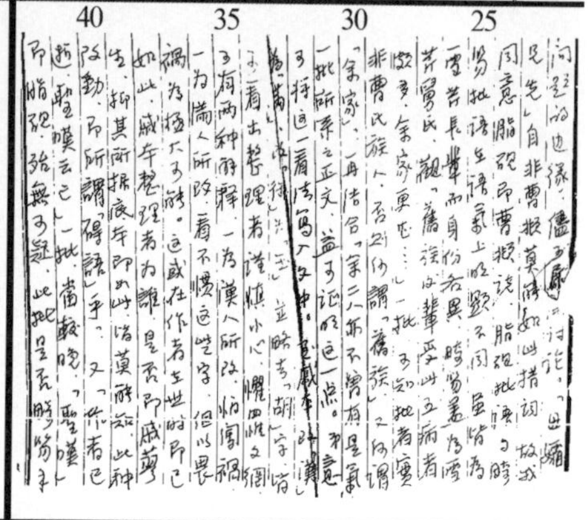
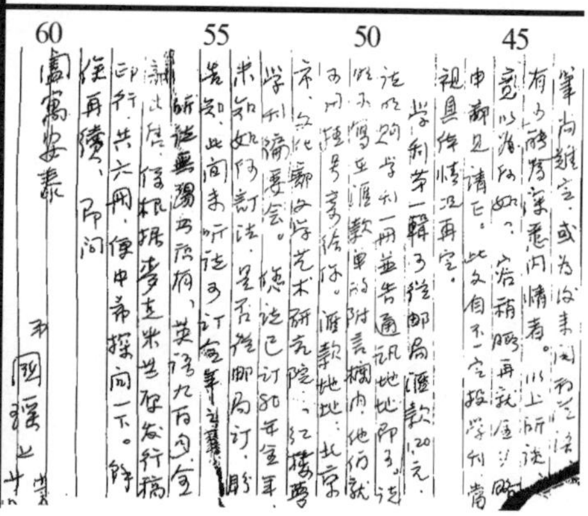

昕生吾兄大鉴：

十二日惠函早已送到，因弟去外地，故而稽答，乞谅。知兄调宁报告已送出，解决料不甚远，不胜欣盼届时当可经常聆教。

稿已收到，并草草看过，「斧正」云云，实不敢当，但根据版本及脂批事实提出一己之见，不论正确与否，均难免有人提出不同看法，此固不足虑，纵有驳者，只要有说服力，我们都可接受，不会固执成见，总之一切尊重证据。即有□揣测，亦非出之无因。过去诸红学大家，凭想象而作说之处正多。我辈又何独不可哉！

戴不凡君推论曹頫即畸笏，弟以为是他的错觉，他更以为雪芹系曹氏旁支所出，也并无根据。另有人认为红楼梦是就曹頫原作增删而成，这些看法实际上都已把批书人与曹家的密切关系联系起来，惟说法不同而已，虽未必正确，但思路并不差，我认为已接触到问题的边缘，尽可展开讨论。「毋孀兄先」自非曹頫莫能如此措词，故我同意脂砚即曹頫说，脂砚批语与畸笏批语在语气上明显不同，虽皆为雪芹长辈而身份各异，畸笏盖为雪芹舅氏，观「旧族后辈受此五病者颇多，余家更甚……」一批，可知批者实非曹氏族人，否则何谓「旧族」，又何谓「余家」？再结合「余二人亦不曾有是气」一批所系之正文，益可证明这一点。弟意可将这一看法写入文中。至戚本改「汉」为「满」，改「御」为「玉」，并略去「胡」字，皆可看出整理者谨慎小心，惧罹文网。可有两种解释：一为汉人所改，怕闯祸；一为满人所改，看不惯这些字，但以畏祸为极大可能。这或在作者在世时即已如此，戚本整理者为谁，是否即戚蓼生，抑其所据底本即如此，皆莫能知，此种改动，即所谓「碍语」乎？又「作者已逝，圣叹云亡」一批，当较晚，「圣叹」即脂砚，殆无可疑，此批是否畸笏手笔，尚难定。或为后来阅者泛语，□□有可能为深悉内情者。以上所谈，□□意以为何如？容稍暇再就全文略申鄙见请正。此文不一定投学刊，当视具体情况再定。

学刊第一辑可从邮局汇款1.20元，说明购学刊一册，并告通讯地址即可。说明可写在汇款单的附言栏内，他们就可用挂号寄给你。汇款地址：北京市文化部文学艺术研究院，红楼梦学刊编委会。您说已订80年全年，未知如何订法，是否从邮局订，盼告知，此间未听说可订全年之事。

听说无锡书店有《英语九百句》全部出售，系根据麦克米兰原发行稿印行，共六册，便中希探问一下，余候再续，即问

阖寓安泰。

弟国瑶上

十一月廿日

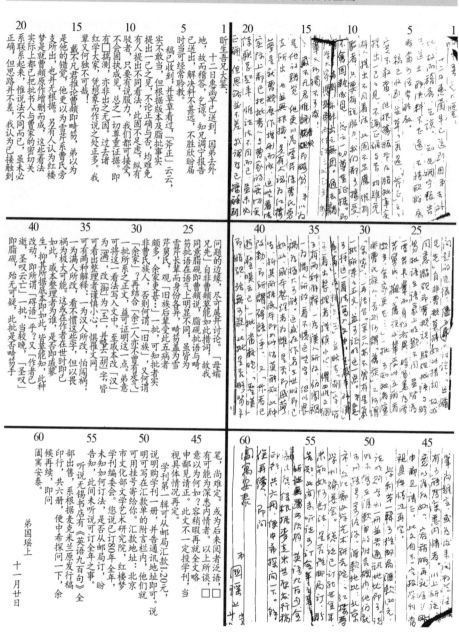

① 此函与下函为李培良收藏，感谢李先生借览并慨允发表。

图表 1.21 1980 年 1 月 18 日毛国瑶致石昕生函

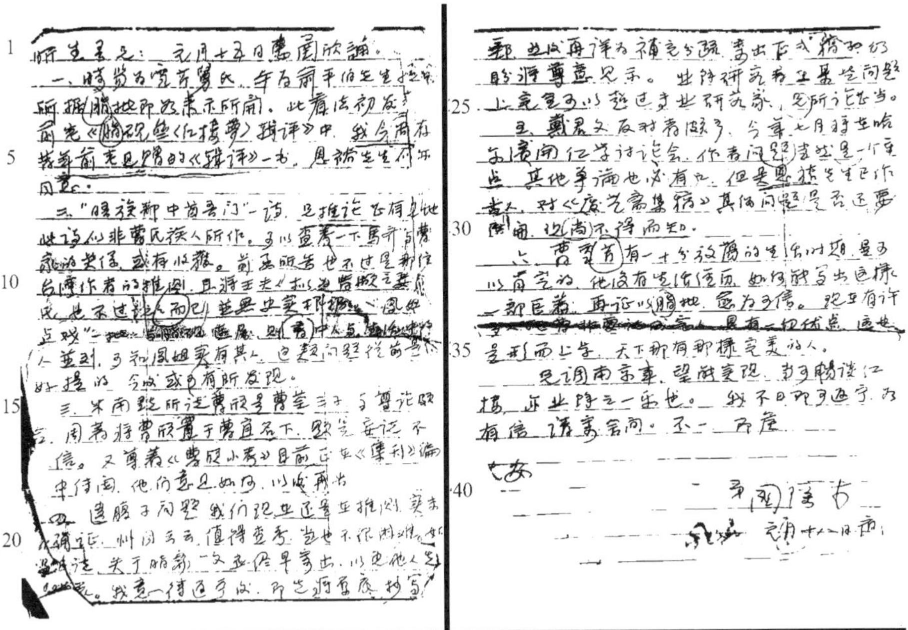

昕生吾兄：元月十五日惠函欣诵。

一、畸笏为雪芹舅氏，本为俞平伯先生提□所据脂批即如来示所□。此看法初发表□俞老《脂砚斋红楼梦辑评》中，我今尚存昔年俞老见赠的《辑评》一书。恩裕先生似亦同意。

二、“旺族都中首吾门”一诗，兄推论正有见地，此诗似非曹氏族人所作。可以查考一下马齐与曹家的关系，或有收获。前函所告也不过是那位台湾作者的推测，且将王夫人拟为曹颙之妻马氏，也不过是说说而已，并无史实根据。“凤姐点戏”一批，与脂砚连属，则书中人与生活中的人并列，可知凤姐实有其人。这类问题从前是□好提的，今后或可有所发现。

三、朱南铣所说曹頫是曹荃三子，与尊论颇合。周著将曹頫置于曹宜名下，显是妄说，不足信。又尊著《曹頫小考》目前正在《集刊》编辑中传阅，他们意见如何，以后再告。

四、遗腹子问题我们现在还是在推测，实未有确证。州同云云，值得查考，当也不很困难。如是所说，关于脂斋一文，应尽早寄出，以免他人先□发表。我意待返宁后，即先将原底抄写□邮，然后再详为补充分疏，寄出正式稿子，仍盼将尊意见示。业余研究者在某些问题上完全可以超过专业研究家，兄所论甚当。

五、戴君文反对者颇多，今年七月将在哈尔滨开红学讨论会，作者问题当然是一个重点，其他争论也必有之，但吴恩裕先生已作古人，对《废艺斋集稿》真伪问题是否还要展开，现尚不得而知。

六、曹雪芹有一十分放荡的生活时期，是可以肯定的。他没有生活经历，如何能写出这样一部巨著，再证以脂批，愈为可信。现在有许多人把曹非要说成完人，具有一切优点，这也是形而上学，天下那有那样完美的人。

兄调南京事，望能实现，当可畅谈红楼，亦业余之一乐也。我不日即可返宁，如有信，请寄舍间。不一，即候

大安

弟 国瑶 顿首

元月十八日夜

图表1.22　2003年石昕生致李同生函二通（笔者收藏）

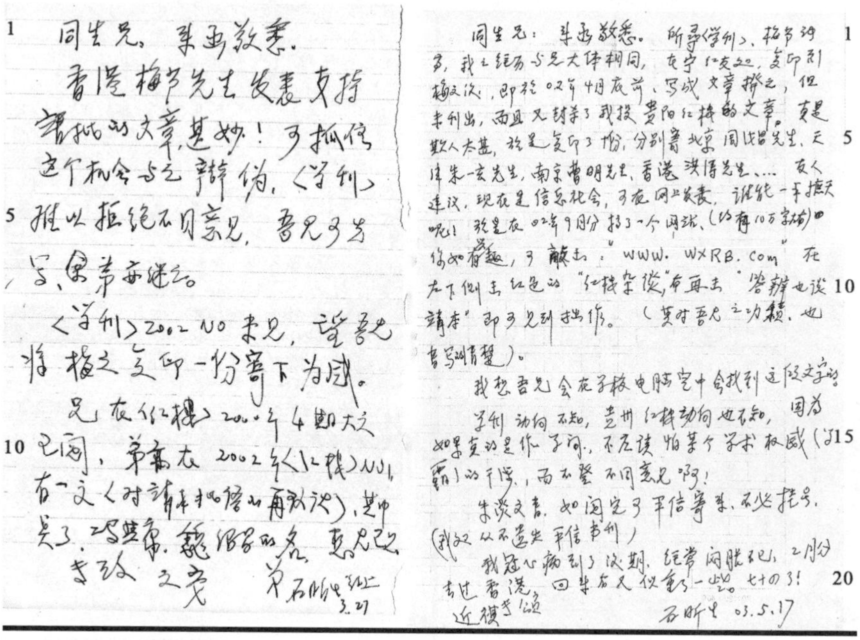

同生兄，来函敬悉。

香港梅节先生发表支持靖批的文章，甚妙！可抓住这个机会与之辩伪，《学刊》难以拒绝不同意见，吾兄可先写，弟亦继之。

《学刊》2002 NO.1未见，望吾兄将梅文复印一份寄下为感。

兄在《红楼》2000 年 4 期大文已阅，弟亦在2002年《红楼》NO.1有一文《对靖本批语的再驳议》，其中点了冯其庸、魏绍昌的名，想兄已见。

专致　文安！

弟 石昕生 敬上

3.27

同生兄：来函敬悉。所寻《学刊》、梅节诸事，我之经历与兄大体相同，在宁红友处，复印到梅文后，即于02年2月底前，写成文章拔[驳]之，但未刊出，而且又封杀了我投贵阳《红楼》的文章。真是欺人太甚，于是复印了3份，分别寄北京周汝昌先生、天津朱一玄先生、南京曹明先生、香港洪涛先生……友人建议，现在是信息社会，可在网上发表，谁能一手遮天呢！于是在02年9月分投了一个网站（约有10万字左右）

你如有兴趣，可敲击：www.WXRB.com在左下侧击红色的“红楼杂谈”后再击“答辩也谈靖本”即可见到拙作。（其对吾兄之功绩，也书写的清楚）

我想吾兄会在学校电脑室中会找到这段文字的。《学刊》动向不知，贵州《红楼》动向也不知，因为如果真的是作学问，不应该怕某个学术权威（学霸）的干涉，而不登不同意见啊！

朱淡文书，如阅完可平信寄来，不必挂号（我处从不遗失平信书刊）

我冠心病到了后期，经常闷胀不已，2月分去过香港，回来后又似重了一些。七十四了！

专颂

近祺

石昕生　03.5.17

图表 1.23 《石头记》各抄本现藏处、首印时间及出版社

序	版本	现藏处	入藏时间	首印时间	出版社
※1	戚序本	上海图书馆/南京图书馆	?	清末民初	有正书局
※2	甲戌本	上海博物馆	2005	1961	台北商务印书馆
※3	庚辰本	北京大学图书馆	1949或1950年入藏燕京大学，1952年并入北京大学	1955	文学古籍刊行社
4	舒序本	首都图书馆	2011	1986	中华书局
5	己卯本	中国国家图书馆 中国国家博物馆	1949年后 1959	1980	上海古籍出版社
6	甲辰本	中国国家图书馆	1953	1989	书目文献出版社
※7	杨藏本	中国科学院文学研究所图书馆	1959	1963	中华书局
8	蒙府本	中国国家图书馆	1961	1986	书目文献出版社
9	俄藏本	俄罗斯科学院东方古籍文献研究所	1832年后	1986	中华书局
10	郑藏本	中国国家图书馆	1958年以后	1991	书目文献出版社
11	卞藏本	卞亦文	2006	2006	北京图书馆出版社

** 戚序本、甲戌本、庚辰本、杨藏本：1964 年毛国瑶给俞平伯写信以前均已影印，序号前标“※”。

** 戚沪本：其石印时间，据周汝昌《红楼梦版本常谈》附记。南京师范学院中文系资料室编《红楼梦版本论丛》，第 23 页。有正书局影印底本为张开模旧藏戚沪本，影印时曾有贴改，1975 年重新发现于上海书店，今藏上海图书馆（存前四十回）。

** 戚宁本：为毛国瑶于 1964 年真正发现并介绍给学界，1973 年与有正本初步校勘，揭示其文献价值。毛国瑶《谈南京图书馆藏戚序抄本〈红楼梦〉》。

** 己卯本：1949 年以后，陶洙所藏己卯本归藏北京图书馆（今中国国家图书馆），北京琉璃厂中国书店发现的第五十五回下半回至五十九回上半回部分，1959 年由中国历史博物馆（今中国国家博物馆）收藏。

** 甲辰本：一般认为，1953 年晚秋，俞平伯才从郑振铎处借得甲辰本。孙玉蓉、朱炜《俞平伯年谱》，第 272 页。蒙程诚提醒，《脂砚斋红楼梦辑评》初版书前有俞平伯完成于 1953 年 9 月 13 日的《〈红楼梦〉旧钞各本所存批注略表》已将甲辰本列入，甲辰本进京时间或许在 1953 年之前。甲辰本进京以后，曾在俞平伯处待过一段时间，后入藏北京图书馆（今中国国家图书馆）。

** 俄藏本：缅希科夫（或译作孟列夫）、里弗京（或译作李福清）《长篇小说〈红楼梦〉的抄本》。

四、小结

毛国瑶出生于高知家庭，父亲毛北屏留学美国，在印第安纳州巴特勒大学获得教育学硕士学位，又曾游历欧洲，曾出任安徽省立第一职业学校校长、上海大夏联合大学兼职教授、驻德国大使馆主事、工合云南办事处主任、国民党时期粮食部参事等职。1964 年，毛国瑶第一次给俞平伯写信介绍靖藏本时，已 34 岁。他并不是以往研究者所认识的不谙世事的年轻人。在此以前，他已经历过人生的种种跌宕起伏，乃至生离死别。与曹雪芹早年经历类似，毛国瑶出生时，刚好赶上洗马塘毛氏家族的兴盛期，家庭生活条件优渥，度过了衣食无忧的少年时光。“庐山之恋”后，其女友产下一女后去世，给毛国瑶以重创。建国以后，由于政治原因，毛氏家族衰落，毛国瑶个人遭际困顿，曾被打为右派，喜好文史，却走投无路。毛国瑶辑抄靖藏本 150 条批语出现的前一年，南京举办过曹雪芹逝世 220 周年纪念大会，举办过展览，学术界正热烈讨论曹雪芹生卒年问题。再往远了说，1921 年胡适写成《红楼梦考证》后，俞平伯《红楼梦辨》《辑评》、周汝昌《红楼梦新证》等影响巨大的学术专著或整理著作出版，又经过 1954 年的“批胡批俞”运动，阅读、研究《红楼梦》，编辑整理相关资料读本，成为热门。靖藏本短暂“问世”旋即消失的背景大致如此。

第二章 《红楼梦》靖藏本辨伪 *

有关毛国瑶辑抄“靖应鹍藏《石头记》脂评本”150条批语的真伪，研究者莫衷一是，引发多次论争，对《红楼梦》研究产生广泛深远的影响。细致梳理1964年以前十余年间的红学研究背景，取《石头记》诸抄本、俞平伯《脂砚斋红楼梦辑评》各版次印次，逐字校勘这150条批语，将这些批语承袭《脂砚斋红楼梦辑评》的证据总结为脱文、误字、错简、理校四例，证实这些批语主要是据俞平伯《脂砚斋红楼梦辑评》未修订版或1958年版蓄意伪造，作伪的主要目的之一是要证成脂砚斋、畸笏叟为二人。毛国瑶辑靖应鹍藏《石头记》批语赝鼎无疑，没有研究价值，所谓“靖应鹍藏《石头记》脂评抄本”，并不存在。

自二十世纪七十年代起，部分学者开始怀疑靖藏本出于伪造。产生这种认识的缘由，一方面是这个抄本“问世”后旋即消失，仅有毛国瑶一人经眼；二是毛国瑶辑抄的150条靖藏本批语多与此前已发现的抄本批语不合，且其中批语有颠倒错乱以至于不能通读。[1] 以上几个方面，使得研究者对毛

* 本章部分内容曾以《毛国瑶辑“靖藏本〈石头记〉”批语辨伪》为题，发表于《文史》2022年第4辑。

① 那宗训指出，毛辑靖藏本批语颠倒错乱，并非由于抄手水平低，而是“故意”弄错。那宗训《谈所谓靖藏本〈石头记〉残批》。

国瑶抄录的150条批语、靖藏本是否存在等问题产生怀疑。但以上几个问题也仅仅是使人蓄疑而已，在实证研究中，仅凭以上几个疑问很难服众。

二十世纪九十年代，此事终于出现转机。“三生一潮”发表了一系列靖藏本辨伪文章。尤其是任俊潮《〈红楼梦〉“脂靖本”质疑》，为此前的怀疑找到了文本上坚实而具体的证据，也启发了此后研究者沿着校勘这条路继续对靖藏本做辨伪工作，直至将毛国瑶辑录的150条批语中承袭《脂砚斋红楼梦辑评》的文本逐一找出，架构起靖藏本辨伪的坚实证据链。

1992年，任俊潮《〈红楼梦〉“脂靖本”质疑》指出，俞平伯辑录庚辰本第48回批语时，将“纨钗，风流不让湘黛，贤惠不让”十二字脱漏，毛辑靖藏本批语也承袭了这一脱文，首次揭示了毛辑靖藏本批语对《辑评》的承袭关系，为此后具体的辨伪工作指明了方向。为厘清毛辑靖藏本批语与《辑评》的关系，先对比《辑评》各版次异同，再将其主要版次全文数字化。校勘方法及过程如下：原则上，俞平伯《辑评》、周汝昌《新证》、吴恩裕《有关曹雪芹八种》及《有关曹雪芹十种》都在查考、校勘范围中，由于此前研究者已揭示毛辑靖藏本批语与《辑评》关系的部分证据，因此下文着重取《辑评》与毛辑靖藏本批语校勘。

一、靖藏本批语承袭《脂砚斋红楼梦辑评》四例

据俞平伯在《辑评》58、60、63版中的修订说明，知其各版次文本差异主要由这三次修订造成。取150条毛辑靖藏本批语逐条寻检已数字化的《辑评》未修订版，将其中重合批语摘出，再将这些批语与甲戌本、己卯本、庚辰本（原书及晒蓝本）对校，以梳理从《辑评》未修订版摘出的批语中出现的倒衍讹脱等问题，参校《辑评》58、60、63、66版四个修订版，离析其异同。在此基础上，综合此前任俊潮、于鹏已揭示的证据，将毛辑靖藏本批语承袭《辑评》未修订版或58版的证据总结为脱文、误字、错简、理校四例（图表2.5）。最后取毛辑靖藏本批语参校1950—1964年期间出版的研究著作，析分其异文的可能来源。

（一）毛辑靖藏本批语承袭《辑评》脱文例

其一，庚辰本第四十八回写香菱学诗，小说正文“然后宝钗和香菱才同回园中来”句下，有独出的墨笔双行夹批：

> 细想香菱之为人也，根基不让迎探，容貌不让凤秦，端雅不让纨钗，风流不让湘黛，贤惠不让袭平，所惜者青年罹祸，命运乖蹇，足为侧室，且虽曾读书，不能与林、湘辈并驰于海棠之社耳。[①]

庚辰本晒蓝本同。《辑评》未修订版、58版均作：

> 细想香菱之为人也，根基不让迎探，容貌不让凤秦，端雅不让袭平，所惜者青年罹祸，命运乖蹇，足为侧室，且虽曾读书，不能与林、湘辈并驰于海棠之社耳。

《辑评》60、63、66版已将此前脱漏的十二字补齐，作“端雅不让纨钗，风流不让湘黛，贤惠不让袭平”。[②]

毛辑靖藏本批语第116条，承袭《辑评》未修订版、58版十二字脱文：

> 116. 湘菱为人，根基不下迎探，容貌不让凤秦，端雅不让龙平，惜幼年罗祸，命薄运乖，至为侧室，虽会读书，而不得与林湘等并驰于海棠之社（下略）。[③]

俞平伯辑录庚辰本这条批语时，或因涉下“不让”二字疏忽，致使《辑评》脱去“纨钗，风流不让湘黛，贤惠不让”十二字，将“袭、平”二字硬接于“端雅不让”之后。原本将香菱与迎探、凤秦、纨钗、湘黛、袭平五组人的突出特质（根基、容貌、端雅、风流、贤惠）分别对比，中间脱文将原

---

① 《脂砚斋重评石头记》（庚辰本），第8册，叶28b。

② 俞平伯《脂砚斋红楼梦辑评》八个版次，分见第523、523、523、523、523、452、461、461页。下文引《辑评》，均依次罗列《辑评》八个版次页码。

③ 本文所引毛辑靖藏本批语，均据于鹏惠示1959年毛国瑶抄录靖藏本批语的笔记本复制件照片，依照片保留批语前标注的序号。这个笔记本已公开影印出版。冯其庸《曹雪芹家世·红楼梦文物图录》（下册），第492—498页。

来对应的“端雅—纨钗”“贤惠—袭平”错接为“端雅不让袭平”。《辑评》这一独特的涉下脱文，被毛辑靖藏本批语继承（图表 2.1）。①

其二，庚辰本第十三回回末有朱批“通回将可卿如何死故隐去，是大发慈悲心也。叹叹。壬午季春”，②《辑评》未修订版及 58 版脱去“心”字，毛辑靖藏本批语承袭《辑评》此处脱文，作“通回将可卿如何死故隐去，是余大发慈悲也。叹叹。壬午季春”。《辑评》60、63、66 版已将此处脱文补齐。③

其三，庚辰本第十二回眉批“此一节可入《西厢记》批评内十大快中。畸笏”，己卯本陶录庚蓝本批语时“一”字较小，④稍有疏忽便可脱漏，《辑评》未修订版、58 版均脱去“一”字。《辑评》60、63、66 版已将脱文补齐。⑤毛辑靖藏本批语第 67 条同样承袭了《辑评》这一脱文。⑥

（二）毛辑靖藏本批语承袭《辑评》误字例

其一，小说第三回写王熙凤出场，“只听后院中有人笑声，说我来迟了，不曾迎接远客”，所谓“丹唇未启笑先闻”“未写其形，先使闻声”，寥寥数笔，王熙凤这一形象便活现纸上。甲戌本此句旁有侧批云：“第一笔，阿凤三魂六魄已被作者拘定了，后文焉得不活跳纸上？此等非仙助即非神助，从何而得此机括耶？”⑦己卯本陶录甲副本同。⑧

此批为甲戌本独出，其意为：写凤姐第一笔就已将其三魂六魄限定住，后文再写凤姐怎能不活灵活现呢？实际是批者在感叹作者用笔神妙。“拘定”作为成词，已多见于清乾隆时期文献。以《石头记》抄本而言，正文、批语中也多有用“拘定”例，如小说三十七回李纨说“亦不可拘定了我们

---

① 任俊潮《〈红楼梦〉“脂靖本”质疑》。
② 《脂砚斋重评石头记》（庚辰本），第 2 册，叶 68b。
③ 俞平伯《脂砚斋红楼梦辑评》，第 214、214、214、214、214、169、174、174 页。
④ 《脂砚斋重评石头记》（己卯本），第 3 册，叶 15b。
⑤ 俞平伯《脂砚斋红楼梦辑评》，第 197、197、197、197、197、154、159、159 页。
⑥ 于鹏《“靖批”五疑》。
⑦ 《脂砚斋重评石头记》（甲戌本），上海博物馆藏抄本，第 1 册，叶 38b。
⑧ 《脂砚斋重评石头记》（己卯本），第 1 册，叶 32a。

三个人不作”，三十八回宝玉也说“也不必拘定坐位”，① 己卯本、庚辰本第十七至十八回“倏而青山斜阻”下有双行夹批云“不必拘定方向”。② 可见作者与批者对“拘定”并不陌生，属习用语词。

“阿凤三魂六魄已被作者拘定了”，《辑评》未修订版、58 版、60 版录文均作“阿凤三魂六魄已被作者拘走了”。毛辑靖藏本批语承袭《辑评》误字“走”的同时，并将“拘”字径改作“勾”。至此，已将这条批语曲解作“王熙凤的魂魄已被作者勾走”。将这条批语理解为作者勾走王熙凤魂魄，显然不妥。“拘定”“勾走”，两字之改，句意相去万里。直到《辑评》63、66 版，俞平伯在核对过甲戌本影印本后，才意识到此处讹误，并将其更正。③ 而毛辑靖藏本批语却承袭了《辑评》未修订版或 58、60 版这一错误（图表 2.1）。

其二，庚辰本第十三回回前有朱批两条，第二条批语云：

> 荣、宁世家，未有不尊家训者。虽贾珍当奢，岂明逆父哉？故写敬老不管，然后姿意，方见笔笔周到。④

与此批相类，甲戌本十三回回前也有一段残损的墨批，“贾珍尚奢，岂有不请父命之理……”⑤ 可校正庚辰本“虽贾珍当奢”中“当”之误，而已卯本中陶洙仅据庚辰本抄录此批，虽已察觉“虽贾珍当奢”有误，理校而旁批“穷”字，并没有留意用甲戌本校正。俞平伯《辑评》未修订版及 58、60 版因袭此误，63、66 版已利用甲戌本，但因甲戌本此处批语残缺，既没有据以校正庚辰本此批之误，也没有再抄录甲戌本此批。⑥ 这条批语意为：荣、宁二府子孙世代无不谨遵家训，虽然贾珍崇尚奢靡，岂能在明面上忤逆父亲贾敬？所以先写贾敬不管，贾珍才会恣意妄为，这体现了作者笔笔铺陈、叙事周到的不凡用笔。

---

①《脂砚斋重评石头记》（庚辰本），第 6 册，叶 46b、61b。
②《脂砚斋重评石头记》（己卯本），第 4 册，叶 18b。《脂砚斋重评石头记》（庚辰本），第 3 册，叶 28a。
③ 俞平伯《脂砚斋红楼梦辑评》，第 78、78、78、78、78、43、47、47 页。
④《脂砚斋重评石头记》（庚辰本），第 2 册，叶 43b。
⑤《脂砚斋重评石头记》（甲戌本），第 3 册，叶 15a。
⑥ 俞平伯《脂砚斋红楼梦辑评》，第 204、204、204、204、204、160、165、165 页。

庚辰本两部晒蓝本中，这条朱批在第十一回正文之前。陶洙认为此处窜叶，将这条批语移录于己卯本第十三回回前，作："荣、宁世家，未有不尊家训者。虽贾珍当（伟按：旁批"穷"字）奢，岂能逆父哉？故写敬老不管，然后姿意，方见笔笔周到。"[①]《辑评》未修订版、58 版同，均沿袭己卯本中陶洙转录的庚辰本此条批语，将"岂明逆父哉"的"明"字误作"能"。《辑评》60、63、66 版才将此误修正，回改作"明"。[②]

毛辑靖藏本批语第 68 条承袭了《辑评》未修订版、58 版这一讹误：

> 68. 此回可卿梦阿凤，作者大有深意，惜已为末世，奈何！奈何！贾珍虽奢淫，岂能逆父哉？特因敬老不管，然后恣意，足为世家之戒。秦可卿淫丧天香楼，作者用史笔也。老朽因有魂托凤姐贾家后事二件，岂是安富尊荣坐享人能想得到者？其言其意，令人悲切感服，姑赦之，因命芹溪删去"遗簪""更衣"诸文，是以此回只十页。删去天香楼一节，少去四五页也。一步行来错，回头已百年。请观风月鉴，多少泣黄泉。（回前长批）

"明"误"能"，最初是陶洙将庚辰本回前批过录至己卯本时出现的讹误。俞平伯整理《辑评》时，虽然手边有庚辰本晒蓝本、己卯本，可能由于庚辰本晒蓝本此处回前批位置有问题，直接据己卯本陶录庚蓝本抄录，未能对照庚辰本晒蓝本仔细校勘，导致《辑评》未修订版、58 版直接承袭了己卯本陶录庚蓝本的讹误。而陶洙这一处非常独特的讹误，却也同样被毛辑靖藏本批语承袭（图表 2.1）。俞平伯校勘毛国瑶寄来的毛辑靖藏本批语，曾对此处异文解释道："庚辰本此评本来有些问题，如错字，把位置写错等。庚本作'贾珍……岂明逆父哉'，实不如靖藏本作'岂能逆父哉'之为通顺也。"俞平伯没有注意"明"误"能"这一讹误实际是源于陶洙而为《辑评》所承袭者，其解释恰好将文本源流倒置。[③]

其三，上引毛辑靖藏本批语第 68 条除了承袭《辑评》未修订版、58 版"能"字之误，"岂是安富尊荣坐享人能想得到者"的"者"字，也是这样的

① 《脂砚斋重评石头记》（己卯本），第 3 册，叶 18b。
② 俞平伯《脂砚斋红楼梦辑评》，第 204、204、204、204、204、160、165、165 页。
③ 俞平伯《记毛国瑶所见靖应鹍藏本〈红楼梦〉》。

图表 2.1 毛辑靖藏本批语第 14、68、116 条承袭《脂砚斋红楼梦辑评》脱文例、误字例

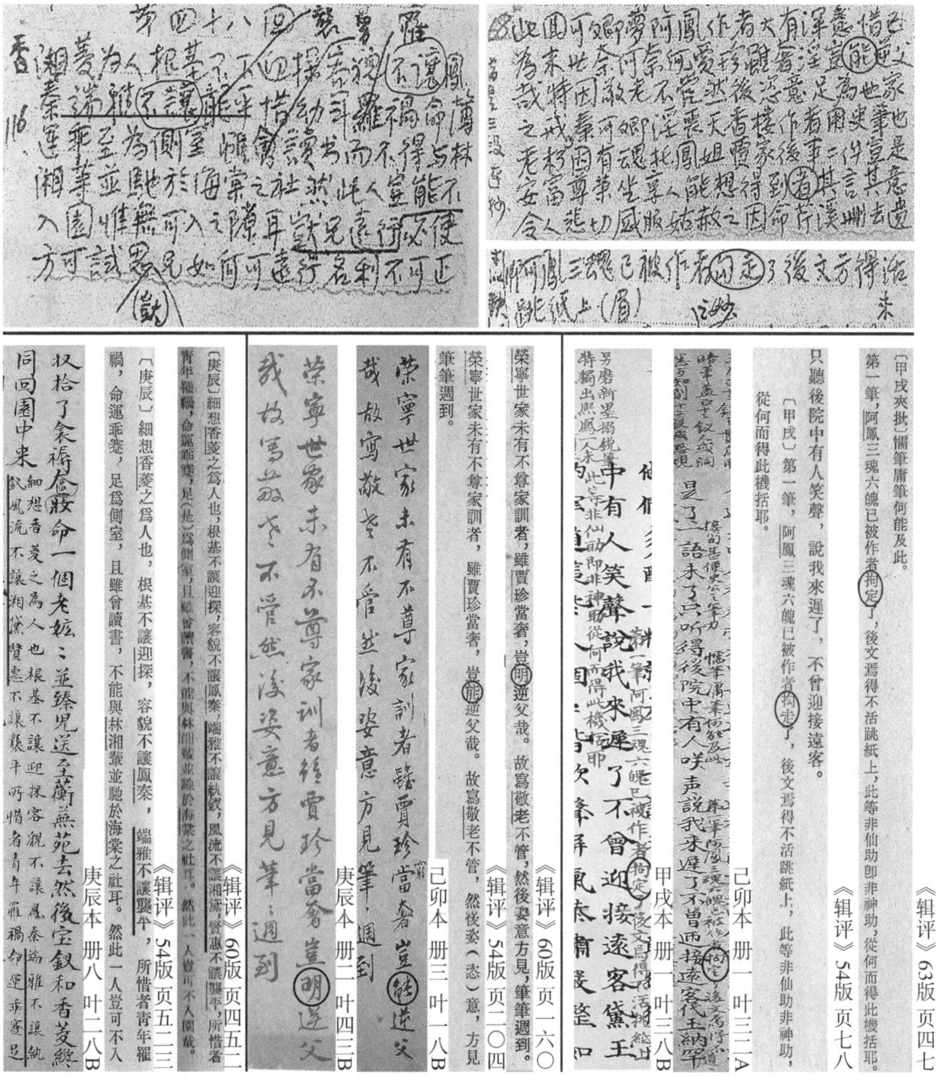

错误。甲戌本第十三回回末总评云：

> “秦可卿淫丧天香楼”，作者用史笔也。老朽因有魂托凤姐贾家后事二件，嫡是安富尊荣坐享人能想得到处。其事虽未漏，其言其意则令人悲切感服，姑赦之，因命芹溪删去。①

周录甲副本同，己卯本陶录甲副本“处”讹作“者”，《辑评》未修订版及58、60版均承袭己卯本陶录甲副本讹作“者”，此误至《辑评》63、66版才改正过来，②而毛辑靖藏本批语第68条承袭《辑评》未修订版及58、60版作“者”。

其四，庚辰本第四十三回尤氏语“明儿带了棺材里使去”，下有双行夹批：“此言不假，伏下后文短命。尤氏亦能干事矣，惜不能劝夫治字，惜哉痛哉。”③《辑评》各版次此句均作“此言不假，伏下后文短命。尤氏亦能于事矣，惜不能劝夫治字（家），惜哉痛哉”，将“干”字径改作“于”。④毛辑靖藏本批语作“106. 此语不假，伏下后文短命。尤氏可谓亦能于事矣，惜乎不能勤夫治家，惜哉痛哉（我看你主子这么细致一段眉批）”，也承袭此误。

（三）毛辑靖藏本批语承袭《辑评》错简例

其一，甲戌本第六回在“手内拿着”旁有朱笔侧批“至平”“实至奇，稗官中未见此笔”，原本是不连贯的两条批语。核对周录甲副本，此处作“至平至实至奇，稗官中未见此笔”，天头批云“批中‘至’字臆补。玉言”（周汝昌字玉言）。陶录甲副本作“至平□实至奇，稗官中未见此笔”，保留了“□”符号，并未抄录周汝昌臆补的“至”字。俞平伯《辑评》未修订版及58、60版均承袭己卯本中陶洙所录“至平□实至奇，稗官中未见此笔”，毛辑靖藏本批语误解而增字合并。毛辑靖藏本批语受《辑评》未修订版及

① 《脂砚斋重评石头记》（甲戌本），第3册，叶25b。

② 俞平伯《脂砚斋红楼梦辑评》，第214、214、214、214、214、169、174、174页。

③ 《脂砚斋重评石头记》（庚辰本），第7册，叶45b。

④ 俞平伯《脂砚斋红楼梦辑评》，第507、507、507、507、507、437、446、446页。小说正文中“干事”还有两处，参见《脂砚斋重评石头记》（庚辰本）第六十三回“平儿笑道：这会子有事不和你说，我干事去了”，第六十九回“都是珍大嫂子干事不明”。第10、11册，叶58b、叶12b。

58、60版影响，[①] 误认为□表示缺字，故在“□”处补“常”字，在“至平”前又增一“虽”字，将原来的两条批语合并为一条，作“34. 虽平常而至奇稗官中未见（眉）”。俞平伯做《辑评》时，由于无法利用甲戌本原件，只好依据己卯本，而己卯本陶录甲副本来源于周录甲副本的特殊符号也连同被《辑评》承袭，毛辑靖藏本批语连带受其影响，在此基础上又衍生出了新的文本问题，文本源流十分清楚。这是“周录甲副本→己卯本陶录甲副本→《辑评》→毛辑靖藏本批语”这条辨伪线索的第一条证据链（图表 2.2）。

图表 2.2 毛辑靖藏本批语第 34 条通过《辑评》承袭周录甲副本特殊文本源流图

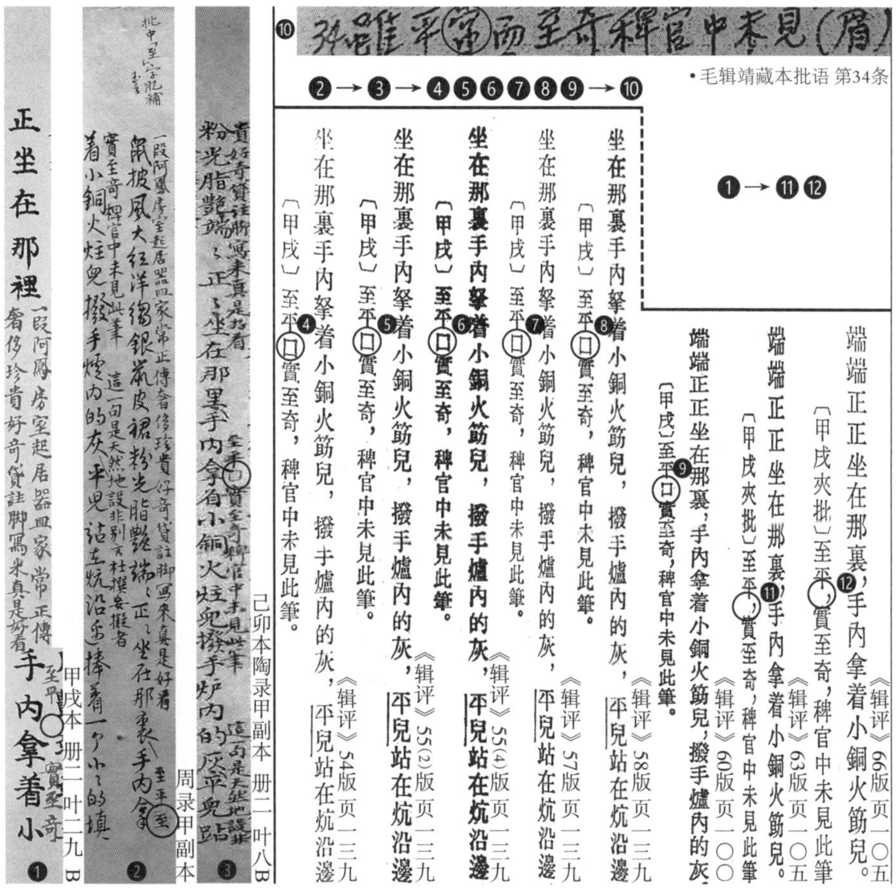

① 俞平伯《脂砚斋红楼梦辑评》，第 139、139、139、139、139、100、105、105 页。

其二，甲戌本第八回宝钗看到宝玉的通灵玉，小说正文“宝钗看毕”下有双行夹批云：“余亦想见其物矣。前回中总用草蛇灰线写法，至此方细细写出，正是大关节处。”小说正文“又从翻过正面”旁，又有朱笔侧批云：“可谓真奇之至。”[①]周录甲副本抄录这两条批语时，将其杂抄于小说相关文本之侧，变动了批语位置，又被己卯本陶录甲副本批语承袭。己卯本中陶洙以蓝笔将“余亦想见其物矣”抄于“宝钗看毕”之侧，而将“前回中总用草蛇灰线写法，至此方细细写出，正是大关节处，可谓真奇之至”连抄于“又从翻过正面”之侧。[②]导致仅据周录甲副本或己卯本陶录甲副本，无法分辨甲戌本中这两条批语原来的位置。

《辑评》未修订版及58、60版将甲戌本双行夹批“余亦想见其物矣”系于“宝钗看毕”句下，另将“前回中总用草蛇灰线写法，至此方细细写出，正是大关节处”与侧批“可谓真奇之至”拼接在一起，系于“又从（新）翻过正面来细看”句下，作“前回中总用草蛇灰线写法，至此方细细写出，正是大关节处，可谓真奇之至”（图表2.3）。《辑评》63版才意识到此处问题，将杂糅的批语重新析分、归并，将“余亦想见其物矣”“前回中总用草蛇灰线写法……”这两条批语合并为一条，又将“可谓真奇之至”错系为夹批。[③]毛辑靖藏本批语第50条，非但脱去“余亦想见其物矣”七字，也将“前回中总用草蛇灰线写法，至此方细细写出，正是大关节处”与侧批“可谓真奇之至”删并杂糅于一处，作“前回中总用灰线草蛇细细写法，至此方写出，是大关节处。奇之至”。这是“周录甲副本→己卯本陶录甲副本→《辑评》→毛辑靖藏本批语”这条辨伪线索的第二条证据链（图表2.3）。

其三，庚辰本第十三回秦可卿托梦王熙凤，临别时曾有两句赠言“三春去后诸芳尽，各自须寻各自门”，上有眉批“不必看完，见此二句即欲堕泪。梅溪”（甲戌本亦有梅溪此批），紧接这条眉批换至下个半叶后，另有一条朱

① 《脂砚斋重评石头记》（甲戌本），第3册，叶4b。
② 《脂砚斋重评石头记》（己卯本），第2册，叶26。
③ 俞平伯《脂砚斋红楼梦辑评》，第165、165、165、165、165、124、129、129页。

图表 2.3 毛辑靖藏本批语第 50、69、70 条承袭《辑评》错简例

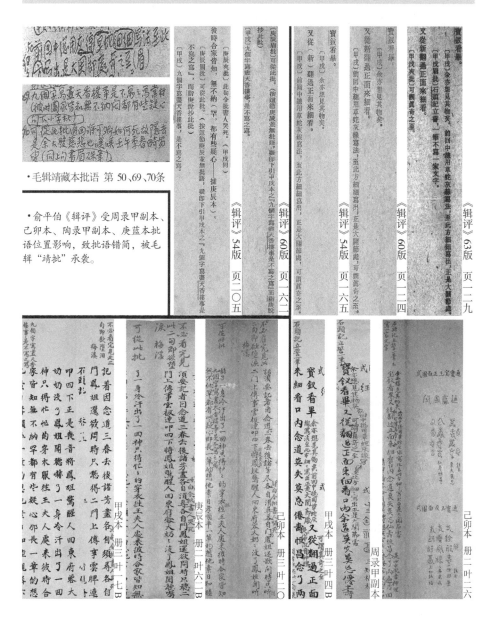

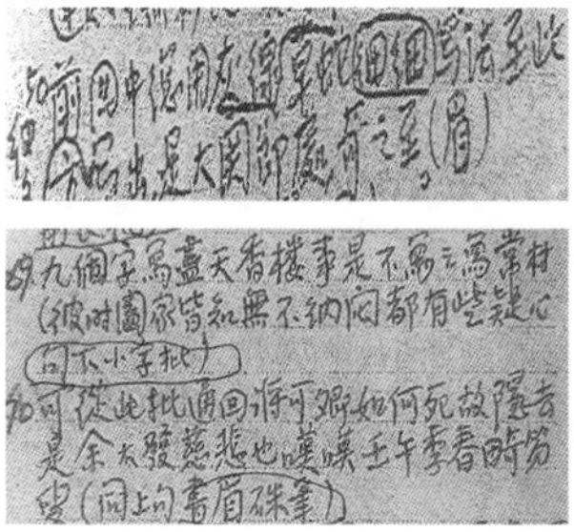

·毛辑靖藏本批语 第 50、69、70条

·俞平伯《辑评》受周录甲副本、己卯本、陶录甲副本、庚蓝本批语位置影响，致批语错简，被毛辑“靖批”承袭。

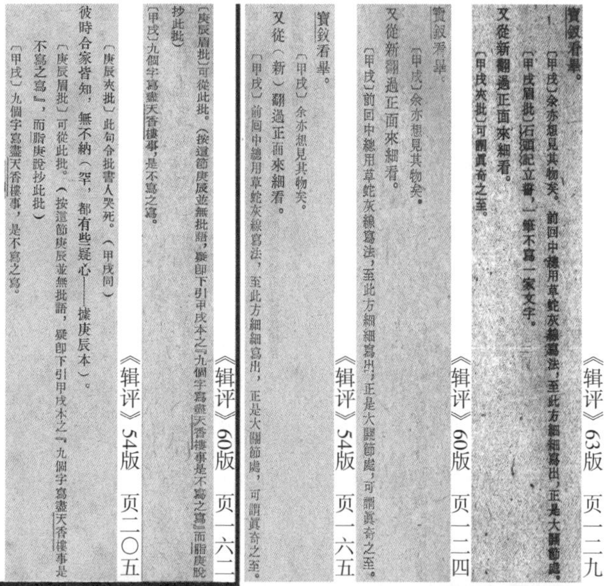

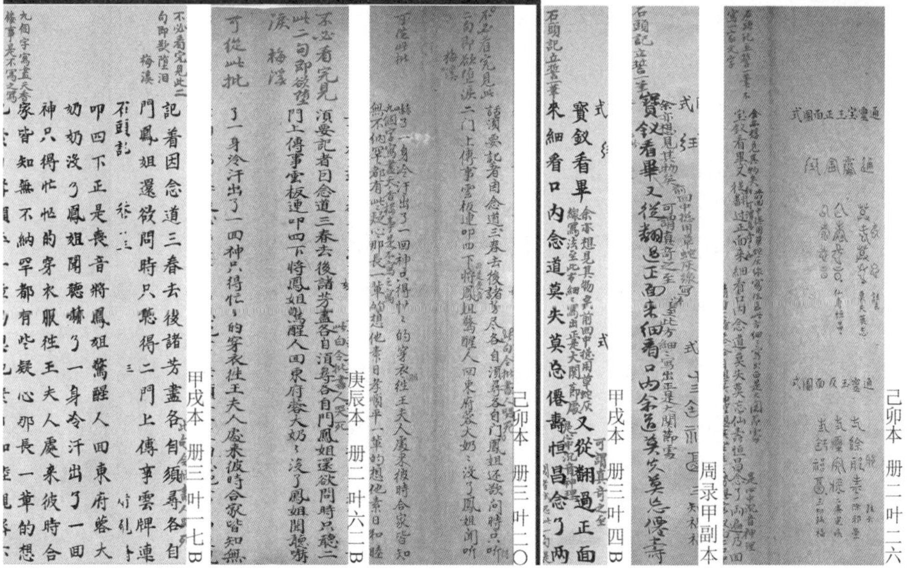

笔眉批作“可从此批”，这两条眉批原在同一叶。[①]以庚辰本这两条批语的抄写位置看，“可从此批”明显是指前面梅溪那条批语“不必看完，见此二句即欲堕泪”。庚辰本晒蓝本恰好将庚辰本原来的一整叶错开，将“不必看完，见此二句即欲堕泪。梅溪”“可从此批”这两条批语分在了两页。[②]甲戌本“无不纳罕，都有些疑心”上有独出眉批“九个字写尽天香楼事，是不写之写”，[③]己卯本陶录甲副本将此批抄于“无不纳罕，都有些疑心”句侧，以朱笔抄录庚辰本两条眉批于天头（图表 2.3）。[④]

此处陶录甲副本批语错位，对俞平伯产生了误导，致使《辑评》各版次均误认为“可从此批”是指“九个字写尽天香楼事，是不写之写”，而非上个半叶的那条“不必看完，见此二句即欲堕泪。梅溪”批语。对此，俞平伯在“可从此批”下写了一段按语：“按这节庚辰并无批语，疑即下引甲戌本之‘九个字写尽天香楼事是不写之写’，而脂庚脱抄此批。”[⑤]毛辑靖藏本批语第 69、70 条如下：

69. 九个字写尽天香楼事，是不写之写。常村（彼时阖家皆知无不纳闷都有些疑心句下小字批）

70. 可从此批。通回将可卿如何死故隐去，是余大发慈悲也。叹叹。壬午季春畸笏叟（同上句书眉朱笔）

毛辑靖藏本批语不但承袭《辑评》，将“可从此批”抄在“九个字写尽天香楼事是不写之写”批后，且毛国瑶曾对此有详细解说：

前引“棠村”的一条双行小字批“九个字写尽天香楼事，是不写之写”，在庚辰本上没有，但有一条批这条批的批语：“可从此批。”究竟应该从哪一条批却看不出来。靖本就很完整，作：“可从此批。通回将可卿

① 《脂砚斋重评石头记》（庚辰本），第 2 册，叶 62b。
② 庚辰本晒蓝本，第 2 册，第 18、19 页。庚辰本晒蓝本据庚辰本原书拍照时，似未将原书拆开，故单次拍照恰好将原书两个半叶接在一页中。
③ 《脂砚斋重评石头记》（甲戌本），第 3 册，叶 17b。
④ 《脂砚斋重评石头记》（己卯本），第 3 册，叶 20。
⑤ 俞平伯《脂砚斋红楼梦辑评》，第 206、206、206、206、206、162、167、167 页。

如何死故隐去，是余大发慈悲也。叹叹。壬午季春畸笏叟。”不但知道所从何批，而且还知道作此批的人是畸笏叟。庚辰本上后一批散见两处：“可从此批”写在书眉，“通回”云云写在回末，少一个“余”字和款识，多出一个“心”字。①

结合毛国瑶的解释，审视这两条批语，毛辑靖藏本批语69、70这两条批语完全承袭自俞平伯《辑评》此处的错简。②而其文本错简的源头，是陶洙在己卯本中将原本分别在周录甲副本、庚辰本晒蓝本中的批语抄在了一起。

（四）毛辑靖藏本批语承袭《辑评》理校例

其一，甲戌本第一回正文“丰神迥”下有独出的四百余字，写僧道与顽石对话并将其变作美玉的过程。其中，僧道与石头对话“我如今大施佛法助你助，待劫终之日，复还本质，以了此案”旁，有朱笔侧批云：“妙！佛法亦须偿还，况世人之偿乎？近之赖债者来看此句，所谓游戏笔墨也。”③核己卯本，陶洙以蓝笔将石头变玉这段文字单独抄在了一页，也将这条甲戌本侧批抄录于侧。《辑评》各版辑作“妙，佛法亦须偿还，况世人之偿（疑债字）乎。近之赖债者来看此句，所谓游戏笔墨也”，出括号注明此处疑误，俞平伯认为“况世人之偿乎”不通，理校“偿”字作“债”。④毛辑靖藏本批语承袭《辑评》各版此处的理校，也作“债”字。

其二，小说第六回，刘姥姥一进荣国府，周瑞家的回凤姐，转述王夫人的话说：“太太说，他们家原不是一家子，不过因出一姓，当年又与太老爷在一处做官，偶然连了宗的。这几年来也不大走动。当时他们来一遭，却也没空了他们。进而既来了瞧瞧我们，是他的好意思，也不可简慢了。他便是有什么说的，叫二奶奶裁度着就是了。”甲戌本有眉批“王夫人数语令余几哭出”。由于甲戌本此处眉批，“几”“哭”二字之间略有空隙，周录甲副本

---

① 毛国瑶《对脂靖本〈红楼梦〉批语的几点看法》。
② 此例刘慧林、于鹏已揭示，于鹏《“靖批”依据〈脂砚斋红楼梦辑评〉伪造补证》。
③《脂砚斋重评石头记》（甲戌本），第1册，叶6a。
④ 俞平伯《脂砚斋红楼梦辑评》，第36、36、36、36、36、3、4、4页。

同，而己卯本陶录甲副本理校误补一“欲”字，《辑评》未修订版与58版这条批语均录“欲”字，60、63、66版以括弧标示“欲”字，毛辑靖藏本批语第37条承袭未修订版或58版，也抄录了“欲”字。①

其三，“误字例”末，曾引及庚辰本第十三回回前朱批“荣、宁世家，未有不尊家训者。虽贾珍当奢，岂明逆父哉？故写敬老不管，然后姿意，方见笔笔周到”，庚辰本原作“姿”，庚辰本晒蓝本同。②甲戌本十三回回前有墨批，“贾珍尚奢，岂有不请父命之理？因敬□□□要紧，③不问家事，故得姿意放为”，也作“姿意”。④甲戌本这条批语是针对小说正文“贾珍见父亲不管，亦发姿意奢华”⑤而发，考甲戌本、庚辰本，此句均作“姿意”。且甲戌本、庚辰本正文、批语提及“姿意”九次（甲戌本、庚辰本重三次），仅庚辰本有一处原作“越性恣意的顽笑”，甲戌本两处另改作“恣”，其余几处均作“姿意”。⑥可见写作“姿意”绝非抄手一时疏忽所致。《辑评》未修订版、58版此处出括号作“姿（恣）”，是俞平伯又一理校例，他认为此处应作“恣意”。《辑评》60、63、66版将此处括号删去，仍回改作“姿”。⑦毛辑靖藏本批语承袭《辑评》未修订版、58版俞平伯的理校，也作“恣”。

其四，“误字例”中，庚辰本第四十三回尤氏语下的双行夹批“惜不能劝夫治字”，《辑评》各版次此句均作“惜不能劝夫治字（家）”，将“字”理校作“家”。⑧毛辑靖藏本批语也承袭《辑评》各版次作“惜乎不

---

① 此例我校勘时疏漏、未及发现，后承于鹏惠示，补于此。

② 庚辰本晒蓝本，第2册，第2页。

③ 甲戌本此页残损，纸张残损骑缝处钤“砖祖斋”“刘铨福字子重印”“胡适之印”。阙字处笔者据甲戌本行格以□补足。

④《脂砚斋重评石头记》（甲戌本），第3册，叶15a。

⑤《脂砚斋重评石头记》（甲戌本），第3册，叶19a。

⑥“更可以恣意的洒落洒落”（第7回，甲戌本第2册，叶48b，墨笔改作“恣”，庚辰本作“任意”）、“亦发恣意奢华”（第13回，甲戌本第3册，叶19a，庚辰本第2册，叶63b）、“便恣意的作为起来”（第16回，甲戌本第3册，叶50b，庚辰本第3册，叶9b）、眉批“姿意游戏”（第8回，甲戌本第3册，叶4b，墨笔改作“恣”）、“越性恣意的顽笑”（第19回，庚辰本第3册，叶56a）、“姿意痛饮”（第62回，庚辰本第10册，叶40b，原讹作“婆”，旁改作“姿”）、“恣意耍笑作戏”（第79回，庚辰本第12册，叶72b）。

⑦ 俞平伯《脂砚斋红楼梦辑评》，第204、204、204、204、204、160、165、165页。

⑧ 俞平伯《脂砚斋红楼梦辑评》，第507、507、507、507、507、437、446、446页。

能勤夫治家”。

以上所举脱文、误字、错简三例中，周录甲副本、己卯本陶录甲副本、陶录庚蓝本批语产生的文本讹误，处理文本时所用的特殊符号，被《辑评》未修订版、58 版承袭。同时，《辑评》未修订版、58 版在处理文本上另出现了不少问题，综合俞平伯的理校，毛辑靖藏本批语的文本源流已十分明晰。由此构成毛辑靖藏本批语辨伪的三条证据链：其一，周录甲副本→己卯本陶录甲副本→《辑评》→毛辑靖藏本批语；其二，己卯本陶录甲副本、陶录庚蓝本→《辑评》→毛辑靖藏本批语；其三，《辑评》→毛辑靖藏本批语（图表 2.4）。[①]150 条毛辑靖藏本批语中，以上三条辨伪证据链涉及的十余条批语分散于第 1、3、6、8、12、13、48 回，毛辑靖藏本批语主要据《辑评》未修订版或 58 版蓄意伪造，可以论定。

此外，毛辑靖藏本批语还有一处重要的异文值得特别重视。庚辰本第二十二回“前身色相总无成”有朱笔眉批“此后破失俟再补”，此回末有墨批“此回未成而芹逝矣，叹叹！丁亥夏畸笏叟”，毛辑靖藏本批语中有一条批“88. 此回未补成而芹逝矣叹叹丁亥夏畸笏（眉）”。考虑到 1964 年以前十余年间，传播这两条批语的出版物仅有《辑评》及 1955 年文学古籍刊行社庚辰本的影印本，从以上研究来看，毛辑靖藏本批语并没有使用庚辰本影印本的迹象。而 1957 年 2 月及以前出版刷印的《辑评》均脱漏“此后破失俟再补”，至 58 版《辑评》才重将这条脱漏批语补上，上引毛辑靖藏本批语第 88 条为杂糅拼合第二十二回两条批语而成，故其作伪依据的材料极有可能是 58 版《辑评》。[②]

① 庚辰本晒蓝本将庚辰本原书一叶拆分至两页中，这种换页是否影响了《辑评》对“可从此批”指向的认识，因无直接证据，故未将此线索单列。

② 尽管 58 版以前的《辑评》均脱漏“此后破失俟再补”，但 1950 年俞平伯《前八十回红楼梦原稿残缺的情形》已引用过这条批语，毛国瑶也有可能看到，故无法完全坐实是否据 58 版作伪。

图表 2.4 毛辑靖藏本批语文本源流图

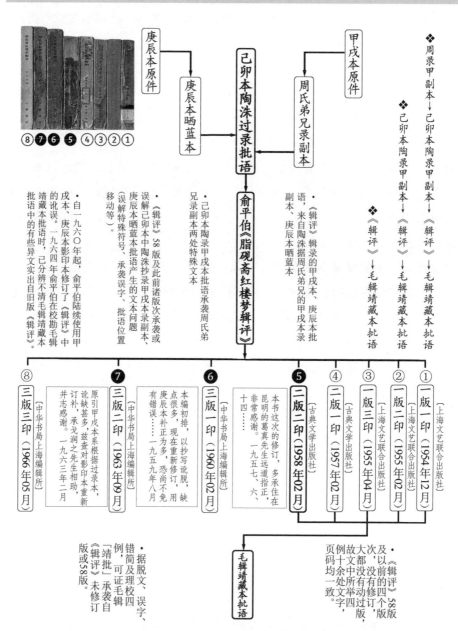

❖周录甲副本→己卯本陶录甲副本→《辑评》→毛辑靖藏本批语

❖己卯本陶录甲副本→《辑评》→毛辑靖藏本批语

❖《辑评》→毛辑靖藏本批语

甲戌本原件 → 周氏弟兄录副本 → 己卯本陶洙过录批语

庚辰本原件 → 庚辰本晒蓝本 → 己卯本陶洙过录批语

己卯本陶洙过录批语 → 俞平伯《脂砚斋红楼梦辑评》

⑧❼❻❺④③②①

• 《辑评》辑录的甲戌本、庚辰本批语，来自陶洙据周氏弟兄的甲戌本录副本、庚辰本晒蓝本

• 己卯本陶录甲戌本批语承袭周氏弟兄录副本两处特殊文本

• 《辑评》58版及此前诸版次承袭或误解己卯本中陶洙抄录甲戌本录副本、庚辰本晒蓝本批语产生的文本问题（误解特殊符号、承袭误字、批语位置移动等）。

• 自一九六〇年起，俞平伯陆续使用甲戌本、庚辰本影印本修订了《辑评》中的讹误。一九六四年俞平伯在校勘毛辑靖藏本批语时，已分辨不清毛辑靖藏本批语中的有些异文实出自旧版《辑评》。

① 一版一印（1954年12月）（上海文艺联合出版社）

② 一版二印（1955年02月）（上海文艺联合出版社）

③ 一版三印（1955年04月）（上海文艺联合出版社）

④ 二版一印（1957年02月）（古典文学出版社）

❺ 二版二印（1958年02月）（古典文学出版社）

本书这次的修订，多承住在昆明的葛真先生远道指正，非常感谢。一九五七、六、十四……

❻ 三版一印（1960年02月）（中华书局上海编辑所）

本编初排，以抄写讹脱，缺点很多，现在重新修订，用庚辰本补正为多，恐尚不免有错误……一九五九年八月

❼ 三版二印（1963年09月）（中华书局上海编辑所）

原引甲戌本系根据过录本，讹缺甚多，兹查对影印本重新订补，承戈润之先生相助，并志感谢。一九六三年二月

⑧ 三版三印（1966年05月）（中华书局上海编辑所）

①—❺ → 毛辑靖藏本批语

• 《辑评》58版及以前的四个版次，没有修订，大都没有动过版，故文中所举四例十余处文字，页码均一致。

• 据脱文、误字、错简及理校四例，可证毛辑「靖批」承袭自《辑评》未修订版或58版。

图表 2.5 毛辑靖藏本批语承袭《辑评》脱文、误字、错简、理校四例简表

校例	回次	《石头记》抄本	《辑评》未修订版、58版	毛辑靖藏本批语	《辑评》60版	《辑评》63版	备注
脱文	48	端雅不让**纨钗，风流不让湘黛，贤惠不让**袭平（庚墨夹，晒蓝本同）	端雅不让袭平	116.端雅不让龙平	端雅不让纨钗，风流不让湘黛，贤惠不让袭平		《辑评》未修订版、58版、毛辑靖藏本批语脱去“纨钗，风流不让湘黛，贤惠不让”十二字。《辑评》60、63、66版将脱文补齐
	13	是大发慈悲**心**也（庚朱，晒蓝本、己卯本陶录庚蓝本同）	是大发慈悲也	70.是余大发慈悲也	是大发慈悲心也		《辑评》未修订版、58版、毛辑靖藏本批语脱去“心”字。《辑评》60、63、66版已将脱文补齐
	12	此一节可入《西厢记》批评内十大快中。畸笏（庚朱眉，晒蓝本、己卯本陶录庚蓝本同）	此节可入《西厢记》批评内十大快中。畸笏	67. 此节可入西厢内记十大快批评中。畸笏	此一节可入《西厢记》批评内十大快中。畸笏		《辑评》未修订版、58版、毛辑靖藏本批语脱“一”字。《辑评》60、63、66版补齐
误字	3	阿凤三魂六魄已被作者拘定了（甲朱侧，周录甲副本、己卯本陶录甲副本）	阿凤三魂六魄已被作者拘走了	14.阿凤三魂已被作者勾走了	阿凤三魂六魄已被作者拘走了	阿凤三魂六魄已被作者拘定了	《辑评》未修订版、58版、60版均误作“拘走”，毛辑靖藏本批语作“勾走”。《辑评》63、66版更正作“拘定”

续表

校例	回次	《石头记》抄本	《辑评》未修订版、58版	毛辑靖藏本批语	《辑评》60版	《辑评》63版	备注
误字	13	虽贾珍当奢，岂明逆父哉（庚前朱批，晒蓝本同，己卯本陶录庚蓝本“明”作“能”。甲前墨批作“虽贾珍尚奢”）嫡是安富尊荣坐享人能想得到处	虽贾珍当奢，岂能逆父哉； 嫡是安富尊荣坐享人能想得到者	68.贾珍虽奢淫，岂能逆父哉…… 岂是安富尊荣坐享人能想得到者	虽贾珍当奢，岂明逆父哉； 嫡是安富尊荣坐享人能想得到者	虽贾珍当奢，岂明逆父哉； 嫡是安富尊荣坐享人能想得到处	《辑评》未修订版、58版、毛辑靖藏本批语“明”误“能”。《辑评》60、63、66版回改作“明”。“尚奢”，《辑评》均作“当奢”；陶录甲副本、《辑评》未修订版、58版、毛辑靖藏本批语“处”误“者”，《辑评》63、66版回改作“处”
误字	43	此言不假，伏下后文短命。尤氏亦能干事矣，惜不能劝夫治字，惜哉痛哉（庚墨夹，晒蓝本同）	此言不假，伏下后文短命。尤氏亦能于事矣，惜不能劝夫治字（家），惜哉痛哉	106.此语不假，伏下后文短命。尤氏可谓亦能于事矣，惜乎不能勤夫治家，惜哉痛哉	此言不假，伏下后文短命。尤氏亦能于事矣，惜不能劝夫治字（家），惜哉痛哉		毛辑靖藏本批语承袭《辑评》各版次，将“干”改作“于”
错简	6	“至平”“实至奇，稗官中未见此笔”（甲朱侧，周录甲副本“臆补”一“至”字，己卯本陶录甲副本作“至平□实至奇，稗官中未见此笔”）	至平□实至奇，稗官中未见此笔	34.虽平常而至奇，稗官中未见	〔甲戌〕至平□实至奇，稗官中未见此笔	〔甲戌〕至平，实至奇，稗官中未见此笔	陶录甲副本、《辑评》未修订版、58版沿袭周录甲副本，误认为□为缺字，毛辑靖藏本批语补“常”字，在“至平”前添“虽”字

续表

校例	回次	《石头记》抄本	《辑评》未修订版、58版	毛辑靖藏本批语	《辑评》60版	《辑评》63版	备注
错简	8	余亦想见其物矣。（甲朱夹，周录甲副本、己卯本陶录甲副本，“宝钗看毕”之侧） 前回中总用草蛇灰线写法，至此方细细写出，正是大关节处。（甲朱夹与前文连续；周录甲副本、己卯本陶录甲副本，“又从翻过正面”之侧） 可谓真奇之至。（甲戌本正文“又从翻过正面”旁朱侧批；周录甲副本、己卯本陶录甲副本，“又从翻过正面”之侧）	余亦想见其物矣（“宝钗看毕”句下） 前回中总用草蛇灰线写法，至此方细细写出，正是大关节处。可谓真奇之至（“又从（新）翻过正面来细看”句下）	50.前回中总用灰线草蛇细细写法，至此方写出，是大关节处。奇之至	余亦想见其物矣（“宝钗看毕”句下） 前回中总用草蛇灰线写法，至此方细细写出，正是大关节处。可谓真奇之至（“又从（新）翻过正面来细看”句下）	〔甲戌〕余亦想见其物矣。前回中总用草蛇灰线写法，至此方细细写出，正是大关节处 〔甲戌夹批〕可谓真奇之至	《辑评》未修订版、58、60版、毛辑靖藏本批语将夹批“前回中总用草蛇灰线写法，至此方细细写出，正是大关节处”与侧批“可谓真奇之至”错简连抄在一处（毛辑靖藏本批语缩写作“奇之至”）

续表

校例	回次	《石头记》抄本	《辑评》未修订版、58版	毛辑靖藏本批语	《辑评》60版	《辑评》63版	备注
错简	13	不必看完，见此二句即欲堕泪。梅溪（甲朱眉、朱庚眉，晒蓝本同） 可从此批（庚朱眉，晒蓝本同，换至下页）	“可从此批”（按这节庚辰并无批语，疑即下引甲戌本之“九个字写尽天香楼事是不写之写”，而脂庚脱抄此批。）	69.九个字写尽天香楼事是不写之写常村（“彼时阖家皆知无不纳闷都有些疑心”句下小字批） 70.可从此批通回将可卿如何死故隐去是余大发慈悲也叹叹壬午季春畸笏叟（同上句书眉朱笔）	可从此批（按这节庚辰并无批语，疑即下引甲戌本之“九个字写尽天香楼事是不写之写”，而脂庚脱抄此批）		毛辑靖藏本批语及其后来对这两条批语的解释，承袭《辑评》各版次
理校	1	妙！佛法亦须偿还，况世人之偿乎（甲朱侧，已卯本陶录同）	妙，佛法亦须偿还，况世人之偿（疑债字）乎	3.佛法亦须偿还，况世人之债乎	妙，佛法亦须偿还，况世人之偿（疑债字）乎		《辑评》各版次、毛辑靖藏本批语均作“债”
	6	王夫人数语令余几哭出（甲朱眉、周录甲副本，已卯本陶录甲副本作“王夫人数语令余几欲哭出”）	王夫人数语令余几欲哭出	37.穷亲戚来是好意思，余又自石头记中见了。叹叹数语令我欲哭	〔甲戌眉批〕王夫人数语令余几（欲）哭出		《辑评》未修订版、58版均承袭已卯本陶录理校“欲”字，毛辑靖藏本批语承此误。60、63、66版以括弧注出“欲”字

续表

校例	回次	《石头记》抄本	《辑评》未修订版、58版	毛辑靖藏本批语	《辑评》60版	《辑评》63版	备注
理校	13	故写敬老不管，然后姿意，方见笔笔周到（庚朱前批，晒蓝本、己卯本陶录同） 贾珍尚奢，岂有不请父命之理？因敬□□□要紧，不问家事，故得姿意放为（甲墨前批，己卯本陶录同）	故写敬老不管，然后姿（恣）意，方见笔笔周到	68.……特因敬老不管，然后恣意……	故写敬老不管，然后姿意，方见笔笔周到		《辑评》未修订版、58版理校，以括号标作“（恣）”，毛辑靖藏本批语作恣。60、63、66版回改作姿
	43	尤氏亦能干事矣，惜不能劝夫治字……（庚夹、己卯本陶录无此回）	尤氏亦能于事矣，惜不能劝夫治字（家）……	106.尤氏可谓亦能于事矣，惜乎不能勤夫治家……	尤氏亦能于事矣，惜不能劝夫治字（家）……		《辑评》诸版次均理校作“家”，毛辑靖藏本批语也作“家”

** 甲戌本、庚辰本双行夹批简称“甲/庚夹”、眉批简称“甲/庚眉”、回前批简称“甲/庚前”、侧批简称“甲/庚侧”，批语颜色以“朱/墨”标示。

附录2.1

“庚寅本”辨伪补证

《石头记》除了甲戌本、己卯本、庚辰本等11种抄本，近些年，还出现了庚寅本、癸酉本这两种在社会上引发关注的版本。之所以单独将庚寅本、癸酉本拿出来与靖藏本放在一起谈，是因为这三个版本的辨伪方法都是一致的，证靖藏本之伪的方法同样适用于庚寅本、癸酉本。癸酉本之伪，作伪方式拙劣，一望而知，自不必说。所谓“庚寅本”，是2012年在天津发现，因其中有“庚寅春日抄鹤轩先生所本”“乾隆庚寅春阅”“乾隆庚寅秋日”“庚寅春日对清”字样，故称。此本仅存第一到第十三回全文及第十四回开头。

仍以靖藏本辨伪四例审视庚寅本。小说第三回甲戌本朱笔侧批“阿凤三魂六魄已被作者拘定了”，《辑评》未修订版、58版、60版录文均误作“阿凤三魂六魄已被作者拘走了”，庚寅本同样因袭此误，也作“拘走”。①

第八回《辑评》未修订版、58版、60版、毛辑靖藏本批语将夹批“前回中总用草蛇灰线写法，至此方细细写出，正是大关节处”与侧批“可谓真奇之至”错简连抄在一处，庚寅本也承袭此错简之误，将原本分属双行夹批和侧批的两条批语连抄在一起。②

己卯本陶录将第十三回回前朱批“岂明逆父”抄作“岂能逆父”，《辑评》未修订版、58版同，均沿袭己卯本中陶洙转录的庚辰本此条批语，将“岂明逆父哉”的“明”字误作“能”。《辑评》60、63、66版才将此误修正，回改作“明”。庚寅本也承袭此误字，作“能”。③

---

①《脂砚斋重评石头记》（庚寅本），第60页。
②《脂砚斋重评石头记》（庚寅本），第195页。
③《脂砚斋重评石头记》（庚寅本），第277页。

第六回批语“王夫人数语令余几哭出”，已卯本陶录据周录甲副本理校补“欲”字，《辑评》未修订版与58版这条批语均录“欲”字，60、63、66版以括弧标示“欲”字，毛辑靖藏本批语第37条承袭未修订版或58版，也抄录了“欲”字。庚寅本同样承袭陶洙理校所补“欲”字。①

此前，沈治钧已取王超藏本与俞平伯《脂砚斋红楼梦辑评》做过相对全面的校勘，胪列《辑评》脱漏、增衍、讹误、校改等文本二十四例，证其为庚寅本所承袭。庚寅本出于蓄意伪造，所据材料主要为《辑评》，可为定谳。靖藏本、庚寅本，作伪所据材料，都没有完全挣脱俞平伯《脂砚斋红楼梦辑评》的影响，作伪方式一脉相承，一伪俱伪。

图表 2.6 庚寅本特殊标记及承袭《辑评》讹误、错简例

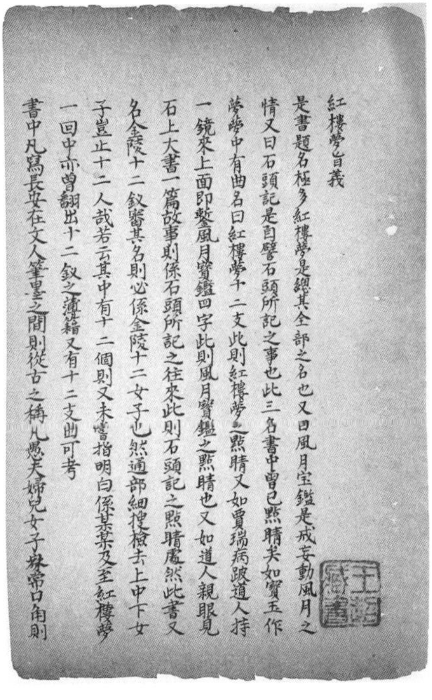
紅樓夢旨義
是書題名極多紅樓夢是總其全部之名也又曰風月宝鑑是戒妄動風月之
情又曰石頭記是自譬石頭所記之事也此三名書中曾已點睛矣如寶玉作
夢〻中有曲名曰紅樓夢十二支此則紅樓夢之點睛又如賈瑞病跛道人持
一鏡來上面即鏨風月寶鑑四字此則風月寶鑑之點睛也又如道人親眼見
石上大書一篇故事則係石頭所記之往來此則石頭記之點睛處然此書又
名金陵十二釵審其名則必係金陵十二女子也然通部細搜檢去上中下女
子豈止十二人哉若云其中有十二個則又未嘗指明白係某某及至紅樓夢
一回中亦曾翻出十二釵之薄籍又有十二支曲可考
書中凡寫長安在文人筆墨之間則從古之稱凡愚夫婦兒女子家常口角則
王超藏書

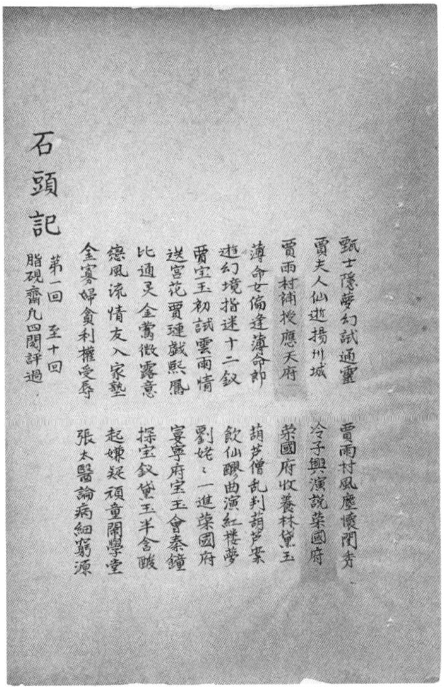
石頭記
第一回 至十回
脂硯齋凡四閱評過
甄士隱夢幻識通靈 賈雨村風塵懷閨秀
賈夫人仙逝揚州城 冷子興演説榮國府
賈雨村補授應天府 榮國府收養林黛玉
薄命女偏逢薄命郎 葫芦僧乱判葫芦案
遊幻境指迷十二釵 飲仙醪曲演紅楼夢
賈宝玉初試雲雨情 劉姥〻一進榮國府
送宮花賈璉戲熙鳳 宴寧府宝玉會秦鐘
比通灵金鶯微露意 探宝釵黛玉半含酸
戀風流情友入家塾 起嫌疑頑童鬧學堂
金寡婦貪利權受辱 張太醫論病細窮源

庚寅本卷端、目录

① 《脂砚斋重评石头记》(庚寅本)，第156页。

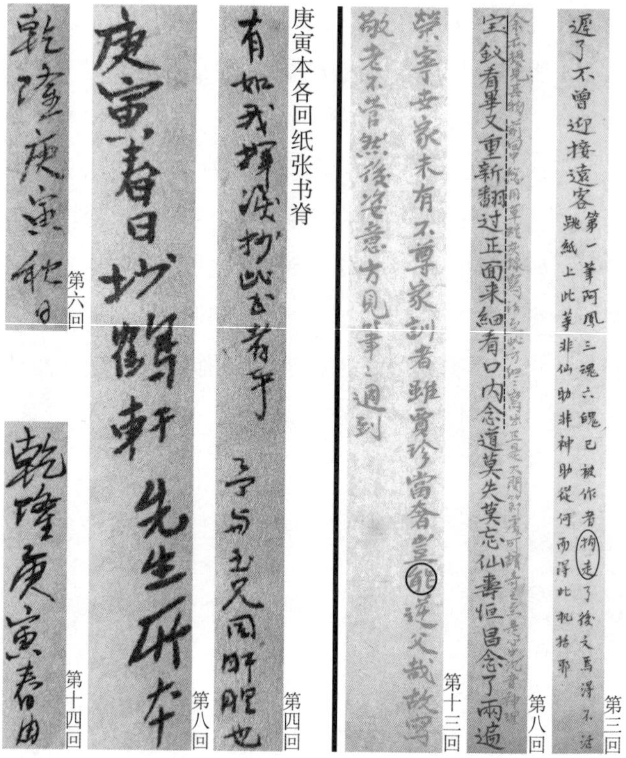

二、靖藏本批语作伪所据材料、方式及目的

上节通过校勘，揭示了毛辑靖藏本批语据《辑评》未修订版或58版作伪的四例十余条证据，并厘清了毛辑靖藏本批语的文本源流。在此基础上，重新审视150条毛辑靖藏本批语，对其不同于《辑评》未修订版及58版的文字，参校周汝昌《新证》初版、吴恩裕《有关曹雪芹八种》《有关曹雪芹十种》，可以明晰毛辑靖藏本批语作伪所依据的其他材料，以离析毛辑靖藏本批语的异文来源，确定其作伪所据材料及作伪方式，再结合毛国瑶《对脂靖本〈红楼梦〉批语的几点看法》等八篇文章，探析其作伪目的。

研究者认为，毛辑靖藏本批语中独出的批语对《石头记》相关研究（如脂砚斋、畸笏叟关系等）至关重要，这部分批语又有几种不同的情况，有的是整条独出，如“1.作者自己形容”“35.五笑写凤姐，活跃纸上。（与刘姥姥对话眉批）”“59.这个理怕不能评”“97.尚记丁巳春日谢园送茶乎？展眼二十年矣。丁丑仲春畸笏（妙玉泡茶一段眉批）”等。有的是在原有批语上增益其他内容，如“87. 凤姐点戏，脂砚执笔事，今知者聊聊矣，不怨夫？（朱眉）前批知者聊聊，不数年，芹溪、脂砚、杏斋诸子皆相继别去，今丁亥夏只剩朽物一枚，宁不痛杀！（前批稍后墨笔）”。还有一些批语出现颠倒错乱的现象，不逐一列举。[①]

尤其要指出的是，上引毛辑靖藏本批语第 87 条，庚辰本二十二回眉批作“凤姐点戏，脂砚执笔事，今知者聊聊矣，不怨夫”，“前批‘知者聊聊’，今丁亥夏只剩朽物一枚，宁不悲乎”。毛辑靖藏本批语与庚辰本眉批有几处不同，庚辰本原作“聊聊”，己卯本陶录庚蓝本作“寥寥”，《辑评》也承袭作“寥寥”，毛辑靖藏本批语却作“聊聊”，且多出“不数年芹溪脂砚杏斋诸子皆相继别去”十六字。[②] 虽然文学古籍刊行社在 1955 年就曾影印出版庚辰本，但当时印数不多，流通不广。实际上，毛辑靖藏本批语“聊聊”二字的校改来自周汝昌《新证》初版。[③] 毛辑靖藏本批语在无意识中承袭《辑评》中难以被发现的文本问题的同时，为规避《辑评》中一些显见的文本问题，应做过许多校改，这些校改大都与周汝昌《新证》初版有密切关系。《辑评》未修订版或 58 版所录批语，文字滞碍之处，毛辑靖藏本批语或将其删略，或依据《新证》初版做了校改。

毛辑靖藏本批语曾据《新证》初版校勘，证据还有如下几条。其一，“45. 沾光、善骗人、无星戥，皆随事生情，调侃世人。余亦受过此骗，阅此一笑。三十年前作此语之人，观其形，已皓首驼腰矣。使彼亦细听此语，彼则潸然泣下，余亦为之败兴（眉）”，甲戌本、己卯本陶录甲副本均作“皓首驼腰矣”，《辑评》未修订版及 58 版均作“皓首驼矣”，而《新证》初版多次引此批，均作“皓首驼腰矣”。因此，毛辑靖藏本批语也绕开了《辑评》这一脱文。

---

① 关于毛辑靖藏本批语文本情况的归类，此前有研究者做过类似工作。石昕生《关于靖本〈红楼梦〉及其批语的讨论》。

② 此批与敦诚《答腥仙书》“每思及故人，如立翁、复斋、雪芹、寅圃、贻谋、汝猷、益庵、紫树，不数年间，皆荡为寒烟冷雾”意味、句式颇近似，参见周汝昌《红楼梦新证》引文，第 452 页。李同生《“靖批”为证俞平伯先生红学观点而伪造——再论毛国瑶所抄“靖批”为假古董》《论“靖批”之伪造得助于〈红楼梦新证〉——兼示毛国瑶并议俞平伯先生之受惑》。

③ 周汝昌《红楼梦新证》，棠棣出版社，1953 年版，第 454、546 页。

其二，毛辑靖藏本批语第76条，甲戌本十三回眉批作“旧族后辈受此五病者颇多，余家更甚。三十年间事见书于三十年后，今余想痛，血泪盈”，己卯本陶录作“旧族后辈受此五病者颇多，余家更甚。三十年前事见书于三十年后，今余想痛，血泪盈腮”，《新证》初版作“旧族后辈受此五病者颇多，余家更甚。三十年前事见书于三十年后，令（原作今）余悲（原误想，草体写讹文又一例）痛，血泪盈（面）！（面字原缺，以意补）”，毛辑靖藏本批语此处也作“面”。

其三，毛辑靖藏本批语第21条“寡母孤儿毕有真”下称，第一册封面下粘有一长方形字条，长五寸，宽约三寸半，左下方撕缺，仍描摹其笔迹。长条上以墨笔抄录了曹寅的《题楝亭夜话图》：

紫雪溟蒙楝花老，蛙鸣厅事多青草。
庐江太守访故人，浔江并驾能倾倒。
两家门第皆列戟，中年领郡稍迟早。
文采风流政有余，相逢甚欲抒怀抱。
于时亦有不速客，合坐清炎斗炎熇。
岂无炙鲤与寒鹅，不乏蒸梨兼瀹枣。
二簋用享古则然，宾酬主醉今诚少。
忆昔宿卫明光宫，楞伽山人貌狡好。
马曹狗监共嘲难，而今触痛伤怀抱。
交情独剩张公子，晚识施君通纻缟。
多闻直谅复奚疑，此乐不殊鱼在藻。
始觉诗书是坦途，未防车毂当行潦。
家家争唱饮水词，纳兰小字几曾知。
布袍廓落任安在，说向名场尔许时。

此前，石昕生等曾对其做过校勘工作。[①] 在已有研究的基础上，笔者

① 石昕生《关于靖本〈红楼梦〉及其批语的讨论》《谈“靖本”〈红楼梦〉有关问题》《“靖本”批语“增益”“删并”者是谁》，《靖本资料》，第558、559、594、595、642、643页。

取张见阳绘《楝亭夜话图》（现藏吉林省博物馆）、[1] 曹寅《楝亭集》、杨钟羲《雪桥诗话》、周汝昌《新证》（1953年初版，转引《雪桥诗话》中的《题楝亭夜话图》）、吴恩裕《有关曹雪芹八种》（1958，书前影印曹寅《题楝亭夜话图》手稿），与上引贴条逐字校勘，其中共有九句存在异文（图表2.8）。除了没有明确来源的“炎”“纳”二字外，这九句的文本来源，有的源出曹寅在《楝亭夜话图》上的题诗初稿，如“浔江并驾能倾倒”“布袍廓落任安在”两句；有的源于《楝亭集》清康熙刻本定稿，如“蛙鸣厅事多青草”“那兰小字几曾知”句。而“说向名场尔许时”这句，既不完全同于曹寅《题楝亭夜话图》初稿，也不同于《楝亭集》清康熙刻本，“说向”二字出现在曹寅《题楝亭夜话图》初稿，“尔许”二字则出现在《楝亭集》清康熙刻本。从前文凿实的证据看，毛辑靖藏本批语第21条“寡母孤儿毕有真”下抄录的曹寅《题楝亭夜话图》应杂抄自周汝昌《新证》初版转引的《雪桥诗话》引曹寅《题楝亭夜话图》（文本源自《楝亭集》清康熙刻本），与吴恩裕《有关曹雪芹八种》书前影印的曹寅《题楝亭夜话图》初稿，甚至部分诗句杂糅初稿、定稿（图表2.9），可见其作伪用心之深。

关于这个问题，李同生曾撰文分析曹寅《题楝亭夜话图》从初稿到刻本异文产生的情理，并揭露毛辑靖藏本批语异文实出于拼凑，节录如下：

> 初稿的“水曹”之“曹”，与下面的“马曹”之“曹”相重；定稿将“水曹”换为“蛙鸣”，给人音乐般的感受。初稿中“浔江”是施世纶的别号。上句“庐江”，下句“浔江”，两个“江”字相重，定稿将“浔江”换为“建康”。“建康”是“江宁”的别称，此处也指施世纶，施当时任江宁知府。同一句里的“水曹”与“浔江”，应是同一次改稿中改去的。“靖批”只将“水曹”改为“蛙鸣”，“浔江”却依然未改。题诗初稿第二句有“相逢甚欲抒怀抱”，第五句有“而今触绪伤怀抱”，相重的“怀抱”一词，成了作者修改的首要目标。定稿中“而今触痛伤枯槁”，不但改去了“怀抱”，也改去了“触绪”。定稿中的“触痛”与“枯槁”，语意都较前重，对已逝十年的少年挚友的伤悼之情更浓烈了。“靖批”制作者不顾两处“怀抱”相

① 感谢顾斌惠赐《楝亭夜话图》照片。

图表 2.7　李同生《“靖批”与“残页”——为曹雪芹卒年论战特制的伪证》未刊稿书影（节选）

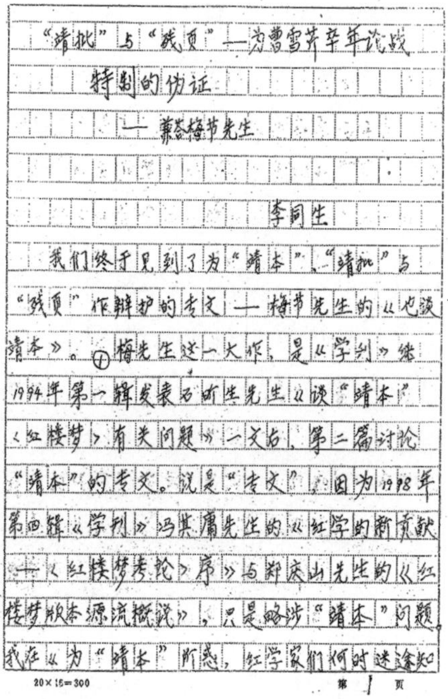
“靖批”与“残页”——为曹雪芹卒年论战特制的伪证

——兼答梅节先生

李同生

我们终于见到了为“靖本”、“靖批”与“残页”作辩护的专文——梅节先生的《也谈靖本》。⑴梅先生这一大作，是《学刊》继1994年第一辑发表石昕生先生《谈“靖本”〈红楼梦〉有关问题》一文后，第二篇讨论“靖本”的专文。说是“专文”，因为1998年第四辑《学刊》冯其庸先生的《红学的新贡献——〈红楼梦考论〉序》与郑庆山先生的《红楼梦版本源流概说》，只是略涉“靖本”问题。我在《为“靖本”所惑，红学家们何时迷途知

20×15=300　第 1 页

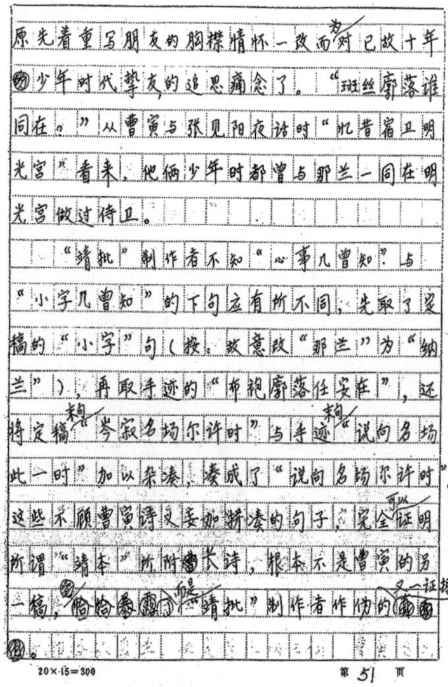
原先着重写朋友的胸襟情怀一致而为对已故十年少年时代挚友的追思痛念了。“斑丝廓落谁同在。”从曹寅与张见阳夜话时“忆昔宿卫明光宫”看来，他俩少年时都曾与那兰一同在明光宫做过侍卫。

“靖批”制作者不知“心事几曾知”与“小字几曾知”的下句应有所不同，先取了定稿的“小字”句（按：故意改“那兰”为“纳兰”），再取手迹的“布袍廓落任安在”，还将定稿句“岑寂名场尔许时”与手迹句“说向名场此一时”加以杂凑，凑成了“说向名场尔许时”。这些不顾曹寅诗义妄加拼凑的句子，可以证明所谓“靖本”所附长诗，根本不是曹寅的另一稿，而是“靖批”制作者作伪的又一证据。

20×15=300　第 51 页

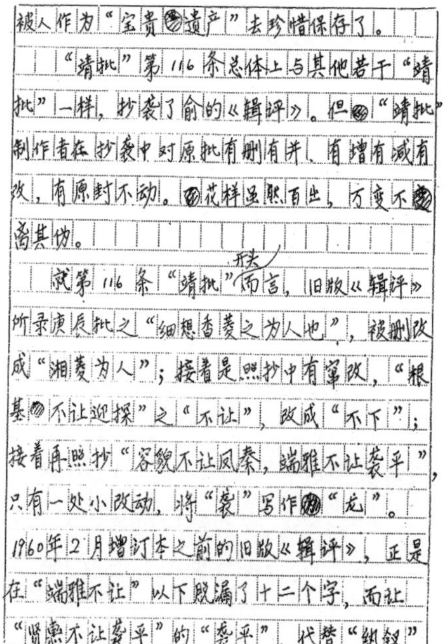
被人作为“宝贵遗产”去珍惜保存了。

“靖批”第116条总体上与其他若干“靖批”一样，抄袭了俞的《辑评》。但“靖批”制作者在抄袭中对原批有删有并、有增有减有改，有原封不动。花样虽然百出，万变不离其伪。

就第116条“靖批”开头而言，旧版《辑评》所录庚辰批之“细想香菱之为人也”，被删改成“湘菱为人”；接着是照抄中有窜改，“根基不让迎探”之“不让”，改成“不下”；接着再照抄“容貌不让凤秦，端雅不让袭平”，只有一处小改动，将“袭”写作“龙”。1960年2月增订本之前的旧版《辑评》，正是在“端雅不让”以下脱漏了十二个字，而让“贤惠不让袭平”的“袭平”，代替“纨钗”

江苏省海安双楼职业高级中学　20×15=300　第 60 页

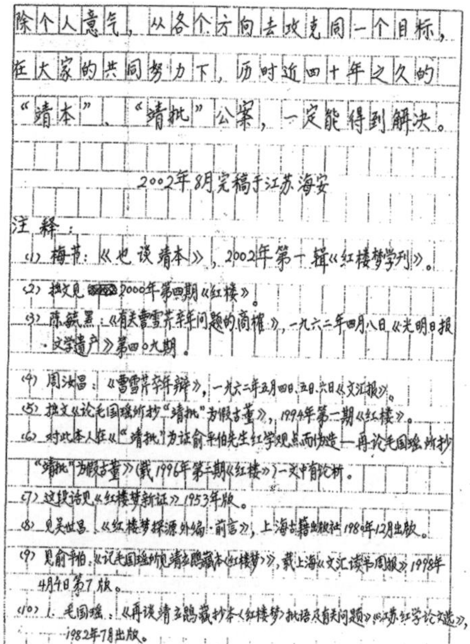
除个人意气，从各个方向去攻克同一个目标，在大家的共同努力下，历时近四十年之久的“靖本”、“靖批”公案，一定能得到解决。

2002年8月完稿于江苏海安

注释：

⑴ 梅节：《也谈靖本》，2002年第一辑《红楼梦学刊》。

⑵ 拙文见2000年第四期《红楼》。

⑶ 陈毓罴：《有关曹雪芹卒年问题的商榷》，一九六二年四月八日《光明日报·文学遗产》第四〇九期。

⑷ 周汝昌：《曹雪芹卒年辨》，一九六二年五月四日、五日、六日《文汇报》。

⑸ 拙文《论毛国瑶所抄“靖批”为假古董》，1994年第一期《红楼》。

⑹ 对此本人在《“靖批”为证俞平伯先生红学观点而伪造——再论毛国瑶所抄“靖批”为假古董》（载1996年第二期《红楼》）一文中有论析。

⑺ 这段话见《红楼梦新证》1953年版。

⑻ 见吴世昌《红楼梦探源外编·前言》，上海古籍出版社1980年12月出版。

⑼ 见俞平伯《记毛国瑶所见靖应鹍藏本〈红楼梦〉》，载上海《文汇读书周报》1998年4月4日第7版。

⑽ 1. 毛国瑶：《再谈靖应鹍藏抄本〈红楼梦〉批语及有关问题》《江苏红学论文选》，1982年7月出版。

图表 2.8 毛辑靖藏本批语曹寅《题楝亭夜话图》贴条相关异文对比表

序	毛辑靖藏本批语贴条	曹寅手稿	楝亭集	雪桥诗话	红楼梦新证	有关曹雪芹八种
1	紫雪溟蒙楝花老	紫雪冥蒙楝花老	紫雪冥蒙楝花老	紫雪冥蒙楝花老	紫雪冥蒙楝花老	紫雪溟蒙楝花老
2	蛙鸣厅事多青草	水曹厅事多青草	蛙鸣厅事多青草	蛙鸣厅事多青草	蛙鸣厅事多青草	水曹厅事多青草
3	浔江并驾能倾倒	浔江并驾能倾倒	建康并驾能倾倒	建康并驾能倾倒	建康并驾能倾倒	浔江并驾能倾倒
4	合坐清炎斗炎熇	合坐清严斗炎熇	合坐清严斗炎熇	合坐清严斗炎熇	合坐清严斗炎熇	合坐清严斗炎熇
5	楞伽山人貌狡好	偞伽山人貌狡好	偞伽山人貌姣好	楞伽山人貌狡好	楞伽山人貌狡好	偞伽山人貌狡好
6	而今触痛伤怀抱	而今触绪伤怀抱	而今触痛伤枯槁	而今触痛伤怀抱	而今触痛伤怀抱	而今触绪伤怀抱
7	纳兰小字几曾知	那兰心事几曾知	那兰小字几曾知	那兰小字几曾知	那兰小字几曾知	那兰心事几曾知
8	布袍廓落任安在	布袍廓落任安在	斑丝廓落谁同在	斑丝廓落谁同在	斑丝廓落谁同在	布袍廓落任安在
9	说向名场尔许时	说向名场此一时	岑寂名场尔许时	岑寂名场尔许时	岑寂名场尔许时	说向名场此一时

重依旧，却用定稿的“触痛”与初稿的“怀抱”相拼凑。

此外，李同生认为“布袍廓落任安在”用任安旧典，指出曹寅初稿中的“那兰心事”是指成德无意仕进，友贤礼士，而曹寅将“心事”改作“小字”，“布袍廓落任安在”改作“斑丝廓落谁同在”，有可能是因为任安旧典牵涉太子（汉武帝以为任安受太子节，有二心，腰斩），在政治上有所违碍。“心事”改“小字”，“由原先着重写朋友的胸襟情怀一改而为对已故十年少年时代挚友的追思痛念了”。基于此，他指出毛辑靖藏本批语的作伪痕迹：

图表 2.9　毛辑靖藏本批语贴条文字与《题楝亭夜话图》文本来源二例

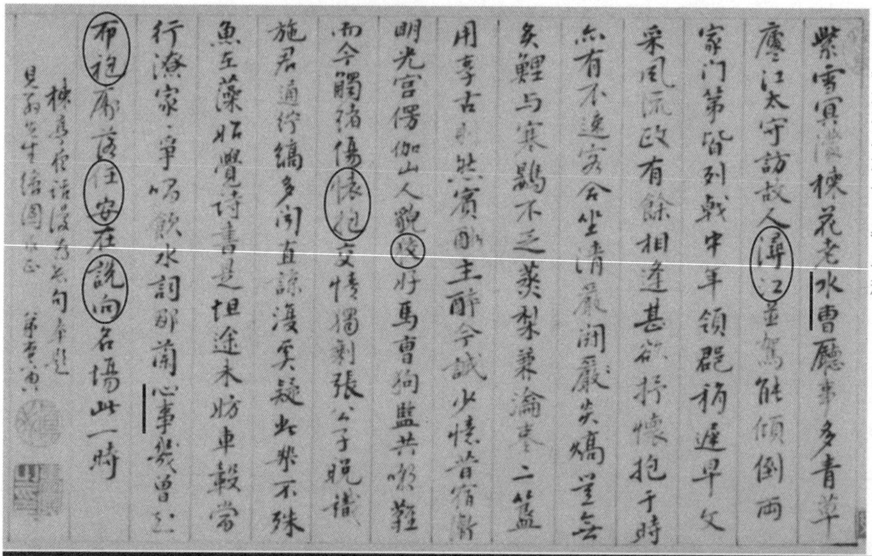

曹寅《题楝亭夜话图》手稿

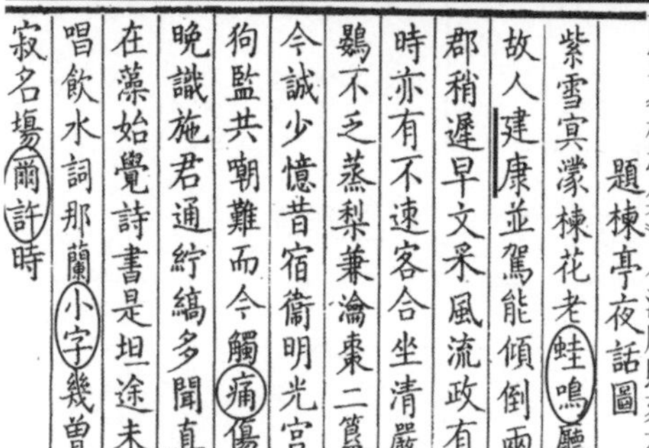

题楝亭夜話圖
紫雪冥濛楝花老蛙鳴廳事多青草廬江太守訪
故人建康並駕能傾倒兩家門第皆列戟中年領
郡稍遲早文采風流政有餘相逢甚欲抒懷抱于
時亦有不速客合坐清嚴鬬炎熇豈無炙鯉與寒
鷄不乏蒸梨兼瀹棗二簋用享古則然賓酬主醉
令誠少憶昔宿衞明光宮僂伽山人貌姣好馬曹
狗監共嘲難而今觸痛傷枯槁交情獨剩張公子
晚識施君通紵縞多聞直諒復奚疑此樂不殊魚
在藻始覺詩書是坦途未妨車轂當行潦家家爭
唱飲水詞那蘭小字幾曾知斑絲廓落誰同在岑
寂名場爾許時

曹寅《楝亭集》（清康熙刻本）卷二

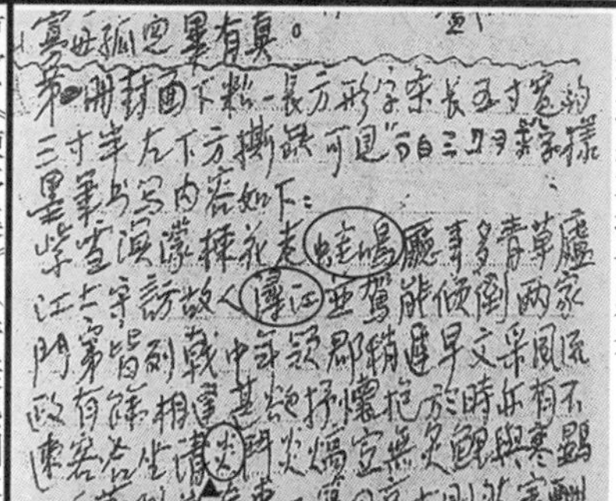

毛辑靖藏本批语贴条

> “靖批”制作者不知“心事几曾知”与“小字几曾知”的下句应有所不同，先取了定稿的“小字”句（按：故意改“那兰”为“纳兰”），再取手迹的“布袍廓落任安在”，还将定稿末句“岑寂名场尔许时”与手迹末句“说向名场此一时”加以杂凑，凑成了“说向名场尔许时”。这些不顾曹寅诗义妄加拼凑的句子，完全可以证明所谓“靖本”所附长诗，根本不是曹寅的另一稿，而是“靖批”制作者作伪的又一证据。[①]

2021 年 7 月 14 日，笔者在海安访问了李同生。访谈中得知，梅节《也谈靖本》发表后，他与石昕生均撰有商榷文章，但都遭到拒稿，未能刊出。8 月 14 日、9 月 2 日李同生分两次将这篇未刊长稿找齐并寄给笔者。于鹏与笔者已将这篇长文整理录出，收入《靖本资料》增订版，届时读者可以参考。[②] 经李同生以上分析，毛辑靖藏本批语曹寅《题楝亭夜话图》实际是在没有理解曹寅此诗初稿与定稿的情况下杂抄拼凑而来，完全是出于蓄意伪造，因学力不逮或疏忽大意留下了许多破绽。要之，毛辑靖藏本批语作伪依据的材料，除了《辑评》未修订版或 58 版，还参校了周汝昌《红楼梦新证》、吴恩裕《有关曹雪芹八种》（或《有关曹雪芹十种》）等书。

毛国瑶所撰八篇论文，均与毛辑靖藏本批语关键批语产生联系。1982 年石昕生、毛国瑶合作发表《曹雪芹、脂砚斋和富察氏的关系》，此文认为脂砚斋与畸笏叟是两个人，脂砚斋是曹頫，畸笏叟是马佳氏族人。他据小说二十四回写贾芸向舅舅卜世仁借债、其舅不允，此处有侧批“余二人亦不曾有是气”，认为据这条批语可确证批者与作者为甥舅关系，畸笏叟是作者曹雪芹的舅舅。[③] 此后，毛国瑶《再谈曹雪芹与富察氏的关系》延续俞平伯《辑评》“引言”中的相关表述，认为畸笏叟批语中多自称“老朽”“朽物”，语气老气横秋，仍强调脂、畸为二人。畸笏叟应为富察氏族人，而非前文所

① 以上几处引文均出自李同生未刊稿《“靖批”与“残页”——为曹雪芹卒年论战特制的伪证》。
② 李同生《关于“靖批”所附曹寅题〈楝亭夜话图〉诗》。
③ 畸笏叟为曹雪芹舅父说，源出俞平伯《辑录脂砚斋本“红楼梦”评注的经过》，立论依据与石、毛文同，参见《光明日报·文学遗产》1954 年第 11 期第 3 版，后来据此整理为《脂砚斋红楼梦辑评》的“引言”时，将此说相关文字删去，对脂砚斋、畸笏叟关系则仅保留“既有两个名字，我们并没有什么证据看得出他们是一个人，那么就当他们两个人好了”。俞平伯《脂砚斋红楼梦辑评》，1954 年 12 月，第 13 页。

说的马佳氏。据裕瑞《枣窗闲笔》“曾见抄本卷额，本本有其叔脂研斋之批语，引其当年事甚确”，确认脂砚斋为雪芹之叔。[①]

毛国瑶《对脂靖本〈红楼梦〉批语的几点看法》，结合甲戌本等抄本中的批语，认为部分靖藏本批语年代较早，指出靖藏本独出异文具有独特的校勘价值，且可以据此解决学界争论的脂畸关系问题，据第 87 条丁亥夏批使脂砚斋先“别去”，认为脂砚斋与畸笏叟不是一人，脂砚已卒于乾隆三十二年（1767）丁亥以前。指出靖藏本批语独出的丁丑、戊子、辛卯等系年批语有助于考察曹雪芹生年，据丁丑批及宜泉《伤芹溪居士》小注“年未五旬而卒”，认为曹雪芹“谢园送茶”应是二十几岁才合理。同时指出《石头记》批语并非出自脂砚一人之手，而是成于众手，靖藏本批语还有助于探索小说八十回后如妙玉结局、贾芸“探庵”、黛玉逝后等故事情节。

毛国瑶《再谈靖应鹍藏抄本〈红楼梦〉批语及有关问题》，在前述三文基础上，据上引曹寅诗夹条，推定抄录夹条之人与曹家有密切关系。据靖藏本批语，将现存抄本中原本相对整饬的批语（批语署年、批语作者等）引向混乱，可以通过语气、署名等分辨脂砚、畸笏之批，认为畸笏叟年岁较长，辈分较高，与曹家关系密切，却又不是曹家人，畸笏叟为富察氏族人，雪芹之舅父。又因裕瑞《枣窗闲笔》及毛辑靖藏本批语五十三回回前批“母孀兄先无依变故屡遭不逢辰”，认为“母孀兄先”应是“母孀兄死”或“孀母先兄”之讹，批语一定出自曹頫，认为脂砚斋即曹頫。

明白毛国瑶的观点后，毛辑靖藏本批语作伪的目的昭然若揭。以第 87 条丁亥夏批使脂砚斋在丁亥以前“别去”，以署名畸笏的丁丑批将原有抄本中壬午春才首次出现的畸笏批置于脂砚最后署名的己卯之前，将此前周汝昌、吴世昌等脂畸一人说所主张的《石头记》抄本中脂畸在时间上无交集否定，进而将脂砚斋、畸笏叟遽断为二人，又接连制造出署年戊子（1768）夏、辛卯（1771）、丙申（1776）的批语，以填补畸笏叟最晚署名的丁亥与甲午之前文献空白的七年时间，试图将甲戌本中“甲午八日泪笔”批语归属为毛国瑶认识中的脂砚斋之外的畸笏叟。

---

① 感谢于鹏惠示毛国瑶《再谈曹雪芹与富察氏的关系》油印本（1982 年 9 月）。

这个发现是与于鹏交换意见过程中于鹏首先提出。经研究，笔者确认毛辑靖藏本批语独出署年批的目的，是针对指向一人说首先提出的脂畸批语在时间上无交集、畸笏最早见于壬午年批语这一观点。综合毛辑靖藏本批语及毛国瑶八篇文章看，其目的恐不止于此，一方面利用曹寅《题楝亭夜话图》夹条锁定抄写者与曹雪芹家族有关系，另一方面试图破坏原有抄本中相对整饬的批语系统，先将脂畸断为二人，进而将多数批语引向成于众手。毛辑靖藏本批语出现后，与《石头记》抄本批语时间线索冲突较为明显，研究者相关解读愈发混乱。

此外，自 1947 年周汝昌提出曹雪芹卒年“癸未说”以后，关于曹雪芹卒年一直持续论争，1962 年壬午、癸未二说有过一场集中论辩。周汝昌认为，“甲午八日泪笔”一条批语写作时间距乾隆二十八年癸未有十二年之久，难免会记错曹雪芹去世的干支。“夕葵书屋《石头记》”残叶改甲午为甲申的目的很明显，实际是针对“癸未说”的立论依据，将这条批语的写作时间提前了十年。这样既达到了巩固“壬午说”的目的，又“有效”支撑了脂砚斋已于丁亥前去世的脂畸二人说。[①] 毛辑靖藏本批语出现以前，俞平伯并没有特别坚信“甲午八日泪笔”这条批语出自脂砚斋，还是畸笏叟。如赵冈致胡适函所说，俞平伯认为“脂砚与雪芹年纪相差不多，所以在一七六二年距称‘叟’的年纪尚有很大的距离，所以一口认定（一口咬定）畸笏与脂砚一定是两个人”，并没有考虑到这种认识与甲戌本“甲午八日”批语矛盾，直至收到毛国瑶所寄“夕葵书屋”残叶，俞平伯才在撰写文章过程中提出这个疑问。[②]

在靖藏本出现之前，持脂畸二人说的只有俞平伯、陈毓罴二人，是因为他们并没有仔细辨析周汝昌所举证据。毛辑靖藏本批语出现以后，俞平伯才对甲戌本中“甲午八日泪笔”批语的理解趋于精细 :“甲午八日泪笔”批语出于脂砚斋。但这种认识与脂畸二人说存在明显矛盾，而俞平伯并没有及时意识到这种冲突的存在。也就是说，俞平伯还没有仔细想清楚这些问题，在对周汝昌脂砚湘云说抱有成见之下，被靖藏本迷惑。尤其是脂砚丁亥夏“别

① 那宗训《谈所谓靖藏本〈石头记〉残批》。任俊潮《〈红楼梦〉“脂靖本”质疑》。
② 俞平伯《记“夕葵书屋〈石头记〉卷一”批语》。

去”一条，使俞平伯对这条批语归属于畸笏叟之后的理解产生了冲突。俞平伯《记毛国瑶所见靖应鹍藏本〈红楼梦〉》篇末说：

> 原来还有一个第五段，谈有关作者的卒年。甲戌本上的“甲午八月泪笔”一条脂批，从上引靖本来看，脂砚斋在丁亥以前已卒，甲午八月之批只可能是畸笏的；但如认为畸笏手笔，困难也很多。

他又在《记“夕葵书屋〈石头记〉卷一”批语》更细致地说明了这种解释所面临的困难：

> 我们如信这“甲午八月”的记年和靖本第二十二回的批语，将甲戌本上那条批作两段看，前一段或可归之脂砚，而后一段必须属于畸笏；如连在一起，记年通绾全条，当然尽是畸笏叟的手笔。这么一说，困难就来了。因无论那一段，前也罢，后也罢，偏偏都跟畸笏不合。以前段论，有“余尝哭芹，泪亦待尽”，而畸笏享高寿，到雪芹死后十年还活着。其不合一也。以后段论，曰“余二人”，若作畸笏批，则“余”者畸笏自谓。“余二人”还有谁？他在丁亥年不是已说过“只剩朽物一枚”么？这里难道另指他的朋友眷属么？他或她也对《石头记》有很深的感情么？大概不会有。即使这样，也讲不通。下文还有“亦大快遂心于九泉矣”，畸笏这老儿原不妨说“我快死了”，他怎么能够代旁人说你也快死了呵。这是绝对讲不通的。其不合二也。

这样看来，毛辑靖藏本批语出现以后，脂砚斋在丁亥夏之前已去世，致使对甲戌本眉批“甲午八日泪笔”一条批语只能归为畸笏叟（脂畸二人论认为脂砚斋、畸笏叟是两个人，畸笏叟不是脂砚斋），这也正是本文“引言”部分提及的最先由日本学者伊藤漱平据毛辑靖藏本批语产生的认识。但将这条批语理解为畸笏叟，又出现了对“余二人”理解上的冲突。而将“甲午”改作“甲申”，这一字之改，将批语写作年份提前了十年，甲申在丁亥以前，这条批语作者仍可归为脂砚斋，既解除了俞平伯以上的疑虑，又反驳了周汝昌怀疑甲午距癸未时间久远误记为壬午除夕，巩固了这条批语中“壬午除夕”的可信性，此举实是一石二鸟。

除以上揭示毛辑靖藏本批语作伪所据材料，石昕生、于鹏还曾指出，毛辑靖藏本批语第 3、4 条“佛法亦须偿还，况世人之债乎？游戏笔墨”“赖债者来看此句”，是针对甲戌本第一回“顽石变为美玉”一段独有文字所批，而有正本并没有这段小说正文。当毛国瑶将靖藏本对照有正本抄录有正本所没有的批语时，并没有像抄录的其他批语一样在这两条批语后面以括弧注明对应的正文及批语位置。① 由上文揭示的证据看，造成毛辑靖藏本批语这种特殊的文本现象，也是毛辑靖藏本批语承袭《辑评》造成的。

毛辑靖藏本批语作伪方式，归结起来，大略有以下四种：

其一，杂抄删并不同版本、不同评点阶段的批语。脂砚斋历次评《石头记》，添加批语的位置虽无一定之规，但有其大致规律，比如双行夹批相对某些眉批时间较早，而毛辑靖藏本批语杂糅现存不同抄本（如第 68 条即杂糅甲戌本、庚辰本中批语拼凑为一条）。如合并眉批、夹批、侧批而成，这种杂抄拼凑，破坏了《石头记》抄本中批语的层次感（如第 11 条）。更须注意的是，作伪者对《石头记》、批语内容及当时的研究成果均十分熟悉，毛辑靖藏本批语有不少批语抄撮其他批语，挪移用以呼应前面批语，如第 33 条“观警幻情榜方知余言不谬”，明显是据第八、十八、十九回批语提及的“警幻情榜”伪作，以呼应前一条批语。

其二，在原有批语上增益文字。如甲戌本十三回末朱批末句“因命芹溪删去”，毛辑靖藏本批语第 68 条增益“遗簪、更衣诸文”六字作“因命芹溪删去遗簪、更衣诸文”。增益文字伪造批语，最主要的目的之一还是支持脂畸一人说，如庚辰本二十三回眉批“前批‘知者聊聊’，今丁亥夏只剩朽物一枚，宁不悲乎”，毛辑靖藏本批语第 87 条在“前批‘知者聊聊’”后增益“不数年，芹溪、脂砚、杏斋诸子皆相继别去”，使脂砚斋在丁亥夏以前去世。

其三，基于原有批语或当时的研究成果制造新批。如第 72 条，是据甲戌本第二回侧批“后字何不直用西字。恐先生堕泪，故不敢用西字”伪造。

① 石昕生《关于靖本〈红楼梦〉及其批语的讨论》《石昕生与毛国瑶先生通信录（摘要）》《谈“靖本”〈红楼梦〉有关问题》。

其四，牵合与曹雪芹相关的研究成果作伪。如第21条抄录曹寅《题楝亭夜话图》，又如第122条“母孀兄先”“变故屡遭”，明显是牵合当时研究者提出的曹雪芹为曹顒遗腹子之说。

综合来看，尽管毛辑靖藏本批语作伪方式多样，其主要目的之一还是要证成脂砚斋与畸笏叟为两个不同的人，脂砚是曹雪芹的叔叔，于乾隆丁亥前去世，畸笏叟是曹雪芹的舅舅，直到乾隆丙申仍健在。而署年为“甲申八月泪笔”的“夕葵书屋《石头记》”残叶，则是为化解俞平伯对甲午泪笔批语困难理解的权宜之计，实际是补救毛辑靖藏本批语与《石头记》诸抄本批语出现的严重冲突。

附录2.2

“夕葵书屋《石头记》”残叶辨伪

“夕葵书屋”是吴鼒（1755—1821）的斋号，吴氏字山尊，一字及之，号南禺山樵、抑庵等，安徽滁州全椒县人，清嘉庆四年（1799）进士，选翰林院庶吉士，散馆后授翰林院编修，历任翰林院侍读、日讲起居注官、翰林院侍讲学士，以母老告归。1964年6月25日，毛国瑶将写有“夕葵书屋石头记卷一”字样的残叶寄给了俞平伯。《红楼梦》与吴鼒产生直接关联，即始于毛国瑶寄给俞平伯的这张残叶。[①] 当时，俞平伯正在就校勘靖藏本批语撰写相关文章。

残叶内容如下：

夕葵书屋石头记卷一

此是第一首标题诗。能解者方有辛酸之泪，哭成此书。壬午除夕，

① 《熙朝雅颂集》主要编者之一为吴鼒，此书编选多首敦诚等涉及曹雪芹的诗。

书未成，芹为泪尽而逝，余常哭芹，泪亦待尽。每思觅青埂峰再问石兄，奈不遇赖头和尚何，怅怅。今而后，愿造化主再出一脂一芹，是书有幸，余二人亦大快遂心于九原矣。甲申八月泪笔

卷二

俞平伯为残叶作跋云：

应鹍先生留念　一九六四年　平伯于北京

此脂砚斋评残叶也，靖应鹍先生倩其友毛国瑶先生远道邮赠，按脂砚斋卒于丁亥以前，甲申泪笔盖即其绝笔也。抄写精审，一不讹，所谓夕葵书屋本者，人间恐只剩此片羽矣。靖、毛二君之惠尤足感也。甲辰大暑节。俞平伯记

收到毛国瑶函的第三天，俞平伯回信如下：

国瑶先生：

前得您来书，即复一书，不知收到否？昨又奉挂号二十五日手书并附靖君所赠脂评残纸一幅，感谢感谢。靖君亦来信，我当另函复谢。看来书，似乎此条您在五九年作笔记时未曾看到，不知是否？此条关系不小，因甲申与甲午有十年之差，需仔细考虑。拙文已写得差不多了，惟得到此条材料后，恐需改动增加或另写为一文。匆复，即候

暑祺！

俞平伯　六月二十八日

俞平伯对此重视程度，从这封回信中可见一斑，且比较着急询问毛国瑶当时见到“夕葵书屋”残叶的情形。当时，俞平伯《记毛国瑶所见靖应鹍藏本〈红楼梦〉》已近完稿，看到“夕葵书屋”残叶后，文中相关部分又要改动，且促使俞平伯又据此残叶写成《记“夕葵书屋〈石头记〉卷一”批语》一文。

这条批语原仅见于甲戌本第一回侧批与眉批，“谁解其中味”下有“此是第一首标题诗”，原眉批云：

能解者方有辛酸之泪，哭成此书。壬午除夕，书未成，芹为泪尽而逝。余尝哭芹，泪亦待尽。每意觅青埂峰再问石兄，余（奈）不遇獭（癞）头和尚何！怅怅！

今而后，惟愿造化主再出一芹一脂，是书何本（幸），余二人亦大快遂心于九泉矣。甲午八日泪笔。

两处批语差异颇多：其一，甲戌本作“甲午八日”，残叶作“甲申八月”；其二，甲戌本作“一芹一脂”，残叶作“一脂一芹”；其三，夕葵书屋残叶批语对应的甲戌本批语，原为三条，一是行间批，另外两条是接续的眉批，残叶则将三条批语连抄在一起。此外，残叶还有“泉”“原”、“何”“有”、“意”“思”等异文。

据兰良永、黄一农考证，“甲午八日”并非不文，中国古代存在“干支＋日”这种传统，“甲午八日”即是乾隆三十九年甲午正月初八日（第八日）或八月初八日（重八日）的省称。[①] 在此之前，学术界并没有研究清楚“干支＋日”这种纪年方式，“甲午八月”长时间成为研究者的共识。甲戌本这条“甲午八日泪笔”出于脂砚之手，以纪念曹雪芹，“一芹一脂”“余二人”所表达的情感十分清楚。

甲戌本“甲午八日”这条眉批，与靖藏本批语第87条记载的脂砚已于丁亥夏去世，时间上明显存在冲突，夕葵书屋残叶出现的时间，也正是在俞平伯校勘靖藏本批语、撰写《记毛国瑶所见靖应鹍藏本〈红楼梦〉》期间，收到毛国瑶寄来的残叶后，俞平伯原来的疑惑得以解除（详第二章第二部分、第三章第一部分）。

在靖藏本批语刚刚“问世”的上世纪六十年代，甲戌本、庚辰本的影印本尚未广泛流通。如果看不到原抄本或影印本，以上三条批语的位置不太容易弄清。而俞平伯《脂砚斋红楼梦辑评》由于仅出部分小说正文，辑录批语时恰恰将这三条批语汇辑在了一处，这或许就是“夕葵书屋”残叶也将这三条批语连抄在一起的缘故。历经“文革”，“夕葵书屋《石头记》”残叶已

① 兰良永《脂批署时“甲午八日”再议——兼答陈章先生》。黄一农《甲戌本〈石头记〉中“甲午八日”脂批新考》。

不知下落，仅存原件照片一幅。俞平伯《记“夕葵书屋〈石头记〉卷一”批语》幸因早已寄给毛国瑶，得以保存至今。

在1964年靖藏本批语出现以前，从没有人怀疑过这条批语出自脂砚斋之手，因无论从内容，还是语气，尤其是“一芹一脂”“余二人”，均是这条批语为脂砚自述的证据。可是，正如前文所述，靖藏本批语的出现使得脂砚斋于丁亥夏以前去世，而这条批语是丁亥夏以后的甲午，脂砚斋怎么可能再复活写批语。正是在这时候，改“甲午”为“甲申”的“夕葵书屋”残叶又出现在俞平伯面前，使得脂砚早逝这一认识又变得看上去似乎很“合理”。甲戌本“甲午八日”这条眉批，在不同阶段，产生了至少三种解读。这段学术史虽然讲起来诡谲离奇，但其真实情形的确如此。

1964年以前，对这条眉批的解释趋于统一，即这条批语出自脂砚斋之手，为脂砚绝笔，批语内容非常特殊，是其临逝前对书未成而作者先逝怅惘痛苦情感的抒发。

1964年靖藏本批语出现，原作“前批‘书（知）者聊聊’，今丁亥夏只剩朽物一枚，宁不痛杀”，批语中间截断，增入“不数年，芹溪、脂砚、杏斋诸子皆相继别去”十六字，使脂砚斋于丁亥夏以前去世。以“俞平伯之问”为代表，使多数研究者恍惚之间对这条甲午批产生另外一种解读：脂砚斋已于丁亥夏以前去世，甲午批应出自畸笏叟，畸笏叟在悼念逝去的“一芹一脂”，“余二人”是指畸笏叟和第四个人，而第四个人的身份并不明晰。

“夕葵书屋”残叶出现，“甲午”作“甲申”，脂砚去世时间为乾隆甲申，对这条批语的理解又回到最初出于脂砚之手的认识，“俞平伯之问”得到解释。

以上是靖藏本批语出现前后，对甲戌本“甲午八日”批语的三种认识。如今，靖藏本已证伪，“夕葵书屋”残叶改“甲午”为“甲申”的目的也昭然若揭。回过头来，再去仔细读这条“甲午”批。甲午批是脂砚发出的感慨，归属脂砚是没有问题的。沈治钧《曹雪芹卒年辨》专门分析过甲午批的内容、语气，认识十分精确：

全批筋骨宛然，气韵生动，血脉贯通，若说一气呵成，实在也并不过分！至于批者，有说是脂砚斋的，有说是畸笏叟的。我个人以为“余二人”即承上指“一芹一脂”，口吻是一脂的，脂砚斋是本书的首席批家，书名便题为“脂砚斋重评石头记”，显然有两人合作成书的意味，所以他最有资格说“余二人”。

至于有研究者将“壬午除夕”属上读，认作前批的署年，从整条批语来看，语气确实是被截断的：

“能解者”云云是针对“第一首标题诗”有感而发，“书未成”云云何尝不是如此；“哭成此书”说的是作者，“泪尽而逝”说的还是作者；“哭成此书”说的是成书情形，“书未成”说的还是成书情形；有“哭成此书”的前言，才会有“余尝哭芹”的后语；“辛酸之泪”→“泪尽而逝”→“泪亦待尽”，三个“泪”字一气贯通——源于“一把辛酸泪”诗句，结以“泪笔”二字。

甲戌本“甲午”批的文本内容，无疑还是指向归属于脂砚斋的，尽管这条批语被所谓“新材料”伪靖藏本批语冲击，经历过多种理解的动荡，也多次把研究者一次又一次拉回到批语文本，反复诵读，追溯原意。最终确认，此批出于脂砚斋之手确凿无疑。

遗憾的是，靖藏本对这条批语的影响依然存在，且十分牢固。为证明脂砚斋、畸笏叟为两个人，靖藏本批语第 87 条“刺杀”脂砚斋于丁亥夏以前，脂砚早逝却与甲戌本“甲午”眉批冲突，遂再出“夕葵书屋《石头记》”残叶再次“刺杀”脂砚斋于甲申，使甲戌本“甲午”批与靖藏本第 87 条、“夕葵书屋”残叶，三者“圆融”，一眼望去，再无明显冲突。

图表 2.10 甲戌本第一回眉批与“夕葵书屋”残叶对照图

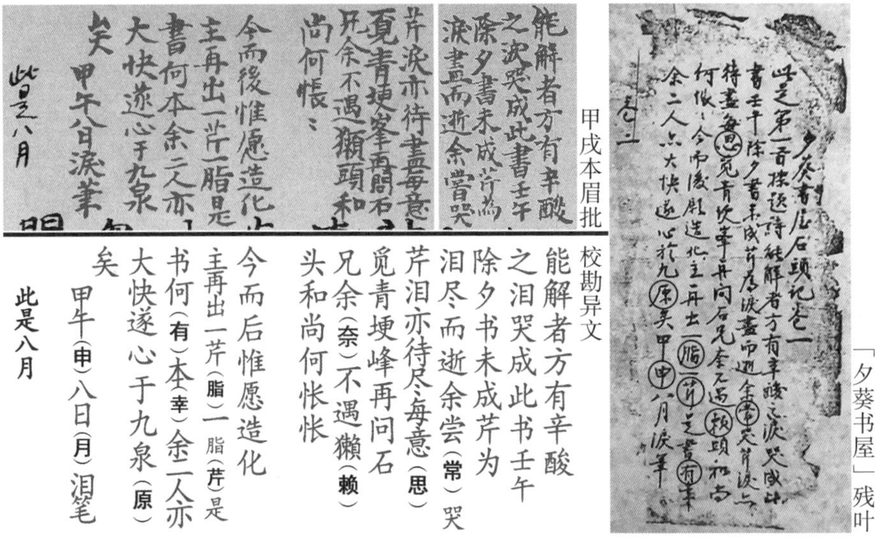

甲戌本眉批
校勘异文
能解者方有辛酸之泪哭成此书壬午除夕书未成芹为泪尽而逝余尝(常)哭芹泪亦待尽每意(思)觅青埂峰再问石兄余(奈)不遇獭(赖)头和尚何怅怅
今而后惟愿造化主再出一芹(脂)一脂(芹)是书何(有)本(幸)余二人亦大快遂心于九泉(原)矣
甲午(申)八日(月)泪笔
此是八月
「夕葵书屋」残叶

图表 2.11 1964 年毛国瑶寄“夕葵书屋”残叶给俞平伯的时间线索表

时间	俞毛通信中涉及“夕葵书屋”残叶的内容
6月7日	文章亦因外出暂搁，不久当续写，写好先以稿本候正，您可有所修订补充也
6月9日	吴文我以为不妥之处颇多。脂砚斋为史湘云，本系周汝昌在《红楼梦新证》上的说法，自不可信。至于脂砚是真人，和书中人相混，本来不妥；但这在脂评本即有此项情形，并非吴氏所创，只是沿袭错误未改耳（谈《红楼梦》者每以真人和书中人相混是一大毛病）。我那篇文章已写好，稍过数日即将原稿寄上候正
6月14日	靖宽荣君曾来信，说有一部护花主人、大某山民评的《石头记》，相比就是来书所云他的侄儿取去的那一部。靖问我要否，我想这是一普通的本子，我暂不需要，只是谢谢他的美意
6月22日	作者若是曹颙的遗腹子亦不妨有弟。棠村恐是他的堂弟，非胞弟。关于这点，我没有什么材料，却认为尽可如此解释。但雪芹为曹颙之子，本非定论，我并不坚持。最近发现曹氏家谱，于曹雪芹那一支非常简单，大致如下：颙——天佑 頫 根本不见曹霑（雪芹）之名。天佑不是雪芹甚明，则遗腹子之说恐不可信；但頫下根本无子，雪芹是頫子否，亦难说也……文章正努力继续写，将赶于盛暑前完成。初稿写出，即寄给您（将笔记本一同寄上）。我想发表不很忙，可俟秋间交给文学所，您不妨慢慢地看，盼能有所补充修订

续表

时间	俞毛通信中涉及“夕葵书屋”残叶的内容
▲6月28日	昨又奉挂号二十五日手书并附靖君所赠脂评残纸一幅，感谢感谢。靖君亦来信，我当另函复谢。看来书，似乎此条您在五九年作笔记时未曾看到，不知是否？此条关系不小，因甲申与甲午有十年之差，需仔细考虑。拙文已写得差不多了，惟得到此条材料后，恐需改动增加或另写为一文
6月30日	靖藏残叶，虽只片纸，而关系不小，将写为专文，在此不及详谈。我认为可以解决一些问题。已专函靖君致谢矣。兹附呈拙作初稿，乞阅正
7月初	原来还有一个第五段，谈有关作者的卒年。甲戌本上的“甲午八月泪笔”一条脂批，从上引靖本来看，脂砚斋在丁亥以前已卒，甲午八月之批只可能是畸笏的；但如认为畸笏手笔，困难也很多。正在踌躇不能下笔之际，靖、毛二君又寄来一点新材料，可以帮助解决这个问题，本拟也写在这里，恐怕文字过长了，显得喧宾夺主，待将来写为另篇，再向读者们请教罢（俞平伯《记毛国瑶所见靖应鹍藏本〈红楼梦〉》）
7月4日	我于月初连寄两信给您（均挂号）不知收察否？其前一件谈靖君藏本的，盼提意见退还我……谈“夕葵书屋”评语的文章，亦已动笔，因天气太热，进行不快。此条就表面上看，其文字好像和甲戌本差不多，实际上将甲戌本上此批之讹误都给解决了。靖君觅得此叶，可谓吉光片羽矣。远道邮赠，情尤可感；而您之绍介，嘉惠爱读《石头记》者不浅，又不仅私幸而已
7月10日	“夕葵书屋”这一条批语，好像和甲戌本相同，实际上关系不小。将来您看我写的另一篇就知道了。——这是十分完整的脂批，想象这“夕葵书屋本”是一非常好的本子
7月18日	“夕葵书屋”《石头记》自当释为“夕葵书屋”所藏之本，虽未必与作者有关，但看这些批语，想象此本必然不错，惜今不能见耳。又“夕葵”之名，虽“葵花”向日，而时近黄昏，取义亦甚工
7月31日	日前另寄吴世昌先生之近作，关于论甲戌本者，此文不甚佳，我亦不同意他的看法，可备参考而已。我处另有一份，此件即以奉赠，无需寄还
8月11日	吴论甲戌本时间很晚，我未能同意
9月10日	又脂砚、畸笏两名皆与石头有关。畸笏者，畸零之石头。“笏”可作石头、假山解。疑畸笏之名乃他晚年所取，不知是否
9月25日	曹颙的遗腹子是否雪芹，不能证实。因去年看到曹氏家谱，颙名下只有天佑，而天佑显非雪芹（曹霑）。頫名下无子。这问题仍悬而未决。脂砚为雪芹之叔父，亦备一说。依我看畸笏更像他的叔父……其第二文谈“夕葵书屋批”者亦已送审……

续表

时间	俞毛通信中涉及"夕葵书屋"残叶的内容
9月27日	又示"夕葵书屋"的出处（注）为吴山尊的室名，为之一快……据来信云，吴生于乾隆二十年乙亥，行辈晚于曹雪芹。其生年下距雪芹之卒（壬午）七年，据程高刊书（辛亥、壬子）三十六七年。计他所藏本当是脂批八十回本，其情形亦相符合。又他为安徽人，靖氏先世在扬州，其有交往亦属可能，不过靖家未必知道罢了

图表2.12 脂砚斋（畸笏叟）阅评《红楼梦》重要年份与靖藏本批语独出系年对应表

年份	干支	出处
乾隆十九年（1754）	甲戌	甲戌本正文
二十二年（1757）	丁丑	靖藏本
二十四年（1759）	己卯	己卯本
二十五年（1760）	庚辰	庚辰本
二十七年（1762）	壬午	庚辰本
二十九年（1764）	甲申	"夕葵书屋"残叶
三十年（1765）	乙酉	庚辰本
三十二年（1767）	丁亥	庚辰本
三十三年（1768）	戊子	靖藏本
三十六年（1771）	辛卯	靖藏本
三十九年（1774）	甲午	甲戌本眉批
四十一年（1776）	丙申	靖藏本

图表 2.13　脂砚斋（畸笏叟）阅评《红楼梦》时间一览表

干支	乾隆朝年數	石頭記情形
庚午	十五	已成書（?）雪芹年二十七。
辛未	十六	
壬申	十七	脂硯初評（?）
癸酉	十八	
甲戌	十九	'脂硯抄閲再評'，恢復石頭記之名稱，即'脂硯齋重評石頭記'之最初定本。
乙亥	二十	
丙子	二十一	脂硯三評校定。按庚辰本第七十五回前有單頁，上記云：'乾隆二十一年五月初七日對清。缺中秋詩，俟雪芹，'此本年又校定之証。前後參看，此爲三評無疑。
丁丑	二十二	
戊寅	二十三	
己卯	二十四	冬夜脂硯批。
庚辰	二十五	脂硯四評秋月定本。陶心如先生告：倘藏有'己卯本'殘書半部。我以爲此己卯本亦即庚辰本，蓋脂硯自去冬始又有批語，至今秋爲止，重爲寫定，乃一次事，非有兩本也。
辛巳	二十六	
壬午	二十七	畸笏批。
癸未	二十八	除夕雪芹故，年四十。（註一）
甲申	二十九	（敦敏兄弟弔雪芹詩）
乙酉	三　十	畸笏批。
丙戌	三十一	
丁亥	三十二	畸笏批
戊子	三十三	
己丑	三十四	戚蓼生舉進士。戚本即此時前後戚在北京赴試時所購。（註二）
庚寅	三十五	
辛卯	三十六	
壬辰	三十七	
癸巳	三十八	
甲午	三十九	甲戌本一眉批末署'甲午八月淚筆'。此爲硃批可攷之最晚年月。

阅评年份	阅评人名及次序	根据及情况说明
甲戌前	脂砚斋首次阅评	甲戌本第一回楔子云："至脂砚斋甲戌抄阅再评，仍用《石头记》。"可知初评应在甲戌以前。
甲　戌(1754)	脂砚斋二次阅评	同上。
丙　子(1756)	脂砚斋三次阅评	庚辰本第七十五回回前批云："乾隆二十一年五月初七日对清"。按：这年即为丙子，上距甲戌又过二年，脂砚当又历一次阅评(这次可能是只阅未评)。
丁　丑(1757)	畸笏叟首次阅评	靖本第四十一回眉批云："尚记丁巳春日谢园送茶乎？展眼二十年矣。丁丑仲春，畸笏。"
己　卯(1759)至庚辰(1760)	脂砚斋四次阅评	己卯本、庚辰本册首题字："脂砚斋凡四阅评过"，"己卯冬月定本"、"庚辰秋月定本"。又庚辰本有己卯年评语二十四条。
壬　午(1762)	畸笏叟二次阅评	庚辰本有壬午年畸笏批语四十二条。
甲　申(1764)	脂砚斋五次阅评	靖本有"甲申八月泪笔"批语一条，甲戌本抄作"甲午"。此为脂砚最后一次阅评，未几便辞世了。
乙　酉(1765)	畸笏叟三次阅评	庚辰本有"乙酉冬畸笏老人"批语一条。
丁　亥(1767)	畸笏叟四次阅评	庚辰本有丁亥年畸笏叟的批语二十七条。
戊　子(1768)	畸笏叟五次阅评	靖本第十八回有"戊子孟夏"的批语一条。
辛　卯(1771)	畸笏叟六次阅评	靖本第四十二回有"辛卯冬日"的批语一条。

** 左右二图分别据周汝昌《真本〈石头记〉之脂砚斋评》、孙逊《〈红楼梦〉脂评初探》改绘。

三、靖藏本批语的其他问题

除了150条批语，部分批语末尾，还有毛国瑶以括弧注出对应的靖藏本正文，也有不少异文。在此之外，毛国瑶在与俞平伯通信过程中，还通过回忆提供了其他异文。靖藏本的这些异文均与《红楼梦》抄本研究有密切关系，但有些与现存抄本不符。吸收学界已有研究，将这些问题逐一析分如下。

（一）甲戌本“丰神迥别”及其独有的四百余字

1. 作者自己形容（生得骨格不凡丰神迥异眉批）
2. 补天济时勿认真作常言
3. 佛法亦须偿还况世人之债乎游戏笔墨
4. 赖债者来看此句
5. 果有奇贵自己亦不知若以奇贵而居即无真奇贵（不知赐了弟子那几段奇处一段眉批）①

小说故事开篇，女娲炼石补天遗弃唯一一块石头于青埂峰下，因锻炼之后，灵性已通，见众石头均得补天，惟自己无法入选，日夜在青埂峰下悲号惭愧。一日正嗟悼，突然见到一僧一道从远处过来。

接下来的叙述中，甲戌本“别”字后有独异文本如下：

> 一日，正当嗟悼之际，俄见一僧一道远远而来，生得骨格不凡，丰神迥别，说说笑笑来至峰下，坐于石边，高谈快论。先是说些云山雾海、神仙玄幻之事，后便说到红尘中荣华富贵。此石听了，不觉打动凡心，也想要到人间去享一享这荣华富贵，但自恨粗蠢，不得已，便口吐人言，向那僧道说道：“大师，弟子蠢物，不能见礼了。适闻二位谈那人世间荣耀繁华，心切慕之。弟子质虽粗蠢，性却稍通，况见二师仙形道体，定非凡品，必有补天济世之材，利物济人之德。如蒙发一点慈心，携带弟子得入红尘，在那富贵场中、温柔乡里受享几年，自当永佩洪恩，万劫

① 以上5条批语录自毛辑靖藏本批语笔记本，其历次发表颇有异文，详书末附录二。

不忘也。”二仙师听毕，齐憨笑道：“善哉，善哉！那红尘中有却有些乐事，但不能永远依恃，况又有‘美中不足，好事多魔’八个字紧相连属，瞬息间则又乐极悲生、人非物换，究竟是到头一梦、万境归空。倒不如不去的好。”

这石凡心已炽，那里听得进这话去，乃复苦求再四。二仙知不可强制，乃叹道：“此亦静极思动，无中生有之数也。既如此，我们便携你去受享受享，只是到不得意时，切莫后悔。”石道：“自然，自然。”那僧又道：“若说你性灵，却又如此质蠢，并更无奇贵之处，如此也只好踮脚而已。也罢，我如今大施佛法助你助，待劫终之日，复还本质，以了此案。你道好否？”石头听了，感谢不尽。那僧便念咒书符，大展幻术，将一块大石登时变成一块鲜明莹洁的美玉，且又缩成扇坠大小的可佩可拿。那僧托于掌上，笑道：“形体倒也是个宝物了！还只没有实在的好处，须得再镌上数字，使人一见便知是奇物方妙。”

其余版本没有这段石头变玉文字，以程甲本为例，这段故事作：

一日正当嗟悼之际，俄见一僧一道远远而来，生得骨骼不凡，丰神迥异，来到这青埂峰下，席地坐谈，见着这块鲜莹明洁的石头，且又缩成扇坠一般，甚属可爱，那僧托于掌上笑道：形体倒也是个灵物了，只是没有实在的好处，须得再镌上几个字，使人人见了，便知你是件奇物……

小说中石头变玉这段故事，自“迥”字后，诸版本的叙事出现了逻辑差异，程高本在“灵性已通”四字后增加了“自去自来，可大可小”八字（此八字仅见于杨藏本、程甲本、程乙本，其中俄藏本在“灵性已通”下有侧批“能大能小”四字），逻辑变成因为石头历经锻炼，灵性已通，自己可以来去自如，变化大小。综合比勘，石头变玉这段文字是在流传过程中丢失，为使故事通畅，改作石头“自去自来，可大可小”（详第四章第三部分）。

石昕生最早揭示毛辑靖藏本批语第 2、3、4 条的问题，并写信向毛国瑶求证，毛国瑶闪烁其词。[①] 毛国瑶辑抄的 150 条批语，前 5 条均与甲戌本

① 石昕生《谈“靖本”〈红楼梦〉有关问题》。

第一回石头变玉这段独异文本有关，尤其是第2、3、4条，均是针对甲戌本这段独有石头变玉文本的批语。也就是说，靖藏本如果真的存在，它理应也是有甲戌本这段石头变玉文本的。考虑毛国瑶当时抄录的情形，他是基于大字有正本与靖藏本比勘下抄录批语，有正本并没有石头变玉这段文本，如果靖藏本也有这段独特的石头变玉文字，如此重视异文的毛国瑶为何没有对此说明？如果靖藏本没有石头变玉这段文本，第2、3、4条批语批在什么地方？事实上，毛国瑶辑录批语时，手边利用资料主要是俞平伯《脂砚斋红楼梦辑评》，且当时他并没有对甲戌本独异的石头变玉文本有深入的理解，仅凭借《脂砚斋红楼梦辑评》，看到的主要是批语以及对应的节录文本。在此情形下，据《辑评》径直抄录批语，也就使毛国瑶在辑抄前几条批语时，并没有注出对应正文。

（二）“西帆楼”“向西北大哭一场”

72．何必定用西字读之令人酸笔（设坛于西帆楼上一段朱笔眉批）

《论丛》：（设坛于西帆楼上一段朱眉）

136．岂犬兄也是有情之人（向西北大哭一场一段眉批）

《论丛》：（“向西北大哭一场”墨眉）

小说中秦可卿故事的变化，尤其是“秦可卿淫丧天香楼”，早在二十世纪二十年代俞平伯与顾颉刚就曾密集讨论过。天香楼，在毛国瑶辑抄的靖藏本批语第72条中独作“西帆楼”。此外，第136条批语“岂犬兄也是有情之人”在括弧中注“向西北大哭一场一段眉批”，与传世诸本“还哭了一场呢”不同，应是作伪者故作狡狯。

（三）“箕裘颓堕皆荣玉”

梅节《也谈靖本》认为靖藏本为真，给出最重要的一个证据是，靖藏本第五回《好事终》曲子作“箕裘颓堕皆荣玉”，“荣玉”二字，甲戌本、庚辰本、有正本、甲辰本、程本皆作“从敬”，己卯本作“荣玉”，杨藏本作“莹玉”。因此，梅节说：

> 己卯本原存北京图书馆，1980年才出影印本。1963年陈仲篪撰文介绍，并无涉及第五回此异文。俞平伯辑脂评，校前八十回，己卯本常在手边，但第五回此句甲戌、有正本有评，己卯本无评，所以只出“箕裘颓堕皆从敬”，并无出己卯本之“箕裘颓堕皆荣玉”。红楼梦稿原藏科学院图书馆。刚影印出版，毛君未必能看到，即使能接触到梦稿本，也不容易找出第五回“莹玉”这句曲文，也未必能炮制出“荣玉”的异文。如此一来，“荣玉”二字就像遗传基因（DNA），证明靖本的版本血缘（己卯—靖本—梦稿本），从而也证明它确曾存在。

梅节之所以会产生这样的认识，是忽略了毛国瑶对《红楼梦》这部小说的熟悉，以及当时与俞平伯通信的具体情形。毛国瑶事后回忆，提供给俞平伯的靖藏本异文“荣玉”二字，正是在与俞平伯通信过程中讨论《好事终》曲子异文时发生的。此前，李同生早已指出：

> 所谓“荣玉之文”，是在毛看了俞先生七月初寄给他的《谈新刊乾隆抄本百廿回红楼梦稿》一文之后，才向俞先生报告的。俞先生在该文中将“莹玉”列为讹文之一，他认为“莹玉”乃“从玉”之讹，“作从玉，便是贾家从玉字辈坏起，大概罪名的重点要放在宝玉身上了”。“莹”“荣”字形相近，“玉”字又经俞先生解释为“罪名的重点要放在宝玉身上了”。由此联想到“荣玉”是不太费难的。第五回的判词有：“漫言不肖皆荣出，造衅开端实在宁。”“荣”与“宁”相对，也让人容易想到“莹”乃“荣”之讹。由“莹玉”想到“荣玉”，其引起联想的触发点相当多。我们在没有物证（旧抄本）的情况下，岂能轻信人家信上的叙述是真实的呢？①

于鹏仔细阅读毛国瑶与俞平伯的通信，绘制“荣玉”异文出现前后发生的事情与时间表，对我们重新思考这个问题提供了很好的凭靠。

---

① 李同生未刊稿《“靖批”与“残页”——为曹雪芹卒年论战特制的伪证》。

图表 2.14 毛俞通信涉“荣玉”异文时间表[①]

时间	事件	备注
1964年7月初	俞平伯将《谈新刊乾隆抄本百廿回红楼梦稿》和《记毛国瑶所见靖应鹍藏本〈红楼梦〉》初稿寄给毛国瑶	俞平伯1964年7月8日致毛国瑶信：“我于月初连寄两信给您（均挂号）不知收察否？其前一件谈靖君藏本的，盼提意见退还我。其后一件因《中华文史论丛》迟迟未出（据说七月可出），故将原稿奉上。此件不妨先留在尊处，慢慢阅看，亦可作病中之一消遣也。” 俞平伯《谈新刊乾隆抄本百廿回红楼梦稿》：“箕裘颓堕皆莹玉”，“莹玉”不可解，“大概罪名的重点要放在宝玉身上了”
1964年7月6日	毛国瑶接到前信，给俞平伯复书一封（俞平伯9日收到）	俞平伯1964年7月9日致毛国瑶信：“此片未发，得六日手书，欣诵。第二十二回‘补成’云云，当加入，承告。谢谢。余当另复。九日晨。”
1964年7月8日前后	毛再写信给俞平伯，首次提及“荣玉”（俞平伯11日晚间收到）	俞平伯1964年7月12日致毛国瑶信：“日昨寄复一书，晚间即收到赐回拙作原稿，并详示尊校各条，甚感。‘荣玉’之文，您能忆及，亦很有意思。此固以作‘从敬’者为是，但在稿本确有异文，亦不可不知也。”
1964年7月12日	俞平伯回复毛国瑶，答复“荣玉”	

（四）庾信《哀江南赋》序

83. 孙策以天下为三分众才一旅项籍用江东之子弟人惟八千遂乃分裂山河宰割天下岂有百万义师一朝卷申芟夷斩伐如草木焉江淮无涯岸之阻亭壁无藩篱之固头会箕敛者合从缔交锄耰棘矜者因利乘便将非江表王

① 此表引自于鹏《“荣玉”时间线——兼答梅节先生》。

气终于三百年乎是知并吞六合不免轵道之灾混一车书无救平阳之祸呜呼山岳崩颓既履危亡之运春秋迭代不免去故之悲天意人事可以凄沧伤心者矣大族之败必不致如此之速特以子孙不肖招接匪类不知创业之艰难当知瞬息荣华暂时欢乐无异于烈火烹油鲜花著锦岂得久乎戊子孟夏读虞子山文集因将数语系此后世子孙其毋慢忽之（书眉墨笔书写）

毛辑靖藏本批语第83条，先节抄庾信《哀江南赋》序，自“孙策以天下为三分”至“可以凄怆伤心者矣”。次感慨兴亡，叹“大族之败”。最后写明批语缘由，告诫后世子孙。首先是有关所引庾信《哀江南赋》序的问题，让人遐想的是，网上曾拍卖南京文管会购买书籍的支出传票（1953年11月20日），其中就有《庾子山集》：

庾子山集 6 本 30,000	路史 12 本 60,000
、、12 本 60,000	、、6 本 30,000

据传票中的“《庾子山集》6本”，可知当时购买的是《万有文库》第二集中的《庾子山集》（六册）。网上初次拍卖时，标题中曾标注“毛北屏”等字样，同一家其他文管会的拍品也有几件标注毛北屏的名字，应是散出的同一批资料，当时毛北屏正担任文管会史料组组长。

这段批语的文本层次，如龚鹏程所论，其形式与内容都怪异，拼合痕迹十分明显。前面大段抄庾信《哀江南赋》序，“子孙不肖，招接匪类”见于有正本第四回双行夹批（有正本、《辑评》均作“子弟”“匪人”），“烈火烹油，鲜花著锦”见于小说十三回秦可卿托梦王熙凤语。[①] 其抄录此段的用意，庾信《哀江南赋》本是其追怀故国（南朝梁灭亡）与动荡之中的个人遭际，恰是怀悼建业（梁武帝建都于建业），以此比附曹家衰败之后由南京迁北京，感慨曹家的遭际。在毛国瑶的认识中，戊子夏的批语属畸笏所批，而畸笏是富察氏族人，是作者曹雪芹的舅舅。[②] 明乎此，也就不难理解作伪者抄录《哀江南赋》序的用意了。

---

① 龚鹏程《靖本脂评〈石头记〉辨伪录》，《红楼丛谈》，济南：山东画报出版社，2012年。
② 毛国瑶《再谈曹雪芹与富察氏的关系》。

图表 2.15 毛辑靖藏本批语第 83 条的文本来源说明图

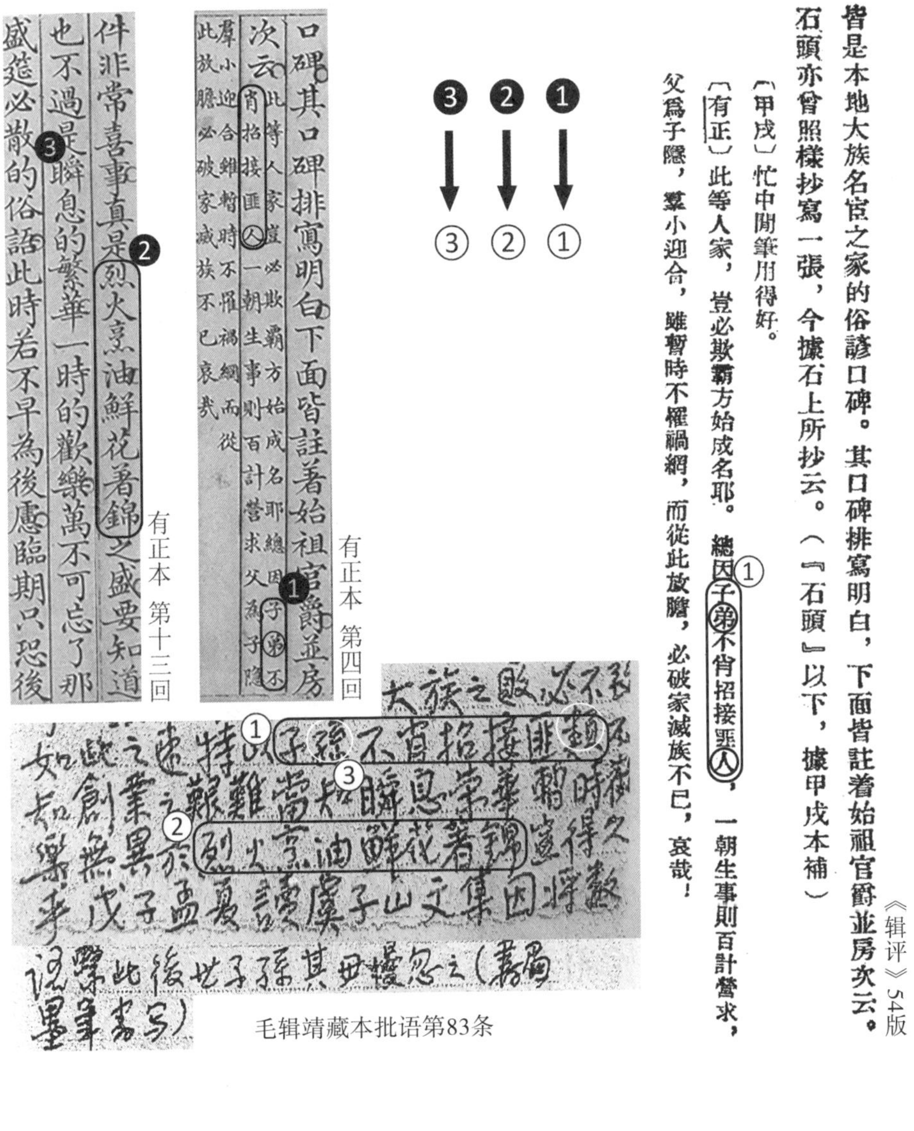
皆是本地大族名宦之家的俗諺口碑。其口碑排寫明白，下面皆註着始祖官爵並房次云。
石頭亦曾照樣抄寫一張，今據石上所抄云。（「石頭」以下，據甲戌本補）
〔甲戌〕忙中閑筆用得好。
〔有正〕此等人家，豈必欺霸方始成名耶。總因子弟不肖招接匪人，一朝生事則百計營求，
父爲子隱，羣小迎合，雖暫時不罹禍網，而從此放膽，必破家滅族不已，哀哉！
《辑评》54版
有正本 第四回
有正本 第十三回
毛辑靖藏本批语第83条

图表 2.16　南京市文管会购买《庚子山集》支出传票①

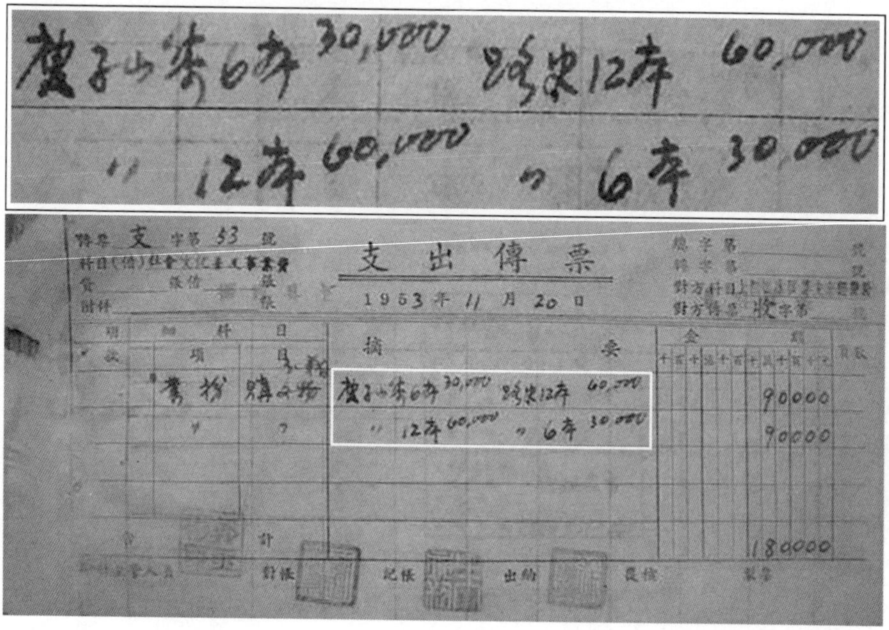

综合来看，尽管毛辑靖藏本批语作伪方式多样，其主要目的之一还是要证成脂砚斋与畸笏叟为两个不同的人。在毛国瑶的认识中，脂砚是曹雪芹的叔叔，于乾隆丁亥前去世，畸笏叟是曹雪芹的舅舅，直到乾隆丙申仍健在。署年“甲申八月泪笔”的“夕葵书屋《石头记》”残叶，则是为化解俞平伯对甲午泪笔批语困难理解的权宜之计，实际是补救毛辑靖藏本批语与《石头记》诸抄本批语出现的严重冲突。

四、靖藏本辨伪答客问②

1. 毛国瑶辑靖藏本批语既与《辑评》存在讹脱衍倒等相同的特殊文本，也与《辑评》有所不同，你只解释了相同之处，如何解释不同之处？

① 孔夫子旧书网拍品：https://book.kongfz.com/24730/207957346/（2022–07–18），承程诚惠示。

② 拙文《毛国瑶辑“靖藏本〈石头记〉”批语辨伪》正式发表前，曾呈诸多师友指正，蒙诸位师友不弃，仍提出许多问难，今归拢分析，设“答客问”一节。

答：毛国瑶辑抄的150条靖藏本批语与《辑评》1958年版在部分特殊文本上产生了关联，这种关联文本总结为四类，即脱文、误字、错简、理校。以上文本问题是由于《红楼梦》的几个早期抄本，尤其是甲戌本、庚辰本早期的特殊传播路径造成的。尤其是甲戌本，自胡适携至台湾，直至1961年才在台湾影印出版，这段时间中在北京是看不到甲戌本原件的，能接触到的只有周汝昌弟兄的甲戌本录副本。在甲戌本出版之前，俞平伯做《辑评》辑录甲戌本批语，用的是陶洙依据周汝昌甲戌本录副本过录在己卯本中的批语。其中，许多特殊的文本问题是周汝昌、陶洙、俞平伯三人在抄录整理过程中造成的，具有特殊性，这些独特异文被保存在1958年及此前刷印的《辑评》中。《辑评》中周、陶、俞三人造成的文本讹误，也同时出现在毛国瑶辑抄的150条靖藏本批语中，这说明毛国瑶辑抄的靖藏本批语与《辑评》有承袭关系，而且是毛辑抄靖藏本批语承袭自《辑评》，不可逆。

本章第一部分总结了毛国瑶辑抄靖藏本批语的三条文本源流，即：1.周录甲副本—己卯本陶录甲副本—《辑评》—靖藏本批语；2.己卯本陶录甲副本—《辑评》—靖藏本批语；3.辑评—靖藏本批语。由以上三条文本链条可见，《辑评》出现的特殊文本问题，是由周汝昌、陶洙、俞平伯三人之误叠加在一起的，三人之误有可能与一个乾隆年间的旧抄本偶合吗？有可能，但这个概率极小，几乎为零。

由此确定，毛辑靖藏本批语承袭自《辑评》1958年版或未修订版已无疑义。据《辑评》而不完全依靠《辑评》，且有不少在此基础上的发挥，这是此次作伪个案的最“精彩”处。经考订可以确认的是，作伪者曾拿《红楼梦新证》校勘过《辑评》辑录的部分批语（详本章第二部分）。脱文、误字例皆属俞平伯无心之误，且他在1958年以后又对《辑评》这些无心之误大都做了修订。

当然，如您所指出的，毛辑靖藏本批语在与《辑评》存在相同的脱漏、讹误、错简、理校文本外，也有许多不同。如任俊潮首次指出“端雅不让龙平”句，毛国瑶辑抄靖藏本批语第116条与《辑评》确实差别很大，虽不止脱漏的十二字，但脱漏的十二字具有特质，这个特质就是，这是特定环境中因俞平伯整理出现的问题，十二字脱漏并不是早期抄本传写过程中出现的。其余十多处文本例证都是如此。又如毛辑靖藏本批语第83条，节抄庾信《哀江南赋》序后，其中“子孙不肖，招接匪类”，见于有正本第四回，只是有正本、《辑评》同作“子弟”“匪人”。靖藏本批语“瞬息荣华，暂时欢乐”，见于有正本第十三回，作“繁华”“一时”。这种不同是如何造成的？在看不到抄本原件的情形下，改换文字表述相同的意思是容易的，但在没有特定文本进行规约的情况下，要绕开存在脱漏、讹误、错简、理校等问题但不太影响文意的文本是极其困难的。这也就是为何能据毛辑靖藏本批语与《辑评》诸版次同样存在相同的脱漏、讹误、错简、理校文本，考订二者存在关系，且只能是毛辑靖藏本批语承袭自《辑评》。这是校勘学中用以考订文本源流的常用方法，西方学者称这类讹误为“连结性讹误(errors coniunctivi)”。

也有研究者认为，即便证明了毛辑靖藏本批语与《辑评》确实存在文本关系，也还存在其他两种可能：一是靖藏本确实存在，而是另有人将《辑评》中的批语抄到了靖藏本上，毛国瑶在不知情的情况下又据靖藏本抄录了批语；二是毛国瑶在抄录靖藏本批语时，曾参照《辑评》对批语做了校勘整理。实际上，以上两种假说均不能成立。第一种假说，从时间上看，1954年《辑评》出版以后，至1964年毛国瑶将抄录的批语寄给俞平伯，此十年间靖家没有可以将《辑评》抄录到靖藏本的合适人选。第二种假说也与事实存在冲突，若毛国瑶抄录靖藏本批语时曾取《辑评》校勘，却将已校勘整理的靖藏本批语定向寄给俞平伯，在书信中又声明自己不知道《辑评》、对红学完全不熟悉，这是自相矛盾的。毛国瑶曾撰文称“六四年四月，俞平伯先生赠我一册《脂砚斋红楼梦辑评》，方得了解脂评各抄本及批语的情况”，以声明他1964年以前没有接触过《辑评》。[①] 当然，我们并不能完全相信当事人的供词。从毛辑靖藏本批语独出批语与当时学术论证之间的密切关联、与《石头记》抄本批语存在的严重冲突，以及因不知曹寅修改诗句的内在情理而杂抄拼凑初稿与定稿来看，其蓄意作伪的痕迹是明显的。

① 毛国瑶《再谈靖应鹍藏抄本〈红楼梦〉批语及有关问题》。

据调查了解，靖家无人懂这些，更不可能在1964年以前杂抄《辑评》至所谓的靖藏本上。如果靖家真的有人懂《红楼梦》，且因为喜欢阅读《红楼梦》，对照《辑评》将其中辑录的批语抄在了靖藏本上，毛国瑶据靖藏本抄录时，是对照有正本抄录的，为何抄录批语时还有破绽？这些破绽是，如果靖藏本也有甲戌本第一回中独有的石头变玉文字，有正本是没有这段的，毛国瑶对照有正本抄录靖藏本批语时，为何不提此事？他也没有标注靖藏本此处多出的数百字，仅仅是抄录了靖藏本正文四百多字对应的批语。

2. 你指出毛国瑶辑靖藏本批语出于蓄意伪造，作伪者是谁？其目的是什么？

答：文献、文物作伪的目的，多名利使然，也有学术上的好奇争胜，与作伪者的经历、想法有密切关系，但因作伪往往比较隐晦、缺乏证据而难以完全凿实。毛辑150条靖藏本批语，学术上的目的很明确，其直接的或者说总的目标之一，就是要证明脂砚斋、畸笏叟为二人。表现在靖藏本批语文本及毛国瑶的学术观点上，主要有以下三个方面：

其一，第87条靖藏本批语在旧有批语中增益“不数年，芹溪、脂砚、杏斋诸子皆相继别去”，使脂砚斋在丁亥夏以前去世，同时将这条批语归属为畸笏叟。此举用意极为明显，此批以畸笏之口“宣布”脂砚斋于丁亥（1767）夏以前去世，为脂畸二人说增添了直接证据，将原本证脂畸一人的力证（庚辰本第22回眉批“凤姐点戏，脂砚执笔事，今知者聊聊矣，不怨夫”“前批‘书（知）者聊聊’，今丁亥夏只剩朽物一枚，宁不痛乎”），增益拆分，破除一人说之证，确立二人说之“铁证”。

其二，起初，笔记本中抄录的150条批语，制造出丁丑（1757）、戊子（1768）、辛卯（1771）及丙申（1776）年批语（图表2.17），且这些批语中，丁丑批署为“丁丑仲春畸笏”，其用意也非常明显，意在破除此前脂畸一人说壬午（1762）及以后才出现署名“畸笏”批语的主张，丙申批抄录曹寅《题楝亭夜话图》。整体历时审视靖藏本批语新增署年批语，其中戊子（1768）、辛卯（1771）批，意在填补已有批语中丁亥（1767）与甲午

（1774）之间畸笏批的空白，使脂砚批与畸笏批混杂平行同步，明显是要将“甲午泪笔”批归属引向畸笏叟。

图表 2.17　毛国瑶抄录的靖藏本批语独出署年

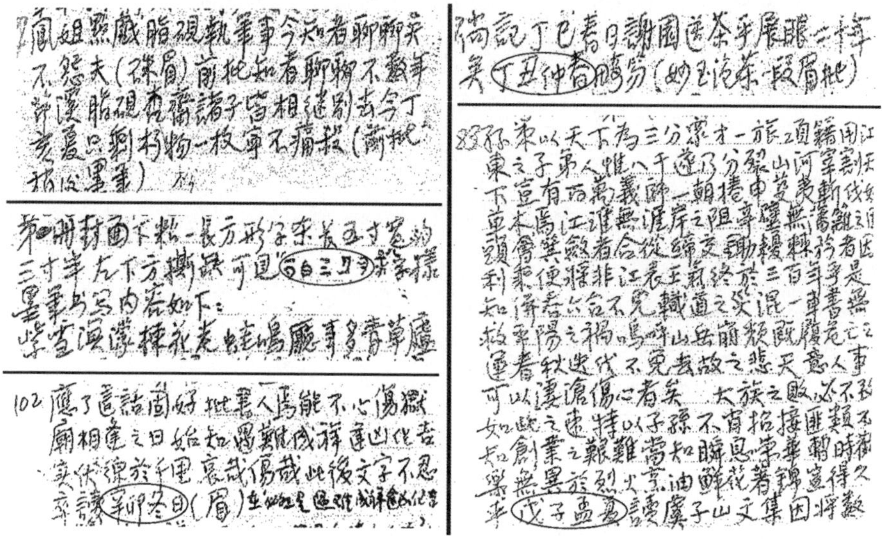

其三，毛国瑶三篇论文（《曹雪芹、脂砚斋和富察氏的关系》《再谈曹雪芹与富察氏的关系》《再谈靖应鹍藏抄本〈红楼梦〉批语及有关问题》），其结论与以上所举靖藏本批语两处均关合，都认为脂砚斋、畸笏叟为二人，且对脂、畸二人身份做了考证。毛国瑶认为，脂畸为两个人，脂砚斋为曹雪芹叔叔，畸笏叟为曹雪芹舅舅。当然，毛氏作伪要证成脂畸二人的同时，也制造出了谢园送茶、瓜州渡口、证前缘等八十回后佚稿的内容，因好奇心驱动，着迷据脂批探佚者对此深信不疑。

同时，毛辑靖藏本第 87 条与甲戌本“甲午八日泪笔”批语产生冲突，俞平伯在给毛国瑶的书信中表达了对“甲午泪笔”批归属理解的矛盾：若脂砚在丁亥（1767）夏以前已去世，甲午（1774）批只能归属畸笏叟，但如果甲午批归属畸笏叟，就出现了“大快遂心于九泉矣”的“余二人”是谁的问题，正在俞平伯思虑矛盾时，毛国瑶又寄去“夕葵书屋”残叶，将“甲午”改作“甲申”，将这条批语提前十年，甲申（1764）在丁亥（1767）

夏以前，这样就疏通了俞平伯的困惑，使得这条批语仍归属脂砚没有理解上的困难。如果从此事的影响看，其实同时又反击了“癸未说”，增强了俞平伯所主张的“壬午说”的可信性（“夕葵书屋”残叶重复“壬午”，为其添一证；“癸未说”主张甲午与癸未年代久远容易误记，而甲申则紧挨癸未，不可能误记）。如此，这条批语则成为脂砚在甲申的绝笔。这当然也可以看做作伪的目的，倒不一定是作伪者最初的目的，更可能是为迎合俞平伯却出现意料之外的问题，不得已而出此策。综上，毛辑靖藏本150条批语作伪的目的很明显，很有层次感，也是毛俞通信过程中历时积累促成、顺带影响了相关的问题。

在脂畸关系的认识上，一人说与二人说有一个发展过程。周汝昌在1949年首先提出了脂畸一人说，且举四大证据（美人图、奸邪婢、妙玉批、凤姐点戏脂砚执笔）予以证明，此后吴世昌《红楼梦探源》认同此说，又进一步论证。胡适倾向于二人说，但表述含混。俞平伯最先提出二人说，且在自叙传的影响下略有论证（贾芸与舅舅卜世仁对话时有批“余二人亦不曾有是气”），但最后他自己也拿不定主意，这在八个版次的《辑评》“引言”中相关的文字增删中可以看清楚，但毛国瑶对此说异常坚定，坚信脂畸为二人，在他三篇文中可以复按。俞周关系本来不洽，在对脂畸关系的认识上也势同水火。周汝昌的四条证据，对论证脂畸一人说无懈可击，可以说是定论。毛国瑶坚信脂畸二人说，对周举四证，几乎无法反驳，更不会主动制造有利于周汝昌观点的证据。明白以上诸事，再看150条靖藏本批，尤其是涉及周汝昌所举四对证据处，靖藏本批语做了精心删节的工作，且专门增字伪造第87条批语，将脂砚斋“刺杀”于丁亥夏以前。

综合来看，毛辑150条靖藏本批语中有不少批语打破了原有抄本正文、批语的系统，也打破了此前研究的秩序，因此显得很突兀。也正是因此，有研究者如吴世昌一眼就看出其伪。之所以还是造成了后面这样多相信靖藏本批语的局面，“红城”几近失守，是对新材料缺乏警惕的缘故，的确应该好好反思。毛辑靖藏本批语作伪与坎曼尔诗笺作伪有点类似。

毛国瑶之所以能把抄录的150条靖藏本批语先寄给俞平伯，又陆续分寄周汝昌、吴世昌、吴恩裕，一个“与红学毫无关系”的“技术员”，为何知道北京这几位红学家？这个行为本身就已说明毛国瑶对当时的红学界是非常熟悉的。考察毛国瑶的家世背景，不难发现，洗马塘毛氏家族并非普通家庭。毛国瑶自幼喜欢读《红楼梦》，1964 年的毛国瑶 34 岁，已经历过恋人去世、孤儿抚养、被打为右派等非常大的人生动荡，且被打为右派之前读的是中文系，这是一位什么都不懂的“技术员”吗？另，毛国瑶至少留下了八篇文章。这八篇文章，已能明确他对《红楼梦》及红学研究是十分熟悉的，并不是之前几位红学家认识中什么都不懂的毛头小子。我想，通过以上家庭背景、习学经历、发表文章三个方面，已经可以证明毛国瑶并不是一个“技术员”，技术员是被打为右派之后，万般无奈另寻的谋生路径。

被打为右派，因身份变异，走投无路的人到底是一种怎样的心态？这段时间，伪造的红学文献几乎是断断续续出现。我想这应该不是偶然现象。我自己去南京、扬州两地调查，访问了至少四位 80 岁以上的老人，他们都亲历过这些重大的历史事件，在描述右派的心态时，举过不少例子，心理扭曲大概是共同的表现。魏绍昌自始至终对靖藏本深信不疑，听毛国瑶讲过很多事情，其信息来源出自当事人自身，恐怕不能完全相信。与此对照，可供参考的另外一位研究者是石昕生，他最初与毛国瑶交好（且一起合作撰写文章），后来发现靖藏本批语出于蓄意伪造，几次写信质问毛国瑶，毛国瑶闪烁其词，没有做出正面回应，二人关系破裂。石昕生虽然没有洞悉靖藏本批语作伪的终极目的，但还是比较早敏锐察觉到了一些证据，所以才在这个问题上穷追不舍，留下了大量的书信等材料。可惜这些材料前些年在孔夫子旧书网拍卖（http://www.kongfz.cn/30080255），现已归私人收藏。

关于 150 条靖藏本批语作伪所据的材料，在本章第二部分已有说明。150 条主要据《辑评》伪造，依据是十余条同误文本，其材料来源还有周汝昌、吴恩裕、俞平伯的三种书。李同生谈曹寅《题楝亭夜话图》那首诗，分析精微，这是靖藏本批语辨伪的另一个重要证据。

3. 毛国瑶有能力伪造这些批语吗？1964 年毛国瑶年纪不大，成长环境也不好，他是根据什么伪造的这些批语？

答：靖藏本自1964年“问世”，除了辑抄下靖藏本150条批语、首先寄给俞平伯，又与周汝昌、吴世昌、吴恩裕等红学家密切联络的毛国瑶，还有传言收藏靖藏本的靖家相关人员，如靖应鹍、靖宽荣（靖应鹍之子）、王惠萍（靖宽荣妻），而其中与红学家交往最为频繁、阐释靖藏本批语内容最多的一个人就是毛国瑶。毛国瑶在红学研究中的许多认识，与150条靖藏本批语中的独出批语多若合符契。

此前，在红学界的认识中，靖藏本批语问世的1964年，毛国瑶被描述为一个不谙世事的毛头小子，这与真实的毛国瑶，以及真实的洗马塘毛氏家族有比较大的差距。实际情况是，毛国瑶的父亲毛北屏在美国曾接受过高等教育，回国后在教育领域任职，建国后曾担任江苏省文史馆馆员（详第一章第二部分）。毛国瑶出生于毛北屏留美回国后的1930年，其父毛北屏被安徽省政府任命为安徽省立第一职业学校校长。据其侄毛健全《洗马塘：毛家一百年的故事》：“二爹爹（伟按：即毛北屏）回来的这年7月30日，经已任中央大学教授、国民政府参事的程天放推荐，安徽省政府批准他担任安徽省立第一职业学校校长，月薪大洋二百元。二爹爹有了二百元的月薪，我们全家的生活就大大改善了。二爹爹有了月薪后的第一件事，就是把全家从北京迁居至安庆圣公会四号。”[①]此后，毛北屏还曾领衔保释刘文典。毛国瑶出生前后，他的家庭环境大致是这样。毛国瑶早年的成长环境与经历，从1930年以后二十余年中毛北屏的履历可以看到。

在这二十余年中，1947年的“庐山之恋”，是毛国瑶生命历程中较为重要的一个事件，这件事给毛国瑶、毛北屏都造成了一些创伤。毛国瑶在庐山经历的这段恋情，使那位女子怀孕，产下一女后离世。幸而此女活了下来，后来过继给毛国瑶的姐姐毛国琼，女儿只能喊毛国瑶为舅舅。据《洗马塘》毛健全口述，经历此事，毛国瑶无心继续读书，才转去浦口税务局。在寄给俞平伯150条靖藏本批语的1964年，毛国瑶34岁，也已结婚。

读熟以下四书，具备不凡才气，即可伪造靖藏本批语：《辑评》《红楼梦辨》《红楼梦新证》《有关曹雪芹八种》。实际上，无论是从家世背景、情

① 毛健全口述《洗马塘：毛家一百年的故事》，第39页。

感经历，以及对《红楼梦》与红学著作的兴趣、熟悉，毛国瑶完全具备造假的能力。研究者对1964年毛国瑶形象的认知，诸如年纪不大、学术条件不是很好等等，多有误解。

此外，有作伪嫌疑之人自述靖藏本批语于1959年抄录，似不可信。将1964年左右的造伪行为提前到1959年，可以使自己“年轻”一点，也为设计好的“靖藏本迷失”伏笔——如果1964年“发现随即就迷失是不可信的”。而且1963年是一个非常特殊的时间点，刚刚为纪念曹雪芹逝世200周年，红学界因为卒年问题争得不可开交。1964年恰好就出现解决这个问题的新材料，怎么会这么巧？

从这件事的历史发展结果来看，作伪者的确没有获得经济方面的利益，但1964年作伪者能否预测到结果会是如此，恐怕没办法确知。而且，需要清楚毛国瑶当时的处境，他自幼喜欢读《红楼梦》，被打为右派后走投无路。我们不能以历史发展的结果来逆推重大事件发生之前的人物心理及目的，实际上，作伪者当时可能也不会想到结果像我们今天看到的这么糟糕，更不会想到《辑评》隐藏了这么多特殊的文本问题。当然，九十年代任俊潮首先揭示靖藏本批语与《辑评》同样脱漏十二字，毛国瑶已读过任俊潮的文章，且做过笼统的回应，[①] 但并没有针对脱文这一问题做任何正面回应。靖家同样如此，也无法预知历史发展的结果。至于靖家为何如此，我想可以看看靖宽荣、王惠萍写给几位红学家的信，以及陆续参与红学会学术活动发表的论文。

4. 靖藏本批语语气、风格与脂批神似，还有些独出批语（如遗簪、更衣、瓜州渡口等），这些能伪造出来吗？

答：是。毛辑靖藏本批语150条批语中的独出批语参见《靖藏本独出批语辑录》（附录1.2）。如果算上毛辑靖藏本批语所记第四回第21条下“第一册封面下粘一长方形字条”抄录的曹寅诗《题楝亭夜话图》，毛辑靖藏本批语独出批语有40余条。这些批语涉及描摹作者相貌（第1条）、追忆作

① 毛国瑶《致〈红楼梦〉研究者的一封公开信》，《靖本资料》第604—608页。

者经历（第 97 条）、八十回后（第 33、98、102 条等）、点评写作笔法（第 39、41、54 条等）、点评小说人物（第 56、95、100、146 条等）。这些独出批语正是作伪者利用探佚者的好奇心伪造而出，具备一定文史知识，对《红楼梦》有特殊感觉，又熟悉红学研究成果，伪造出这些批语没有什么问题，语气、风格等方面恰恰体现了作伪者对《红楼梦》及批语的熟悉，尤其是精研曹学，熟读《红楼梦新证》和《有关曹雪芹八种》（或《有关曹雪芹十种》）。尤其是渗透学术层面的作伪，鉴定真伪时，审风格只能是辅助，而无法凿实。单纯依靠审风格分辨真伪，十分危险。

5.“夕葵书屋《石头记》”残叶也是伪造的吗？

答：“夕葵书屋《石头记》”残叶同样出于蓄意伪造。虽然不能像校勘毛国瑶辑抄的 150 条靖藏本批语那样，用厘清异文源流的办法凿实其伪，但我们仍可以尽力回到当时残叶出现的历史现场，审视其出现的具体环境。那么，是在什么具体情境下，是谁把“夕葵书屋《石头记》”残叶寄给俞平伯的？

据 1964 年 6 月 28 日俞平伯写给毛国瑶的信：

> 国瑶先生：
>
> 前得您来书，即复一书，不知收到否？昨又奉挂号二十五日手书并附靖君所赠脂评残纸一幅，感谢感谢。靖君亦来信，我当另函复谢。看来书，似乎此条您在五九年作笔记时未曾看到，不知是否？此条关系不小，因甲申与甲午有十年之差，需仔细考虑。拙文已写得差不多了，惟得到此条材料后，恐需改动增加或另写为一文。匆复，即候
>
> 暑祺！
>
> 俞平伯　六月二十八日

据此信，“夕葵书屋《石头记》”残叶是 1964 年 6 月 25 日毛国瑶随函将其寄给俞平伯的，毛国瑶在给俞平伯的信中称是靖应鹍所赠，且靖应鹍也曾给俞平伯写信。这封信以前，俞、靖通信谈了哪些内容？稍稍回溯一下。

同年 6 月 9 日，俞平伯致毛国瑶，其中有一部分内容，答复毛国瑶关于

吴世昌文章中论及脂畸关系的问题：

> 吴文我以为不妥之处颇多。脂砚斋为史湘云，本系周汝昌在《红楼梦新证》上的说法，自不可信。至于脂砚是真人，和书中人相混，本来不妥；但这在脂评本即有此项情形，并非吴氏所创，只是沿袭错误未改耳（谈《红楼梦》者每以真人和书中人相混是一大毛病）。

俞平伯回复了毛国瑶在信中提及讨论吴世昌文章中有关脂砚斋的研究，指出脂砚斋是史湘云是周汝昌在《红楼梦新证》首先提出的看法，并不可信，且批评吴世昌将脂砚斋与书中人物混同，这并不是吴世昌首创，而是沿袭周汝昌的错误。那么，他们所讨论的究竟是吴世昌的哪篇文章呢？吴世昌《红楼梦探源》中涉及脂畸关系、脂砚斋是谁等问题，集中于第二部分“评者探源”，下分四章：“脂砚斋、畸笏叟及其他评者”“曹棠村小序的发现”“脂砚斋与作者及本书之关系”“脂砚斋是谁”。而俞平伯在信中所批评的脂砚斋是否为史湘云，是吴世昌在“脂砚斋、畸笏叟及其他评者”中尝试解决的三个问题之一：脂砚斋即畸笏叟、脂砚斋不是史湘云、松斋是白潢的孙子白筠。毛国瑶给俞平伯信件中提及的“吴文”应是“脂砚斋、畸笏叟及其他评者”这一章内容。这一章首先指出的就是甲戌本中除了署名松斋、梅溪的批语，其余未标名号的，当然是脂砚斋之评。并且他引甲戌本第一回“甲午八日泪笔”那条眉批，指出批语中包含作者自己的名字，即“一芹一脂”的“一脂”，且进一步指出：

> 此评写于作者卒后十多年，评者“泪亦待尽”，所评为书中“第一首标题诗”可能是脂砚最后的一条批语。在这个本子中，所有不署名的评语，无疑都是脂砚之“泪”，不是别人之泪。[①]

毛国瑶正是看到了吴世昌这篇集中讨论脂畸关系、脂砚斋身份的文章，才给俞平伯写信征询他的意见，或许也正是在这个过程中，毛国瑶通过阅读吴世昌的论述、分析，才知道此前寄给俞平伯抄有150条批语的小册子中，

① 吴世昌《红楼梦探源》，第76页。

第87条“不数年，芹溪、脂砚、杏斋诸子皆相继别去”，与甲戌本“甲午八日泪笔”这条眉批存在明显冲突：脂砚在丁亥（1767）就去世了，怎么可能还在甲午（1774）继续写批语呢？所以，后来俞平伯才在《记毛国瑶所见靖应鹍藏本〈红楼梦〉》末尾特别补写了一段说明：

> 原来还有一个第五段，谈有关作者的卒年。甲戌本上的“甲午八月泪笔”一条脂批，从上引靖本来看，脂砚斋在丁亥以前已卒，甲午八月之批只可能是畸笏的；但如认为畸笏手笔，困难也很多。正在踌躇不能下笔之际，靖、毛二君又寄来一点新材料，可以帮助解决这个问题，本拟也写在这里，恐怕文字过长了，显得喧宾夺主，待将来写为另篇，再向读者们请教罢。

“夕葵书屋”残叶毁于“文革”，目前仅留有俞平伯题跋后寄给毛国瑶的照片。八十年代，南京举办红学会，毛国瑶又将附有俞跋的“夕葵书屋”残叶照片复印分发。[①]“夕葵书屋”残叶寄给俞平伯后，起初俞平伯并不知道夕葵书屋与吴鼒有关。一段时间过后，毛国瑶写信告诉俞平伯夕葵书屋是吴鼒的书斋。“夕葵书屋”残叶的内容非常奇怪，残叶中抄有“卷一”及泪笔批语，还抄有“卷二”，无论是抄写形式，还是抄写内容，都十分可疑。综合“夕葵书屋”残叶出现的背景，结合其抄写形制，尤其是改“甲午”为“甲申”，其出于伪造无疑，目的是化解俞平伯之疑。

6. 为什么俞平伯等学者自始至终都未怀疑靖藏本批语，其意见是否应重视？

答：从现存材料中，还没有看到俞平伯对靖藏本表示过怀疑，尽管他并没有看到过靖藏本原件，在给毛国瑶的第一封回信中就肯定过靖藏本的文献价值。俞先生善良，并不知道这是早有预谋的《红楼梦》文献伪造。此外，俞平伯的校勘意识薄弱，虽然他自己做过《红楼梦》的整理工作。俞平伯逐字完整校勘过毛国瑶辑抄的150条靖藏本批语，却没有发现150

①1982年5月9日俞平伯致毛国瑶函，《靖本资料》，第429页。

条靖藏本批语中有些讹误是自己在《辑评》中犯的错误，现在看来，确实是十分遗憾的事。仅此一点，就可以看到俞平伯对新材料的警惕不足。至于十年前经历过大批判的俞先生，是否曾经审慎考虑过靖藏本批语可靠性问题，我们无从考求。从整个事件发展过程看，俞平伯对新材料几乎是没有保持警惕的。

因靖藏本批语造成的红学研究混乱，倒是很好地体现在俞平伯晚年的几次谈红中。可以确定的是，俞平伯直至去世，也没有怀疑过毛国瑶辑抄的靖藏本批语出于蓄意伪作。至于其他学者，吴世昌从一开始就不信，一眼就看出靖藏本批语增益文字作伪痕迹。吴恩裕自始至终相信靖藏本批语，直至去世。周汝昌一开始相信，七十年代在《靖本传闻录》中对靖藏本提出了不少疑点，如今看来，其所陈疑点均不幸言中。他在看到李同生、任俊潮揭露靖藏本作伪的文章后，转变了看法，坚定认为靖藏本批语出于伪造。

在审定文献、文物真伪上，不迷信权威，具体问题具体分析，是学术研究的一般原则。

7. 毛国瑶辑靖藏本批语与《辑评》有些文本关联，能据此认为靖藏本批语据《辑评》伪造吗？

答：早在七十年代，那宗训等人就有发表质疑文章，九十年代“三生一潮”继之，且任俊潮明确指出靖藏本批语与《辑评》同有脱文，已初步揭开毛辑靖藏本批语与《辑评》的关系。当然，也有研究者如您一样地提出过上述同样的反驳。此后，靖藏本问题又搁置了近三十年。

如果仅是十二字脱漏那一条证据，对考订毛辑靖藏本批语承袭自《辑评》尚有另外的解释余地。实际上，《辑评》与旧抄本在互不干涉的情形下，在同一处出现脱文的概率也极小。如今，经过仔细校勘，毛辑靖藏本批语与《辑评》同时出现的文本问题已不仅是脱漏那一条，我已据发现的十余条批语归纳为脱文、误字、错简、理校四例（详本章第一部分）。周汝昌、陶洙、俞平伯有心或无心之误交互、叠加产生的独特文本问题，全部都被毛辑靖藏本批语继承，基本可以排除抄写等因素的影响，这一小概率集合在一起的文本问题，全部被靖藏本批语承袭，即是靖藏本承袭自《辑评》未修订版或

58 版的铁证。

由这四类十余条证据，已可以判定毛辑靖藏本批语与《辑评》未修订版或 58 版存在继承关系，可以排除“不同抄手同抄同脱漏”这种可能性。与判定古籍整理著作抄袭案件是同样的道理。

在此要重申，尽管此前怀疑毛辑靖藏本批语的文章已有许多，对发现考据点也有启发，但并非科学的辨伪。科学的文献辨伪工作，要像任俊潮、于鹏那样对毛辑靖藏本批语与《辑评》做具体的对比研究，找出其作伪痕迹，还原作伪过程。具体而言，在考察语词、史事等方面不起作用时，要寻找伪造文献与所据材料之间的独特关联，如果能够找到这种独特关联，并以此为支点，还原其所据材料，在此基础又如何整理加工，结合其出现的具体背景析分其作伪目的，若能全面离析清楚，则可完成一次科学的辨伪。在毛辑靖藏本批语辨伪个案中，充分利用 OCR 工具，将 1954 年以后十余年间出版的红学著作数字化归档，以此协助系统校勘，离析异文，确定考据点，这些都是确定毛辑靖藏本批语与《辑评》关系的关键。从发现作伪环境，聚焦作伪动机，再到揭示辨伪的证据，期间经历了漫长的时间。但如果缺少了最后一环，或最后一环的证据没有那么坚固，辨伪则无法成立，最终仍会流于怀疑而无法确证，伪造的文献、文物也就会继续干扰正常的学术研究。

红学研究在细致做好知识编年的同时，还要注意还原这些知识生产、传播及接受的特殊环境。对研究者有所怀疑的文献，有机会将其重新置于全面且精密有序的知识网络中再为权衡，以帮助发现问题，结合文献学校勘之法系统考订文本，精确认识相关文献的价值。文献辨伪随着学科知识的积累及传播媒介产生变化，学科基础材料的传播及知识编年史都会影响作伪，同时也在提高辨伪的门槛。近数十年，红学文献、文物作伪频出，学术环境得不到及时清理，使原本曾跻身三大“显学”的红学变得黯淡无光。在新红学百年诞辰之际，庞杂的红学文献亟待去伪存真，以净化文献环境，为红学开启新的一百年奠定坚实的文献基础。红学史的书写，以文献为基础、问题为导向的同时，厘清基本文献的真伪及价值，精确对红学研究成果的认知，重写红学史这一重任也压在了新一代研究者的肩头。

五、小结

回顾此次辨伪过程，有两次重要转折：一是聚焦毛辑靖藏本批语出现前后的知识环境，以锁定其作伪所据的材料范围。任俊潮、于鹏等进一步锁定毛辑靖藏本批语承袭《辑评》脱文、错简三条证据，揭示了寻找毛辑靖藏本批语辨伪证据的具体路径。二是将《辑评》等专题资料数字化，对毛辑靖藏本批语做从源（《石头记》抄本）到流（周录甲副本、已卯本陶录甲副本及《辑评》各版次等）的全面校勘，考实毛辑靖藏本批语的确主要抄撮自《辑评》，确证作伪。将150条毛辑靖藏本批语与当时全面承载、传播《石头记》批语的《辑评》各版校勘，厘清毛辑靖藏本批语中知识秩序的同时，总结毛辑靖藏本批语承袭《辑评》脱文、误字、错简、理校四例。这四例作为更全面的强硬证据，证实毛辑靖藏本批语主要依据《辑评》未修订版或58版蓄意伪造。

毛辑靖藏本批语是在“新红学”主张的《红楼梦》为曹雪芹自叙传这一学说影响下的作伪，其主要目的之一是要证成脂畸二人说。离析150条毛辑靖藏本批语中独出及增益的批语，第87条明确将脂、畸断为二人，另制造出的丁丑、戊子、辛卯、丙申的署年，试图破坏一人说发现的《石头记》诸抄本批语署年现象，并将甲戌本“甲午八日泪笔”的归属引至畸笏叟，但将这条批语归属于畸笏叟，在对这句批语的语义理解上又产生了新的矛盾。毛辑靖藏本批语既已考订确实为蓄意伪造，其中独出批语如“遗簪、更衣”“西帆楼”“芸哥仗义探庵”“谢园送茶”“瓜州渡口”“试观证前缘回黛玉逝后诸文便知”等，均应全部摒弃。尤其，依据毛辑靖藏本批语中的“芹溪、脂砚、杏斋诸子皆相继别去”，力主脂砚斋、畸笏叟为二人的研究论说，应重新检视。毛辑靖藏本批语作伪一案对《红楼梦》研究各方面的负面影响是巨大的，以至于在近六十年中据毛辑靖藏本批语立论的研究成果均偏离事实，对1964年以来的红学研究（《红楼梦》版本、成书过程、脂砚斋和畸笏叟身份与关系、曹雪芹生卒年等），均须剔除毛辑靖藏本批语，重新予以评价。《红楼梦》的研究，在新红学迈入第二个百年之际，后退近六十年，重新出发。

第三章　脂砚斋与畸笏叟关系考 *

剥离蓄意伪造的“靖藏本《石头记》”批语后，重审此前围绕脂砚斋、畸笏叟关系的论争，脂畸一人说基于对现存抄本文献形态、性质的细致考察，举证全面、充分，脂畸二人说没有仔细辨析一人说的考证，也未及时提出支撑二人说的有效证据，随即受伪造的“靖藏本《石头记》”批语误导，影响至今。据脂砚斋自述批点小说的方式，确证此前脂畸二人说所认为的二人对话批，大都是脂砚斋一人历次批点的“重出”之批。以文献学视角重审甲戌本、己卯庚辰本，结合脂砚斋自述批书方式，分辨前后关联的批语，确证脂砚斋、畸笏叟实为同一人。

自《石头记》这部小说诞生，到诸抄本进入研究者的视野，期间除了成书于嘉道之际的《枣窗闲笔》，极少有文献提及这部小说的批点者脂砚斋。庚辰本出现后，研究者才知道，其中还有署名畸笏叟（畸笏、畸笏老人）的批语。此后，伴随靖藏本等文献的真伪之争，关于脂畸是同一人还是二人，学术界一直存在分歧，争论至今。[1] 脂畸关系、身份及其与曹雪芹的关系，

---

* 本章部分内容曾以《重论脂砚斋与畸笏叟之关系》为题，发表于《中国文化研究》2022 年春之卷。

① 此前，学术界普遍认为《石头记》在早期流传过程中曾有一个与曹雪芹亲近的亲朋团体参与批点，因此将“脂评”定义为以脂砚斋为代表、包括作者周围圈子里的一些人的评语。孙逊《红楼梦脂评初探》，第 24 页。

乃至甲戌本、己卯庚辰本等抄本的底本来源、版本性质等问题，众说纷纭。[①]百年红学的后半程，对脂畸关系的不同判断，使具体研究导向了两条路，对《石头记》成书过程、甲戌本的版本性质及其与庚辰本的关系等问题也随之陷入纷争。

现在之所以要重论脂砚斋与畸笏叟的关系，是经过此前的仔细研究，已确认关涉此议题的几种重要文献的真伪。比如，此前因材料不足以及研究方法的问题，误认为《枣窗闲笔》是一部伪书，使部分研究者在讨论涉及脂砚斋、畸笏叟相关问题时，对这部笔记的记载仍有些犹疑。即便引用，也将其放在相对次要的史料地位上，对其记载的可信度产生许多疑问。再如，上世纪六十年代经由毛国瑶抄寄给俞平伯的靖应鹍旧藏《石头记》150 条批语，其中有涉及脂畸关系的重要批语，尽管历经几次真伪之争，由于没有及时摆出全面、充足的证据将其真伪凿实，在谈及脂畸批点等问题时，仍摇晃不定，使人难以信从。如今，这些问题基本得到解决，使我们有机会重新审视脂畸关系。

一、回顾对脂畸关系的认识历程

在《石头记》诸抄本外，仅有限的几种文献提及脂砚斋：成书于嘉道之际的裕瑞《枣窗闲笔》，清同治二年（1863）刘铨福的跋文，王秉恩日记中的贴条。[②]成书于嘉道之际的裕瑞《枣窗闲笔》，[③]其中《〈后红楼梦〉书后》称“曾见抄本卷额，本本有其叔脂研斋之批语，引其当年事甚确”，“闻其所谓宝玉者，尚系指其叔辈某人，非自己写照也”。[④]这是目前发现的除《石头记》诸抄本，最早谈及脂砚斋的文献记载。甲戌本末有清同治二年刘铨福的四条跋文，其中涉及脂砚斋者有“李伯盂郎中言：翁叔平殿撰有原本

① 现存《石头记》甲戌本、己卯庚辰本均为过录抄本，并非脂砚斋旧藏稿本，为便称引，本文仍沿用学界旧称。

② 本书所引《枣窗闲笔》均据中国国家图书馆裕瑞《枣窗闲笔》稿本（索书号：02389）。曹雪芹著、脂砚斋评：《脂砚斋重评石头记》（甲戌本），第 4 册末。王秉恩《王雪澂日记》稿本，光绪二十七年三月初八日日记，无页码。

③ 高树伟《裕瑞〈枣窗闲笔〉补考》。

④ 裕瑞《枣窗闲笔》，叶 7。

而无脂批，与此文不同”“此本是《石头记》真本。批者事皆目击，故得其详也”“脂砚与雪芹同时人，目击种种事，故批笔不从臆度。原文与刊本有不同处，尚留真面”。王秉恩日记中粘有一张朱丝栏笺，其中有：“脂研堂朱批《红楼》原稿，其目‘林黛玉寄养荣国府’‘秦可卿淫丧天香楼’，与现行者不同。闻此稿廑半部，大兴刘宽夫（位坦）得之京中打鼓担中。后半部重价购之，不可得矣。朱平（评）有云：‘秦可卿有功宁荣二府，芹听余恕之。’又云：‘秦钟所得贾母所赏金魁星，云十余年未及见此物，令人慨然。’是平（评）者曾及见当日情事。”[①] 此后很长一段时间中，因《石头记》诸抄本大都为藏书家私人收藏，或著录记其流传大略，或作跋文评说相关问题，始终未涉及脂畸关系。1933 年，胡适撰文介绍徐星署旧藏的庚辰本，[②] 与诸本做了初步比勘，并揭示其价值，庚辰本中还有署名为畸笏叟的批语才广为研究者所知。下文即择要介绍胡适、俞平伯、周汝昌、吴世昌等人的研究，以勾勒此前对脂畸关系的论证过程，厘清双方的证据及争论焦点。

有“脂砚斋”三字的《石头记》抄本，最早进入研究者的视野是在 1927 年，[③] 这个版本就是著名的甲戌本。胡适购得甲戌本后，对脂砚斋的认识有一个反复的过程。最初，他认为脂砚斋似乎是作者曹雪芹的本家，与雪芹是好朋友。[④] 此后，又认为脂砚斋是曹雪芹同族的亲属，进一步推测是雪芹的嫡堂弟兄或从堂弟兄。他在《考证〈红楼梦〉的新材料》中作了细致解说：“脂砚斋是同曹雪芹很亲近的，同雪芹弟兄都很相熟。我并且疑心他是雪芹同族的亲属。”“他大概是雪芹的嫡堂弟兄或从堂弟兄，也许是曹颙或曹颀的儿子。松斋似是他的表字，脂砚斋是他的别号。”1933 年，胡适看到徐

① 王秉恩《王雪澂日记》稿本，此条贴于光绪二十七年三月初八、初九两天日记，台北“国家图书馆”藏（登录号：02815），无页码。

② 徐桢祥，字星署，江苏嘉定人，徐郙之子，娶孙文正三女。曾任直隶州知州，分发直隶，保升知府道员，署直隶天津兵备道。程其珏辑《民国嘉定县续志》卷 10，第 848 页。孙传檙编《寿州孙文正公年谱》，第 249 页。

③ 清末民初，上海有正书局石印张开模旧藏戚沪本，为《石头记》脂评本首次公开出版，很长一段时间中无人认识其价值，更不知其中批语多出自脂砚斋之手。

④ 胡适《与钱玄同书》，宋广波编校《胡适论红楼梦》。下文所引胡适文章，除特殊说明，均出此书。

星署所藏庚辰本后，修正了对脂砚斋的看法，认为脂砚斋是曹雪芹的托名，而小说中的贾宝玉即以他为原型——“现在我看了此本，我相信脂砚斋即是那位爱吃胭脂的宝玉，即是曹雪芹自己。”“‘脂砚’只是那块爱吃胭脂的顽石，其为作者托名，本无可疑。原本有作者自己的评语和注语，我在前几年已说过了。”[①] 在梳理《石头记》抄本中的批书人署名时，胡适认为朱笔眉批署名的共有四人，分别为脂砚、梅溪、松斋、畸笏，表述中倾向于脂砚斋、畸笏叟为二人。

1949 年，周汝昌发表《真本〈石头记〉之脂砚斋评》，系统对比、研究甲戌本、庚辰本、有正本等版本，全面梳理脂砚斋、畸笏叟批语，指出：“从首至尾，屡次批阅的主要人物，原只有一个脂砚，所谓‘畸笏’这个怪号，是他从壬午年才起的，自用了这个号，他便再不称脂砚了。”[②] 周汝昌对脂畸关系的研究举证详本章第二部分。

附录3.1

周汝昌与靖藏本

靖藏本作伪案，给不少研究者带来多方面的影响，信其为真者自然在学术研究上走了一条错误的研究道路。力证其伪者，在绝大多数信奉靖藏本的环境中，其学说的受认可程度也十分局限。回顾这段学术史，在纷繁复杂的社会、学术环境中，有学者从信到疑，再到竭力辨伪，仍能窥见学术研究的螺旋前进。周汝昌就是从信到疑再到坚信其伪的为数不多的学者之一，从周

① 胡适《跋乾隆庚辰本〈脂砚斋重评石头记〉钞本》。

② 周汝昌《真本〈石头记〉之脂砚斋评》。周汝昌《红楼梦新证》，1953 年版，第 553—547 页。76 版，第 833—852 页。86 版，第 675—690 页。此后，研究者并未仔细审视脂畸一人说所举证据，只是局限于批驳脂砚湘云说。王佩璋《曹雪芹的生卒年及其他》。

汝昌对靖藏本认识的转变，我们能够看到整个辨伪接力过程中发生的那些惊心动魄的历史细节。

周汝昌接到毛国瑶的第一封是在 1964 年末，从俞致毛函，可以看到一些蛛丝马迹。1964 年 12 月 17 日俞致毛函称：

> 我意和他们通信以慎重为宜，尊意当亦谓然……至于如何答复他确有些困难……事实经过不必、也不可瞒他。若靖本迷失的经过则不妨告他。以上我的看法，请您参考。究竟怎样答复为妥，则仍请您斟酌。我和周并不熟，近来未晤，关于“夕葵本”等事未曾和他谈过。他如来问，我自会斟酌告知他的。①

在此之前，毛国瑶已与周汝昌通过信。据周汝昌回忆：

> 60 年代初，我忽然接到南京浦镇毛国瑶的一封信，大意是说我对脂砚的考论不能成立，因他发现友人靖氏所藏一抄本《石头记》，上有朱批，证明脂、畸为二人，畸在而脂亡；并云据彼本可证雪芹卒于壬午，而非癸未，云云。
>
> 我十分重视这些“新证据”，即复信求阅所云之朱批（他说已过录为 150 条之多）。他又来信说已录寄俞平伯先生，让我到俞处去看……简捷叙之，终于承他惠示了那所称的“靖本朱批”。②

排次时间，上引俞致毛函“他如来问，我自会斟酌告知他的”，应在周汝昌所记“他又来信说已录寄俞平伯先生，让我到俞处去看”前后。周汝昌相信了毛国瑶寄赠的靖藏本批语，即撰文《红楼梦版本的新发现》，在《大公报》1965 年 7 月 25 日《艺林》副刊发表，首先引起海外学者如日本伊藤漱平、美国赵冈等关注，伪靖藏本也开始影响原本正常的学术研究。一直到二十世纪七十年代初，周汝昌虽仍发表《红楼梦及曹雪芹有关文物叙录一束》介绍靖藏本及其价值，但 1976 年，周汝昌修订《红楼梦新证》时

---

① 俞平伯致毛国瑶函（1964 年 12 月 17 日），《靖本资料》，第 416 页。
② 周汝昌《挑战之来》。

补入《靖本传闻录》一篇，收录撰于1973年8月7日的文末附记提出三条质疑：

一、既然照靖本批语脂、畸为二人，那只有将前一条批“凤姐点戏……”也解释为是畸笏同一人的批，则后一条批“前批”云云的话方觉可通；但是所有已见的畸批中提及“芹溪”二字尚有例，暗示是专提脂砚的，实为绝无，更不要说点名称呼（靖本新出现的这一条，当然暂不应纠缠在内）。如果把第一条批解释为脂砚自批（我就是这样理解的），那么后一条批语“前批……”云云“今丁亥夏……”云云，分明是相为呼应的情理，如何又会脂砚先畸笏而“别去”？

二、即使承认上举二批同属畸笏之言，则脂砚既然在丁亥夏前就已“别去”，那么甲戌本的一条重要批语——八年后脂砚“甲午八月泪笔”尚有批语，又将如何解释？

三、主张“脂、畸为二人”说（同时又正巧是主张雪芹卒于壬午的），必然辩论说：“甲午”是错字，“夕葵本”残叶不是明明写作“甲申”吗？是脂砚卒于甲申与丁亥之间。于此，就又纠缠出一个新问题来：甲戌本中的批语，钞写相当工整，讹错不多（与庚辰本情况大不相同，对比便见），“甲午”二字十分清楚，原件现在，历历可考。而“夕葵本”残叶偶现于书中夹存，该叶第一行写作“夕葵书屋本（伟按：此字误衍）石头记卷之一”后，即专录此批，批后又即紧接再写“……卷之二”一行字样。此外再无文字。必应声明：此种款式未之前闻，实感不伦不类。而尤要者，乾隆旧抄本的“卷之一”等形式，本不等于“第几回”。如戚本、蒙本，都是每一卷包括十回正文之数，即八十回书共分八卷……再说，此残叶所录的批，在甲戌本原是两条，它却接连而书。此亦十分可疑。充其量，夕葵残叶亦不过同出过录，我们能否即据此孤零怪异的残叶（它的存在好像是专为解决“甲午”问题而来的）以定甲戌本之“误”？这个问题我觉得还有商量余地。[①]

① 周汝昌《红楼梦新证》，1976年版，第1065、1066页。

周汝昌对靖藏本的怀疑引起毛国瑶的不满，毛国瑶、靖应鹍、王惠萍等人连续写过几篇商榷文章。毛国瑶在1991年12月28日致严中函中称：

只是他在64年在香港《大公报》发表介绍靖本文章，未先和我打招呼，以致“文革”时我被打成“里通外国”；再者他在《新证》增订本“靖本传闻录”中又对此本持怀疑态度，我认为他出尔反尔，故对他有些想法。

1973年6月20日，周汝昌给吴世昌信中又谈及对毛国瑶辑录150条批语的怀疑，归结为四条：

弟近忽于靖本颇自致疑，最要者有四点：

一、凡批语讹乱，乃常情，但亦有其致乱之由，即有规律可寻（如串行错简之类）。今靖批乃常是逐字颠倒，几如故意拆散而重排之者，此何理耶？良不可解。

二、即令错乱自有其故矣，而凡属不见于他本之重要处，则又概无讹乱，一一清楚，一似特意留此为后人解纷者，此又何理耶？

三、凡较他本多出之重要文字，皆寥寥数言，若云他本皆遗之，何以抄手独遗此数字？盖若繁文，犹有图省之理，今则寥寥数字，独不见录于别本，此又何故耶？

四、凡多出之数字之所关系者，常是研究诸家意见不同之处，一如卒年也，脂、笏一人二人也……等等，又殊似预为后人论证增添佐据，有利于某一说而不利于对立说者，此又甚可异也。（中央之夕葵残页，形式亦觉不伦不类。）①

这些观点当时即获吴世昌认同，如今看来条条中的。二十世纪七十、八十年代，周汝昌对靖藏本虽有怀疑，但仍对靖藏本保持极高的兴趣。1983年南京举办“纪念曹雪芹逝世220周年学术研讨会”前，《南京日报》编辑严中曾于1982年12月致函周汝昌，就靖藏本问题展开通信。严中在八十年

① 吴世昌《红楼梦探源外编》前言，第16页。

代曾多方调查靖藏本情况，访问毛国瑶、靖应鹍等当事人，留下了大量第一手资料。

1983年学术讨论会，周汝昌提交的文章《红楼梦板本异闻记实——〈靖本石头记〉尚在人间》即基于严中调查访问积累下的材料，其主要内容，即追踪当时靖应鹍委托陈慕洲、陈慕劬兄弟给俞平伯所捎书是否为靖藏本，1986年周汝昌将此文题目改作《靖本〈石头记〉佚失之谜》，在《明报月刊》正式发表。2021年暑期笔者在南京浦口访问时，经友人介绍，有幸结识江苏格冠美术馆王长才。闲谈中，王先生拿出一份手抄稿，即抄录的周汝昌《红楼梦板本异闻记实》，这份手稿即王先生于1983年11月26日在浦口进修学校据周汝昌原稿抄录，末有"一九八三年十一月二十五、二十六日抄周汝昌先生原手稿于浦口进修学校"。

九十年代，随着"三生一潮"陆续发表文章揭露靖藏本之伪，尤其是任俊潮指出毛辑靖藏本第116条中的"端雅不让龙平"与《辑评》同有脱文，周汝昌完全转变了对毛辑靖藏本批语的认识，坚定认为必出伪作。后来周汝昌又写了《挑战之来》等文，回顾这段离奇诡谲的学术事件。石昕生靖藏本辨伪文章无处发表，也曾将复印本寄给周汝昌，二人不断通信也是基于对靖藏本出于伪造的共同认识。1997年2月20日，周汝昌致石昕生函末，仍不忘鼓励石昕生继续寻找靖藏本作伪的证据，"请将余勇穷追作伪之骗子"（图表1.19）。

周汝昌无疑是这段学术公案中对靖藏本最为关注的学者之一，从毛国瑶寄信、寄批语开始，他就密切关注靖藏本消息，包括与严中通信、委托其调查走访，将这些材料、见闻记成文字。从信到疑，再到坚信其伪，周汝昌是靖藏本作伪案中为数不多的能够敏锐察觉毛辑靖藏本批语的学者。遗憾的是，在他生前并没有多少人认同他的观点，包括他的学生。"材料不利于自己的论断即斥为伪"，这恐怕是周汝昌生前蒙受的最大误解。后来与他关系并不太好的吴世昌，同样受此冤屈，在靖藏本证伪前，百口莫辩。这是靖藏本作伪案中最让人意难平的一段故事了。

图表 3.1　周汝昌《红楼梦板本异闻记实》抄件（节选）

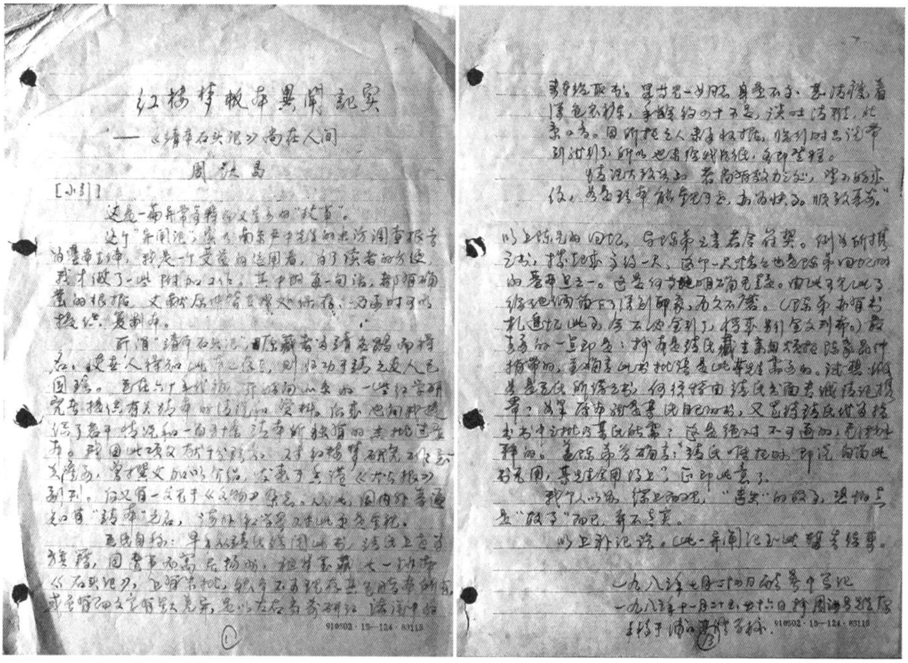

受胡适学说影响，俞平伯最初也曾认为脂砚斋是曹雪芹的化名，[①] 而畸笏叟是曹雪芹的舅父。他在《辑录脂砚斋本“红楼梦”评注的经过》中说：“畸笏是曹雪芹的亲戚，又长了一辈，都不成什么问题。到底是什么亲戚关系？我以为大约是他的舅舅。”这种说法的依据是，庚辰本二十四回写贾芸对他舅舅卜世仁说：“要是别的死皮赖脸，三日两头来缠着舅舅，要三升米三升豆子的，舅舅就没有法呢？”旁有侧批“余二人亦不曾有是气”。俞平伯据这条批语认为，批者、作者与小说中所写的卜世仁与贾芸一样，为甥舅关系。很明显，这是在胡适“自叙传”的影响下，由小说中贾芸与其舅舅卜世仁的对话，关联批语“余二人亦不曾有是气”，以小说中的人物关系来比附批书人与作者的关系。

① 俞平伯《〈红楼梦〉简论》，《俞平伯论〈红楼梦〉》，上海：上海古籍出版社，1988 年，第 846 页。

俞平伯又进一步指出："第二个问题畸笏叟何人？他总是个老辈，比雪芹行辈要尊。看他自称'叟''老人'可知。如甲戌本第十三回的朱批：'秦可卿淫丧天香楼，作者用史笔也。老朽因有魂托凤姐……姑赦之，因命芹溪删去。'这条虽无署名，大概是畸笏。庚本第二十二回于丁亥夏他自称'朽物'，跟这里的'老朽'相合，口气都非常老气横秋的。"

此外，俞平伯为说明畸笏为作者舅舅，文中还特别出过一条注释：

> 本书还有一条批注，可以帮助我们设想畸笏叟是作者的舅舅，虽然那一条批亦未署名。第十八回："三四岁时已得贾妃手引口传。"〔庚辰夹批〕"批书人领至此教，故批至此竟放声大哭，俺先姊仙逝太早，不然，余何得为废人耶？"他所称先姊，怕就是作者的母亲罢。不然，为什么写在《红楼梦》里。

俞平伯将此文收入《脂砚斋红楼梦辑评》的"引言"时，将此说相关文字删去，对脂畸关系重新表述为："他两个究竟是什么人，异说纷纭。脂砚斋有说雪芹的叔叔，有说为同族亲属嫡堂弟兄，后又改说为即曹雪芹；更有人说即书中人史湘云。畸笏又人疑为即脂砚的另一个新别号。畸笏亦作畸笏叟，脂砚斋即为史湘云了，如何又是畸笏叟呢？史湘云自称'叟'吗？这非常奇怪的。""既有两个名字，我们并没有什么证据看得出他们是一个人，那么就当他们两个人好了。我觉得没有牵合混同的必要。"①《辑评》在1963年版"引言"中，对畸笏叟是谁，又补了一句"我从前猜测他是作者的舅舅，却也不能断定"。②

周汝昌之外，吴世昌对脂砚斋、畸笏叟关系的研究也颇值得重视。1961年，吴世昌出版英文论著《红楼梦探源》（*On the Red Chamber Dream: A Critical Study of Two Annotated Manuscripts of the XVIIIth Century*），他在周汝昌研究的基础上，又从风格、文体、字句、语调等方面做了细致研究，尤其是系联甲戌本、庚辰本重出批语，认为畸笏（畸笏叟、畸笏老人）是脂

① 俞平伯《脂砚斋红楼梦辑评》，1954年12月，第13页。
② 俞平伯《脂砚斋红楼梦辑评》，1963年9月，第9页。

砚斋在丁亥夏以后使用的另外一个名号。[1]

吴世昌对甲戌本甲午眉批理解精确，其英译如下：

> He who could understand could alone have bitter tears to have wept over and written this book. On the last day of the year *Jên-wu* 〔1762–3. This date is wrong. See p.104, Chapter IX〕 while the book had not yet been finished [Hsüeh–] Ch‘in exhausted his tears and passed away. I have wept for [Hsüeh–] Ch‘in and my tears are also going to be exhausted ... From now on I only wish the Lord Creater〔'Lord Creator'（造化主）is Taoist concept.〕will once more produce a [Hsüeh–] Ch‘in and a Chih [–yen]; then how fortunate this book would be, and we two should also be very happy and satisfied in the Nine–fold Spring (i.e. the other world). Written with tears, the 8th month, *Chia-wu* (1774).[2]

俞平伯没有辨析周汝昌一人说已提出的证据，也未举出支持二人说的有效证据。脂畸二人说这一没有证据的假说，被 1964 年出现的毛辑靖藏本批语利用，以伪造文献的形式重新回到研究者的视野。毛辑靖藏本批语出现以前，也有研究者不同意周汝昌脂畸一人说，提出过一些看法，但大都没有举出全面的证据考证。如淳于旭也指出，“署名脂砚斋的批笔，到了曹雪芹死后，就没再出现，再出现的是署名‘畸笏叟’的批笔”，并认为“凤姐点戏，脂砚执笔事”那对批语是两人之证。[3]

毛国瑶深信俞平伯脂畸二人这一未经证实的假说，坚信脂砚斋与畸笏叟是两个人，且畸笏叟为作者曹雪芹的舅舅，毛辑靖藏本批语而外，他所依据的材料，正是俞平伯早先提出的“余二人亦不曾有是气”那条批语。[4] 非但如此，蓄意伪造的 150 条毛辑靖藏本批语，在学术上的目的之一，就是要证

① Wu Shihch'ang. *On the Red Chamber Dream* (chapter VI), Oxford at the Clarendon Press, 1961, pp.50–72.

② Wu Shihch'ang. *On the Red Chamber Dream*, p.51.

③ 淳于旭《关于〈红楼梦〉的研究与脂砚斋》。此文承马来亚大学中文系谢依伦检示。

④ 石昕生、毛国瑶《曹雪芹、脂砚斋和富察氏的关系》。毛国瑶《再谈曹雪芹与富察氏的关系》。

成脂畸为二人。毛辑靖藏本批语出现后，经俞平伯撰文介绍，其影响日渐扩大，屡屡被研究者援引以证脂畸为二人，脂畸二人说迅速被接受。

皮述民对靖藏本第 87 条批语与脂畸关系认识转变，曾做过如下概括：

> 如果没有靖本上述的批语出现，脂砚、畸笏是同一个人的说法继续占着上风，那么《红楼梦》考证上的许多问题，势必将一直缠杂下去，所以说这条批语是《红楼梦》考证的转折点，我想也不为过。[①]

由此不难看到靖藏本这条批语与判断脂畸关系的联系。依靠毛辑靖藏本批语第 87 条立论的脂畸二人说，有一个共同的认识，即“丁亥夏只剩朽物一枚”这条批语出自脂砚之外的畸笏叟之手。据这条批语，已默认脂砚在丁亥夏前去世，既然“丁亥夏只剩朽物一枚”，脂逝而畸存，脂畸一定是两人。但脂砚早逝这一认识，明显与《石头记》抄本批语冲突。甲戌本“甲午八日泪笔”眉批，无论是从内容还是语气看，出自脂砚之手，为脂砚绝笔，原无可疑。庚辰本“前批‘书（知）者聊聊’，丁亥夏只剩朽物一枚，宁不痛乎”，毛辑靖藏本批语增字改为“不数年，芹溪、脂砚、杏斋诸子皆相继别去，今丁亥夏只剩朽物一枚，宁不痛杀”，利用前述二人说的默证、惯性理解，增字蓄意作伪，以更“明确”的文字使脂砚在乾隆三十二年（1767）丁亥夏以前去世，另制造出署年为乾隆二十二年（1757）丁丑、三十三年（1768）戊子、三十六年（1771）辛卯、四十一年（1776）丙申的批语，试图将“甲午八日泪笔”批语的归属引至畸笏叟。

然而，俞平伯对甲午年（1774）这条批语的理解已非常精确，认为这条批语出自脂砚之手绝无可疑。毛辑靖藏本批语使脂砚斋在丁亥夏以前去世，甲午批只能归属于畸笏，这与甲午批的含义、俞平伯的精准理解产生了冲突。此后，毛国瑶才将所谓“夕葵书屋”残叶寄给俞平伯，批书署年“甲午”改作“甲申”，将这条批语系年提前至丁亥夏以前，以化解俞平伯对毛辑靖藏本批语的疑问。

---

① 皮述民《脂砚斋与〈红楼梦〉的关系》。

图表 3.2　学界对脂畸关系的认识历程说明图

脂畸二人说

甲戌本有些批语杂抄自庚辰本，删去时间及署名
丁亥夏仅剩朽物一枚，甲戌本甲午批出自畸笏
“余二人”为畸笏与另外一人悼念雪芹与脂砚

脂畸一人说

甲戌本底本来源为脂砚斋自藏本
脂、畸为同一人，壬午以后改用畸笏名号
甲午批出自脂砚，“余二人”即“一芹一脂”

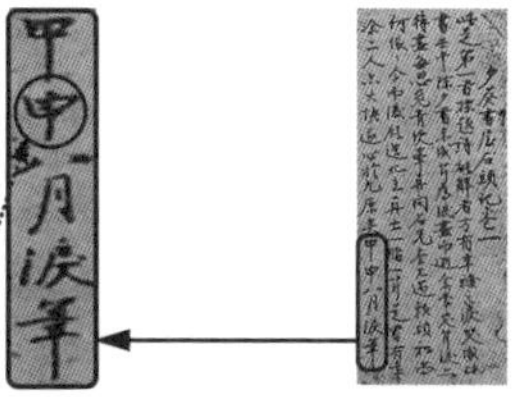

1964

“夕葵书屋”残叶出现
改原甲戌本眉批甲午为甲申，提前十年

俞平伯《记“夕葵书屋〈石头记〉卷一”批语》
认为原甲戌眉批为甲申之讹，仍归属脂砚

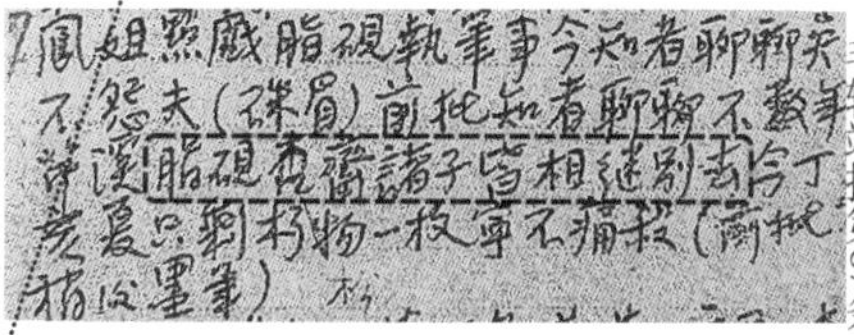

毛辑靖批第87条

1964

蓄意伪造的毛辑“靖批”出现
不数年……脂砚……相继别
去丁亥夏只剩朽物一枚

俞平伯《记毛国瑶所见靖应鹍藏本〈红楼梦〉》
对甲午批的归属产生了疑问，踌躇不定

1961

Wu Shi-Ch'ang 吴世昌, *On the Red Chamber Dream*
继续论证一人说
甲戌本批与庚辰本署名畸笏批重出

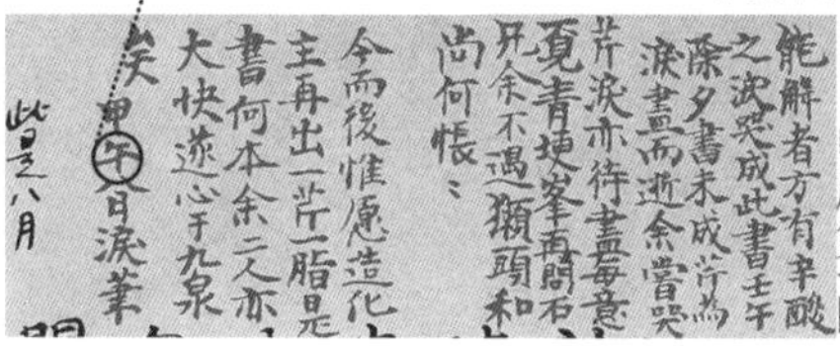

甲眉第一回

1954

俞平伯《辑录脂砚斋本〈红楼梦〉评注的经过》
首次提出脂畸二人说
余二人亦不曾有是气＋俺先姊仙逝太早

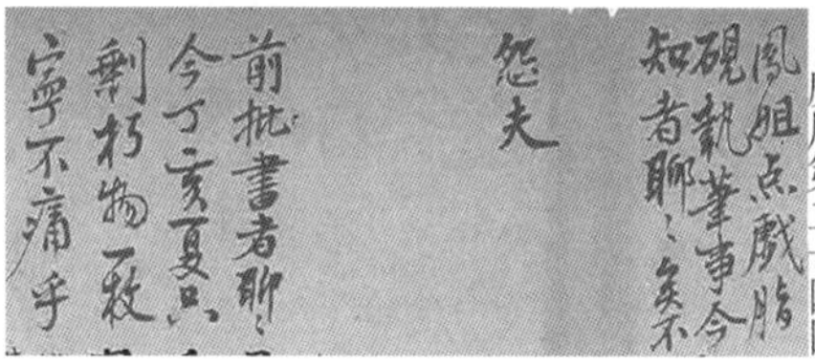

庚眉第二十四回

1949

周汝昌《真本〈石头记〉之脂砚斋评》
首次提出脂畸一人说
画美人图＋脂砚执笔＋漫拟情榜＋小红故事
甲午批出自脂砚，“余二人”即“一芹一脂”

1933

胡适《跋乾隆庚辰本〈脂砚斋重评石头记〉钞本》
表述倾向于脂畸二人

附录3.2

胡适、赵冈通信论脂畸关系

胡适较早接触、研究庚辰本，早在1933年就写成《跋乾隆庚辰本〈脂砚斋重评石头记〉钞本》，但那时还没有细致入微地着手研究脂砚斋、畸笏叟这两个名号之间究竟是何关系。据胡适纪念馆数字化档案中赵冈致胡适的一封长信与一份胡适的两页残稿，可以考察当时胡适及相关学者对脂畸关系的认识，这两份材料的时间恰恰在1964年靖藏本出现之前，从这两份材料切入，可以稍稍管窥伪靖藏本出现之前，研究者如何研究脂畸关系，其持论的证据是什么……仔细辨析这些问题，面对今天受靖藏本误导产生的认识，无疑是一种很好的检视与反思。

胡适纪念馆藏有一份两页的胡适残稿，是胡适对赵冈认识的回应，集中体现了胡适对脂畸关系的认识：

> （伟按：以上残缺）甲午八月。故赵冈先生推断脂砚死在“一七五九至一七六七年前”是错误的。他推断第二十二回凤姐点戏一事的第二批语“前批知者寥寥，今丁亥夏只剩朽物一枚，宁不痛乎”，说“此条必出畸笏之笔无疑”，又推断“畸笏叟”必不是“脂砚”，也不是定论。
>
> 我从前曾推测“脂砚斋”是“曹雪芹很亲近的族人”，又曾说，“脂砚只是那块爱吃胭脂的顽石”，只是作者自己。我现在的想法是：最早所谓“脂砚斋抄阅再评”，大概是作者自己的评注，至少可以说其中很多是作者自己的评注。雪芹死后，凡有“乙酉”（乾隆三十年）、“丁亥”（乾隆三十二年）纪年的批语，当然是别人批的，批者有时自称“脂砚”，有时自称“畸笏”，可能只是一个人的“故作狡狯”。我藏的甲戌本第一回

的“甲午八月泪笔”一条，虽不署名，但其为“脂批”，似无可疑。[①]

这份残稿并没有署年。胡适纠正了自己以前的看法，他认为，“脂砚斋抄阅再评”大都是小说作者自己的评注，曹雪芹死后，脂砚斋（即畸笏叟）在乙酉、丁亥又陆续施加批语，有时自称“脂砚”，有时自称“畸笏”，可能是一个人故作狡狯。并且最后强调，甲戌本第一回署年“甲午”的朱笔眉批出自脂砚斋之手，是“脂批”。为了更好地理解胡适的认识，我们要尽力聚焦当时的讨论环境。

胡适纪念馆还藏有一通 1959 年 2 月 16 日赵冈致胡适的长信，[②]这通信有 15 页，是赵冈就之前 2 月 10 日胡适写给他的信，围绕脂砚斋展开的讨论，其中主要包括脂砚斋与畸笏叟的关系、脂砚斋的可能身份，以及俞平伯与周汝昌对相关问题的研究。涉及脂畸关系，赵冈起初不知道宜泉诗中有“年未五旬而卒”小注，接受了俞平伯《脂砚斋红楼梦辑评》序言中的曹雪芹年表，实际上忽略了甲戌本中“甲午泪笔”批语的归属问题，出现了矛盾。因此赵冈在信中说：

（伟按：俞平伯认为）脂砚与雪芹年纪相差不多，所以在一七六二年距称“叟”的年纪尚有很大的距离，所以一口认定（一口咬定）畸笏与脂砚一定是两个人，畸笏叟在一七六七年时说知道“凤姐点戏，脂砚执笔”一事的只剩他一人了，如果脂砚在一七七四尚在世，并批上“甲午泪笔”，则脂砚与畸笏必须是一个人，这里没有第二种可能，是绝对的矛盾。我们只能假设畸笏、脂砚是一个人，而一七七四尚在人间，或者假设脂砚、畸笏是二个人，脂砚已于一七六七年以前去世，甲午泪笔是他人所批。这两种说法决不能并立。最后我只好放弃“甲午泪笔”这条批。这样矛盾最少，唯一的困难就是解释“甲午泪笔”这条批。

在我接到您的信以后，我也未曾立即接受“余二人”指“芹、脂”二人而言的说法……后来我再三揣摸这条批的口气，我觉得您的看法是不

① 胡适《关于“脂砚斋”》，台北胡适纪念馆藏（馆藏号：HS-NK05-196-062）。
② 台北胡适纪念馆藏（馆藏号：HS-NK01-048-001）。

容否认的，“余二人”一定是指芹脂二人。但“得成”两字改得不妥。我拟改为“……是书可夺，余二人……”表示脂砚认为将来再有脂芹一流人，可以此书为前鉴，免蹈覆辙，然后他二人才能“遂心”于九泉。也就是说希望此书能为其对后来人发生一点作用。这样解释不知您觉得通不通？

接受您的意见后，我势必得重新推翻以前的假设，再来考虑这个问题。几天以后，周汝昌与俞平伯先生的书被我借来了。我就首先读周汝昌论脂砚斋那一章。他说脂砚与畸笏是一个人，证据很有力，我当时就接受了。但证明脂砚即雪芹妻史湘云时，很不能令人满意。

脂砚与畸笏是一人，是无可置疑的，他在一七六二年以前用脂砚之名，一七六二以后便直改用“畸笏”（只有“甲午泪笔”一条例外）。他为什么改名却不好说。

赵冈给胡适写信讨论《红楼梦》研究时，是经济系的学生，当时还不到三十岁。胡适在给赵冈的信中对脂砚斋、畸笏叟的关系表达了一些意见，大概也在信中向赵冈推荐阅读周汝昌和俞平伯的书。胡适藏书中有一部周汝昌《红楼梦新证》，在“脂砚斋”一章，即有批阅，如圈出“凤姐点戏，脂砚执笔”数字，又在“这是脂砚自慨旧事如烟”的“自慨”二字右侧加圈，眉批有“？”，在畸笏叟“此图欲画之心久矣”后，批“此批当然不是女人口气”，[①] 可见胡适并不同意周汝昌脂砚为女性的判断。

综合残稿和赵冈信中提及的内容，胡适认为脂畸为同一人，“甲午泪笔”批语出自脂砚斋。从胡适与赵冈的通信，也能够看到二人对脂畸关系问题的思辨，他们在努力贴近材料讨论，找到可能的答案。赵冈的认识发生了许多变化，起初他认为“前批知者寥寥，今丁亥夏只剩朽物一枚，宁不痛乎”出自畸笏叟，推断脂砚在1759—1767年间去世，因此推论脂砚斋与畸笏叟为两个人。1959年初，在与胡适通信过程中，读到周汝昌《红楼梦新证》对脂畸一人的考证，以及胡适对甲戌本中“甲午泪笔”批的认识，他再三琢磨，改变了看法，认同了脂畸一人说。

① 宋广波编《胡适批红集》，第318页。

1963年赵冈出版《红楼梦考证拾遗》一书，谈及脂畸关系时，着重分析了庚辰本第22回“凤姐点戏”两条眉批，认为“凤姐点戏”一条批语是脂砚斋的，而后面所接“前批知者寥寥”是丁亥夏畸笏叟的批语：

丁亥（一七六七）夏是畸笏叟批书时间。在当时钞本时代，同一时间内不可能有两个人同时阅读一个钞本，而又同时批注。而且畸笏叟自称“叟”“老朽”“朽物”及“老货”，所以后面这条批虽未署名畸笏，但确系出于畸笏之手无疑。畸笏既然说“前批知者寥寥”，可见前面的批也出于自己之手。换言之脂砚就是畸笏。更重要的是后一条批语中“今丁亥夏只剩朽物一枚”这一句话。如果畸笏和脂砚不是一个人，则脂砚一定是在丁亥（一七六七）年以前就去世了，否则畸笏叟不会说知道“凤姐点戏，脂砚执笔事”者“只剩朽物一枚”。可是在甲戌本第一回中有一条重要的批语：“今而后惟愿造化主再出一芹一脂，是书何本，余二人亦大快遂心于九泉矣。甲午八月泪笔。”这条批也是出于脂砚之手无疑。“余二人”即指“一芹一脂”。甲午年是一七七四，此时雪芹已去世十一年，但脂砚尚在世，并且写下了这一条重要批语。[①]

赵冈进一步指出，脂畸二人说面临甲午批与“丁亥夏只剩朽物一枚”的矛盾，无法解释。因此，论定脂畸是同一人的两个化名，1762年以前号脂砚，1762年以后号畸笏。

1959年前后，在与胡适的通信过程中，赵冈看到周汝昌对脂畸关系的考证，由二人说转变为一人说。1964年以后，毛国瑶辑抄150条靖藏本批语“问世”，赵冈转变了对脂畸关系的认识，不再顾及此前的论证，重新表述为：

现在，靖本一出，前述关键性的立论基础，便被摧毁。前引丁亥夏畸笏批，在靖藏本中作：

前批知者聊聊。不数年，芹溪、脂砚、杏斋诸子，皆相继别去。今丁亥夏，只剩朽物一枚，宁不痛杀。

① 赵冈《红楼梦考证拾遗》，第26、27页。

"别去"两字，就字面可以当"生离"讲，也可以当"死别"讲。但下面接着说"只剩"一人及"宁不痛杀"，当是"死别"。这岂不是清楚的说明畸笏与脂砚是两个不同的人。

这样解释以后，对此前存在矛盾的甲戌本中甲午批与"今丁亥夏只剩朽物一枚"，赵冈又做了另一种解释：

例如已经引过的那条"泪笔"之批。"一芹一脂"是表示两人均已亡故，所以才希望"造化主"再创造一对。底下又说"余二人"，是指二个尚在世者，包括批者和自己。①

现存赵冈致胡适的最后一封信是1961年2月18日，内容仍然是谈《红楼梦》。这封信已触及《红楼梦》版本研究中最为棘手的问题：甲戌本与庚辰本的底稿版本性质与成稿先后。在这封信中，赵冈比较了甲戌本与庚辰本的异同，指出了不少值得重视的文本现象，尤其是甲戌本与庚辰本共有的批语，他发现两本共有的批语也有些差异，谁先谁后，如何衍生，都成为问题。但他能够看到的，只是俞平伯的《辑评》，听闻《辑评》辑录甲戌本批语有些错误，因此向胡适提出希望能看到甲戌本原件的请求。胡适当时已生病住院，这封信附有一张台湾大学便条："这是赵岗（伟按：冈讹）先生讨论《红楼梦》的信，没有时间性，可以等胡先生出院后再复，请暂存。"不知道胡适出院后有没有给赵冈回信，一年后他就去世了。

赵冈对脂畸关系的认识可谓一波三折。1964年，因伪靖藏本的出现，赵冈据其中第87条"前批知者聊聊，不数年，芹溪、脂砚、杏斋诸子皆相继别去，今丁亥夏只剩朽物一枚"，又将观点改作脂畸二人，直至去世。

二、重论脂砚斋、畸笏叟一人说

现存十一种《脂砚斋重评石头记》抄本，甲戌本、己卯本、庚辰本对讨论脂砚斋、畸笏叟的身份及关系等问题最为重要，下文即对这三个版本的性

① 赵冈、陈钟毅《红楼梦研究新编》，第116、117页。

质略作评介，重申脂畸一人的证据。

甲戌本的定名，是因为此本第一回“满纸荒唐言”诗后独出“至脂砚斋甲戌抄阅再评仍用石头记”十五字，首次影印时，胡适即题《乾隆甲戌脂砚斋重评石头记》，定为甲戌本。《脂砚斋重评石头记》己卯本，是由于此本第十一至二十、三十一回至四十、六十一至七十回目录页均有“脂砚斋凡四阅评过”，第三十一回至四十回前目录页有“己卯冬月定本”六字，故名己卯本。

庚辰本保存较完整，每十回前目录均有“脂砚斋凡四阅评过”字样，又第四十一至五十、五十一至六十、六十一至七十、七十一至八十回目录页书名下有“庚辰秋月定本”或“庚辰秋定本”等字，故定名为庚辰本。林冠夫等据己卯本、庚辰本的文字差异及讳字，认为“己卯庚辰本”是跨己卯、庚辰而完成的定稿，乾隆二十四年己卯冬，完成第一至四十回定稿，次年又完成第四十一至八十回定稿，因此称为“己卯庚辰本”。此说较早由孙逊提出，林冠夫等人又不断完善。① 从两个本子每十回前的目录页“脂砚斋凡四阅评过”字样对比来看，尤其是两个本子“某某年定本”字样错开出现在前四十回与后四十回，恰恰能够说明这一点。

庚辰本前四十回每十回前目录页均无“某某年定本”字样，第四十一至八十回每十回前目录页均有“庚辰秋月定本”或“庚辰秋定本”字样。己卯本虽有残缺，但仍可以据目前所见推判一些情况，“己卯冬月定本”字样仅见于第三十一至四十回前的目录页。后四十回虽仅存第六十一至七十回前的目录页，但此页恰好残损，仅存“内缺六十四、六十七回　脂砚斋凡四阅评过”字样。如果“己卯庚辰本”的推判无误，那么第六十一至七十回前的目录页残损之处，也应有“庚辰秋月定本”或“庚辰秋定本”字样（图表 3.3）。

甲戌本，半叶十二行，行十八字，所用纸张，版心上方有“石头记卷 ×”及页码，版心下方有“脂砚斋”三字。正文墨笔正楷书写，批语大部分以朱笔书写，少量墨笔书写，朱笔批语位置分布于小说正文下双

① 孙逊《红楼梦脂评初探》，第 14 页。林冠夫《曹雪芹生前的最后定稿本——论己卯庚辰本》。梅节《论己卯本〈石头记〉》。

图表 3.3　己卯本、庚辰本每十回前的“定本”字样

行小注、回前、回后、天头、行间五处。从批语的实际情况来看，如甲戌本在第一回“满纸荒唐言”天头有署为“甲午八日泪笔”的批，这是目前已知署年最晚的一条批语，乾隆三十九年甲午距离乾隆十九年甲戌已有近二十年。

图表 3.4 《石头记》己卯本、庚辰本“脂砚斋凡四阅评过”对比表

回目	己卯本	庚辰本
一至十	/	脂砚斋凡四阅评过
十一至二十	脂砚斋凡四阅评过	脂砚斋凡四阅评过
二十一至三十（系陶洙补抄自庚辰本）	/	脂砚斋凡四阅评过
三十一至四十	脂砚斋凡四阅评过 己卯冬月定本	脂砚斋凡四阅评过
四十一至五十	/	脂砚斋凡四阅评过　庚辰秋月定本
五十一至六十	/	脂砚斋凡四阅评过　庚辰秋定本
六十一至七十	内缺六十四、六十七回　脂砚斋凡四阅评过	内缺六十四、六十七回 脂砚斋凡四阅评过　庚辰秋月定本
七十一至八十	/	脂砚斋凡四阅评过　庚辰秋定本

畸笏叟的名号仅见于庚辰本，且在庚辰本中出现较有规律。我们先看署名畸笏叟的批语在庚辰本中的情况。

其一，庚辰本中明确署畸笏、畸笏叟、畸笏老人的批语一共有 49 条，这些批语的位置仅有两类：双行小注（2 条）、眉批（47 条）。

其二，署名畸笏且有署年的批语，涉及壬午（12 条）、乙酉（1 条）、丁亥（25 条）三年。批语最早署年是壬午（1762）春，署名畸笏且有署年壬午的批语出现于第 12、14、16、17、18、20、21 回。

即便不考虑署名畸笏批，考虑现存所有批语的情况，批语集中出现署年也是壬午年。署名畸笏叟批语所揭示的文本现象是：署名畸笏叟是批语集中出现系年的标志。此前署脂砚的批语，仅有一条系年作“己卯冬夜”。

甲戌本第2回眉批“余批重出”，在“四阅评过”的己卯庚辰定本之前，脂砚斋在甲戌本上施加批语的方式，大致是“偶有所得，即笔录之”。那么脂砚斋在这个本子上施加批语从乾隆十九年甲戌重评《石头记》起，到乾隆三十九年甲午止，脂砚斋批点《石头记》至少有二十年时间。从文本层面看，甲戌本中有不少未署名批语与庚辰本署名畸笏的批语重叠，因此甲戌本、庚辰本各自版本性质及关系，也成为研究者倾力研究的重要问题。目前对这个问题，多数研究者在脂畸二人说前提下，认为甲戌本与庚辰本相同的批语均为某抄手抄自庚辰本而删略署年署名。[①]

从甲戌本到己卯庚辰本抄本，小说正文下的双行小注，除少数几条显为二人批注，大部分为脂砚斋所批。此前，笔者曾以甲戌本、己卯庚辰本都保存双行夹批的四回（第15、16、25、26回），放入几个抄本的时间线索中细致对比，考察其变化。己卯庚辰本中的双行夹批，除了与甲戌本同出的这59条，另增加了96条双行夹批。这四回书中双行夹批数量的增加，我们认为是在脂砚斋乾隆甲戌重评至乾隆己卯“四阅评过”、庚辰秋月定本编辑整理定本的直接体现。

周汝昌首次举出四对批语考证脂砚斋与畸笏叟为同一人（图表3.6），仍将这些证据排次如下，另附按语详加说明，重申脂畸一人说。

1. 第23回

〔庚眉〕此图欲画之心久矣，誓不遇仙笔不写，恐亵我颦卿故也。己卯冬

〔庚眉〕丁亥春间，偶识一浙省发，其白描美人，真神品物，甚合余意。奈彼因宦缘所缠，无暇，且不能久留都下，未几南行矣。余至今耿耿，怅然之至，恨与阿颦结一笔墨缘之难若此！叹叹！丁亥夏畸笏叟

按：这两条批语都是批点黛玉葬花，己卯冬批出自脂砚斋，表达想画黛

① 如石昌渝《乾隆甲戌脂砚斋重评石头记》影印前言。

玉葬花图的心愿，因担心亵渎黛玉，发誓不遇称心如意的画工不去画。八年以后的丁亥春，终于遇到一位称心的画工，其白描美人，十分合意。此画工却因公务匆匆南下，未能久留京城。这两条批语实出同一人之手，用周汝昌的话来总结这两条批语的心态，就是“发心已久，夙愿难酬，幸遇惬心，因缘又舛，故始有耿耿、怅然、缘难若此之叹”。① 二人说反驳说“它们是二人同发一心，也同样未尝不可”，② 畸笏若是另外一人，他从何时萌生画此图之心？又何以与脂砚同样因难遇称心良工而不去画？这显然不是“二人同发一心”所能解释。且两批前后接榫，为画葬花图，前批蓄意已久，期待良工，后批接述曾偶遇良工，恰又错失，如此怅然、耿耿，确是发愿已久，终未促成，为前后同一人的情感脉络。

2. 第22回

〔庚眉〕凤姐点戏脂砚执笔事，今知者聊聊矣，不怨夫？③

〔庚眉〕前批“书（知）者聊聊”，④ 今丁亥夏只剩朽物一枚，宁不痛乎？

按：研究者对“脂砚执笔”有两种不同认识。其一，小说中凤姐点戏这段故事，是脂砚斋执笔所写；其二，小说中凤姐不识字，点戏写戏名，是由脂砚斋来执笔点戏。⑤ 庚辰本第74回“凤姐因当家理事，每每看开帖并账目，也颇识得几个字了”，⑥ 可见凤姐确实原不识字。即畸笏壬午在“凤姐即命彩明定造簿册”处批“且明写凤姐不识字之故”。以第二种认识看，小说人物与真实的历史人物似有交叠，必须以凤姐或脂砚跨越小说与史实，这种理解稍显迂远，也与小说中的批语称谓语例不符。⑦ “不怨夫”所透露的情

① 周汝昌《真本〈石头记〉之脂砚斋评》。
② 孙逊《红楼梦脂评初探》，第52页。
③ 胡适认为“怨”字应作“悲”，且据后批“宁不痛乎”将此批理校为“宁不悲夫”。胡适《跋乾隆庚辰本〈脂砚斋重评石头记〉钞本》。
④ 这条批语应是引前批“今知者聊聊矣”，庚辰本原作“书”，今校改作“知”。下文引脂批，校改文字均以括弧标示。
⑤ 胡适《跋乾隆庚辰本〈脂砚斋重评石头记〉钞本》。
⑥ 曹雪芹著、脂砚斋评《脂砚斋重评石头记》（庚辰本），第11册，叶85a。
⑦ 三抄本批语中“脂砚”均为自称，没有另外一人的批语指称“脂砚”。

感，更近于少人知道脂砚曾参与小说创作、“泯灭”其对小说的功绩，脂砚因而感到“怨”，而不会因曾少人知道脂砚曾为凤姐的历史原型人物点戏执笔写戏名这一历史细节而感到“怨”，前一条批语的情感是相对清楚的。有研究者认为前一条批语也出自畸笏之手，试想假使如此，畸笏会因为少人知道脂砚年轻时候曾给王熙凤的原型人物写戏名而替脂砚感到“怨”吗？情理上是说不通的。

笔者认为，第一种理解应是批书人原意。后一条批语意为：我前面还批“知道的人少”，现在（丁亥夏）知道此事的人只剩我一个老朽了，能不悲痛吗（图表 3.5）？脂砚斋批书自称，除了用“余”外，也用“脂砚”“批者”“批书人”，此处明显也是脂砚自称之批（现存《石头记》抄本中无其他批者指称“脂砚”的批语）。多数研究者认为“脂砚执笔事”这条批语出自脂砚斋之手。孙逊认为，从语气看，这条批语出自畸笏叟，原因是脂砚不会自

图表 3.5　脂畸关系与凤姐点戏批语的解读

脂畸二人说		脂畸一人说
①=②=畸笏叟	①=脂砚斋 ≠②=畸笏叟	❶=❷=脂砚斋（畸笏叟）
①凤姐点戏（这段故事是）脂砚斋参与创作的，现在很少有人知道了，（他）能不怨忿吗？ ②前面（脂砚斋的）批语还说“很少有人知道了”，现在丁亥夏只剩下了我朽物一枚，（我）能不悲痛吗？ ✗	①凤姐点戏（这段故事是我）脂砚斋参与创作的，现在很少有人知道了，（我）能不怨忿吗？ ②前面（脂砚斋的）批语还说“很少有人知道了”，现在丁亥夏只剩下了我朽物一枚，（我）能不悲痛吗？ ✗	❶凤姐点戏（这段故事是我）脂砚斋参与创作的，现在很少有人知道了，（我）能不怨忿吗？ ❷（我）前面批语还说“很少有人知道了”，现在丁亥夏只剩下了我朽物一枚，（我）能不悲痛吗？ ✓
①凤姐（对应的历史人物）点戏是脂砚斋执笔写戏名，现在很少有人知道了，（他）能不怨忿吗？ ②前面（脂砚斋的）批语还说“很少有人知道了”，现在丁亥夏只剩下了我朽物一枚，（我）能不悲痛吗？ ✗	①凤姐（对应的历史人物）点戏（是我）脂砚斋执笔写戏名，现在很少有人知道了，（我）能不怨忿吗？ ②前面（脂砚斋的）批语还说“很少有人知道了”，现在丁亥夏只剩下了我朽物一枚，（我）能不悲痛吗？ ✗	❶凤姐（对应的历史人物）点戏脂砚斋执笔写戏名，现在很少有人知道了，（我）能不怨忿吗？ ❷（我）前面批语还说“很少有人知道了”，现在丁亥夏只剩下了我朽物一枚，（我）能不悲痛吗？ ✗

称“脂砚执笔”，而是“批书人执笔”。[1]“前批”并非第三人指称位置在前的批语，而是脂砚指称自己前面所批，前后照应，即脂砚的“重出”批语（详本章第三部分）。这是因脂砚执笔书写小说中的凤姐点戏一段故事，极少有人知道，直至丁亥夏只剩了他一人，由此发出的感慨。这两条批语所呈现的由“怨”而“痛”，实是同一人情感脉络的历时递进。

3. 第17—18回

〔己/庚夹〕妙卿出现，至此细数十二钗，以贾家四艳再加薛林二冠有六，去秦可卿有七，再风（凤）有八，李纨有九，今又加妙玉，仅得十人矣。后有史湘云与熙风（凤）之女巧姐儿者，共十二人。雪芹题曰“金陵十二钗”，盖本宗《红楼梦》十二曲之义。后宝琴、岫烟、李纹、李绮皆陪客也。《红楼梦》中所谓副十二钗是也，又有又副删（册）三断（段）词，乃晴雯、袭人、香菱三人而已，余未多及，想为金钏、玉钏、鸳鸯、苗（茜）云（雪）、平儿等人无疑矣。观者不待言可知，故不必多费笔墨。

〔庚眉〕树处引十二钗总未的确，[2]皆系漫拟也。至末回警幻情榜，方知正、副、再副及三、四副芳讳。壬午季春畸笏

按：此批历数十二钗正册名目，又点出薛宝琴、邢岫烟等人属十二钗副册，且推判又副册所涉诸人情况。学界一般认为，双行夹批均出自脂砚斋之手，己卯庚辰本同页有一段针对这条批语的眉批，认为前批十二钗名目“总未的确”，均为“漫拟”。“漫拟”即随意所批，二字还见于庚辰本第二十回署年己卯冬夜的一条眉批，“‘等着’二字大有神情。看官闭目熟思，方知趣味。非批书人谩（漫）拟也”。[3]有研究者认为，乾隆己卯、庚辰时，脂砚斋已“四阅评过”，小说全书已“定本”，批书人完整看过整部小说。实际上并非如此，庚辰秋月定本前，脂砚斋尚且将“妙卿出现”这条批语整理成双

① 孙逊《红楼梦脂评初探》，第44页。甲戌本第二回眉批“脂砚之批”，即脂砚自称，其说不成立。

② “树”或为“前”字因草书形近而讹。

③ 曹雪芹著、脂砚斋评《脂砚斋重评石头记》（庚辰本），第3册，叶74。

行夹注时，对其中所拟正、副、又副十二钗没有任何异议，若己卯、庚辰时脂砚斋已看过小说全稿，[①] 己卯冬整理定本时为何还要保留“漫拟”的这条“总未的确”的批语呢？

乾隆庚辰以前，脂砚斋似未完整看到八十回后的小说文稿，壬午、丁亥的批语也屡次提及部分稿子“未见”“迷失”。由现存抄本，我们仍可以大略窥见当时这部书稿的情形。庚辰本第七十五回有“乾隆二十一年五月初七日对清。缺中秋诗俟雪芹”，第二十二回末惜春谜后缺文，也有“此后破失，俟再补”批语，还有“此回未成而芹逝矣，叹叹！丁亥夏畸笏叟”批语。从甲戌脂砚斋抄阅再评，到己卯庚辰定本，仅限于八十回前。八十回后的文稿如何，因未见到，无从判定。至少据批语所透露的，书稿誊抄过程中曾见有“花袭人有始有终”“狱神庙慰宝玉”等稿，已被借阅者迷失。

4. 第 27 回

〔庚眉〕奸邪婢岂是怡红应答者，故即逐之，前良儿、后篆儿便是，却证作者又不得可也。己卯冬夜

〔庚眉〕此系未见抄后狱神庙诸事，故有是批。丁亥夏畸笏

按：这是前后两条呼应的批语，也是脂畸一人之证（详本章第三部分）。有研究者认为，己卯冬脂砚已看过全部的小说稿子，因此不能将丁亥夏批语理解为脂砚的自注与说明。从文献记载看，脂砚斋整理小说定本时，有一个时间差，在己卯冬与庚辰秋这两个时间点，分别将第一至四十回、第四十一至七十九回定本，小说八十回后的文稿不传。可见“定本”是以四十回为单位，与当时书稿是否完整、是否全在脂砚斋手中无涉。从批语看，虽有提及“末回情榜”“抄后狱神庙”等佚失文稿，仍难以据此判断在己卯冬这个时间点脂砚斋对全部书稿的掌握程度。事实上，八十回后的文稿并非铁板一块，己卯冬提及末回情榜并不代表批者掌握全部书稿，这是两个层面的问题。认

① 庚辰本第二十二回有署年己卯冬夜朱笔眉批称“始终跌不出警幻幻榜中，作下回若干回书”。

为脂砚在己卯冬已看过小说全稿，并据此否定丁亥夏这条批语为脂砚自注说明，这一看法也不成立。

除以上四对批语，甲戌本中署年最晚的那条眉批，也是佐证脂畸一人说的有力证据：

〔甲眉〕能解者方有辛酸之泪，哭成此书。壬午除夕，[1] 书未成，芹为泪尽而逝。余尝哭芹，泪亦待尽，每意觅青埂峰再问石兄，余（奈）不遇獭（癞）头和尚何？怅怅。

今而后惟愿造化主再出一芹一脂，是书何本（幸），余二人亦大快遂心于九泉矣。甲午八日泪笔

按：此批为甲戌本独出眉批，是脂砚将逝前不久，感叹书未成、雪芹先逝的绝笔。“泪尽”用的是小说里黛玉泪尽逝去的典，脂砚批语也曾以“将来泪尽夭亡已化乌有”批点二十二回黛玉的话，“泪笔”确为脂砚斋之绝笔，时间为乾隆三十九年正月初八日或八月八日。研究者对“甲午八日”署年方式做了进一步考察，归纳中国古代“干支 + 日”纪年语例，认为“甲午八日”并非不文，中国古代存在“干支 + 日”这种纪年方式，“甲午八日”其意义是乾隆三十九年甲午正月初八日（第八日）或八月初八日（重八日）的省称。[2] 前些年新发现的李煦《虚白斋尺牍》，其中《与李鹾使》记载曹颙康熙五十四年正月初八日因病去世，至乾隆三十九年正月初八日，恰为六十年，这让研究者产生遐想，高度重视“甲午八日”批语。曹颙与曹雪芹、《红楼梦》写作并无交集，跳脱批语语境，以这条批语出自脂砚之外的另一个人畸笏，迂曲无据（参见附录 6.2）。

前因“书未成”而哭先逝去的曹雪芹，如今脂砚将逝，他感慨万端：我祈望上天能重生雪芹、脂砚，以接续整理这部书稿，使其完整传于后世，我

① 研究者对此有两种句读，其一是“壬午除夕”为批语内容，其二是“壬午”为上条批语系年。郭沫若曾指出“壬午”二字“字迹较小而不贯行”，颇致疑虑。吴世昌《郭沫若院长谈曹雪芹卒年问题》。

② 兰良永《脂批署时“甲午八日”再议——兼答陈章先生》。黄一农《甲戌本〈石头记〉中“甲午八日”脂批新考》。

图表 3.6　脂砚斋、畸笏叟为一人的四对呼应批语

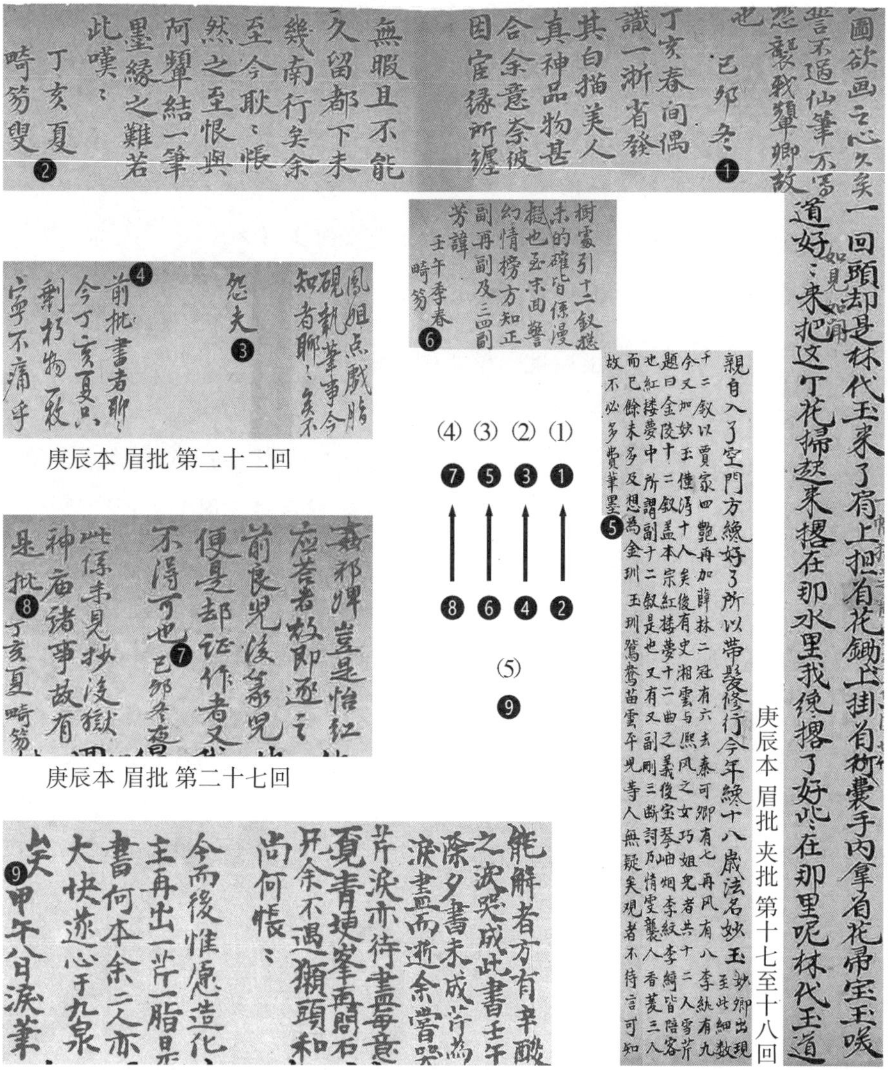

庚辰本 眉批 第二十二回

庚辰本 眉批 第二十七回

甲戌本 眉批 第一回

庚辰本 眉批 夹批 第十七至十八回

庚辰本 眉批 第二十三回

们两人（即合作《石头记》撰写、批点的曹雪芹、脂砚斋）也就遂心如愿了。“今而后惟愿造化主再出一芹一脂，是书何本，余二人亦大快遂心于九泉矣”，语气连贯，意思清楚，为脂砚自述。甲午脂砚绝笔距雪芹去世已十余年，由“余尝哭芹”“泪亦待尽”，也不难感受到这条批语距雪芹去世的时间跨度。前引 1959 年 2 月赵冈致胡适函，也曾谈及脂畸二人说与“甲午泪笔”批之间存在矛盾（附录 3.2）。

周汝昌提出脂畸一人说后，有研究者补充论述，如任辛[①]、赵冈等。赵冈曾说：

> 丁亥（一七六七）夏是畸笏叟批书时间。在当时钞本时代，同一时间内不可能有两个人同时阅读一个钞本，而又同时批注……畸笏既然说“前批知者寥寥”，可见前面的批也出于自己之手。换言之脂砚就是畸笏。更重要的是后一条批语中“今丁亥夏只剩朽物一枚”这一句话。如果畸笏和脂砚不是一个人，则脂砚一定是在丁亥（一七六七）年以前就去世了，否则畸笏叟不会说知道“凤姐点戏，脂砚执笔事”者“只剩朽物一枚”。可是在甲戌本第一回中有一条重要的批语：“今而后惟愿造化主再出一芹一脂，是书何本，余二人亦大快遂心于九泉矣。甲午八月泪笔。”这条批也是出于脂砚之手无疑。“余二人”即指“一芹一脂”。甲午年是一七七四，此时雪芹已去世十一年，但脂砚尚在世，并且写下了这一条重要批语。脂砚在一七七四年尚在世，而且还在批阅《石头记》，如果我们认为脂砚与畸笏是两个人，则在一七六七年时，知道“凤姐点戏，脂砚执笔事”的人至少还有两个人，那就是畸笏与脂砚自己。可是脂砚为什么偏说“只剩朽物一枚”了呢？可见脂砚与畸笏是一个人的两个化名，再无疑问。此人在一七六二年以前号脂砚，一七六二以后改称畸笏。[②]

这条批语并非一般的批点，从内容、语词及其流露的情感来看，“甲午八日泪笔”，正是泪尽临逝之际。部分持二人说的研究者认为，这条批语出自畸笏叟之手，脂砚已去世，畸笏在悼念雪芹、脂砚二人。此说最早由日本

① 任辛《脂批研究的新境界》。
② 赵冈《红楼梦考证拾遗》，第 26—28 页。

学者伊藤漱平公开提出，他据伪造的毛辑靖藏本批语第 87 条认为脂砚早逝，断脂畸为两人，且据所谓“夕葵书屋”残叶校正甲戌本批语“甲午八日”应是“甲申八月”之讹，指出这条批语是畸笏叟在悼念曹雪芹与脂砚斋，“余二人”是雪芹、脂砚之外的畸笏与另外一个人。[1] 这种说法直接受伪造的毛辑靖藏本批语误导，且未准确把握脂砚批书常自称“脂砚”，以及“余尝哭芹，泪亦待尽”“一芹一脂”“余二人”即脂砚一人自叹语气。若认为此批出自畸笏，这条原本出自脂砚的批语就变作另外一人畸笏在悼念曹雪芹与脂砚斋，且“余二人”又涉及第四人，断无可能。最初提出这个疑问的是俞平伯，他看到毛辑靖藏本批语第 87 条独出批语脂砚已于丁亥夏以前去世后，第一次提出了“甲午泪笔”归属的疑问，这就是“俞平伯之问”：

> 我们如信这“甲午八月”的记年和靖本第二十二回的批语，将甲戌本上那条批作两段看，前一段或可归之脂砚，而后一段必须属于畸笏；如连在一起，记年通绾全条，当然尽是畸笏叟的手笔。这么一说，困难就来了。因无论那一段，前也罢，后也罢，偏偏都跟畸笏不合。以前段论，有“余尝哭芹，泪亦待尽”，而畸笏享高寿，到雪芹死后十年还活着。其不合一也。以后段论，曰“余二人”，若作畸笏批，则“余”者畸笏自谓。“余二人”还有谁？他在丁亥年不是已说过“只剩朽物一枚”么？这里难道另指他的朋友眷属么？他或她也对《石头记》有很深的感情么？大概不会有。即使这样，也讲不通。下文还有“亦大快遂心于九泉矣”，畸笏这老儿原不妨说“我快死了”，他怎么能够代旁人说你也快死了呵。这是绝对讲不通的。其不合二也。[2]

也就是说，将“甲午泪笔”批语归属畸笏，在语义上是行不通的。认为这条批语出自畸笏，背后隐含着二人说依托毛辑靖藏本批语产生的误解，即脂砚早已在丁亥夏以前去世，这条眉批中的“甲午”二字应是抄写致误，但没有版本依据。脂砚早逝，原也没有其他文献证据，是在二人说认识下对“今丁亥夏只剩朽物一枚”的文本误读。而且，这原本也是蓄意伪造的毛辑

① 伊藤漱平《脂砚斎と脂砚斎評本に関する覚書（五）》。
② 俞平伯《记“夕葵书屋〈石头记〉卷一”批语》。

靖藏本批语对这一问题的思考路径，而再出所谓“夕葵书屋”残叶将“甲午”改作“甲申”，将这条批语系年提前到丁亥以前，在解读上仍可归属脂砚，目的是解释“俞平伯之问”。

图表 3.7　庚辰本第十二至二十八回中的畸笏（畸笏叟、畸笏老人）署名

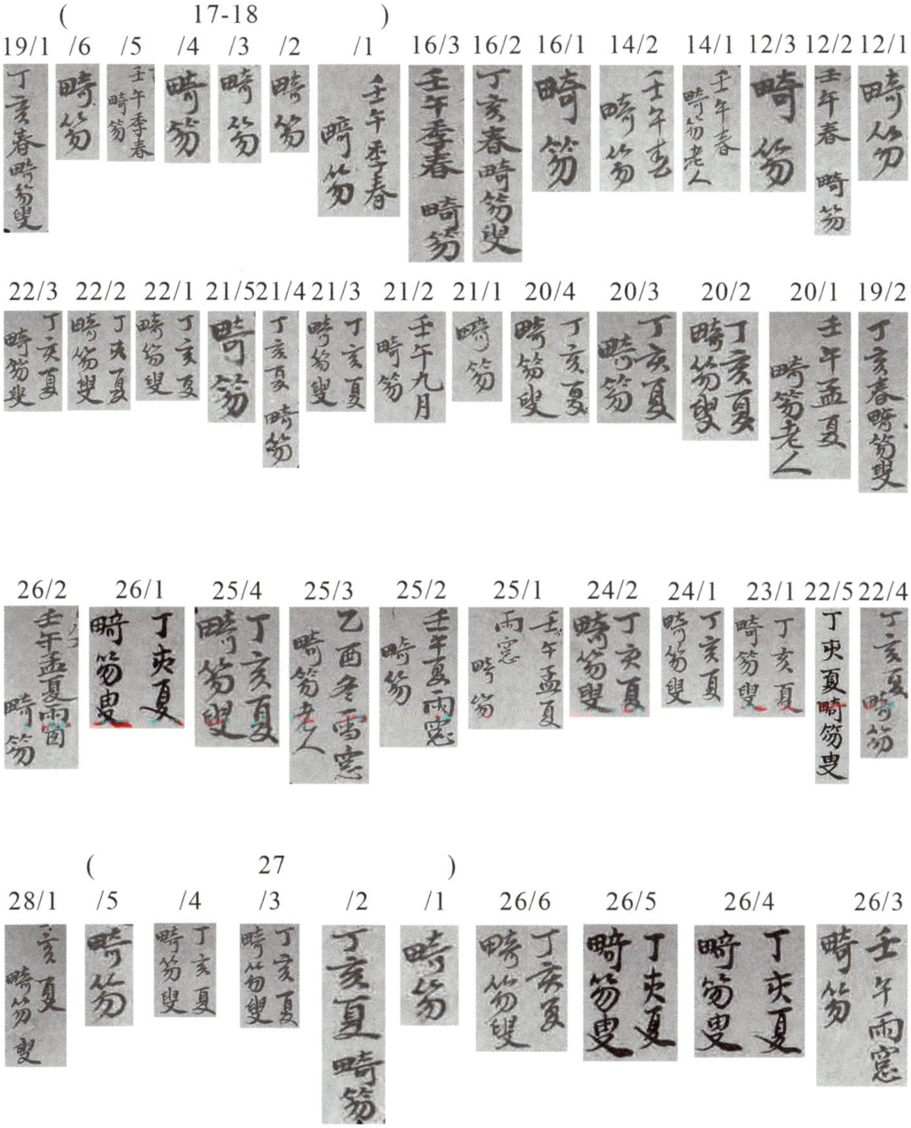

附录3.3

脂砚斋、畸笏叟对红玉的批点

林红玉是贾府大管家林之孝的女儿，因名字中有“玉”字，犯了宝黛的讳，遂更名为小红。小红原在怡红院当差，工作是烧茶炉、喂鸟雀，因颇有姿色，时常想找机会在宝玉面前展现自己。让读者印象比较深的是，她有次去给宝玉倒茶，被晴雯等丫鬟撞见，她们含沙射影地骂她下贱。后来因为在凤姐面前表现不错，遂转到凤姐处，得到重用。此外，小红的故事就是与贾芸遗帕传情，私订终身。小红在前八十回中的故事，大致如此。据早期批点，八十回以后，小红在小说中还有一些重要的故事情节。早期批点对小红的态度，尤其是涉及八十回后“狱神庙”相关的批点，也是讨论脂畸关系的重要节点，脂畸一人说与二人说对同一对批语有着完全不同的两种理解。

凤姐因小红生的干净俏丽、说话知趣，回话又利落，诸事都颇为赏识，夸赞有加，因此向红玉抛出橄榄枝，拟让小红跟自己，遂问小红是否愿意。小红有如下答话“愿意不愿意，我们不敢说。只是跟着奶奶，我们也学些眉眼高低，出入上下，大小的事也得见识见识”，庚辰本此处有朱笔眉批“奸邪婢岂是怡红应答者，故即逐之，前良儿、后篆儿便是，却证作者又不得可也”，此批之后，又有一条批语呼应此批“此系未见抄后狱神庙诸事，故有是批。丁亥夏畸笏”。

以往对这对批语的解读，存在不少误会。大多数意见认为，前面一条为脂砚的批语，骂红玉是奸邪婢。后面一条是畸笏的批语，在纠正前批对红玉“奸邪婢”的误解，且指出缘故，是因为没有看到“抄后狱神庙”等故事情节，所以才会误批小红为“奸邪婢”。于鹏则提出了另一种解释，即“奸邪”

二字是脂砚对小红一贯的认识。[1]这在其他各处的批点中也有类似表述，如庚辰本第52回，庚辰本有双行夹批：

> 妙极！红玉既有归结，坠儿岂可不表哉？可知“奸”“贼”二字是相连的。故“情”字原非正道，坠儿原不情也，不过一愚人耳，可以传奸即可以为盗。二次小窃皆出于宝玉房中，亦大有深意在焉。

将私下传情、不安分、攀高枝视为奸邪，小说中薛宝钗也表达过类似看法，所谓“怪道从古至今那些奸淫狗盗之人，心机都不错”，此处庚辰本有侧批“道尽矣”，这些都可以看作对小红批“奸”的注脚。

既然在脂砚斋的观念中，对小红行为的认识一贯判定为“奸邪”，当然与是否见到八十回后狱神庙红玉的故事没有什么关系。基于此，持脂畸二人论的研究者对丁亥夏畸笏的批语“此系未见抄后狱神庙诸事，故有是批”仍然有这样一种认识：脂砚斋以“奸邪”批小红的意见是一贯的，但畸笏叟不这样认为，畸笏这条批语是说：是因为脂砚斋没有看到抄后狱神庙等八十回后的故事，才写的这条批语。也就是说，持脂畸二人论者认为，在畸笏的认识中，脂砚斋是因为没有看到八十回后狱神庙小红慰宝玉等故事情节，才误批了“奸邪婢”三字。仔细析分，这样其实是讲不通的。为什么？其一，从现存批语来看，狱神庙这部分稿子，脂砚斋、畸笏叟都没有见过，庚辰本第二十回有朱笔眉批：

> 茜雪至“狱神庙”方呈正文。袭人正文标目曰“花袭人有始有终”，余只见有一次誊清时，与“狱神庙慰宝玉”等五六稿，被借阅者迷失，叹叹！丁亥夏畸笏叟

甲戌本第二十六回有眉批：“‘狱神庙’红玉、茜雪一大回文字惜迷失无稿。”

庚辰本此处同样有眉批：“‘狱神庙’回有茜雪、红玉一大回文字，惜迷失无稿。叹叹！丁亥夏。畸笏叟。”

---

① 于鹏《“靖批”之伪与庚辰本“奸邪婢”批语考释》。

此外，甲戌本第二十七回有侧批“且系本心本意，‘狱神庙’回内方见”。从以上这些涉及狱神庙的批语看，畸笏叟称在丁亥夏狱神庙五六稿已被借阅者迷失。畸笏叟在施加“此系未见抄后狱神庙诸事，故有是批”时，也没有看到狱神庙这部分文稿，反倒批评脂砚斋因没有看到狱神庙这部分稿子而误批小红为“奸邪婢”，这似乎就说不过去了。

我们还可以看到，脂砚斋对小红这一人物形象的理解，并不是扁平化的。脂砚即使因小红与贾芸私下传情、不安分等，批其为“奸邪”，但并不妨碍脂砚对小红抱有理解和同情，庚辰本第二十六回即有眉批：“红玉一腔委曲怨愤，系身在怡红不能遂志，看官勿错认为芸儿害相思也。已卯冬。”

转过来看，甲戌本中有不少批语对小红也是万分理解的，且对小红在八十回后的故事大致清楚。

1. 甲戌本第二十六回双行夹批：“妙！不说红玉不走，亦不说走，只说‘刚走到’三字，可知红玉有私心矣。若说出必定不走必定走，则文字死板，亦且棱角过露，非写女儿之笔也。”

2. 甲戌本第二十七回侧批：“红玉今日方遂心如意，却为宝玉后伏线。”

3. 甲戌本第二十七回凤姐夸小红“这丫头就是好。方才说话虽不多，听那口气就简断”，有两条侧批“红玉听见了吗”“红玉此刻心内想：可惜晴雯等不在傍”。

4. 二十七回写凤姐想要跟宝玉说，让小红跟她，问：“可不知本人愿意不愿意？”甲戌本有侧批“总是追写红玉十分心事”。

5. 甲戌本第二十七回末：“凤姐用小红，可知晴雯等埋没其人久矣，无怪有私心私情。且红玉后有宝玉大得力处，此于千里外伏线也。”

6. 庚辰本第二十四回末：“红玉在怡红院为诸鬟所掩，亦可谓生不遇时，但看后四章供阿凤驱使可知。”

以上批语，批者对小红的性格、心理等的把握是一致的，即明白小红的为人处世，知道她的私心私情，故在批点中屡屡谈及小说如何勾勒小红心事，并不单纯视其为“奸邪”。

实际上，以往对庚辰本第二十七回眉批的句读及对末句“作者又不得可也”的忽略，造成对整句批语逻辑的忽视，误以为“此系未见抄后狱神庙诸事，故有是批”是针对前批“奸邪”二字。“奸邪婢岂是怡红应答者，故即逐之，前良儿、后篆儿便是，却证作者又不得可也”，尽管末句可能存在误字，整句批语的意思大致是清楚的，即脂砚斋施加批点时，认为像红玉这样的奸邪婢是不能作为怡红院的应答丫鬟的，他还举了良儿、篆儿为证，来说明作者不得不这样写。这样批点确实是在没有看到狱神庙五六稿的情况下，错会作者写作意图而产生的，丁亥夏的批语正是对以往这种误会的自注与说明：因为没有看到小说抄家以后狱神庙等文稿，所以才有前面这条批语。

三、脂砚斋“余批重出”考释

脂砚斋批点《石头记》的方式，甲戌本中有一条独出眉批予以说明。甲戌本第二回提及丫头娇杏时，有侧批“侥幸也”，接着又有侧批：“托言当日丫头回顾，故有今日，亦不过偶然侥幸耳，非真实得尘中英杰也。非近日小说中满纸红拂紫烟之可比。”此页天头另有一条脂砚斋的长批对这两条批语做了解释，并谈及如何批点这部小说：

> 余批重出。余阅此书，偶有所得，即笔录之。非从首至尾阅过复从首加批者，故偶有复处。且诸公之批，自是诸公眼界；脂斋之批，亦有脂斋取乐处。后每一阅，亦必有一语半言，重加批评于侧，故又有于前后照应之说等批。①

这条批语因涉及脂砚斋批点《石头记》的方式，此前曾广为研究者征引。如脂砚斋自述，他并非从头至尾全部读过后才施加批语，② 批点这部书的具体方式是，阅读时偶有会心，“即笔录之”，此后再读，另有感想，也会有一言半语再加批点。就此处所引三条批语而言，“余批重出”具体是指上引“侥幸”之批后所接“亦不过偶然侥幸耳”侧批，即脂砚斋以“侥幸”批为例所指出，较早读到此处时，便以“侥幸”二字批点，此后再读，另加批语点出“娇杏”谐音“侥幸”的缘故，即小说中娇杏的命名是托言她当日偶

① 曹雪芹著、脂砚斋评《脂砚斋重评石头记》（甲戌本），第 1 册，叶 21b。
② 脂砚斋历次批点所见小说书稿状态无法明晰，目前没有确凿证据可以证明脂砚斋在乾隆二十五年庚辰以前完整通读过这部小说。

然回顾贾雨村，才有后来成为贾雨村二房、又扶作正室这段故事。脂砚斋某些批语在内容上是“前后照应”的，同批一事的前后两条批语，既包括像“侥幸”这条侧批对前批“侥幸也”的补充说明，也有后批对前批的驳正，还包括感慨同一事的赓续之批。以上这些，均属脂砚斋历次批点的“重出”批语。此前周汝昌《跋胡藏〈脂砚斋重评石头记〉》也已指出，“其批乃随手增累而成，本非有系统有计划为之者。然正以此可证，此批为一手而历年所为，决非数人之事”。

“重出”之批，因前后呼应，有所关联，是研究脂砚斋批书方式、批语文本层累规律，并以此为据对脂砚斋批语离析分层的重要切入口，同时也为探究脂畸关系提供了重要的批语系联路径。“重出”之批，除了关涉“侥幸”这两条被脂砚斋明确点出是关联、呼应的批语外，在现存甲戌本中还有些文献上的痕迹可循。仔细观察，不难发现部分朱批中间以朱 / 墨圈（○）连接，“○”之后所接，是脂砚斋较为明显的“重出”批语，[①]这是脂砚斋在稿本中历次批点留下的痕迹（图表 3.8）。换言之，脂砚斋当时施加批点时似已在有意以朱圈区分历次批点。[②]直至己卯冬四阅评过，才开始在已整理定本的前四十回施加批语，并在批语后缀以署年。

图表 3.8　甲戌本中以朱圈（○）衔接的批语

回目	正文	批语位置	以○衔接的批语
1	须得再镌上数字，使人一见便知是奇物方妙	侧批	世上原宜假，不宜真也。○谚云：“一日卖了三千假，三日卖不出一个真。”信哉
	庙旁住着一家乡宦，姓甄	眉批	真。○后之甄宝玉亦借此音，后不注
2	幸有两个旧友，亦在此境居住	侧批	写雨村自得意后之交识也。○又为冷子兴作引

① 甲戌本多处批语之间的朱 / 墨圈，有很大的可能为批者自注，当然也不排除底本的这些批语之间即有衔接符号（批语间或有间隔，或有其他符号），抄手抄录时以朱 / 墨圈标示。

② 近有研究者认为，甲戌本中带间隔符号的眉、侧批，是过录自晚于庚辰原本的抄本上的夹批，甲戌本是由抄手过录与作者疏离的人的批点，复杂层累而成。魏珞宁《论〈石头记〉抄本批语中的间隔符号》，《红楼梦学刊》2023 年第 4 辑。

续表

回目	正文	批语位置	以○衔接的批语
3	拜辞了贾政，择日到任去了	侧批	因宝钗故及之。○一语过至下回
	学名叫王熙凤	侧批	奇想奇文。○以女子曰“学名”固奇，然此偏有学名的反倒不识字，不曰学名者反若假
	且院中随处之树木山石皆有	侧批	为大观园伏脉。○试思荣府园今在西，后之大观园偏写在东，何不畏难之若此
	也搭着半旧的弹墨椅袱	侧批	三字有神。○此处则一色旧的，可知前正室中亦非家常之用度也。可笑近之小说中，不论何处，则曰商彝周鼎、绣幕珠帘、孔雀屏、芙蓉褥等样字眼
3	这个妹妹我曾见过的	侧批	疯话。○与黛玉同心，却是两样笔墨。观此则知玉卿心中有则说出，一毫宿滞皆无
4	后来到底寻了个不是，远远的充发了才罢	侧批	至此了结葫芦庙文字。○又伏下千里伏线。○起用“葫芦”字样，收用“葫芦”字样，盖云一部书皆系葫芦提之意也，此亦系寓意处
	冯家得了许多烧埋银子，也就无甚话说了	眉批	实亦出人之闲文耳。○又注冯家一笔，更妥
5	如今且说林黛玉	眉批	不叙宝钗……使荣府正文方不至于冷落也。○今写黛玉，神妙之至，何也。……又被作者瞒过。○此处如此写宝钗，前回中略不一写，可知前回迥非十二钗之正文也。○欲出宝钗……
	人多谓黛玉所不及	侧批	此句定评，想世人目中各有所取也。○按黛玉宝钗二人，一如姣花，一如纤柳，各极其妙者，然世人性分甘苦不同之故耳
	袭人、媚人、晴雯、麝月	侧批	四新出，尤妙。○看此四婢之名，则知历来小说难与并肩

续表

回目	正文	批语位置	以○衔接的批语
6	凤姐早已明白了，听他不会说话，因笑止道	夹批	又一笑，凡六。自刘姥姥来凡笑五次，写得阿凤乖滑伶俐，合眼如立在前。○若会说话之人，便听他说了，阿凤厉害处正在此。○问看官：常有将挪移借贷已说明白了，彼仍推聋装哑，这人为阿凤若何？呵呵，一叹
	那蓉大爷才是他的正紧侄儿呢，他怎么又跑出这么个侄儿来了	夹批	与前“眼色”针对，可见文章中无一个闲字。○为财势一哭
7	穿着家常衣服	夹批	好！○写一人换一副笔墨，另出一花样
	只见惜春正同水月庵的小姑子智能儿，两个一处顽笑	夹批	总是得空便入。百忙中又带出王夫人喜施舍等事，可知一支笔作千百支用。○又伏后文
7	若再说别的，咱们白刀子进去红刀子出来	夹批	是醉人口中文法。○一段借醉奴口角闲闲补出宁荣往事近故，特为天下世家一笑哭
8	早知日后闲争气，岂肯今朝错读书	侧批	这是隐语微词，岂独指此一事哉？○余则谓读书正为争气。但此“争气”与彼“争气”不同。写来一笑
13	却说宝玉因近日林黛玉回去，剩得自己孤恓	侧批	与凤姐反对。○淡淡写来，方是二人自幼气味相投，可知后文皆非实然文字①
16	凤姐笑道：“别放你娘的屁！我的东西还没处撂呢，稀罕你们鬼鬼祟祟的？”	侧批	阿凤欺人处如此。○忽又写到利弊，真令人一叹②

前引周汝昌的观点，脂砚自壬午年取畸笏这一名号后，便不再称脂砚。伪造的毛辑靖藏本批语，恰恰对此有所针对，有意破坏原有文献中脂畸出现的时间规律，如毛辑靖藏本批语第 97 条“尚记丁巳春日谢园送茶乎？展眼二十年矣。丁丑仲春畸笏（妙玉泡茶一段眉批）”，这条批语使原本在时间线

① 庚辰本此处为正文下的双行小注，两条批语中间以空格区分。
② 庚辰本此处为正文下的双行小注，两条批语连抄在一起，末署脂砚。

索上界限分明的脂畸署名在时间上互相交错。为研究脂砚批点概况，周汝昌曾据排过一个年表，年表中甲戌以后的丁丑、甲申、戊子、辛卯、丙申，这五年均无批语，而毛辑靖藏本批语已明确将原无批语的这五年空白填满。将毛辑靖藏本批语署年批语放入原有的《石头记》抄本系统考察，研究者早已注意到这一特殊现象。[①]

剥离蓄意伪造的毛辑靖藏本批语后，脂砚斋、畸笏叟在现存《石头记》抄本中署名与系年的文本线索是十分明晰的，即以乾隆二十七年壬午为界，壬午以前从未出现畸笏署名，两个名号在现存抄本的时间线索中并不存在交集。1964年至今，研究者在讨论脂畸关系时，因忽视考察具体抄本的版本性质及文献衍生的情理，多受毛辑靖藏本批语影响，导致认识出现偏差。如孙逊认为："在这浩繁的评语里，明确署名脂砚的却只有三十五条，即使加上由系年可推知为脂砚的二十三条评语，总量也只有五十八条。其他大量的未署名系年的评语，如双行夹批，我们虽大致可推为脂砚的评语，但很难说其中不混有其他人的手笔；至于行间侧批、眉批，我们更难断定哪一些是脂砚斋的批，哪一些是其他人的批。"[②] 蓄意伪造的毛辑靖藏本批语在研讨脂畸关系问题上时时处处在起作用，而且多是利用了脂批模糊、研究者认识惯性等细微处。在这种影响之下，甚至不顾抄本卷端大题"脂砚斋重评石头记"，以单条署名脂砚为判断批语是否出自脂砚。如戴不凡对这一问题的认识很能说明这种影响，他曾统计诸脂本中明署脂砚斋的批语仅有34条，且以此作为判断脂砚批语的准则，加上署年等项的考虑，认为归属脂砚的批语仅63条，没有顾及抄本卷端大题"脂砚斋重评石头记"。在这一问题上，研究者多有类似戴不凡的认识倾向，均是受此影响。[③]

即便剥离毛辑靖藏本批语，仍有研究者认为脂砚斋与畸笏叟为二人，这种看法受《石头记》抄本面貌的影响：《石头记》抄本中除了脂砚斋、畸笏叟，还有其他署名（如松斋、梅溪）的批语。因此，研究者较关注前后关

① 孙逊《红楼梦脂评初探》，第44、45页。
② 孙逊《红楼梦脂评初探》，第24页。
③ 戴不凡《说脂砚斋》，收入《红学评议·外篇》，第132页。

联批语的内容和语气，认为据此也可以证明脂砚斋、畸笏叟为二人。[①] 二人说立论的主要依据是，认为《石头记》抄本中署名畸笏叟的批语与脂砚斋的批语是二人对话。脂畸关系研究的难点正在于，剥离伪造的毛辑靖藏本批语后，细致析分署名为脂砚、畸笏的批语，以及由署名脂砚、畸笏批语系年规律可以系联的署年批，判断究竟是出自两人之手，还是脂砚自己改换名号以后的“重出”批语。

《石头记》甲戌本、庚辰本批语虽堆叠层累，其中虽有少数几条别人的批语，但绝大多数批语出自脂砚斋一人之手。下文即基于对脂砚斋批点小说方式的认识，再举几例反驳脂畸二人说所举证据。

第十四回写王熙凤命彩明定造簿册，庚辰本有眉批“宁府如此大家，阿凤如此身份，岂有使贴身丫头与家里男人答话交事之理呢？此作者忽略之处”，庚辰本墨笔眉批“彩明系未冠小童，阿凤便于出入使令者。老兄并未前后看明是男是女，乱加批驳。可笑”，此后还接了另一条批语“且明写阿凤不识字之故。壬午春”。[②] 前两条批语是针对小说中的彩明性别展开的，小说中的彩明为男童（四十五回赖嬷嬷回王熙凤提及“彩哥儿”），前批误认为彩明为丫鬟，后批针对前批这一错误认识加以批驳，且以“老兄”称呼前面一条批语的作者，可以确定这两条批语出自二人。另如甲戌本第二回，小说借贾雨村之口叙及宁荣二府的花园“就是后一带花园子里”，此处有朱笔侧批：“‘后’字何不直用‘西’字？恐先生堕泪，故不敢用‘西’字。”前面一条批语，针对小说中花园位置用“后一带”来形容，问为什么不直接用“西”这个方位词，下面一条批语予以回应，解释小说不用“西”字的原因，是担心“先生”（即指称前批作者）看到“西”字后伤心。之所以判断两条批语出自不同的两个人，是因为其中有“先生”这个具有称谓指向的词。

“且明写阿凤不识字之故”这条批语对前批又作了补充，点出小说此处写凤姐命彩明定造簿册，是明写王熙凤不识字。署年壬午春是畸笏叟批语的时间标记，这条批既是对第一条批语的否定，又补充说明写王熙凤不识字，语义上有所承接。研究者认为，前面两条批语只要有一条出自脂砚之手，畸

① 孙逊《红楼梦脂评初探》，第46页。
② 三条批语均见《脂砚斋重评石头记》（庚辰本），第2册，叶69、70。

笏与脂砚肯定是两人。[1]实际上，并没有证据证明第一条批语出自脂砚，若第二条批语是脂砚所写，第三条为第二条的补充说明，是脂砚斋补充、呼应前批的“重出”批语，壬午春批语与第二条批语分别出自两人之手这一认识也不成立。

庚辰本第二十七回针对红玉的两条眉批：

> 〔庚眉〕奸邪婢岂是怡红应答者，故即逐之，前良儿、后篆儿便是，却证作者又不得可也。己卯冬夜
>
> 〔庚眉〕此系未见抄后狱神庙诸事，故有是批。丁亥夏畸笏

“不得可”三字未通，揣其语义：奸邪之婢不能作为怡红院宝玉的应答丫鬟，所以红玉被逐走，良儿、篆（坠）儿都是如此，恰恰证明作者“不得可”。三字意思近乎“不得不这样做”。此前，多将这条批语句读作“前良儿、后篆儿，便是却（确）证，作者又不得可也”，非是。“却证”意为“恰恰可证”，属下读，不烦改字。《南华真经》成玄英疏即有“此重起譬，却证前旨”。[2]己卯冬夜批出自脂砚，[3]丁亥夏批署名畸笏。二人说认为，前后两批对红玉的态度截然相反，且畸笏批是在纠正前面脂砚斋批，纠正的原因是，畸笏认为脂砚以“奸邪”二字称红玉为误批，是脂砚没看到八十回以后“抄后狱神庙”等故事，导致对红玉这一人物的理解出现偏差。对此，近已有研究者予以纠正。在脂砚斋的观念中，红玉与贾芸私下传情等行为即属奸邪，这与当时社会的思想观念有密切关系，并非脂砚斋不理解小说塑造的人物。而丁亥夏畸笏叟的批语也明确称“余只见有一次誊清时，与‘狱神庙慰宝玉’等五六稿，被借阅者迷失”，[4]丁亥夏畸笏也已看不到这部分早已被借阅者迷失的稿子。[5]

正因为“抄后狱神庙”等稿子早已因借阅而迷失，没有看到作者对“红

---

① 孙逊《红楼梦脂评初探》，第 50、51 页。
② 郭象注，成玄英疏《南华真经注疏》卷 4，第 197 页。
③ 庚辰本第二十四回有眉批“己卯冬夜脂砚”，己卯冬处于己卯、庚辰脂砚斋批点小说的中间时段。
④《脂砚斋重评石头记》（庚辰本），第 3 册，叶 69。
⑤ 于鹏《“靖批”之伪与庚辰本“奸邪婢”批语考释》。

玉慰宝玉”的具体描写，脂砚在批点小说时便局限地揣测作者的心思：奸邪奴婢不配做怡红院的应答丫鬟，且举另外两个丫鬟良儿、篆（坠）儿为证，他们也都因偷窃被逐出怡红院，恰恰证明作者不得不这样写。脂砚再次读到此处，尤其注意到在有次誊抄时迷失的“狱神庙慰宝玉”五六稿，才揣摩清楚作者此处的用心，作者对红玉这段故事的写作是出于精心设计，也才察觉已卯冬那条批语误会了作者的用意，并不是作者不堪忍受奸邪婢来做怡红应答者，因此也要像写良儿、篆（坠）儿那样，将红玉“逐”出怡红院，并非“却证作者又不得可也”，而是作者有意要这样写这段故事。

庚辰本第二十一回也有两条眉批：

> 〔庚眉〕趁着酒兴不禁而续，是作者自站地步处，谓余何人耶，敢续《庄子》？然奇极怪极之笔，从何设想，怎不令人叫绝？己卯冬夜
>
> 〔庚眉〕这亦暗露玉兄闲窗净几、不寂不离之工业。壬午孟夏[①]

研究者认为，从署年可知，以上两条批语分别出自脂砚与畸笏，两条批语口气不一样：前批脂砚以宝玉模特自居，称自己不敢续《庄子》，后批口气明显不同，只是暗透小说中的宝玉平日读书工业，这是毫不相干的第三者口气。因此将其判为两人。[②]实际上，前后两条批语批点的角度不同，一是通过批语勾连史事，二是单纯批点小说人物、故事，无法从口气判断是否出于二人之手。脂砚批语中每以“此亦”批书，前面批语已提及此事，“亦”字呼应前批。此处“这亦暗露”的内容，甲戌本第八回眉批已提及“在宝卿口中说出玉兄学业，是作微露卸春挂之萌耳”，小说中两处“微露”“暗露”说的应都是宝玉平时的学业/功业。以上两批也属前文脂砚自述中的“重出”之批。

除了眉批，双行夹批也存在类似的误判，下文即对二人说引据的所谓二人对话批语再做析分，考订其均属脂砚“重出”之批。

其一，小说第十六回写秦钟临终前夕，“又记念着家中无人掌家务”，此下庚辰、己卯、有正本均有此双行夹批（甲戌本为侧批）：“扯淡之极，令人

---

① 曹雪芹著，脂砚斋评《脂砚斋重评石头记》（庚辰本），第4册，叶7。
② 孙逊《红楼梦脂评初探》，第49页。

发一大笑。余请诸公莫笑，且请再思。”[①]

按：“余请诸公莫笑，且请再思”是脂砚斋为说明、纠正自己前批所加，属“重出”之批。“诸公”为脂砚批书心中悬拟的读者，是“观者诸公”的省称。[②] 前引甲戌本眉批“且诸公之批，自是诸公眼界；脂斋之批，亦有脂斋取乐处”与此类似，“脂砚”自称而与其他读者有别。前批“扯淡之极，令人发一大笑”者，并非“诸公”，而是脂砚自注，请读者不要像自己前批那样误读而笑，再为深思。“诸公”是指读者诸公（图表3.9），《石头记》并不存在一个延续较长时间、相对固定的批书团队。

其二，第二十一回，写袭人故作娇嗔，不理睬宝玉，晚上只“和衣睡在衾上”。庚辰本此句下有双行夹批云：“神极之笔。试思袭人不来同卧亦不成文字，来同卧更不成文字，却云和衣衾上，正是来同卧不来同卧之间，何神奇文妙绝矣。好袭人，真好《石头记》，得真真好述者，错不错。真好批者，批得出。”[③]

按：以往对这条批语句读有误，也影响了对脂畸关系的认识，应读作：

> 神极之笔！试思袭人不来同卧亦不成文字，来同卧更不成文字。却云“和衣衾上”，正是来同卧不来同卧之间。何神奇文，妙绝矣！好袭人。真好！石头记得真。真好！述者错不错。真好！批者批得出。[④]

“妙绝矣”截住后，分别以“真好”称赞袭人、石头所记、述者所述，即“好袭人。真好/石头记得真。真好/述者述得不错。真好/批者批得出”，这也属脂砚语境中“批得出者”。庚辰本第二十四回，宝玉要吃茶，连叫了几声，才有两三个老嬷嬷进来，此处有双行夹批：“妙！文字细密，一丝不落，非批得出者。”已卯本第三十六回王夫人夸袭人“宝玉果然是有造

---

① 曹雪芹著，脂砚斋评《脂砚斋重评石头记》（甲戌本），第3册，叶63。曹雪芹著，脂砚斋评《脂砚斋重评石头记》（庚辰本），第3册，叶20。

② 经逐一核检《石头记》现存抄本，批语提及“诸公”二字，无一例外，均为“观者诸公”的省称，“诸公之批”并非指当时有数人专事批书。提及“诸公”的批语，分见第2、3、7、8、9、16、17—18、19、20、21、49回。

③ 曹雪芹著，脂砚斋评《脂砚斋重评石头记》（庚辰本），第4册，叶7。

④ 此前，戴不凡也这样断句，但认为其中三个“真好”为第二个人的批语，“批者批得出”为第三个人的批语。戴不凡《畸笏即曹頫辩》。

化的，能够得他长长远远的伏侍他一辈子，也就罢了”，下有双行夹批：“真好文字，此批得出者。”庚辰本七十三回绣橘回迎春话，说“如今竟怕无着，明儿要都戴时，独咱们不戴，是何意思呢”，下有夹批：“这个‘咱们’使得恰，是女儿喁喁私语，非前文之一例可比者。写得出，批得出。”“写得出”“批得出”是批书人针对小说与批点所能传递之神韵而写，不能将“批得出”误解为赞语，并据此确定这条批语出于脂砚之外的另一位批书人。在批点者的观念里，有些意味是作者可以通过神妙之笔“写得出”的，有些意味则是倚靠批点者“批得出”的，强调的是能够利用这两种形式把所要传达的深意凸显出来，以使读者明晰感会。“批得出”更近乎在陈述事实，而非赞语。

其三，庚辰本第二十六回，写宝玉见着贾芸，“便和他说些没要紧的散话”，其下有双行夹批云：“妙极是极，况宝玉又有何正紧可说的。此批被作者偏（骗）过了。”①

按：“此批被作者偏（骗）过了”为庚辰本独出朱批，挤在双行夹批末尾。批语里提到的“散话”是指后面叙及的“又说道谁家的戏子好，谁家的花园好，又告诉他谁家的丫头标致，谁家的酒席丰盛，又是谁家有奇货，又是谁家有异物”，其下又有批点“几个‘谁家’，自北静王、公侯驸马诸大家包括尽矣，写尽纨袴口角”，后接“脂砚斋再笔：对芸兄原无可说之话”。在甲戌本中，仅有“妙极是极……”“几个‘谁家’……”这两条批语。围绕宝玉和贾芸“说些没要紧的散话”，前后两条批语的意见是不同的。“况宝玉又有何正紧可说的”，脂砚认为宝玉原无正紧话，后来再笔补批“对芸兄原无可说之话”，关注点则倾向了宝玉说话的对象，是宝玉单对贾芸原无可说之话，而不是前批所说的宝玉自己原无正紧话。因此又有“此批被作者偏（骗）过了”这条朱笔批语予以说明。这仍是脂砚斋前后照应的“重出”之批。

脂砚批书，时常提醒读者留意作者的“狡猾之笔”，不要被其瞒骗，这在脂砚“重出”之批中体现得非常明显：脂砚前批尚未体味小说语句的“一

① 曹雪芹著，脂砚斋评《脂砚斋重评石头记》（庚辰本），第 4 册，叶 70。

击两鸣”，再意识到并通过“重出”之批将其表出时，才幡然醒悟“几被作者瞒过”。[①] 类似的批语，甲戌本中尤多。这些都是批书人脂砚斋在提醒读者，作者一笔两用、三用处极多，须时时处处警惕，留意小说语句的丰富内涵，体味作者写作的良苦用心，不要被作者的表面文字瞒过。

此类情形，甲戌本批语颇多，择其中六例如下：

1.“后因曹雪芹于悼红轩中，披阅十载，增删五次”（第一回）。

〔甲眉〕若云雪芹披阅增删，然则开卷至此这一篇楔子又系谁撰？足见作者之笔，狡猾之甚。后文如此处者不少。这正是作者用画家烟云模糊处，观者万不可被作者瞒蔽了去方是巨眼。

2.“鹦哥笑道：‘林姑娘正在这里伤心……’”（第三回）。

〔甲侧〕可知前批不谬。

〔甲侧〕自己淌眼抹泪黛玉第一次哭，却如此写来。

〔甲眉〕前文反明写宝玉之哭，今却反如此写黛玉，几被作者瞒过。

3.“如今且说林黛玉”（第五回）。

〔甲眉〕◯今写黛玉，神妙之至，何也？因写黛玉实是写宝钗，非真有意去写黛玉，几乎又被作者瞒过。

4.“那宝玉亦在孩提之间，况自天性所禀来的一片愚拙偏僻……”（第五回）。

〔甲侧〕四字是极不好，却是极妙。只不要被作者瞒过。

5.“案上设着武则天当日镜室中设的宝镜”（第五回）。

〔甲侧〕设譬调侃耳，若真以为然，则又被作者瞒过。

---

① 庚辰本也有几处，如第十六回赵嬷嬷回忆贾府在姑苏、扬州一带监造海舫预备接驾的盛况，有朱笔侧批“又要瞒人”，第十九回袭人劝说宝玉，宝玉说：“再不说了。那原是那小时不知天高地厚，信口胡说，如今再不敢说了。”己卯本有双行夹批“又作是语，说不得不乖觉，然又是作者瞒人之处也”。

6.“登时乱麻一般”（第二十五回）。

〔甲侧〕写玉兄惊动若许人忙乱，正写太君一人之钟爱耳。看官勿被作者瞒过。

图表 3.9 《石头记》抄本涉“诸公”正文、批语对应表

序	回目	小说正文	批语位置	涉“诸公”批语
1	2	因看见娇杏那丫头买线	甲眉	且**诸公**之批，自是**诸公**眼界；脂斋之批，亦有脂斋取乐处
2	3	粉面含春威不露，丹唇未启笑先闻	甲眉	试问**诸公**：从来小说中可有写形追像至此者
3	6	**诸公**若嫌琐碎粗鄙呢，则快掷下此书	/	/
4	7	宝钗道：“……吃一丸也就罢了。”	甲夹	以花为药，可是吃烟火人想得出者？**诸公**且不必问其事之有无……
5	8	（宝钗）乃回头向莺儿笑道：“你不去倒茶，也在这里发呆作什么？”	甲夹	请**诸公**掩卷合目想其神理，想其坐立之势，想宝钗面上口中。真妙
6	8	且院中随处之树木山石皆有	己夹	问**诸公**历来小说中，可有如此可巧奇妙之文，以换新眼目
7	9	只是念书的时节想着书	蒙批	袭人方才的闷闷，此时的正论，请教**诸公**，设身处地，亦必是如此方是，真是曲尽情理，一字也不可少者
8	16	一句也不敢说，一步也不敢多走	甲侧	此等文字，作者尽力写来，欲**诸公**认识阿凤，好看后文，勿为泛泛看过
9	16	那秦钟魂魄那里就肯去，又记念着家中无人掌管家务	甲侧	扯淡之极，令人发一大笑。余谓**诸公**莫笑，且请再思
10	16	冯家得了许多烧埋银子，也就无甚话说了	戚末总批	大抵作者发大慈大悲愿，欲**诸公**开巨眼，得见毫微，塞本穷源，以成无碍极乐之至意也

续表

序	回目	小说正文	批语位置	涉“诸公”批语
11	17—18	贾政回头笑道：“诸公请看，此处题以何名方妙？”因问：“诸公以何题此？”……	/	/
12		本欲作一篇《灯月赋》《省亲颂》，以志今日之事，但又恐入了别书的俗套。按此时之景，即作一赋一赞，也不能形容得尽其妙；即不作赋赞，其豪华富丽，观者诸公亦可想而知矣	/	/
13		据此论之，竟大相矛盾了。诸公不知，待蠢物将原委说明	/	/
14	19	等我有一日化成了飞灰	己夹	脂砚斋所谓“不知是何心思，始得口出此等不成话之至奇至妙之话”，诸公请如何解得，如何评论？所劝者正为此，偏于劝时一犯，妙甚
15		/	戚末总批	小子妄谈，诸公莫怪
16	20	林黛玉先笑道：“这是你妈妈和袭人叫嚷呢。那袭人也罢了，你妈妈再要认真排场他，可见老背晦了。”	己夹	袭卿能使颦卿一赞，愈见彼之为人矣，观者诸公以为如何
17		自己和迎春等顽去。不在话下	己夹	一段大家子奴妾吆吻，如见如闻，正为下文五鬼作引也。余谓宝玉肯效凤姐一点余风，亦可继荣、宁之盛，诸公当为如何
18	21	宝钗便在炕上坐了	庚夹	二人文字，此回为始。详批于此，诸公请记之
19	49	那宝琴年轻心热，且本性聪敏，自幼读书识字	庚夹	我批此书竟得一秘诀，以告诸公：凡野史中所云“才貌双全佳人”者，细细通审之，只得一个粗知笔墨之女子耳……

四、关于脂畸关系答客问

1. 全面辨析脂畸二人论提出的证据，脂畸二人论是否仍有成立的可能？

答：已经过仔细辨析，脂畸二人说自胡适模糊倾向表述以后，俞平伯在自叙传说影响下，据“余二人亦不曾有是气”，判断批者应是作者舅舅，由此认为脂畸为二人，此后观点又有所修正。多数论争脂畸二人说所举证据，大都是相信毛辑靖藏本批语为真，以其中第 87 条丁亥夏以前脂砚别去为据，证脂畸二人说。此外，还没有见到脂畸二人说的有效证据。

2.《石头记》抄本中，脂砚斋、畸笏叟的批语，其语词风格有明显区别，畸笏叟常用“怅然之至”“叹叹”，这些语词似乎并不见于署名脂砚斋、己卯冬的批语中。

答：首先，现存十一种《石头记》抄本，畸笏叟（畸笏、畸笏老人）仅出现在庚辰本中，而单条批语末署名脂砚斋（脂砚）的，出现于己卯本、庚辰本。既然甲戌本、己卯本、庚辰本大题都题作“脂砚斋重评石头记”，为什么单条批语后面还要署上脂砚名号？之所以先提出以上文本现象，是有一份迟疑在先：单条批语末署脂砚是在什么情形下产生的？这是用来判断脂砚斋批语的全面准绳吗？事实上，我们面对题作“脂砚斋重评石头记”的抄本，却以仅有几条署脂砚的批语作为准绳来认识批语归属，本身就是有问题的。

其次，“之至”“若此”“叹叹”这些常见语词并非专属某一个人，因为从现存抄本来看，“之至”“若此”“叹叹”并不仅见于署名畸笏的批语。以“叹叹”而言，如己卯本第 19 回双行批：“补明宝玉自幼何等娇贵。以此一句留与下部后数十回‘寒冬噎酸虀，雪夜围破毡’等处对看，可为后生过分之戒。叹叹！”庚辰本第 22 回双行批：“这又何必？总因慧刀不利，未斩毒龙之故也。大都如此，叹叹！”庚辰本第 24 回双行批：“甥舅之谈如此，叹叹！”甲戌本第 26 回双行批即有“伤哉，展眼便红稀绿瘦矣。叹叹！”“坠儿者，赘儿也。人生天地间已是赘疣，况又生许多冤情孽债。叹叹！”以上均是甲戌本、己卯庚辰本双行批出现“叹叹”的例证，难道说脂砚在己卯庚辰整理“定本”时，也已经把畸笏的批语整理进去了吗？以语词离析脂畸是否两人的路径行不通。

最后，不能不说，脂畸前后的批点风格，给读者的感受的确是有些差异的，这也让研究者在判断脂畸关系上产生了不少错觉。如赵冈已批评过的，俞平伯对脂畸的批点感受就不同，他认为脂砚与雪芹年纪大概相仿，还够不到称“叟”的程度。正是这样一些模糊感受导致的错觉，对认识脂畸关系产生了不少障碍。脂畸前后批点确实存在一些差异，但这些差异并不构成判断脂畸为两人的充分必要条件。从现存文献看，脂畸批书本来就是一前一后，且时间界限分明，即以壬午为界，壬午以后才出现单条批语署名畸笏叟（畸笏、畸笏老人）。一人批书，改换名号，而风格前后稍有不同，在情理之中。

最关键的是，畸笏的批语与壬午以前的脂砚批语有四条是前后关联的，这种关联或是一人因同一事的情感递进。此外，甲戌本第一回有一条署年“甲午八日泪笔”出自脂砚的长批，这与庚辰本“丁亥夏只剩朽物一枚”关联起来，可证脂砚并没有早逝，壬午以后仍在批书，只不过换了一个名号而已。

3. 如果批书人先用“脂砚斋”，后改为“畸笏叟”，为什么要改名？

答：今天我们所见畸笏叟批语均只见于庚辰本，最早署年为壬午，最晚署年为丁亥，而尤以丁亥这一年畸笏批语最为密集。从文献呈现的时间线索看，甲戌本中没有畸笏署名，畸笏加批是在所谓脂砚己卯庚辰“定本”之后，也就是说脂砚、畸笏在庚辰本中的时间线索上的确是一前一后，且前后没有交集。畸笏施加批语的具体场景，以及为什么署畸笏的批语只出现于庚辰本，畸笏署名与庚辰本传抄之间是什么关系，以上这些问题还没能研究清楚。从时间线索上看，改名畸笏是在“定本”以后二至七年间发生的事情。《石头记》抄本，无论从内容、流传，还是影响来看，都是比较特殊的，不能以通常的明清小说批点以及传播的通例来解释、判断这部小说批点的情况。

4. 关于“此系未见抄后狱神庙诸事，故有是批”，脂畸二人说认为当时小说文本尚未固定，两位批书人看到的小说内容有差别，所以畸笏叟才写下这条批语。以上能否解释得通？

答：现存《石头记》三个比较重要的版本，甲戌本、己卯本、庚辰本，从三个抄本的文字校勘来看，我们看不出作者对小说正文还在修订，而且甲戌本第一回有“至脂砚斋甲戌抄阅再评，仍用《石头记》”，正文又有“后因曹雪芹于悼红轩中，批阅十载，增删五次，纂成目录，分出章回，则题曰《金陵十二钗》”，也就是说脂砚斋甲戌抄阅再评之前，作者曹雪芹已“批阅十载，增删五次”，书稿基本厘定以后，题作“金陵十二钗”。且甲戌本第一回回前诗“字字看来皆是血，十年辛苦不寻常”，长舒一口气，明显是对已完成书稿的慨叹。因此，作者曹雪芹“十年辛苦”的下限似应定在甲戌，也就是说，甲戌本已是增删五次的结果。校勘现存抄本，很少能看到作者与批者互动的痕迹，能看到的仅仅是批书者在书稿断烂、佚失处的几次“俟雪芹”。“书未成，芹为泪尽而逝”的意思，大概是因借阅者佚失造成书稿残缺，也没有完成批点，因此感慨“书未成”。全面校勘甲戌本与己卯庚辰本，甲戌本除了因抄写出现的讹误文字外，其文本是最优的。相反，己卯庚辰本则多有改“坏”的文字。己卯脂砚、丁亥畸笏，都是没见过狱神庙文稿的，这在批语里面很明确。在都未见狱神庙文稿的情况下，为何畸笏说脂砚因未见而误批呢，这不是很奇怪吗？反复琢磨“皆系漫拟”“故有是批”等呼应己卯批的批语，也确实是一个人的语气。

5. 如果“畸笏叟”是脂砚斋改换的一个名号，其改名的动机是什么？修订小说书稿时，为什么不对此统一？

答：关于脂砚斋改名的动机这个问题，赵冈致胡适函中早就提出过，只是没有相关材料考证。尽管此前已有不少学者对全部批语做过不止一次地细致爬梳，但文献缺佚，仍无法解释脂砚为何改名畸笏。目前也只能是推测，除非有新材料出现。从抄本的时间线索来看，单条批语出现署年最早是己卯，单条批语出现署名也是己卯冬，这个时间是脂砚斋己卯冬将小说第1—

40 回完成“定本”的时间。出现畸笏署名的时间是壬午，壬午是在脂砚斋庚辰秋整理第 41—79 回“定本”之后第二年。而甲戌本第一回，与丁亥相隔七年之后，又出现甲午八日脂砚悼念雪芹的绝笔。从文献时间线索、脂畸一人说所举四对批语及甲午批来看，脂砚斋与畸笏叟的确是同一人的两个不同名号，为何壬午改名号为畸笏？如果要进一步解释的话，与作者曹雪芹、《红楼梦》成书关系紧密的壬午这个时间点，确实也发生了不少事情，作者曹雪芹在壬午除夕去世，《脂砚斋重评石头记》在两年前的庚辰秋“定本”，署有畸笏的批语均出现在庚辰本上，且有不少批语与甲戌本重叠。以上这些关联会导向具体什么解释，因为文献不足，只能暂付阙如。

6. 你怎样认识周汝昌提出的“脂畸一人”说与“脂砚湘云说”？

答：脂砚湘云说虽然建立在脂畸一人说的考证之上，两者是承接、递进关系，但这是两个问题，不能倒过来以脂砚湘云说左右对脂畸关系的考证。

7. 伊藤漱平的文章发表于 1966 年，当时靖藏本批语尚未公布，伊藤漱平是怎样看到靖藏本批语的？

答：1966 年，靖藏本批语确实还没有公开发表。150 条毛辑靖藏本批语的首次发表，是在 1974 年南京师范学院编的《文教资料简报》8、9 月合刊，日本学者伊藤漱平当然见不到全部的靖藏本批语。但是，150 条靖藏本批语正式公开发表以前，早在 1965 年，周汝昌就已在香港《大公报》发表了《红楼梦版本的新发现》，公开介绍、研究毛辑靖藏本批语。周文甫一发表，首先引起海外学者的关注。日本学者伊藤漱平就是读到周文之后撰写的《脂砚斎と脂砚斎评本に关する觉书（五）》，读伊藤的文章，不难看到，他已经引用靖藏本批语的部分内容，但其所据均出自周文。

8. 周汝昌总结的四对批语，都是前批署己卯冬，后批署丁亥夏畸笏叟，如果是同一个人，这是怎么回事？

答：脂砚与畸笏署名的临界时间是壬午，并非己卯。我没有表达过己卯以后就不用脂砚名字这个观点。畸笏批集中于丁亥夏，且基本均为眉批，己卯冬批原本就是脂砚斋在己卯冬整理完小说前四十回，意犹未尽，而在天头施加批语。这种眉批呼应出现的具体场景即如上所述，这是实际情形，不能归于“巧合”。

9. 有研究者指出，己卯冬的批语也是畸笏叟写的，有没有这种可能？

答：己卯庚辰本双行批出于脂砚，这是学界公认的，这一判断也是有文献证据的。证据就是，己卯、庚辰这两年，是脂砚斋整理小说、批语，准备将《脂砚斋重评石头记》定本的时间，很难想象与此同时还有另一个人在定本上施加批点，且与文献记载不合。己卯批语为脂砚所加，直接的文献证据仅有一条，连署“己卯冬”和“脂砚”的，即庚辰本第二十四回眉批“这一节对《水浒记》杨志卖大刀遇没毛大虫一回看，觉好看多矣。己卯冬夜脂砚”，研究者因疑其抄写讹误。为什么现存抄本中有少数批语署名脂砚，脂砚为何会在单条批语上署年署名，他施加批点的具体场景是什么，由于文献不足，以上几个问题现在还不容易有较为明确的解释。

10. 为什么脂砚斋会在壬午年改号畸笏叟继续批点小说？既然壬午已用畸笏叟这一名号，为何甲戌本中甲午批仍署“一芹一脂”？

答：甲戌本底本源出脂砚斋用以施加批点的稿本，仅署名题作“脂砚斋重评石头记”，故书中单条批语均不署脂砚名。壬午之后改号畸笏，而甲戌本甲午批语中又自称“一芹一脂”，并不存在冲突。原因是，此书脂砚既定名为“脂砚斋重评石头记”，本有二人写作、批点，合作传书之意，“一芹一脂”“余二人”自然只能是脂砚说作者与他自己。“脂砚斋”是与曹雪芹合作批点小说时用的名号，且署名已定为“脂砚斋重评石头记”。壬午以后，曹雪芹那边似乎发生了什么变故（此属猜测，并无实据），不久之后去世，脂砚或许因此改换名号。而甲午批仍以“一芹一脂”指称作者与自己，其中恐怕也有纪念一芹一脂合作著书那段时光的意思。甲午批因是绝笔（“泪亦待尽”“泪笔”），且在其用以积累批语的稿本上，故不存在“读者当何以明其所指”这类问题。况且，甲午绝笔批即为脂砚泪尽临逝之际，此年批语孤零零仅有一条，当时施加此批，因书未成，雪芹已逝，脂砚满腔惆怅，奇苦郁结，恐怕已顾不得读者如何了。

附录3.4

再驳脂畸二人说

自1964年靖藏本短暂“问世”后即消失，毛国瑶将抄下的150条靖藏本批语寄给俞平伯等红学家，为研究者重视，尤其是其中第87条，研究者对脂砚斋、畸笏叟关系的认识几乎全都倾向了脂畸二人说。在持脂畸二人说的研究者中，有大部分似乎并不认为这是受了靖藏本的影响才得出的结论。李鹏飞教授在《红楼梦学刊》2022年第2期发表《脂畸二人说与一人说之重审》一文（下称《重审》），正式回应脂畸一人说所举证据，认为部分批语仍能证明脂畸为二人。剥离靖藏本批语，考究现存抄本批语，认为不依靠靖藏本批语，脂畸二人说仍然有较大合理性，不能轻易推翻。

《重审》首先重新审视了周汝昌脂畸一人说所举四证。首先是庚辰本“奸邪婢”那对批语，《重审》悬拟了一人说对这对批语的理解：

> 若按周汝昌先生的脂畸一人说来理解这组批语，则前一条批语是脂砚斋己卯冬夜所批，当时他还没看到后面的抄没狱神庙等情节，所以说红玉是“奸邪婢”；到丁亥夏，已经改称畸笏叟的脂砚斋看到了这些情节，所以写下了第二条批语，解释一下自己当年为何会斥责红玉。

脂畸一人说对庚辰本“奸邪婢”这对批语的理解是否如此，暂不展开，《重审》引孙逊的论证，称“在脂砚斋的许多早期批语中，多次提到了八十回后的一些情节，并不止一次提到了最后一回的‘警幻情榜’”，进而认为脂砚斋在己卯以及己卯前数次批阅中，已经看到了八十回后的全部文稿。由此反驳以上所悬拟的脂畸一人说对“奸邪婢”那对批语的解释。

从传世甲戌本、己卯本、庚辰本三古抄本来看，并没有足够证据证明乾隆己卯脂砚斋已全部看过小说全稿，其中最为重要的一个证据是脂砚斋多处提及十二钗名单，均表述模糊，由此侧面也能看到脂砚斋当时对书稿的掌握并不是那么全面。此外，批语种种迹象表明，乾隆庚辰以前，脂砚斋似乎并没有完整看到八十回后的小说文稿，这一点在前文中也有论及：

> 乾隆庚辰以前，脂砚斋似未完整看到八十回后的小说文稿，壬午、丁亥的批语也屡次提及部分稿子“未见”“迷失”。由现存抄本，我们仍可以大略窥见当时这部书稿的情形。庚辰本七十五回有“乾隆二十一年五月初七日对清。缺中秋诗俟雪芹”，二十二回末惜春谜后缺文，也有“此后破失，俟再补”批语，还有“此回未成而芹逝矣，叹叹！丁亥夏畸笏叟”批语。从甲戌脂砚斋抄阅再评，到己卯庚辰定本，仅限于八十回前。八十回后的文稿如何，因未见到，无从判定。至少据批语所透露的，书稿誊抄过程中曾见有“花袭人有始有终”“狱神庙慰宝玉”等稿，已被借阅者迷失。

《重审》这一驳论自然不能成立。返回来再审视脂畸一人说对“奸邪婢”这对批语的理解，是否如《重审》所述。

周汝昌最初发表脂畸一人说的观点时，并没有对“奸邪婢”这对批语展开详细论述，只是说：

> 以上二例皆是这位畸笏论及脂砚的批。但，注意二文口气，皆系一人前后自注说明，而并非二人彼此驳辩攻击。读者如其致疑于我的说法，不妨回顾翻翻我已引的“斯亦太过”与“老兄并未看明是男是女，乱加批驳，可笑”两处，那里口气是怎样，这里是怎样，或者便可了然了。[①]

后来，周祜昌、周汝昌对此又有详细说明：

> 到己卯、庚辰两年脂砚在整理这个“四阅评过”的新“定本”、把已作好的批正式写成双行“定位”式的时候，她早就对“下半部后数十回”中宝玉最后穷困不堪、无衣无食的情景都尽数了如指掌了（她透露后半部情节的批语极多，略参《新证》页八七八—八九二的引述），这种穷困

① 周汝昌《真本〈石头记〉之脂砚斋评》。

至极的境地，是“抄没”“狱神庙”之后的结果——怎么她又会在同一个“己卯冬夜”却还大骂红玉这个与贾芸一同营救宝玉、对宝玉大大得力的恩人为“奸邪婢”并且定要“逐之”为快呢？况且，在同一个庚辰本的第二十六回眉上，就又有在同一个“己卯冬”的批语，说：

“红玉一腔委曲［屈］怨愤，系身在怡红不能遂志，看官勿错认为芸儿害相思也。己卯冬。”

对此，我们又不禁要问：你脂砚先生在己卯冬明明又是已经很理解红玉的一位批书家了，怎么自相抵触到骂她是“奸邪”起来呢？

即此一例，已分明可见：凡署年月于批尾的这种“款式”，并不都是真实可靠的。

这是怎么一回事情呢？那是一条很早很早的批，“己卯冬夜”云云的纪年，不过是后来添加上去的罢了。①

对“奸邪婢”批语的解读，于鹏《“靖批”之伪与庚辰本“奸邪婢”批语考释》已有很好的解释：

由此，我们重新审视畸笏（也就是脂砚）的批语“此系未见‘抄没’‘狱神庙’诸事，故有是批”，就会明白这里并没有什么纠正前批之意，只是对前批即“奸邪婢”批的自注与说明。这条批语的意思是：我没看到“抄没”“狱神庙”中红玉的具体文字，不知红玉后来回归应答帮旧主宝玉的详情，所以，才有这条“奸邪婢岂是怡红应答者，故即逐之”的批语。

《重审》所述对“奸邪婢”批语的理解其实是此前研究者对“奸邪婢”批语的误解。基于己卯冬脂砚已读过《石头记》全部书稿这一错误认识、以往脂畸一人说对“奸邪婢”的误读，对这对批语的推演解释，如“畸笏叟看到这条批语，觉得脂砚斋不应有这样的看法，就猜测他写下此批时应该还没看到狱神庙的故事，这完全是他个人的主观臆测”，当然也不能成立。

脂畸二人说无法对“甲午八日泪笔”做出很好的解释。甲戌本第一回有

① 周祜昌、周汝昌《石头记鉴真》，第 97—98 页。

一条独出眉批：

> 能解者方有辛酸之泪，哭成此书。壬午除夕，书未成，芹为泪尽而逝。余尝哭芹，泪亦待尽。每意觅青埂峰再问石兄，余（奈）不遇獭（癞）头和尚何！怅怅！
>
> 今而后，惟愿造化主再出一芹一脂，是书何本（幸），余二人亦大快遂心于九泉矣。甲午八日泪笔。

有关脂砚斋批点《石头记》的时间，甲戌本中还有一句独出的文字，“至脂砚斋甲戌抄阅再评，仍用《石头记》”，甲戌为乾隆十九年（1754），甲午为乾隆三十九年（1774），期间横跨近二十年。从甲戌本与已卯庚辰本的对比来看，已卯庚辰本为脂砚斋整理小说、批语的“定本”，甲戌本虽仅存十六回，却有多数不见于已卯庚辰本这一“定本”的批语。且如“甲午八日泪笔”这条批语，无论内容、时间、语气，均十分特殊，以内容而言，用小说中黛玉还泪的典故，以泪贯穿，“辛酸之泪”“泪尽而逝”“泪亦待尽”“泪笔”；以语气而言，书未成而作者已逝，字里行间痛悼雪芹，无尽怅惘；以时间而言，乾隆三十九年距离雪芹去世已有约十二年，且这条批语末署“泪笔”。从以上三方面看，这条批语出于脂砚之手，为脂砚泪尽临逝所作绝笔无疑。

至于为何不称畸笏，而又自称“一脂”，甲戌本中原也没有畸笏之名，畸笏名号仅见于庚辰本。何况“脂砚斋重评石头记”是脂砚斋整理批点小说时就已拟定的书名，仔细斟酌“一芹一脂”“余二人”等措辞，的确是脂砚斋在纪念与作者曹雪芹撰著、批点小说这段时间。至于为何改畸笏，因材料所限，确实无法还原，但这不是否定一人说的充分理由。

更何况，甲戌本、已卯庚辰本各自的文献形态及批语状况，应足以引起重视。脂畸二人说所默认的甲戌本为抄手删略脂砚、畸笏署名及署年而成，原本也没有足够证据证明。四对批语，外加“甲午八日泪笔”批，足以证明脂砚斋、畸笏叟为同一人。“甲午八日泪笔”批、纸张版心下方“脂砚斋”三字、特殊的独出批语，以及独出异文与小说文本情理的关合，均指向甲戌本的底本应是脂砚斋当时批点小说用以积累批语的一个稿本。

甲戌本、己卯庚辰本的版本性质不同，应是当时出现批语不同署名的根本原因。甲戌本底本源出脂砚斋积累批语的一个稿本，自用自批，因此没有一条批语署脂砚自己名字，松斋、梅溪是脂砚之外的批语，因此署名。批语署年最早出现在庚辰本，最早署年为己卯，署名最早也是己卯。最早出现畸笏署名，也是在庚辰本，时间是壬午，壬午以后，脂砚斋不再出现。仅有“一芹一脂”出现于甲戌本眉批。以上这些文本现象，也足够引起由甲戌本、庚辰本文献形态来斟酌两部抄本的版本性质。

脂畸二人说默认脂砚已于丁亥夏（1767）去世，但脂砚斋仍在甲午（1774）写有“甲午八日泪笔”这条批语，因此二人说怀疑“甲午”二字为抄手致误，这一怀疑没有版本依据，自然不足以成立。

此外，《重审》“关联性批语”另举出八九对批语，分别从批语重复称赞作者笔法、语词等，认为如果脂砚斋、畸笏叟是同一个人，畸笏叟就没有必要这样在批点中重复。这明明与脂砚斋实际批点小说的情形不符，甲戌本中即有一条批语，专门说明他如何批点这部小说，即前文展开论述的“重出”之批，脂砚斋批点小说，原非从头逐回批点，《重审》所举的八九对“关联性批语”即脂砚斋“重出”之批的最佳注脚。“索书甚迫”批，应是指赵香梗《秋树根偶谭》，与《石头记》无涉，批语“非批石头记也，姑志于此”即指此。也是由于对批语误读，才产生的《石头记》转手批点之说。

综上所述，剥离靖藏本批语，脂畸二人说仍然没有足够证据凿实，且面临脂砚丁亥夏以前去世、却又于甲午作批的逻辑困境。此前，周汝昌一人说所举四对批语的证据，仍然有效，并没有被拆解。

五、小结

庚辰本中，脂砚斋、畸笏叟两个名号在文献的时间线索中并无交叠，以清乾隆二十七年壬午为界，此后才出现畸笏叟署名，且乾隆三十九年甲午脂砚斋又作批悼念雪芹。这并非因文献残缺造成的偶然现象，实有文献内部证据作为支撑，这种支撑基于《石头记》抄本的文献形态与文本的关联证据。

由此可以确证，脂砚斋、畸笏叟实为同一人。二人说对脂畸关系判断错误，主要是两重因素影响：一是主要倚赖文本层面的研讨，而忽略对文献载体及衍生路径的细致考察；二是忽略脂砚自述批点小说的过程与方式（“重出”之批），以庚辰本中署名畸笏的批语扰乱甲戌本中的批语归属，没有厘清二人对话批与脂砚“重出”批的界限。

《脂砚斋重评石头记》诸抄本中单条批语的署名、署年，是从乾隆二十四年己卯才开始出现的。如果从成书时间线索来看，与“脂砚斋四阅评过”“己卯冬月定本”整理完前四十回有莫大关系。具体而言，正是己卯冬月将前四十回小说正文与脂砚批语连抄定本后，才有的庚辰本前二十八回中署年己卯冬的眉批。《石头记》本是由脂砚斋来评点、整理，甲戌本、己卯庚辰本书名均为“脂砚斋重评石头记”，且甲戌本底本源出脂砚斋自藏、用以阅读并陆续施加批语的稿本，本没有必要在施加批点时逐条缀上署名。

第四章　靖藏本证伪后的《红楼梦》版本研究

据马书奎修《马氏族谱》等新材料，可考实《脂砚斋重评石头记》（甲戌本）的递藏源流。毛国瑶辑靖应鹍藏《石头记》批语辨伪后，以脂畸一人说为基础，重新审视甲戌本的文献状貌（书名释义、版心署名、批语位置、朱/墨圈点等），取己卯庚辰本与之校勘，析分异文与小说文本的情理，由内外两方面证据，确认甲戌本的源头底本为脂砚斋自藏稿本。清乾隆十九年（1754）至三十九年，此二十年间一直在脂砚斋手中，其功用是脂砚斋用以阅读并陆续施加批语。乾隆二十四、二十五年间，脂砚斋四阅评过抄录定本时，将此前在甲戌本中积累的批语斟酌去取，以双行小注形式汇抄于小说正文之下。脂砚斋此次整理，意犹未尽，另在己卯庚辰本天头、行间施加批点，并署年署名。又经抄录，形成现在的甲戌本、己卯庚辰本等抄本。

今传《脂砚斋重评石头记》（甲戌本），[①] 为1927年胡适从胡星垣处以三十块银圆购得。胡适经研究，于1928年写成《考证〈红楼梦〉的新材

① 现藏于上海博物馆的甲戌本为过录抄本，并非脂砚斋旧藏原书，此前研究已较充分，是为共识。主要依据是其中批语与正文错位、因文字形近而抄写致误，如第八回眉批将“开门”误抄作“词幻”，《好了歌》侧批与对应正文错位。赵冈、陈钟毅《红楼梦研究新编》，第75页。杨光汉《关于甲戌本〈好了歌〉的侧批》。

料》，“深信此本是海内最古的《石头记》抄本”，称这部残存仅十六回的甲戌本为“脂本”，且据其中独出的异文“至脂砚斋甲戌抄阅再评，仍用《石头记》”将其命名为甲戌本，[①]《红楼梦》版本研究由此正式揭开序幕。

在晚清戚序本石印后，甲戌本是研究者发现的最为重要的《石头记》旧抄本。此抄本1961年5月首次由“中央印制厂”、台湾商务印书馆朱墨套印以前，胡适曾在1948年借给周汝昌阅览、研究，周氏弟兄抄录过一个副本。胡适还曾授权美国国会图书馆制作了三套胶卷，分赠美国哥伦比亚大学图书馆、王际真，一套由胡适自存（后赠林语堂）。1949年，周汝昌将甲戌本录副本借给陶洙，陶洙据此本将甲戌本凡例、多出来的文字内容及批语抄录在己卯本上。此后，俞平伯据陶洙过录在己卯本中的甲戌本批语，收入《脂砚斋红楼梦辑评》。随时间推移，研究者对甲戌本的认识，诸如其过录时间早晚、底本来源、批语作者等关键问题，无不存在分歧。由此，也使研究者对红学研究中三大死结（脂砚何人、芹系谁子、续书谁作）产生了不同的认识，[②]歧说纷如。

在甲戌本传抄、影印、整理的同时，对这部抄本的研究也陆续展开。胡适据其讨论递藏、批者脂砚斋与曹雪芹的关系、小说成书过程及其版本特点，并将这个本子与戚序本做了初步比较研究。[③]由于甲戌本的出现，《红楼梦》的版本研究有了极大的推进。随后，周汝昌、周祜昌、俞平伯、吴世昌、王利器等研究者相继介入，对认识这部仅存十六回的残本做出了许多贡献。上世纪六十年代，毛辑靖藏本批语的出现，使研究者对脂砚斋、畸笏叟关系及身份判断失误，对甲戌本的版本性质认识也产生了偏差，《红楼梦》版本研究陷入困境。

---

① 胡适在《跋乾隆庚辰本〈脂砚斋重评石头记〉钞本》中首次以“甲戌本”称此本。1961年首次影印此本，胡适题为“乾隆甲戌脂砚斋重评石头记”。

② 刘梦溪《红楼梦与百年中国》，第418页。

③ 胡适《考证〈红楼梦〉的新材料》。

图表 4.1　甲戌本外貌与首叶钤印

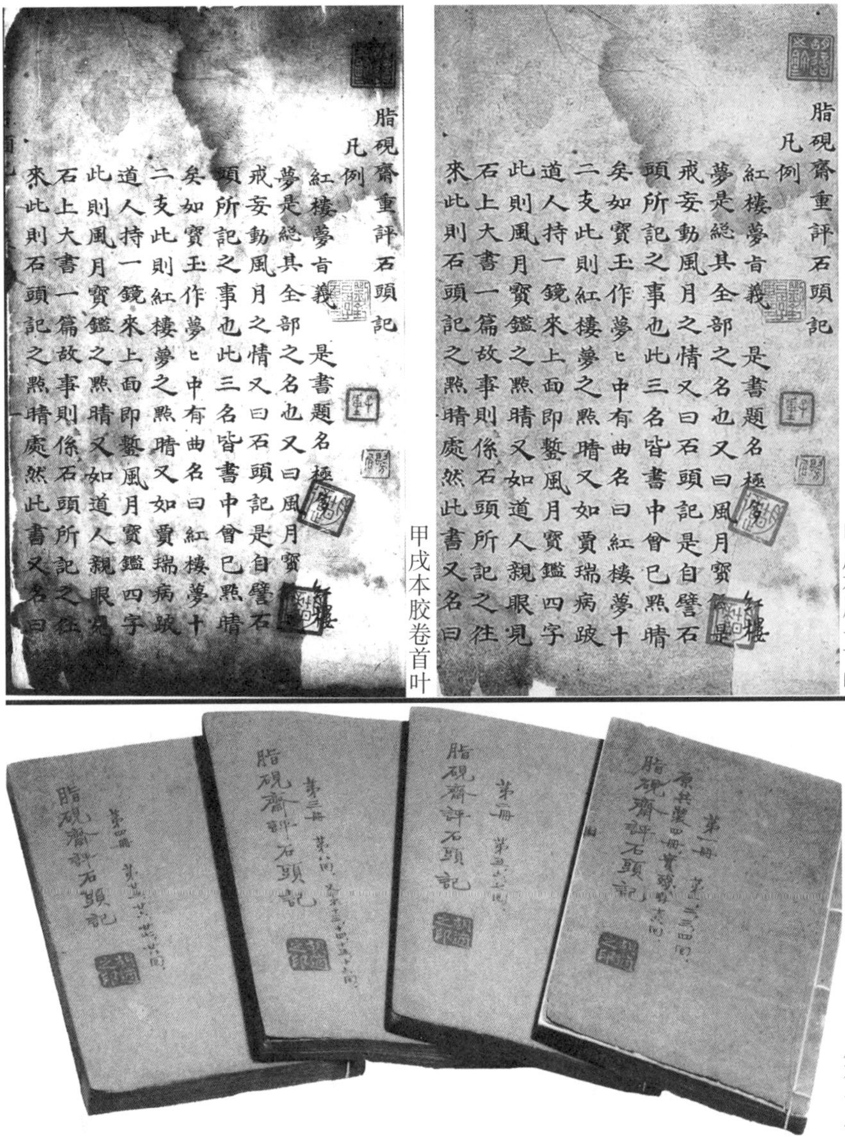
脂硯齋重評石頭記
凡例
紅樓夢旨義　是書題名極多紅樓
夢是總其全部之名也又曰風月寶鑑是
戒妄動風月之情又曰石頭記是自譬石
頭所記之事也此三名皆書中曾已點睛
矣如寶玉作夢〻中有曲名曰紅樓夢十
二支此則紅樓夢之點睛又如賈瑞病跛
道人持一鏡來上面即鏨風月寶鑑四字
此則風月寶鑑之點睛又如道人親眼見
石上大書一篇故事則係石頭所記之往
來此則石頭記之點睛處然此書又名曰

甲戌本胶卷首叶

甲戌本原书首叶

甲戌本书衣

自 1964 年至今，近六十年的《红楼梦》抄本研究，大都受毛辑靖藏本批语这一伪造文献的误导，对《石头记》抄本及与此攸关的问题，如甲戌本的版本性质（其抄写年代、底本来源等）、脂砚斋与畸笏叟的身份及关系、甲戌本与己卯庚辰本等版本之间的关系，以及对具体批语的理解，由此延伸至讨论曹雪芹生卒年等一系列问题，均产生偏差。本书前三章已从多角度对毛辑靖藏本批语做了较全面的辨伪工作，考实毛辑靖藏本批语出于蓄意伪造，不可信据。剥离毛辑靖藏本批语以后，重新从文献学视角审视甲戌本，以精确对其底本来源及版本性质的认识，在此基础上对先前争议较大的几个问题重作讨论。

一、甲戌本递藏源流补考

甲戌本，一函四册，四眼线装，现藏上海博物馆。书衣有胡适朱笔题“脂砚斋评石头记”，下钤“胡适之印”（阴文方印），各册书名之侧，以朱笔小字分别题有“原共装四册，实残存十六回　第一册　第一、二、三、四回”，“第二册　第五、六、七回”，“第三册　第八回，又第十三、十四、十五、十六回”，“第四册　第廿五、廿六、廿七、廿八回”。首册首半叶右下撕去一角，撕痕近似手指轮廓，骑缝钤有两方“胡适”（阳文朱印）印记，补“多”字下半及“红楼”二字，各册首半叶首行天头均钤“胡适之鈢”（阴文方印）。首半叶首行“脂砚斋重评石头记”“凡例”行，自下而上钤“髣眉”（阳文方印）、“子重”（阳文方印）、“刘铨福子重印”（阳文方印），第十三回首半叶纸张残去左下半，钤有“刘铨福子重印”及“砖祖斋”印。

甲戌本的递藏，向来为研究者所重视。[①] 唯因相关材料缺佚，尤其是向胡适售卖此书的胡星垣，其人其事，研究者竟一无所知。胡适称“那位原藏书的朋友（可惜我把他的姓名地址都丢了）就亲自把这部脂砚甲戌本送到新开张的新月书店去，托书店转交给我”。[②] 由此引发颇多质疑，甚至怀疑胡星垣为子虚乌有之人，进而认为甲戌本出于晚出伪造。多年前，友人项旋曾查考胡星垣，有所推进。据当时胡星垣致胡适函，信封所附地址为“马霍路德福里三百九十号”。按迹寻踪，查得《申报》分别在 1924 年 6 月 29 日至

① 顾斌《〈脂砚斋重评石头记〉甲戌本流传始末》。
② 胡适《跋乾隆甲戌〈脂砚斋重评石头记〉影印本》。

7月3日连续刊登过一则卖汽车的广告，称因车主离开上海，有黑得马皮汽车廉价出让，这则广告所留联系人胡逸龕的地址，与1927年5月23日胡星垣致胡适卖书函信封所附地址一致，这位代售汽车的胡逸龕或许就是给胡适写信的胡星垣。

另据《历代画史汇传补编》，胡廷璧，字星垣，黄陂人，工山水鸟兽，又画兰。[①]别署胡涂星垣。[②]大致同一时段，还有一位胡氏号味痴的人，叫胡渔山，还曾用过红玫瑰馆主、白蔷薇馆主等笔名。[③]他出版过一部《味痴剩墨》。他对《红楼梦》情有独钟，曾创作文言小说，颇有影响。上世纪二十年代初，他还曾在《余光》《野语》等期刊发表诗文，参与青年研究学社。据张振国《民国文言小说史》考证，胡渔山，字钓厂，生于1902年。1921年有长篇小说《可怜虫》《儿女英雄》在上海报刊发表。[④]

《味痴剩墨》八卷，1923年6月由青年研究学社出版，分说荟、文苑、笔丛、谐薮、题襟集、嚼蔗谈、神交录、香艳集。其中“笔丛”所收《鱼三堂笔记》《渔庐志异五则》中有22篇文言小说，为研究者所重视，认为其创作“体现了民国前期中国文言小说新旧交替的时代特征”。[⑤]其中“香艳集”所收《自题红楼杂咏》，分题元妃省亲、李纨教子、宝琴立雪、妙玉赠梅、湘云眠石、龄官画薇、宝钗扑蝶、玉钏尝羹、莺儿结络、晴雯补裘、紫鹃试玉、二姐吞金、小红遗帕、芳官焚纸、香菱斗草、黛玉葬花十六首。前有序云：

> 艳影纪红楼，红楼一梦里。梦里原荒唐，根从顽石起。钗光炫十二，黛影泣潇湘。如意夸金锁，转瞬梦黄粱。金玉恨千秋，袈裟逃一领。色相幻昙花，虚无空泡影。我亦号情痴，痴味略能知。聊取梦中影，为题梦里词。[⑥]

---

① 吴心谷编著《历代画史汇传补编》，第31页。
② 项旋《甲戌本〈石头记〉“卖书人”胡星垣初探》，未刊稿。感谢项旋惠示。
③ 胡星垣曾以“红玫瑰馆主”“白蔷薇馆主”等笔名在上海报纸《大世界》发表品评《红楼梦》及相关戏剧的作品。
④ 张振国《民国文言小说史》，第229页。
⑤ 张振国《民国文言小说史》，第228—230页。
⑥ 胡渔山《自题红楼杂咏》，《味痴剩墨》卷5，第103—105页。

图表 4.2 胡星垣住址“马霍路德福里三百九十号”相关信息

胡星垣致胡适函1927-05-23信封

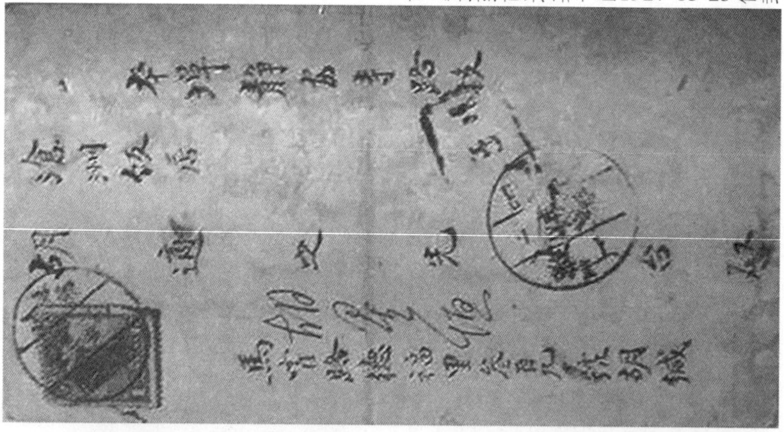

马霍路德福里三百九十号胡逸盦

《申报》1924-06-29广告

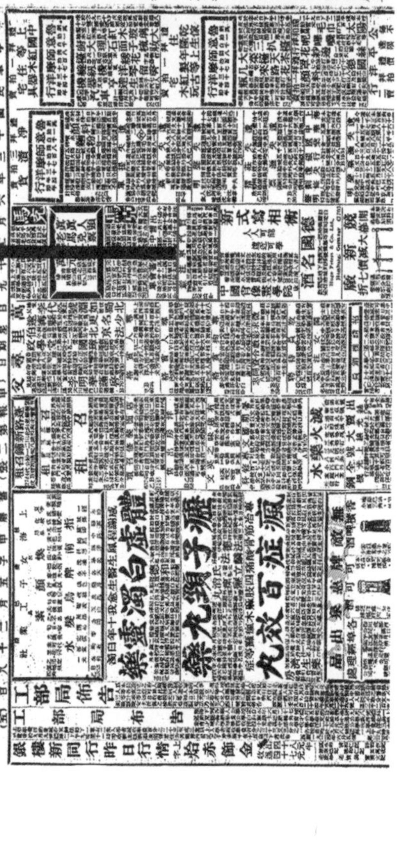

十六首题红诗，均为品评、感怀小说人物命运之作，并未提及《红楼梦》版本等信息。1923年以前，胡渔山即作有《自题红楼杂咏》，与《红楼梦》这部小说有奇特的缘分。这位胡渔山是否就是卖书给胡适的胡星垣，仍有待查考。

书前有胡远尘题诗，句下有胡渔山小注（以下括号表示）：

> 皖水湘山各一天，果然翰墨有因缘。
>
> 钗光黛影徵同调（余有《钗光黛影录》拟刊单行本，不谓凤毛亦有是辑。味注），檀板金樽事可怜。
>
> 快绿怡红同纪梦（余拟作《宝玉笔记》，已起草，不意君亦有《怡红院笔记》之作。味注），潇湘种玉怕成烟（余有《咏黛玉葬花》诗，君亦有是作）。
>
> 君痴我更痴情甚，寂寞空谈下乘禅（凤毛有《红楼梦话》之作待刊，余亦有《红楼梦杂谈》刊行。味注）。①

宗弟胡远尘这首题红诗，胡渔山尤其感兴趣，在诗句下连出四条注释，注出二人对《红楼梦》这部小说的痴迷，且透露他们各自撰写的有关《红楼梦》的作品。1923年，胡渔山已撰有《钗光黛影录》《红楼梦杂谈》，已起草《宝玉笔记》。这些作品，今已不知下落，尤其是《红楼梦杂谈》，对考实其身份，是否早已利用甲戌本谈过相关问题，于红学研究而言，显得尤为重要。

甲戌本首叶“凡例”下钤盖的“髣眉”小印，也曾引发研究者对甲戌本早期流传的诸多想象。对甲戌本递藏源流的研究，此前已有周汝昌《刘铨福考》、徐恭时《红苑长青磐石坚——刘铨福史实与甲戌本关系综考》、李永泉《甲戌本〈红楼梦〉收藏者刘铨福补考》、曹震《刘铨福卒年考》等专文，但仍有些未解决的问题。学术界一般认为，从甲戌本所钤印记来看，“髣眉”应是最早的收藏者，其主人是马寿蘐（？—1861）。

---

① 胡渔山《味痴剩墨》卷5，第11页。

图表 4.3　马书奎跋《石鼓文》拓本所钤“木瓜山房”“古张难堡耕者”印①

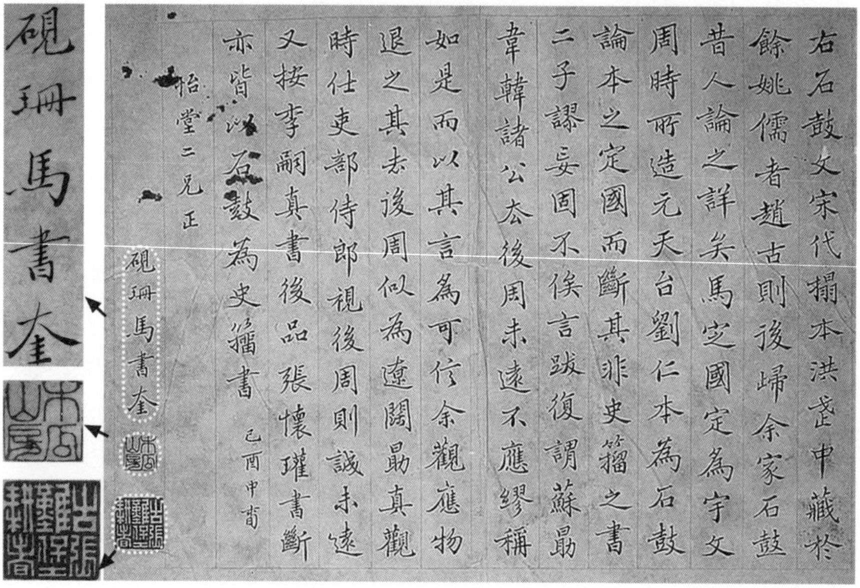

右石鼓文宋代搨本洪武中藏於餘姚儒者趙古則後歸余家石鼓昔人論之詳矣馬定國定為宇文周時所造元天台劉仁本為石鼓論本之定國而斷其非史籀之書二子謬妄固不俟言跋復謂蘇勗韋韓諸公去後周未遠不應繆稱如是而以其言為可信余觀應物退之其去後周似為遼闊勗真觀時仕吏部侍郎視後周則誠未遠又按李嗣真書後品張懷瓘書斷亦皆以石鼓為史籀書 己酉中秋

怡堂二兄正

硯珊馬書奎

图表 4.4 《近代名人尺牍》收录的有关刘位坦的两封信

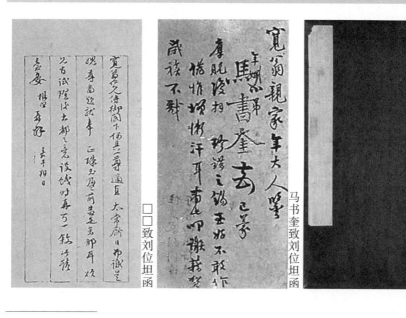

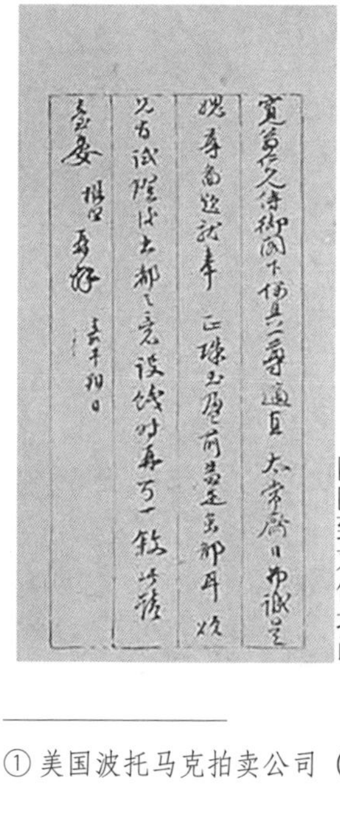

□□致刘位坦函

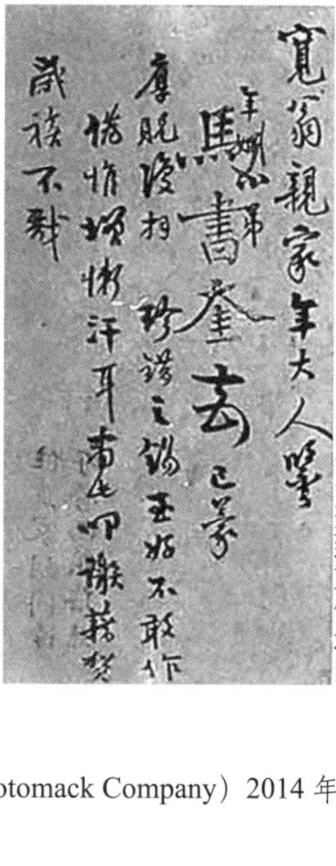

马书奎致刘位坦函

《近代名人尺牍》(日本京都大学藏)

① 美国波托马克拍卖公司（Potomack Company）2014 年第 418 号拍品。

《翠微拾黛图》钤有马寿蘐“木瓜山女”图章。① 考明万历《太原府志》，其中“山川”下即有木瓜山，② 清乾隆《介休县志》引北魏地形志“西河郡介休有木瓜山”。③ 以上均可证山西介休有木瓜山，“木瓜山女”印章是马寿蘐以木瓜山记其出生之地。④ 最近发现，马书奎也有一方“木瓜山房”的阳文印章（图表 4.3），可见马寿蘐与马书奎的关系。

刘位坦《叠书龛遗稿》黄国瑾抄本，书前有跋称“公交游中以马公研珊为最笃”。⑤ 近读京都大学图书馆藏《近代名人尺牍》，其中收有一封马书奎致刘位坦函，对认识刘、马两家关系也较重要，兹录于下（图表 4.4）：

> 宽翁亲家年大人鉴：已蒙厚贶，复拜珍错之锡，至好，不敢作备，惟增惭汗耳。肃此叩谢，藉贺岁禧不戬。年姻小弟马书奎顿首⑥

按，宽翁为刘位坦（1802—1861），字宽夫，为刘铨福的父亲。此函上款称刘位坦为“亲家年大人”，马书奎落款自称“年姻小弟”，是二人确有姻戚关系。陈庆镛《介休马君墓志铭代陈给谏坛》载马书奎“女一，嫁肃宁县教谕大兴刘铨福”，可证马书奎此女即马寿蘐。

---

① 周汝昌《红楼梦新证（增订本）》，2016 年版，第 1012 页。

② 关廷访修《太原府志》（明万历刻本）卷 8。

③《魏书》卷 106《地形志》。王谋文修《(乾隆) 介休县志》卷 2。

④ 此前，徐恭时查考光绪《湖南通志》常德府武陵县下有木瓜山，据此推考马寿蘐出生于湖南，而刘铨福恰好于咸丰年间随父去过湖南。徐恭时《红苑长青磐石坚——刘铨福史实与甲戌本关系综考》。

⑤ 刘位坦《叠书龛遗稿》，黄国瑾抄本，第 10 页。

⑥ 佚名编《近代名人尺牍》，第 2 册，第 19 开。

附录4.1

甲戌本“阿瘖瘖”印小考

刘铨福在甲戌本中有不少跋文和钤印，其中有一古怪的“阿瘖瘖”印，颇为研究者关注。瘖，《说文》未收，《集韵》释作“病也”，为形声兼会意字。甲戌本书末刘铨福跋云：“此批本丁卯夏借与绵州孙小峰太守刻于湖南。”“近日又得妙复轩手批十二册，语虽近凿，而于《红楼梦》味之亦深矣。云客又记。”其下钤有“阿瘖瘖”印。以往对这方印的解读，以胡适为代表，引唐寅《白日升天图》“有朝一日天破了，大家齐喊‘阿瘖瘖’”为证，大都认为“阿瘖瘖”为吴地方言，表大惊奇的叹词，这方印表达了刘铨福本人的风趣。[①]

《说郛》引唐张鷟《朝野佥载》云：

> 周沧州南皮县丞郭务静每巡乡，唤百姓妇托以缝补而奸之。其夫至，缚静鞭数十步。主簿李悊往救解之，静羞讳其事，低身答云“忍痛不得”，口唱“阿瘖瘖”，“静不被打，阿瘖瘖”。[②]

元陶宗仪《南村辍耕录》有“阿瘖瘖”条：

> 淮人寇江南日，于临阵之际，齐声大喊阿瘖瘖，以助军威。按《朝野佥载》，武后时，沧州南皮县丞郭胜静，每巡乡，唤百姓妇，托以缝补而奸之。其夫至，缚胜静，鞭数十，主簿李懋往救解之。胜静羞，讳其事，低身答云：忍痛不得，口唱阿瘖瘖，胜静不被打。阿瘖瘖，据此乃

① 胡适《跋乾隆甲戌〈脂砚斋重评石头记〉影印本》。另见胡颂平编《胡适晚年谈话录》，第26页。

② 张鷟《朝野佥载》，第177页。

有所本。[①]

俞正燮《阿雅还音义》：

北齐儒林传："宗道晖谒任城王湝，湝鞭之，道晖徐呼：'安伟！安伟！'"其音即"阿雅伟"，俗书"阿呀喂"也。单字还音者，唐人《朝野佥载》"郭胜静不被打，阿癐癐"，亦同。《旧唐书》安禄山传：禄山呼李林甫为十郎，使奏事回，先问十郎何言。若但言"大夫须好检校"，则反手据床曰："阿与，我死也！"李龟年尝效其语，玄宗以为笑乐。"阿与"，即"安伟""阿癐癐"。《新唐书》删"阿与"字，盖不知为单字还音语，而疑为冗字也。其还音，《传灯录》德山鉴语作"阿哪"。"阿哪"，元曲本多作"阿嚛"，又作"哎哟"，又作"阿燕"。乾隆二十九年十一月二十三日钦定清语，"於戏""阿燕"，改"阿雅"。若悲伤之呜呼，即用"哀"字。哀即"唉"之还音，且兼义也。[②]

阿癐癐，为惊叹词，古书所用，但记其音，时有更字。至如痛楚呻吟语、羞臊意，始见载于明清俗书所记吴地方音。[③]《吴下方言考》称："阿癐癐，痛楚声也。凡孩稚作痛声，则曰阿癐癐。"[④]冯梦龙《古今谭概》："吴俗小儿辈遇可羞事，必齐拍手，叫'阿癐癐'。"[⑤]且曾对唐寅题诗有详细解释："这四句诗乃国朝唐解元所作，是讥诮神仙之说不足为信。此乃戏谑之语。"[⑥]褚人获《坚瓠集》有"阿癐癐"一条："吴俗小儿遇可羞事，必齐拍手叫'阿癐癐'，不知所起。"[⑦]清嘉庆年间破额山人《夜航船》称："阿癐癐，苦恼之声，今作哄起之声。此声盛于吴俗。吴侬轻薄，游手好闲，三三两两，结党成群，遇有坏事及可笑事，辄拍手齐声曰阿癐癐……呼天

① 陶宗仪《南村辍耕录》，第 142 页。
② 俞正燮《癸巳存稿》卷 3，第 111—112 页。
③ 张庆《〈脂砚斋重评石头记〉里的"阿癐癐"》已总结古书所记"阿癐癐"惊呼呐喊、痛楚呻吟、嘲讽讥刺三例。《香沤小集》，第 22、23 页。
④ 胡文英编《吴下方言考》卷 6，第 16 页。
⑤ 冯梦龙《古今谭概》，第 372 页。
⑥ 冯梦龙编《喻世明言》，第 144 页。
⑦ 褚人获辑选《坚瓠集》，第 50 页。

喧地，以为快心。”[①] 且指出此语有三用：一在戏场，一在杀人场，三为妇女出游。冯梦龙、褚人获、破额山人均为吴人，对“阿癐癐”的解释相对可信。《红楼梦》里写林黛玉羞臊宝玉胡诌药方，即“用手指在脸上画着羞他”，还有黛玉自己羞臊，“两手握起脸来”，与吴方言“阿癐癐”情形近似。

甲戌本中此处刘铨福跋文，“阿癐癐”用为印记，是单纯用惊叹词，还是用吴地方音而有特殊含义？若将印文“阿癐癐”与跋文“于《红楼梦》味之亦深矣”连读，语义也畅达，但其中是否也有吴地方言表戏谑的一层意味在？刘氏为大兴人，幼时曾随祖父四川任，官至成都知府，后又随父到湖南任，一生行迹从未至于江南吴地。这方印是他本人的，还是其妻马寿薆的？山西介休马氏家族，世代江南为官，自始祖翥居介休，至马钟华，为浙江盐运使，其后淇珩为江西督粮道。其后马寿薆祖父马思任江宁布政使司理问，可见介休马氏在江南有世代为官经历。马寿薆年龄不可考，但应与刘铨福年龄仿佛，应有江南经历。

马寿薆于清咸丰十一年（1861）去世，甲戌本书末跋文皆作于马氏逝后，最早一条跋文为刘铨福同治二年（1863）作，紧接其后有五月二十七日记，另有同治四年乙丑濮氏兄弟跋，随后有刘铨福同治七年戊辰跋。“近日又得妙复轩手批十二册”这条跋文应作于同治二年或稍前，“阿癐癐”印或是马寿薆的一方印，[②] 刘铨福钤此印，是否有纪念马氏的一层意味在？如此说成立，则又为马书奎曾收藏此书、甲戌本凡例首页撕去的一角为其藏印增一佐证。

---

① 庄蘧庵《夜航船》卷 4，第 12 页。
② 洪肇远《阿癐癐》。

图表 4.5　刘铨福在甲戌本中的题跋、印记

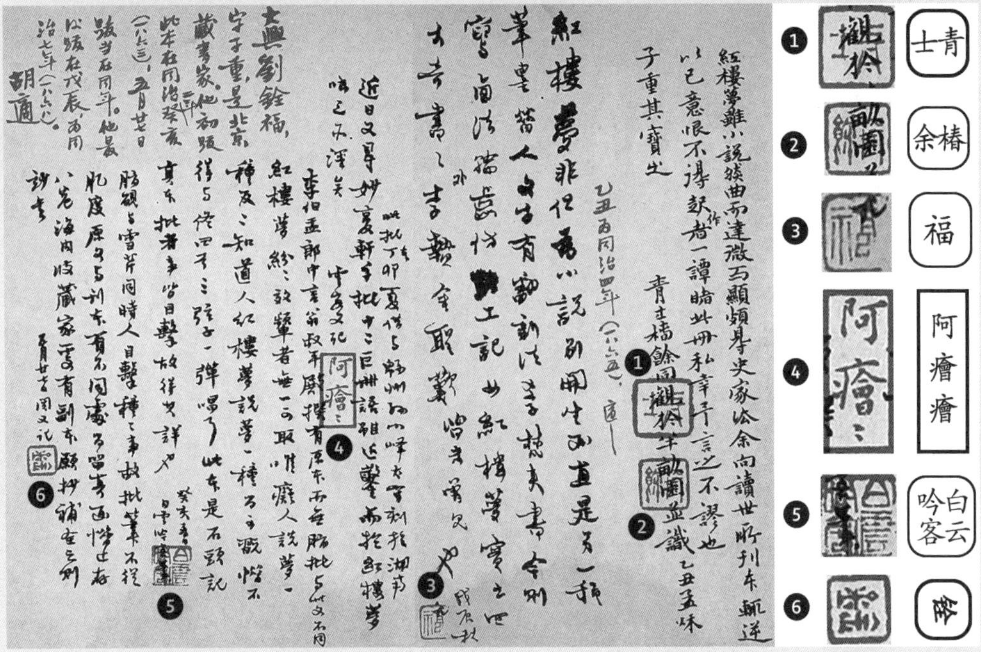

刘铨福（？—1872）《砖祖斋诗钞》，[①] 其中有《纪梦》一首：

> 梦来仍感慨，梦去益相思。已悟生虚幻，何嫌死别离。
> 重逢当十月，预定在先期。细观珊珊影，衣裳绣紫芝。

诗题下有小序："马姬寿蕿，辛酉正月二十日逝去，越夕见梦，谓明年十月当重来。壬戌十月初五夕，果见梦，容色如生，所述皆惜别语，衣裳楚楚，白质而绣芝云，醒乃纪之。"[②] 清咸丰十一年，马寿蕿去世后，刘铨福相思、慨叹，溢于言表。

---

① 曹震考订刘铨福卒于同治十一年，曹震《刘铨福卒年考》。《黄陶楼先生日记》，提及刘铨福最晚一条为同治十一年七月二十五日，"得用行书，言子重病，甚险"，此后日记再未提及，似可为卒于同治十一年说提供旁证。黄彭年《黄陶楼先生日记》下册，第558页。

② 刘铨福《砖祖斋诗钞》，第399页。清同治刻本作"蘐"，为蕿之或体。

马寿薐是刘铨福的正室，还是妾，此前也有争议。据《翠微拾黛图》中天津樊彬作于同治七年的跋，周汝昌认为此图为刘铨福为其侧室马氏而作，时马氏“殁已十年”。[①]而朱寯瀛《诗成重忆迷社故友补题四截句》其四，首句“髟眉仙偶胜吴兴”下小注“尊阃髟眉女史，精鉴金石，善拓古刻”所称“尊阃”即正室。刘铨福称马氏为“姬”，朱寯瀛在写给刘铨福的信中称马氏为“尊阃”。[②]从马书奎致刘位坦函、刘铨福《纪梦》诗、朱寯瀛诗注来看，马寿薐应是刘铨福正室无疑。

《介休马氏族谱》中国国家图书馆藏有稿本、清稿本各一部。稿本涂乙、贴条颇多，清稿本经重新誊抄，已相对整饬，即下文所引马书奎序提及壬寅夏心绂叔寄去的“所增清本”，其“前册”应即未誊清之稿本。稿本中有《宗祠图》《祖茔图》等，刊本未收。其中马铸名字有贴改（原名镈），镈、铸字号有勾乙改动。查阅《马氏族谱》初稿本、清稿本、刻本三种，对马氏家世的材料又有所丰富。《马氏族谱》书前有马书奎所作《重修马氏族谱》序云：

吾宗自元季由扶风迁居介休县东四十里之张兰镇（即古张难堡，见《唐纪事本末》），代有积德，至裕远公而为善益众。越四世，是生鱼台公，历仕繁要，克著伟绩，后泽被于亿民，余庆乃贻后嗣，支派蕃演，甲第崇闳，遂为汾南望族。旧谱修于百年前，多所阙略。乾隆甲寅先君子解组里居，爰与族兄星辉、胞侄书欣，取旧谱而增辑之，迄今又五十年矣。族口日以多，世业日以替，或宦游而不知返，或行贾而适所安。昔之望衡而居者，今且迁汾阳，迁马邑，迁怀仁，及甘之西宁矣。远而畿辅、清江、维扬、白下，再远而虎林、秦蜀。岁月既渺，音使罕传，无论形貌不可识，即支系亦不能知。孰非吾先人一体之所分，而遽使睽离若此乎？揆诸先人，垂训以教，置田以养之，初能无恫乎？夫去者既不能必其可归，而欲使后人念先人之德，异乡兴故陇之悲，因委输以识源，披枝叶以见本，则谱其要也。先是，堂叔心广有志修辑，适庚寅冬杪，奎赴伯兄丧旋里，属为搜录。奎以事不及久留，转属堂叔心绂，叔

① 周汝昌《红楼梦新证（增订本）》，第1012页。
② 李永泉《甲戌本〈红楼梦〉收藏者刘铨福补考》。

竭八月之力，凡家乘、邑传、阡表、隧志，靡不收。近而面访，远而函询，靡不尽。辛卯嘉平手录清本见寄，嗣心广叔以病殁于平定旅舍，奎亦司铎龙门，忽忽又近十霜。每抚册慨叹，谓及今不修，将愈远而愈不能明，罪岂可逭乎？壬寅夏，心绂叔又寄所增清本，因并前册校对付刊，而增堂伯星耀所绘世系图于首，所以明著先人一体之所分，亦以承先君子有待未尽之志也。其远不可知、疑不能明者，则仍阙之，俾散居四方者，异日过汾曲而瞻拜松楸，仰绵峰而感怀杯棬，敬老抱幼，晓然知某为昭，某为穆，某者亲，某者疏，油然动报本追远之心，而吾宗之赋远游者，亦得按谱以稽，知某乡有人。是吾先人一体之所分，而造访而亲敬之，不至相视如路人，则是谱不能无少裨益云。道光二十三年岁在癸卯春仲裔孙书奎谨序，裔孙镈、箓、晋锴、铸恭校。①

这篇序言载录介休马氏的流转迁徙过程，自元季由扶风迁居介休县张兰镇，清康熙中叶曾修过家谱。乾隆五十九年，马书奎的父亲马思与族兄星辉等人据旧谱重修。经过马心广（书奎堂叔）搜罗材料，道光十一年（1831），以手录清本寄予马书奎。道光二十二年夏，马心绂又将增补清本寄予马书奎。马书奎将其合并，次年春即撰序付刊。

谱中另有马思、马书奎及其二子镈、铸小传：

思，原名心度，字甄曜，行四，又字睿轩，号补堂。配张氏，继配张氏。生子三：长书勋；次登书；次书奎。邑庠生，中城北城兵马司副指挥，江宁布政司理问；覃恩，诰授奉政大夫。生于乾隆十五年五月二十九日戌时，卒于嘉庆十五年三月二十七日酉时，葬礼屯瑞柏原正穴南下第二位。有墓志。

书奎，字娄左，号季筠，又字远郊，号砚珊，行二十三，配何氏。生子长镈，次铸。宛平廪生，道光乙酉科优贡，朝考第一名。丙戌科考取八旗官学汉教习第六名，传补镶白旗教习，中式道光戊子科顺天乡试第九十六名举人，特用教职，选补直隶龙门县教谕。生于乾隆五十九年七月二十九日。

① 马书奎修《马氏族谱》上册，叶1、2。

镈，字仲彝，号汾觳，又号椶簃，行二，配刘氏，生子长韶原，次轼原。宛平庠生，中式道光甲午科顺天乡试第一百八十二名举人，乙未科考取觉罗官学汉教习第二名，传补镶红旗觉罗教习，候选知县。生于嘉庆十五年五月二十一日。

铸，原名镈，字艺兰，号介樵，又号矸峤，行三，配何氏，生子长辂原，次轩原，次辅原。宛平廪生，中式道光乙未恩科顺天乡试第一百六十七名举人，特旨覆试第二等第三名，戊戌科考取觉罗官学汉教习第十八名，庚子科会试第一百七十九名进士，覆试第二等第十六名，殿试第二甲第四十名，朝考入选第四十七名庶吉士，辛丑散馆第二等第七名，授职翰林院编修、国史馆协修。生于嘉庆十七年五月初二日。[①]

马书奎二子镈、铸，皆以“金”部字取名。次子铸，据《明清进士题名碑录索引》，为道光二十年庚子科进士，注明改名马寿金。马寿金与这位马寿萲，取名方式一致。“萲”或从煖，或从宣。[②]据马铸改名马寿金，寿萲的原名可能为鍹。因马书奎所修《马氏族谱》未将女子入谱。寿萲与镈、铸相较，其年齿序列如何，未能确考。马寿萲应与刘铨福年龄仿佛，生年当在嘉庆末年。

据胡适称，他在1927年夏天得到这部甲戌本时，“就注意到首叶前三行的下面撕去了一块纸：这是有意隐没这部抄本从谁家出来的踪迹，所以毁去了最后收藏人的印章”。[③]由古代藏书家在藏书上的钤印习惯而言，递藏钤印往往是自下而上，首叶右下角撕去的，应是这部书最早收藏者的印记，而非最后收藏人。综合李永泉及笔者考证，撕去的一角上面即钤“髣眉”朱文方印，应在刘铨福之前收藏此书，若再往前追溯，很有可能是马书奎的藏书。

据谱传，马书奎曾于道光六年考取八旗官学汉教习，传补镶白旗教习。马书奎也是一位藏书家，查考其藏书印记，有“马书奎印”（阴文方印）、[④]“南张马书奎”（阳文方印）、“书奎私印”（阳文方印）、“马砚珊收藏

---

① 马书奎修《马氏族谱》下册，叶59b、80。

②“萲”字下“或从煖”，段玉裁注云“煖声。此字小徐无，张次立补，可删”，段玉裁《说文解字注》，第25页。

③ 胡适《跋乾隆甲戌〈脂砚斋重评石头记〉影印本》。

④ 美国南加利福尼亚大学图书馆藏明抄本《石墨镌华》卷端钤“马砚珊收藏金石图书记”（阴文方印）、“马书奎印”（阴文方印）。

图表 4.6 《马氏族谱》中的马书奎、马镈、马铸小传

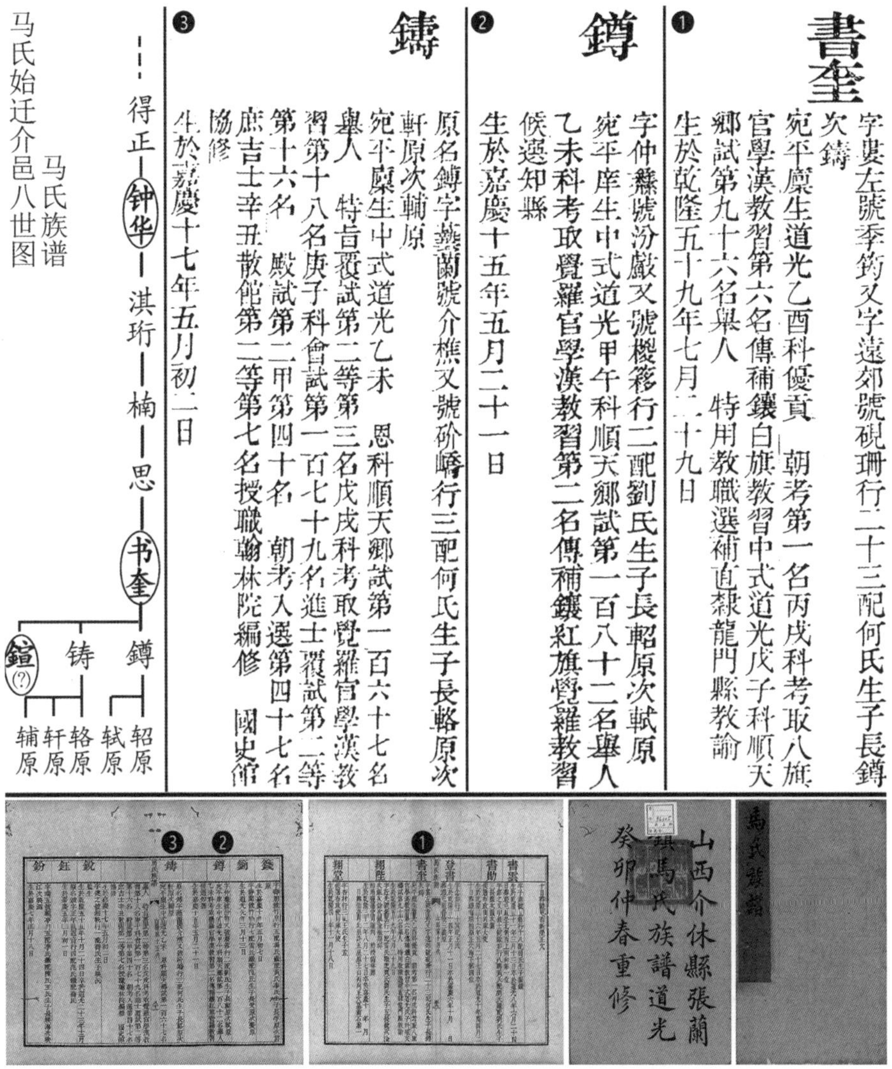
马氏族谱
马氏始迁介邑八世图
得正
钟华
淇珩
楠
思
书奎
鐏
铸
鎧(?)
轺原
轼原
辂原
轩原
辅原
①
書奎
字斐左號季鈞又字遠郊號硯珊行二十三配何氏生子長鐏次鑄
宛平廩生道光乙酉科優貢　朝考第一名丙戌科考取八旗官學漢教習第六名傳補鑲白旗教習中式道光戊子科順天鄉試第九十六名舉人　特用教職選補直隸龍門縣教諭
生於乾隆五十九年七月二十九日
②
鐏
字仲彝號汾巖又號櫻薌行二配劉氏生子長軺原次軾原
宛平庠生中式道光甲午科順天鄉試第一百八十二名舉人乙未科考取覺羅官學漢教習第二名傳補鑲紅旗覺羅教習候選知縣
生於嘉慶十五年五月二十一日
③
鑄
原名鐏字燕蘭號介樵又號矽嶠行三配何氏生子長輅原次軒原次輔原
宛平廩生中式道光乙未　恩科順天鄉試第一百六十七名舉人　特旨覆試第二等第三名戊戌科考取覺羅官學漢教習第十八名庚子科會試第一百七十九名進士覆試第二等第十六名　殿試第二甲第四十名　朝考入選第四十七名庶吉士辛丑散館第二等第七名授職翰林院編修　國史館協修
生於嘉慶十七年五月初二日
③
②
①
山西介休縣張蘭鎮馬氏族譜道光癸卯仲春重修
馬氏族譜

金石图书记”（阴文方印）、“砚珊”（阳文方印）等。[①] 甲戌本首叶凡例纸张右下方撕去的一角，应钤有其中一方或两方印记。从刘、马两家姻戚关系

① 马书奎的收藏有明嘉靖二十六年翻宋本《刘向说苑》、清乾隆刻本《十国春秋》等，参见王桂平《明清江苏藏书家刻书成就和特征研究》，第 71 页。张蓓蓓编《美国图书馆藏中国法律古籍善本书志》，第 332 页。

看，这部书若由刘家售卖，兜售之前撕去一角，以隐去马书奎藏书印记，属情理之中。总之，甲戌本递藏历历可考，并非无来由之书。

马家如何得到这部甲戌本，也使人遐想。据此前曹頫奏折曾称："奴才之嫂马氏，因现怀妊孕已及七月，恐长途劳顿，未得北上奔丧，将来倘幸而生男，则奴才之兄嗣有在矣。"[①] 以往多认为曹颙妻马氏为马桑格女儿，实无确凿证据。[②] 而值得注意的是，马书奎这一支，马钟华曾于康熙五十九年（1720）至雍正二年（1724）任都浙江盐运使司运使，[③] 时曹頫任江宁织造。曹振彦、李月桂也曾分别于顺治十二年（1655）至十四年、康熙十二年至十四年担任此职。[④] 介休马氏家族仕宦经历与曹家多有交叠，且这部孤传的十六回甲戌本又经马氏收藏，这些联系确实引人遐想。甲戌本的流传或与此有关。

附录4.2

无畏庵主记胡适谈甲戌本[⑤]

1928 年 3 月 18 日《申报》"自由谈"有无畏庵主《许杨联欢宴中之谈片》一文，记"月十五夕"画家许士骐、杨缦华于上海鸿庆里大宴宾客事，赴宴者有胡适、黄宾虹、周瘦鹃等十余人。胡适于席间谈论颇多，内容涉及饮酒、裹小脚、舞蹈诸事，有一段专谈《红楼梦》，迻录于下：

---

① 故宫博物院明清档案部编《关于江宁织造曹家档案史料》，第 128、129 页。

② 李煦《致桑漕院》称马桑格为"太亲翁"，李氏与马桑格有亲。张书才等《虚白斋尺牍笺注》，第 22、23 页。

③ 据马钟华小传"卓荐升授总理两浙等处都转运盐使司运使，兼管浙江通省清军驿传、水利事务，盐驿道按察使司副使，兼署巡视盐漕御史事"，马书奎修《马氏族谱》，第 1 册，叶 17。

④ 嵇曾筠等修《浙江通志》卷 122，第 251 页。

⑤ 胡适花三十元买《四松堂集》、魏绍昌谈甲戌本抄本事，感谢刘广定、宋广波提示。

胡君又言，近得一部曹雪芹生前《红楼梦》之抄本，凡三册，计十六回，内多今本所未见，代价值袁头三十。书中于雪芹殁时之年月日，均历历可稽。现由程万孚君为之誊校，弥可珍也。王君询以生平所藏《红楼梦》一书之代价，约值几何。胡君言，收入仅费二百余元，以之售出，当可得五百元以上。言下犹醺然有余味焉。

无畏庵主，应即民国女子谢吟雪。此人与当时文化艺术界名流（如施蛰存、周瘦鹃等）颇多往还，后来隐居上海，二三十年代以“无畏庵主”为名，常在《申报》“自由谈”发表文章。

胡适这段谈话是在完成《考证〈红楼梦〉的新材料》（1928 年 2 月 16 日）后不久，内容涉及甲戌本的时代、版本、内容及购书情况等细节，可见胡适得甲戌本以后，是乐与人谈的。因这段话是无畏庵主转录，又是其酒后所记（“归寓已十二点钟，酒痕仍在，难入睡乡，爰拉杂录之”），难免疏失。胡适谈话提到的这部十六回“曹雪芹生前《红楼梦》之抄本”，即 1927 年 6 月胡适在上海“出了重价”买下的甲戌本。关于甲戌本的册数，据胡星垣致胡适函称“敝处有旧藏脂砚斋批红楼，惟只存十六回，计四大本”（1927 年 5 月 22 日），胡适也说“分装四册”，“凡三册”应是无畏庵主误记。

胡适买甲戌本的价钱，此前也不清楚，胡适在《考证〈红楼梦〉的新材料》中也只说“遂出了重价把此书买了”。关于此事，无畏庵主的转述则更为具体——“代价值袁头三十”。1922 年 4 月 19 日，胡适买《四松堂集》付刻底本时，也花去三十元，并在这部《四松堂集》上作跋云：“《四松堂集》四册，《鷦鷯庵笔麈》一册，《杂志》一册，民国十一年四月买的，价叁拾圆……今天买成此书。我先已把书中的重要材料都考证过了，本无出重价买此书的必要，但书店的人为我访求此书，功劳不小，故让他赚几个钱去。”① 又记这部《红楼梦》抄本“现由程万孚君为之誊校”。程万孚（1904—1968），安徽绩溪人，曾翻译《柴霍甫书信集》。抗日战争期间，任安徽省教育厅督学等职；抗战胜利后，在南京市文物保管委员会从事文物研

① 周汝昌《周汝昌与胡适》，第 207、208 页。

究鉴定工作。据胡其伟回忆，1927 年程万孚去上海，在刚筹建的人间书店工作，出版《人间》与《红黑》杂志，同时在时于中国公学任教的绩溪同乡胡适处当书记员，抄写、整理资料，与罗尔纲同事。

关于甲戌本的手抄本，魏绍昌曾有一段回忆文字：

> 据汪原放说，胡适曾要罗尔纲（罗早年在北大求学时代，寄住在北平胡宅，做过胡适的秘书工作）手抄过一部《石头记》残稿本，用毛边纸墨笔书写，批注用朱笔过录，外装一纸匣，封面题笺由胡适自书“石头记”三字。胡适把它放在亚东图书馆，后来已遗失。此抄本根据的究竟是什么版本，有多少回，汪原放回忆不起来了。1954 年汪原放且曾借给笔者看过，当时未多加注意，现在也记不清楚了。此抄本或者就是残存十六回的甲戌本，也未可知。姑志于此，待向罗尔纲先生请教。[1]

考罗尔纲生平，知其 1930 年初毕业不久，便随胡家北上（11 月 23 日），一年后旋即南下，至 1934 年才重返北平。无畏庵主、魏绍昌二人所记，“现由程万孚君为之誊校”的甲戌本录副本极可能是后来胡适存放在亚东图书馆的那部抄本。1954 年，汪原放曾将此本借给魏绍昌看过，后来遗失。

如今看来，靖藏本的证伪，甲戌本影印出版之前经转抄等产生的复制品，都较为重要。除了上海博物馆所藏原件、周汝昌弟兄的录副本、胡适请哥伦比亚大学做的三套显微照片（分赠哥伦比亚大学图书馆、王际真、林语堂），程万孚为胡适誊校甲戌本，是否有留下材料，留存何处，都有待留意。

---

① 魏绍昌《亚东本〈红楼梦〉摭谈》，第 86 页。

图表 4.7　无畏庵主《许杨联欢宴中之谈片》（载《申报》1928.3.18）

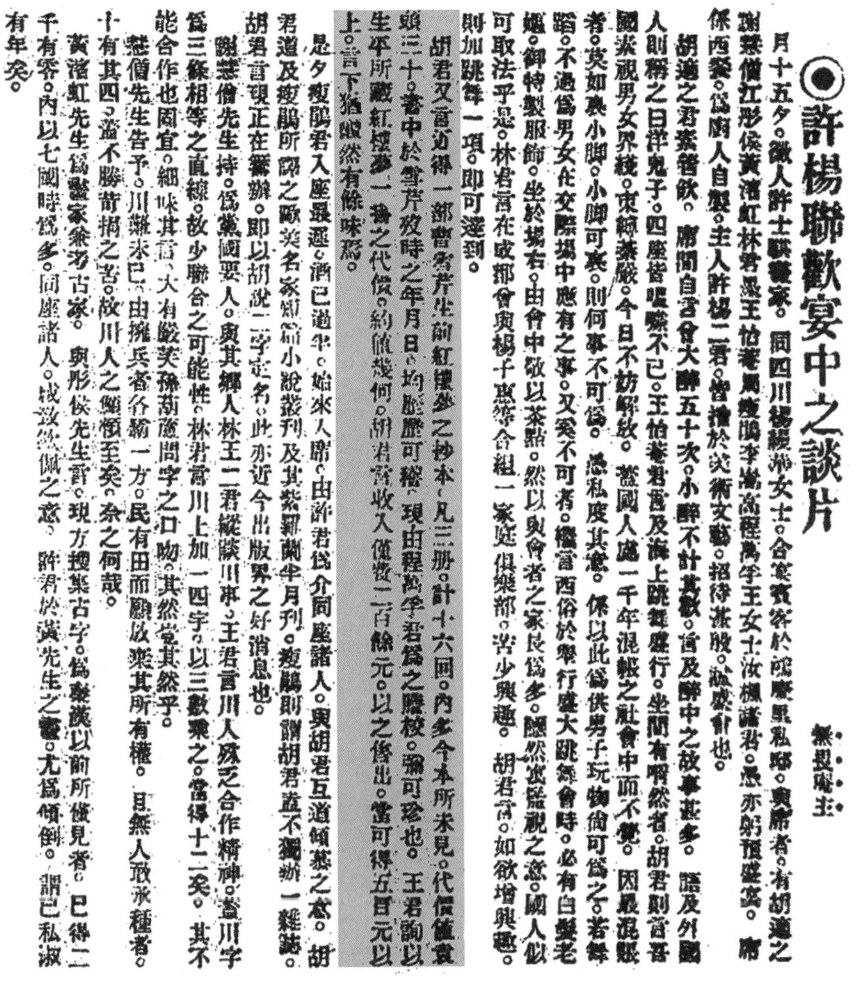

◉許楊聯歡宴中之談片

無畏庵主

月十五夕。徽人許士騏饗客。同四川楊縵華女士。合宴賓客於所寓某私邸。與席者。有胡適之謝慧僧江形侯黃濬虹林君墨王怡菴周瘦鵑李渺高程萬孚王女士汝楓諸君。愚亦躬預盛宴。席係西餐。爲廚人自製。主人許楊二君。皆擅於美術文藝。招待甚殷。洵盛會也。

胡適之君素善飲。席間自言曾大醉五十次。小醉不計其數。言及醉中之故事甚多。語及外國人則稱之曰洋鬼子。四座皆噱噱不已。王怡菴君言及海上跳舞盛行。坐間有喟然者。胡君則言吾國素視男女界綫。束縛甚嚴。今日不妨解放。蓋國人處一千年混帳之社會中而不覺。因最混賬者。莫如裹小脚。小脚可裹。則何事不可爲。愚私度其意。係以此爲供男子玩物尚可爲之。若舞蹈。不過爲男女在交際場中應有之事。又奚不可者。標富西俗於舉行盛大跳舞會時。必有白髮老嫗。御特製服飾。坐於場右。由會中敬以茶點。然以與會者之家長爲多。隱然寓監視之意。國人似可取法乎是。林君言在成都會與楊子惠等合組一家庭俱樂部。苦少興趣。胡君言。如欲增興趣。則加跳舞一項。即可發達。

胡君又言近得一部曹雪芹生前紅樓夢之抄本。凡三册。計十六回。內多今本所未見。代價值貲頗三十。書中於雪芹死時之年月日。均歷歷可稽。現由程萬孚君爲之讎校。彌可珍也。王君詢以生平所藏紅樓夢一書之代價。約値幾何。胡君言收入僅數二百餘元。以之售出。當可得五百元以上。言下猶躍然有餘味焉。

是夕瘦鵑君入座最遲。酒已過半。始來入席。由許君爲介同座諸人。與胡君互道傾慕之忱。胡君道及瘦鵑所譯之歐美名家短篇小說叢刊。及其紫羅蘭半月刊。瘦鵑則謂胡君盍不獨辦一雜誌。胡君言現正在籌辦。即以胡說二字定名。此亦近今出版界之好消息也。

謝慧僧先生時。爲黨國要人。與其鄉人林王二君縱談川事。王君言川人殊乏合作精神。蓋川字爲三條相等之直線。故少聯合之可能性。林君言川上加一四字。以三數乘之。當得十二矣。其不能合作也固宜。細味其言。大有嚴笑孫蔚薦問字之口吻。其然豈其然乎。

慧僧先生告予。川難未已。由擁兵者各霸一方。民有田而願放棄其所有權。且無人敢承種者。十有其四。富不勝苛捐之苦。故川人之顛沛至矣。奈之何哉。

黃濬虹先生爲鑒家兼考古家。與形侯先生言。現方搜集古字。爲秦漢以前所僅見者。已得二千有零。內以七國時爲多。同座諸人。成致欽佩之意。許君於黃先生之畫。尤爲傾倒。謂已私淑有年矣。

二、甲戌本的版本形态及脂砚斋整理批语的过程

据 1950 年胡适委托美国国会图书馆摄制的甲戌本胶卷，[①] 首册“凡例”前有胡适作于 1946 年 12 月 1 日、1949 年 5 月 8 日、1950 年 1 月 22 日的三条跋文，首册末附有周汝昌的跋文（“卅七年六月自适之先生借得，与祜昌兄同看两月，并为录副　周汝昌谨识　卅七、十、廿四”）。甲戌本每卷一

① 甲戌本胶卷，美国哥伦比亚大学图书馆藏（胶卷号：1319）。

回，每四回前首行均题作“脂砚斋重评石头记”，分见第五、十三、二十五回首页，是此书原装即四回一册。①

甲戌本，半叶十二行，行十八字，所用纸张，版心上方有“石头记卷 ×”及页码字样，版心下方有“脂砚斋”三字。正文墨笔正楷书写，批语大部分以朱笔书写，少量墨笔书写，朱笔批语位置分布于小说正文下双行小注、回前、回后、天头、行间，研究者习惯称作双行夹批、回前总评、回后总评、眉批、侧批，约定俗成，本文讨论批语问题，为免歧义，也继续沿用这些旧称。从这部抄本纸张版心下署“脂砚斋”三字（此三字并非刷印，每叶均以墨笔书写，微有不同）来看，其底本源头应是脂砚斋专用纸张，抄写者为复制原书旧貌，连带将底本中版心“石头记”“脂砚斋”等文字一并抄存。审甲戌本字体，正文均以小楷抄录，此书抄写字迹，前后不同，应出自多位抄手。

要清楚认识甲戌本的版本性质，除了仔细审视甲戌本的用纸、抄写状貌，仍要依靠与其他版本（尤其是己卯庚辰本）做比对研究。由于毛国瑶辑靖应鹍藏《石头记》批语的出现，使研究者尤其是在参照庚辰本研究甲戌本时，对这两个版本内容相同却署名、署年不同批语产生了不同的认识，又对判断甲戌本的版本性质产生误导。甲戌本中与庚辰本重出的批语，究竟是经过抄写者之手删去署名、署年，抄到了甲戌本中，还是甲戌本中的批语是整理者有意所为，改换“畸笏叟”这一别号，对小说和批语又做了一番整理、誊录的工作？归根到底，该如何理解甲戌本、已卯庚辰本的版本性质。

面对以上问题，首先要回答的是：脂砚斋与畸笏叟是同一个人，还是两个人？此前，由于靖藏本批语第 87 条“凤姐点戏，脂砚执笔事，今知者聊聊矣，不怨夫？（朱眉）前批知者聊聊，不数年，芹溪、脂砚、杏斋诸子皆相继别去，今丁亥夏只剩朽物一枚，宁不痛杀（前批稍后墨笔）”，这条批语将脂砚斋、畸笏叟断为二人，使部分研究者对甲戌本、庚辰本等版本的认识出现了偏差，由此带来一连串问题。如人文社《脂砚斋重评石头记》（甲

---

① 对刘铨福跋“惜只存八卷”，研究者多有讨论。金品芳《甲戌本归刘铨福收藏时尚残存几册几回》。

戌本）影印前言，曾指出“这些批语并非出自脂砚斋一人之手，也非写于一时”，举第26回回末“收拾二玉文字”这条批语，与庚辰本眉批相同，而庚辰本这条批语末尾却多出“壬午孟夏雨窗畸笏”八字，据此认为这条批语“是由庚辰本转录到甲戌本，由眉批变成回末总评”。[1]

此外，靖藏本批语也影响了对甲戌本抄写时间的认识。考察甲戌本中的批语，将藏书家的批语排除后，其中最晚的一条批语为第一回署年“甲午八日泪笔”的眉批，[2] 甲午为乾隆三十九年。因为伪造的夕葵书屋残叶中“甲申八月”影响，致使研究者对甲戌本中这条眉批系年产生疑问，对甲戌本抄写上限的判断出现失误。至于其抄写下限，据王秉恩光绪二十七年二月初十日日记所附笺，记此书为刘铨福之父刘位坦得自京中打鼓担上，以刘位坦的卒年清咸丰十一年为抄写下限。笔者认为，王秉恩叙述此书来历的话并没有其他证据得以佐证，似应存疑。尤其是甲戌本中马寿薓的“髣眉”小印钤于刘铨福“子重”印之下。据古人的钤印习惯，理应是马寿薓收藏，钤印在先。考证此书抄写时间下限，为上文所考马寿薓的卒年，清咸丰十一年。由于甲戌本凡例页被撕去右下一角，应有更早的藏书印。学者怀疑这里钤盖的是马寿薓之父马书奎的藏印，如确实如此，那么其抄写时间下限则应定为马书奎的卒年，即清咸丰元年。

因此，对今传甲戌本及其所据底本性质，产生了这样的认识：这些批语均为同一抄手笔迹，而非过录以后他人所加，这说明此本反映的是抄手用以过录的底本的面貌。据此过录的底本也只是甲戌本的过录本，而非甲戌本原稿本。[3] 甲戌本凡例前题“脂砚斋重评石头记”，书中既有“脂砚斋甲戌抄阅再评”，又有“甲午八日泪笔”，即便是只以甲戌本自身考虑，其批语并非一时所作。且其中与其他批语出自同一抄手的批语又署名“松斋”“梅溪”，甲戌本中的批语也非一人所作。如果考虑己卯庚辰本，甲戌本中又有不少与

---

① 石昌渝《乾隆甲戌脂砚斋重评石头记》影印前言。

② “甲午八日”并非不文，中国古代存在“干支缀日”纪年方式，可以用作正月初几与某月初某之省称，“甲午八日”可为乾隆三十九年甲午岁正月初八日（第八日）或八月初八日（重八日）之缩写。兰良永《脂批署时“甲午八日”再议——兼答陈章先生》。黄一农《甲戌本〈石头记〉中“甲午八日”脂批新考》。

③ 石昌渝《乾隆甲戌脂砚斋重评石头记》影印前言。

庚辰本署名为畸笏叟的批语内容相同的批语，那么对脂砚斋与畸笏叟是同一人还是两个人的不同认识，自然会影响对甲戌本版本性质的判断。

经本书前三章研究，既已证明靖藏本出于蓄意伪造，而脂砚斋、畸笏叟实为同一人。基于此，从内外两方面，再重新审视甲戌本、已卯庚辰本的版本性质，以及它们之间的关系。

清乾隆十九年甲戌脂砚斋重评《石头记》时，已将自己的评点汇总整理至小说正文之下。细审甲戌本、已卯庚辰本，不难发现脂砚历次批点的痕迹，如朱圈连接前后两条批语、“脂砚斋再笔”、“前批”如何如何等针对小说同一事的“重出”之批（详第三章第三部分）。将甲戌本与已卯庚辰本比勘，考察其历时变化。小说正文之下的双行夹批数量，从甲戌本至已卯庚辰本呈递增趋势。由于今传三本均属过录本，传抄过程中对批语的态度不一，尤其是双行夹批，不同抄手负责抄写的回目不同，有的依照底本仔细抄录保留了双行夹批，有的在抄写过程中只抄小说正文，对正文下的双行夹批一律删除，因此造成我们现在所见到的抄本各回保存的双行夹批不一。举例而言，如已卯庚辰本第十三、十四回均有双行夹批，而甲戌本第十三、十四回正文下无双行夹批。

为摆脱抄写环节出现的以上问题，仍以甲戌本为中心，选取已卯庚辰本与甲戌本正文下都保存双行夹批的四回（十五、十六、二十五、二十六回），从批语内容、位置、放入几个抄本的时间线索中细致考察它们的变化。甲戌本正文下的双行夹批，其中第十五回 7 条，第十六回 25 条，第二十五回 11 条，第二十六回 16 条。

这四回书中，已卯庚辰本与甲戌本重出的双行夹批有 58 条。在这 58 条重出批语中，已卯庚辰本有 4 条同出批语末署“脂研”（图表 4.8）。前文已叙及，结合甲戌本所用纸张版心下方均署“脂砚斋”、小说正文与双行夹批连抄在一起，说明双行夹批均出自脂砚斋之手。已卯庚辰本与甲戌本重出的这四条双行夹批，均署名“脂研”，也从另一个侧面证实甲戌本、已卯庚辰本各卷大题“脂砚斋重评石头记”，双行夹批与小说正文实为一体。而甲戌本的确是脂砚斋重评《石头记》时所用的本子。已卯庚辰本中双行夹批后的署名是如何产生的，是出自脂砚斋之手，还是抄胥所为，现在还没有特别确切的答案。署名与否并不构成区分脂砚批语的充分条件，故不能仅仅机械地以署名脂砚这条标准去分辨批语归属。

己卯庚辰本中的双行夹批，除了与甲戌本重出的这 58 条，另增加了 96 条双行夹批。这四回书中双行夹批数量的增加，其实是在脂砚斋乾隆甲戌重评至乾隆己卯庚辰定本过程中编辑整理工作的直接体现。甲戌本是脂砚斋自藏用以施加批语的工作稿本，因此在己卯、庚辰几次整理中，不断有在甲戌本中的眉批、侧批被整理为正文下的双行夹批。总体来看，己卯庚辰本中署名的双行夹批，相较未署名的批语产生时间应更晚些。

图表 4.8　己卯庚辰本与甲戌本重出且署名的双行夹批对应表

甲戌本	己卯本	庚辰本
一段收拾过。阿凤心机胆量，真与雨村是一对乱世之奸雄。后文不必细写其事，则知其平生之作为。回首时，无怪乎其惨痛之态，使天下痴心人同来一警，或可期共入于恬然自得之乡矣。	一段收拾过。阿凤心机胆量，真与雨村是一对乱世之奸雄。后文不必细写其事，则知其平生之作为。回首时，无怪乎其惨痛之态，使天下痴心人同来一警，或可期共入于恬然自得之乡矣。脂研	一段收拾过。阿凤心机胆量，真与雨村是一对乱世之奸雄。后文不必细写其事，则知其平生之作为。回首时，无怪乎其惨痛之态，使天下痴心人同来一警，或可期共入于恬然自得之乡矣。脂研
垂涎如见。试问兄，宁不有玷平儿乎？	垂涎如见。试问兄，宁不有玷平儿乎？脂研	垂涎如见。试问兄，宁不有玷平儿乎？脂研
问得珍重，可知是万人意外之事。	问得珍重，可知是外方人意外之事。脂研	问得珍重，可知是外方人意外之事。脂研
于闺阁中作此语，直与《击壤》同声。	于闺阁中作此语，直与《击壤》同声。脂研	于闺阁中作此语，直与《击壤》同声。脂研

甲戌本这四回中的 59 条双行夹批，除第二十六回最后一条“每阅此本，掩卷者十有八九，不忍下阅看完，想作者此时泪下如豆矣”，己卯庚辰本没有外，其余 58 条双行夹批，均在己卯庚辰本重出，文字略有差异。而仔细考察己卯庚辰本这四回中的双行夹批，除了与甲戌本此四回中重合的双行夹批，己卯庚辰本中多出的这 96 条双行夹批中，第十六回末有四条批语

为甲戌本所无，分别为“更妙！愈不通愈妙，愈错会意愈奇。脂砚”，“只此句便足矣”，“谁不悔迟”，“若是细述一番，则不成《石头记》之文矣”。此外，己卯庚辰本第二十六回，在“几个‘谁家’，自北静王、公侯驸马诸大家包括尽矣，写尽纨袴口角”批语后，多出“脂砚斋再笔：对芸兄原无可说之话”。同一回，庚辰本在三本同出批语“妙极是极！况宝玉又有何正紧可说的”后，又多出朱笔批语“此批被作者偏（骗）过了”。除以上批语外，其余 92 条双行夹批与甲戌本中侧批内容稍有异文，大略一致。

自清乾隆十九年脂砚斋重评《石头记》起，脂砚斋即以双行夹批的形式，将此前阅批小说积累下的批语整理汇总至小说相应正文之下。抛却抄写过程中可能出现的影响研究甲戌本底本性质的因素，集中对比甲戌本、己卯庚辰本三书中的共同有双行夹批的十五、十六、二十五、二十六四回，至乾隆二十四年、二十五年，脂砚斋又在乾隆十九年甲戌本的基础上，四阅再评，将这五六年中在工作稿本上积累下九十余条侧批整理汇抄至小说正文之下，形成现在我们见到的己卯庚辰本的文献状貌。甲戌本的底本，其源头应即脂砚斋用以阅读小说、施加批语的稿本，甲戌本第十五、十六、二十五、二十六四回的九十余条侧批，至乾隆己卯、庚辰，均变作小说正文下的双行夹批，这也说明脂砚斋在陆续将稿本上的侧批转化为双行夹批，其目的是使批语与小说正文共同流传。

图表 4.9　甲戌本第十六回侧批与庚辰本署名脂研 / 脂砚斋重出的双行夹批对应表

序	甲戌本	庚辰本
1	所谓“好事多磨”也。	所谓“好事多磨”也。脂研
2	独这一句不假。	独这一句不假。脂研
3	补前文之未到，且并将香菱身分写出。	补前文之未到，且并将香菱身分写出。脂研
4	再不略让一步，正是阿凤一生短处。	再不略让一步，正是阿凤一生短处。脂研
5	写贾蔷乖处。	写贾蔷乖处。脂研
6	阿凤欺人处如此。○忽又写到利弊，真令人一叹。	阿凤欺人处如此。忽又写到利弊，真令人一叹。脂研

续表

序	甲戌本	庚辰本
7	调侃“宝玉”二字，极妙!	调侃“宝玉”二字，极妙! 脂研
8	余最鄙近之修造园亭者，徒以顽石土堆为佳，不知引泉一道。甚至丹青，唯知乱作山石树木，不知画泉之法，亦是恨事。	余最鄙近之修造园亭者，徒以顽石土堆为佳，不知引泉一道。甚至丹青，唯知乱作山石树木，不知画泉之法，亦是恨事。脂砚斋

附录4.3

靖藏本真伪、脂畸关系与《红楼梦》版本研究

伪靖藏本批语第 87 条将脂砚斋“刺杀”于丁亥夏以前，再出“夕葵书屋”残叶，将脂砚去世时间“坐实”于甲申或稍后，自此而后，脂砚斋与畸笏叟即被研究者视为两人，由此影响了对现存抄本、《红楼梦》批点及其早期流布的认识。

甲戌本、庚辰本两个版本，其中有不少批语重叠，这些重叠批语大致分以下几种情形：其一，全同；其二，内容全同，但庚辰本有署年或署名；其三，内容相近，行文表述略有差异。基于此，对脂砚斋、畸笏叟关系的判断，成为精确认识甲戌本、庚辰本版本性质及其关系的一个枢纽。若脂畸为二人，甲戌本中抄有畸笏叟的批语，那么它就是一个杂抄层累的抄本，且抄录时曾将署年及畸笏叟署名大都删略。若脂畸为同一人，以上指出的甲戌本、庚辰本重叠批语，尤其是第二种情形，弄清甲戌本、庚辰本批语分别是在具体什么情境下产生的，就可以理解甲戌本虽然仅存十六回，但这十六回中的批语何以如此之多；也就容易解释，甲戌本、庚辰本在《红楼梦》成书过程中各自扮演的角色。

兹将三种情形胪列如下：

其一，甲戌本、庚辰本完全重叠批语。如第十四回，甲戌本回前有十二

支寓回前批，庚辰本有十二支寓朱笔眉批。

其二，内容全同，但庚辰本有署年或署名。如甲戌本回前有“大观园用省亲事出题，是大关键处，方见大手笔行文之立意”，庚辰本有眉批“大观园用省亲事出题，是大关键事，方见大手笔行文之立意。畸笏”，批语内容相同，唯庚辰本多出“畸笏”署名。又如甲戌本有眉批“偏于大热闹处写出大不得意之文，却无丝毫牵强，且有许多令人笑不了、哭不了、叹不了、悔不了，惟以大白酬我作者”，庚辰本同样有此眉批，惟批语末署“壬午季春畸笏”。再如第二十六回，甲戌本有眉批“红玉一腔委屈怨愤，系身在怡红不能遂志，看官勿错认为芸儿害相思也”，庚辰本有相同眉批，惟末署“己卯冬”。

其三，内容相近，行文表述略有差异。如第十六回，甲戌本有眉批“阿凤之待琏兄如弄小儿，可畏之至”，庚辰本有侧批“阿凤之弄琏兄如弄小儿，可怕可畏！若生于小户，落在贫家，琏兄死矣”。庚辰本批语前半部分与甲戌本批语几乎重叠，又多出“若生于小户，落在贫家，琏兄死矣”后半段批语。又如甲戌本第二十六回有侧批“不答得妙”，庚辰本也有侧批“不答上文，妙极”。

庚辰本与甲戌本相较，有些特殊的赓续重叠批，于研究两本之间关系十分重要，略析分如下：

1. 第十三回末甲戌本有眉批“旧族后辈受此五病者颇多，余家更甚。三十年前事见书于三十年后，令余悲恸血泪盈面”，庚辰本此处也有眉批“读五件事未完，余不禁失声大哭，三十年前作书人在何处耶”，两本文字虽异，但整体内容及表达情感接近，均提小说凤姐所想五件事，且感慨三十年前所发生的事情。

2. 第二十五回，甲戌本有侧批“写呆兄忙，是愈觉忙中之愈忙，且避正文之絮烦。好笔仗，写得出”，庚辰本也有侧批“写呆兄忙是躲烦碎文字法。好想头，好笔力。《石头记》最得力处在此”。

3. 甲戌本有侧批“收拾得干净有着落”，庚辰本有“收拾的得体正大”。

4. 第二十六回，甲戌本有侧批“岔开正文，却是为正文作引”，庚辰本也有侧批“你看他偏不写正文，偏有许多闲文，却是补遗”。

5. 甲戌本有眉批"'狱神庙'红玉、茜雪一大回文字惜迷失无稿"，庚辰本有眉批"'狱神庙'回有茜雪、红玉一大回文字，惜迷失无稿。叹叹！丁亥夏畸笏叟"，两处文字虽内容相近，但行文略有差异，且庚辰本批语末署"丁亥夏畸笏叟"。

6. 甲戌本有双行夹批"妙极是极！况宝玉又有何正紧可说的"，庚辰此处也有双行夹批，惟多出"此批被作者偏（骗）过了"八字。

7. 甲戌本有双行夹批"几个'谁家'，自北静王、公侯驸马诸大家包括尽矣，写尽纨袴口角"，庚辰本也有夹批，但多出以下数字"脂砚斋再笔：对芸兄原无可说之话"。

8. 甲戌本有侧批"如此戏弄，非呆兄无人。欲释二玉，非此戏弄不能立解，勿得泛泛看过。不知作者胸中有多少丘壑"，庚辰本也有侧批"非呆兄行不出此等戏弄，但作者有多少丘壑在胸中，写来酷肖"，内容接近，但行文表述略异。

9. 甲戌本有眉批"闲事顺笔，骂死不学之纨绔。叹叹"，庚辰本也有眉批"闲事顺笔，将骂死不学之纨袴。壬午雨窗畸笏"，惟多出"壬午雨窗畸笏"六字。

三、甲戌本的独出异文与小说文本的情理

关于甲戌本的版本性质，学术界分歧很大。有研究者认为此书晚出，其文本层累较为严重，有的则认为这部抄本基本忠实抄录了底本，其文本层累情况较为简单。为具体探讨这个抄本的底本来源，宜先将其文本分作小说正文与批语两层，再逐一探研，以析分其源流。我们仍以现存抄本为参照，尤其是己卯庚辰本，通校这两个抄本，关键异文参校其他版本，来审视甲戌本的异文及其与其他版本的关系，尤其注重分析甲戌本的独出异文与小说文本情理的关系。

小说正文部分，取甲戌本、己卯庚辰本通校，甲戌本除了因抄写出现的讹衍文字外，存在几处关键的独出异文。有以下几处：其一，第一回前的五条凡例；其二，第一回的石头变玉四百余字；其三，第五回回末宝玉梦游

太虚幻境遇夜叉一段；其四，第八回回前有一首题诗；其五，第二十五回、二十六回、二十七回、二十八回回末总评。

关于甲戌本前面的五条凡例，研究者争论的焦点大致有以下四处：一是凡例作者问题，二是“红楼梦旨意”的统摄问题，三是“中京”地名称谓，四是凡例的体例。虽然“脂本”受关注比较晚，统观十一种抄本出现的时空背景及文献形态，并没有什么足以引起怀疑的地方。对凡例的研究颇能体现研究路径的差异。甲戌本为过录抄本，并非原貌。凡例在底本中是何形态，本也不太容易确定，其生成确有其复杂性，与小说文本的矛盾也是有的，但这并不构成证实凡例出于伪作的充分必要条件。此前，对凡例保持怀疑乃至辨伪者提出的几项证据，如“红楼梦旨义”与“脂砚斋重评石头记”不符，对“金陵十二钗”书名的理解、阐释浅陋等。以上所举“矛盾”是文献衍生过程中产生的，并非定稿，存在不严谨、文本冲突等情形。

凡例对“金陵十二钗”题名的解释，因凡例与小说本身就是两种文体，所站位置不同，笔端朝向各异。这则凡例是站在普通读者视角对本书书名可能产生的误会做的一点阐释，解释了四个相对重要的书名，“石头记”“红楼梦”“风月宝鉴”“金陵十二钗”，况且，先前已有研究者指出庚辰本十八回谈及“金陵十二钗”的人选时，也颇有犹疑，且另以眉批点明“皆系漫拟”，与此条凡例是关合的。

斟酌异文，这条凡例文本的衍生路径，只可能是从甲戌本到庚辰本。从整体形式上看，甲戌本文字较庚辰本为繁，符合凡例的统摄性质，且甲戌本繁处多指称整部书的情况（如“此书”“又因何而撰是书哉”“怨世骂时之书”等）。从时间线索来看，甲戌本行文枝蔓拖沓，至庚辰本则将其删略。尤其是“故曰‘甄士隐梦幻识通灵’”与“故曰甄士隐云云”，“故曰风尘怀闺秀”与“故曰‘贾雨村’云云”，只能是庚辰本砍削甲戌本枝蔓而来，文字由繁转简，从枝蔓变整饬，其变化也有迹可循。实际上，凡例与抄本批语是有多处关合的，此前研究者也已指出。

图表 4.10　甲戌本凡例与庚辰本卷首文字对勘图

甲戌本凡例

此**书**开卷第一回也，作者自云因曾历过一番梦幻之后，故将真事隐去，而撰此《石头记》一书也。故曰「甄士隐梦幻识通灵」。但书中所记何事，**又因何而撰是书哉**？自云：今风尘碌碌一事无成，忽念及当日所有之女子，一一细**推了**去，觉其行止见识，皆出于我之上。何堂堂**之**须眉，诚不若**彼一干**裙钗！实愧则有余，悔**则**无益之大无可**奈**何之日也。当此**时**则自欲将已往所赖**上赖**天恩，**下承**祖德，锦衣纨袴之时，饫甘餍**美**之日，背父**母**教育之恩，负师**兄**规**训**之德，已**致**今日一**事**无成，半生潦倒之罪，编述一**记**，以告**普**天下人。**虽**我之罪固不**能**免，然闺阁中本自历历有人，万不可因我不肖，**则**一并使其泯灭也。虽今日之茆椽蓬牖，瓦灶绳床，其**风晨月夕**，阶柳庭花，亦未有**伤**于我之襟怀笔墨**者**。**何为**不用假语村言，敷演出一段故事来，以悦人之**耳**目**哉**！故曰「**风尘怀闺秀**」，**乃第一回题纲正义也**。**开卷即云「风尘怀闺秀」，则知作者本意原为记述当日闺友闺情，并非怨世骂时之书矣！虽一时有涉于世态，然亦不得不叙者，但非其本旨耳，阅者切记**

庚辰本卷端

此开卷第一回也，作者自云因曾历过一番梦幻之后，故将真事隐去，而**借通灵之说**，撰此《石头记》一书也。故曰甄士隐**云云**。但书中所记何事**何人**，自**又**云：今风尘碌碌一事无成，忽念及当日所有之女子，一一细**考较**去，觉其行止见识，皆出于我之上。何**我**堂堂须眉，诚不若**此**裙钗！实愧则有余，悔**又**无益之大无可**如**何之日也。当此则自欲将已往所赖天恩祖德，锦衣纨袴之时，饫甘餍**肥**之日，背父**兄**教育之恩，负师**友**规**谈**之德，已**至**今日一**技**无成，半生潦倒之罪，编述一**集**，以告天下人。我之罪固不免，然闺阁中本自历历有人，万不可因我**之**不肖，**自护己短**，一并使其泯灭也。虽今日之茆椽蓬牖，瓦灶绳床，其**晨夕风露**，阶柳庭花，亦未有**妨**于我之襟怀笔墨。**虽我未学**，**下笔无言**，**又何妨**用假语村言，敷演出一段故事来，**亦可使闺阁昭传**，**复可**以悦**世**人之目，**破人愁闷**，**不亦宜乎**！故曰「**贾雨村**」云云。

关于甲戌本第一回石头变玉四百余字，先前研究也已很多。小说以女娲炼石补天遗弃唯一一块石头于青埂峰下开篇，石头因锻炼之后，灵性已通，见众石头均得补天，惟自己无法入选，日夜在青埂峰下悲号惭愧。一日正嗟悼，突然见到一僧一道从远处过来，整部书的故事起于此处。而在诸多版本中，接下来就出现了重要的异文，如程甲本此处的这段文字：

> 一日正当嗟悼之际，俄见一僧一道远远而来，生得骨骼不凡，丰神迥异，来到这青埂峰下，席地坐谈，见着这块鲜莹明洁的石头，且又缩成扇坠一般，甚属可爱，那僧托于掌上笑道：形体倒也是个灵物了，只是没有实在的好处，须得再镌上几个字，使人人见了，便知你是件奇物……[①]

小说中石头变玉这段故事，自“迥”字后，诸版本出现了逻辑差异，程高本在“灵性已通”四字后增加了“自去自来，可大可小”八字（此八

① 曹雪芹《程甲本红楼梦》，第1册，第85页。

字仅见于杨藏本、程甲本、程乙本，其中俄藏本在“灵性已通”下有侧批“能大能小”四字），逻辑变成因为石头历经锻炼，灵性已通，自己可以来去自如，变化大小。

甲戌本此处是另一种逻辑，也是现存诸本中独出的一段文字，为相比较，也引在下面：

> 一日，正当嗟悼之际，俄见一僧一道远远而来，生得骨格不凡，丰神迥别，说说笑笑来至峰下，坐于石边，高谈快论。先是说些云山雾海、神仙玄幻之事，后便说到红尘中荣华富贵。此石听了，不觉打动凡心，也想要到人间去享一享这荣华富贵，但自恨粗蠢，不得已，便口吐人言，向那僧道说道：“大师，弟子蠢物，不能见礼了。适闻二位谈那人世间荣耀繁华，心切慕之。弟子质虽粗蠢，性却稍通，况见二师仙形道体，定非凡品，必有补天济世之材，利物济人之德。如蒙发一点慈心，携带弟子得入红尘，在那富贵场中、温柔乡里受享几年，自当永佩洪恩，万劫不忘也。”二仙师听毕，齐憨笑道：“善哉，善哉！那红尘中有却有些乐事，但不能永远依恃，况又有‘美中不足，好事多魔’八个字紧相连属，瞬息间则又乐极悲生，人非物换，究竟是到头一梦，万境归空。倒不如不去的好。”
>
> 这石凡心已炽，那里听得进这话去，乃复苦求再四。二仙知不可强制，乃叹道：“此亦静极思动，无中生有之数也。既如此，我们便携你去受享受享，只是到不得意时，切莫后悔。”石道：“自然，自然。”那僧又道：“若说你性灵，却又如此质蠢，并更无奇贵之处，如此也只好踮脚而已。也罢，我如今大施佛法助你助，待劫终之日，复还本质，以了此案。你道好否？”石头听了，感谢不尽。那僧便念咒书符，大展幻术，将一块大石登时变成一块鲜明莹洁的美玉，且又缩成扇坠大小的可佩可拿。那僧托于掌上，笑道：“形体倒也是个宝物了！还只没有实在的好处，须得再镌上数字，使人一见便知是奇物方妙。”[1]

---

① 曹雪芹著，脂砚斋评《脂砚斋重评石头记》（甲戌本），第1册，叶4、5。

甲戌本这段文字的逻辑是，女娲补天所遗的这块石头，虽灵性已通，并不能动，因无才补天，在青埂峰下日夜悲号，偶遇僧道，闻人间富贵荣华，心切慕之，不得已口吐人言，央求僧道携其至人间受享，僧道才施展幻术，将石头变成一块美玉，又缩成扇坠大小。甲戌本这部分截断文字与后面甄士隐午睡梦到僧道对话有承续关系。也只有僧施展幻术将其变为美玉，才与后面僧的笑，与僧所谓“形体倒也是个宝物了”“须得再镌上数字”衔接，当然也与这段佚文中僧道感慨的“静极思动”四字契合。

另外，此处石头自称“蠢物”，是后文僧道及小说中叙及“蠢物”的缘起，不可逆。其中还有“美中不足”四字与后文第五回《红楼梦曲》“叹人生，美中不足今方信”互相勾连，并非后来所能补。① 此外，叙及甄士隐境况，有“如今年已半百，膝下无儿”，甲戌本有侧批“所谓‘美中不足’也”。第四回门子跟贾雨村叙及冯渊一案，又有眉批“所谓‘美中不足，好事多魔’，先用冯渊作一开路人”。第十六回宝玉与秦钟约定读夜书，不料秦钟感受风寒，在家养息。宝玉扫了兴头“只得付于无可奈何，且自静候大愈时再约”，甲戌本有侧批“所谓‘好事多磨’也”（庚辰本为双行夹批）。第二十回写李嬷嬷骂袭人，“看你还妖精似的哄宝玉不哄”，庚辰本有侧批“若知‘好事多魔’，方会作者之意”。是甲戌本独出430字异文与《红楼梦曲》，以及多处点题的侧批、眉批均呼应关联，为统摄全局的文字。

第五回回末宝玉梦游太虚幻境遇夜叉一段，甲戌本的逻辑与其他诸本也不相同，明显是甲戌本为优。② 其余则是甲戌本独有的第八回回前题诗，第二十五回、二十六回、二十七回、二十八回回末总评。

己卯庚辰本与甲戌本的文字，整体格局并无特别大的差异。相较而言，甲戌本中独出的这些异文，都是最优的。此处所说的最优，不单纯是文本质量上的最优，而是甲戌本中这些独出的异文，大都是嵌在小说的整体结构、文本情理中，缺佚以后几乎很难补出。

再看批语一层，署年最晚的一条批语在第一回天头：

---

① 周绍良《读甲戌本〈脂砚斋重评石头记〉散记》。

② 于鹏《“作者自云”与“迷津”——说脂评作者对原文的改动》。

> 能解者方有辛酸之泪，哭成此书。壬午除夕，书未成，芹为泪尽而逝。余尝哭芹，泪亦待尽。每意觅青埂峰再问石兄，余（奈）不遇獭（癞）头和尚何！怅怅！
>
> 今而后，惟愿造化主再出一芹一脂，是书何本（幸），余二人亦大快遂心于九泉矣。甲午八日泪笔。

此为甲戌本独出且系年最晚的批语，前后两批，语义、情感连贯，应出自同一人之手。由回顾小说撰著过程，悼念雪芹之逝，感慨书稿未成，又由此生发心愿，祈愿造化主再造芹脂以完成此书，是这部小说的幸运，两人（指前面提及的“一芹一脂”）也就遂心九泉了。其中“泪尽而逝”“泪笔”本自小说黛玉还泪，无论是从内容还是时间看，其情其景都颇似绝笔。自“至脂砚斋甲戌抄阅再评”乾隆十九年计，到乾隆三十九年甲午，时间横跨整整二十年。综合甲戌本的整体情况看，每页版心均抄录“脂砚斋”三字，第二回有脂砚解释自己如何批书的“余批重出”眉批，凡例统摄小说后面章回及眉批、侧批。尽管有署名松斋、梅溪及“斯亦太过”、围绕彩明是男是女互相驳斥的批，仍是甲戌本中少数人的批语，这些批语的生成时间，我们现在还没有十足的把握，但整部书的批语大都出自脂砚斋一人之手是确凿无疑的。

要之，经系统校勘，小说正文部分，整体以甲戌本为优，相较而言，己卯庚辰本则出现文本讹脱等现象。批语部分，己卯庚辰本双行夹批的数量较甲戌本呈历时递增，多出九十六条大都与甲戌本侧批重出的双行夹批。甲戌本中涉及家史私事、小说删改过程的批语，如“旧族后辈受此五病者颇多，余家更甚，三十年前事，见书于三十年后”“因命芹溪删去”等均未进入双行夹批。由此也可见，甲戌本批语有些具有隐私性，这些批语，是脂砚斋阅读小说，感怀家史身世，随意之批，大都保留在了甲戌本，而变作双行夹批的是整理《脂砚斋重评石头记》的定本，将来是打算面向读者的。

四、甲戌本、庚辰本重出批语校理

以往，持脂砚斋、畸笏叟二人说的研究者对甲戌本的印象是，这是一个很晚才抄成的本子，当然也注意到甲戌本中有不少批语与庚辰本重出，但是这两个本子的有些重出批语颇有些差异，其中最直观的差异是，甲戌本中的眉批、侧批很少有批语署年、署名，而庚辰本中的眉批、侧批多有署年，且署名畸笏，在这种印象的影响下，对甲戌本形成了这样一种认识：甲戌本抄成时间很晚，抄手抄录了庚辰本中的不少批语，且将庚辰本中的批语署年、署名删削殆尽。实际情况是否如此呢？

甲戌本与庚辰本有不少重出批语，但这些批语文本并非完全一致，之所以仍称其为"重出批语"，是这些批语无论是内容、语气，还是整体的语义逻辑，都很近似。由于"重出批语"不完全一致，经过仔细校勘，发现这些"重出批语"并不能简单判定是抄手转抄所致。先举几例重出批语，以说明甲戌本、庚辰本重出批语中这种复杂的情形。

例一：第十三回

〔甲前〕贾珍尚奢，岂有不请父命之理？因敬□□□要紧，不问家事，故得姿意放为。

〔庚前〕荣、宁世家，未有不尊家训者。虽贾珍尚奢，岂明逆父哉？故写敬老不管，然后恣意，方见笔笔周到。

例二：第十三回，王熙凤在抱厦中思考协理宁国的五件大事。

〔甲眉〕旧族后辈受此五病者颇多，余家更甚。三十年前事见书于三十年后，令余悲恸，血泪盈面。

〔庚眉〕读五件事未完，余不禁失声大哭，三十年前作书人在何处耶？

例三：第二十五回，马道婆给赵姨娘说解五鬼用法。

〔甲眉〕宝玉乃贼婆之寄名儿，况阿凤乎？三姑六婆之为害如此，即贾母之神明，在所不免。其他只知吃斋念佛之夫人太君，岂能防悔得来？此作者一片婆心，不避嫌疑，特为写出，使看官再四着眼。吾家儿孙慎之戒之！

〔庚眉〕宝玉乃贼婆之寄名干儿，一样下此毒手，况阿凤乎？三姑六婆之为害如此，即贾母之神明，在所不免。其他只知吃斋念佛之夫人太君，岂能慊得来？此系老太君一大病。作者一片婆心，不避嫌疑，特为写出，使看官再四思之慎之戒之戒之！

例四：第二十五回，凤姐打趣黛玉“你既吃了我们家的茶，怎么还不给我们家作媳妇”。

〔甲侧〕二玉事，在贾府上下诸人，即看书人、批书人皆信定一(段)［双］好夫妻，书中常常每每道及。岂其不然，叹叹！

〔庚侧〕二玉之配偶，在贾府上下诸人，即观者、批者、作者皆为无疑，故常常有此等点题语。

例五：第二十五回，“别人慌张自不必讲，独有薛蟠更比诸人忙到十分去”。

〔甲侧〕写呆兄忙，是愈觉忙中之愈忙，且避正文之絮烦。好笔仗，写得出。

〔庚侧〕写呆兄忙是躲烦碎文字法。好想头，好笔力。《石头记》最得力处在此。

例六：第二十六回，宝玉听到笑声，回头看时，“见是薛蟠拍着手跳了出来”。

〔甲侧〕如此戏弄，非呆兄无人。欲释二玉，非此戏弄不能立解，勿得泛泛看过。不知作者胸中有多少丘壑。

〔庚侧〕非呆兄行不出此等戏弄，但作者有多少丘壑在胸中，写来酷肖。

例七：第二十七回，《葬花词》。

〔甲眉〕“开生面”“立新场”，是书多多矣，惟此回处生更新。非颦儿断无是佳吟，非石兄断无是情聆。难为了作者了，故留数字以慰之。

〔庚眉〕“开生面”“立新场”是书不止“红楼梦”一回，惟是回更生更新，且读去非阿颦无是佳吟，非石兄断无是章法行文，愧杀古今小说家也。畸笏。

以上所举甲戌本、庚辰本重出批语，其中，甲戌本批语带有明显的指向，这种指向既有“余家”“吾家儿孙”倾向于自己家族事迹的，也有“难为了作者了，故留数字以慰之”这种直接体现批者与作者关系紧密的批语，这些带有明显指向的批语，庚辰本相应批语如“余家”“吾家儿孙”均无，甲戌本批语“难为了作者了，故留数字以慰之”，庚辰本则作“愧杀古今小说家也”。

此外，例一：两批所表达的意思近似，但行文逻辑衔接有些差别。庚辰本回前多出“荣、宁世家，未有不尊家训者”一句，批语后半段，甲戌本批点贾珍恣意放为的缘由，庚辰本则由荣宁世家大族有尊家训之礼，贾珍虽尚奢，也要请父命，但其父贾敬不管，贾珍才得以放为，点出作者在写法上是笔笔周到的。相较而言，无论是内容、逻辑，相较甲戌本而言，庚辰本都更完善些。例三：庚辰本较甲戌本为详，多出“一样下此毒手”“ 此系老太君一大病”。例四：庚辰本较甲戌本为详，甲戌本“事”，庚辰本作“之配偶”，语义更为精准，甲戌本“看书人、批书人皆信定一段好夫妻”，庚辰本作“观者、批者、作者皆为无疑”更为书面化。甲戌本“书中常常每每道及”，庚辰本作“故常常有此等点题语”更显凝练且书面化。例五：庚辰本较甲戌本更为凝练，无“是愈觉忙中之愈忙”八字，甲戌本“且避正文之絮烦”，庚辰本作“是躲烦碎文字法”，且多出“《石头记》最得力处在此”九字。例六：甲戌本、庚辰本批语近似，庚辰本较甲戌本更为凝练。例七：甲戌本“情聆”，庚辰本作“章法行文”。

由校勘结果看，甲戌本、庚辰本重出批语中的这些异文，涉及指称对象、内容等变化，有些文本差异较大，应不是因抄手抄写过程中随手改写造成的。既然甲戌本、庚辰本重出批语存在这种情形，那么两本重出批语中庚辰本有署年、署名而甲戌本无的批语，就不能断定是抄手抄写过程中删略所致。以上举例说明的甲戌本、庚辰本异文的诸多情况，也提示我们，有些批语很可能是批书人脂砚斋在整理批语过程中产生的，尤其是乾隆己卯、庚辰，脂砚斋整理“四阅评过”“定本”前后，庚辰本末署“己卯”且与甲戌本重出的批语，有些在甲戌本、庚辰本中重出，如第二十六回“红玉一腔委屈怨愤”、第二十七回“《石头记》用截法”等，但有些批语仅见于庚辰本，如第二十七回署己卯冬夜的“奸邪婢岂是怡红应答者”。

如前一部分所考，以上这些批语文本现象指向了以下情形：脂砚斋整理小说、批语过程中，甲戌本作为脂砚斋整理小说及批语过程中的一个稿本，在这个稿本中陆续批点，积累下了许多批语，乾隆二十四、二十五年，脂砚斋整理“定本”，又陆续在甲戌本上写下了一些批语，这些批语也抄入了己卯庚辰本，有些批语则直接批在己卯庚辰本上，并没有抄回甲戌本中。这大概就是当时脂砚斋施加批点的具体情形。

附录4.4

甲戌本、庚辰本的重出且异批语对照

1.〔甲前〕贾珍尚奢，岂有不请父命之理？因敬□□□要紧，不问家事，故得姿意放为。

〔庚前〕荣、宁世家，未有不尊家训者。虽贾珍尚奢，岂明逆父哉？故写敬老不管，然后恣意，方见笔笔周到。

2.〔甲前〕若明指一州名，似若《西游》之套，故曰至中之地，不待言可知是光天化日仁风德雨之下矣。不云国名更妙，可知是尧街舜巷衣冠礼义之乡矣。直与第一回呼应相接。

〔庚眉〕奇文。若明指一州名，似落《西游》之套，故曰至中之地，不待言可知是光天化日、仁风德雨之下矣。不云国名更妙，可知是尧街舜巷、衣冠礼义之乡矣。直与第一回呼应相接。

3.〔甲前〕今秦可卿托□□□□□□□□□□□□□□□□理宁府亦□□□□□□□□□□□□□□□□□□□□□□□□□□□□在封龙禁尉，写

乃褒中之贬，隐去天香楼一节，是不忍下笔也。

〔甲 / 庚后〕“秦可卿淫丧天香楼”，作者用史笔也。老朽因有魂托凤姐贾家后事二件，嫡是安富尊荣坐享人不能想得到处。其事虽未漏，其言其意则令人悲切感服，姑赦之，因命芹溪删去。

〔庚后〕通回将可卿如何死故隐去，是大发慈悲心也，叹叹！壬午春。

4.〔甲眉〕旧族后辈受此五病者颇多，余家更甚。三十年前事见书于三十年后，令余悲恸，血泪盈面。

〔庚眉〕读五件事未完，余不禁失声大哭，三十年前作书人在何处耶？

5.〔甲前〕此回只十页，因删去“天香楼”一节，少去四五页也。

〔甲后〕“秦可卿淫丧天香楼”，作者用史笔也。老朽因有魂托凤姐贾家后事二件，嫡是安富尊荣坐享人能想得到处。其事虽未漏，其言其意则令人悲切感服，姑赦之，因命芹溪删去。

〔庚后〕通回将可卿如何死故隐去，是大发慈悲心也，叹叹！壬午春。

〔以上第 13 回〕

6.〔甲前〕凤姐用彩明，因自识字不多，且彩明系未冠之童。

〔甲眉〕宁府如此大家，阿凤如此身份，岂有使贴身丫头与家里男人答话交事之理呢？此作者忽略之处。

〔庚眉〕宁府如此大家，阿凤如此身份，岂有使贴身丫头与家里男人答话交事之理呢？此作者忽略之处。

〔庚眉〕彩明系未冠小童，阿凤便于出入使令者。老兄并未前后看明是男是女，乱加批驳。可笑。且明写阿凤不识字之故。壬午春。

7.〔甲前〕写凤姐之珍贵，写凤姐之英气，写凤姐之声势，写凤姐之心机，写凤姐之骄大。

〔庚眉〕写凤之心机。写凤之珍贵。写凤之英勇。写凤之骄大。

8.〔甲侧〕接上文，一点痕迹俱无，且是仍与方才诸人说话神色口角。

〔庚侧〕接得紧，且无痕迹，是山断云连法也。

9.〔甲侧〕此妇亦善迎合。

〔庚侧〕下人迎合凑趣，毕真。

〔以上第 14 回〕

10.〔甲前〕赵妪讨情闲文，却引出通部脉络。所谓由小及大，譬如登高必自卑之意。细思大观园一事，若从如何奉旨起造，又如何分派众人，从头细细直写将来，几千样细事，如何能顺笔一气写清？又将落于死板拮据之乡，故只用琏凤夫妻二人一问一答，上用赵妪讨情作引，下文蓉蔷来说事作收，余者随笔顺笔略一点染，则耀然洞彻矣。此是避难法。

〔甲侧〕大观园一篇大文，千头万绪，从何处写起？今故用贾琏夫妻问答之间，闲闲叙出，观者已省大半。后再用蓉、蔷二人重一渲染。便省却多少赘瘤笔墨。此是避难法。

〔庚眉〕自政老生日，用降旨截住，贾母等进朝如此热闹，用秦业死岔开，只写几个"如何"，将泼天喜事交代完了。紧接黛玉回，琏、凤闲话，以老妪勾出省亲事来。其千头万绪，合榫贯连，无一毫痕迹，如此等，是书多多，不能枚举。想兄在青埂峰上，经煅炼后，参透重关至恒河沙数。如否，余曰万不能有此机括，有此笔力，恨不得面问果否。叹叹！丁亥春。畸笏叟。

11.〔甲眉〕阿凤之待琏兄如弄小儿，可畏之至。

〔庚侧〕阿凤之弄琏兄如弄小儿，可怕可畏！若生于小户，落在贫家，琏兄死矣！

12.〔甲侧〕射利人微露心迹。

〔庚侧〕射利语，可叹！是亲侄。

13.〔甲侧〕此等称呼，令人鼻酸。

〔庚侧〕好称呼。

〔以上第16回〕

14.〔甲眉〕宝玉乃贼婆之寄名儿，况阿凤乎？三姑六婆之为害如此，即贾母之神明，在所不免。其他只知吃斋念佛之夫人太君，岂能防悔得来？此作者一片婆心，不避嫌疑，特为写出，使看官再四着眼。吾家儿孙慎之戒之！

〔庚眉〕宝玉乃贼婆之寄名干儿，一样下此毒手，况阿凤乎？三姑六婆之为害如此，即贾母之神明，在所不免。其他只知吃斋念佛之夫人太君，岂能慊得来？此系老太君一大病。作者一片婆心，不避嫌疑，特为写出，使看官再四思之慎之戒之戒之！

15.〔甲侧〕二玉事，在贾府上下诸人，即看书人、批书人皆信定一段好夫妻，书中常常每每道及。岂其不然，叹叹！

〔庚侧〕二玉之配偶，在贾府上下诸人，即观者、批者、作者皆为无疑，故常常有此等点题语。

16.〔甲侧〕写呆兄忙，是愈觉忙中之愈忙，且避正文之絮烦。好笔仗，写得出。

〔庚侧〕写呆兄忙是躲烦碎文字法。好想头，好笔力。《石头记》最得力处在此。

17.〔甲侧〕收拾得干净有着落。

〔庚侧〕收拾的得体正大。

〔以上第 25 回〕

18.〔甲侧〕岔开正文，却是为正文作引。

〔庚侧〕你看他偏不写正文，偏有许多闲文，却是补遗。

19.〔甲眉〕“狱神庙”红玉、茜雪一大回文字惜迷失无稿。

〔庚眉〕“狱神庙”回有茜雪、红玉一大回文字，惜迷失无稿。叹叹！丁亥夏。畸笏叟

20.〔甲侧〕不伦不理，迎合字样，口气逼肖，可笑可叹！

〔庚侧〕谁一家子？可发一大笑。

21.〔甲侧〕不答得妙！

〔庚侧〕不答上文，妙极！

22.〔甲侧〕真正无意忘情。

〔庚侧〕真正无意忘情冲口而出之语。

23.〔甲侧〕如此戏弄，非呆兄无人。欲释二玉，非此戏弄不能立解，勿得泛泛看过。不知作者胸中有多少丘壑。

〔庚侧〕非呆兄行不出此等戏弄，但作者有多少丘壑在胸中，写来酷肖。

24.〔甲末〕“凤尾森森，龙吟细细”八字，“一缕幽香从碧纱窗中暗暗透出”，又“细细的长叹一声”等句方引出“每日家情思睡昏昏”仙音妙音，俱纯化工夫之笔。

〔庚眉〕先用“凤尾森森，龙吟细细”八字，“一缕幽香自纱窗中暗暗透出”“细细的长叹一声”等句，方引出“每日家情思睡昏昏”仙音妙音来，非纯化功夫之笔不能，可见行文之难。

〔以上第 26 回〕

25.〔甲末〕前回倪二、紫英、湘莲、玉菡四样侠文皆得传真写照之笔。惜“卫若兰射圃”文字迷失无稿，叹叹！

〔庚眉〕写倪二、紫英、湘莲、玉菡侠文，皆各得传真写照之笔。丁亥夏。畸笏叟。惜“卫若兰射圃”文字迷失无稿。叹叹！丁亥夏。畸笏叟。

26.〔甲侧〕数句大观园景，倍胜省亲一回，在一园人俱得闲闲寻乐上看，彼时只有元春一人闲耳。

〔庚侧〕数句抵省亲一回文字，反觉闲闲有趣有味的领略。

27.〔甲侧〕非谎也，避繁也。

〔庚侧〕怕文繁。

28.〔甲夹〕诗词歌赋，如此章法写于书上者乎？

〔庚侧〕诗词文章，试问有如此行笔者乎？

29.〔甲眉〕“开生面”“立新场”，是书多多矣，惟此回处生更新。非颦儿断无是佳吟，非石兄断无是情聆。难为了作者了，故留数字以慰之。

〔庚眉〕“开生面”“立新场”是书不止“红楼梦”一回，惟是回更生更新，且读去非阿颦无是佳吟，非石兄断无是章法行文，愧杀古今小说家也。畸笏。

30.〔甲侧〕余读《葬花吟》至再至三四，其凄楚感慨，令人身世两忘，举笔再四不能加批。有客曰：“先生身非宝玉，何能下笔？即字字双圈，批词通仙，料难遂颦儿之意。俟看过玉兄之后文再批。”噫嘻！阻余者想亦《石头记》来的？故停笔以待。

〔庚侧〕余读《葬花吟》凡三阅，其凄楚感慨，令人身世两忘，举笔再四不能加批。先生想身非宝玉，何得而下笔？即字字双圈，料难遂颦儿之意。俟看过玉兄后文再批。噫嘻！客亦《石头记》化来之人！故掷笔以待。

〔以上第 27 回〕

31.〔甲侧〕“情情”，不忍道出“的”字来。

〔庚侧〕“情情”。不忍也。

32.〔甲眉〕连重二次前言，是颦、宝气味暗合，勿认作有小人过言也。

〔庚眉〕连重两遍前言，是颦、玉气味相仿，无非偶然暗合相符，勿认作有过言小人也。

33.〔甲侧〕用云儿细说，的是章法。

〔庚眉〕云儿知怡红细事，可想玉兄之风情意也。壬午重阳。

〔以上第28回〕

五、小结

甲戌本递藏较为清楚，如此书首位藏家为马书奎的推论无误，其递藏源流应为：马书奎（？）→马寿蘐（髩眉）→刘铨福→胡星垣→胡适→上海博物馆。今传甲戌本为过录抄本，其抄写时间在乾隆三十九年至咸丰十一年之间。毛辑靖藏本批语证伪后，脂畸一人说所举证据仍然成立，尚未发现反面证据。在此基础上，细审甲戌本版心等文献状貌，小说正文与双行夹批为一体抄成，双行夹批大都出自脂砚斋之手。另取甲戌本与己卯庚辰本都保存双行夹批的四回（第十五、十六、二十五、二十六回）校勘，甲戌本与己卯庚辰本重出双行夹批58条，己卯庚辰本多出的96条双行夹批，大都与甲戌本侧批重出。甲戌本小说正文、双行夹批，连带朱笔侧批，大都出自脂砚斋之手。从甲戌本至己卯庚辰本，脂砚斋将五六年中阅读《石头记》积累下的批语整理汇抄至小说正文之下，形成现在我们所见到的抄本状貌。

甲戌本小说正文的底本源头应是“脂砚斋甲戌抄阅再评”或甲戌以后的一个稿本，自乾隆十九年脂砚斋抄阅重评，抄录时已将部分批语转换为正文下的双行夹批，此后脂砚斋随读随批，由批语来看，时间一直绵延至乾隆三十九年甲午，天头、行间批语渐次层累。甲戌至甲午这二十年，为甲戌本中的一段封闭时间，这二十年中，这个稿本大概一直在脂砚斋手中。直至乾隆二十四年己卯，脂砚斋将四阅的历次批点，重作抄录整理为“定本”，直至次年庚辰秋定本，其誊录整理批语，依据的大概就是这个稿本上历次阅读施加的批语。

脂砚斋整理完前四十回，意犹未尽，继续批点，是“己卯冬夜”批属脂砚之证，到了乾隆二十五年庚辰，直到秋天，才把第四十一至八十回整理抄录完毕。甲戌本作为工作本，其功用为脂砚斋积累批语。同时，《脂砚斋重评石头记》尚未完全定稿，“四阅评过”的意义是将此前积累的批语再做整理、调整，进而汇总至四评定本中，也就是把经过时间淘洗，脂砚认为可以进入定本的批语汇抄于小说正文之下，以双行夹批的形式呈现出来。甲戌本的确是一个批语层累的本子，但这种层累大都是在脂砚手中完成的，层累的时间，横跨甲戌→甲午（乾隆十九年至乾隆三十九年）二十年。这二十年中，他据这个甲戌本，汇总、整理批语，整理了己卯庚辰本定本。凡例的更动，应是脂砚斋在整理己卯庚辰本时产生的。

图表 4.11　脂砚斋批点整理《石头记》的时间线索图

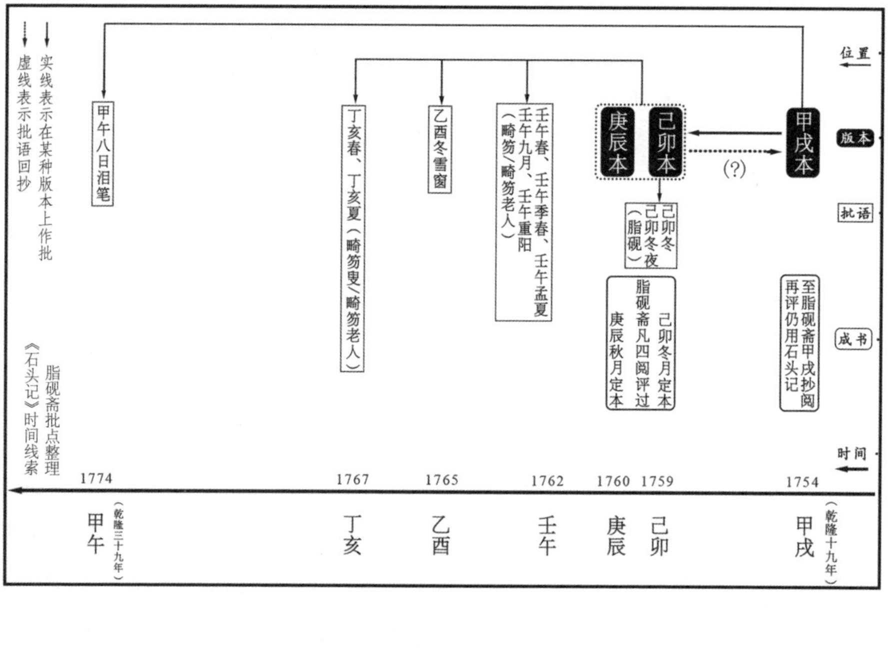

第五章　裕瑞《枣窗闲笔》研究 *

裕瑞《枣窗闲笔》因记载曹雪芹相貌、性格、《红楼梦》成书过程及脂砚斋与早期抄本的情况，受到重视。也因其记载独特，史源特殊，受到质疑，甚至被视为一部伪书。本章回顾《枣窗闲笔》的研究史，考察其递藏、讳字、典章制度、笔迹，确定为裕瑞稿本，并研究对曹雪芹、脂砚斋的记载，以及裕瑞当时所见《红楼梦》早期抄本和对后四十回的认识。《枣窗闲笔》中的记载有些的确可以考据出处，论及《风月宝鉴》、《红楼梦》未成而作者先逝、小说开篇系作者“狡狯托言”、“元迎探惜”隐喻“原应叹息”及“吴新登”暗隐“无星戥”等处，皆源出甲戌本。《枣窗闲笔》是研究《红楼梦》的重要文献，尤其是为研究脂砚斋的身份提供了证据。

现存有关曹雪芹与《红楼梦》的文献中，裕瑞的《枣窗闲笔》（下称《闲笔》）较为特殊。它是现存最早且唯一一部评论《红楼梦》续书的书（其中有一篇评论《镜花缘》），成书虽晚至道光年间，[1] 但因叙及曹雪芹相貌、

---

* 本章部分内容曾以《裕瑞〈枣窗闲笔〉新考》《裕瑞〈枣窗闲笔〉补考》为题，分别发表在《曹雪芹研究》2015 年第 3 期、2020 年第 2 期。

① 黄一农《裕瑞〈枣窗闲笔〉新探》。高树伟《裕瑞〈枣窗闲笔〉新考》。刘广定《〈枣窗闲笔〉之真伪与成书时间》。

性格、家世及《红楼梦》成书过程，还涉及脂砚斋与早期抄本的具体情况，被视为红学研究的重要文献。数十年前，有研究者对《红楼梦》早期抄本等红学基础文献提出颇多质疑，且牵连及《闲笔》。此后，对《闲笔》真伪及文本源流，也颇有论争。在此疑古风气影响下，研究者多倾力考究《闲笔》文本，指摘其前后矛盾，在考察《闲笔》递藏流传、版本性质等方面未尝措意，导致对《闲笔》的认识出现严重偏差。甚至有研究者认为，《闲笔》是一部迎合新红学观点的伪书，进而否定其文献价值。[①]

1957 年，文学古籍刊行社影印《闲笔》时，将书中首末所钤裕寿两藏印删去，掩盖了考察此书递藏源流的重要线索。此外，与《闲笔》相关的其他几种材料深藏各大图书馆中，由于各馆编目不尽完善，研究者多无缘寓目，也影响了对《闲笔》的整体判断。本章即据新发现的《裕憹霆藏书目录》等材料考证《闲笔》递藏源流、讳字、时制，比较现存裕瑞手迹，证实《闲笔》为裕瑞稿本，探研《闲笔》涉曹记事、裕瑞所见《红楼梦》早期抄本，以及裕瑞对《红楼梦》后四十回的认识，以明晰此书对《红楼梦》研究的价值。

一、裕瑞《枣窗闲笔》的钤印与递藏

关于《闲笔》的来历，质疑者多认为其来历不明，因将其视为迎合新红学观点的伪托之作。以前，《闲笔》除了书前“思元主人”（阴文方印）、“凄香轩”（阳文方印）、“莺思蝶梦”（阴文方印）三方印记外，首叶书眉处还钤有“纳哈塔氏”（*nahata hala*）满汉文圆印，末叶钤有“裕颂廷　壬子年十二月二十日 YU SUNG TING”椭圆印。基于钤印，综合相关文献记载，析分其递藏如下：

1912 年　裕颂廷收藏。

1.2015 年 1 月 20 日，笔者在国家图书馆善本室调阅稿本《闲笔》的缩微胶卷，见首页书眉处钤有一方“纳哈塔氏”（*nahata hala*）满汉文圆

① 欧阳健《红楼新辨》，第 257—272 页。温庆新《〈枣窗闲笔〉辨伪论》。

印。经考证，知是裕颂廷的印。《闲笔》原件末页左下角除“北京图书馆藏”印外，另有一方“裕颂廷　壬子年十二月二十日 YU SUNG TING”椭圆印。（图表 5.1）

2. 朱南铣（1916—1970）《〈红楼梦〉后四十回作者问题札记》：“一九一二年东四牌楼八条胡同三十一号裕颂庭藏，后归孙楷第，现归北京图书馆。”朱南铣说“一九一二年”的依据应是《闲笔》末页所钤裕颂廷的椭圆印，只是在中西历转化上出现了一点疏漏，“壬子年十二月二十日”应是 1913 年 1 月 26 日。

3. 裕寿，号颂廷（一作松亭、憾霆等）、孤鸿、孤鸿和尚，晚清民国时人，系纳哈塔氏，有子名穆季贞。（附录 5.3）。

图表 5.1　国家图书馆藏裕瑞稿本《枣窗闲笔》首、末页

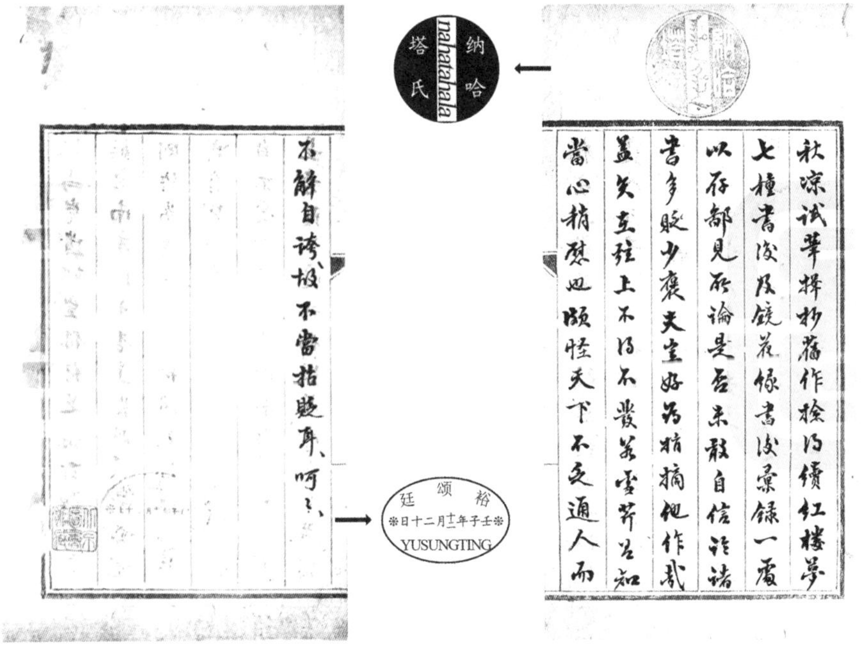

1917 年　第四次抄成稿《长白艺文志》已著录《闲笔》。

4. 国家图书馆藏抄本《长白艺文志》“小说部集类”中“红楼梦”条云：“裕思元有《枣窗闲笔》一卷，皆评论七种《红楼梦》之作，云雪芹书成，旋亦故矣。”此抄本末页云：“此第四次抄成稿，由丁巳年正月二十八日抄起，至闰二月十二日抄毕，时养吾现年七十一岁矣，并不用叆叇，目力疾而抄之。”丁巳为1917年，可见《闲笔》在新红学之前就已存在。

5.1931年3月1日奉宽《兰墅文存与石头记》：“又英浩《长白艺文志初稿》据裕瑞《枣窗闲笔》亦云‘《红楼梦》为曹雪芹著’。英君为宽兵部旧雨，满洲人，姓‘高佳氏’，字养吾，一字慕纯，所著《长白艺文志》未刊，其草稿赠余，收藏未理。”①

1943年　史树青在北京隆福寺街青云斋书店发现《闲笔》，后归孙楷第，曾录副摘抄。

6. 史树青《程伟元指罗汉画册及其它》：“1943年，我在北京隆福寺街青云斋书店发现，后为孙楷第先生购得。”②

7.1946年　邓之诚日记：“十一月十一日　星一　十月十八日　晴　夜雨　晚作书致高名凯，托其向孙楷第借裕瑞所撰《枣窗闲笔》。名凯旋来，馈酒二瓶，略坐去。”③

8. 周汝昌回忆：“1948年的这个暑假度过了，我与胡适先生的通讯关系又进入新的阶段。不想与此同时，又有意外的考《红》姻缘：小说专家孙楷第（子书）先生开始移帐京西，在燕园设帐授业了……我高兴极了，课后便向孙先生探寻他写在黑板上的那部《枣窗闲笔》的所在，他告诉我，书在北平图书馆，而他有录副摘抄本。我不揣冒昧，又向人家借阅。他也慨然惠诺。”④

① 奉宽《兰墅文存与石头记》。另，据朱南铣说：“《长白艺文志》自光绪十四年始作，1917年第四次抄成，稿本赠其兵部同事奉宽，现归北京大学图书馆。”朱南铣《〈红楼梦〉后四十回作者问题札记（下）》。
② 史树青《书画鉴真》，第324页。
③ 邓之诚《邓之诚文史札记》，第397页。
④ 周汝昌《周汝昌与胡适》，第102页。

1948 年　邓之诚借阅《枣窗闲笔》并附纸作长跋。

9. 邓之诚日记："十一月三日　星三　十月初三日　晴　孙楷第来，以《枣窗闲笔》送阅，为《跋百廿回本〈红楼梦〉》一首、《跋〈续红楼梦〉》七种各一首、《跋〈镜花缘〉》一首，道光时裕府思元主人所撰。"①

10. 邓之诚日记："十一月十一日　星四　十月十一日　晴　草《裕瑞〈枣窗闲笔〉书后》一首，亦以遣病也。"②

1948 年 12 月 15 日③前　孙楷第将《闲笔》索还，要送给胡适，胡适未收。

11.1948 年　孙楷第致胡适函："倘先生此时收拾箱箧，即向之索还《闲笔》。"④

12.1954 年 8 月，胡适致吴相湘函："裕瑞的稿本是孙子书（楷第）送给我，我又还他的。"⑤

13.1956 年　邓之诚日记："六月初七日　七月十四日　星六　晴　又致书吴恩裕，托代钞《枣窗闲笔》中《曹雪芹》一则。"⑥

14.1957 年　邓之诚日记："冬月初五日　十二月二十五日　星三　晴　回暖　朱南铣寄赠《枣窗闲笔》，未印予所作跋。"⑦

《闲笔》稿本后附一纸，即邓之诚亲笔跋文，是最早一篇系统研究《闲笔》的长文。后以《〈枣窗闲笔〉跋》为题发表于 1948 年《图书季刊》新第九卷三、四合期。

1948 年底或稍后　孙楷第将《闲笔》捐赠北京图书馆（今中国国家图书馆）。

---

① 邓之诚《邓之诚文史札记》，第 462 页。

② 邓之诚《邓之诚文史札记》，第 463 页。邓之诚所说《裕瑞〈枣窗闲笔〉书后》，即后来发表在 1948 年《图书季刊》新第九卷第三、四合期上的《〈枣窗闲笔〉跋》。曹震《邓之诚论〈红楼梦〉及其他》。

③ 胡适于 1948 年 12 月 15 日乘飞机离开北平。

④ 1948 年 11 月 8 日孙楷第致胡适函，《胡适遗稿及秘藏书信》第 32 册，第 670 页。

⑤ 吴相湘《胡适之先生身教言教的启示》。胡不归等著《胡适传记三种》，第 320 页。

⑥ 邓之诚《邓之诚文史札记》，第 946 页。

⑦ 邓之诚《邓之诚文史札记》，第 1058 页。

15. 据上文“1943年”条下所引周汝昌回忆，1948年暑假以后，他向孙楷第询问《闲笔》时，已捐给北京图书馆。

16. 史树青《程伟元指罗汉画册及其它》：“解放后，孙先生捐赠北京图书馆。”[①] 据周汝昌回忆：“孙楷第先生很晚方入燕大执教，我也并未正式选读他所开的课目，只有一次慕名前往旁听，正巧他讲到《红楼梦》，说《枣窗闲笔》中记载曹雪芹的相貌和为人风度……聆之大喜！未待专程拜谒，下课后他回家路上，我就冒昧启齿向他求借此书。他很慷慨，答应所求，说明只有一个抄本，原稿本已归北京图书馆公藏。”[②]

17. 孙楷第《中国通俗小说书目》：“《枣窗闲笔》一卷，存。余藏作者手稿本，已捐赠北京图书馆。”[③]

综上，析分《枣窗闲笔》递藏如下：

裕瑞→裕颂廷（纳哈塔氏）→北京隆福寺街青云斋书店（史树青发现）→孙楷第[④]（吴恩裕、邓之诚、周汝昌曾寻求该书线索）→胡适→孙楷第→北京图书馆（今中国国家图书馆）

附录5.1

读焕明《遂初堂未定稿》记

焕明《遂初堂未定稿》因涉及《红楼梦》，研究者很早就已关注到。周绍良《红楼梦书录》云：

① 史树青《书画鉴真》，第324页。
② 周汝昌《红楼无限情·周汝昌自传》，第169、170页。
③ 孙楷第《中国通俗小说书目》，第142页。
④ 孙楷第自青云斋书店购得《闲笔》的时间大概在1943年至1946年间。曹震《邓之诚论〈红楼梦〉及其他》。

金陵十二钗咏

焕明撰。载其“遂初堂未定稿”，稿本。共林黛玉、薛宝钗、史湘云、贾元春、贾迎春、贾探春、贾惜春、妙玉、王熙凤、巧姐、李纨、秦可卿七律十二首。有裕瑞评。

自序：“予既题立斋画扇黛玉诗，后复题薛宝琴一首。因思薛小妹非十二钗中人也；香菱、袭人副册人名不全，今亦难考。遂将十二钗正册十二人各咏七律一首，以消长夏睡魔之计，非所谓诗也。读‘红楼梦’者，可以观诸。初题林黛玉诗为五律，篇法不合，亦广为七言云。”

裕瑞评：“此游戏耳，亦应删去。”

此诗嘉庆二十年（1815）作，时为城守尉、奉恩将军。《分咏立斋扇上画美人　林黛玉》五律一首及《代查丹禾少府咏画美人　薛宝琴》七律一首，亦同年作。立斋姓何，乾隆二十年（1755）生。

柯愈春《清人诗文集总目提要》云：

遂初堂诗集十二卷

焕明撰。焕明生于乾隆三十六年，卒于道光十一年。字瞻庵，姓爱新觉罗氏，满洲镶红旗人。清宗室。官至兴京城守尉。所撰《遂初堂诗集》十二卷，附《诗余》一卷，民国二十五年朱浩怀长沙油印本，中国国家图书馆、湖南省图书馆藏。录嘉庆二十三年至道光十一年诗。足迹遍于关内外，其诗多记当地风土人情。词仅五十阕，皆道光七年作。又有《遂初堂未定稿》不分卷，嘉道间稿本，封皮题“瞻庵近稿”“遂初堂初稿”，存三册，为嘉庆十九年、二十年，道光元年、二年、四年、五年诗，中国国家图书馆藏，所存诗稿多有油印本未录者。

二书著录信息详略不同，各有侧重。综合著录及《遂初堂诗集》中《瞻庵先生略传》《遂初堂诗集作者瞻公学述》《油印遂初堂诗集杂记》，撮其要，拟焕明小传如下：

焕明（1771—1831），号瞻庵，爱新觉罗氏，满洲镶红旗人，系清太祖努尔哈赤后裔（一说庄亲王舒尔哈齐后裔），父惠瑛，封奉恩将军，金州（今属辽宁大连）城守尉头等侍卫，母拜都氏。妻漳佳氏，员外郎查隆额之女，正蓝旗人，嘉庆十六年逝世。纳妾王氏，继又纳高氏，有舒锦、舒文、舒璐、舒祺四子。历任护军参领、辽阳城守尉、兴京城守尉等职。曾师从舅父瑛宝（字梦禅，号闲斋）学作诗画，亦与同族叔祖裕瑞多唱和之作。善骑射，通满文，长于翻译，著有《遂初堂诗集》《槐阴小志》等。

焕明《遂初堂未定稿》，中国国家图书馆藏稿本，一函三册。纸已黄脆，略有破损。全书无界栏，圈改、批注甚多（多为焕明、裕瑞批改）。第一册题作“遂初堂未定稿”，下有“甲戌”“瞻庵焕明”六字，钤“北京图书馆藏”（阳文）印、“臣焕明印”（阴文）方印、“瞻庵”（阳文）方印、“襄平司城”（阴文）长印。第二册书衣题作“遂初堂初稿”，下有小字“辛巳壬午”（有墨笔圈改，“辛巳　壬午”为改后文字）。第三册题作“遂初堂甲申诗稿”，下有“己酉”二字。

第一册为嘉庆十九年、二十年诗稿，第二、三册是道光元年（1821）、二年、四年及五年诗稿。通览全书，诗稿大致依时间先后排次，间有错出者，作者也以小注标示次序。如第一册嘉庆二十年诗稿中有《端阳日作》一首，即出注标明“应抄于咏美人诗前”。同一年诗稿中又有《新开射圃》一首，注云“此初七日作，在求雨诗前”。

检《遂初堂未定稿》，除《金陵十二钗咏（并序）》十二首七律外，尚有《分咏立斋扇上画美人　林黛玉》《代查丹禾少府咏画美人　薛宝琴》二首题红诗。周绍良说题红诗“有裕瑞评”，今又重检全书，裕瑞所批关乎《红楼梦》之评语，仅“此游戏耳，亦应删去”一句，未见其他涉红文字。这十四首题红诗集中于《遂初堂未定稿》第一册后半部分，即嘉庆二十年稿。

《金陵十二钗咏》之前，《分咏立斋扇上画美人　林黛玉》一首云：

清泪潇湘馆，檀乐绿影斜。多情枕疾病，幽恨厌繁华。
窗下调鹦鹉，风前葬落花。至今图画里，仿佛认仙葩。

按，此诗乃焕明咏何立斋扇上所画林黛玉。《遂初堂诗集》收有数首有关立斋的诗，立斋生平未能详考。据注文，知此诗作于嘉庆二十年五月初五日。这首诗前，隔一首有《得家信知淳儿于三月二十二日毕姻诗以志喜寄家兄并示淳儿四首》，其后有《得雨》《雨后闲步》《新开射圃此初七日作，在求雨诗前》《五月十七日偶题四绝句》《即事》《晓起看雨》《端阳日作应抄于咏美人诗前》诸首。嘉庆二十年诗稿严格按时间编排，偶有错出，即出注文乙改。上述《端阳日作》“应抄于咏美人诗前”注及《新开射圃》“此初七日作，在求雨诗前”注，即属此例。

《分咏立斋扇上画美人　林黛玉》后，隔九首又有《代查丹禾少府咏画美人　薛宝琴》一首云：

凤毛衫子藕花丝，绿绮轻盈比玉姿。
翠羽初飞林下月，惊鸿乍见水边池。
太君叹拟消寒画，阿姊娇嗔怀古诗。
一种丰神谁得似，红梅白雪映琉璃。

按，查丹禾，生平不详。此首亦作于嘉庆二十年五月间。因此首后有《又雨》一首，注云“五月二十一日”，知咏薛宝琴诗作于五月二十一日或稍前。

以上两首诗的写作背景，大概是在嘉庆二十年五月，焕明、立斋、查丹禾等人聚会，立斋出扇上所画《红楼梦》人物，友朋分咏一首。此后，焕明另代查丹禾咏薛宝琴诗一首。

《遂初堂未定稿》第二册，书前有裕瑞跋文一篇（图表5.2），内容为裕瑞对焕明诗稿之评论，逐录于下：

前接　札示，见委校订　近作诗稿半本余，既承殷殷致意，何敢以不克当任推诿，托以养我懒乎。况前半本诗已不揣久加墨矣，今尤当画一，以答下问之怀，试一一论之。尊作才气本极雄富，卷中佳句不可枚举。前作已有若干卷，另录存矣。今复见如此之多，而犹自以为于文业疏阔。若登期颐，则汗牛充栋，定可卜矣。拙作半生之稿，十不及一也。篇中雪行之作尤多，各有意致，却不蹈雷同之病，正如老杜七古，数首马歌，各具精妙也。窃谓前时所作，每务繁盛，未免失之泛滥者有之，今则择韵琢句，较前紧约整炼多矣。前每务急就，未免失之草率者有之，今则精推细敲，较前庄严典雅多矣。从前作诗之二病，业已沙汰殆尽。然今者，虽较前格律肃严，至于放写旷怀，长吟奇景，笔仗夭矫如神龙，曾不为规矩所缚，致拘挛不展，此最为上乘，岂非所谓诗以年进乎！拙批“平”字者，非皆不足存也，不过较所圈批者稍逊佳致耳。今若将批“平”字者一例汰去，未免卷帙太简，当随尊意，或仍存某首，或将某首复加润泽，增以见长之句，则庶乎全璧矣。又有一二处辞不达意，就本改易一二字者，如《珍珠泉》诗末句之类。并候　鉴察。

道光辛巳六月既望思元裕瑞再识

《枣窗闲笔》自序末署“思元斋自识”，下有“思元主人”“淒香轩”二印。有研究者认为，裕瑞斋名“萋香轩”，《枣窗闲笔》自序末印章却是“淒香轩”，错得未免有点离奇，因斥为后人伪作。“说有易，说无难”，在具体的考据中更是如此。面对文献中的诸多现象，没有充分调查研究，只是通过“疑”，便断定裕瑞无“淒香轩”印，进而质疑《枣窗闲笔》为后人伪造，这是行不通的。

裕瑞这篇跋文，作于道光元年六月十六日。另为焕明作《遂初堂诗集序》一篇，见《枣窗文续稿》。与此前所见裕瑞手稿风格接近，与《枣窗闲笔》字体的间架结构也类似。跋文末所钤两方印，一方是“思元主人”（阴文），另一方是“淒香轩”（阳文），与《枣窗闲笔》自序末“思元斋自识”下所钤“思元主人”“淒香轩”同。由是可知，裕瑞的确有一方“淒香轩”印。认为裕瑞斋名“萋香轩”，进而断定无“淒香轩”印，并据此证明钤有此印的《枣窗闲笔》为伪书，是没有充分调查文献的揣想，无法立说。

遭际不同，转为心灵映照，投射于文字，古人常把室名别号改易一同音或音近字，便拓出另外一番意趣。这种情况在裕瑞的“淒香轩”印上，体现尤为明显。

从“萋香轩”到“淒香轩”，结合对相关史料的考察，应不难体味裕瑞心境的变化。由“萋”到“淒”的转变，正是裕瑞历经癸酉之变，迁往盛京以后遭际凄凉的那段时间。从这个角度看，“凄香轩”这方印似是嘉庆十八年（1813）以后所刻，与《枣窗闲笔》成书于道光年间这一结论相符。“萋”“凄”二字之异，本是极寻常事，不足以成为怀疑《枣窗闲笔》的证据。

由近年陆续发现的材料，我们知道，裕瑞有斋名“萋香轩”，有《萋香轩吟草》等书传世，也有一方“凄香轩”（阳文）小印（佘嘉惠《临罗两峰〈鬼趣图〉》，裕瑞跋文后也有“凄香轩”阴文长印，与《枣窗闲笔》《遂初堂未定稿》中所钤“凄香轩”印形制不同）。在现有证据链上，裕瑞在自己的稿本《枣窗闲笔》自序末钤“凄香轩”印，符合情理。

图表 5.2　裕瑞跋《遂初堂未定稿》与“凄香轩”印

对《枣窗闲笔》递藏问题的探究过程中，有以下三个问题值得重视。

首先，早先经眼《闲笔》稿本的学者至少有五位：史树青、孙楷第、邓之诚、朱南铣、胡适（？）。因当时他们所见均为《闲笔》原书，自然是看到过书中裕寿的两方印章，对《闲笔》来历及递藏源流是清楚的。只是，

1957年文学古籍社影印《闲笔》时，将原件中两方重要的印章删去，后来的学者研究《闲笔》全依据影印本，没有看到原件上的这两方印章。

其次，关于清末英浩《长白艺文志》，学界仅知有此书，未详版本。经调查，《长白艺文志》现存六个本子，北京大学图书馆藏有两部（其一：稿本，一册，索书号：SB/013.7/4434；其二：抄本，一函四册，原燕京大学图书馆藏，索书号：NC/9550/4336），中国国家图书馆藏有两部（其一：抄本，四册，朱丝栏，索书号：目81.13/894.1；其二：四册，抄本，朱格，索书号：目81.13/894），郑州大学图书馆藏有一部（抄本，一册，索书号：91.21/517），中安太平（北京）国际拍卖有限公司拍卖过一部（2007年01月06日）。[①]

最后，关于裕颂廷，也因《闲笔》末页所钤椭圆印章的重新发现，将此前的质疑消除。图表5.3-1为清代四次片上裕颂廷的照片，原为美国James藏，今归新加坡侯鸿洲。据考，清代国家邮政第四次发行的邮资明信片是在1908年。[②]有质疑者谓1928年才改称北平，四次片背面红色戳记却是“PEPING”，因此怀疑其真实性。其实，邮件上“PEPING”“PEIPING”与“PEKING”，采用的是不同拼写系统。“威式拼音 Wade’s System”条说：“威妥玛（Thomas Wade, 1818—1895）涉及的用英文字母拼写汉字的方式。旧中国邮政初创时曾参考卫三畏（S.W.Williams）涉及的拼写方式编制‘邮政式’拼写方式，用英文表示汉字地名。后即改用威式拼音。例如邮戳上‘北平’的拼音，‘邮政式’为PePing，威式为PeiPing。威妥玛是英帝国主义侵略中国的重要人物，曾任英国驻华公使（1872—1882）。”[③]据Lane J. Harris研究，1906年至1920年年初，当邮政式拼音以南方普通话发音为基础时，邮政局也接受以当地方言拼写中国东南部和其他几个区域的许多地名。[④]

---

① 参见 http://auction.artron.net/paimai-art81340156/。

② 中华全国集邮联合会《中国集邮大辞典》，第285页。

③ 刘广实、邵林主编《集邮词典》。

④ Lane J. Harris *“A ‘Lasting Boon to All’: A Note on the Postal Romanization of Place Names, 1896-1949.”Twentieth Century China 34*, no.1 (2008), pp.102–103.

图表 5.3　裕寿不同年龄段照片[①]

5.3—1

5.3—2

5.3—3

图表 5.4　青云斋书店沿革与《枣窗闲笔》递藏说明表

年份	事件	备注
1902	镜古堂开设	店址：隆福寺街。业主段双堂，字镜轩，冀州人。经营二十余年后，改为青云斋
1912	裕颂廷已收藏《枣窗闲笔》	住址：北京东四牌楼八条胡同31号
1917	《长白艺文志》完成第四次抄成稿	“裕思元有《枣窗闲笔》。”
1929	青云斋书店开设	店主马任国，冀县人。店址：隆福寺街55号
1931	奉宽文提及《枣窗闲笔》与《长白艺文志》	奉宽《兰墅文存与石头记》附注
?	青云斋书店易主陈文学，又易黄存瑞	陈文学，字汉儒，冀县人。黄存瑞，深县人
1941	青云斋书店易主张群豹	张群豹，字炳文，原系琉璃厂文德堂韩逢源的徒弟

① 图 5.3—1 为“第二届 e 考据研习营”中湖北大学历史文化学院马建强博士于 ebay 网发现。黄一农《二重奏：红学与清史的对话》，第 487 页。

续表

年份	事件	备注
1943	史树青在青云斋书店发现《枣窗闲笔》	史树青《程伟元指罗汉画册及其它》："我在北京隆福寺街青云斋书店发现。"
1943或稍后	孙楷第自青云斋书店购得《枣窗闲笔》	史树青《程伟元指罗汉画册及其它》："后为孙楷第先生所得。"
1950—1960	青云斋书店关闭	张群豹因本人善于装订图书，被聘至北京图书馆做图书装订工作

** 此表据孙殿起《琉璃厂小志》（1982年北京古籍出版社）、王玉甫《隆福春秋》（1995年中国社会出版社）、《北京文史资料》（北京市政协文史资料委员会编）绘制。

附录5.2

英浩《长白艺文志》版本考

英浩《长白艺文志》"小说部集类"云：

《红楼梦》又名《石头记》四函□册

曹雪芹名□□编，或云内务府旗人，堂主事。或解云：此小说特为刺大学士明珠贪贷无厌而作，其荣国、宁国二府，指明珠之祖为叶赫贝勒，一清家努、一杨家努兄弟，后隶本朝者。裕思元有《枣窗闲笔》一卷，皆评论七种《红楼梦》之作。云雪芹书成，旋亦故矣。或又有论者云：此书暗中寓诲淫之意，其后人于嘉庆年随八卦教匪案内被诛，亦其报也。可不畏哉！又《天咫偶闻》云：内务府汉军高兰野（伟按："墅"讹）名鹗，乾隆乙卯传胪，亦放宕之士，《红楼梦》一书兰墅所为也。录存备考证。

徐柳泉：小说《红楼梦》一书即记故相明珠家事，金钗十二皆纳兰侍卫所奉为上客者，宝钗影高澹人，妙玉即影姜西溟，妙为少女，姜亦妇

人之美称，如玉如英，义可通假。①（伟按："徐柳泉"一段文字为贴条）

关于英浩的生平，据其《长白艺文志》"字雅十二卷六册六书丛话二卷二册"自述：

> 英浩著，字慕纯，号养吾，一号怿林居士，晚号人海拙叟。姓高佳氏，其先世由乌喇迁居盖州卫，故祖籍为盖平焉。满洲镶白旗人，附贡生，历兵部、礼部、户部颜料库、内阁中书，料理藩部，七品笔帖式。②

经笔者调查，《长白艺文志》现存六种版本。现据各收藏单位相关著录信息，依次胪列于下（"稿本""抄本"之确定均依各收藏单位的著录信息，后文试作辨析）：

版本一，稿本，1册，北京大学图书馆藏（索书号：SB/013.7/4434）

版本二，抄本，1函4册，北京大学图书馆藏（索书号：NC/9550/4336）

版本三，抄本，4册，朱方格。用纸：雅颂续编备选诗稿。国家图书馆藏（索书号：目81.13/894.1）

版本四，抄本，4册，朱格。用纸：图整库。国家图书馆藏（索书号：目81.13/894）

版本五，抄本，1册，郑州大学图书馆藏（索书号：91.21/517）

版本六，稿本，1册，线装，用纸：七略庐稿纸。书中粘有更正、增订签条，有朱笔校改。钤印：考试院公报③

查阅北京大学图书馆所藏两部《长白艺文志》，知版本一为英浩初稿本（书名页有"初定稿"三字，内页有"未定稿"三字），贴条颇多，批改亦繁，钤有"英浩高佳氏""人海拙叟"印，书末有"养吾现住□城观□……边门牌二十六号肃"（伟按：未识字以□标示，省略号处因被纸片粘住，文字无法阅读），此即朱南铣所提到的奉宽旧藏《长白艺文志》稿本。据朱南铣文，知《长白艺文志》"自光绪十四年始作，1917年第四次抄成"，故版

① 贾贵荣、杜泽逊主编《地方经籍志汇编》，第8册，第635、36页。

② 英浩《长白艺文志》，稿本。

③ 中安太平北京国际拍卖有限公司2007年01月06日拍品，参见http://auction.artron.net/paimai—art81340156/（2015-07-08）。

本一应为光绪十四年以后成稿。经对比字迹，知此部初稿本与版本三应同出英浩之手。涉及《红楼梦》的解题文字，版本一与版本三略异，行文叙次亦有不同。

版本二为燕京大学图书馆旧藏抄本，首页有“燕京大学图书馆”紫色椭圆印章，所用纸张无界栏，有贴条，全书以楷字抄写，十分规整。书名页右侧有“据北平图书馆藏抄本抄　三十四年三月”，知此书应据版本三或版本四抄成，抄成时间为1945年3月。涉及《红楼梦》的解题文字与版本三同。

版本三、版本四两部都有“此第四次抄成稿”一段，版本三所用朱格纸张版心印有“雅颂续编备选诗稿”字样，目录页有“英浩高佳氏”印，《地方经籍志汇集编》第八册影印的《长白艺文志》即第三种版本。同样用“雅颂续编备选诗稿”纸张的，另有《清四家宫词》一部，涂改严重，字体也与英浩手迹不同，应非英浩所抄。版本四所用纸张有“图整库”印，钤“慕纯”（阳文椭圆印）、“人海拙叟”（阳文方印）。版本三、版本四两部书虽用纸不同，但抄写字体相类，应同出英浩之手。朱南铣所说的“1917年第四次抄成”与版本三、版本四两部书稿末页“此第四次抄成稿，由丁巳年正月二十八日抄起，至闰二月十二日抄毕，时养吾现年七十一岁矣，并不用叆叇，目力疾而抄之”合榫。

版本五、版本六两部，因笔者未曾寓目，不敢置评，但据拍卖所附书影，版本六字体与英浩的笔迹不同，应是他人另抄。

考察《长白艺文志》版本的目的，是为了考证英浩最早写下《枣窗闲笔》的时间。尽管《长白艺文志》几个版本正文多涂抹，或以批条贴改，但“裕思元有《枣窗闲笔》”这段文字与正文前后的字体是一致的。也就是说，英浩自光绪十四年作《长白艺文志》后不久，便写下了“裕思元有《枣窗闲笔》”一段。说《枣窗闲笔》是伪书，英浩《长白艺文志》的初稿本是如何也绕不过去的。

附录5.3

裕寿小考

首都图书馆藏有一部《百本张子弟书》，纳哈塔氏辑，二函六册，清光绪二十六年（1900）出版，辑有《凤仪亭》《三宣牙牌令》等二十八种子弟书。内页钤有“纳哈塔氏”“吟秋山馆”“吟秋山馆　那哈他氏裕藏　松亭秘记”“闲云野鹤”等印记。“吟秋山馆　那哈他氏裕藏　松亭秘记”这方椭圆印十分重要，它把“吟秋山馆”“那哈他氏”“裕”“松亭”都联系起来，证实松亭即裕颂廷，“吟秋山馆”是其斋号。

吴晓铃《绥中吴氏双棔书屋所藏子弟书目录》，著录百本张抄本《随缘乐》一册：

> 右曲录自那哈佗氏裕寿吟秋山馆旧藏百本张抄本。裕寿藏书于今岁散出，中国书店得之……启元伯兄有函云：裕寿，别号松亭。其婶母为先继祖母之胞妹。松亭平生盖一纨绔子，稍知藏书；但不知吟秋山馆是其斋名否？此公好听鼓曲，藏此等书或有其故。弟曾得《霓裳续谱》，亦其旧藏者。其家上代有将军穆者，因以穆为汉姓。原籍黑龙江某地，居京师未几世也。①

此目录另著录百本张抄本《三宣牙牌令》一册，也是裕寿旧藏，内容是《红楼梦》“金鸳鸯三宣牙牌令”故事。另，黄仕忠《日藏中国戏曲文献综录》也著录了裕寿十一种藏书，书衣上大都钤有“YU SHOW 吟秋山馆 SUNG TING BE CUN”圆印。

综合以上材料，据《百本张子弟书》中的“吟秋山馆　那哈他氏裕藏　松亭秘记”椭圆印，启功致吴晓铃函，裕颂廷照片上“YU SUNG TING”，

① 吴晓铃《吴晓铃集》第 2 册，第 302 页。

戏曲本子上的“YU SHOW 吟秋山馆 SUNG TING BE CUN”印记，这些信息都指向裕寿。

启功所说裕寿上代原籍黑龙江的穆将军应即晚清名人穆图善，[①] 台北故宫博物院收藏穆图善档案，知穆图善隶满洲镶黄旗，系那哈塔氏，曾驻防黑龙江，又曾任福州将军，与启功所言裕寿上代穆将军合榫。据“报穆图善姓氏子嗣”档案，知穆图善有四子（图表 5.5）：

> 长子花翎都司衔，乌尔棍，太业经，病故；次子，前云南迤东道，明保；三子，闲散，恩保，现年十岁；四子，闲散，承保，现年七岁。

《黑龙江碑刻考录》收穆图善相关碑文四通（《穆图善重修石堆先墓表》《福州将军穆图善墓碑》《穆图善重修石堆先墓表》《穆果勇公祠碑》），存目两通（《清光绪间立那哈塔氏墓碑》《穆图善祠御赐碑》）。其中《穆图善重修石堆先墓表》云：

> 咸丰二年八月吉日穆图善既以先考德公归葬于祖兆……曾祖鄂依公，始以高祖鄂林公卜兆于城西之堆地，后遂葬曾祖鄂以公及祖考讷公、先考德公，皆安葬于此……因遣弟吉拉布先归庀其事。[②]

据以上引文及“报穆图善姓氏子嗣”档案可大致考清裕颂廷的世系（图表 5.5）。

《百本张子弟书》函套内页有“大清光绪二十六年六月初六日装订纳哈塔氏收藏”字样，又有“大清光绪二十六年五月初五日纳哈塔氏存阅”字样，据此知光绪二十六年，裕寿辑成《百本张子弟书》。另，旧报《邮声》曾发表过裕懮霆的一封信，信中裕懮霆自述有儿子名叫“穆季贞”，[③] 也与启功所言合榫。

《集邮回忆录》、《赵善长集邮文选》中赵善长《北京早年邮市》《邮事沧

---

① 感谢刘小萌教授提示。

② 王竞、滕瑞云《黑龙江碑刻考录》，第 170、171 页。

③ 裕函称：“查民国十二年二月间，由小儿穆季贞向美华室购买光复及共和纪念票各一套。”《邮声》1923 年第 1 卷第 8 期。

桑录》、张包平《爱邮的一生》、李毅华《追昔抚今话邮事》等文章均提及裕颂廷，撮述其要如下：裕颂廷是爱新觉罗氏，爱好花鸟虫鱼，秉性豪爽，嗜集邮，与德国米歇尔、英国奇蓬司、法国香槟、美国司各脱等大邮票公司多有往还，且向各国邮票公司出口中国邮票。袁世凯醉心帝制时，邮政当局筹印了一套洪宪帝国邮票，裕曾斥巨资收罗洪宪帝国邮票，为此曾将一所住房售出。①

因裕颂廷与裕瑞名字中同有“裕”字，此前学界多怀疑他是裕瑞的后人或族人。当时因邮票与裕颂廷相识的人，在回忆中说他是爱新觉罗后裔，但据现有材料看，裕颂廷应为纳哈塔氏，启功与裕颂廷有亲，对其家世所述应不虚。又，裕寿有子名“穆季贞”也可以为启功说的“其家上代有将军穆者，因以穆为汉姓”提供旁证。裕寿并非裕瑞的后人，与裕瑞似无关系。

同时，也应该指出，“颂庭”这种写法或许是错误的。就目前所发现的材料来看，裕颂廷署名时从未用过“庭”字。朱南铣应是见过《枣窗闲笔》末页所钤“裕颂廷　壬子年十二月二十日 YU SUNG TING”椭圆印的，写文章时误作“裕颂庭”。

清何谦《心传韵语》，五卷，一函一册，铅印本，线装。1920 年北京京华印书局出版。版权页记录：“庚申三月二十七日未时出版。述作者：六吉何谦；校正者：孤鸿和尚；印刷所：京华印书局；代售所：商务印书馆。”书前有孤鸿和尚序，版心下方有“孤鸿和尚校正”，背面版心下钤“京华印书局刷印”。此书钤有“纳哈塔氏”“孤鸿和尚”诸印，卷五第三十四页左下方有“裕懋霆”蓝字，又有“北京东四牌楼十条胡同电话东局一百二十八号”蓝色双行小字。还有一张随书付印的“孤鸿小像”，可与此前发现的裕颂廷另外两张照片对比，三张照片实为同一人（图表 5.3）。②

据序末“中华民国八年岁次己未八月二十八日寅时孤鸿和尚序于爱吾庐”，以及卷五“己未八月二十八日寅刻孤鸿和尚重印”，书末“庚申三月二十七日未时出版”诸信息，知裕寿于 1919 年作序重印此书，次年即由京华印书局出版。

① 马骏昌编《集邮回忆录》。赵善长《赵善长集邮文选》。
② 中国人民大学图书馆所藏（索书号：PG310/33）。感谢项旋代为查阅并惠示照片。

此书“东四牌楼十条胡同”与之前发现的裕颂廷信封上的信息互为佐证，可以明晰当时裕颂廷的住址情况。“孤鸿和尚”印、“孤鸿小像”又可以证“孤鸿”是裕颂廷的别号，“纳哈塔氏”印章主人为裕颂廷。

关于纳哈塔氏，《八旗满洲氏族通谱》载：

> 纳哈塔为满洲一姓，此一姓世居郭络罗沟地方。
>
> 辙克 镶蓝旗包衣人，来归年份无考，其曾孙四格现任护军校。元孙穆克登布现任七品典仪。[①]

另据《皇朝通志》《吉林通志》，有纳哈塔部，盖以部落名氏，源出金姓。[②]

从《心传韵语》的内容、“爱吾庐”（典出陶渊明《读山海经》“吾亦爱吾庐”）、“孤鸿小像”颇能洞见裕颂廷当时心绪，他喜花鸟鱼虫，嗜集邮，爱戏曲、藏书。

从“孤鸿小像”看，裕颂廷约在中年，此时削发，手持念珠，身披袈裟，且自己刊印并向人赠阅《心传韵语》这样讲仙道养生的书。作为旗人的裕颂廷，辛亥鼎革以后，面临身份等多重焦虑，我们从他多次改换姓名用字、三张照片中的形象变化也能体味一些。

据以上材料，拟裕颂廷小传如下：

> 裕寿（1883—？），[③]别号松亭（一作颂廷、憡霆等）、孤鸿、孤鸿和尚，晚清民国人，因收藏裕瑞稿本《枣窗闲笔》为学界所关注。系纳哈塔氏，其婶母为启功继祖母之胞妹，有子名穆季贞。祖上有穆图善将军，隶满洲镶黄旗，战功卓著，《清史稿》有传，后代因以“穆”为姓，有四子。裕颂廷喜花鸟鱼虫，嗜集邮，为新光邮票研究会会员，曾斥巨资收购洪宪邮票，有邮集存世。好鼓曲，藏戏曲本子颇多，现多归东京大学东洋文化研究所藏。有斋名“吟秋山馆”，部分藏书于1976年散出。与赵善长、李雅轩等人有交谊。

---

① 清乾隆敕撰《八旗满洲氏族通谱》，第456册，第168页。

② 长顺等修《（光绪）吉林通志》卷11，第221页。乾隆敕撰《钦定皇朝通志》卷3，第251页。

③ 生卒年参考金问涛《裕憡霆生平与集藏事考（下）》。

图表 5.5　裕寿世系图

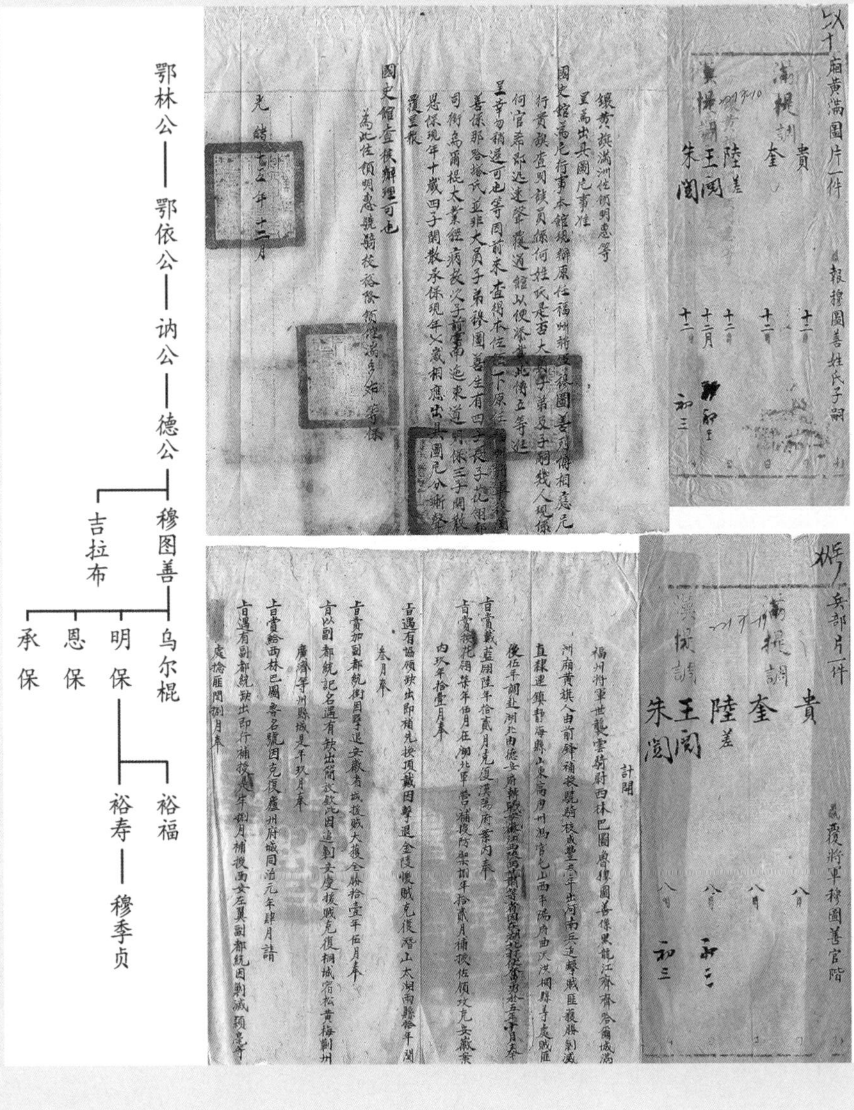

台北故宫博物院藏穆图善传稿（文献编号 702002217）

据《闲笔》首末所钤“纳哈塔氏”（满汉合璧圆印）及“裕颂廷 壬子年十二月二十日 YU SUNG TING”（椭圆印），已考实1913年《闲笔》归裕寿收藏。通过考察英浩《长白艺文志》各版本对《闲笔》的著录，确认《闲笔》在新红学建立（1921）以前就已存在。

此外，北京大学图书馆藏有一部裕寿的藏书目录，其中也著录了《闲笔》。[①]2019年初，笔者在北京大学古籍馆调阅此目，见书中著录“《枣窗闲笔》一本 抄本 八毛 一套”，[②]恰可印证裕寿曾购藏《闲笔》。检点书中钤印、对《闲笔》及《红楼梦》相关文献的著录情况，细为考证。

北京大学古籍馆藏《裕憓霆藏书目录》，一函一厚册，书衣题签有“裕憓霆藏书目录”七字，书衣右下钤“纳哈塔氏”（阳文椭圆朱印），书根题“爱吾庐书集目录”。绿丝栏，四周双边，半叶八行，行字不等。此目未按四部分类，其著录体例，基本依“书名—册数—价钱（偶有朱、黄笔批注）—套”次序。据书中批注，知其为裕寿自编藏书目录稿本。据书中所钤“裕憓霆 己未年五月十九日 YU SUNG TING”（阳文椭圆朱印），知此目编成于民国八年（1919）五月十九或之前。[③]

此目著录多戏曲、小说、诗词等书，如《桃花扇传奇》《梨花雪》《镜花缘》《第六才子书》《情天外史》等，还有些颇有价值的稿抄本，如《史论》《贼情汇纂》《春雨山房集抄》等。书末著录汉碑、魏碑、晋帖、隋碑、唐碑、宋元明清帖等碑帖，如《三希堂法帖》《书谱》《淳化阁帖》《黄小松藏汉碑五种》《小万柳堂抚古》《九成宫醴泉铭》等。此外，还有照片、影集等，如《自己照像小影》《自照景片》《曾沾雨露各妓小影》《友人小影》。约略估计，此目著录书籍、拓片及影集等约三千种。裕寿的藏书志趣主要集中于说部，由这册目录按图索骥，也可与此前发现的裕寿藏书零本互为印证。可惜的是，如今这批书已不知散落何处。

《裕憓霆藏书目录》钤裕寿印章较多，如首叶书眉钤“纳哈塔氏”（满汉

---

① 感谢北京大学图书馆钟迪先生赐告。

② 裕寿《裕憓霆藏书目录》，北京大学古籍馆藏（索书号：X/012.7/3891），叶7a。

③ “己未年五月十九日”为阴历，对应公历为1919年6月16日。《枣窗闲笔》末叶所钤椭圆印中“壬子年十二月二十日”，对应公历为1913年1月26日。

图表 5.6　北京大学古籍馆藏《裕憓霆藏书目录》书影

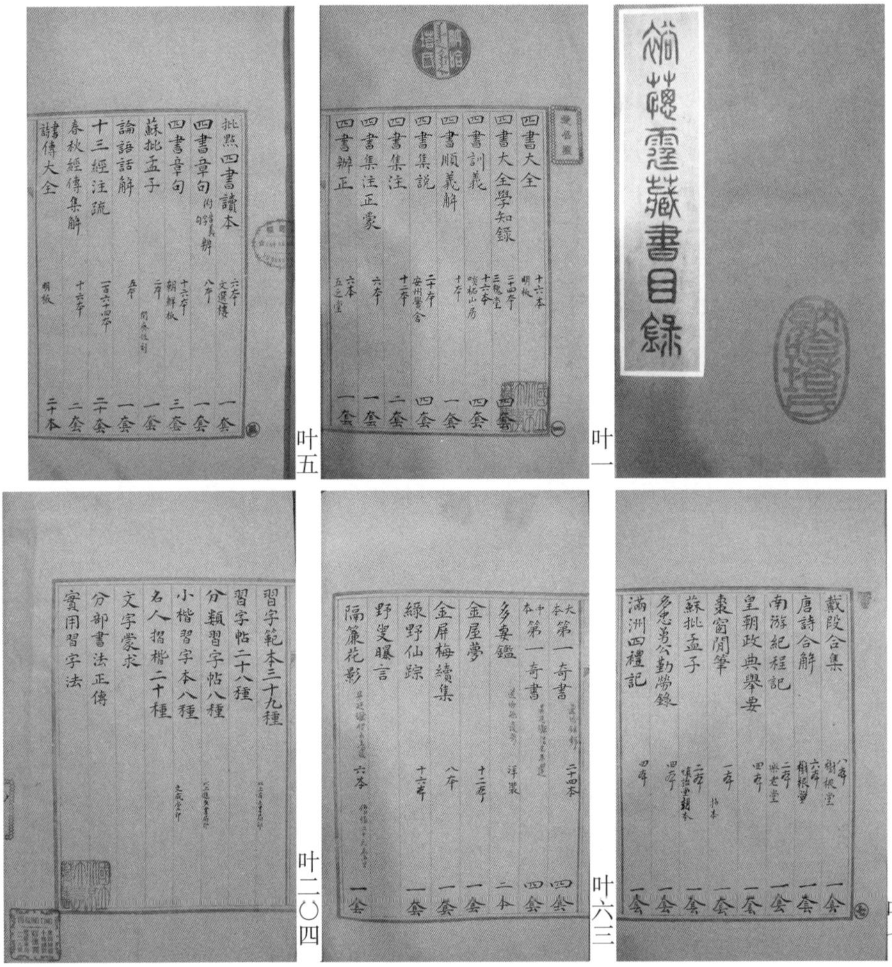
裕憓霆藏書目錄

叶一

四書大全　十六本　明板　四套
四書大全學知錄　四套
四書訓義　一套
四書順義解　四套
四書集說　二套
四書集注正蒙　一套
四書辨正　一套

叶五

批點四書讀本　六本　文選樓　一套
四書章句　八本　一套
四書章句　十六本　朝鮮板　三套
蘇批孟子　二本　一套
論語話解　五本　一套
十三經注疏　一百六十四本　二十套
春秋經傳集解　十六本　二套
書詩傳大全　明板　二十本

叶七

載記合集　八本　一套
唐詩合解　六本　一套
南游紀程記　二本　一套
皇朝政典舉要　四本　一套
棗窗閒筆　一本　一套
蘇批孟子　二本　一套
多忠勇公勤勞錄　四本　一套
滿洲四禮記　四本　一套

叶六三

大本第一奇書　二十四本　四套
中本第一奇書　四套
多妻鑑　二本
金屋夢　十二本　一套
金屏梅續集　八本　一套
綠野仙蹤　十六本　一套
野叟曝言
隔簾花影　六本　一套

叶二〇四

習字範本三十九種
分類習字帖二十八種
小楷習字本八種
名人摺楷二十種
文字蒙求
分部書法正傳
實用習字法

文合璧圆朱印)，与《闲笔》书眉钤印同。首叶界栏右上钤“爱吾庐”(阳文花边长朱印)，界栏左下钤“国立北京大学藏书”(阳文朱方印)。此外，另有如“裕憁霆”(阳文长印)、“裕憁霆　己未年五月十九日 YU SUNG TING”(阳文椭圆朱印)、“YU SUNG TING TEL. No.128 TUNG−CHU TUN−TZE−LOO，SHIH−TIAO−HU−TONG PEKING（China)”(阳文朱印)、“NA HA TA 纳哈塔”印、“YU SUNG TING 东四牌楼　十条胡同　裕憁霆　电话东局一二八号”(阳文朱印）等印。[①] 以上诸印，尤其是“纳哈塔氏”(满汉文合璧圆朱印）及“裕憁霆　己未年五月十九日 YU SUNG TING”(阳文椭圆朱印)，与《闲笔》首末所钤“纳哈塔氏”(满汉合璧圆印）及“裕颂廷　壬子年十二月二十日 YU SUNG TING”(阳文椭圆朱印）互相印证，可知《闲笔》的确曾由裕寿购藏，其印并非伪造。

此外，这部目录还著录了不少与《红楼梦》相关的文献，依其先后排次如下：

《红楼梦散套》　八本　三两五钱　一套（叶 22a)

《红楼梦图咏》　二本　一套（叶 30a)

《红楼梦群芳觞政全书》　一本　抄本（叶 40b)

《石头记》　十六本　一套（叶 46a)

《原本红楼梦》　二十本

《金玉缘》　十六本　两套

《石头记》　两套（以上叶 54b)

《后红楼梦》　四本　一套

《红楼圆梦》　四本　一套

《红楼梦续集》　六本　一套

《红楼梦影》　四本　一套

《绮楼重梦》　六本　一套（以上叶 55)

《红楼梦》　二十四本　聚珍堂印　四套

《红楼梦》　二十四本　翰苑楼印　四套（以上叶 57a)

---

① 裕寿《裕憁霆藏书目录》，叶 2a、3a、197、201b、204b。感谢刘姝然帮助复核书中印记。

《潇湘馆笔记》　二本（叶 102a）

《新石头记》　八本（叶 120b）

《新红楼梦》　二本（叶 131b）

《林黛玉笔记》　一本（叶 153a）

《红楼梦写真》　一本（叶 188a）

此目共著录《红楼梦》各版本及相关书籍多达十九种。由此可见，裕寿对《红楼梦》这部小说极有兴趣，相关书籍也成为他的收藏之一。记载曹雪芹与《红楼梦》轶事的《闲笔》，由裕寿购藏，也在情理之中。

书中著录的几处书名下有“抢去”“借去”等朱笔批注，如《梨园集成》书名下注“铨燕平抢去”，《大本第一奇书》书名下注“送给铁铮”，《中本第一奇书》书名下注“吴廷瓛借去未还”，《多妻鉴》书名下注“送给孙逵芳”，《隔帘花影》书名下注“吴廷瓛借去未还”，《弁而钗》书名下注“吴廷瓛借去未还”。[①] 由以上朱批，可约略窥见裕寿交游圈中有铨燕平、铁铮、吴廷瓛、孙逵芳诸人。

据《闲笔》末叶所钤“裕颂廷　壬子年十二月二十日 YU SUNG TING”（阳文椭圆朱印）及《裕懋霆藏书目录》所钤“裕懋霆　己未年五月十九日 YU SUNG TING”（阳文椭圆朱印），最迟至 1913 年，《闲笔》已归裕寿收藏。此外，裕寿藏书中还有裕瑞其他著作，如《裕懋霆藏书目录》著录“思元诗撰　三本　八钱　一套”。[②]

除《闲笔》首末叶所钤两藏印外，《裕懋霆藏书目录》是 1921 年以前裕寿收藏《闲笔》的另一有力证据。裕寿以八毛购藏《闲笔》，应是出于对《红楼梦》这部小说的浓厚兴趣。《闲笔》为裕瑞稿本，非迎合新红学观点的伪书，仍应将《闲笔》与相关材料细致比勘，探研其文本源流，以明晰其文献价值。[③]

---

① 裕寿《裕懋霆藏书目录》，叶 22b、63b、64a。

② 裕寿《裕懋霆藏书目录》，叶 6b。

③ 张昊苏《〈枣窗闲笔〉涉〈红楼梦〉外证资料考实》，《文学与文化》2022 年第 3 期。该文仔细比勘了《闲笔》与《红楼梦》相关文献，认为其史料价值不高，与笔者认识不同。

附录5.4

《裕憼霆藏书目录》是一部什么书?

近有研究者发表文章，又对《裕憼霆藏书目录》一书产生怀疑，主要有以下两个判断：

其一，《裕憼霆藏书目录》的性质是书坊库存之清单，而非裕憼霆自己编订的藏书目录。其立论依据是，《目录》中的“套”应为一整套书。其文称：“套数或一或二，或三或四，最多者为二十”，“试想有哪位收藏家，会不计成本购买如许复本？有哪本目录学著作，会不厌其详地著录同一版本的图书？”[①]

其二，《裕憼霆藏书目录》中的“裕憼霆　已未年五月十九日　YU SUNG TING”朱印为后来补盖。其立论依据是，《目录》中有提及1919年以后出版的《新红楼梦》与《文章游戏》。

基于以上两个判断，该文认为诸多有关《枣窗闲笔》之文献皆出于伪造，由此否定《枣窗闲笔》的文献价值，进而否定脂砚斋及传世《红楼梦》抄本。以上关于《裕憼霆藏书目录》的两个判断是否正确呢？经考订，确认以上两处均为硬伤，结论均不能成立，理由如下。

其一，误解《裕憼霆藏书目录》中“套”的含义。

“套”在《裕憼霆藏书目录》中含义为“函”，并不是指完整一套书，该文混淆了概念。试举一例，《目录》著录“《文章游戏》十六本，四套”，此书天津图书馆有藏，道光年间刊本，一函四册，凡十六本。册数、函数均合榫，而该文引的《文章游戏》却为1919年以后的出版物，册数与《裕憼霆藏书目录》不合。

---

① 欧阳健《〈裕憼霆藏书目录〉之谜》。

其二，《裕懋霆藏书目录》未见1919年以后出版的书。

前已指出，《文章游戏》清道光年间即有刻本，当然不妨碍此书后世再版。《新红楼梦》，天津王超即藏有清末石印本。[①]

因此，以上两个核心立论均不成立。《裕懋霆藏书目录》为裕寿私人藏书目录，并非书库清单，此目在1919年以前就已编成，《枣窗闲笔》早已著录在册，说《闲笔》是为迎合新红学观点所伪造，无实质证据。

二、《枣窗闲笔》为裕瑞稿本

（一）《枣窗闲笔》中的讳字

依时间先后胪列《闲笔》讳字，另加按语条析。

1.《闲笔》裕瑞序："盖失在弦上不得不发。"

按："弦"字缺末笔。

2.《〈绮楼重梦〉书后》："称此事当在萬歷、天启间者。"

按："萬曆"写作"萬歷"。

3.《〈后红楼梦〉书后》《〈红楼圆梦〉书后》两篇文中论及宁、荣二府，全书"宁"字，或作"寕"，或作"寍"。

按：再考《闲笔》，"炎"字不讳，"载""醇"二字亦不讳。

"玄"字及其作为偏旁字缺末笔，是清代康熙以后的通讳。"萬曆"作"萬歷"，避乾隆帝弘历之讳。王彦坤《历代避讳字汇典》"曆"字条下云："清高宗爱新觉罗氏名弘曆。避偏讳'曆'。"又引《讳字谱》："讳曆曰'歷'，缺笔作'厤'，曆数字用'气数'代，曆本称'时宪书'，万年曆称'万年书'，书明万曆年号为'万歷'，永曆为'永歷'。"此条下有小注云引《南省公余录》卷四："《会典》中载，恭遇……高宗纯皇帝圣讳，……下一字中写作'林'，下写作'止'字。"[②] 此后，"康熙、乾隆两帝的名讳，几

① 齐欣《未著录的晚清佚名〈新红楼梦〉及相关作品考辨——兼谈名著续仿现象的"非经典作品"》。

② 王彦坤编《历代避讳字汇典》，第276页。

乎成了清朝人的通讳”。[1] 问题出在“宁”字是否避讳上。邓之诚、吴恩裕、赵建忠都认为“寕”“寍”这两种写法不避讳，[2] 故均将《闲笔》成书年代定于道光以前。

按嘉庆二十五年八月上谕讳法云：

> 乾隆四十一年，恭奉皇祖高宗纯皇帝谕旨，绵字为民生衣被常称，尤难回避，将来继体承续者，当以绵作旻，则系不经用之字，缺笔亦易等因。钦此。今朕钦遵成命，将御名上一字敬改；至臣下循例敬避，上一字着缺一点，下一字将心改为一画一撇，书作寕字；其奉旨以前所刻书籍，俱毋庸追改。[3]

又，咸丰四年谕云：

> 嗣后凡遇宣宗成皇帝庙讳，缺笔作寕者，悉改写作甯。[4]

“寧”字“将心改为一画一撇”作“寕”字以避旻宁之讳，事在嘉庆二十五年（1820）八月，道光业已登基。咸丰四年（1854）讳法改易，“悉改写作甯”，距道光帝去世已四年。上引谕旨所言将“寧”之“心”改作“丆”后，《闲笔》中的“寕”字，恰在嘉庆二十五年八月至咸丰四年之间。《闲笔》中“宁”的写法是符合道光年间讳例的，可事情远非如此简单。

按《说文》云：“寧，愿词也。从丂寍声。”《闲笔》之“寕”与“寍”，依张涌泉《汉语俗字研究》所归纳的俗字类型，属“简省”一类中的“用简笔代替繁笔”（“宁”为形声字，减省声旁“寍”之笔画），[5] 避讳减省笔画，同时符合书写时的经济原则。“寕”字写法，魏晋、宋、明书写“宁”字已多作此形，不必因道光避讳而后为“寕”。检裕瑞所刻诗文集，嘉庆年间所

① 李致忠《古书版本学概论》，第 172 页。
② 邓之诚《〈枣窗闲笔〉跋》：“此册手写原稿，未署年月，书中不避‘宁’字，当是嘉庆中所撰。”吴恩裕《曹雪芹的生平》：“《枣窗闲笔》不避讳‘宁’字，当撰于嘉庆中。”赵建忠《清人裕瑞书斋名“萋香轩”误刻“凄香轩”释疑》：“考《枣窗闲笔》不避道光帝‘寧’字讳，故成书下限应在嘉庆二十五年前。”
③ 杜受田等修《钦定科场条例》卷 42，第 293 页。
④ 昆冈等修《钦定大清会典事例》卷 344，第 427 页。
⑤ 张涌泉《汉语俗字研究》，第 74 页。

刻《眺松亭赋钞》《草檐即山集》中“宁”字亦作“寕”或“寍”，而《枣窗文稿》更是“寕”“寍”“寗”“甯”等杂出。即便在道光年间，因作者私下杂抄，随心命笔，讳法不严，俗作“寍”也是常情。

《闲笔》所涉八种书，程本最早，为乾隆五十七年萃文书屋活字印刷成书，《镜花缘》成书最晚。据考，江宁桃花镇坊刻本《镜花缘》刊于嘉庆二十二年下半年或二十三年春。故《闲笔》成书，先前只能考得在嘉庆二十三年之后道光十八年（裕瑞卒年）以前，具体年月则不可详考。①

因“宁”字俗写与讳字重叠之故，单依靠查检讳字来判断《闲笔》成书年代是行不通的。但有一点或可引起注意，据笔者粗略统计，道光年间所刻《沈居集咏》《东行吟草》中仅有“寕”“寍”两种写法，结合《闲笔》中亦仅作“寕”或“寍”，恐怕是裕瑞因惧再被文祸而有了严谨的避讳意识。若以上推论不误，裕瑞将此八篇《书后》“汇录一处”的时间应在道光年间。②

（二）《枣窗闲笔》的笔迹与钤印

《闲笔》是否为裕瑞亲笔所写，近七十年中，学界也存在两种截然相反的意见。最初，孙楷第、吴恩裕、胡适都认为《闲笔》为裕瑞手稿本。1966年，潘重规在《影印〈萋香轩文稿〉序》中说《闲笔》“显出于抄胥之手”，而《萋香轩文稿》（下文称《文稿》）“真行书，颇具晋唐人笔意……殆亦裕瑞自书”。1978年，史树青在鉴定裕瑞所画墨菊条幅时，曾将其与《闲笔》《文稿》书法比较，认为墨菊条幅题字与《闲笔》“完全一致”，而与《文稿》“颇有不同”，故以《闲笔》为裕瑞真笔，而《文稿》殆出抄胥之手。③1979年，吴恩裕将《文稿》中的《风雨游记》与裕瑞《风雨游记》原稿、《闲笔》字迹比较后，认为《闲笔》是裕瑞手稿，《文稿》则出自抄胥之手。据吴恩

① 欧阳健《红学ABC25问求答》。

② 《闲笔》成书于道光年间，首先由邓之诚提出，后来邓之诚又认为成书于嘉庆年间。邓之诚《邓之诚文史札记》，第462页。黄一农《裕瑞〈枣窗闲笔〉新探》《论道光帝庙讳与古书中“宁”字的写法》。

③ 史树青《书画鉴真》，第326页。

裕称，裕瑞所书自作《风雨游记》并瑛宝所绘《风雨游图》，于1956年得自厂肆。[①]笔者曾联系吴先生后人寻访线索，未果，今不知流散何处。朱南铣将自己所藏裕瑞的《参经臆说》与《闲笔》比较以后，认为“《枣窗闲笔》稿本，笔迹全同《参经臆说》”。[②]

早先因裕瑞手迹较为罕见，每个阶段的书法风格又多有变化，故笔迹鉴定受到一定限制。1992年，欧阳健发表《〈枣窗闲笔〉辨疑》，考察了《曹雪芹佚著浅探》所附《风雨游记》照片及《东行吟钞》《沈居集咏》《再刻枣窗文稿》中裕瑞亲笔自序，认为“《萋香轩文稿》确为裕瑞自书手稿”，而“《枣窗闲笔》非出裕瑞之手”。[③]

《清代诗文集汇编》影印裕瑞《萋香轩吟草》一卷、《樊学斋诗集》一卷、《清艳堂近稿》一卷、《眺松亭赋钞》一卷、《草檐即山集》一卷、《枣窗文稿》二卷、《沈居集咏》一卷、《东行吟钞》一卷、《枣窗文续稿》一卷。因《草檐即山集》《枣窗文稿》《东行吟钞》《沈居集咏》分别有裕瑞于嘉庆十六年、十七年、十八年、道光八年亲笔写的序，除《萋香轩吟草》《樊学斋诗集》外，其余诗文集皆为裕瑞写刻上版，为鉴定《文稿》与《闲笔》的笔迹提供了更为丰富的资料。

嘉庆十八年这个时间点需特别注意，该年十月裕瑞因林清案获遣，革去宗室四品顶戴副理事、笔帖式，发往盛京，永不叙用。可以此为界，考察其前后书迹变化。因《闲笔》成书在嘉庆二十三年以后（详后文），择取年代相近的笔迹材料进行比对核查更能说明问题。因取分别作于道光八年、九年、十年的《沈居集咏》《东行吟钞》《枣窗文续稿》中常见字，列表与《闲笔》《文稿》书法比较。[④]由图表5.7可见，《沈居集咏》《东行吟钞》《枣窗文续稿》虽写刻上版，却仍旧保留了裕瑞书法的整体特点。

当然，我们拿裕瑞另外一部稿本，在相同版本类型的层次上做一次对比，或许更有说服力。朱南铣曾拿裕瑞手稿《参经臆说》与《闲笔》做过

---

① 吴恩裕《曹雪芹佚著浅探》，第85—93页。
② 朱南铣《〈红楼梦〉后四十回作者问题札记》。
③ 欧阳健《红楼新辨》，第261页。
④《枣窗闲笔》与裕瑞其他诗文集中的笔迹比对，另见黄一农《二重奏》，第491—495页。

比对，只是诸多原因使学界无法看到《参经臆说》等稿本，无人再做这项工作。

《参经臆说》，裕瑞撰，中国国家图书馆古籍馆藏，索书号：19137。线装稿本，二卷，上下两册。朱丝栏，半叶六行，行十四字。书前有裕瑞自序，序末有落款“思元主人自识”，下钤“思元主人”（阳文）、“裕瑞之印”（阴文）两方印章。此书为朱南铣旧藏，他在《〈红楼梦〉后四十回作者问题札记（下）》中说：

> 《参经臆说》，《八旗艺文编目·子类·释道》：“《参经臆说》，上下卷（稿本，友人桂联甫藏）。辅国公裕瑞著……”今归我藏，自序末“思元裕瑞自识”下有“思元主人”“裕瑞之章”二印，云：“余自居沈以来，日常无事，玩味经典，偶有所见，辄随笔录稿存之，久而成帙，无虑百余则。今秋复汇而检校之，其有意未彰著者补增以明之，文过繁琐者沙汰以清之，抄成一卷，贮之小筐（伟按：应为“箧”），非敢希问世也。”盖圈禁以后所作，内容一派胡言，无非贵族大僚的必然末路，尚不如取甘珠尔译校汉文藏经稍有意义。①

据《八旗艺文编目》及朱先生文章，知《参经臆说》原为桂联甫藏，后又归朱南铣收藏，最后入藏中国国家图书馆。桂联甫，文献无征，不知其为何许人，因恩华称其为“友人”，大概也是清末人。

裕瑞《参经臆说》书前自序云：

> 余自居沈以来，日常无事，玩味经典，偶有所见，辄随笔录稿存之，久而成帙，无虑百余则。今秋复汇而检校之，其有意未彰著者补增以明之，文过繁琐者沙汰以清之，抄成一卷，贮之小箧，非敢问世也。为暇时自阅之，因忆追思向日所读经文旨趣，如睹故人矣。间有序跋、偶对、诗章及讲诗偈等作，亦同录之卷中，他日苟有竿头之进时，则回视前言，必哑然而笑，自叹多年为门外汉也，弁序志之。思元裕瑞自识。

① 朱南铣《〈红楼梦〉后四十回作者问题札记》。“思元裕瑞自识”“裕瑞之章”，原文如此。

据此序，知《参经臆说》成书于嘉庆十八年移居沈阳以后，汇录成书是在一个秋天。内容主要讨论佛经，旁及儒家经典，间有序跋、诗文、杂章等。检书内几处“宁”字，悉作“寍”。

朱南铣是最早也是唯一一位拿裕瑞稿本《参经臆说》与《闲笔》做字迹对比的学者，得出的结论是“《枣窗闲笔》稿本，笔迹全同《参经臆说》”。后因古籍辗转流散，又未及时影印，故无人再对《参经臆说》做深入研究。经笔者仔细比对，发现《参经臆说》《闲笔》二书字体间架结构及文字气象极为相似，应出一人之手。另取几个裕瑞特殊写法的字，分别参照二书，发现大部分特殊写法的字（如明、虽、笔、笑诸字）写法相同。对比《闲笔》、《参经臆说》稿本及诸写刻本中“思元斋自识”等文字，更能看出书写风格的一致性。而对比《文稿》中的《风雨游记》与裕瑞所书《风雨游记》原稿，二者之不同，读者自鉴。《闲笔》是裕瑞的手稿，至此可以论定。此外，美国国会图书馆也藏有裕瑞手抄本《别译杂阿含经》，一册一函，八行二十一二字不等，末题“道光丁亥前五月裕瑞沐手敬书”，下钤“裕瑞之章”方印，[①] 也可供笔迹对比。

潘重规作《影印〈萋香轩文稿〉序》时，似未见到《萋香轩吟草》等书及裕瑞相关题跋文字，手边仅有《萋香轩文稿》一部。[②]《文稿》字虽温润清秀，但仅依此便断定是裕瑞手稿，又因《闲笔》“字体颇拙”“怪谬笔误”，即认为“显出于抄胥之手”，较为武断。

《文稿》首页所钤“梦曦主人藏佳书之印”是晚清马佳宝康的藏书印。附录 5.5 厘清了《文稿》的递藏源流：马佳宝康→？→潘重规→韦力。可见，《文稿》并非来历不明。但因《文稿》字迹与裕瑞其他传世字迹存在较大差别，故不能以此作为比对《闲笔》的参考。另外，现行《文稿》影印本前有潘重规的八页跋文，此八页跋文所用纸张与后文全同（有竹环绕书页，左下角有“碧玲珑馁”四字），疑潘重规曾将此书重新装订。

---

① 美国国会图书馆藏（登录号：00000999）。

② 潘重规说：“我藏有裕瑞著《萋香轩文稿》，为裕瑞手书，附有张问陶、法式善、吴鼒诸名士手评。”潘重规《红楼梦新辨》，第 105 页。

图表 5.7　裕瑞《枣窗闲笔》《萋香轩文稿》等笔迹比较表

例字\书名	《枣窗闲笔》	《萋香轩文稿》	《沈居集咏》	《东行吟钞》	《枣窗文续稿》
窗					
从					
虽					
所					
识					
戏					
是					
明					
佳					
之					
原尾					

附录5.5

“梦曦主人”小考

学界有以《枣窗闲笔》与《萋香轩文稿》两书字体不同，进而认为《萋香轩文稿》为裕瑞手迹，《枣窗闲笔》出自抄胥之手，对《萋香轩文稿》的递藏源流及字迹却未细审。

《萋香轩文稿》正文首叶下钤“梦曦主人藏佳书之印”，管见所及，自潘重规先生收藏以来，无人细究此印，故其递藏源流至今未得厘清。试耙梳文献，以考实“梦曦主人”身份。

“梦曦”诸印，除《萋香轩文稿》外，尚见于宋明州公使库本《徐公文集》、明抄本《玉壶清话》、写本《逃虚子诗集》。考《大仓文化财团汉籍善本目录》，[①] 知宋明州公库本《徐公文集》钤有“文渊阁”“徐建庵”“乾学”“曾在定邸行有恒堂”“梦曦主人”诸印。据大仓文化财团出版的《大仓集古馆五百选》所收宋明州公使库本《徐公文集》书影，知“故散骑常侍东海徐公序”一行中自下而上钤“徐健庵”（阴文）、“乾学”（阳文）、“行有恒堂藏书”（阳文）三印。[②] 据此，知其递藏次第应是：文渊阁→徐乾学（“徐健庵”“乾学”二印）→载铨（“曾在定邸行有恒堂”印）→？（“梦曦主人”印）→日本大仓文化财团。

当然，在无明确证据的情况下“梦曦主人”亦可能属上下两方印章主人，为便论述，姑且暂列如上。据此，“梦曦主人”所钤时间当在道咸或道咸以后，梦曦主人生活年代亦可大略推考。

值得注意的是，董康东渡访书，后来将部分藏书卖给大仓喜八郎，其中

---

① 感谢上海博物馆柳向春先生提供此书电子本。
② 感谢台湾“国立中央大学”梁雅英帮助查阅此书并提供照片。

就有宋明州本《徐公文集》。[①] 傅增湘《藏园群书题记》中《宋刊残本〈西汉会要〉跋》云：[②]

其（伟按：宝文仙）兄宝康字孝劼，盛伯羲祭酒之女夫，官福建武定府知府，履任未久遂卒。缘意园馆甥之谊，濡染雅尚，收罗古本书籍甚富，中多惊人秘笈，如绍兴本《古三坟》、程舍人本《东都事略》、绍兴本《徐公文集》、宋本《新雕白氏六帖事类》。辛亥残腊，皆为董授经大理连车载归。余于厂肆亦得获明代卧云山馆钞本《北堂书钞》，有孝劼手跋数行……

宋代刊刻徐铉文集有如下记载：一次为北宋真宗天禧元年（1017），胡克顺招募工匠，重新镂板；一次是南宋高宗绍兴十九年十一月十日以前，徐琛据原本即北宋胡克顺刻本。元明以降，迄于清，徐集再无新刻，后出抄本及新刻皆祖宋明州本。[③]

《宋刊残本〈西汉会要〉跋》所说的"绍兴本《徐公文集》"即日本大仓文化财团藏宋明州刻本《徐公文集》，"绍兴本"以年号命名，"明州本"以区划称，二名虽不同，实是一书。

《徐乃昌日记》有一段谈到这部《徐公文集》的递藏：

《徐公文集》宋本系定府旧藏，后归徐梧生，徐殁为董授经所得，售于日本大仓氏，非内府藏本。内府藏本当无缺叶，当年编《全唐文》多出二篇，因知无缺。此乃乾据授经之言，不足据。盖所缺者诗，而《全唐诗》并未多出只字也。[④]

据《玉壶清话》抄本中马佳宝康题跋及所钤"梦曦主人藏佳书之印"，又勾连《藏园群书题记》所言马佳宝康所藏绍兴本《徐公文集》，辛亥岁末

① 任继愈《中国藏书楼》，第 1687—1691 页。
② 此书另有一篇《明钞本〈北堂书钞〉跋》提及马佳宝康事。
③ 王岚《宋人文集编刻流传丛考》，第 1—8 页。关于宋明州公使库本《徐公文集》的情况，参见徐乃昌《徐公文集补遗跋》。徐乃昌《积学斋读书记》，第 319 页。
④ 感谢西南大学李弘毅提供稿本本页扫描件。

马佳氏藏书归董康，1917年董康书归大仓喜八郎，日本大仓文化财团所编目录提及钤有“梦曦主人”的《徐公文集》，形成了两条证据链：

其一，明抄本《玉壶清话》：马佳宝康题跋——“梦曦主人藏佳书之印”。

其二，马佳宝康藏绍兴本《徐公文集》→辛亥，马佳氏书归董康→1917年，董康藏书归大仓喜八郎大仓文化财团藏宋明州本《徐公文集》钤有“梦曦主人”印。

这两条并列的证据链，可证“梦曦主人藏佳书之印”“梦曦主人”二印主人即马佳宝康。此外，尚有一部明抄校本《玉壶清话》可证。

按：《玉壶清话》，抄本，二册，十卷，宋代释文莹撰，国家图书馆藏。上册卷首、卷一及下册卷六皆钤有“梦曦主人藏佳书之印”，书眉处间有马佳宝康批语，末有其跋。此书应是马佳氏藏书，故有其藏书印及批注、题跋。

王文进《文禄堂访书记》中即著录此本。马佳氏藏书，除大部分归董康，亦见有零星几本归傅增湘及王文进长兄收藏。

综合以上考论，现藏日本文化财团的宋明州公使库刻本《徐公文集》之递藏大致可以厘清：文渊阁→徐乾学（“徐健庵”“乾学”）→载铨（“曾在定邸行有恒堂”）→马佳宝康（“梦曦主人”）→徐坊（号梧生）→董康→日本大仓文化财团。

只是《徐乃昌日记》所载“后归徐梧生”与“梦曦主人”印，无法考清其次第，疑此书自载铨处流出后，先归马佳氏，次归徐坊，再转至董康，故析次第如上。徐坊乃晚清大藏书家，有《临清徐氏书目》（《山东书目简志》著录云：《临清徐氏书目》：清清坊藏编，据云有稿本，未见。第二个“清”字旁有铅笔改作“徐”，下有铅笔字迹“傅增湘录其五十七种为《徐氏书目》”）《徐忠勤公遗集》等，皆未见。

据《萋香轩文稿》首叶所钤诸印，也可以厘清其递藏：马佳宝康→？→潘重规→韦力。

在马佳宝康与潘重规之间加“？”，是因为马佳氏书散后，大部分归董康（“辛亥残腊，皆为董授经大理连车载归”），但也有几种书流入厂肆（如傅增湘言“余于厂肆亦得获明代卧云山馆钞本《北堂书钞》，有孝劼手跋数行”），且潘重规在《影印〈萋香轩文稿〉序》中说：“十余年来，余羁栖海外，偶得裕瑞手书《萋香轩文稿》一册……丙午人日婺源潘重规书于九龙鷦鹩一枝室。”丙午为 1966 年，据“十余年来”推考其“余羁栖海外”事，应即 1957 年潘先生赴新加坡，任南洋大学教授，又赴伦敦、巴黎等地访书。疑潘先生从日本得此书，据《红楼梦新辨》，知潘先生曾两度旅日，一次在 1968 年，另一次不可考知。

虽然考出“梦曦主人”即藏书家马佳宝康，厘清了《萋香轩文稿》的递藏源流，但并不能证明此书是裕瑞手稿。现存裕瑞诗文集写刻本及裕瑞手稿本《参经臆说》，与《萋香轩文稿》相比，两种书法风格判然可分。

（三）《枣窗闲笔》中的典章制度

《闲笔》以论《红楼》续书为主，续书多仿曹雪芹原著写闺阁戏谑语，又因《红楼》多及朝廷官府事，续者力所不逮，不知雪芹避时语，常提及时下的典章制度。《闲笔》“多贬少褒”，“所贬”处常论及续书所涉“时制”。续书中诸多“时制”，经裕瑞逐一钩稽，揭露续书的劣处。

考察《闲笔》中七篇续书的《书后》，除《程伟元续〈红楼梦〉自九十回至百二十回书后》不提“时语”“时制”外，其余六篇均以此论其劣处，尤以《〈红楼圆梦〉书后》为多。所论有清一代之典制、时事，“克食”“玉搬指”“膳牌”“养心殿”“无逸屏”“磞头”“廷寄”“四品护卫”“折子”“六百里飞递”“旗人合卺”“军机”“王府六大名班”“红章京”，都能洞悉。又论及“金顶轿非郡主职所当用”“王府不应有宫官”“进酒赏酒用杯之别”等，诚为确论，非置身其时者不能如此辨析。

“廷寄”“红章京”，均延续雍正十年所设军机处的相关制度。裕瑞的朋友赵翼便是一位“红章京”，他于“乾隆二十一年充军机章京，为当时军机大臣傅恒、汪由敦赏识，诏命奏札，援笔立就，无不中意，一时述旨文字多出其手”。[①]“护卫”“折子”是清时制度的产物。“膳牌”亦是清代宫中之物，昭梿《啸亭杂录》有“膳牌”条云：“凡王公大臣有入朝奏事者，皆书

---

① 纪欣《清代军机章京述论》。

名粉牌以进，待上召见。于用膳时呈进，名曰膳牌焉。”[①]

“克食”“玉搬指”“旗人合卺”诸语，据《闲笔》指出，大都关乎清代满人习俗。“克食”，即满语 *kesi* 音译，其本义为“恩惠”，又引申为皇帝、太后等恩赏臣工的点心等食品。如康熙五十八年十二月十一日《胤祯奏为皇父赏克食谢恩折》：“前交付与茶上人曹奇甚多克食，臣等尚未食竣，皇父又施恩赏与，臣谨受领谢恩，恭藏缓食。”[②] 又如乾隆三年十一月十九日《西洋人戴进贤等为雷孝思事谢恩再获赐克食》末云：“又蒙赐克食。”[③]《雪坞〈续红楼梦〉书后》谓“再克食者，国语‘恩’字也，膳下赐食物之时语”，且“国语”二字空抬，可见抬头书写“国语”（满语）是作者的习惯，是明显的时代印记。

考《红楼圆梦》，第七回有“于是四人打牌时，琪官忽说要到忠顺王府去，这里不便散局，请袭人代一代”云云，《〈红楼圆梦〉书后》所谓“王府六大名班，数十年前时事也”或即指此。《闲笔》提到的“王府六大名班”，戏曲学界虽对其具体所指颇有争议，对“六大名班”一词出于乾隆中、后期的意见却是一致的。当时尤兴王府新班，也有文献明确记载。[④] 故《闲笔》所言“王府六大名班，数十年前时事”，置于该时间段内，尤其合榫。关于“六大班”的记载，可参考《藤阴杂记》《燕兰小谱》《雨村诗话》《消寒新咏》等记载。

《闲笔》作者对清代典章制度如此熟悉，故能将诸续书不知变通所用之“时制”轻松挑拣出来，并指摘其劣。《闲笔》文本的种种迹象表明，作者是清人，绝非后来人所能伪造。

三、《枣窗闲笔》史源考

据裕瑞《闲笔》自序，他将八篇《书后》旧稿最后“汇录一处”是在一个秋日（“秋凉试笔，择抄旧作”）。《闲笔》所涉七种《红楼梦》续书及《镜

---

① 昭梿《啸亭杂录》，第 286 页。
② 王小虹等《康熙朝满文朱批奏折全译》，第 1441 页。
③ 吴旻、韩琦《欧洲所藏雍正乾隆朝天主教文献汇编》，第 60 页。
④ 戴璐《藤阴杂记》卷 5，第 51 页。

花缘》初次刊印（或摆印）时间分别为（依《闲笔》目次）：《红楼梦》程甲本（乾隆五十六年）、逍遥子《后〈红楼梦〉》（至迟为嘉庆元年）、雪坞《续〈红楼梦〉》（嘉庆四年）、海圃《续〈红楼梦〉》（嘉庆十年）、兰皋主人《绮楼重梦》（嘉庆四年）、小和山樵《红楼复梦》（嘉庆四年）、临鹤山人《红楼圆梦》（嘉庆十九年）、《镜花缘》（嘉庆二十二或二十三年）。[①]可见，《闲笔》所收八篇《书后》次序并不依各书刷印时间先后。

《闲笔》各篇前后呼应处，似是裕瑞最后汇抄时所补。如"余另有《书后》（伟按：指《〈后红楼梦〉书后》）细论其不合理处，载在此篇之后，深叹其前作佣而后效颦也"（《程伟元续〈红楼梦〉自九十回至百二十回书后》），[②]"遂浸淫增为诸续部六种"，[③]"前篇已论程伟元续补之四十回中，不应将甄家呆写过实"（《〈后红楼梦〉书后》）。[④]据"余另有《书后》""载在此篇之后""诸续部六种""前篇已论"等语，大概裕瑞汇抄旧作时，曾统观前后，重为之修订，于各篇增补互相照应之语。虽然八篇《书后》最后汇抄成书在道光年间，[⑤]但单篇拟稿写作时间仍可能较早，或在嘉道之际。[⑥]

《〈后红楼梦〉书后》记载曹雪芹相貌、性情云：

> 雪芹二字，想系其字与号耳，其名不得知，曹姓，汉军人，亦不知其隶何旗。闻前辈姻戚有与之交好者。其人身胖、头广而色黑，善谈吐、风雅游戏，触境生春。闻其奇谈娓娓然，令人终日不倦，是以其书绝妙尽致。闻袁简斋家随园，前属隋家者，隋家前即曹家故址也，约在康熙年间。书中所称大观园，盖假托此园耳。[⑦]

---

① 张云《谁能炼石补苍天：清代〈红楼梦〉续书研究》，第26—29页。欧阳健《红学辨伪论》，第210页。

② 裕瑞《枣窗闲笔》，叶4a。

③ 裕瑞《枣窗闲笔》，叶8b。

④ 裕瑞《枣窗闲笔》，叶17。

⑤ 刘广定认为《枣窗闲笔》定稿时间在道光八年返京以后。刘广定《〈枣窗闲笔〉之真伪与成书时间》。

⑥ 嘉庆年间，裕瑞就曾以"枣窗"命名其著作，如裕瑞有另一部著作《枣窗文稿》，书前序作于嘉庆十七年。

⑦ 裕瑞《枣窗闲笔》，叶8b—9b。

裕瑞生于乾隆三十六年，距雪芹去世已近十年，至裕瑞年龄稍长，能记事，“闻”得雪芹故事，又能玩味《红楼梦》深意，距雪芹去世约有二三十年。至《闲笔》汇抄旧作成书，距雪芹去世已六七十年。裕瑞与曹雪芹生命无交集，《闲笔》所记皆耳闻转抄。裕瑞提及有与曹雪芹交好的“前辈姻戚”，研究者多认为是明琳、明义等人。

以上引文，其源流可考者，是大观园为随园的记载。裕瑞与袁枚于乾隆六十年始通信，[①]直至嘉庆二年十一月袁枚去世，裕瑞与袁枚仅往来雁书，神交而已，未曾谋面，[②]裕瑞更不曾亲见随园。《随园诗话》初刻于乾隆五十五年，至乾隆六十年冬裕瑞给袁枚写第一封信。此五年间，《随园诗话》已风行海内。由裕瑞《寄随园主人书》“倘蒙不弃，肯加郢削，使得附于所刻《同人集》《诗话》等书之列，则瑞幸因先生而传”，[③]知裕瑞此前确曾读过《随园诗话》。《诗话补遗》前三卷已于乾隆五十七年刻成，而《诗话补遗》卷一即有“余买小仓山废园，旧为康熙间织造隋公之园，故仍其姓易‘隋’为‘随’，取随之时义大矣哉之意，居四十余年矣”。[④]至十卷本《诗话补遗》刊刻，因其中曾收录裕瑞诗作（卷九收裕瑞《从军行》《咏桂》《观瀑》《秋思》四首诗），裕瑞更应该能读到。[⑤]

据此，《闲笔》所记大观园即随园，应源出袁枚《随园诗话》，《随园诗话》相关记事则撮述自明义《题〈红楼梦〉》小序。[⑥]《闲笔》中“闻袁简斋家随园，前属隋家者，隋家前即曹家故址也，约在康熙年间。书中所称大观园，盖假托此园耳”，应即《随园诗话》“中有所谓文观园者，即余之随园也”“余买小仓山废园，旧为康熙间织造隋公之园”[⑦]二句之整合。据史源可

---

① 黄一农《裕瑞〈枣窗闲笔〉新探》。

② 裕瑞《忆袁简斋先生》有“相契有文缘，神交忽数年。故人今已矣，使我泪潸然”句，《萋香轩吟草》，第235页。

③ 袁枚《袁枚全集》，第6册，第259页。

④ 袁枚《袁枚全集》，第3册，第567页。

⑤ 十卷本《随园诗话补遗》应在袁枚嘉庆二年卒后不久才完全刊出。黄一农《袁枚〈随园诗话〉编刻与版本考》。黄一农《裕瑞〈枣窗闲笔〉新探》。

⑥ 李广柏《明义〈题红楼梦〉诗与袁枚所知曹雪芹之点滴》，第237—252页。按现存明义《绿烟琐窗集诗选》，书衣、书末皆有钤印，书衣右侧所钤“联英私印”，其主人似为满洲镶黄旗瓜尔佳·联英（1806—？）。

⑦ 袁枚《袁枚全集》，第10册，第637页。

考的这条记载，知裕瑞《闲笔》所“闻”的确是有来源的，但裕瑞对目阅耳闻的这些信息难以确信，故连用三“闻”字。《闲笔》所记有关曹雪芹相貌、性格、家世等相关内容，仍须仔细考求、对勘相关材料，以斟酌其可信度。

裕瑞仰慕曹雪芹，称颂之词多见于《闲笔》，如“故知雪芹万不出此下下也”“雪芹含蓄双关极妙之意”“大失雪芹真假相关妙意”等。① 相较“闻”来的有关曹雪芹的模糊材料，裕瑞更能从小说中体味作者的真实性情，如《海圃〈续红楼梦〉书后》云：

> 余谓此不合雪芹作书本心，前书谓石头是补天之余，因遗才不用，久已无意于功名出世矣。故隐于儿女，消遣壮怀，信陵醇酒妇人之意，岂希借环境复起，为补天之冯妇耶？以通灵之独善，何必定借补天始显。余志此论，或稍足慰雪芹于地下乎？②

这与敦诚“劝君莫弹食客铗，劝君莫叩富儿门。残杯冷炙有德色，不如著书黄叶村”（《寄怀曹雪芹》），③ 宜泉“羹调未羡青莲宠，苑召难忘本立羞。借问古来谁得似，野心应被白云留”（《题芹溪居士》）所吟咏的曹雪芹幽隐之心颇能合榫。④

《闲笔》较早论及《红楼梦》成书过程，相关论说集中于《程伟元续〈红楼梦〉自九十回至百二十回书后》《〈后红楼梦〉书后》两篇。《闲笔》谈及《红楼梦》成书，有如下一段文字：

> 闻旧有《风月宝鉴》一书，又名“石头记”，不知为何人之笔。曹雪芹得之，以是书所传述者，与其家之事迹略同，因借题发挥，将此部删改至五次，愈出愈奇，乃以近时之人情谚语，夹写而润色之，借以抒其寄托。曾见抄本卷额，本本有其叔脂研斋之批语，引其当年事甚确，易

① 以上分见裕瑞《枣窗闲笔》，叶 4b、5a、17a。
② 裕瑞《枣窗闲笔》，叶 27。
③ 敦诚《四松堂集》，第 146 页。
④ 宜泉《春柳堂诗稿》，第 105 页。

其名曰《红楼梦》。[①]

《闲笔》之外，提及《风月宝鉴》与曹雪芹及《红楼梦》之关系，仅见于《红楼梦》甲戌本。甲戌本卷首凡例云：

> 《红楼梦》旨意　是书题名极多……又曰“风月宝鉴”，是戒妄动风月之情，又曰“石头记”，是自譬石头所记之事也，此三名皆书中曾已点睛矣……又如贾瑞病，跛道人持一镜来，上面即錾“风月宝鉴”四字，此则“风月宝鉴”之点睛。[②]

甲戌本第一回眉批亦云：

> 雪芹旧有《风月宝鉴》之书，乃其弟棠村序也。今棠村已逝，余睹新怀旧，故仍因之。[③]

对勘《闲笔》、甲戌本所记，有同有异。相同之处，二书都谈及《红楼梦》与《风月宝鉴》的紧密关系。不同之处，《闲笔》称《风月宝鉴》不知作者，甲戌本眉批则称“雪芹旧有《风月宝鉴》之书”；《闲笔》称《风月宝鉴》又名“石头记”，甲戌本凡例则称“红楼梦”“风月宝鉴”“石头记”为一书之三名。《闲笔》则细致记述了二者关系，因《风月宝鉴》与雪芹家事迹略同，曹雪芹遂借题发挥，增删数次，其叔脂研斋易其名为“红楼梦”，甲戌本则称“至脂砚斋甲戌抄阅再评，仍用‘石头记’”。[④]斟酌上述异同，及裕瑞认为曹雪芹在《红楼梦》中多“狡狯托言”，笔者认为，《闲笔》相关表述确曾受甲戌本或相关文献的影响。[⑤]

---

① 裕瑞《枣窗闲笔》，叶 7。

② 曹雪芹著，脂砚斋评《脂砚斋重评石头记》（甲戌本），第 1 册，叶 1。

③ 曹雪芹著，脂砚斋评《脂砚斋重评石头记》（甲戌本），第 1 册，叶 15。

④ 曹雪芹著，脂砚斋评《脂砚斋重评石头记》（甲戌本），第 1 册，叶 16。

⑤《闲笔》所记“闻旧有《风月宝鉴》一书”，与甲戌本第一回眉批“雪芹旧有《风月宝鉴》之书”句式极为相近（“旧有”亦可释为“曾藏”，不必然解释为雪芹所著），二者应有源流关系。至于此处《闲笔》与甲戌本所记之异处，是裕瑞记忆模糊所致，还是所见另有所本，文献不足，不可考知。

图表 5.8《枣窗闲笔》所记甲戌本批语示例

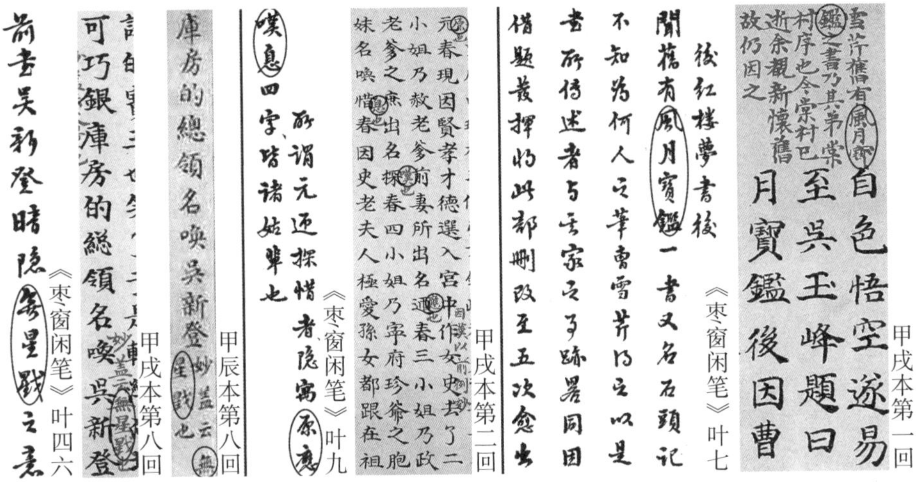

《闲笔》说“余曾于程高二人未刻《红楼梦》板之前，见抄本一部”，[1]萃文书屋摆印《红楼梦》程甲本在乾隆五十七年，裕瑞二十岁左右，至《闲笔》成书，中间已隔近三十年。裕瑞作《闲笔》时，手头似未有早期抄本，只得凭回忆比较，故多用“曾”“曾见”语。提及脂砚斋时，也只模糊说“曾见抄本卷额，本本有其叔脂研斋之批语”。《闲笔》谈及《红楼梦》抄本至印本的时间跨度，曾云“此书自抄本起至刻续成部，前后三十余年，恒纸贵京都，雅俗共赏”。[2]现存最早抄本为甲戌本的过录本，最早印本为程甲本，期间跨度为三十七年，与裕瑞所谈相符。

以上《闲笔》所记有关《红楼梦》早期抄本之事实与现存抄本大都关合，且部分记载仅见于《闲笔》、《红楼梦》甲戌本、庚辰本三书。如《闲笔》有三处论及书未成而作者先逝，“书未告成即逝矣”“此书由来非世间完物也”“不意书未告成而人逝矣”，[3]相同记事另见于甲戌本第一回眉批“书未成，芹为泪尽而逝”，[4]庚辰本二十二回批语“此回未成而芹逝矣，叹叹！

① 裕瑞《枣窗闲笔》，叶 10a。
② 裕瑞《枣窗闲笔》，叶 8b。
③ 裕瑞《枣窗闲笔》，叶 2a、2b、10b。
④ 曹雪芹著，脂砚斋评《脂砚斋重评石头记》（甲戌本），第 1 册，叶 8a。

丁亥夏畸笏叟”。[①] 由此，我们认为，三处记载应有源流关系，即裕瑞确曾亲见甲戌本或相关同源文献。[②]

此外，被裕瑞指出的“元迎探惜”隐喻“原应叹息”[③] 与“吴新登”暗隐“无星戥”,[④] 应源出甲戌本批语。[⑤] “其原书开卷有云：作者自经历一番等语，反为狡狯托言，非实迹也”（《〈后红楼梦〉书后》）。[⑥] 细味此语，前后映照所指，与甲戌本第一回“至脂砚斋甲戌抄阅再评，仍用石头记”眉批“若云雪芹披阅增删，然则开卷至此这一篇楔子又系谁撰？足见作者之笔，狡猾之甚”[⑦] 颇为近似，都指出小说开篇为作者之托言。此抑或可证裕瑞曾见甲戌本或相关同源文献。[⑧] 本书第四章已考明，甲戌本底本为脂砚斋整理小说、积累批语的稿本，其转抄情形虽不明晰，但裕瑞能够看到脂砚斋稿本上的独有批语，应引起足够重视。

《闲笔》与早期抄本的关系，从《闲笔》行文用语也可窥其大概。《闲笔》论及《红楼梦》成书，“愈出愈奇”[⑨]“夹写”等语似受《红楼梦》早期抄本批语影响。“愈出愈奇”四字，多见于现存几种早期抄本评价小说之批语。如甲戌本第二十七回有侧批：“奇文异文，俱出《石头记》上，且愈出愈奇文。”[⑩] 己卯本第八回有夹批：“‘不离不弃’与‘莫失莫忘’相对，所谓愈出愈奇。”[⑪] 蒙府本第四十二回有侧批：“愈出愈奇。”[⑫]

---

① 曹雪芹著，脂砚斋评《脂砚斋重评石头记》（庚辰本），第 4 册，叶 27。
② 以上所考《枣窗闲笔》与甲戌本、庚辰本、己卯本的关系，周绍良已约略揭示。参见周绍良：《裕瑞〈枣窗闲笔〉跋》。其后，温庆新又细为讨论，但其结论恰与拙文相反，参见温庆新：《〈枣窗闲笔〉辨伪论》。
③ 曹雪芹著，脂砚斋评《脂砚斋重评石头记》（甲戌本），第 1 册，叶 30。
④ 曹雪芹著，脂砚斋评《脂砚斋重评石头记》（甲戌本），第 3 册，叶 2。曹雪芹著，脂砚斋评《甲辰本红楼梦》，第 265 页。
⑤ 唐顺贤《裕瑞曾见脂批甲戌本浅考——兼辨〈枣窗闲笔〉“伪书”说》。
⑥ 裕瑞《枣窗闲笔》，叶 10。
⑦ 曹雪芹著，脂砚斋评《脂砚斋重评石头记》（甲戌本），第 1 册，叶 8。
⑧ 唐顺贤《裕瑞曾见脂批甲戌本浅考——兼辨〈枣窗闲笔〉“伪书”说》。黄一农《裕瑞〈枣窗闲笔〉新探》。
⑨ 裕瑞《枣窗闲笔》提及“愈出愈奇”有两处，第二处反用其义，分见叶 8a、50b。
⑩ 曹雪芹著，脂砚斋评《脂砚斋重评石头记》（甲戌本），第 4 册，叶 45。
⑪ 曹雪芹著，脂砚斋评《脂砚斋重评石头记》（己卯本），第一函第 2 册，叶 26b。
⑫ 曹雪芹著，脂砚斋评《脂砚斋重评石头记》（蒙府本），卷 5，叶 13a。

《闲笔》中“夹写”二字更集中见于甲戌本、己卯本等批语。如甲戌本第一回侧批“又夹写士隐实是翰林文苑”，第三回侧批“夹写如海一派书气，最妙”，第五回侧批“借贾母心中定评，又夹写出秦氏来”，第六回侧批“夹写凤姐好奖誉”，第七回侧批“瞧他夹写宝玉”，第十三回侧批“夹写贾政”，第十六回回前批“夹写秦、智数句”。[①] 己卯本第十二回夹批“夹写王夫人”，第三十六回回前批“夹写月钱是为袭人渐入金屋地步”，第三十六回夹批“看他忽然夹写女儿喁喁”。[②] 庚辰本第十八回眉批“一回离合悲欢夹写之文”，第二十四回回前批“夹写‘醉金刚’一回是书中之大净场”。[③] 戚序本回末总评“夹写月钱是为袭人渐入金屋地步”。[④]

现存《红楼梦》早期抄本批语中有多处以“愈出愈奇”“夹写”评小说细节，虽“愈出愈奇”“夹写”也见于俗文评注，但综合两例来看，《闲笔》更可能直接受《红楼梦》早期抄本批语的影响。[⑤]

四、裕瑞对《红楼梦》后四十回的认识

《闲笔》首篇较早明确指出程高本后四十回乃伪续，总评其为“一善俱无，诸恶备具”的“滥竽”之作，[⑥] 曾对研究者评价后四十回产生重要影响。因有关后四十回的文献记载多模糊，研究者每引《闲笔》为证。

《闲笔》认为程高本后四十回出于伪续，曾集中论及：

此书由来非世间完物也，而伟元臆见，谓世间当必有全本者在，无处不留心搜求，遂有闻故生心思谋利者，伪续四十回，同原八十回抄成

① 曹雪芹著，脂砚斋评《脂砚斋重评石头记》（甲戌本），第 1 册，叶 12、44；第 2 册，叶 2、31、42；第 3 册，叶 19、49。

② 曹雪芹著，脂砚斋评《脂砚斋重评石头记》（己卯本），第一函第 3 册，叶 16b；第二函第 2 册，叶 56a，第 3 册，叶 20b。

③ 曹雪芹著，脂砚斋评《脂砚斋重评石头记》（庚辰本），第 3 册，叶 50；第 4 册，叶 37。

④ 曹雪芹著，脂砚斋评《红楼梦》（戚序本），第 3 册，《古本小说集成》影印本，第 1345 页。

⑤《闲笔》具体用语是否曾受《红楼梦》早期抄本批语影响，应跳脱小说批评传统中的习语，具体考察其独特用语是否存在线性源流关系。蒙张昊苏提示。

⑥ 裕瑞《枣窗闲笔》，叶 7b。

一部，用以给人。伟元遂获赝鼎于鼓担，竟是百二十回全装者，不能鉴别燕石之假，谬称连城之珍。高鹗又从而刻之，致令《红楼梦》如《庄子》内外篇，真伪永难辨矣。不然即是明明伪续本，程高汇而刻之，作序声明原尾，故意捏造以欺人者，斯二端无处可考。但细审后四十回，断非与前一色笔墨者，其为补著无疑。[1]

据此，裕瑞抱有《红楼梦》“书未成”的先入之见。据《闲笔》所言，其之前所见也是“惟有目录，未有书文”且有批语的抄本。另据“盖雪芹于后四十回虽久蓄志全成，甫立纲领，尚未行文，时不待人矣”，可知裕瑞当日所见抄本是百二十回本，正文止于八十回，后四十回仅有目录。又因甲戌本、庚辰本有书“未成”之批，基于此，裕瑞遂发“此书由来非世间完物也”的感慨。裕瑞既抱有《红楼梦》止于第八十回的成见，服膺雪芹文采，极力拥护雪芹原作，便不难理解他对程伟元、高鹗的批评。[2] 裕瑞不信程本序言中“竭力搜罗”的话，故将程高本后四十回与其他续书等量齐观，斥为伪托。

《红楼梦》程甲本程伟元序云：

不佞以是书既有百廿卷之目，岂无全璧？爰为竭力搜罗，自藏书家甚至故纸堆中无不留心，数年以来，仅积有廿余卷。一日偶于鼓担上得十余卷，遂重价购之，欣然翻阅，见其前后起伏，尚属接笋，然漶漫殆不可收拾。

据程氏此序，他寻找后四十回是竭力搜罗，随时留心，日久所积，并不如裕瑞所说，是谋利者伪续，同前八十回抄成一部，程伟元才从鼓担上得来百二十回全装赝鼎。给裕瑞造成的这种印象，应源自程甲本高鹗序“以其所购全书见示”及程乙本引言“今得后四十回合成完璧”[3] 的模糊言语，大概也有裕瑞自己“成见”的影响。关于后四十回出于伪续，裕瑞并无具体证据，对比前后用意不同，徒然感慨“斯二端无处可考”，从而断定后四十回

① 裕瑞《枣窗闲笔》，叶 2b—3b。
② 裕瑞与程伟元并不相识。刘广定《〈枣窗闲笔〉之真伪与成书时间》。
③ 一粟编《红楼梦资料汇编》，第 31、32 页。

出于伪续。

裕瑞认为《红楼梦》前八十回与后四十回用意不同，主要举证有二：其一，关于甄宝玉的人物形象。裕瑞认为雪芹写真假二玉，意在“真甄假贾”“镜中现影”，并举证第二回与第五十六回如何写真假二玉。这是裕瑞颇自得处，故几篇《书后》都谈及续书中的甄宝玉形象，而程高本所及处皆呆写甄家过实。其二，贾母、王夫人等人的性情变化。后四十回书中写贾母因宝钗婚事，不顾及黛玉，任其重病至死，王夫人因惜春非亲生女，将惜春略过等情节与前书“慈爱儿女”的贾母、王夫人迥然不同。其余如贾政前后之不同、赖头和尚要银子、妙玉走火入魔、潇湘馆鬼哭、雨村归结《红楼梦》等，裕瑞都斥为“贫俗可厌”。以上裕瑞多从其直观感受来谈后四十回与前八十回之不同，据此论其全出伪托，未有实据。

裕瑞作诗文多傲气，故《晚晴簃诗汇》以“诗往往故作兀奡语，文尤好翻案”[①]作评。这种文风，除了《闲笔》，还有一部《枣窗文续稿》可供参照。虽然裕瑞曾批评“一拈笔即以翻案为心，肆意驳辩”之作，[②]《枣窗文续稿》中却有几篇读来颇无味的翻案文章。裕瑞发往盛京以后，哀怨愤懑时流笔端，《沈居集咏》书前之序尤能见其心态。

从《闲笔》褒贬来看，曹雪芹是其极服膺之人，《红楼梦》是其极赞赏之书，既抱有止于八十回的成见，任何想与前八十回绑在一处的文字都被拦在裕瑞的“兀奡”之前，这也是《闲笔》“论诸书多贬少褒”、以慰雪芹之故。[③]从现有资料来看，抄本几处批语所说“未成”应为最终未补成定稿。前八十回也有未定之稿，如第二十二回惜春谜后缺文，有批云“此回未成而芹逝矣”，[④]第七十五回缺中秋诗等处，皆属“未成”之稿。

五、小结

《闲笔》为裕瑞稿本，递藏有序，并非迎合新红学相关观点伪造。裕瑞

---

① 徐世昌编，闻石点校《晚晴簃诗汇》，第 163 页。
② 裕瑞《驳郭青螺管蔡论》，《枣窗文续稿》。
③ 裕瑞《枣窗闲笔》，叶 1a。
④ 曹雪芹著，脂砚斋评《脂砚斋重评石头记》（庚辰本），第 4 册，叶 27。

既看到了有关曹雪芹及《红楼梦》的重要文献，因写作《闲笔》时记忆模糊，多少有些自我发挥，又语多含混，致使《闲笔》与现存其他文献（尤其是《红楼梦》早期抄本）产生具体关联的同时，又有颇多抵牾，扣合并非十分紧密。《闲笔》成书虽晚至道光年间，但《程伟元续〈红楼梦〉自九十回至百二十回书后》《〈后红楼梦〉书后》等拟稿可能较早，或在嘉道之际。《闲笔》内容多有所本，尤其与甲戌本颇多关合。《风月宝鉴》与《红楼梦》的关系，仅见于《闲笔》及《红楼梦》甲戌本。《闲笔》明确提及，《红楼梦》程高本摆印之前即有抄本，其中有脂砚斋批语。脂评本在程高本之前这一事实，研究者已从特殊语词校勘、程高本将批语窜入正文、范锴《痴人说梦》所引《石头记》旧抄本等多角度进行研究，其说大都可从。[①]

脂砚斋整理、批点小说的稿本，即今传甲戌本的底本，其流传路径较为特殊，而能为裕瑞所读，且将部分内容写入《闲笔》，因此《闲笔》对研究甲戌本的文献价值更为特殊。且《闲笔》是唯一明确记载脂砚斋与曹雪芹关系的文献，为研究脂砚斋的身份提供了文献依据。“叔传说”的文献依据，即《闲笔》中“曾见抄本卷额，本本有其叔脂研斋之批语，引其当年事甚确”与“闻其所谓宝玉者，尚系指其叔辈某人，非自己写照也。所谓元迎探惜者，隐寓原应叹息四字，皆诸姑辈也”，如吴世昌曾据此尝试将脂砚斋坐实为“曹硕”，尝试架起小说与史实之桥梁。[②]“自叙传”与“叔传”在曹雪芹的创作命意中固然有所侧重，同时也反映了文学创作的本质，这无非都是作者曹雪芹由经历见闻堆垒起来的知识与感受，让他在写作时呼风唤雨，移山换海，截取触动心绪处敷衍成文。如李辰冬所讲：“文学事实，并不完全是真的事实，作者可以任意增加取舍的。兴会是一种有羽翼的东西，不受任何时间与空间的限制，他可以飞到任何时代与地点，只要是他所知道的。”[③]

① 如曦钟《说“越性”——兼评“程前脂后”说》。宋谋玚《评“程前脂后”论者的所谓铁证》。周策纵《论一部被忽视了的〈红楼梦〉旧抄本——〈痴人说梦〉所记抄本考辨》。沈治钧《苕溪渔隐〈痴人说梦〉真伪平议》。

② 高树伟《曹寅“竹磵侄”考》。

③ 李辰冬《李辰冬古典小说研究论集》，第 3 页。

第六章　脂砚斋身份蠡测*

以往，学术界受伪靖藏本批语影响，误将脂砚斋、畸笏叟视为二人，且离析批语，将其截然分开，分别探求其可能身份。学术界对畸笏叟身份的考证，意见基本趋于一致，即畸笏叟为曹荃第四子曹頫。本章回顾此前研究，完全剔除毛辑靖藏本批语及其影响后，在第三章脂畸一人说的基础上，将原来因受伪靖藏本批语影响错误分开的批语重新归并，对批语做综合研究，也对脂砚斋（畸笏）的可能身份重做探研。

1964 年毛国瑶将伪造的 150 条靖藏本批语寄给俞平伯、周汝昌等几位红学家以后，尤其是受伪造的第 87 条靖藏本批语影响，红学家纷纷改变学术观点，转向脂畸二人说。对脂砚斋的研究，如前述《红楼梦》版本研究一样，也由此分辙异途。对脂砚斋身份的研究，一般会与畸笏叟截然分开。近六十年中，学术界发表了大量以脂畸二人说为基础将脂砚、畸笏分开探求其身份的论文、专著。

值得注意的是，在这些研究中，钩稽庚辰本中署名畸笏（畸笏叟、畸笏老人）以及与想象中与畸笏身份相合的“老朽”等批语，不同学者的认识

---

* 本章部分内容曾以《曹頫早年行履刍议》为题，发表于《红楼梦研究辑刊》第 9 辑，2014 年。

几乎趋于一致，即畸笏叟为曹頫的号。在研究脂砚斋的过程中，前面几章已述，在伪靖藏本批语出现以前，脂畸一人说得到绝大多数学者认同，靖藏本批语出现以后，脂畸一人说又被迅速遗弃。二十世纪六十年代以前，吴世昌是周汝昌脂畸一人说的坚定支持者，且他对探究脂砚斋身份做过专门的研究，其思路、方法以及因多种因素影响产生的过失，对现在重新探研脂砚斋相关问题有不少启发。

一、回溯脂砚斋研究的历程

晚清虽有裕瑞《枣窗闲笔》等为数不多的材料谈及脂砚斋，大都是笔记零札。真正研究脂砚斋的身份及其与曹雪芹的关系、批书情况及对红学研究各方面的价值，还是从 1927 年胡适在上海从胡星垣那里买来甲戌本才正式开始的。胡适买到甲戌本以后，写过札记，[①] 且很早就与钱玄同等人在不同场合谈到过甲戌本中脂砚斋的身份及其批语情形，综合使用敦诚《四松堂集》等当时新发现的材料，讨论曹雪芹生卒年、《红楼梦》成书等重要问题。次年即写成《考证〈红楼梦〉的新材料》，对新发现的甲戌本从多角度做了初步研究，据其中如“旧族后辈”等批语，认为脂砚斋是曹雪芹“很亲的族人”，“他大概是雪芹的嫡堂弟兄或从堂弟兄，也许是曹顒或曹颀的儿子”。1930 年，胡适又见到徐星署藏、带有畸笏叟批点的庚辰本，同年年底又写成《跋乾隆庚辰本〈脂砚斋重评石头记〉钞本》，他排次甲戌本、庚辰本中的批语署名（脂砚、梅溪、松斋、畸笏），又将对脂砚斋身份的认识修正为，“我相信脂砚斋即是那位爱吃胭脂的宝玉，即是曹雪芹自己”，又精确表述为“所以这两条批语使我们推测脂砚斋即是《红楼梦》的主人，也即是他的作者曹雪芹”，“‘脂砚’只是那块爱吃胭脂的顽石，其为作者托名，本无可疑”。

胡适搜求研究有关曹雪芹、《红楼梦》相关材料的同时，也激发了顾颉刚、俞平伯、周汝昌等人的浓厚兴趣。以时间先后而言，顾俞二人从二十世纪二十年代开始累积了大量讨论《红楼梦》的书信，他们两人的讨论内容主

① 胡适《脂砚斋评本石头记四册的来源条记》。

要集中于《红楼梦》文本，涉及成书等问题，对批点者脂砚斋的讨论并不太多。与俞平伯不同的是，顾颉刚更侧重对曹雪芹家世生平材料的搜集、研究，这从顾颉刚与胡适通信可以看得出来。比顾俞两位先生稍晚一些，四十年代燕京大学外文系的学生周汝昌，因在燕京大学图书馆发现敦敏的《懋斋诗钞》（《八旗丛书》本），胡适写信与他讨论问题，多有鼓励。1948 年，周汝昌向胡适借阅甲戌本，并在同年夏天与兄周祜昌据甲戌本抄录了副本。又以甲戌本录副本与陶洙交换借阅其庚辰本晒蓝本。1949 年或稍后，徐星署藏庚辰本入藏燕京大学图书馆，周汝昌得以从容阅读。在此基础上，周汝昌写成《真本〈石头记〉之脂砚斋评》。该文对当时已发现的甲戌本、庚辰本、有正本三个抄本的批语做了详尽的调查研究，首次全面对勘甲戌本、庚辰本批语，排出了脂砚、畸笏批点时间表，且举出四条证据考证脂畸实为同一人（详第三章第一部分）。他继续斟酌脂砚批语的口气，认为脂砚为女性，且将其观点总结为，“畸笏即是脂砚，即是‘湘云’，毫无疑义”。此后将这篇文收入《红楼梦新证》，影响巨大。

在《红楼梦新证》出版前后，俞平伯据各抄本辑录脂砚斋批语的工作也接近尾声。1954 年 7 月 10 日，俞平伯先在《光明日报·文学遗产》发表了《辑录脂砚斋本“红楼梦”评注的经过》，他不同意周汝昌提出的脂畸一人说，更不同意脂砚云说，含混地指出：“既有两个名字，我们并没什么证据看得出他们是一个人，那么，当他们两个人好了。我觉得没有牵合混同的必要。”俞平伯并没有仔细辨析周汝昌所举一人说的四条证据，更没有注意到甲戌本中“甲午八日泪笔”那条批语对探究脂畸关系的重要作用，直至 1964 年毛国瑶寄去 150 条伪造的靖藏本批语，俞先生才发现伪靖藏本批语第 87 条与“甲午八日泪笔”批的矛盾，拉动其深入思考。也正是在模糊认识脂畸关系的基础上，俞平伯提出了对脂砚、畸笏身份的看法，他只是依据庚辰本“此批被作者偏（骗）过了”，认为脂砚与作者关系非常密切，并没有再深究。对畸笏叟，俞平伯受当时讨论的风气影响，以过于拘谨的办法（也是俞先生后来批评的“谈《红楼梦》者每以真人和书中人相混是一大毛病”），依据庚辰本“余二人亦不曾有是气”将畸笏叟与曹雪芹类比小说故事中卜世仁与贾芸的甥舅关系，即据此认为畸笏叟是曹雪芹的舅舅。“畸笏舅舅说”是在这样的背景下产生的。后来收入《脂砚斋红楼梦辑评》时，俞平伯对脂畸关系及身份的认识，又有所修正，但没有再做全面深入的研究（详第三章第一部分）。

二十世纪四五十年代，海外也有一些学者对脂畸身份感兴趣，赵冈就是其中一位比较有代表性的学者，他不断与胡适通信讨论这一问题，为现在回溯这段学术史，厘清几位重要学者探研脂砚斋所经历的过程，留下了十分丰富的材料。胡适读过周汝昌的《红楼梦新证》，也包括周汝昌对脂畸关系的考证，对其大加赞赏，并推荐赵冈去读。赵冈读完以后，仔细斟酌也赞同脂畸一人说，认为周汝昌的考订无懈可击。胡适与赵冈通信讨论脂畸关系及身份，已在附录 3.2 谈过，不赘述。赵冈对脂砚斋的认识也比较独特，他认为脂砚斋是曹家人，据曹寅“祖砚传看入座宾”认为脂砚斋的号即得名于此。①

关于脂砚斋的身份，学界认识不一。自 1964 年毛辑靖藏本批语“问世”以来，它对相关问题的研究产生了极大的误导，尤其是对脂砚斋身份的研究。依托伪靖藏本确立的脂畸二人说，多数研究在探究脂砚斋身份时，抄本中署名畸笏叟（畸笏、畸笏老人）的批语，以及原本出自脂砚斋的批语，都被剔除在外，使研究脂砚斋本来不是很丰富的资料，变得更加捉襟见肘。

靖藏本出现以前，学界对脂砚斋身份的认识虽不同，但大都基于脂畸一人说。1975 年，赵冈据靖藏本批语考证脂砚斋与畸笏叟为二人时，曾对靖藏本出现以前学界对脂砚斋身份的研究总结为六说，基本涵盖了当时学术界对脂砚斋身份的主要研究结论：

> 1. 脂砚是雪芹自己，是否与畸笏为一人则未谈。（胡适）
>
> 2. 脂砚与畸笏是同一人，即雪芹之续弦妻，相当于书中史湘云。（周汝昌）
>
> 3. 脂砚与畸笏是同一人，即曹頫。（王利器）
>
> 4. 脂砚与畸笏是两人，畸笏是雪芹的舅舅，脂砚则不详。（俞平伯）

① 赵冈、陈钟毅《红楼梦研究新编》，第 127、128 页。

5. 脂砚与畸笏是同一人，即曹颙之遗腹子。（赵冈）

6. 脂砚与畸笏是同一人，是曹宣第四子，名硕，字竹涧。（吴世昌）①

从以上六说可以看到，除俞平伯一人持二人说且并未举证，后来胡适曾在一份残稿中认为脂畸为一人（附录 3.2），脂畸一人说几乎是当时学界的主流认识，而析分批语、详细举证的，主要是周汝昌、王利器、赵冈、吴世昌四人。其中，吴世昌的说法，通过细致考证，可以先否定。

二、脂砚斋不是曹竹磵（涧）

曹寅《楝亭集》中有两首诗提到“竹磵（涧）”，一是《和竹磵侄上巳韵》，二是《赋得桃花红近竹林边和竹涧侄韵》。因当时基本锁定脂砚斋为曹家人，且裕瑞《枣窗闲笔》明文指称脂砚斋为曹雪芹之叔，故学界高度关注曹寅子侄及其排行问题。由于相关材料少而记载不确，该问题一直是红学界争论的焦点。吴世昌对曹竹磵（涧）的考证即在这个背景下展开。

1962 年 4 月 14 日，吴世昌在《光明日报》发表《脂砚斋是谁》，文中有三条推论，其一为：脂砚斋为曹寅之侄“竹磵”，可能名硕。吴世昌对《楝亭集》中提及的“竹磵侄”有如下分析：

> 《楝亭诗钞》卷六又有《和竹磵侄上巳韵》。这位“四侄”能作诗，他的伯父还居然与他唱和……曹寅既常常说到他的三侄或四侄，可见曹宣有四子，其中一个不知其名，也不知是老大或老二，也许幼年亡故，无法寻迹。这个四侄也不知其名，只知其字或号是“竹磵”。我们知道曹家这一辈的名字，如颙、颀、頫，都从“页”字旁，则“竹磵”之名，亦必从“页”。鉴于曹家二代的名和字，皆从《书》《诗》成语而来……则竹磵之名亦当出于《诗经》。但“磵”字不见于经籍，始见于《玉篇》，据《正字通》乃“涧”之或体。据我寡陋所知，清初把此字用于文学者有史谨的《西山精舍》诗：“磵户蜂留蜜，松巢鹤堕翎。”竹磵之“磵”，既为“涧”字或体，则《卫风·考槃》是其出处无疑。诗云：“考槃在

① 赵冈、陈钟毅《红楼梦研究新编》，第 114、115 页。

涧，硕人之宽。”则竹磵当名“硕”，正与颙、頫、颀排行相同。

脂砚真名，似应是曹硕，字竹磵，为曹宣第四子，乃雪芹之叔。雪芹好友明义和明琳是裕瑞的舅父。裕瑞在《枣窗闲笔》中说：脂砚为雪芹“叔辈”，元春等为其“诸姑辈”，其消息来自他的“前辈姻戚与之交好者”，即其舅父明义和明琳，故确实可信。[①]

在前两条推论的基础上，吴文得出了“脂砚真名，似应是曹硕，字竹磵，为曹宣第四子，乃雪芹之叔”的结论。吴文考证“竹磵是曹硕”所用的方法，即循着曹氏家族取名习惯，辅以查考经典，“用名或字互相比附”。这与周汝昌考证曹荃为曹宣近似，但面对的文献、证据情形存在本质差异。大胆假设是基于对现有文献的精密判断，凌空悬想，且无明确材料来辅助求证，极易失误。在《红楼梦》研究中，此类实例并不鲜见。

《脂砚斋是谁》发表后，时隔近一月，朱南铣于1962年5月10日《光明日报》发表《关于脂砚斋的真姓名》，认为吴文用这种方法来“论断这位曹荃（宣）的第四个儿子名叫‘曹硕’，字竹磵，则更充满了主观空想的成分”。[②] 吴贯勉《秋屏词钞》中有《台城路》，题作“酬曹竹磵见寄元韵，并示恒斋待诏”；另有《忆帝京》，题作“久不得竹磵消息，书来云，赴荆南幕”，朱文据两首词判断，曹竹磵大概是汉人，约康熙五十多年尚赴湖北充人幕僚，肯定不是曹颀、曹頫的兄弟。

1980年，杨光汉发表《脂砚斋与畸笏叟考》，有“脂、畸本名考”一节，考论脂砚斋、畸笏叟二人的本名问题。他同意吴文据《诗经·卫风·考槃》“考槃在涧，硕人之宽”句推考出竹磵名硕，与颙、頫名同偏旁。为补证吴文结论，又举《诗经·卫风·硕人》“硕人其颀”句为例，硕为大，颀为长，“古男女皆以长、大为美。曹宣的次子、三子各以‘颀’‘硕’为名，正相连类”，并就此论说“故少有文才的竹磵，当名硕无疑”。但杨文不同意吴文“竹磵即脂砚”说，却认为竹磵是畸笏叟。其结论为：畸笏叟的真名是

① 吴世昌《脂砚斋是谁》，收入吴世昌《红楼梦探源》，第149—172页。

② 朱南铣《关于脂砚斋的真姓名》，收入刘梦溪编《红学三十年论文选编》（下），第238—241页。

硕，字竹磵，是曹荃（宣）第三子。该文又从年龄、辈分上分析了竹磵即曹寅诗作中提到的“四侄”，推出：“竹磵小于颀，长于頫，是在曹寅身边长大的曹宣第三子。他的生年当为1695年。”因此得出“这个年龄、辈分与我们在上一节中所推的畸笏的年龄、辈分相吻合”，且进一步说：

畸笏的真名是硕，字竹磵，曹宣的第三子（按大排行算，是曹寅的四侄），曹頫之兄，雪芹的伯父。他少有文才，诗做得不错。这位雪芹的伯父，少年时陪同曹寅宴饮宾客，诗酒酬唱，自是情理中事。

胡绍棠同意吴、杨二位先生“竹磵字硕，为曹寅亲侄”的论断，在此基础上又有新论：“但是据已发现的史料，曹寅侄无名硕者。然而，《诗经·卫风·硕人》：‘硕人其颀。’以此推之，竹磵或即曹颀之字号。”[①]

此外，《红楼梦大辞典》认为吴文可备一说：

曹寅某侄。能诗。曹寅《楝亭诗钞》卷六有《和竹磵侄上巳韵》，《楝亭诗别集》卷四有《赋得桃花红近竹林边，和竹涧侄韵》，可参。生平事迹，俟考。吴世昌先生根据古人名字关合、曹家人名字多取自诗书经典，认为“竹磵”是字，出自《诗经·卫风·考槃》“考槃在涧，硕人之宽”句，推断其名为“硕”，并进而推论此人即脂砚斋，是曹雪芹叔父。然无确证，可备一说。[②]

自吴世昌提出“竹磵名硕，为曹荃（宣）子嗣”后，研究者对该问题仍是各执一词，莫衷一是。其间也有文章论及，却因材料缺甚，只大略提及，未作深入考证。如敏成先生认为：“曹寅诗中提到的‘竹磵（涧）侄’，研究者查出为安徽曹氏，并非曹宣之子，此人由于关联到论证脂砚与畸笏问题，更需考明。”[③]陈诏与朱南铣观点相合，且比较符合事实：

曹寅贵显之时，曹姓的士大夫与他联宗的一定也很多，这个曹竹涧

① 胡绍棠《楝亭集笺注》，第269、497页。
② 冯其庸、李希凡主编《红楼梦大辞典》，第834页。
③ 敏成《曹寅家的几位亲属问题》。

大概是汉族文人，康熙五十多年尚赴湖北充人幕客。他绝不是曹寅亲任，而是同姓联宗。[①]

张全海《曹寅〈楝亭诗钞〉“渭符侄”考》提及另一条线索，即查嗣庭的《双遂堂遗集》。查检《双遂堂遗集》，其中有《题曹竹涧浣露轩填词序》：

鸳湖曹竹涧，吾里畏友也。夫其早司坛坫，争捧珠盘，跌宕文词。徐翻景澜，能分班宋之香；戏作填词，遂夺秦周之艳。旧住女阳亭畔，柳线村深；人依玉蛛桥边，浪花湖澜。都无机事，大有闲情。嚼徵含宫，句翻离合。偷声减字，格变玲珑。色似拖蓝，光如曳翠。吴音低唱，晓风残月之词；檀板高歌，马滑霜浓之句。二十四番花信，喜望江南；一百廿阕春词，解翻罗袖。何日典衣沽酒？当听君击节而歌；或者摘句寻章，能容我倚声而和。[②]

据此“曹竹涧”为鸳湖人，曾居女阳亭畔。按鸳湖，在今浙江嘉兴。朱彝尊、查慎行等人皆有题咏诗传世。女阳亭，亦称语儿亭、语溪亭，在崇福镇东南郊。清道光间，徐福谦作《语溪十二景》，有“女阳夕照”一景，诗云：“越女名亭迹已非，荒烟蔓草认依稀。城南泛棹寻诗去，犹有颓垣映夕辉。”[③]1971年开拓河港，遗垣拆除。

文中提及朱南铣提供的一条考察竹磵的线索，即吴贯勉的词集《秋屏词钞》。除《台城路》《忆帝京》两首词提及竹磵外，另有一首《减字木兰花》，也与曹竹磵有关。

台城路

酬曹竹磵见寄元韵，并示恒斋待诏。

五年前在扬州见，别久易伤人老。万顷莺花，几朝风雨，又是江南

---

① 陈诏《红楼梦小考》，第136页。

② 《双遂堂遗集》有两个抄本，一为《清代诗文集汇编》中所收民国燕京大学图书馆抄本，一为中国国家图书馆藏抄本。两本互校，并无异文。

③ 蔡一、陈曼倩《清代〈语溪十二景〉考略》。

春到。相思不了。料此日京尘，染衣堆帽。萧瑟吟心，他乡分付随芳草。谁怜荒村径窈。除燕雀相亲，惠然来少。寄语鸥盟，只今鹤梦，独守山空月小。离情暗恼。念阿大朝回，近时昏晓。缥渺瀛台，但凭书问好。

忆帝京

久不得竹礀消息，书来云，赴荆南幕。

隋堤折柳歌南浦。屈指旧年春暮。芳草怨斜阳，晓月迟归路。匹马过芦沟，又上荆门去。　　料此日、吟情良苦。偿不了、孤灯风雨。万派江声，千层云片，任尔酹酒凭今古。白发盼行踪，莫断秋鸿羽。竹礀母老，故云。

《台城路》的写作时间无考，作该词的五年之前，吴贯勉曾在扬州见过曹竹礀，此时曹竹礀可能身在他乡，与吴贯勉分别已久，吴贯勉遂作该词寄托对曹竹礀的思念。“恒斋”即曹曰瑛，曹竹礀似与其交好，在吴铭道《与曹仲经酒间话旧》诗题下有一则小注云：“往与仲经会于曹大理渭符宅，宅近西苑太液池，同时刘寿阳庚起、孔洛阳振声皆久物故，而渭符亦新殁。”全诗如下：

蓬勃京雒尘，壮岁勤征骖。琼华岛边宅，邂逅尽一酣。
星散既东西，风飘而北南。推移及此日，二十年逾三。
各各成皓首，我尤颜可惭。当时酒间客，俱入鬼录参。
与君幸无咎，于野同人堪。虫鱼辨且晰，苍雅奇更探。
汲古集金石，征闻录剧谭。剪韭赤脚婢，学字添丁男。
溪水映竹屋，碧树如浮岚。而我侨君里，乡味鰕蚬甘。
庞公衡宇近，杵臼朋盍簪。犹喜黄公垆，卓此黄家潭。
愿似鸟剥啄，常品泉罂甔。时抚曲腰桑，好音癖所耽。
身潜谢扰攘，无闷夫何贪？①

吴铭道与曹仲经于“琼华岛边宅”邂逅，饮酒沉酣间，曾聊起当年旧

① 吴铭道《古雪山民诗后》，第 337 页。

事。注中“仲经”即曹仲经，后文即证“仲经”为竹磵之字。吴铭道与竹磵相识于曹曰瑛（渭符）宅中，也可见曹竹磵与曹曰瑛不仅相识，且有过交往。曹曰瑛死后，吴铭道与曹仲经酒间话旧，“当时酒间客，俱入鬼录参”。忆起先前与几位挚友的交往，感慨良多。

吴贯勉很久没有曹竹磵的消息，忽然收到曹竹磵寄来的书信，得知他已去湖北充人幕僚，这也是《忆帝京》所传达的情感。词末小注解释道：因曹竹磵母亲年事已高，所以作者才吟出“白发盼行踪，莫断秋鸿羽”的词句。

吴贯勉《减字木兰花》副题云：“得曹竹磵热河梦余诗，遂题其后。”全词录于下：

> 交深非偶。万里边河还聚首。梦好休猜。或我追寻得得来。　同心相感。幸有离情天不管。一饷周旋。犹恐哀笳搅客眠。

由该词副题知，吴贯勉收到曹竹磵寄来的热河梦余诗，遂于诗后题此《减字木兰花》。热河即今承德，在河北省，可见曹竹磵当时在热河。曹竹磵的几位友人曾多次在诗词中提到曹竹磵羁旅之情形时，流露颇多同情。

康熙拓本《华岳颂》，其中有徐用锡跋，提及曹竹磵：

> 按：拓本《华岳颂》为清康熙精拓本，剪裱装，一册四十六开。附有清徐用锡、张廷济的二则手跋。《华岳颂》又名“西岳华山庙碑”，额题“西岳华山神庙之碑”，是一名碑。此碑立于陕西华阴西岳庙内，乃北周武帝宇文邕为彰显其父宇文泰修复华岳庙之功而立，万纽于瑾撰文，赵文渊书，刻于北周天和二年十月十日。隶书，二十行，行五十五字；额篆书，二行，行四字。[①]

徐用锡跋云：

> 昔人谓书先须引八分章草入隶，字中发人意气，非直谓其体制也。盖书须腕竖锋立，此惟篆籀，八分章草笔锋直下，易见其入纸之迹。此

① 子午源《石墨留韵 古拓扬芬——海宁图书馆藏金石拓本四题》。

碑笔势绝类褚法，方圆互用，颖芒透纸，此学书之津梯也。余好金石遗迹，曹子竹涧有同癖，游秦中，尽拓其石刻归。丁亥春遇之邗江舟次，时銮舆驻高旻寺，冠裳交鹜，箫鼓沸阗。而余两人方狂呼剧论于此，颇称清事。今竹涧来，方卸装即索题，此风趣为不凡矣。用锡。

按：徐用锡（1657—1737），原名杏，字坛长，一字鲁南，号昼堂，江苏宿迁人。康熙四十八年（1709）进士，官至翰林院侍讲。精金石考证，工书法。卒于乾隆元年（1736）后，年八十余。

由此跋可知，曹竹磵酷嗜金石文字，与徐用锡有“同癖”。手跋中还记载了当时颇为重要的一件事：康熙四十六年，徐用锡与曹竹磵在邗江舟中相遇，恰值康熙南巡，“銮舆驻高旻寺”内，且见到了当时“冠裳交鹜、箫鼓沸阗”的盛景。正是此跋文与笔者后来在《圭美堂集》中发现的有关曹竹磵的诗作及跋语，才确定了曹竹磵的身份。

《圭美堂集》，徐用锡撰。是集诗十卷，文十六卷，乃其族子铎及门人周毓仑所校刊。用锡从学于李光地，作文以朴澹为长，生平书法颇工，集中《字学札记》二卷，皆自道其心得；其他题跋，亦辨论法帖手迹者居多。

《圭美堂集》卷六有《赠曹仲经》一诗云：

> 蹙缩流尘鬓发凋，为怜风格雅萧萧。
> 客囊每为文房罄，磊块时凭笑脸消。
> 隋岸争腾千鹢首，秦碑磅礴两牛腰。
> 搜奇旧事兼新赏，屈指唯君是久要。[①]

该诗颈联处有两行小注云：“丁亥春，遇仲经于维扬舟中，时上驻跸高旻寺，龙舟喧阗，士女拥岸，仲经邀赏其新拓陕碑两箱，致为佳事。”

此小注与上文所引徐用锡在《华岳颂》上的跋文至少有四点相合：

第一，时间相合：康熙四十六年丁亥春。

第二，地点相合：邗江舟中。

① 徐用锡《圭美堂集》卷6，第157页。

第三，事件相合：康熙皇帝驻跸高旻寺，两岸盛景非常。

第四，碑拓相合：徐用锡所跋《华岳颂》，即立于陕西华阴西岳庙内，与此诗小注中“仲经邀赏其新拓陕碑两箱”的“陕碑”相合。

由此四点可知，曹竹磵即诗题中的“曹仲经”，此小注与《华岳颂》上的跋文所叙乃同一件事。

另外，《圭美堂集》卷二十一有《唐李都尉墓志铭跋》云：

> 吾友曹子竹涧以事至秦中，属其大吏洁楮墨尽榻其碑版归笥，果然与余相遇于维扬之宝塔湾，舣舟出赏，丐得此本，喜不自胜。是时銮舆驻高旻寺，龙舸竞渡，箫鼓喧阗，冠裳交骛，士女如云，而余两人乃狂呼剧论于此。予方落拓无聊，宜藉以消长日，而曹子正从贵人游，亦作此不近人情事，其风趣为不凡矣。归而割缀成帙，因识之简端。①

此跋文与《华岳颂》上徐用锡跋文、《赠曹仲经》颈联小注合看，便可见其端倪。《华岳颂》“游秦中，尽拓其石刻归”，《唐李都尉墓志铭跋》中“吾友曹子竹涧以事至秦中，属其大吏洁楮墨尽榻其碑版归笥”与《赠曹仲经》中“秦碑磅礴两牛腰”，均指曹竹磵至陕西拓回诸多碑文一事。由此也可证，曹竹磵即曹仲经（以上见图表 6.1）。

康熙四十六年春，在邗江舟中遇曹竹磵并与其畅谈碑拓一事，这让徐用锡记忆深刻，且在诗文、手跋中提此事凡三次。此跋文中“正从贵人游”，按此语境，此“贵人”似指曹寅。徐用锡与曹寅似无交往，抑或相交不深，他有一条札记提及曹寅：

> 司寇（伟按：徐乾学）家有宋版数十家唐诗，亦归项景元，曾托顾惟岳借之，项氏渠云：“已为曹子清攫去矣。”②

---

① 徐用锡《圭美堂集》卷 21，第 296 页。

② 徐用锡《圭美堂集》卷 20。周汝昌《红楼梦新证》：“又徐用仪《圭美堂集》卷二十言徐乾学有宋版数十家唐诗，后为曹寅所得。疑曹氏早聚唐集，至刊《全唐诗》，其意殆亦曹寅启之，康熙特以名义条件为助耳。”按：徐用仪是晚清人，徐用锡乃清中期人，周先生错将徐用仪认作《圭美堂集》著者。周汝昌《红楼梦新证（增订本）》，第 361 页。

图表 6.1　几种清代文献中的“曹竹磵（澗）”

《圭美堂集》卷二三

書義門先生頫上黄庭跋後

友人曹曰瑚仲經亦物色得之少次於左在余本上余不忍奪其好今問之脫手贈他人矣第識之者少故得之為易

《圭美堂集》卷六

贈曹仲經

廢縮流塵鬢髮凋為憐風格雅蕭蕭客囊每為文房罄磊塊時憑笑臉消隋岸爭騰千鷁首秦碑磅礴兩牛腰（丁亥春過仲經於維揚舟中時　上駐蹕高旻寺龍舟喧闐士女擁岸仲經邀賞其新搨陝碑兩箱致為佳事）搜奇舊事兼新賞屈指唯君是久要

《楝亭诗钞》卷六

和竹磵姪上巳韻

上日宜稱巳（謂巳）春來三月三老拋修禊筆句合麗人簪幞井桃花水穿街賣薺籃紅橋正泥濘游騎莫驂驔

《楝亭诗钞别集》卷四

賦得桃花紅近竹林邊和竹澗姪韻

過時濃笑趣春深睍睆黄鸝坐碧陰自遣湘煙拂眉黛不教楚女識愁心盬分鬢影當壚酒清並凌雲對月琴莫趁天寒怨輕薄東風斟酌白頭吟

《圭美堂集》卷二一

唐李都尉墓誌銘跋

吾友曹子竹澗以事至秦中屬其大吏潔楮墨盡搨其碑版歸苘果然與余相遇於維揚之寶塔灣艤舟出賞焉得此本喜不自勝是時鑾輿駐高旻寺龍舸競渡簫鼓喧闐冠裳交鶩士女如雲而余兩人乃狂呼劇論於此千方落拓無聊宜藉以消長日而曹子正從貴人遊亦作此不近人情事其風趣為不凡矣歸而劖綴成帙因識之簡端

徐用锡跋《华岳颂》拓本

昔人謂書先須引八分章草入隸字中發人意氣非直謂其體制也蓋書須腕竪鋒立毋惟篆籀八分章草筆鋒直下易見其入紙之迹此碑筆勢絕類褚法方圓互用穎芒透紙此學書之津梯也余好金石遺蹟曹子竹澗有同癖遊秦中盡拓其石刻歸丁亥春還之邗江舟次時鑾輿駐高旻寺冠裳交鶩簫鼓沸闐而余兩人方狂呼劇論於此頗稱清事今竹澗來方卸裝即索題此風趣為不凡矣　用錫

项景元乃当时的大盐商，徐乾学家中藏有宋版数十家唐诗，后来流传到项景元之手，曹寅借职务之便，遂从盐商项景元处将这宋版唐诗攫去，周汝昌先生曾据此推断刊刻《全唐诗》实乃曹寅发起，康熙只不过是“以名义条件为助”罢了。[①] 从这段札记来看，徐用锡与曹寅似无深交，反观徐用锡《唐李都尉墓志铭跋》中“而曹子正从贵人游”，以“贵人”称呼曹寅，很符合曹寅当时的身份。

徐用锡有《书义门先生颍上黄庭跋后》云：

> ……友人曹曰瑚仲经亦物色得之，少次于左，在余本上，余不忍夺其好，今问之，脱手赠他人矣。第识之者少，故得之为易。[②]

至此，我们可以得出结论，曹竹磵（涧）即曹仲经，也就是曹曰瑚。

也许还会有如下疑问：何以见得曹寅诗作中的“竹磵侄”即是吴贯勉、徐用锡等人在诗文中提到的“曹竹磵”（即曹曰瑚）呢？下面从两人所处的时代、交友圈等几个方面再做考察。

其一，曹曰瑚所处时代与曹寅有重合。从现有材料来看，曹寅有称其为“侄”的可能。

其二，曹曰瑚、曹寅二人交友圈多重合。曹曰瑚与曹寅交往圈里的很多人（如曹曰瑛、吴贯勉等）有过交往。曹曰瑚是嘉兴人，曹曰瑛为安徽人，二曹非同乡人，二人名字上似乎有联系，此二曹之关系还有待进一步查考。但有一点是肯定的，二人处于同时代，从诗作来看，二人年龄相差应该不是很大，既然曹寅呼曹曰瑛为“渭符侄”，称曹曰瑚为“竹磵侄”也就顺理成章了。

其三，曹曰瑚曾在扬州待过一段时间。据胡绍棠先生考证，《和竹磵侄上巳韵》作于扬州，作此诗的时间为康熙四十八年三月，吴贯勉《台城路》中“五年前在扬州见”，徐用锡的题跋和《赠曹仲经》的小注说在邗江舟中与曹曰瑚相遇，又证明在康熙四十六年，曹曰瑚曾在扬州，当时他正随“贵

① 周汝昌《红楼梦新证（增订本）》，第 361 页。
② 徐用锡《圭美堂集》卷 23，第 310 页。

人”（此“贵人”应即曹寅）游。

曹寅《和竹磵侄上巳韵》中叮嘱说“游骑莫骖驔”，吴贯勉词作小注中称“久不得竹磵消息，书来云，赴荆南幕”及“得曹竹磵热河梦余诗”，徐用锡也说“廿年征雁稻粱迟”，由此也可见曹曰瑚多羁旅生活，此亦可证“竹磵侄”即曹曰瑚。由此，我们可以确定曹竹磵即曹曰瑚。他酷嗜金石，因此与当时精金石考证、工书法的徐用锡交为挚友。这也为进一步考察曹竹磵其人其事提供了宝贵的线索。

关于曹竹磵的籍贯，同时代的文人曾多次提到，如汪文柏《访曹竹涧得读梦砚斋诗草二首》第二首诗末小注说：“秀州冷仙亭竹涧故乡也，今馆金鳌桥下。”[①]《济州金石志》引州《志》云：“曹曰瑚，嘉兴人，朱竹垞先生弟子。”[②]何焯《义门先生集》中有《与曹仲经书》一文与其谈论碑帖，题下有小注一则：“名曰瑚，竹垞先生门人，《曝书亭集》屡为跋金石刻本。”[③]检《曝书亭集》，有《吴大安寺铁香炉题名跋》《唐郎官石柱题名跋》《北齐少林寺碑跋》《唐骑都尉李君碑跋》等跋文提及曹曰瑚其人，朱彝尊自称：“……曹生名曰瑚，字仲经，俱受业予之门。”[④]可见，曹曰瑚确为朱彝尊之门生。又说：“曹生曰瑚，好集金石文字，从上元灯市购得铁香炉识十纸以示余。”[⑤]曹曰瑚“好集金石文字”已广为人知。另，《皇清书史》卷十二云：“曹曰瑚，字仲经，秀水人，嗜金石，工书，法米。竹垞检讨之高足弟子也(《木叶厰法书记》)。”[⑥]诸多材料证明，曹曰瑚是浙江嘉兴秀水人，为朱彝尊门生。

曹寅与曹竹磵的关系很密切，《和竹磵侄上巳韵》中劝其“游骑莫骖驔”，《赋得桃花红近竹林边和竹涧侄韵》劝其“莫趁天寒怨轻薄，东风斟酌白头吟”。这两首和诗中，曹寅俨然一副长辈口气。由《赋得桃花红近竹林边和竹涧侄韵》一诗，可见曹竹磵与妻子似有不和，末句化用卓文君吟《白

① 汪文柏《柯庭余习》卷 5，第 52 页。
② 徐宗幹辑《济州金石志》卷 2，叶 64a。
③ 何焯《义门先生集》卷 3，第 20 页。
④ 朱彝尊《曝书亭集》卷 49，第 211 页。
⑤ 朱彝尊《曝书亭集》卷 46，第 176 页。
⑥ 李放纂辑《皇清书史》，第 391 页。

头吟》的典故，以劝曹竹磵要斟酌妻子的话，莫要“怨轻薄”。曹竹磵在给曹寅的诗作中，似乎曾透露出自家的事情，或曹寅本来就了解曹竹磵的情况，才会在和诗中劝导他，写出这样的诗句。

经笔者初步统计，在徐用锡《圭美堂集》中发现有关曹竹磵的诗作共七首，提到曹竹磵的跋文有八篇。为进一步考察曹竹磵生平事迹，有必要考察一下《圭美堂集》中提及竹磵的诗作、跋文。

曹竹磵一生多羁旅，漂泊不定，随人行止，跟他交好的几个朋友曾在诗作中多次提到此事。“羁心耿若悸，怀友重脉脉……苔积少飞尘，怅没君行迹”（《曹仲经久不至秋夜柬寄》），[①]“苦乐非形迹，行藏共岁时……闻君北行役，春酒荜门期”（《寄曹竹涧》），[②]还有上文提及的吴贯勉《忆帝京》《减字木兰花》都提到竹磵羁旅在外的情况。且在《忆帝京》中因“竹磵母老”，吴贯勉云：“白发盼行踪，莫断秋鸿羽。”徐用锡在《重阳后三日曹仲经北行见访》一诗中也有“帆落残阳沙岸迴，随人行止更凄其”[③]句，对曹竹磵流露颇多同情。

曹竹磵与徐用锡相交甚深。两人一相逢便讨论金石文字，乐在其中，不在一处时，虽相隔两地也千里传信，和诗互答。徐用锡《重阳后三日曹仲经北行见访》《戊申春日得曹竹涧信》[④]等诗作可参看。

关于曹竹磵的生卒年还有待进一步考察，《圭美堂集》有一首《题曹仲经小照》：

> 世情厌老莫传真，荷叶杨枝幸共新。
> 记取初逢花映肉，于今俱是白头人。[⑤]

《圭美堂集》按诗体编排，各编大致编年。该诗往前数十首有《丙午春日偶书》一诗，丙午即雍正四年（1726），往后数第三首为《丁未春书意》，

---

① 徐用锡《圭美堂集》卷 1，第 100 页。
② 徐用锡《圭美堂集》卷 5，第 140 页。
③ 徐用锡《圭美堂集》卷 7，第 162 页。
④ 徐用锡《圭美堂集》卷 5，第 142 页。
⑤ 徐用锡《圭美堂集》卷 10，第 202 页。

丁未即雍正五年，由此推出该诗写作时间盖为雍正四年。徐用锡作此诗时，曹竹礀与徐用锡已“俱是白头人”。

另外，《圭美堂集》卷五有《挽曹竹涧》：

倭指三年别，笺函时与通。
金兰无替日，翠柏折盲风。
嗜古看留赠，自今悲断鸿。
絮鸡愧长物，犹是一诗筒。①

该诗前有《癸丑立春前一日中夜》，癸丑即雍正十一年，该诗后面两首分别为《七月李侍讲穆亭浙学差满枉过喜赠》《丁巳四月十五日将晓梦移植盆梅》，丁巳即乾隆二年，由此推出曹竹礀卒年应在雍正十一年至乾隆二年之间。由朋友告知，言乾隆拓本《唐大达法师玄秘塔碑》刻曹仲经观款，由此似可将曹竹礀卒年缩小为乾隆元年至乾隆二年之间，但笔者未见该拓本，俟考。

曹竹礀酷嗜金石文字，常亲自模拓碑文，与当时书法名家徐用锡经常往来，且常向徐用锡索题。对于二人此“同癖”，我们可在徐用锡《圭美堂集》的跋文中窥见二人交往之细枝末节。现将跋文中提及曹竹礀处，节录于下：

瘗鹤铭真本跋②

吾友嘉兴曹仲经最为翰墨中好事，游于镇江，陈守乘江水冬涸，自至崩石处，在厓下有仰而拓者，墨汁洒面上，分赠此本完字尚有神采……

跋曹仲经未断圣教序③

圣教体势最备，学行狎书者，自稧帖外皆宗书视之。初断已难得，况此未断乎？虽神采以做旧磨擦而灭，寻其锋颖未退处，以求其用笔，则所得为不浅矣。

---

① 徐用锡《圭美堂集》卷 5，第 149 页。
② 徐用锡《圭美堂集》卷 21，第 294 页。
③ 徐用锡《圭美堂集》卷 22，第 299 页。

项书存家藏兰亭神龙本　又跋[①]

唐宋人双钩本，多人不能别，遂以为真，无足异者，项刻余未之见。吾友曹仲经曾占弟子籍于竹垞先生，今年秋寄书索之，仲经允拓示而未至，未知视此何如也。

在之前的材料中，研究者似乎只知道曹竹磵工诗，善填词，上面所列这些材料，我们又知道此人酷嗜金石文字，并与书法家徐用锡经常唱和通信，且碑帖多向朱彝尊、徐用锡索跋。

曹竹磵并非曹荃（宣）之子，他与曹寅的关系也就像《红楼梦》中贾雨村与贾家的关系，只不过是因当时曹家煊赫，曹竹磵似乎也因此与曹家联了宗。经过这一番考证之后，现在我们再来审视曹竹磵，发现他并不符合批书者脂砚斋的身份，由《诗经·卫风·考槃》中“考槃在涧，硕人之宽”一句进而推考出“竹磵名硕，乃曹荃（宣）之子，或为脂砚、畸笏”，不能成立。

至此，拟曹竹磵小传如下：

竹磵，即曹曰瑚，字仲经，“竹磵（涧）”或为其号，浙江嘉兴人，朱彝尊弟子。生年无考，卒年在雍正十一年至乾隆二年之间。与曹寅、徐用锡、吴贯勉等人交往甚密。工诗，曹寅有《和竹磵侄上巳韵》《赋得桃花红近竹林边和竹涧侄韵》两首和诗。填词一绝，与吴贯勉常有诗词往来。酷嗜金石文字，常与徐用锡交谈碑拓。有《大珠山房稿》，[②]惜未见。

---

① 徐用锡《圭美堂集》卷 22，第 302 页。
② 许瑶光修、吴仰贤撰《嘉兴府志》卷 81。

附录6.1

曹曰瑚补考

清嘉庆、光绪年间《嘉兴县志》有曹曰瑚小传，记其人较详，将其逐录于下：

嘉庆《嘉兴县志》卷二十五

> 曹曰瑚，字仲经，县人，国子生，好集金石文字，搜访殆遍，得佳者则装界为册，请朱彝尊跋其尾，时以拓本贻朱。见《曝书亭集》。尝自江南至京师，如瘗鹤铭、云麾将军碑之类，皆手拓以归，自赋诗纪之。见《皇朝风雅》。有《大珠山房集》。

光绪《嘉兴县志》卷二十五

> 曹曰瑚，字仲经，国子生，好集金石文字，搜访得佳者则装界为册，请朱彝尊跋其尾。亦时以拓本贻朱，尝自江南至京师，如瘗鹤铭、云麾将军碑之类，皆手拓以归，赋诗纪之。《司志》。

由以上两则材料看，光绪年间修志时对嘉庆《嘉兴县志》作了删节，将“有《大珠山房集》”并“见《曝书亭集》”“见《皇朝风雅》”两条注文悉皆删去，删去的这三条材料恰恰是考察曹曰瑚其人至为重要的史料。

这篇小传中反映出的曹曰瑚“嗜金石文字”、与朱彝尊之往来等特点皆与之前所见“竹礀”史料相合，也可作曹竹礀即曹曰瑚的旁证。

另，《石庐金石书志》一书著录《义门题跋一卷》，有解题云：

> 内府颜鲁公多宝塔、宋徽宗楼观帖、苏东坡宸奎阁碑、松涛居苏米帖四篇，并附与曹仲经书九通。中均讨论金石碑版。

又检何焯《义门题跋》，将有关曹曰瑚资料辑录如下：

《旧本圣教序》：

此碑未断之本已不多得，特拓手非良工，且偶不得佳墨，遂稍灭其风神，不能如董宗伯所云：字画如刀截者尔。然吾侪穷士学书有此亦已足矣。仲经先生尚珍重之。

《吴天玺纪功碑》末句云：

康熙庚子秋为仲经先生书。何焯。

《卫景武公碑》末句云：

康熙后壬寅夏首仲经先生属何焯题。

《松涛庵苏米三帖》：

苏氏新岁购砚二石，皆在嘉兴松涛庵壁间，为高楼所障，曹竹涧白昼秉烛以入，手拓数纸，分遗同嗜，新岁帖予亦幸获焉。是金石文字中一佳话，并记之。康熙戊戌四月。

另有何焯《与曹仲经书》九通，不具录。[①]《石庐金石书志》中的《义门题跋一卷》解题，则将《松涛庵苏米三帖》《旧本圣教序》《天玺纪功碑》《卫景武公碑》及《与曹仲经书》九通贯穿了起来。《松涛庵苏米三帖》之“曹竹涧”，《旧本圣教序》《天玺纪功碑》《卫景武公碑》之“仲经先生”，又《与曹仲经书》之“曹仲经”也可以关联证明。再佐之以上文所引嘉庆、光绪《嘉兴县志》小传所云“曹曰瑚，字仲经”，基于以上材料，《楝亭集》中的“竹磵侄”即嘉兴曹曰瑚无疑。

另，吴贯勉《秋屏词钞》卷二前的校订名单，有“江都程庭　且硕　嘉兴曹曰瑚　茗园　阅定”字样，知曹曰瑚参与校阅《秋屏词钞》。吴贯勉有《应天长·怀茗园》，为思念曹曰瑚之作。

---

① 何焯《义门先生集》卷 8、3，第 221、222、224、227、174 页。

图表 6.2　曹曰瑚书法：跋明拓本《兰亭序》(局部)①

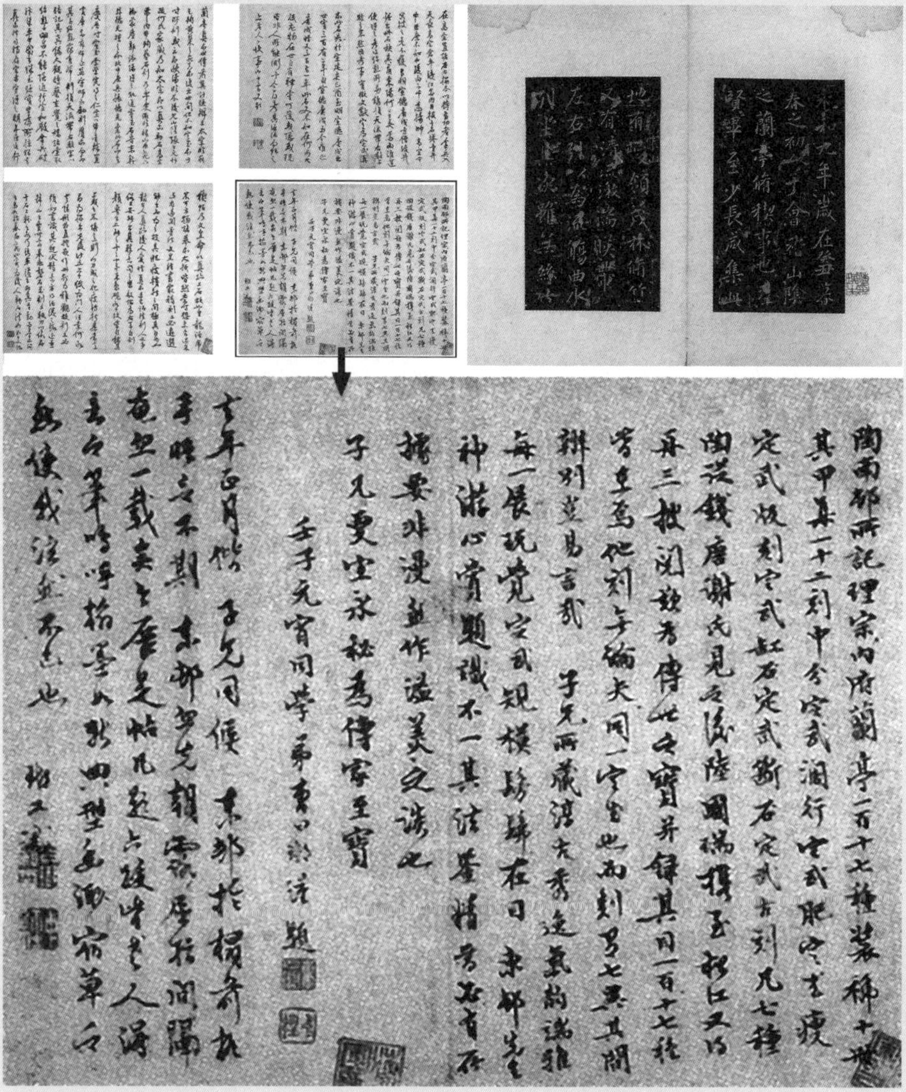

① 北京卓德 2012 年周年庆艺术品拍卖会：古籍善本，第 2304 件。承张全海提供线索并惠示图录照片。

附记：本部分内容曾以《曹寅“竹涧侄”考》为题发表于十年前。这十年间，互联网积累了大量文史资料，对曹竹硐其人的了解更为丰富。董理书稿重新查检材料时，见另有两文专考曹竹硐生平事迹：周小英《清代秀州碑帖家曹仲经》(2017)、陈郁《曹仲经其人其事》(2020)，供读者参考。

三、曹頫生平考略

否定脂砚为曹竹硐说，并不意味着否定先前探索脂砚斋身份的思考路径，综合审视脂砚斋批语，无论从时间、历史事件，还是从其中透露的情感来看，其人与作者关系紧密，尤其是将畸笏批语重新拉回脂砚斋研究的视野，脂砚斋出自曹家，应是多数研究者的共识。因脂砚斋批语曾提及拳谱、受过自家仆人阿谀奉承之骗等批，可见批者并非女性，脂砚湘云说缺乏凿实证据。余下的王利器、赵冈两个旧说，脂砚若为曹顒遗腹子，其年龄应与曹雪芹仿佛，壬午以后自称老朽，时序上说不过去。王利器的脂砚曹頫说，与吴世昌脂砚为曹頫四子说，在本章第二部分将脂砚竹硐说截断后，其实是相通的。

曹頫是曹荃第四子，后因曹顒去世，曹寅子嗣无继，在康熙主持之下遂将其过继给曹寅，命承其嗣。一说为曹雪芹生父，一说为叔父。无论二人是父子关系，还是叔侄关系，自曹顒去世之后，抚养雪芹之人都理应是曹頫。除曹頫对曹雪芹幼年有着极为重要的影响外，学界大都认为批书人畸笏叟即曹頫，曾参与过《红楼梦》的评点工作，几成共识。因此，红学研究中对曹頫生平的研究也格外重视。

由于曹頫身后留下的史料较少，有关曹頫研究的课题中，诸如其生卒年、早年行履、获罪原因、晚年境遇等问题无不存在争议。由于近年来发掘出不少曹家史料，每每一条新材料的出现，便会“牵一发而动全身”，对某些问题不得不重新进行思考。曹頫早年事迹尚是模糊地带，学界少有专文论及，只朱淡文在《曹頫小考》中专列“青年时代的曹頫”一节考订其行迹，此外谈及这个话题的论说多散落在零散篇章中。近来又有《曹頫生年考》《王竹村曾为曹頫蒙师考》等文章问世，也牵涉曹頫生平的梳理研究。本文题目中的“早年”，笔者将其限定在康熙五十四年三月初六曹頫接任江宁织造之前，是为本节所考曹頫行履的时间范围。

关于曹頫的早年行迹，多年来一直存在争议，大致有两种观点：

一是以冯其庸为代表的，曹頫从小一直到接任江宁织造，基本都是在江宁度过，是由曹寅“抚养长大”的。持相似观点的另有胡适、王利器、朱淡文、徐恭时。[①] 二是以吴世昌为代表的，曹頫在北京稍稍长大后方南下，[②]持相似观点的另有崔川荣、兰良永。第二种观点，由于曹頫南下时间的界定不一，又有诸多说法。

为便于讨论，对代表以上两种观点的学说概述如下。

1980 年 7 月，冯其庸《曹雪芹家世新考》出版，其第五章《人物考》中说：“曹頫给康熙的奏折里自己说：‘奴才自幼蒙故父曹寅带在江南抚养长大’，可见曹頫从小一直到他接任江宁织造之职，基本上都是在江宁即现在的南京，并且一直是由曹寅‘抚养长大’的。”[③]

1986 年 10 月，徐恭时发表《楝花满地西堂闭（上）——曹頫史实新探》，文中称：“頫生之际，其父曹宣在京中内务府供职司库，家居东城贡院附近。为何要把出生不久的小儿子让胞兄带到江南去抚养呢？”可见，徐先生也如冯先生一样，认为曹頫刚出生不久即到南方为曹寅抚养。

次年，朱淡文《曹頫小考》发表，称：“曹頫由曹寅抚养的时间，往早说，可能在康熙三十六年曹宣随军北征噶尔旦或三十八年初曹宣奉旨南下之时。当时曹宣母孙氏一品太夫人还健在，随曹寅生活于江宁织造署，抚养嫡孙自属可能。”文末所附《曹頫生平简表》列“康熙四十四年前”一栏对应曹頫之行略云：“为曹寅所抚养，生活于江宁织造府。”该文不但全面研究了曹頫的一生，而且就曹頫南下的时间作出了合理的推断。

---

① 胡适认为曹頫是曹寅之子，推考上下文，揣度其意，既以曹頫为曹寅子，曹頫幼时自当随曹寅在江南。王利器认为：“曹頫又在康熙五十四年七月十六日，覆奏《家务家产折》中自称：‘奴才自幼蒙故父曹寅带在江南抚养长大。’以致他——曹頫在批《红楼梦》时，随时引起了‘批者’与‘作者’、‘余二人’在过去一段生活的无限回忆，尤其是在‘三四岁时已得’其姊‘手引口传’。”王利器《马氏遗腹子·曹天祐·曹霑》。

② “宣卒后即由寅照顾他的孩子，其中之一即曹頫。”可见吴世昌认为曹頫南下在曹宣卒后。吴世昌《红楼梦探源》，第 190 页。

③ 冯其庸《曹雪芹家世新考》，第 130 页。

以上观点，后多有附和者，与三位先生论说大致相合。

2003年初，崔川荣发表《镇江江上打渔船——也谈畸笏即曹頫化名》，该文结合《楝亭集》、相关奏折及畸笏叟批语，对曹頫与扬州的关系作了深入研究。文中注释⑨称："曹頫至江南的时间应在康熙四十五年二月十八日。此一时间由《曹家档案史料》第115折和第32折推知。"[①]崔先生为考察有关曹頫行踪的史料，先划定了一个时间范围，即曹颙上京当差（1709）及尚未回南（1711）的时间。据曹寅康熙四十八年春末所作《使院种竹》其三"呼儿扫绿苔"，认为此"儿"即曹頫（曹颙已赴京），康熙四十四年《不寐》中"呼儿断其理"中"儿"即曹颙（曹頫尚未回南）。[②]通过考察曹寅之行踪（据奏折第115折、第32折），认为曹頫于康熙四十五年二月十八日回江宁。

2012年，兰良永发表《王竹村曾为曹頫蒙师考——兼论〈陈鹏年传〉所载"织造幼子"并非曹頫》，该文通过考察新发现的王南村诗文集及《后陶遗稿》，对王竹村与曹寅的交游及其赴京北试等事迹做了详细考证，又据曹寅《思仲轩诗》及王竹村的行踪，认为曹頫南下时间应在其父曹荃去世之后，进而断定曹頫南下时间为康熙四十八年。在此基础上称"曹頫既于康熙四十八年南下，当然不会在康熙四十四年现身于江宁织造府"，因此，《陈鹏年传》中所载"织造幼子"并非曹頫。

以上所述第一种观点，其依据主要是曹頫奏折里的一句话——"奴才自幼蒙故父曹寅带在江南抚养长大"，[③]认为"自幼"即刚下生不久，并从寅、荃兄弟二人关系及母亲孙氏等角度作过一番"理证"，分析了曹頫出生不久即为曹寅抚养的合理性。第二种观点认为"幼"字是一个宽泛的时间段。因此，从现有材料中找寻曹頫最早南下的证据，以此作为曹寅开始"抚养"曹頫的时间。

---

① 另见崔川荣《曹雪芹最后十年考》。

② 《不寐》一诗见于《楝亭集·楝亭诗钞》卷4，《楝亭诗钞》大致编年，据《不寐》前后诗作，知该诗并非作于康熙四十四年，而是康熙四十三年。

③ 故宫博物院明清档案部编《关于江宁织造曹家档案史料》，第131页。

（一）“我家主人所养曹荃的诸子”

曹荃的几个儿子年幼时都曾随曹寅在江南待过一段时间。如曹寅《蝶恋花·纳凉西轩追和迦陵》其五云：“六月西轩无暑气，晚塾儿归，列坐谈经义。”该词题作“追和迦陵”，写作时间当在陈维崧去世（1682）之后，既能“谈经义”，年岁又不能过小，所以有研究者便将此儿年龄断为七岁左右。以曹荃诸子之年齿核查，在康熙二十一年稍后能谈经义者，只有曹顺一人。可见，曹顺幼时曾在江南。又，曹寅《五月十一夜集西堂限韵》五首，其五云：“命儿读《豳风》，字字如珠圆。”康熙二十五年，已九岁的曹顺仍在曹寅身边。

又如《浣溪纱·丙寅重五戏作和令彰》其一云：“懒著朝衣爱早凉。笑看儿女竞新妆。花花艾艾过端阳。”其二云：“骥儿新戴虎头盔。”按该词作于康熙二十五年，据康熙二十九年四月初四《总管内务府为曹顺等人捐纳监生事咨户部文》（以下称《咨文》）所记“曹頔，五岁”推算，[1]康熙二十五年曹頔出生，依清时风俗，在“百岁”这天，给孩子戴虎头帽穿虎头鞋。曹頔即“骥儿”之学名。曹頔为曹荃二子，年幼即在曹寅身边。按康熙四十五年正月二十八日曹寅离京，二月十八日至江宁，二月十九日至扬州。[2]曹寅《途次示侄骥》云：“执射吾家事，儿童慎挽强。熟娴身手妙，调服角筋良。”曹寅此次南下途中，有曹頔随行。

再如《楝亭诗钞》卷五，在《喜三侄颀能画长干为题四绝句》中赞赏二侄曹颀能画长干，该诗作于康熙四十六年，据《曹寅之子连生奏曹寅故后情形折》称“奴才堂兄曹颀来南……”[3]可知曹颀行三，生年应在曹頔、曹頫之间，即康熙二十六年前后。则曹寅作《喜三侄颀能画长干为题四绝句》时，曹颀已二十一岁，也在曹寅身边。

总上三例，皆可证曹顺、曹頔、曹颀幼年时都曾在曹寅身边待过。恰如康熙五十四年正月十二日，康熙差人问询曹荃诸子中哪个适合为曹寅承嗣

---

① 中国第一历史档案馆《新发现的一件曹雪芹家世档案史料》。
② 故宫博物院明清档案部编《关于江宁织造曹家档案史料》，第37页。
③ 故宫博物院明清档案部编《关于江宁织造曹家档案史料》，第103页。

时，其家人老汉所说 :“我家主人所养曹荃的诸子都好。”之前因曹荃卒年不明，又自康熙二十九年至康熙四十四年这段时间，不见曹荃诸子在曹寅身边的踪迹，因此研究多认为这条材料是说曹荃去世后之情形。[①] 自康熙十七年至康熙五十年，曹荃诸子在曹寅身边的踪迹详图表 6.5。

由此可见，家人老汉所说“我家主人所养曹荃的诸子都好”中的“诸子”，据我们上文考察，除曹頫以外，还有曹顺、曹頔、曹颀三人。康熙四十七年（1708）曹荃去世，当时最小的曹頫已十多岁，曹颀也已二十一岁。

（二）相关史料辨正

要充分理解曹頫“自幼蒙故父曹寅带在江南抚养长大”这句话的意思，还应着重考察原始史料。近些年，关于曹家史料，又有新发现 ：一是王葆心的《续汉口丛谈》，二是梦庵禅师的《同事摄诗集》。

《续汉口丛谈》虽是民国初所作，其所引“读陈沧洲虎邱诗序”的作者吕德芝（时素）则生活于康熙年间。按吕德芝，字时素，湖北黄冈人，有《晋起堂遗集》十二卷，孙殿起《贩书偶记》著录，清华大学图书馆有藏，笔者未见。其《书杜和尚事》文末有“康熙戊子，靖州人遇吾友皮孝廉日升……”云云，可推知吕德芝康熙时在世。[②] 柯愈春《清人诗文集总目提要》将吕德芝《晋起堂遗集》置于“生于康熙四十年至康熙四十四年”。[③] 英启等修《黄州府志》吕元音传附吕德芝小传 :“吕元音……从孙吕德芝，字时素，岁贡生，亦有文学，尝辑《黄冈续志》数卷，考校古迹颇多详核云。”[④] 考《国朝耆献类征初编》，在“疆臣十六　陈鹏年”条下《陈鹏年传》之前有张伯行、郑任钥所撰墓志铭，方苞所撰庙碑文，之后有袁枚所作传、李果作家传，故宋和似也是康熙年间人。

为便于讨论，现将这两条材料节录于下 :

> 车驾至江宁，驻跸织造府。一日，织造幼子嬉而过于庭，上以其无

① 张书才、高振田《新发现的曹雪芹家世档案史料初探》。
② 《说海》，王葆心编《虞初支志》甲编卷 1，第 2703 页。孙殿起《贩书偶记》，第 380 页。
③ 柯愈春《清人诗文集总目提要》，第 577 页。
④ 英启等修《黄州府志》，第 670、671 页。

知也，曰："儿知江宁有好官乎？"曰："知有陈鹏年。"时有致政大学士张英来朝，上于是久欲徵于国老之有知，以验孩提之无知……[1]（伟按：研究者引用这条材料时常不全引，今将漏句补引于此）（《国朝耆献类征初编·疆臣十六·陈鹏年传》）

时素读陈沧洲先生虎邱诗序云，先生守江宁日，值圣祖南巡幸苏，左右求贿不得，谗以行宫不敬，下狱议死，方待命，会织造曹公寅之子失名，后为盐运使，早卒。方八岁，捧一扇来献，上喜其慧，问地方事，以陈鹏年真清官对，因释其狱，命仍守苏州。[2]（《续汉口丛谈》）

对于这两则材料中的曹寅"幼子"是谁，或云曹颙，或云曹頫，莫衷一是。[3]从史源角度来看，以上两条材料虽同记一事，实则详略侧重不同。对于曹寅"幼子"的记述，宋和多摹状其态而重叙事，吕德芝则详其年纪、职事。盖此事当时流布已广，人多知晓，故宋和、吕德芝二人所记似各有所本。由"读陈沧洲虎邱诗序"，可知吕德芝虽然知道一点曹家事，但所知甚少，记载多舛误。《陈鹏年传》与"读陈沧洲虎邱诗序"中关于曹寅"幼子"史源似有差异。

值得注意的是，两份材料所记曹寅"幼子"有一个共同点，就是年幼。宋和《陈鹏年传》中记此子"嬉而过于庭"，后又说"孩提之无知"，吕德芝所记则更具体记其年"方八岁"。《红楼梦》第五回提到贾宝玉时也用"孩提"，[4]因而宝玉的年龄比较虚化。"方八岁"与"孩提"合符。

两条史料的相同之处应予以重视。康熙四十四年曹颙十七岁，应不会有

① 李桓辑《国朝耆献类征初编》，第 27 册，第 769 页。

② 王葆心《续汉口丛谈》卷 4，第 21、22 页。樊志宾《曹頫生年考》曾引此条。

③ 主此"幼子"是曹颙的，有周汝昌、赵冈、戴不凡、吴恩裕、张书才、兰良永等。分见《红楼梦新证》《康熙南巡与〈红楼梦〉》《红学评议·外篇》《曹雪芹丛考》《曹雪芹生父新考》《王竹村曾为曹頫蒙师考》；主"幼子"为曹頫的，有朱淡文（《曹頫小考》）、方晓伟（《"原不成器"的"曹公子"》）、樊志宾（《曹頫生年考》）诸先生。按而不断的，如徐恭时《寅宣子系似丝棼》中云："如果是曹颙，是年已十七岁。"

④ "那宝玉亦在孩提之间，况自天性所禀来的一片愚拙偏僻，视姊妹弟兄皆出一意，并无亲疏远近之别。"曹雪芹《红楼梦》，第 68 页。

“嬉而过于庭”之稚状，此“幼子”应即曹頫。因曹颙、曹頫都在江宁织造署中，由吕德芝所注“失名”“盐运使”来看，错将两人相混也是可能的。

按《咨文》称：“三格佐领下南巡图监画曹荃之子曹颙，情愿捐纳监生，二岁……”，推测曹颙生年在康熙二十八年，核康熙五十一年九月初四《曹寅之子连生奏曹寅故后情形折》中曹颙自称“奴才年当弱冠……”，按《咨文》所推，康熙五十一年，曹颙二十四岁。《礼记·曲礼上》：“二十曰弱，冠”，后称男子二十岁或二十几岁为弱冠。故《咨文》所记应属实。如此推算，康熙四十四年曹颙已经十七岁，我们很难想象即将弱冠的孩子在康熙面前能有“嬉而过于庭”这样的“无知”行为。

另外，康熙三十八年，曹寅《西轩》有：“苦难一事贻儿笑，上口清晨诵药书。”此“儿”是谁，无从详考。又，康熙四十三年，曹寅有《不寐》一诗云：“呼儿晰其理，嗫嚅难遽论。”康熙四十三年，曹颙仍未上京，此“儿”是曹頫还是曹颙，也无从辨析。崔川荣《镇江江上打渔船》将该诗系于康熙四十四年，其文称：“研究曹頫与扬州的关系，最好将年代划定在曹颙上京当差（1709）和尚未回南（1711）之时。在这三年里曹寅曾两次接任盐使。因曹颙不在身边，他便有可能携曹頫同往扬州。”康熙四十八年二月八日曹寅奏折云：“臣有一子，今年即令上京当差，送女同往，则臣男女之事毕矣。”可知曹颙赴京时间即在康熙四十八年二月八日以后，具体时间则不可详考，故无法以曹颙上京当差这一事件作为时间标志划定一个较为明晰的时间界限。另外，《楝亭诗钞》卷四中《不寐》一诗，按《楝亭诗钞》大致编年，核《不寐》前后诗作，知该诗当作于康熙四十三年。由此可知，曹寅作《不寐》时，曹颙尚未赴京，故诗中“呼儿晰其理”中“儿”是曹颙还是曹頫，遽难定论。

至于曹頫“自幼蒙故父曹寅带在江南抚养长大”始自何时，是否在曹寅《射堂柳已成行命儿辈习射作三捷句寄子猷》中所说的“儿辈”之列，更无从考定。

（三）康熙四十四年以后

因关乎曹頫的史料有限，我们只能从现有材料中略窥康熙四十四年以后曹頫的行迹。

梦庵禅师《同事摄诗集》有《曹公子甫十二龄天性醇淑不乐纷华因作俚语聊当劝戒》一诗，因未有确切史料可证此“曹公子”即曹頫，存此俟考。若樊志宾先生所考无误，此“曹公子”即曹頫，且该诗作于康熙四十六年，[①]则又为曹頫早年即随曹寅在南添一证。

康熙四十八年春夏之交，曹寅《使院种竹》云：“呼儿扫绿苔，随意列几凳。”同年又有《思仲轩诗》祭奠其弟曹荃，该诗中“为子护嘉荫，长王毋过时”句可与诗序中“盖有望于竹村，悲吾弟筠石焉尔”合看，是曹寅希望聘请王竹村给曹頫作蒙师。[②]康熙四十八年曹寅尚在扬州，故曹頫亦当在扬州。

此后，曹寅又有“犹子能先长，陈庭待大庖”重申此意。[③]又作诗勉励曹頫：“予仲多遗息，成材在四三。承家望犹子，努力作奇男。经义谈何易，程朱理必探。殷勤慰衰朽，素发满朝簪。”[④]

因当时曹頫年龄尚幼，要推测他到扬州的时间，先查考一下曹寅的行踪。康熙四十三年十月十三日，曹寅赴扬州到任办事。[⑤]康熙四十四年十月十二日盐差任满，于年底进京述职，次年二月十九日至扬州。[⑥]康熙四十六年六月初十，曾到仪真掣盐。[⑦]康熙四十八年春，曹寅又曾到扬州，赏梅吴氏园，过隐园，使院种竹。[⑧]至此，始见曹頫的影子。至于曹頫始到扬州的时间是在康熙四十三年、四十四年、四十六年，还是四十八年，只能待新材料了。

迟至康熙五十年，曹頫仍在曹寅身边，待王竹村试毕南返，欲继续随其读书。

康熙五十一年，曹頫似已离开江宁。康熙四十八年二月八日曹寅奏折

---

① 樊志宾《曹頫生年考》。
② 兰良永《王竹村曾为曹頫蒙师考》。
③《楝亭集·楝亭诗钞》卷7。
④《楝亭集·楝亭诗别集》卷4。
⑤ 故宫博物院明清档案部编《关于江宁织造曹家档案史料》，第23页。
⑥ 故宫博物院明清档案部编《关于江宁织造曹家档案史料》，第37页。
⑦《江宁织造曹寅奏报盐场情形折》：“窃臣于六月初十日已至仪真掣盐……”故宫博物院明清档案部编《关于江宁织造曹家档案史料》，第46页。
⑧《楝亭诗钞》卷6依次有《西城看梅吴氏园》《过隐园》《使院种竹》《思仲轩诗》诸诗，皆作于康熙四十八年春。

云："臣有一子，今年即令上京当差，送女同往，则臣男女之事毕矣。"[①]可见曹颙在四十八年就已上京当差（具体时间难以详考）。内务府总管赫奕等奏折中引见桑额、连生（曹颙），折云："原任物林达曹荃之子桑额、郎中曹寅之子连生，曾奉旨：着具奏引见。"同折中又云："奉旨：曹荃之子桑额，录取在宁寿宫茶房。钦此。"[②]（康熙五十年四月初十折）桑额、曹颙同被引见，却只"录取"桑额，只字未提曹颙。《曹寅之子连生奏曹寅故后情形折》云："奴才年当弱冠，正犬马效力之秋，又蒙皇恩怜念先臣止生奴才一人，俾携任所教养，岂意父子聚首之余，即有死生永别之惨，乃得送终视殓者，皆出圣主之赐也。"[③]考康熙四十九年之奏折，曹寅得病早已为康熙所知，而且康熙朱批反复叮咛，因怜曹寅身边无照料守护之人，身又染病，遂将曹颙遣回南方侍奉曹寅。曹颙"蒙皇恩"回江宁"父子聚首"的时间大概就在康熙五十年。康熙五十一年七月二十三日，曹寅因疟疾在扬州去世，七月十八日《苏州织造李煦奏曹寅病重代请赐药折》引曹寅之语："但我儿子年小，今若打发他求主子去，目下我身边又无看视之人。"[④]此子是曹颙无疑，五十一年曹寅病重时，曹頫盖已回京。

据李煦《与李鹾使》："曹舍甥病入膏肓，蒙至尊深为怜惜，乃福薄命殀，不可救药，竟于是月之初八日辞世。又荷皇上念其祖父勤劳，特命保举曹氏之子侄承继为嗣，以袭织造职任。不佞以曹頫对，随奉恩旨：准曹頫继曹寅嗣，袭江宁织造职。"[⑤]由此可知，曹颙康熙五十四年正月初八日卒。康熙出于对曹家的爱护，因担心迁移他的家产，将致破毁。于是，康熙便差人多方探问曹荃诸子中谁更适合承继曹寅的子嗣。经内务府总管询问李煦及曹颙家人老汉，皆言曹頫适合过继。遂将曹頫过继给曹寅，为其承嗣。[⑥]由《苏州织造李煦奏安排曹颙后事折》可知，康熙五十四年正月十八日曹頫在京。据《曹頫奏谢继任江宁织造折》，曹頫于康熙五十四年二月九日奏辞南

① 故宫博物院明清档案部编《关于江宁织造曹家档案史料》，第63页。
② 故宫博物院明清档案部编《关于江宁织造曹家档案史料》，第84页。
③ 故宫博物院明清档案部编《关于江宁织造曹家档案史料》，第103页。
④ 故宫博物院明清档案部编《关于江宁织造曹家档案史料》，第98页。
⑤ 李煦《与李鹾使》，《虚白斋尺牍笺注》，第394页。
⑥ 故宫博物院明清档案部编《关于江宁织造曹家档案史料》，第126页。

下，二月二十八日抵江宁，三月初六上任。[①]

曹頫于康熙四十四年前就已南下，还有如下理证：

其一，孙氏与曹寅生活在南方，因曹荃在外当差，抚养嫡孙乃人之常情；[②]其二，由家人老汉所说“我家主人所养曹荃的诸子”及曹頫之兄长曹顺、曹頔未满十岁既已回南，可见曹頫于十岁前南下并非异事；其三，曹頫既说“自幼蒙故父曹寅带在江南抚养长大”，曹顺、曹頔十岁以前都已在南方，为何曹荃单单将曹頫带在身边？曹頫康熙四十八年南下一说，证据不足。

图表 6.3 《国朝耆献类征初编》《续汉口丛谈》所记曹寅幼子

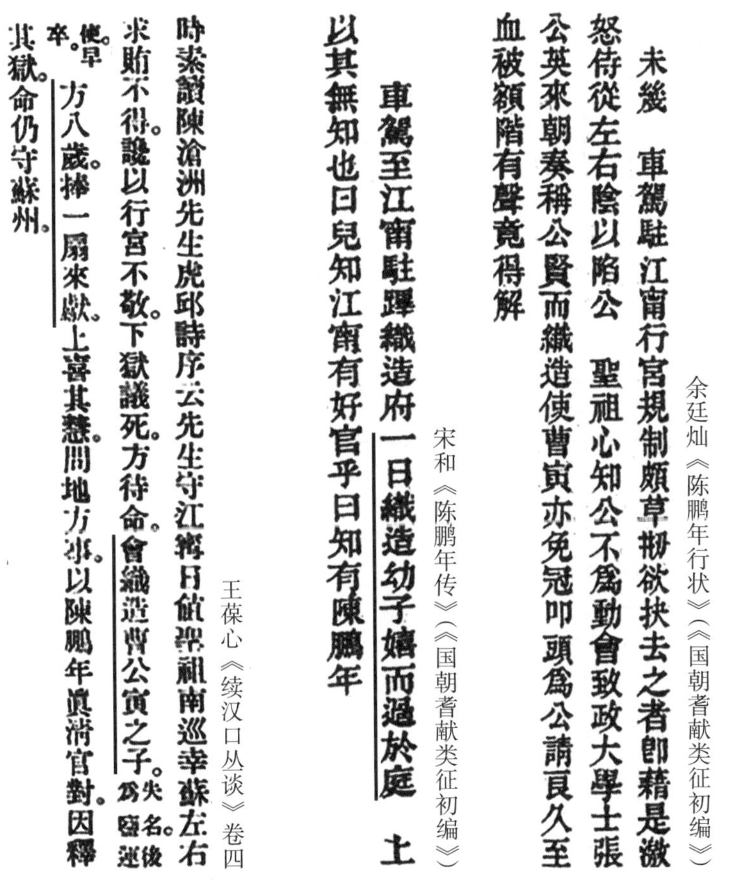
未幾　車駕駐江甯行宫規制頗草剏欲抶去之者卽藉是激怒侍從左右陰以陷公　聖祖心知公不爲動會致政大學士張公英來朝奏稱公賢而織造使曹寅亦免冠叩頭爲公請良久至血被額階有聲竟得解

余廷灿《陈鹏年行状》（《国朝耆献类征初编》）

車駕至江甯駐蹕織造府一日織造幼子嬉而過於庭　上以其無知也曰兒知江甯有好官乎曰知有陳鵬年

宋和《陈鹏年传》（《国朝耆献类征初编》）

時叅讃陳滄洲先生虎邱詩序云。先生守江甯日。值聖祖南巡幸蘇。左右求賄不得。讒以行宮不敬。下獄議死。方待命。會織造曹公寅之子。失名。後乃官通使。早卒。方八歲。捧一扇來獻。上喜其慧。問地方事。以陳鵬年眞淸官對。因釋其獄。命仍守蘇州。

王葆心《续汉口丛谈》卷四

① 故宫博物院明清档案部编《关于江宁织造曹家档案史料》，第128页。
② 朱淡文《曹頫小考》。

图表 6.4　曹寅子侄生年表

人物	父亲	生年	所据史料	备注
曹顺	曹荃	康熙十七年（1678）	《咨文》："三格佐领下苏州织造郎中曹寅之子曹顺，情愿捐纳监生，十三岁。"	推算
曹頔（骥儿）	曹荃	康熙二十五年	《咨文》："三格佐领下南巡图监画曹荃之子曹頔，情愿捐纳监生，五岁。"	推算
曹颀	曹荃	康熙二十六年前后	1.《曹寅之子连生奏曹寅故后情形折》："奴才堂兄曹颀来南……" 2.《喜三侄颀能画长干为题四绝句》	曹颀年龄在曹頔、曹颙之间
曹颙[③]	曹寅	康熙二十八年	1.《咨文》："三格佐领下南巡图监画曹荃之子曹颙，情愿捐纳监生，二岁……" 2.康熙五十一年九月初四《曹寅之子连生奏曹寅故后情形折》云："奴才年当弱冠……"	推算
曹頫	曹荃	康熙三十六年	吕德芝"读陈沧洲虎邱诗序"云："会织造曹公寅之子，方八岁……"	推算

图表 6.5　《楝亭集》涉及曹寅子侄早年情况简表

时间	诗文出处	人物	年龄
康熙二十一年（1682）之后	"六月西轩无暑气，晚塾**儿**归，列坐谈经义。"（《楝亭词钞》，《蝶恋花·纳凉西轩追和迦陵》其五）	曹顺	7岁左右
康熙二十五年	"懒着朝衣爱早凉，笑看**儿女**竞新妆。花花艾艾过端阳""**骥儿**新戴虎头盔"（《楝亭词钞别集》，《浣溪沙·丙寅重五戏作和令彰》其一、其二）	曹頔（骥儿）	1岁
康熙二十五年	"命**儿**读《豳风》，字字如珠圆。"（《楝亭诗钞》卷一，《五月十一夜集西堂限韵》其五）	曹顺	9岁

① 曹颙为曹寅子，曾在奏折中称"止生奴才一人"。

续表

时间	诗文出处	人物	年龄
康熙三十三年秋	其一："前年风雪尚蓬头，几日纤条竟绿稠。无限蜩螗齐沸了，又携**儿辈**踏晴秋。"其二："绳量马道不欹斜，雁字排栽筑水沙。世代暗伤弓力弱，交床侧坐捻翎花。"其三："画鼓咚咚簇羽繁，黄獐命舞亦轩轩。金城涕泪他年事，特写新诗寄芷园。"（《楝亭诗钞》卷三，《射堂柳已成行命儿辈习射作三捷句寄子猷》）	?	?
康熙三十八年春	"苦难一事贻**儿**笑，上口清晨诵药书。"（《楝亭诗钞》卷三，《西轩》）	?	?
康熙四十三年	"呼**儿**晰其理，嗫嚅难遽论"（《楝亭诗钞》卷四，《不寐》）	曹颙？/曹頫？	16岁/9岁
康熙四十五年	"执射吾家事，儿童慎挽强。熟娴身手妙，调服角筋良。"（《楝亭诗钞》卷五，《途次示侄骥》）	曹頔（骥儿）	21岁
康熙四十六年	《喜**三侄颀**能画长干为题四绝句》（《楝亭诗钞》卷五）	曹颀	21岁
康熙四十八年春夏之交	"呼**儿**扫绿苔，随意列几凳。"（《楝亭诗钞》卷六，《使院种竹》）	曹頫？（曹颙在京）	14岁
康熙四十八年	"为**子**护嘉荫，长王毋过时。"（《楝亭诗钞》卷六，《思仲轩诗》）	曹頫	14岁
康熙五十年	"**犹子**能先长，陈庭待大庖。"（《楝亭诗钞》卷七，《过朴镇有怀王允文北试不归》）"予仲多遗息，成材在**四**三。承家望**犹子**，努力作奇男。经义谈何易，程朱理必探。殷勤慰衰朽，素发满朝簪。"（《楝亭诗别集》卷四，《辛卯三月二十六日闻珍儿殇书此忍恸兼示四侄寄西轩诸友三首》其二）	曹頫	16岁
?	"忆花爱果大凡情，频念为**儿**绕树行。"（《楝亭诗别集》卷二，《青杏况梅有感之作三首》其一）	?	?

四、脂砚斋身份蠡测

清康熙五十一年（1712）曹寅去世，康熙皇帝命曹寅独子曹颙继任江宁织造，康熙五十四年正月初八，曹颙因病去世。康熙帝又命李煦保举曹寅子侄过继承嗣，且继续担任江宁织造。经李煦保举曹荃第四子曹頫，自康熙五十四年正月二十日得敕命，接任江宁织造，[①] 时年二十岁。

敕命云：

敕谕主事曹頫兹以织造事务，所需钱粮关系重大，以尔能干，特命前往江宁管理上供缎匹兼户工二部官缎织造事务。首在严管跟随，稽察匠役，使之恪遵法纪。岁造缎匹悉照颁去颜色式样织造，尔须督率机户人等，择选丝料用心织挽。务要经纬匀□阔长合式，花样精巧，颜色鲜明，毋得短窄松稀潦草。油粉应用钱粮，移文江南布政使司于正项银内动支。如机杼不敷，查数报部酌议。机房机杼损坏，机户不足，移文该抚酌量修理招补。如法成造春秋二次解进缎匹，每一次除二舡外，若携带商舡及余舡者其罪匪轻。如有积年奸蠹投充机户丝房，盘踞衙门，相为表里，致有透支压欠冒破等弊，须严加访革禁绝。年终将用过钱粮解过缎匹各数目造册报部销算。尔当精勤以尽职掌。此外地方事务不得干预。如或职业不修，所织缎匹违式，缎匹不堪，纵容下役扰害地方，国宪具存。尔其慎之。故敕

康熙五十四年正月二十二日[②]

曹頫接任江宁织造后，并没有很好地处理好一些事情。入雍正朝以后，雍正帝对曹頫的态度转变，甚至曾在批阅两淮巡盐御史噶尔泰奏折时，称其“原不是一个东西”“岂止平常”。雍正五年十一月，曹頫因被控“骚扰驿站”，罪至抄家，时年三十二岁。雍正十三年十月二十一日，乾隆登基后恩诏宽免八旗及内务府并五旗包衣人，其中提及：

雍正六年六月内，江宁织造员外郎曹頫等骚扰驿站案内，原任员外

① 刘广定《台湾藏内阁大库的三件曹寅曹頫档案》。
② 康熙帝御赐江宁织造曹頫敕书，台湾“中央研究院”历史语言研究所傅斯年图书馆藏（登录号：104535-001）。

郎曹頫名下分赔银四百四十三两二钱，交过银一百四十一两，尚未完银三百二两二钱。[①]

这是曹頫最后一次出现在官方档案，此后销声匿迹。此时的曹頫获宽免，四十岁，应还在世。

图表 6.6　康熙五十四年以后相关档案中记曹頫情况简表

时间	经历	出处
康熙五十四年正月二十二日	敕谕曹頫任江宁织造	敕命
二月初九	南下。二月二十八日抵江宁省署	《档案》113
三月初七	“奴才之嫂马氏，因现怀妊孕已及七月，恐长途劳顿，未得北上奔丧，将来倘幸而生男，则奴才之兄嗣有在矣。”	《档案》114
七月十六日	复奏家务家产	《档案》117
九月初一日	捐三千两银采买骆驼，以供军需	《档案》119
十一月初一日	奏报总督赫寿丁忧，百姓恐其离任，环请保留	《档案》120
十二月初一日	奏报二次稻不成实缘由	《档案》121
康熙五十五年二月初六	奉旨照看熊赐履之子	《档案》124
六月初三日	与李煦同挂普济堂御书匾额	《档案》128
六月十二日	回到江宁（此前有苏州之行）	《档案》127
六月十三日	奏御赐普济寺匾额代绅衿等谢恩	《档案》127
康熙五十七年正月初三日	内务府奏请将人参交曹頫售卖	《档案》134
六月初二日	曹頫上请安折，御批着曹頫奏闻地方事件	《档案》135
十二月十一日	内务府奏请将曹頫所售人参银两拨交内库	《档案》136

① 故宫博物院明清档案部编《关于江宁织造曹家档案史料》，第 201 页。

续表

时间	经历	出处
康熙五十九年二月初二日	曹頫上报雨水折，御批密折奏闻诸事	《档案》138
康熙六十年十月	重修天宁寺佛像	《档案》139
三月二十五日	内务府奏请严催曹頫送交售人参银两	《档案》142
雍正元年七月十三日	进洒金笺纸等物	《档案》143
雍正二年正月初七日	奏谢准允将织造补库分三年带完	《档案》144
四月初四日	奏贺征讨罗卜藏丹津成功	《档案》145
闰四月二十六日	奏售人参银两已交江南藩库	《档案》146
五月初六日	奏江南蝗灾情形、报米价	《档案》148
七月初三日	进白绫等物	《档案》151
/	上请安折，御批诸事听怡亲王教导	《档案》152
雍正三年九月三十日	内务府奏停曹頫承造马鞍撒袋等饰件	《档案》156
十一月初四日	奏报江南米价	《档案》157
十二月初四日	奏报江南米价	《档案》158
雍正四年三月初十日	内务府总管允禄等题曹頫等织造绸缎轻薄议处	《档案》159
雍正五年六月二十四日	内务府奏御用褂面落色请将曹頫罚俸一年	《档案》163
十二月初四日	上谕着勒索驿站织造交部严审	《档案》164
十二月十五日	上谕着隋赫德接管曹頫织造事务	《档案》167
十二月二十四日	上谕江南总督范时绎查封曹頫家产	《档案》168
雍正六年三月二十九日	内务府咨内阁请照例发给隋赫德织造敕书	《档案》171
/	隋赫德奏细查曹頫房产及家人情形：房屋13处，483间，地8处，19顷67亩，家人114口	《档案》172
七月初三日	隋赫德奏查织造衙门寄顿镀金狮子情形	《档案》173

续表

时间	经历	出处
雍正十三年十月二十一日	乾隆帝登基，恩诏宽免八旗及内务府并五旗包衣人，提及曹頫明下分赔银443两2钱，交过银141两，尚未完银302两2钱	《档案》180

**《档案》为《关于江宁织造曹家档案史料》的简称，序号为原书档案编号。

涉及作者或批者家世生平的批语大都集中于甲戌本、庚辰本眉批或侧批，经全面统计，共有37条（图表6.7）。前已考订，脂砚斋与畸笏叟实为同一人。这37条批语对考订批书人的情况，并不算太少，大致可以归为以下几类：

其一，批者讲述作者经历或自述经历；

其二，指出小说故事情节所本；

其三，揭示小说创作过程。

以上三类批语，尤其是批者讲述作者或自己经历，对考究批点者身份及生平颇为重要，试为逐层析分。

其一，其中两条批语与曹寅直接相关。一是第33条，小说写“一时只听自鸣钟已敲了四下”，有批语“按‘四下’乃寅正初刻，‘寅’此样写法，避讳也”，批者指出这样写是讳寅字。二是第10条，小说写秦可卿说“若应了那句‘树倒猢狲散’的俗语”，甲戌本有眉批：“‘树倒猢狲散’之语，全犹在耳，屈指三十五年矣。哀哉伤哉，宁不恸杀！”“树倒猢狲散”并非生僻语词，见于宋庞元英《谈薮》、元陶宗仪《南村辍耕录》等书，施氏称曹寅“拈佛语”，经查检Cbeta数据库，《了庵禅师语录》等书也有此句。更重要的是，施瑮《病中杂赋》其中一首诗的小注提及，曹寅曾对坐客专门说过“树倒猢狲散”：

棟子花开满院香，幽魂夜夜楝亭旁。
廿年树倒西堂闭，不待西州泪万行。

诗末有施氏自注云：“曹楝亭公时拈佛语对坐客云‘树倒猢狲散’，今忆斯言，车轮腹转，以瑮受公知最深也，楝亭、西堂皆署中斋名。”①

以曹寅卒年康熙五十一年计，三十五年后则为乾隆十二年，是批者先听到曹寅所说“树倒猢狲散”，再读到《红楼梦》秦可卿说的话，又想起以往旧事，写下这条批语。② 批者的确熟悉曹家，且是曹寅身边亲近之人。

其二，批语中时常回忆二三十年前事，与曹頫家世生平吻合。上引第10条“树倒猢狲散”批即回忆三十五年前旧事，再如第8、11、26、31条批语。以第26条署年壬午逆推，批者感慨三十年前事的时间起点应在康熙十年前后，此时曹頫37岁左右。除以上指出的批语时间、与曹寅名讳话语等与曹頫合符，批语还多次借小说描写的场景批点出自己的经历。第8条批语，小说写众人奉承宝玉写的字好，批者对此颇有感触：

> 余亦受过此骗，今阅至此，赧然一笑。此时有三十年前向余作此语之人在侧，观其形已皓首驼腰矣，乃使彼亦细听此数语，彼则潸然泣下，余亦为之败兴。

批者明显也曾有过小说中宝玉的经历，而且批书时，三十年前曾向他说过类似奉承话的人就在批者身边。

第21条，小说写：“忽见丫鬟来说：‘老爷叫宝玉。’宝玉听了，好似打了个焦雷，登时扫去兴头，脸上转了颜色……”，庚辰本有侧批“回思十二三时，亦曾有是病来。想时不再至，不禁泪下”，批者与宝玉经历近似，十二三岁时也曾有过同样的感受。

第11条，小说此处写王熙凤坐于抱厦，正思考协理宁国府的五件事，批者对此颇有感触，写下如下批语：“旧族后辈受此五病者颇多，余家更甚。三十年前事见书于三十年后，令余悲恸血泪盈面。”③ 明写出批者也属“旧族后辈”中的一员，且其家在这几件事上更为严重，也与曹家在康雍之际的情形近似。

其三，甲戌本第一回“甲午泪笔”批为脂砚斋绝笔。甲戌本第一回有

---

① 施瑮《随村先生遗集》卷6，第784页。
② 戴不凡《畸笏即曹頫辩》。樊志斌《曹雪芹家世文化研究》，第263页。
③ 庚辰本眉批作：“读五件事未完，余不禁失声大哭，三十年前作书人在何处耶？”

朱笔眉批：

> 能解者方有辛酸之泪，哭成此书。壬午除夕，书未成，芹为泪尽而逝。余尝哭芹，泪亦待尽。每意觅青埂峰再问石兄，余（奈）不遇獭（癞）头和尚何！怅怅！
>
> 今而后，惟愿造化主再出一芹一脂，是书何本（幸），余二人亦大快遂心于九泉矣。甲午八日泪笔。

甲午是乾隆三十九年（1774），脂砚斋感慨万端，写下这条纪念曹雪芹的绝笔批语。如果他是曹頫，以其生于康熙三十五年（1696）计，已七十八岁，也符合人的寿限，且年近古稀的曹頫与小说中畸笏叟在乾隆壬午（1762）、乙酉（1765）、丁亥（1767）的批语自称“朽物”“老朽”“老人”相合。

其四，批者与作者关系。裕瑞《枣窗闲笔》曾记“曾见抄本卷额，本本有其叔脂研斋之批语，引其当年事甚确”，且曾谈及“闻其所谓宝玉者，尚系指其叔辈某人，非自己写照也”，“余闻所称宝玉系雪芹叔辈”。[①] 裕瑞指称脂砚斋为作者曹雪芹之叔，小说中的贾宝玉也是摹写其叔辈，史源比较特殊。

小说写贾芸向其舅卜世仁借钱时两人有一段对话，庚辰本有侧批：“余二人亦不曾有是气。”这条批语借小说贾芸、卜世仁甥舅二人此处的对话情境，映照自己与作者的关系，其实是共同情境下产生的批点。甥舅、叔侄，裕瑞所记脂砚斋为作者曹雪芹叔叔，与“余二人亦不曾有是气”这条批点是相合的。

在谈及自己经历的批语中，第 13 条比较特殊，此处小说写贾宝玉三四岁时，在入学堂前，贾元春曾教他读书识字。批者读到这里大为感慨，有批语：“批书人领过此教，故批至此竟放声大哭，俺先姊仙逝太早，不然余何得为废人耶”，是批者也曾有宝玉同样的经历，但他姐姐去世太早，因此感慨自己现在的处境。在以往的研究中，王利器曾认为批语中提到的“先姊”很可能是曹寅嫁与纳尔苏的长女曹佳氏，且推论嫡福晋曹佳氏应卒于康熙

---

① 裕瑞《枣窗闲笔》，叶 7、9a、12a。

五十六年以后，雍正六年以前。[1] 后来研究者注意到，乾隆十四年，福彭曾遗表为其母曹佳氏请求复原封：

> 臣母曹氏未复原封，孝贤皇后大事，不与哭临。臣心隐痛，恳恩赏复。[2]

十四年二月，如福彭所请，复曹佳氏原封。乾隆十三年曹佳氏尚健在，[3] 并非如王利器此前对曹佳氏生年的推断。如此看来，“俺先姊仙逝太早，不然余何得为废人耶”，这条批语在曹佳氏身上，已不是那么妥帖。

据萧猛《永宪录续编》载“母为圣祖保母，二女皆为王妃”，是曹寅有两个女儿，均嫁王子，次女所嫁王子暂未明晰。[4] 且曹頫本为曹荃一支，经李煦择选，由康熙帝命其过继承嗣，批语所称“先姊”所指不明，曹荃所育女子情况不清。因此，曹佳氏享寿长短，并不能构成否定“脂砚曹頫说”的充分必要条件。

图表 6.7 《石头记》中涉家世生平的批语

序	回次	正文	涉家世生平批语
1	1	无材补天、幻形入世	八字便是作者一生惭恨（甲侧）
2		东鲁孔梅溪则题曰“风月宝鉴”	雪芹旧有《风月宝鉴》之书，乃其弟棠村序也。今棠村已逝，余睹新怀旧，故仍因之（甲眉）
3		谁解其中味	能解者方有辛酸之泪，哭成此书。壬午除夕，书未成，芹为泪尽而逝。余尝哭芹，泪亦待尽。每意觅青埂峰再问石兄，余（奈）不遇獭（癞）头和尚何！怅怅！今而后，惟愿造化主再出一芹一脂，是书何本（幸），余二人亦大快遂心于九泉矣。甲午八日泪笔

① 王利器《马氏遗腹子·曹天祐·曹霑》。
② 《高宗实录》卷 335，第 601 页。
③ 樊志斌《曹雪芹生活时代：北京的自然与社会生态》，第 177、178 页。
④ 黄一农认为曹寅次女嫁青海亲王罗卜藏丹津。黄一农《曹寅次婿即青海亲王罗卜藏丹津考释》。

续表

序	回次	正文	涉家世生平批语
4	2	就是后一带花园子里	“后”字何不直用“西”字？恐先生堕泪，故不敢用“西”字（甲侧）
5		每打的吃疼不过时，他便“姐姐”“妹妹”乱叫起来	以自古未闻之奇语，故写成自古未有之奇文。此是一部书中大调侃寓意处。盖作者实因鹡鸰之悲、棠棣之威，故撰此闺阁庭帏之传（甲眉）
6	3	色如春晓之花	“少年色嫩不坚牢”，以及“非夭即贫”之语，**余犹在心。**今阅至此，放声一哭
7	7	叫丰儿舀水进去	余素所藏仇十洲《幽窗听莺暗春图》，其心思笔墨，已是无双，今见此阿凤一传，则觉画工太板（甲眉）
8	8	众人夸宝玉写的字好一节	余亦受过此骗，今阅至此，赧然一笑。此时有**三十年前**向余作此语之人在侧，观其形已皓首驼腰矣，乃使彼亦细听此数语，彼则潸然泣下，余亦为之败兴（甲眉）
9		贾母又与了一个荷包并一个金魁星	作者今尚记金魁星之事乎？抚今思昔，肠断心摧（甲眉）
10	13	若应了那句“树倒猢狲散”的俗语	“树倒猢狲散”之语，全犹在耳，**屈指三十五年矣**。哀哉伤哉，宁不恸杀（甲眉）
11		写凤姐坐在抱厦内想宁国府的五件风俗	旧族后辈受此五病者颇多，余家更甚。**三十年前事见书于三十年后**，令余悲恸血泪盈面。（甲眉）读五件事未完，余不禁失声大哭，**三十年前作书人在何处耶**（庚眉）
12			“秦可卿淫丧天香楼”，作者用史笔也。老朽因有魂托凤姐贾家后事二件，嫡是安富尊荣坐享人能想得到处。其事虽未漏，其言其意则令人悲切感服，姑赦之，因**命**芹溪删去（甲回末）

续表

序	回次	正文	涉家世生平批语
13	18	那宝玉未入学堂之先，三四岁时，已得贾妃手引口传，教授了几本书，数千字在腹内了	**批书人领过此教**，故批至此竟放声大哭，**俺先姊仙逝太早，不然余何得为废人耶**（庚侧）
14	18	三个人满心里皆有许多话，只是俱说不出，只管呜咽对泣	非经历过如何写得出！壬午春（庚眉）
15	18	臣草莽寒门，鸠群鸦属之中，岂意得征凤鸾之瑞	**此语犹在耳**（庚侧）
16	20	他输了那些，也没着急	倒卷帘法，实写幼时往事。可伤（庚侧）
17	21	谁知四儿是个聪敏乖巧不过的丫头	又是一个有害无益者。作者一生为此所误，**批者一生亦为此所误**，于开卷凡见如此人，世人故为喜，余反抱恨，盖四字误人甚矣。 被误者深感此批（庚夹）
18	21	贾琏在窗内接道："你可问他，倒像屋里有老虎吃他呢。"	此等章法是在戏场上得来，一笑。畸笏（庚眉）
19	22	（凤姐）便点了一出《刘二当衣》	凤姐点戏脂砚执笔事，今知者聊聊矣，不怨夫？（庚眉）前批书（知）者聊聊，今丁亥夏只剩朽物一枚，宁不痛乎（庚眉）
20	22	莫道此生沉黑海，性中自有大光明。	此回未成而芹逝矣，叹叹！丁亥夏畸笏叟（庚末）
21	23	忽见丫鬟来说："老爷叫宝玉。"	多大力量写此句。余亦惊骇，况宝玉乎！**回思十二三时，亦曾有是病来**。想时不再至，不禁泪下（庚侧）
22	23	忽又想起贾珠来	批至此，几乎失声哭出（庚侧）
23	23	惟有这件，宝玉不曾看见过	**书房伴读累累如是**，余至今痛恨（庚侧）

续表

序	回次	正文	涉家世生平批语
24	23	黛玉葬花一节	此图欲画之心久矣，誓不遇仙笔不写，恐袭（亵）我颦卿故也。己卯冬（庚眉）丁亥春间，偶识一浙省发，其白描美人，真神品物，甚合余意。奈彼因宦缘所缠无暇，且不能久留都下，未几南行矣。余至今耿耿，怅然之至。恨与阿颦结一笔墨缘之难若此！叹叹！丁亥夏畸笏叟（庚眉）
25	24	贾芸与卜世仁对话一节	**余二人亦不曾有是气**（庚侧）
26	24	倪二趔趄离开一节	读阅“醉金刚”一回，务吃刘铉丹家山查丸一付，一笑。（庚眉）**余卅年来**得遇金刚之样人不少，不及金刚者亦不少，惜书上不便历历注上芳讳，是余不是心事也。壬午孟夏（庚眉）
27	25	（宝玉）便命人除去抹额，脱了袍服，拉了靴子，便一头滚在王夫人怀内	余几几失声哭出（甲侧）
28	25	赵姨娘魇魔法一节	作者一片婆心，不避嫌疑，特为写出，使看官再四着眼。**吾家儿孙慎之戒之**（甲眉）
29	28	宝玉道：“太太倒不糊涂，都是叫‘金刚’‘菩萨’支使糊涂了。”	是语甚对，余幼时所闻之语合符，哀哉伤哉（甲侧）
30	28	宝玉笑道：“听我说来：如此滥饮，易醉而无味。我先吃一大海。”	大海饮酒，**西堂产九台灵芝日也**，批书至此，宁不悲乎？壬午重阳日（庚眉）谁曾经过？叹叹！**西堂故事**（甲侧）
31	38	宝玉忙道：“有烧酒。”便令将那合欢花浸的酒烫一壶来	伤哉！作者犹记**矮𫚉舫**前以合欢花酿酒乎？**屈指二十年矣**（己夹）
32	48	薛宝钗与薛姨妈商议薛蟠事一节，“他见这样，只怕比在家里省了事也未可知”句下	作书者曾吃此亏，**批书者亦曾吃此亏**，故特于此注明，使后人深思默戒。脂砚斋（庚夹）
33	52	一时只听自鸣钟已敲了四下	按“四下”乃寅正初刻，**“寅”此样写法，避讳也**（庚夹）

续表

序	回次	正文	涉家世生平批语
34	54	“秋纹麝月忙上去将两个盒子揭开。两个媳妇忙蹲下身子”句下	细腻之极！一部大观园之文皆若食肥蟹，至此一句，则又**三月于镇江江上啖出网之鲜鲥**矣（庚夹）
35	73	写旁边伺候的媳妇们说话一节	杀杀杀！此辈专生离异。**余因实受其盅**，今读此文，直欲拔剑劈纸。又不知作者多少眼泪洒出此回也。又问不知如何“顾恤”些，又不知有何可“顾恤”之处，直令人不解。愚奴贱婢之言，酷肖之至（庚夹）
36	75	“便从贾政传起，可巧传至宝玉鼓止”写宝玉心理活动一节	**实写旧日往事**（庚夹）
37	77	王夫人吩咐袭人麝月一节	一段神奇鬼讶之文不知从何想来，王夫人从来未理家务，岂不一木偶哉？且前文隐隐约约已有无限口舌，浸润之谮原非一日矣。若无此一番更变，不独终无散场之局，且亦大不近乎情理。况**此亦皆余旧日目睹亲闻，作者身历之现成文字，非捏造而成者**，故迥不与小说之离合悲欢窠臼相对。想遭零落之大族儿子见此，虽事各有殊，然其情理似亦有默契于心者焉。此一段不独批此，直从抄检大观园及贾母对月兴尽生悲皆可附者也（庚夹）

图表 6.8　与批语“树倒猢狲散”相关的几种宋元清文献

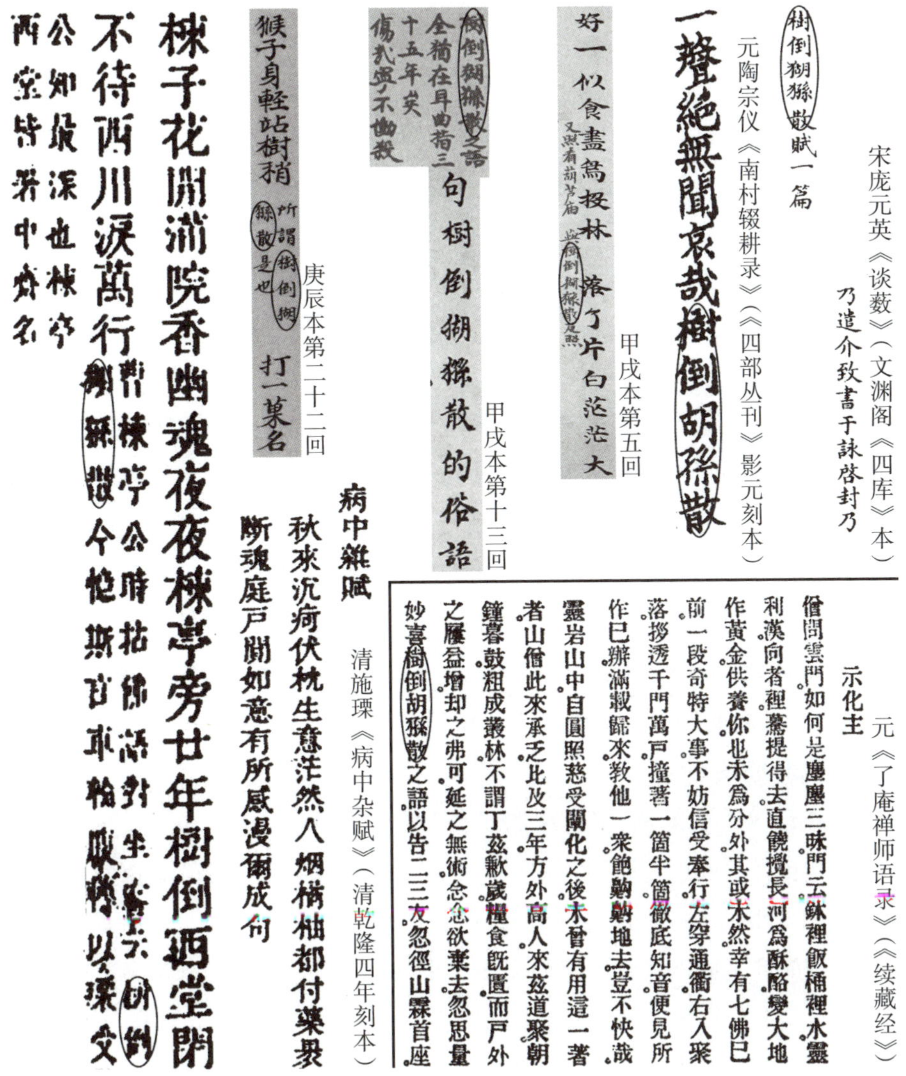

宋庞元英《谈薮》（文渊阁《四库》本）

乃遣介致書于詠啓封乃
樹倒猢猻散賦一篇

元陶宗仪《南村辍耕录》（《四部丛刊》影元刻本）

一聲絶無聞哀哉樹倒胡孫散

甲戌本第五回

好一似食盡鳥投林落了片白茫茫大
又照看葫芦庙與樹倒猢猻散之照

甲戌本第十三回

樹倒猢猻散之語全猶在耳曲指三十五年矣傷哉寧不慟殺
句樹倒猢猻散的俗語

庚辰本第二十二回

猴子身輕站樹稍 打一菓名
所謂樹倒猢猻散是也

元《了庵禅师语录》（《续藏经》）

示化主

僧問雲門如何是塵塵三昧門云鉢裡飯桶裡水靈
利漢向者裡驀提得去直饒攪長河爲酥酪變大地
作黃金供養你也未爲分外其或未然幸有七佛已
前一段奇特大事不妨信受奉行左穿通衢右入聚
落捹透千門萬戶撞著一箇半箇徹底知音便見所
作已辦滿載歸來教他一衆飽齁齁地去豈不快哉
靈岩山中自圓照慈受闡化之後未嘗有用這一著
者山僧此來承乏比及三年方外高人來茲道聚朝
鐘暮鼓粗成叢林不謂丁茲歉歲糧食既匱而戶外
之屨益增却之弗可延之無術念念欲棄去忽思量
妙喜樹倒胡猻散之語以告二三友忽徑山霖首座

清施瑮《病中杂赋》（清乾隆四年刻本）

病中雜賦

秋來沉痾伏枕生意茫然八烟楝柚都付藥裹
斷魂庭戶闕如意有所感漫爾成句

楝子花開滿院香幽魂夜夜楝亭旁廿年樹倒西堂閉
不待西川淚萬行
曹楝亭公時拈佛語對坐客云樹倒
猢猻散今憶斯言車輪腹轉以瑮受
公知最深也楝亭
西堂皆署中齋名

附录6.2

脂砚何人与芹系谁子

脂砚何人、芹系谁子是《红楼梦》研究三大死结中的两个，以前文对相关材料的认识看，脂砚何人会影响对芹系谁子的判断，而芹系谁子又与曹雪芹生卒年存在密切关系。

芹系谁子之所以也是死结，主要是面临以下四个方面的困难：一是雪芹生卒年不明，由于卒年有争议，推考生年仅有一时间范围；二是张云章有诗曾记曹寅于康熙五十年得孙，此后情形不明；三是康熙五十四年曹颙卒后，其妻马氏已怀有身孕七月；四是《五庆堂重修曹氏宗谱》记载曹颙有子天祐（佑），曾官州同。面对以上错综的文献，芹系谁子这个问题成为长久争议的话题。靖藏本证伪后，脂畸关系问题得到确认，综合考察脂畸批语，在《枣窗闲笔》“其叔脂研斋”的辅证下，曹雪芹生卒年、芹系谁子等问题，也有了较为明晰的解决路径。

对裕瑞《枣窗闲笔》“其叔脂研斋”“闻其所谓宝玉者，尚系指其叔辈某人，非自己写照也。所谓元迎探惜者，隐寓原应叹息四字，皆诸姑辈也”，两处所记（实际上应理解为三处），一是指实批者脂砚斋为曹雪芹叔叔，二是小说中的宝玉即以其叔为原型，三是小说中的元迎探惜为其姑辈。除此以外，尚有其余证据可以呼应裕瑞的这两处。

脂砚斋批点小说，不时在小说虚构的场景下抒发他与作者的关系。本书曾多次引及小说二十四回贾芸向舅舅卜世仁借债、卜世仁不允处的侧批“余二人亦不曾有是气”，之前曾有研究者据此认为脂砚与雪芹也是甥舅关系，我反倒觉得此处可以作为脂砚与雪芹为叔侄关系的辅证。小说中贾芸与卜世仁这段故事之所以能够引起脂砚斋的触动，确实应是基于卜世仁与贾芸的甥舅关系，但引发这种触动的，倒不一定是批者与作者同样为甥舅关系。这种情形有点类似用典，相同境况下的比较，至少批者与作者类似甥舅关系，那么一种可能性就是叔侄。我认为裕瑞《枣窗闲笔》所记脂砚为曹雪芹之叔，与脂砚斋对卜世仁与贾芸这段对话的批点是可以呼应的。因此，我并不视“其叔脂研斋”为四无依傍的孤证。

脂砚即是曹頫，曹雪芹便不可能是曹頫之子。而先前研究已大致将现有涉及曹雪芹生卒年文献的研究路径大致厘清：宜泉“年未五旬而卒”与敦诚“四十年华”大致限定了曹雪芹享年应在四十至五十间，而更大概率在四十五至五十之间，[①] 再以甲戌本第一回“甲午八日泪笔”中“壬午除夕，书未成，芹为泪尽而逝”限定，那么，曹雪芹为曹顒遗腹子，出生于清康熙五十四年，卒于乾隆二十七年除夕，享年四十九岁。[②] 与现有材料矛盾最少。

如以上可以成立，那么小说与小说之外的材料大概会产生以下关联：小说第二十五回写到赖头和尚从贾政手里接过宝玉长叹“青埂峰一别，展眼已过十三载矣”，与康熙五十四年雪芹出生至雍正六年遭抄家后随曹頫回京这十三年的江南生活；小说第十六回写到的“又有吴贵妃的父亲吴天佑家”，与《五庆堂重修曹氏宗谱》第十四世任州同的顒子曹天佑；小说第二十九回写四月二十六为遮天大王圣诞，与康熙五十四年三月初七曹顒妻马氏怀孕“已及七月”——以上种种均藕断丝连，似有照应。这只是研究推进到一定阶段后注意到的一些特殊现象，当然不会指实，因小说本就是以“假语村言”“真假有无”敷衍出的一段故事，这里面有无曹雪芹的独特匠心，在每位读者那里自会有不同的感知。

按中国古代传统的虚岁算法（出生即为一岁），乾隆三十九年是曹雪芹六十岁冥诞（1715—1774），同年的正月初八恰好是曹雪芹的父亲曹顒六十周年忌日。本命年、六十甲子、正月初八日在道教信仰中均有特殊意义，传正月初八日诸星下界，旧俗以燃灯为祭，[③] 俗称“顺星”。在这一天，“京城

① 宜泉“年未五旬而卒”与敦诚《寄怀曹雪芹（霑）》小注“雪芹曾随其祖寅织造之任”冲突，相较而言，享年不容易记错，曹雪芹能否随曹寅江宁织造之任，则更有可能误记，且这与敦诚自己所记曹雪芹“四十年华”相冲突。

② 王利器《马氏遗腹子・曹天祐・曹霑》，该文以实岁计曹雪芹享年为四十八岁。

③ 潘荣陛《帝京岁时纪胜》，第 8 页。

内外，庵观寺院僧道，多揽檀越施主年庚，陈设祭品，为坛而禳，冀得香仪，亦有本家庭院，燃灯自祭”。① 乾隆三十九年正月初八日，曹頫绝笔批悼念已去世的雪芹，祈愿造化主“再出一芹一脂”，以完成此书，才“大快遂心于九泉”，置于道教星神崇拜影响下的习俗中，较为贴切。② 这或许才是此条批语的真实语境与意涵。

五、小结

康熙四十四年，曹頫“方八岁”便已在曹寅身边，他自称“自幼蒙故父曹寅带在江南抚养长大”的起始时间恐怕还要早于这个时间。自康熙四十四年至康熙五十年，曹頫一直都在江南，为曹寅“抚养”。而且曹寅对曹頫也寄予厚望，且为其延师开蒙，常“护嘉荫”。康熙五十一年，曹寅去世，曹頫已十七岁。而后其兄曹颙接任江宁织造，却不幸染疾，于康熙五十四年正月初八日去世。曹颙去世后，曹寅无嗣可承，康熙帝因命李煦于曹荃诸子中择一人承嗣，李煦举荐曹頫，康熙帝恩准。曹頫于康熙五十四年正月二十日继任江宁织造。曹頫在任上，并没有将公务处理得很好。雍正五年十一月，曹頫因被控“骚扰驿站”，罪至抄家，时年三十二岁。乾隆皇帝登基后，获宽免，时年四十岁。此后，曹頫便消失在官方档案中。

与其经历颇能相重叠、接续的，是《红楼梦》早期抄本中脂砚斋（即畸笏叟）批点小说所涉及的作者及自身经历。脂砚斋批语曾指出小说“自鸣钟已敲了四下”是避讳“寅”字，且回忆三十五年前曹寅“树倒猢狲散”语，可见批者与曹寅有密切关系。且脂砚斋甲午泪笔绝笔，及批语时常回忆二三十年前往事，与曹頫生平及曹家遭际大略相合。且批语多次提及“西堂”，曹家北京、南京均有西堂，且曹寅自号“西堂扫花行者”，大概是取谢灵运西堂得诗典故。其余批语诸如三月镇江江上鲜鲥、广历梨园子弟诸批，均与曹頫早年随曹寅任江南及曹家家养戏班、置买优伶等合符。至于“先姊先逝太早”等批，因曹荃所养女儿情形不明晰，有待继续研究。

---

① 汪启淑《水曹清暇录》，第 51 页。
② 黄一农《本命星官与“顺星之祭”》（未刊稿）。

附录一　毛国瑶辑靖藏本《红楼梦》批语校勘记

按：毛国瑶辑150条靖藏本批语，除了1964年寄给俞平伯的笔记本，自1974年首次发表于南京师范学院编《文教资料简报》（下称《简报》）后，1976年5月、1982年7月又经毛国瑶重新校订，分别发表于《红楼梦版本论丛》《江苏红学论文选》（下分别称《论丛》《论文选》）。这三次公开发表，相较抄录批语的笔记本，文字内容上有不少差异。这些差异主要是批语后的注解内容，包括批语位置、颜色的增改。校记首列毛国瑶辑抄靖藏本150条批语笔记本内容，次列《简报》《论丛》《论文选》内容。每条批语后分别以●（批语位置改动）、○（增补批语位置）、▲（批语颜色改动）、△（增补批语颜色）标示三次公开发表与笔记本的差异。

第一回

1. 作者自己形容（生得骨格不凡丰神迥异眉批）▲△

《简报》批语同，末有括弧注："生得骨格不凡丰神迥异"句眉批。朱笔。

《论丛》《论文选》批语同，括弧中作："生得骨格不凡丰神迥异"句墨笔眉批。

2. 补天济时勿认真作常言●○▲△

《简报》批语末有括弧注明文字：女娲炼石补天一段眉批。朱笔。

《论丛》《论文选》批语同，括弧中作：女娲炼石补天一段侧批。

3. 佛法亦须偿还况世人之债乎游戏笔墨●○▲△

《简报》批语同，末有括弧注："待劫终之日复还本质"句朱眉。

《论丛》《论文选》批语同，括弧中作："待劫终之日复还本质"句侧批。

4. 赖债者来看此句●○▲△

《简报》批语同，末有括弧注：同3朱眉。

《论丛》《论文选》批语同，括弧中作：同3侧批。

5. 果有奇贵自己亦不知若以奇贵而居即无真奇贵（不知赐了弟子那几段奇处一段眉批）▲△

《简报》批语同，末有括弧注："不知赐了弟子那几段奇处"句朱眉。

《论丛》《论文选》批语同，括弧中作："不知赐了弟子那几段奇处"句墨眉。

6. 事则实事然亦得叙有曲折有隐现有带架有逆间有正辟空谷以至草蛇灰线传声一击两鸣明修栈道暗度陈仓两山雾雨云龙对峙托月烘云背面傅粉万染千皱诸奇秘法复亦不少予亦逐回搜剔刹剖明白以待高明批示开卷一篇立意真打破历来小说果白阅其笔则是庄子离骚之亚（眉）△

"剖"，《简报》《论丛》作"破"。批语末有括弧注："按迹寻踪"句朱眉。《论丛》《论文选》括弧中作："按迹寻踪"句墨眉。

7. 这是画家烟云模糊处不被曚敝方为巨眼（眉）△

《简报》批语同，末有括弧注："并题一绝云"一段朱眉。

"曚"，《论丛》《论文选》作"蒙"，括弧中作："并题一绝云"一段墨眉。

8. 无是儿女之情始有夫人之分△

《简报》批语同，末有括弧注："也就丢过不在心上"句行间批。

《论丛》《论文选》批语同，括弧中作："也就丢过不在心上"句侧批。

9. 走罢二字如见如闻真悬崖撒手非过来人若个能行（眉）▲△

《简报》批语无"真悬崖撒手"五字，末有括弧注："士隐便说一声走罢"句朱眉。

《论丛》批语无“真悬崖撒手”五字，括弧中作 :“士隐便说一声走罢”句墨眉。

《论文选》批语同笔记本，括弧中作 :“士隐便说一声走罢”句墨眉。

第二回

10. 向只见集古集唐句未见集俗语者（眉）▲△

《简报》批语同，末有括弧注 :“偶因一着错便为人上人”朱眉。

《论丛》《论文选》批语同，括弧中作 :“偶因一着错便为人上人”墨眉。

11. 是智者方能通谁为智者一叹（眉）

《简报》批语同，末有括弧注 :“智通寺”三字朱眉。▲△

《论丛》《论文选》批语同，括弧中作 :“智通寺”三字墨眉。

12. 雨村聿意还是俗眼只识得双玉等未觉之先却不晓既证之后（朱眉）

《简报》《论丛》《论文选》批语同，末有括弧注 :遇龙钟老僧一段朱眉。

第三回

13. 君子可欺以其方也雨村当王莽谦恭下士之时即政老亦为所惑作者指东说西（眉）△

《简报》批语同，末有括弧注 :“且贾政是最喜读书之人”句墨笔眉批。

《论丛》《论文选》批语同，括弧中作 :“且贾政是最喜读书之人”句墨眉。

14. 阿凤三魂已被作者勾走了后文方得活跳纸上（眉）∧

《简报》《论丛》《论文选》批语同，末有括弧注 :“我来迟了不曾迎接远客”句墨眉。

15. 文字不反不见正文似此应从国策得（眉）△

《简报》批语同，末有括弧注 :“不是是怎生个惫懒人物蒙懂顽童”墨眉。

《论丛》批语同，括弧中作 :“不知是怎生个惫懒人物蒙懂顽童”墨眉。

《论文选》批语同，括弧中“懒”作“赖”。

16. 宝玉知己全用体贴工夫○

《简报》批语同，末有括弧注 :“倘或摔坏了那玉岂不是因我之过”行间批。

《论丛》《论文选》批语同，括弧中作 ：“倘或摔坏了那玉岂不是因我之过”侧批。

第四回

17. 四家皆为下半部伏根○

《简报》批语同，末有括弧注 ：“这四家皆联络有亲…”句行间批。

《论丛》《论文选》批语同，括弧中作 ：“这四家皆联络有亲…”句侧批。

18. 批书亲见一篇薄命赋特出英莲（叙英莲遭遇一段眉批）△

《简报》批语同，末有括弧注 ：叙英莲遭遇一段墨笔眉批。

《论丛》《论文选》批语同，括弧中作 ：叙英莲遭遇一段墨眉。

19. 无名之症即是病之名而反曰无像极

《简报》批语同，末有括弧注 ：“已得无名之病”句行间批。

《论丛》《论文选》批语同，括弧中作 ：“已得无名之病”句侧批。

20. 庙了结文字伏下伏又千里线胡卢字样起胡卢字样结盖一部书皆系胡提之意也知乎（眉）△

《简报》《论丛》《论文选》批语同，末有括弧注 ：充发门子一段墨眉。

21. 寡母孤儿毕有真

《简报》批语同，抄在第五回中，末有括弧注 ：“不如你各自住着好任意施为”行间批。此条应在第四回，误抄在此。

《论丛》《论文选》批语同，抄在第五回中，括弧中作 ：“不知你各自住着好任意施为”侧批。此条应在第四回，误抄在此。

第一册封面下粘一长方形字条长五寸宽约三寸半左下方撕缺可见

亍白乞五彐录字样墨笔书写内容如下 ：

紫雪溟蒙楝花老蛙鸣厅事多青草庐江太守访故人浔江并驾能倾倒两家门第皆列戟中年领郡稍迟早文采风流政有余相逢甚欲抒怀抱于时亦有不速客合坐清炎斗炎熇岂无炙鲤与寒鹦不乏蒸梨兼瀹枣二簋用享古则然宾酬主醉今诚少忆昔宿卫明光宫楞伽山人貌狡好马曹狗监共嘲难而今触痛伤怀抱交情独剩张公子晚识施君通纻缟多闻直谅复奚疑此乐不殊鱼在藻始觉诗书是坦途未妨车毂当行潦家家争唱饮水词纳兰小字几曾知布袍廓落任安在说向名场尔许时

《简报》《论丛》《论文选》，此字条位置在第 20 条后。

第五回

22. 此句定评想世人目中各有所取也按黛玉宝钗二人一如姣花一如纤柳各极其妙者皆性分甘苦不同世人之故耳（人多谓黛玉所不及句下小字批，有正石印本自“想世人目中”起写作正文。“皆”作“此乃”）

《简报》批语同，末有括弧注：“人多谓黛玉所不及”句下小字批。

《论丛》《论文选》批语同，括弧中作：“人多谓黛玉所不及”句下小字夹批。

23. 八字为二玉一生文字之纲（求全之毁句眉批）△

《简报》批语同，末有括弧注：“求全之毁”句墨笔眉批。

《论丛》《论文选》批语同，末有括弧注：“求全之毁”句墨眉。

24. 恰极补袭回中与此合看（眉批）△

《简报》《论丛》《论文选》批语同，末有括弧注：“寿夭多因毁谤生多情公子空牵念”句墨眉。

25. 绛芝轩诸事由此而生（朱眉）多大胆量敢作此文（墨眉）

《简报》《论丛》《论文选》批语同，“（墨眉）”后有括弧注：“吾所爱汝者乃天下古今第一淫人也”句批。

26. 宝玉心性只是体贴二字故为意淫。

《简报》批语同，末有括弧注：“惟心会而不可口传”句行间批。

《论丛》《论文选》批语同，括弧中作：“惟心会而不可口传”句侧批。

第六回

27. 宝袭亦大家常事耳已令领意淫之训

《简报》《论丛》《论文选》批语同，末有括弧注：回前批。

28. 借刘妪写阿凤正传非泛文可知且优二进三进巧姐归着（前批）

《简报》《论丛》《论文选》批语同，末有括弧注：回前批。

29. 一段云雨之事完一回提纲文字

《简报》批语同，末有括弧注：宝玉袭人一段行间批。

《论丛》《论文选》批语同，括弧中作：宝玉袭人一段侧批。

30. 能两亩薄田度日方说的出（眉）△

《简报》《论丛》《论文选》批语同，末有括弧注："守多大碗儿吃多大碗的饭"句墨眉。

31. 骂死世人可叹可悲（眉）△

《简报》《论丛》《论文选》批语同，末有括弧注："我又没有收税的亲戚"一段墨眉。

32. 要紧人虽未见有名想亦在副册内者也（先找着凤姐一个心腹通房大丫头名唤平儿句下小字批）

《简报》批语同，末有括弧注："先找着凤姐一个心腹通房大丫头名唤平儿"句下小字批。

《论丛》《论文选》批语同，括弧中作："先找着凤姐一个心腹通房大丫头名唤平儿"句下小字夹批。

33. 观警幻情榜方知余言不谬（同上句朱眉）▲△

《简报》批语同，末有括弧注：同上句朱笔眉批。

《论丛》批语同，括弧中作：同上句朱眉。

《论文选》批语同，括弧中作：同上句朱墨。

34. 虽平常而至奇稗官中未见（眉）△

《简报》《论丛》《论文选》批语同，末有括弧注："手内拿着小铜火筋儿"句墨眉。

35. 五笑写凤姐活跃纸上（与刘姥姥对话眉批）△

《简报》批语同，末括弧注：与刘姥姥对话墨笔眉批。

《论丛》《论文选》批语同，括弧注作：与刘姥姥对话墨眉。

36. 何如当知前批不谬（眉）△

《简报》《论丛》《论文选》批语同，末有括弧注：同上句墨眉。

37. 穷亲戚来是好意思余又自石头记中见了叹叹数语令我欲哭（眉）△

《简报》《论丛》《论文选》批语同，末有括弧注："瞧瞧我们是他的好意思"句墨眉。

38. 也是石头记见了叹叹（眉）△

《简报》《论丛》《论文选》批语同，末有括弧注：“怎好教你空手回去呢”句墨眉。

39. 如见如闻此种话头作者从何想来应是心花欲开之候（眉）△

《简报》《论丛》《论文选》批语同，末有括弧注：凤姐与刘姥姥对话一节墨眉。

40. 引阿凤正文借刘妪入初聚金玉为写送宫花真变幻难测读此等文字非细究再三四再不计数不能领会叹叹（后批墨笔写）

《简报》《论丛》《论文选》批语同，末有括弧注：回后批墨笔写。

第七回

41. 他小说中一笔作两三笔者一事启两事者均曾见之岂有似送花一回间三带四赞花簇锦之文哉（前批）

《简报》《论丛》《论文选》批语同，末有括弧注：回前批。

42. 作出鲸卿随笔却闲闲先妯娌一聚带出一丝不见造（眉）△

《简报》《论丛》《论文选》批语同，末有括弧注：秦氏凤姐说话一段墨眉。

43. 焦大之醉伏可卿死作者秉刀斧之笔一字一泪一泪化一血珠惟批书者知之（焦大醉骂一段眉批）△

《简报》《论丛》《论文选》批语同，末括弧注：焦大醉骂一节墨眉。

第八回

44. 本意正传是实曩时苦恼叹叹（眉朱）

《简报》《论丛》《论文选》批语同，末有括弧注：“再或可巧遇见他父亲”句朱眉。

45. 沾光善骗人无星戥皆随事生情调侃世人余亦受过此骗阅此一笑三十年前作此语之人观其形已皓首驼腰矣使彼亦细听此语彼则潸然泣下余亦为之败兴（眉）△

《简报》批语同，末有括弧注：“多早晚赏我们几张贴贴”句墨笔眉批。

《论丛》《论文选》批语同，括弧中作：“多早晚赏我们几张贴贴”句墨眉。

46. 十六字乃宝卿正传参看前写黛玉传各不相犯令人左右难其于毫末（眉）△

《简报》《论丛》《论文选》批语同，末有括弧注："罕言寡语"四句墨眉。

47. 试问此一托比在青埂下啼啸声何如（朱）

《简报》《论丛》《论文选》批语同，末有括弧注："宝钗托于掌上"句朱眉。

48. 余代答云遂心如意（墨眉）

《简报》《论丛》《论文选》批语同，末有括弧注：同上句墨眉。

49. 伏下文又夹入宝钗不是虚图对的工（好知运败金无彩堪叹时乖玉不光眉批）△

《简报》《论丛》《论文选》批语同，末有括弧注："好知运败金无彩"句墨眉。

50. 前回中总用灰线草蛇细细写法至此方写出是大关节处奇之至（眉）△

《简报》《论丛》《论文选》批语同，末有括弧注：宝钗看玉一段墨眉。

51. 可知余前批不谬（眉）△

《简报》《论丛》《论文选》批语同，末有括弧注：墨眉。

52. 别人者袭晴之辈也（眉）△

《简报》《论丛》《论文选》批语同，末有括弧注：墨眉。

53. 作者抚今之事尚记今金魁星乎思昔肠断心摧（眉）△

《简报》《论丛》《论文选》批语同，末有括弧注：墨眉。

第九回

54. 此岂是宝玉所乐为者然不入家塾则何能有后回试才结社文字作者从不作安逸苟且文字于此可见（眉）▲△

《简报》《论丛》《论文选》批语同，末有括弧注：入家塾一段墨眉。

55. 此以俗眼读石头记也作者之意又岂是俗人所能知余谓石头记不得与俗人读（眉批，与上批隔一行）△

《简报》《论丛》《论文选》批语同，末有括弧注：上批隔一行墨眉。

56. 安分守己也不是宝玉了（眉）△

《简报》《论丛》《论文选》批语同，末有括弧注："宝玉终是不能安分守己的人"墨眉。

57. 前有幻境遇可卿今又出学中小儿淫浪之态后文更放笔写贾瑞正照看书人细心体贴方许你看（眉）△

《简报》《论丛》《论文选》批语同，末有括弧注：墨眉。

58. 声口如闻（眉）△

《简报》《论丛》《论文选》批语同，末有括弧注："好囚攮的们，这不都动了手了么"句墨眉。

第十回

59. 这个理怕不能评○

《简报》批语同，末有括弧注："叫他评评这个理"句行间批。

《论丛》《论文选》批语同，括弧中作："叫他评评这个理"句侧批。

60. 吾为趋炎附势仰人鼻息者一叹（眉）△

《简报》《论丛》《论文选》批语同，末有括弧注："早吓的都丢在爪哇国去了"句墨眉。

61. 不知心中作何想（眉）△

《简报》《论丛》《论文选》批语同，末有括弧注：墨眉。

十一回无批

第十二回

62. 千万勿作正面看为幸畸笏老人（眉）△

《简报》《论丛》《论文选》批语同，末有括弧注：贾瑞与凤姐对话一节墨眉。

63. 可为偷情者一戒（眉）△

《简报》《论丛》《论文选》批语同，末有括弧注："一夜几乎不曾冻死"句墨眉。

64. 教训最严奈其心何一叹（眉）△

《简报》《论丛》《论文选》批语同，末有括弧注："那代儒素日教训最严"句墨眉。

65. 处处点出父母痴心子孙不肖此书纯系自愧而成（眉）△

《简报》《论丛》《论文选》批语同，末有括弧注：墨眉。

66. 调戏尚有故乎（眉）△

《简报》《论丛》《论文选》批语同，末有括弧注："说你无故调戏他"句墨眉。

67. 此节可入西厢内记十大快批评中（凤姐拨粪一段眉批）畸笏△

《简报》《论丛》《论文选》"畸笏"在括弧前，末括弧注：凤姐泼粪一段墨眉。

第十三回

68. 此回可卿梦阿凤作者大有深意惜已为末世奈何奈何贾珍虽奢淫岂能逆父哉特因敬老不管然后恣意足为世家之戒秦可卿淫丧天香楼作者用史笔也老朽因有魂托凤姐贾家后事二件岂是安富尊荣坐享人能想得到者其言其意令人悲切感服姑赦之因命芹溪删去遗簪更衣诸文是以此回只十页删去天香楼一节少去四五页也一步行来错回头已百年请观风月鉴多少泣黄泉（回前长批）

《简报》《论丛》《论文选》同。

69. 九个字写尽天香楼事是不写之写常村（彼时阖家皆知无不纳闷都有些疑心句下小字批）

《简报》批语同，末有括弧注："无不纳闷都有些疑心"句下小字批。

《论丛》《论文选》批语同，括弧中作："无不纳闷都有些疑心"句下小字夹批。

70. 可从此批通回将可卿如何死故隐去是余大发慈悲也叹叹壬午季春畸笏叟（同上句书眉朱笔）

《简报》批语同，末有括弧注：同上句书眉朱笔。

《论丛》《论文选》批语同，括弧中作：同上句朱眉。

71. 删却是未删之文（商议料理丧事及贾珍痛哭一段朱笔眉批）▲

《简报》批语同，末有括弧注：商议料理丧事及贾珍痛哭一段墨笔眉批。

《论丛》《论文选》括弧中作：商议料理丧事及贾珍痛哭一段朱批。

72. 何必定用西字读之令人酸笔（设坛于西帆楼上一段朱笔眉批）

《简报》批语同，末有括弧注：设坛于西帆楼上一段朱笔眉批。

《论丛》《论文选》括弧中作：设坛于西帆楼上一段朱眉。

73. 是亦未删之文（瑞珠触柱一段朱笔）

《简报》《论丛》《论文选》批语同，末有括弧注：瑞珠触柱一段朱笔。

74. 刺心之笔（贾珍蹲身跪下道乏朱笔眉批）

《简报》《论丛》《论文选》批语同，末有括弧注：贾珍蹲身跪下道乏朱笔。

75. 读五件事未完余不禁失声大哭卅年前作书人在何处耶（朱眉）

《简报》《论丛》《论文选》批语同，末有括弧注："因想头一件…"一段朱眉。

76. 旧族后辈受此五病者颇多余家更甚卅年间事见知于卅年后令余悲痛血泪盈面（墨眉）▲

《简报》《论丛》批语同，末有括弧注：同上墨眉。

《论文选》批语同，末有括弧注：同上朱眉。

第十四回

77. 用彩明因自身识字不多且彩明系未冠之童故也（眉）△

《简报》《论丛》《论文选》批语同，末有括弧注：命彩明打造簿册一节墨眉。

78. 数字道尽声势壬午春畸笏（眉）△

《简报》《论丛》《论文选》批语同，末有括弧注："浩浩荡荡"句墨眉。

79. 忙中闲笔□□玉兄作者良苦壬午春畸笏（二字蛀去）（眉批）△

《简报》《论丛》《论文选》批语同，末有括弧注："那一位是衔宝而诞者"句墨眉。二字蛀去。

80. 牛丑清水柳乃卯也彪拆虎字寅也陈即辰翼大为蛇寓巳字马午也魁即鬼鬼金羊寓未字侯申也晓鸣鸡也寓酉字豕即石亥字寓焉守业犬也所谓十二支

寓焉（后批）△

《简报》批语同，末有括弧注：回后批墨笔。

《论丛》《论文选》批语同，括弧中作：回后批，墨笔。

第十五回

81. 伤心笔（朱眉，在面若春花目似点漆上）

《简报》批语同，末有括弧注：朱眉。在“面若春花，目似点漆”上。

《论丛》《论文选》批语同，括弧中作：“面若春花，目似点漆”句朱眉。

82. 又写秦钟智能事尼庵之事如此壬午季春畸笏（眉批，在秦智二人偷情一段上）△

《简报》批语同，末有括弧注：墨眉。在秦、智二人偷情一段上。

《论丛》《论文选》批语同，括弧中作：秦、智二人偷情一段墨眉。

第十八回

83. 孙策以天下为三分众才一旅项籍用江东之子弟人惟八千遂乃分裂山河宰割天下岂有百万义师一朝卷申芟夷斩伐如草木焉江淮无涯岸之阻亭壁无藩篱之固头会箕敛者合从缔交锄櫌棘矜者因利乘便将非江表王气终于三百年乎是知并吞六合不免轵道之灾混一车书无救平阳之祸呜呼山岳崩颓既履危亡之运春秋迭代不免去故之悲天意人事可以凄沧伤心者矣大族之败必不致如此之速特以子孙不肖招接匪类不知创业之艰难当知瞬息荣华暂时欢乐无异于烈火烹油鲜花著锦岂得久乎戊子孟夏读虞子山文集因将数语系此后世子孙其毋慢忽之（书眉墨笔书写）

《简报》《论丛》《论文选》批语，“并”作“泋”，申、从、泋、轵、沧、虞六字下加着重号。末有括弧注：书眉墨笔书写，误字均未改。

84. 妙玉世外人也笔笔带写故妙极妥极畸笏（眉批）△

《简报》《论丛》《论文选》批语同，末有括弧注：墨眉。

85. 前须十二钗总未的确皆是慢终也至来回警幻榜始知情正副又副乃三四副芳讳壬午季春（眉批）

《简报》《论丛》《论文选》批语同，末有括弧注：墨眉。

十九至廿一回三回无批

《简报》《论丛》《论文选》：第十九至二十一回三回无批

第二十二回

86. 将薛林作甄玉贾玉看则不失书执笔本旨矣丁亥夏畸笏叟（眉）△

《简报》《论丛》《论文选》批语同，末有括弧注：墨眉。

87. 凤姐点戏脂砚执笔事今知者聊聊矣不怨夫（朱眉）前批知者聊聊不数年芹溪脂砚杏斋诸子皆相继别去今丁亥夏只剩朽物一枚宁不痛杀（前批稍后墨笔）

《简报》《论丛》《论文选》均同。

88. 此回未补成而芹逝矣叹叹丁亥夏畸笏（眉）△

《简报》《论丛》《论文选》批语同，末有括弧注：墨眉。

第二十三回

89. 多大力量写此一句余亦骇警况宝玉手回思十二三时亦会有是想时不再至不禁泪下（贾政呼唤宝玉一段眉批）△

《简报》《论丛》《论文选》批语同，末有括弧注：贾政呼唤宝玉一段墨眉。

90. 批至此几令人失声（想起贾珠一段眉批）△

《简报》《论丛》《论文选》批语同，末有括弧注：想起贾珠一段墨眉。

91. 丁亥春日偶识一浙省客余意甚合真神品白描美人物所缘彼尢暇宦缘奈不能留都下久且来几南行矣至今耳火又余怅然之至阿鞶墨缘之难恨与一结若此书叹叹丁亥□奇笏叟（眉批，一字被蛀去，畸字残半）△

《简报》《论丛》《论文选》批语同，末有括弧注：墨眉。一字被蛀去，畸字残半。

第二十四回

92. 醉金刚一回文字伏芸哥仗义探庵余卅年来得遇金刚之样人不少不及金刚者亦复不少惜不便一一注明耳壬午孟夏（回首批）

《简报》《论丛》《论文选》批语同，括弧中作：回前批。

93. 孝子可敬后来荣府事败必有一番作为（眉批）△
《简报》批语同，末有括弧注：墨眉，在“贾芸恐他母亲生气”上。
《论丛》《论文选》批语同，括弧中作：“贾芸恐他母亲生气”墨眉。
94. 果然（与上批相接，隔数字）△
《简报》批语同，末有括弧注：与上批相接，隔数字。
《论丛》《论文选》批语同，括弧中作：墨眉，与上批相接，隔数字。

廿五至廿七三回无批

廿八、廿九两回书缺

《简报》《论丛》《论文选》：第二十五至二十七三回无批　二十八二十九两回书缺

第三十回（后半少三页）

95. 无限文字痴情画蔷可知前缘有定强求人力非（回前批，恐有缺字）
《简报》《论丛》《论文选》同。

卅一至卅六回无批

《简报》《论丛》《论文选》：第三十一至三十六回无批

第三十七回

96. 观湘云作海棠诗如见其娇憨之态是乃实有非作其事者杜撰也（眉）△
《简报》《论丛》《论文选》批语同，末有括弧注：墨眉。

卅八至四十回三回无批

《简报》《论丛》《论文选》：第三十八至四十回三回无批

第四十一回

97. 尚记丁巳春日谢园送茶乎展眼二十年矣丁丑仲春畸笏（妙玉泡茶一段

眉批）△

《简报》《论丛》《论文选》批语同，末有括弧注：妙玉泡茶一段墨眉。

98. 妙玉偏辟处此所谓过洁世同嫌也他日瓜州渡口劝惩不哀哉屈从红颜固能不枯骨□□□（妙玉不收成窑杯一节眉批，缺字前二字看不清，似是“各示”两字，第三字为虫蛀去，文义也不可解）△

《简报》《论丛》《论文选》批语同，末有括弧注：妙玉不收成窑杯一节墨眉。缺字前二字看不清，似是“各示”两字，第三字为虫蛀去。

99. 玉兄独至岂无真吃茶作书人又弄狡猾只瞒不过老朽然不知落笔时作者如何想丁亥夏（眉批）△

《简报》《论丛》《论文选》批语同，末有括弧注：墨眉。

100. 黛是解事人（眉批）△

《简报》《论丛》批语末有括弧注：“黛玉知他怪僻”一段墨眉。

101. 忽使平儿在绛芸轩中梳妆宝玉亦想（眉批，用墨笔涂去，字尚可见）△

《简报》《论丛》《论文选》批语同，末有括弧注：朱眉。用墨笔涂去，字尚可见。

第四十二回

102. 应了这话固好批书人焉能不心伤狱庙相逢之日始知遇难成祥逢凶化吉实伏线于千里哀哉伤哉此后文字不忍卒读辛卯冬日（眉）△

《简报》《论丛》《论文选》批语同，末有括弧注：“遇难成祥，逢凶化吉”句墨眉。

103. 也算二字太谦（眉）△

《简报》《论丛》批语同，末有括弧注：“也算是个读书人家”句墨眉。

104. 男人分内究是何事（眉）△

《简报》《论丛》《论文选》批语同，末有括弧注：“究竟也不是男人分内之事”句墨眉。

105. 读书明理治民辅国者能有几人（眉批）△

《简报》《论丛》《论文选》批语同，末有括弧注：墨眉。

第四十三回

106. 此语不假伏下后文短命尤氏可谓亦能于事矣惜乎不能勤夫治家惜哉痛哉（我看你主子这么细致一段眉批）△

“可谓亦”，《简报》《论丛》《论文选》作“亦可谓”，批语末有括弧注：“我看你主子这么细致”一段墨眉。

107. 人各有当方是至情（眉）△

《简报》《论丛》《论文选》批语同，末有括弧注：墨眉。

108. 批书人已忘了作者竟未忘忽写此事真忙中愈忙也（正经社日可别忘了一段眉批）△

《简报》《论丛》《论文选》批语同，末有括弧注：“正经社日可别忘了”一段墨眉。

109. 这方是作者真意（茗烟祝告一段眉批）△

《简报》《论丛》《论文选》批语同，末有括弧注：茗烟祝告一段墨眉。

110. 此处若使宝玉一祝则成何文字若不祝直成一暗如何散场看此回真欲将宝玉作一□□□□□□之女儿看□□□□乖觉可人之环也（眉批，十字被蛀去，后四字中只有一“火”旁尚存）▲

《简报》《论丛》《论文选》批语同，末有括弧注：墨眉。十字蛀去，后四字中只有一“火”旁尚存。

四十四至四十六三回无评

《简报》：第四十四至四十六回三回无评

《论丛》《论文选》：第四十四至四十六回三回无批

第四十七回

111. 提此人使我堕泪近回不提自谓不表矣乃于柳湘莲及所谓物以分群也（柳湘莲问话眉批）△

《简报》《论丛》《论文选》批语同，末有括弧注：柳湘莲问话墨眉。

112. 奇谈此亦是□呆（眉批，蛀一字）△

《简报》《论丛》《论文选》批语同，末有括弧注：墨眉。蛀一字。

113. 呆子声口如闻（眉批）△

《简报》《论丛》《论文选》批语同，末有括弧注：墨眉。

114. 纨绔子弟齐来看此（眉批）△

《简报》《论丛》批语同，末有括弧注：薛蟠挨打墨眉。

115. 至情小妹回方出湘莲文字真真神化之笔（眉批）△

《简报》《论丛》《论文选》批语同，末有括弧注：墨眉。

第四十八回

116. 湘菱为人根基不下迎探容貌不让凤秦端雅不让龙平惜幼年罗祸命薄运乖至为侧室虽会读书而不得与林湘等并驰于海棠之社然此人岂能不入园惟无可入之隙耳呆兄远行必使方可诚思兄如何可远行名利不可正事不可因借情二字生一事方妥（香菱入园一段眉批）△

《简报》《论丛》《论文选》批语同，末有括弧注：香菱入园一节墨眉。

117. 此批甚当（稍后眉批）△

《简报》《论丛》《论文选》批语同，末有括弧注：前批稍后墨眉。

第四十九回

118. 一部书起是梦中宝玉情是梦中贾瑞淫又是梦中可卿家计长又是梦中今作诗也是梦中是故红楼梦也今余亦在梦中特为批评梦中之人而特作此一大梦也（香菱梦中作诗交与黛玉一段眉批）△

《简报》《论丛》《论文选》批语同，末有括弧注：香菱梦中作诗交与黛玉一段墨眉。

119. 四字道尽不犯宝琴（眉批，在年轻心热本性聪明一段上）△

《简报》《论丛》《论文选》批语同，末有括弧注："年轻心热本性聪明"一段墨眉。

第五十回

120. 一定要按次序却又不按次序似脱落而不脱落文章枝路如此（众人拈

次序一段眉批）△

《简报》《论丛》《论文选》批语同，末有括弧注：拈次序一段墨眉。

121. 的是湘云写海棠是一样笔墨如今联句又是一样写法（眉批）△

《简报》《论丛》《论文选》批语同，末有括弧注：墨眉。

五十一、五十二回无批

《简报》《论丛》《论文选》：第五十一回、五十二回无批

第五十三回

122. 祭宗祠开夜宴一番铺叙隐后回无限文字亘古浩荡宏恩无所母孀兄先无依变故屡遭不逢辰心摧人令断肠积德子孙到于今旺族都中吾首门堪悲英立案雄辈遗脉孰知祖父恩（回前长批，在“祖父恩”之后稍隔数字尚有“知回首”三字。查积德以后是七言绝句，有正石印本在五十四回前，较此通顺。）

《简报》《论丛》《论文选》批语同，末有括弧注：回前长批。在“祖父恩”之后稍隔数字尚有“知回首”三字。查“积德”以下是七绝，有正石印本在五十四回前，较此通顺。

123. 前注不亦南北互用此文之谬（贾珍笑道那是凤姑娘的鬼一段眉批）△

《简报》《论丛》《论文选》批语同，末有括弧注：“那是凤姑娘的鬼”墨眉。

124. 招匪类赌钱养红小婆子即是败家的根本（贾珍对贾芹说话一段眉批）△

《简报》《论丛》《论文选》批语同，末有括弧注：贾珍对贾芹说话一段墨眉。

第五十四回

125. 文章满去赃腹作余谓多（眉批。有错漏字，在“那男子文章满腹却去作贼”一段上）△

《简报》《论丛》《论文选》批语同，末有括弧注：墨眉。有错漏字。在“那男子文章满腹却去作贼”一段上。

五十五回至六十二回八回无批

《简报》《论丛》《论文选》：第五十五至六十二回　八回无批

第六十三回

126. 原为放心终是放心而来妙而去（眉）△

《简报》《论丛》《论文选》批语同，末有括弧注：墨眉。

127. 有天下是之亦有趣甚玩余亦之玩极妙此语编有也非亲问（文义不解）

《简报》批语同，末有括弧注：行间批，在“只和我们闹，知道的说是顽”句旁。

《论丛》《论文选》批语同，末有括弧注：侧批，在“只和我们闹，知道的说是顽”句旁。

第六十四回

128. 玉兄此想周到的是在可女儿工夫上身左右于此时难其亦不故证其后先以恼况无夫嗔处（不可解）○

《简报》批语同，末有括弧注：行间批，在宝黛说话一段。

《论丛》《论文选》批语同，末有括弧注：宝黛说话一段侧批。

第六十五回

129. 今用大翻大解湜贯身顶法语是湖全（不可解）○

《简报》批语同，末有括弧注：在尤三姐说话一段行间批。

《论丛》《论文选》批语同，末有括弧注：在尤三姐说话一段侧批。

130. 用如是语先一今□障（眉批）△

《简报》《论丛》《论文选》批语同，末有括弧注：同上墨眉。

第六十六回

131. 一攀两鸟好树之文沄将茗烟已今等马出谓（不可解）△

《简报》批语同，末有括弧注：“这些混话倒像是宝玉那边的了”句旁批。

《论丛》《论文选》批语同，末有括弧注："这些混话倒象是宝玉那边的了"句侧批。

132. 极奇极趣之文金瓶肖把亡八脸打绿已奇些剩忘八不更奇（眉批，不甚可解）△

《简报》《论丛》《论文选》批语末有括弧注："我不做这剩王八"句墨眉。

第六十七回

133. 四撒手乃已悟是虽眷恋却破此迷关是必何削发埂峰时缘了证情仍出士不隐梦而前引即秋三中姐（回前批，不解何意）

《简报》《论丛》《论文选》批语末有括弧注：回前批。

134. 宝卿不以为怪虽慰此言以其母不然亦知何为□□□□宝卿心机余已此又是□□（不解，前四字看不清，后两字蛀去）

《简报》批语同，末有括弧注：宝钗劝慰薛姨妈句旁批。前四字不清，后两字蛀去。

《论丛》《论文选》批语同，末有括弧注：宝钗劝慰薛姨妈句侧批。前四字不清，后两字蛀去。

135. 似糊涂却不糊涂若非有风缘根基有之人岂能有此□□□姣姣册之副者也（眉批，三字不清）△

《简报》《论丛》《论文选》批语同，末有括弧注：墨眉。三字漫漶不清。

136. 岂犬兄也是有情之人（向西北大哭一场一段眉批）△

《简报》《论丛》《论文选》批语同，末有括弧注："向西北大哭一场"墨眉。

六十八至七十七回无批

《简报》《论丛》《论文选》作：第六十八至七十七回无批

第七十八回

137. 古来皆说阎王注定三更死谁敢留人至五更今忽以小女儿一番无稽之谈及成无人敢翻之案且寓调侃世人之意骂尽世态真非绝妙之文可语观者浮

一白后不必看书了（眉批）△

《简报》《论丛》《论文选》批语同，末有括弧注：墨眉。

138. 十六而夭伤哉（眉）△

《简报》《论丛》《论文选》批语同，末有括弧注：墨眉。

139. 共处不五载一日一夭别可伤可叹（眉）△

《简报》《论丛》《论文选》批语同，末有括弧注：墨眉。

140. 长颟额亦何伤黄面色（眉）△

《简报》《论丛》《论文选》批语末有括弧注：墨眉。

141. 朝淬夕替发也思尤而诟同詬攘即取也（眉）△

《简报》《论丛》《论文选》批语同，末有括弧注：墨眉。

142. 及暗辈嫉贾玉之才谪泛长沙（眉）△

《简报》《论丛》《论文选》批语同，末有括弧注：墨眉。

143. 鮌真以亡身兮终然夭乎羽野（眉）△

《简报》批语同，末有括弧注：墨眉。

“鮌”，《论丛》《论文选》作“鲧”，括弧中作：墨眉。

第七十九回

144. 观此知虽诔晴雯实乃诔黛玉也试观证前缘回黛玉逝后诸文便知（宝黛谈话一段眉批）△

《简报》《论丛》《论文选》批语同，末有括弧注：宝黛谈话一段墨眉。

145. 先为对景悼颦儿作引（眉）△

《简报》《论丛》《论文选》批语同，末有括弧注：墨眉。

146. 妙极菱卿声口斩不可少看作他此言可知其心中等意略无忌讳疑直是浑然天真余为一哭（眉批）△

《简报》《论丛》《论文选》批语同，末有括弧注：墨眉。

第八十回

147. 是乃不及全儿昨闻煦堂语更难揣此意然则余亦幸有雨意期然合而不□同（眉批，不可解，在“菱角谁闻见香来着”一段上）△

《简报》《论丛》《论文选》批语同，末有括弧注：在“菱角谁闻见香来着”一段，墨眉。

148. 曲尽丈夫之道奇闻奇语（眉批）△

《简报》《论丛》《论文选》批语同，末有括弧注：墨眉。

149. 开生面立新场是不止红楼梦一回惟此回更生新读去非阿颦无是佳吟非石兄断无是情聆赏难为了作者且愧杀也古今小说故留数语以慰之余不见落花玉何由至埋香冢如何写葬花吟不至石头记埋香无闲字闲文□正如此丁亥夏畸笏叟（回后长批，文义亦不太可解）

《简报》《论丛》《论文选》批语同，末有括弧注：回后批。

150. 玉兄生性之一天真颦又之知己外无一玉兄人思阻葬花吟之客确是宝玉之化身余幸甚几昨作□为鍼之人幸甚幸甚西暗于袭人腰亦系伏之文累又忘情之引□□是（上批稍隔）

《简报》《论丛》《论文选》均同。

毛国瑶辑抄 150 条靖藏本批语笔记本末附：

以上计 11、19—21、25—27、31—36、38—40、44—46、51—52、55—62、68—77 共三十五回全无批语，书缺 28、29 两回及 30 回 3 页，凡有正石印本已有之批均未录。

俞平伯先生来信校读以下文字：

1. 他日瓜州渡口劝惩，哀哉！不能不屈从，红颜固枯骨□□□（第四十一回）。

2. 亘古宏恩浩荡，无依孀母先兄，屡遭变故不逢辰，心摧更无数，知回看断肠人（五十三回）。

第十八回墨笔批语前半系庾信《哀江南赋》序文中的一段（𢧐当作织）。

《简报》《论丛》末附：

以上计十一、十九至二十一、二十五至二十七、三十一至三十六、三十八至四十、四十四至四十六、五十一至五十二、五十五至六十二、六十八至七十七共三十五回全无批语。书缺二十八、二十九两回及三十回之三页，凡有正石印戚序本已有之批均未录。批语中错乱讹倒之处均未校，悉依原式。第一册封面下所粘字条内容，1965 年得吴恩裕先生见赠《有关曹雪芹十种》，知为曹寅题张见阳所绘“楝亭夜话图”诗句，非批语。又原藏者于 1964 年发现同一式样纸条，据云本来也粘在封面下，以后脱落误夹在他书中，所书为对“满纸荒唐言”一诗的批语，题“夕葵书屋石头记卷一”。我于 1959 年阅靖藏全书时未见到。第十八回一条长批，其前半是录庾信《哀江南赋》序文中的一段，亦非批语。

第八十回最后几条批实际上是二十七和二十八回的批语。本书缺二十八、二十九两回，我怀疑这两回书失去较早，后来从他本抄批，乃抄在第八十回后。此本眉批及行间批录自他本，于此又得一证。

国瑶补记

《论文选》前有“编者按”：

脂靖本是 1959 年在南京一度出现过的一种《红楼梦》乾隆时抄本，上面有大量批语。毛国瑶同志用脂戚本作了比较，把后者没有的或与后者文字不同的批语摘录下来，共 150 条。南京师范学院《文教资料简报》1974 年 8、9 月号合刊（总第 21、22 期）刊登了全文。后来又收入该院 1976 年 5 月编印的《红楼梦版本论丛》。现由毛国瑶同志对个别字句作了校正，转载于后，以供参考。

附录二 《红楼梦》靖藏本辨伪论文目录（1976—2022）[1]

周汝昌《靖本传闻录》，《红楼梦新证》（下册），北京：人民文学出版社，1976 年。

周汝昌《挑战之来》，周汝昌《天 · 地 · 人 · 我》，北京：北京十月文艺出版社，2001 年。

那宗训《“靖本谈”——论所谓靖藏本〈石头记〉残批》，《大陆杂志》1979 年第 58 卷第 5 期。收入《靖本资料》第 466—473 页。

吴世昌《红楼梦探源外编》前言，《红楼梦探源外编》，上海：上海古籍出版社，1980 年。

龚鹏程《靖本脂评〈石头记〉辨伪录》，《红楼丛谈》，济南：山东画报出版社，2012 年。收入《靖本资料》第 473—485 页。

高阳《假古董——靖藏本》，《高阳说曹雪芹》，台北：联经出版事业公司，1983 年。收入《靖本资料》第 486—497 页。

俞润生《对靖本〈石头记〉及其批语的若干疑问》，《红楼》1992 年第 3 期。收入《靖本资料》第 516—529 页。

---

① 本目自公开发表的《红楼梦》靖藏本辨伪论文中择要选编，详目可参考《靖本资料》（修订本）“靖本真伪辨析及其影响”部分。

俞润生《关于靖本批语的那些事儿》，微信公众号：芹梦轩推文 2020-07-27。

任俊潮《〈红楼梦〉“脂靖本”质疑》，《贵州大学学报》（社会科学版）1992 年第 4 期。收入《靖本资料》第 529—544 页。

任俊潮《〈红楼梦〉“脂靖本”再辨伪》，《贵州大学学报》（社会科学版）1995 年第 2 期。

石昕生《关于靖本〈红楼梦〉及其批语的讨论》，《红楼》1992 年第 3 期。收入《靖本资料》第 553—561 页。

石昕生《谈“靖本”〈红楼梦〉有关问题》，《红楼梦学刊》1994 年第 1 辑。收入《靖本资料》第 588—603 页。

石昕生《再谈“靖本”〈红楼梦〉批语——关于读毛国瑶先生〈声明〉有感》，《红楼》1995 年第 4 期。收入《靖本资料》第 609—612 页。

石昕生《“夕葵书屋”残页辨伪》，《红楼》1996 年第 4 期。收入《靖本资料》第 777—780 页。

石昕生《“靖本”批语“增益”“删并”者是谁》，《红楼》1997 年第 3 期。收入《靖本资料》第 639—645 页。

石昕生《〈俞平伯致毛国瑶信函〉——兼评魏绍昌先生序》，《红楼》1999 年第 2 期。收入《靖本资料》第 430—436 页。

石昕生《假红楼古董：红学家们的陷阱——读俞平伯〈记毛国瑶所见靖应鹍藏本红楼梦〉有感》，《红楼》1999 年第 3 期。收入《靖本资料》第 677—679 页。

石昕生《答辩〈也谈靖本〉》（https://www.douban.com/note/528093995/?_i=8921184KeWamKG）（2022-07-27）

石昕生《对“靖本”批语的再认识》，《红楼》2002 年第 1 期。

李同生《论毛国瑶所抄“靖批”为假古董》，《红楼》1994 年第 1 期。收入《靖本资料》第 577—588 页。

李同生《〈毛国瑶致红楼梦研究者的公开信〉质疑》，《红楼》1995 年第 4 期。收入《靖本资料》第 612—621 页。

李同生《“靖批”为证俞平伯先生红学观点而伪造——再论毛国瑶所抄

“靖批”为假古董》，《红楼》1996 年第 2 期。收入《靖本资料》第 622—635 页。

李同生《续论“靖批”“夕葵残页”为假古董——兼驳毛国瑶》，《红楼》1998 年第 1 期。收入《靖本资料》第 659—664 页。

李同生《论“靖批”之伪造得助于〈红楼梦新证〉——兼示毛国瑶并议俞平伯先生之受惑》，《红楼》1998 年第 4 期。收入《靖本资料》第 665—677 页。

李同生《为“靖本”所惑——红学家们何时迷途知返谈靖本》，《红楼》2000 年第 4 期。收入《靖本资料》第 682—689 页。

李同生《关于“靖批”所附曹寅题〈楝亭夜话图〉诗》，《红楼梦版本研究辑刊》第一辑，华侨出版社，2022 年。

张硕人《造假古董者贱莫甚》（曼谷《京华中原联合日报》），《红楼》1999 年第 4 期转载。收入《靖本资料》第 635—639 页。

朱健《孤证不立——小议〈红楼梦〉“毛批本”“靖藏本”》，《书屋》1999 年第 1 期。

魏子云《君子欺之以方也——说“靖本”〈红楼梦〉的“脂批”》，《红楼》2000 年第 4 期。

吴国柱《简评靖本真伪之争》，《红楼》2001 年第 2 期。收入《靖本资料》第 689—700 页。

杨兴让《所谓“靖本”的脂批》，《红楼梦研究》，西安：三秦出版社，2002 年。

于鹏《再说“靖批”——致命的脱漏及主真者的辩解》，《红楼梦研究辑刊》第 5 辑，2012 年。

于鹏《“靖批”补说》，《红楼梦研究辑刊》第 10 辑，2015 年。

于鹏《“靖批”五疑》，《贵州红楼》2020 年第 2 期。

于鹏《“靖批”依据〈脂砚斋红楼梦辑评〉伪造补证》，《贵州红楼》2020 年第 3 期。

于鹏《“靖批”之伪与庚辰本“奸邪婢”批语考释》，《曹雪芹研究》2022 年第 1 期。

于鹏《“荣玉”时间线——兼答梅节先生》，《贵州红楼》2021年第4期。

张杰《尊重学术法则 停用靖本批语——与梅节先生商榷》，《稗海红楼》，北京：作家出版社，2017年。

罗时金《这就是所谓靖本〈红楼梦〉的“下落”》，微信公众号：芹梦轩推文2021-04-22。

刘广定《靖本批语摭谈》，《红楼梦研究辑刊》第4辑，2012年。

徐乃为《“靖藏本石头记”六十年系列悬案探解》，《红楼梦研究(肆)》，2019年。

劳心《有关靖藏本批语真伪论据的辨析》，《红楼梦与津沽文化研究》第四辑，天津：百花文艺出版社，2022年。

高树伟《毛国瑶辑“靖藏本〈石头记〉”批语辨伪》，《文史》2022年第4期。

参考文献

一、古代文献

《八旗满洲氏族通谱》，《景印文渊阁四库全书》史部第455—456册，台北：台湾商务印书馆，2008年。

曹雪芹《程甲本红楼梦》，北京：书目文献出版社，1992年。

曹雪芹《红楼梦》，北京：人民文学出版社，2014年。

曹雪芹《红楼梦》（戚序本），《古本小说集成》，上海：上海古籍出版社，1994年。

曹雪芹《脂砚斋重评石头记》（己卯本），中国国家图书馆藏抄本（善本书号：17522）。

曹雪芹著，脂砚斋评《脂砚斋重评石头记》（甲戌本）（周汝昌弟兄录副本）。

曹雪芹著，脂砚斋评《甲辰本红楼梦》，北京：北京图书馆出版社，2006年。

曹雪芹著，脂砚斋评《脂砚斋重评石头记》（甲戌本）（上海博物馆藏普查登记号：3101012180000110151123），北京：国家图书馆出版社，2019年。

曹雪芹著，脂砚斋评《脂砚斋重评石头记》（庚辰本），《中华再造善本》，北京：国家图书馆出版社，2014年。

曹雪芹著，脂砚斋评《脂砚斋重评石头记》（甲戌本）胶卷，美国哥伦比亚大学图书馆藏（胶卷号：1319）。

曹雪芹著，脂砚斋评《脂砚斋重评石头记》（庚辰本），北京大学图书馆藏抄本（典藏号：NC/5753/5616.7）。

曹雪芹著，脂砚斋评《脂砚斋重评石头记》（蒙府本），中国国家图书馆藏，彩色照片。

曹雪芹著，脂砚斋评《脂砚斋重评石头记》（庚寅本），天津：百花文艺出版社，2014 年。

曹雪芹著，脂砚斋评《脂砚斋重评石头记》（庚辰本晒蓝本）（中国国家图书馆藏，索书号：35064）

曹雪芹著，脂砚斋评《脂砚斋重评石头记》（庚辰本晒蓝本）（中国国家图书馆藏，索书号：35065）

曹寅《楝亭集》，上海：上海古籍出版社，1978 年。

长顺等修，李桂林纂《（光绪）吉林通志》，《中国地方志集成·省志辑·吉林》，南京：凤凰出版社，2009 年。

褚人获辑撰，李梦生校点《坚瓠集》，上海：上海古籍出版社，2012 年。

杜受田等修《钦定科场条例》（影印清咸丰二年刻本），《续修四库全书》第 829—830 册，上海：上海古籍出版社，2002 年。

段玉裁《说文解字注》，上海：上海古籍出版社，2004 年。

敦诚《四松堂集》，上海：上海古籍出版社，1984 年。

范钟湘、陈传德修，金念祖、黄世祚纂《民国嘉定县续志》，《中国地方志集成·上海府县志辑 8》，上海：上海书店出版社，2010 年。

冯梦龙《古今谭概》，北京：中华书局，2018 年。

冯梦龙《喻世明言》，上海：上海古籍出版社，2012 年。

故宫博物院明清档案部《关于江宁织造曹家档案史料》，北京：中华书局，1975 年。

顾炎武《日知录》，《景印文渊阁四库全书》第 858 册，台北：台湾商务印书馆，1982 年。

关廷访修，张慎言纂《太原府志》，中国国家图书馆藏明万历刻本（索书号：地 160.13/1276）。

郭象注，成玄英疏《南华真经注疏》，北京：中华书局，1998 年。

何焯《义门先生集》（影印清道光三十年姑苏刻本），《续修四库全书》第1420册，上海：上海古籍出版社，2002年。
嵇曾筠等监修《浙江通志》，《景印文渊阁四库全书》第519—526册，台北：台湾商务印书馆，2008年。
昆冈等修《钦定大清会典事例》（影印清光绪石印本），《续修四库全书》第798—814册，上海：上海古籍出版社，2002年。
李放纂辑《皇清书史》，周骏富辑《清代传记丛刊》第83—84册，台北：明文书局，1985年。
李桓辑《国朝耆献类征初编》，《清代传记丛刊·综录类⑦》，台北：明文书局，1985年。
李煦撰，张书才、樊志斌笺注《虚白斋尺牍笺注》，北京：中华书局，2013年。
刘铨福《砖祖斋诗钞》（影印清同治年间刻本），《清代诗文集汇编》第671册，上海：上海古籍出版社，2010年。
刘位坦《叠书龛遗稿》（影印黄国瑾抄本），《北京师范大学图书馆藏稀见清人别集丛刊》第21册，桂林：广西师范大学出版社，2007年。
马书奎修《马氏族谱》，中国国家图书馆藏（索书号：JP538）。
马书奎修《马氏族谱》，中国国家图书馆藏稿本（索书号：T04603）。
马书奎修《马氏族谱》，中国国家图书馆藏清稿本（索书号：JP539）。
南京大学中国语言文学系全清词编纂研究室编《全清词·顺康卷》，北京：中华书局，2002年。
《钦定大清会典》，《景印文渊阁四库全书》第619册，台北：台湾商务印书馆，2008年。
《钦定皇朝通志》，《景印文渊阁四库全书》第644—645册，台北：台湾商务印书馆，2008年。
《清实录》，北京：中华书局，1985—1987年影印本。
施瑮《随村先生遗集》（影清乾隆四年刻本），《四库全书存目丛书》集部，济南：齐鲁书社，1996年。
司能任等修《（嘉庆）嘉兴县志》（影印清嘉庆刻本），故宫博物院编《故宫珍本丛刊》第95册，海口：海南出版社，2001年。

孙传檙编《寿州孙文正公年谱》，《北京图书馆藏珍本年谱丛刊》第169册，北京：北京图书馆出版社，1999年。
孙希旦撰，沈啸寰、王星贤点校《礼记集解》，北京：中华书局，1989年。
陶宗仪《南村辍耕录》，北京：中华书局，1959年。
铁保辑、赵志辉校点补《熙朝雅颂集》，沈阳：辽宁大学出版社，1992年。
汪文柏《柯庭余习》（影印清康熙刻本），《四库未收书辑刊》第8辑第21册，北京：北京出版社，2000年。
王葆心编《虞初支志》，上海：上海书店出版社，1986年。
王葆心《续汉口丛谈》，武昌：益善书局，1933年。
王秉恩《王雪澂日记》稿本，台北"国家图书馆"藏（书号：02815）。
王谋文修《（乾隆）介休县志》，《中国地方志集成·山西府县志辑24》，南京：凤凰出版社，2005年。
王伟波《虚白斋尺牍校释》，上海：上海古籍出版社，2013年。
吴贯勉《秋屏词钞》，张宏生编《清词珍本丛刊》第10册，南京：凤凰出版社，2007年。
吴铭道《古雪山民诗后》，《四库未收书辑刊》第9辑第27册，北京：北京出版社，2000年。
吴心谷编著《历代画史汇传补编》，香港：宇宙印刷有限公司，1977年。
徐乃昌《积学斋藏书记》，上海：上海古籍出版社，2014年。
徐乃昌《徐公文集补遗跋》，《骑省集》（中华书局聚珍仿宋本），上海：中华书局，1936年。
徐世昌编，闻石点校《晚晴簃诗汇》，北京：中华书局，1990年。
徐用锡《圭美堂集》，《四库全书存目丛书补编》第7册，济南：齐鲁书社，2001年。
徐宗幹辑《济州金石志》，哈佛大学燕京图书馆藏清道光二十五年刻本（文献编号：990046099160203941）。
许瑶光修，吴仰贤等纂《嘉兴府志》（影印清光绪五年刻本），《中国方志丛书·华中地方第53号》，台北：成文出版社，1970年。
佚名编《近代名人尺牍》，京都大学人文科学研究所藏：http://kanji.zinbun.

kyoto-u.ac.jp/db-machine/toho/html/D0180002.html?big?19
英浩《长白艺文志》，贾贵荣、杜泽逊辑《地方经籍志汇编》第 8 册，北京：北京图书馆出版社，2008 年。
英浩《长白艺文志》，中安太平北京国际拍卖有限公司 2007 年 1 月 6 日拍卖品，参见 http: //auction. artron. net/paimai—art81340156/（2015-07-08）。
英浩《长白艺文志》，中国国家图书馆古籍馆藏稿本（索书号：目 81.13/894.1）。
英启等修《黄州府志》（影印清光绪刻本），《中国地方志集成·湖北府县志辑 14—15》，上海：上海书店出版社，1993 年。
俞正燮《癸巳存稿》，合肥：黄山书社，2005 年。
裕瑞《萋香轩文稿》，香港：香港中文大学出版社，1966 年。
裕瑞《萋香轩吟草》（影印清嘉庆刻本），《清代诗文集汇编》第 500 册，上海：上海古籍出版社，2010 年。
裕瑞《枣窗文续稿》（影印清道光刻本），《清代诗文集汇编》第 500 册，上海：上海古籍出版社，2010 年。
裕瑞《枣窗闲笔》，中国国家图书馆藏稿本（善本书号：02389）。
袁枚《袁枚全集》，南京：江苏古籍出版社，1993 年。
查嗣庭《双遂堂遗集》（影印民国燕京大学图书馆抄本），《清代诗文集汇编》第 212 册，上海：上海古籍出版社，2010 年。
查嗣庭《双遂堂遗集》，中国国家图书馆藏抄本（索书号：142274）。
张纯修等《楝亭夜话图》，吉林省博物院藏（文物普查登记号：2201022180000210042374）。
张问陶《船山诗草》（影印清嘉庆二十年刻道光二十九年增修本），《续修四库全书》第 1486 册，上海：上海古籍出版社，2002 年。
张宜泉《春柳堂诗稿》，上海：上海古籍出版社，1984 年。
张鷟《朝野佥载》，北京：中华书局，1979 年。
昭梿《啸亭杂录》，北京：中华书局，1980 年。
赵崡《石墨镌华》，美国南加利福尼亚大学图书馆藏明抄本：https://scalar.

usc.edu/works/chinese-rare-books/history
赵惟崳修，石中玉、吴受福纂《(光绪）嘉兴县志》，《中国地方志集成·浙江府县志辑》第15册，上海：上海书店出版社，2000年。
朱彝尊《曝书亭集》，《景印文渊阁四库全书》第1318册，台北：台湾商务印书馆，2008年。
庄蘧庵《夜航船》，上海：广益书局，1920年。

二、近现代资料

《安徽省高等检定考试委员会委员名单》(《考试院公报》第7期)，虞和平主编《中国抗日战争史料丛刊》第139册，郑州：大象出版社，2016年。
保罗·马斯《校勘学》，苏杰编译《西方校勘学论著选》，上海：上海人民出版社，2009年，第41—104页。
蔡义江《靖本靖批能伪造吗？》，《红楼梦研究辑刊》第4辑，2012年。收入蔡义江《追踪石头2——蔡义江论红楼梦》，杭州：浙江文艺出版社，2014年。
曹震《邓之诚论〈红楼梦〉及其他》(原新浪博文）。
曹震《刘铨福卒年考》，《红楼梦研究辑刊》第5辑，2012年。
陈传坤《〈红楼梦〉版本论稿》，济南：齐鲁书社，2021年。
陈传坤《胡适原藏〈石头记〉甲戌本“附条”铨辨》，《文学与文化》2017年第3期。
陈熙中《说“越性”——兼评“程前脂后”说》，陈熙中《红楼求真录》，北京：北京大学出版社，2016年，第43—52页。
陈曦钟《红楼疑思录》，北京：新华出版社，2000年。
陈诏《红楼梦小考》，上海：上海古籍出版社，1985年。
程天放《使德回忆录》，台北：正中书局，1979年。
程天放等编《年来安徽之教育》，李景文、马小泉主编《民国教育史料丛刊》第425册，郑州：大象出版社，2015年。
淳于旭《关于〈红楼梦〉的研究与脂砚斋》，《南洋商报》1956年10月30日。
蔡一、陈曼倩《清代〈语溪十二景〉考略》，《桐乡文史资料》第6辑，1987

年 12 月，第 40—45 页。
崔川荣《曹雪芹最后十年考》，哈尔滨：黑龙江教育出版社，2003 年。
崔川荣《镇江江上打渔船》，《红楼》2003 年第 1 期。
魏广洲《追述〈脂砚斋重评石头记〉（庚辰本）的发现过程》，《古旧书讯》1984 年第 5 期。
崔虎刚、胡刚《〈枣窗闲笔〉出处重要证据被发现》，《红楼研究》2013 年第 2 期。
戴不凡《红学评议·外篇》，北京：文化艺术出版社，1991 年。
戴不凡《畸笏即曹頫辩》，《红楼梦研究集刊》第 1 辑，1979 年。
戴璐《藤阴杂记》，北京：北京古籍出版社，1982 年。
邓之诚《〈枣窗闲笔〉跋》，《图书季刊》1948 年新第 9 卷第 3、4 合期。
邓之诚《邓之诚文史札记》，南京：凤凰出版社，2012 年。
董康《书舶庸谭》，北京：中华书局，2013 年。
樊志宾《曹頫生年考》，《红楼梦学刊》2012 年第 2 辑。
樊志斌《曹雪芹家世文化研究》，北京：新华出版社，2018 年。
樊志斌《曹雪芹生活时代：北京的自然与社会生态》，北京：新华出版社，2018 年。
方晓伟《"原不成器"的"曹公子"》，《红楼梦学刊》2013 年第 2 辑。
冯其庸、李希凡主编《红楼梦大辞典》，北京：文化艺术出版社，1990 年。
冯其庸、李希凡主编《红楼梦大辞典（增订本）》，北京：文化艺术出版社，2010 年。
冯其庸《曹雪芹家世·红楼梦文物图录》，台北：七海印刷公司，1985 年。
冯其庸《曹雪芹家世·红楼梦文物图录》，青岛：青岛出版社，2015 年。
冯其庸《曹雪芹家世新考》，上海：上海古籍出版社，1980 年。
奉宽《兰墅文存与石头记》，《北大学生》1931 年 3 月 1 日第 1 卷第 4 期。
福利营业股份有限公司编《上海市行号路图录》（上册），上海：福利营业股份有限公司出版，1947 年。
高树伟《曹頫早年行履刍议》，《红楼梦研究辑刊》第 9 辑，2014 年。
高树伟《曹寅"竹磵侄"考》，《曹雪芹研究》2012 年第 1 期。

高树伟《无畏庵主记胡适席间谈甲戌本》,《胡适研究通讯》2015 年第 1 期。
高树伟《裕瑞〈枣窗闲笔〉补考》,《曹雪芹研究》2020 年第 2 期。
高树伟《裕瑞〈枣窗闲笔〉新考》,《曹雪芹研究》2015 年第 3 期。
高树伟《重论脂砚斋与畸笏叟之关系》,《中国文化研究》2022 年第 1 期。
耿云志主编《胡适遗稿及秘藏书信》第 32 册,合肥:黄山书社,1994 年。
顾斌《〈脂砚斋重评石头记〉甲戌本流传始末》,微信公众号:烟蓑雨笠卷单行推文 2016-01-17。
顾颉刚《〈红楼梦辨〉序》,俞平伯《红楼梦辨》,北京:商务印书馆,2017 年。
郭存孝《程万孚与胡适》,《江淮文史》2016 年第 5 期。
国立北京高等师范学校编《北京高等师范学校十周年纪念录》,张研、孙燕京主编《民国史料丛刊》第 1107 册,郑州:大象出版社,2009 年。
国立北平师范大学编《国立北平师范大学毕业同学录》,李景文、马小泉主编《民国教育史料丛刊》第 1035 册,郑州:大象出版社,2015 年。
洪肇远《阿瘖瘖》:http://www.beihai365.com/read.php?tid=12110421
胡不归等《胡适传记三种》,合肥:安徽教育出版社,2002 年。
胡绍棠《楝亭集笺注》,北京:北京图书馆出版社,2007 年。
胡适《跋乾隆庚辰本〈脂砚斋重评石头记〉钞本》,宋广波编校《胡适论红楼梦》,北京:商务印书馆,2021 年,第 293—303 页。
胡适《跋乾隆甲戌〈脂砚斋重评石头记〉影印本》,宋广波编校《胡适论红楼梦》,北京:商务印书馆,2021 年,第 466—489 页。
胡适《答臧启芳书(1951 年 9 月 7 日)》,宋广波编校《胡适论红楼梦》,北京:商务印书馆,2021 年,第 354—356 页。
胡适《红楼梦考证(初稿)》,宋广波编校《胡适论红楼梦》,北京:商务印书馆,2021 年,第 16—43 页。
胡适《红楼梦考证(改定稿)》,宋广波编校《胡适论红楼梦》,北京:商务印书馆,2021 年,第 144—182 页。
胡适《考证〈红楼梦〉的新材料》,宋广波编校《胡适论红楼梦》,北京:商务印书馆,2021 年,第 239—267 页。
胡适《与钱玄同书》,宋广波编校《胡适论红楼梦》,北京:商务印书馆,

2021 年，第 224 页。
胡适《脂砚斋评本石头记四册的来源条记》，宋广波编校《胡适论红楼梦》，北京：商务印书馆，2021 年，第 225—226 页。
胡颂平编著《胡适之先生晚年谈话录》，北京：新星出版社，2006 年。
胡文彬《陶洙与抄本〈石头记〉之流传》，《红楼梦学刊》2002 年第 1 辑。
胡文英编《吴下方言考》，北京：中国书店，1981 年。
胡渔山《味痴剩墨》，江阴：江阴华通印书馆，1923 年。
黄彭年《黄陶楼先生日记》，南京：凤凰出版社，2020 年。
黄一农《本命星官与“顺星之祭”》（未刊稿）。
黄一农《曹雪芹的家族印记》，新竹：“国立”清华大学出版社，2022 年。
黄一农、吴国圣《曹寅次婿即青海亲王罗卜藏丹津考释》，《中国文化》2021 年第 2 期。
黄一农《二重奏：红学与清史的对话》，北京：中华书局，2015 年。
黄一农《红楼梦外：曹雪芹〈画册〉与〈废艺斋集稿〉新证》，成都：四川人民出版社，2021 年。
黄一农《甲戌本〈石头记〉中“甲午八日”脂批新考》，《湖北大学学报》（哲学社会科学版）2017 年第 1 期。
黄一农、萧永龙《论道光帝庙讳与古书中“宁”字的写法》，《文与哲》2014 年总第 25 期。
黄一农《裕瑞〈枣窗闲笔〉新探》，高雄：“国立”中山大学出版社，2015 年。
黄一农《裕瑞〈枣窗闲笔〉新探》，《文与哲》2014 年总第 24 期。
黄一农《袁枚〈随园诗话〉编刻与版本考》，《台大文史哲学报》2013 年第 79 期。
纪欣《清代军机章京述论》，《承德民族师专学报》2002 年第 4 期。
江都县地名委员会编《江苏省江都县地名录》，1983 年。
江苏省博物馆学会编《江苏博物馆年鉴》，江苏：江苏省博物馆学会，1985 年。
金品芳《甲戌本归刘铨福收藏时尚残存几册几回》，《红楼梦学刊》1997 年第 4 辑。
金问涛《裕憼霆生平与集藏事略考（下）》，《上海集邮》2017 年第 5 期。

《靖氏族谱》，淮海靖氏族谱修编委员会自印，2013 年 10 月。
《靖氏族谱》，河南荥阳大庙村靖氏族人理事会编委会编印，2015 年 12 月。
柯愈春《清人诗文集总目提要》，北京：北京古籍出版社，2001 年。
兰良永《王竹村曾为曹𫖯蒙师考——兼论〈陈鹏年传〉所载“织造幼子”并非曹𫖯》，《辽东学院学报》（社会科学版），2012 年第 4 期。
兰良永《脂批署时“甲午八日”再议——兼答陈章先生》，《曹雪芹研究》2016 年第 4 期。
李辰冬《李辰冬古典小说研究论集》，北京：中华书局，2006 年。
李广柏《明义〈题红楼梦〉诗与袁枚所知曹雪芹之点滴》，《文史丛考：李广柏自选集》，武汉：华中师范大学出版社，2010 年，第 237—252 页。
李鹏飞《脂畸二人说与一人说之重审：没有靖批我们能否证明脂畸二人说》，《红楼梦学刊》2022 年第 2 辑。
李清志《古书版本鉴定研究》，台北：文史哲出版社，1986 年。
李永泉《甲戌本〈红楼梦〉收藏者刘铨福补考》，《红楼梦学刊》2011 年第 1 辑。
李致忠《古书版本学概论》，北京：书目文献出版社，1990 年。
梁启超《中国历史研究法》，上海：华东师范大学出版社，1995 年。
林冠夫《曹雪芹生前的最后定稿本——论己卯庚辰本》，《红楼梦版本论》，北京：文化艺术出版社，2007 年，第 65—114 页。
刘广定《〈枣窗闲笔〉之真伪与成书时间》，《曹雪芹研究》2017 年第 4 期。
刘广定《台湾藏内阁大库的三件曹寅曹𫖯档案》，《曹雪芹研究》2014 年第 2 期。
刘广实、邵林主编《集邮词典》，北京：中国集邮出版社，1988 年。
刘梦溪《红楼梦与百年中国》，石家庄：河北教育出版社，1999 年。
刘梦溪编《红学三十年论文选编》，天津：百花文艺出版社，1984 年。
刘晓安、刘雪梅编纂《〈红楼梦〉研究资料分类索引（1630—2009）》，北京：国家图书馆出版社，2012 年。
马骏昌选编《集邮回忆录》，北京：燕山出版社，1987 年。
毛北屏《范鸿仙与铁血军》，《江苏省文史资料选辑》第 6 辑，南京：江苏人民出版社，1981 年，第 207—209 页。
毛国瑶《对脂靖本〈红楼梦〉批语的几点看法》，南京师范学院中文系资料室编《红楼梦版本论丛》，南京：南京图书馆翻印，1976 年，第 318—328 页。收入《靖本资料》第 73—80 页。
毛国瑶《靖应鹍藏抄本〈红楼梦〉发现的经过》，《靖本资料》第 143—153 页。
毛国瑶《谈南京图书馆藏戚序抄本〈红楼梦〉》，南京师范学院中文系资料室编《红楼梦版本论丛》，南京图书馆翻印，1976 年，第 160—168 页。
毛国瑶《再谈曹雪芹与富察氏的关系》，油印本，于鹏收藏。
毛国瑶、石昕生《再谈靖应鹍藏抄本〈红楼梦〉批语及有关问题》，江苏省红学会编印《江苏红学论文选》，1982 年 7 月，第 109—118 页。收入裴世安等编《靖本资料》第 123—139 页。
毛健全口述《洗马塘：毛家一百年的故事》，南昌：二十一世纪出版社，2013 年。
梅节《论己卯本〈石头记〉》，《海角红楼：梅节红学文存》，北京：国家图书馆出版社，2013 年，第 171—200 页。
梅节《也谈靖本》，《红楼梦学刊》2002 年第 1 辑。收入《靖本资料》第 734—756 页。梅节《海角红楼：梅节红学文存》，第 271—294 页。
缅希科夫（孟列夫）、里弗京（李福清）《长篇小说〈红楼梦〉的抄本》，《参考消息》1974 年 12 月 16 日。
敏成《曹寅家的几位亲属问题》，《红楼梦研究集刊》第 5 辑，1980 年。
那宗训《红楼梦探索》，台北：新文丰出版社，1982 年。
那宗训《京本通俗小说新论及其他》，台北：文史哲出版社，1985 年。
那宗训《谈所谓靖藏本〈石头记〉残批》，《大陆杂志》1979 年卷 58 第 5 期。收入《靖本资料》第 466—473 页。
南京师范学院中文系资料室编《红楼梦版本论丛》，南京图书馆翻印，1976 年。
欧阳健《〈裕憹霆藏书目录〉之谜》，《文学与文化》2021 年第 4 期。
欧阳健《还原脂砚斋》，哈尔滨：黑龙江教育出版社，2003 年。
欧阳健《红楼新辨》，广州：花城出版社，1994 年。
欧阳健《红学 ABC25 问求答》，《红学辨伪论》，贵阳：贵州人民出版社，

1996 年，第 195—212 页。
欧阳健《红学辨伪论》，贵阳：贵州人民出版社，1996 年。
潘重规《红楼梦新辨》，台北：三民书局股份有限公司，1990 年。
潘重规《红楼梦新解》，台北：三民书局股份有限公司，2015 年。
潘重规《影印〈萋香轩文稿〉序》，裕瑞《萋香轩文稿》，香港：香港中文大学新亚书院中文系，1966 年。
潘荣陛《帝京岁时纪胜》，北京：北京古籍出版社，2001 年。
裴世安、柏秀英、沈柏松编《靖本资料》，上海石言居自印本，2005 年。
皮述民《脂砚斋与〈红楼梦〉的关系》，胡文彬、周雷编《海外红学论集》，上海：上海古籍出版社，1982 年，第 294—307 页。
齐欣《未著录的晚清佚名〈新红楼梦〉及相关作品考辨——兼谈名著续仿现象的"非经典作品"》，《明清小说研究》2019 年第 3 期。
任继愈《中国藏书楼》，沈阳：辽宁人民出版社，2001 年。
任辛《〈红楼梦〉简说》，新加坡：新加坡青年书局，1960 年。
任辛《脂批研究的新境界》，《星洲日报》1960 年 8 月 2 日。
尚友萍《证甲戌本〈凡例〉的作者是脂砚斋》，《红楼梦学刊》1992 年第 2 辑。
沈治钧《红楼梦成书研究》，北京：中国书店，2004 年。
沈治钧《曹雪芹卒年辨》，《红楼梦学刊》2006 年第 5 辑。
沈治钧《乾隆甲辰本红楼梦递藏史述闻》，《红楼梦学刊》2019 年第 3 期。
沈治钧《苕溪渔隐〈痴人说梦〉真伪平议》，《红楼梦学刊》2016 年第 1 辑。
石昌渝《乾隆甲戌脂砚斋重评石头记》影印前言，《脂砚斋重评石头记（甲戌本）》，北京：人民文学出版社，2010 年。
石昕生、毛国瑶《曹雪芹、脂砚斋和富察氏的关系》，《人文杂志》1982 年第 1 期。
石昕生《撒谎永远成不了事实——答毛国瑶先生》，《靖本资料》第 645—658 页。
石昕生《石昕生与毛国瑶先生通信录（摘要）》，《红楼》1993 年第 4 期。收入《靖本资料》第 562—577 页。
史树青《书画鉴真》，北京：北京燕山出版社，1996 年。

宋广波编《胡适批红集》，北京：北京大学出版社，2009 年。
宋广波编校《胡适论红楼梦》，北京：商务印书馆，2021 年。
宋谋玚《评“程前脂后”论者的所谓铁证》，《红楼梦学刊》1996 年第 2 辑。
苏杰编译《西方校勘学论著选》，上海：上海人民出版社，2009 年。
孙殿起《贩书偶记》，上海：上海古籍出版社，1982 年。
孙楷第《中国通俗小说书目》，北京：人民文学出版社，1982 年。
孙逊《红楼梦脂评初探》，上海：上海古籍出版社，1981 年。
孙玉蓉、朱炜《俞平伯年谱》，杭州：浙江大学出版社，2021 年。
孙玉蓉《荣辱毁誉之间：纵谈俞平伯与〈红楼梦〉》，北京：知识产权出版社，2019 年。
唐茂松《关于脂靖本〈红楼梦〉批语的校正》，《江苏社联通讯》1984 年第 10 期。收入《靖本资料》第 13—21 页时作者修改了个别字句。
唐顺贤《裕瑞曾见脂批甲戌本浅考——兼辨〈枣窗闲笔〉“伪书”说》，《红楼梦学刊》1994 年第 4 辑。
汪启淑《水曹清暇录》，北京：北京古籍出版社，1998 年。
王桂平《明清江苏藏书家刻书成就和特征研究》，武汉：武汉大学出版社，2018 年。
王惠萍、靖宽荣《关于靖本〈石头记〉及其批语流传的几个问题》，《靖本资料》第 498—514 页。
王惠萍、靖宽荣《海外奇谈——答周汝昌靖本〈石头记〉佚失之谜》，《靖本资料》第 339—347 页。
王惠萍《沧海桑田话浦口》，南京：南京大学出版社，1990 年。
王竞、滕瑞云编著《黑龙江碑刻考录》，哈尔滨：黑龙江教育出版社，1996 年。
王岚《宋人文集编刻流传丛考》，南京：江苏古籍出版社，2003 年。
王利器《马氏遗腹子·曹天祐·曹霑》，《红楼梦学刊》1980 年第 4 辑。
王佩璋《曹雪芹的生卒年及其他》，刘广定编著《王佩璋与〈红楼梦〉：一代才女研红遗珍》，台北：里仁书局，2014 年，第 181—223 页。
王彦坤编《历代避讳字汇典》，郑州：中州古籍出版社，1997 年。

韦明铧《红楼梦断靖家营》，《绿杨深巷：带一本书去扬州》，南京：南京师范大学出版社，2009 年，第 184—189 页。

韦明铧《枝枝叶叶总关情：扑朔迷离的“扬州靖本”》，《扬州日报》2004 年 10 月 12 日。

魏珞宁《论〈石头记〉抄本批语中的间隔符号》，《红楼梦学刊》2023 年第 4 辑。

魏绍昌《靖本〈石头记〉的故事》，《靖本资料》第 323—326 页。

魏绍昌《所谓“靖本”究竟是怎么一回事？》，《靖本资料》第 379—382 页。

魏绍昌《亚东本〈红楼梦〉摭谈》，南京师范学院中文系资料室编《红楼梦版本论丛》，南京图书馆翻印，1976 年，第 75—86 页。

温庆新《〈枣窗闲笔〉辨伪论》，《贵州大学学报》（社会科学版）2010 年第 2 期。

吴恩裕《曹雪芹丛考》，上海：上海古籍出版社，1980 年。

吴恩裕《曹雪芹的生平》，《红楼梦研究参考资料选辑》第 4 辑，北京：人民文学出版社，1978 年，第 107—186 页。

吴恩裕《曹雪芹佚著浅探》，天津：天津人民出版社，1979 年。

吴恩裕《读靖本〈石头记〉批语谈脂砚斋、畸笏叟和曹雪芹》，《曹雪芹丛考》，上海：上海古籍出版社，1980 年，第 271—296 页。

吴旻、韩琦《欧洲所藏雍正乾隆朝天主教文献汇编》，上海：上海人民出版社，2008 年。

吴世昌《郭沫若院长谈曹雪芹卒年问题》，《吴世昌全集》（第 8 册），石家庄：河北教育出版社，2003 年，第 46—50 页。

吴世昌《红楼梦探源》，北京：北京出版社，2000 年。

吴世昌《红楼梦探源外编》，上海：上海古籍出版社，1980 年。

吴晓铃《吴晓铃集》，石家庄：河北教育出版社，2006 年。

吴新雷、黄进德《曹雪芹江南家世考（修订版）》，哈尔滨：黑龙江教育出版社，2009 年。

项旋《美国国会图书馆摄甲戌本缩微胶卷所见附条批语考论》，《红楼梦学刊》2016 年第 3 辑。

徐恭时《红雪缤纷录》，香港：朝夕出版社，2019 年。
徐恭时《红苑长青磐石坚——刘铨福史实与甲戌本关系综考》，《红楼梦学刊》1995 年第 2 辑。
徐恭时《寅宣子系似丝棼——新发现的曹雪芹家世档案史料分析》，《历史档案》1985 年第 2 期。
徐恭时《楝花满地西堂闭（上）——曹頫史实新探》，《红楼梦研究集刊》第 13 辑，1986 年。
严中编注《周汝昌致严中书信集》，杭州：浙江古籍出版社，2022 年。
杨传镛《红楼梦版本辨源》，北京：北京图书馆出版社，2007 年。
杨光汉《关于甲戌本〈好了歌解〉的侧批》，《红楼梦学刊》1980 年第 4 辑。
杨光汉《脂砚斋与畸笏叟考》，《社会科学研究》1980 年第 2 期。
一粟《红楼梦书录》，上海：上海古籍出版社，1981 年。
伊藤漱平《脂砚斎と脂砚斎评本に关する覚书（五）》，大阪市立大学文学会编《人文研究》卷 017，大阪：大阪市立大学大学院文学研究科，1966 年，第 373—411 页。
于鹏《“作者自云”与“迷津”——说脂评作者对原文的改动》，《红楼梦研究辑刊》第 11 辑，2015 年。
于鹏《忆周汝昌先生》，《周汝昌百年诞辰纪念专辑》，天津：百花文艺出版社，2018 年，第 354—359 页。
俞平伯《〈红楼梦〉简论》，《俞平伯论〈红楼梦〉》，上海：上海古籍出版社，1988 年，第 843—862 页。
俞平伯《曹雪芹的卒年》，《光明日报·文学遗产》1954 年第 1 期。
俞平伯《曹雪芹卒于一七六三年》，《俞平伯全集》（第六卷），石家庄：花山文艺出版社，1997 年，第 50—52 页。
俞平伯《辑录脂砚斋本“红楼梦”评注的经过》，《光明日报·文学遗产》1954 年第 11 期。
俞平伯《记“夕葵书屋〈石头记〉卷一”批语》，《靖本资料》第 760—773 页。
俞平伯《记毛国瑶所见靖应鹍藏本〈红楼梦〉》，《文汇读书周报》1998 年 4 月 4 日、11 日、18 日、25 日。收入《靖本资料》第 216—252 页。

俞平伯《甲戌本与脂砚斋》，《俞平伯全集》（第六卷），石家庄：花山文艺出版社，1997 年，第 418—420 页。

俞平伯《前八十回红楼梦原稿残缺的情形》，《俞平伯全集》（第五卷），石家庄：花山文艺出版社，1997 年，第 463—469 页。

俞平伯《脂砚斋红楼梦辑评》，上海：古典文学出版社，1957 年 2 月。

俞平伯《脂砚斋红楼梦辑评》，上海：古典文学出版社，1958 年 2 月。

俞平伯《脂砚斋红楼梦辑评》，上海：上海文艺联合出版社，1954 年 12 月。

俞平伯《脂砚斋红楼梦辑评》，上海：上海文艺联合出版社，1955 年 2 月。

俞平伯《脂砚斋红楼梦辑评》，上海：上海文艺联合出版社，1955 年 4 月。

俞平伯《脂砚斋红楼梦辑评》，上海：中华书局上海编辑所，1960 年 2 月。

俞平伯《脂砚斋红楼梦辑评》，上海：中华书局上海编辑所，1963 年 9 月。

俞平伯《脂砚斋红楼梦辑评》，上海：中华书局上海编辑所，1966 年 5 月。

俞平伯《脂砚斋红楼梦辑评》，香港：香港太平书局，1975 年 4 月。

俞平伯《脂砚斋红楼梦辑评》，香港：香港太平书局，1979 年 2 月。

俞平伯校订、王惜时参校《红楼梦八十回校本》，北京：人民文学出版社，1958 年。

俞平伯《俞平伯全集》（第五卷），石家庄：花山文艺出版社，1997 年。

俞润生《就讨论靖本批语再说几句》，微信公众号：芹梦轩推文 2021 年 8 月 10 日。

张蓓蓓编《美国图书馆藏中国法律古籍善本书志》，天津：天津古籍出版社，2018 年。

张昊苏《〈红楼梦〉书名异称考》，《文学与文化》2017 年第 3 期。

张昊苏《〈枣窗闲笔〉涉〈红楼梦〉外证资料考实》，《文学与文化》2022 年第 3 期。

张鸿度《东门纪事》，《雨花》2015 年第 1 期。

张庆《〈脂砚斋重评石头记〉里的“阿瘖瘖”》，《香沤小集》，上海：华东理工大学出版社，2009 年。

张全海《曹寅〈楝亭诗钞〉“渭符侄”考》，《红楼梦学刊》2008 年第 2 辑。

张书才、高振田《新发现的曹雪芹家世档案史料初探》，《红楼梦学刊》1984

年第 2 辑。
张书才《曹雪芹家世生平探源》，沈阳：白山出版社，2009 年。
张书才《曹雪芹生父新考》，《红楼梦学刊》2008 年第 5 辑。
张涌泉《汉语俗字研究》，北京：商务印书馆，2010 年。
张云《谁能炼石补苍天：清代〈红楼梦〉续书研究》，北京：中华书局，2013 年。
张振国《民国文言小说史》，南京：凤凰出版社，2017 年。
赵聪《俞平伯与〈红楼梦〉事件》，香港：友联出版社，1955 年。
赵冈、陈钟毅《红楼梦研究新编》，台北：联经出版事业公司，1975 年。
赵冈《红楼梦考证拾遗》，香港：高原出版社，1963 年。
赵冈《红楼梦新探》，北京：文化艺术出版社，1991 年。
赵建忠《清人裕瑞书斋名“萋香轩”误刻“凄香轩”释疑》，《红楼梦学刊》2012 年第 5 辑。
赵善长《赵善长集邮文选》，西安：陕西人民出版社，1995 年。
赵卫邦《〈红楼梦〉三个主要脂本的关系》，《红楼梦学刊》1980 年第 3 辑。
郑庆山《红楼梦的版本及其校勘》，北京：北京图书馆出版社，2002 年。
郑庆山《谈靖藏本〈石头记〉》，《红楼梦的版本及其校勘》，北京：北京图书馆出版社，2002 年，第 51—77 页。
中国第一历史档案馆编《康熙朝满文朱批奏折全译》，北京：中国社会科学出版社，1996 年。
中国第一历史档案馆《新发现的一件曹雪芹家世档案史料》，《红楼梦学刊》1984 年第 1 辑。
中华全国集邮联合会《中国集邮大辞典》，北京：中国大百科全书出版社，1996 年。
周策纵《论一部被忽视了的〈红楼梦〉旧抄本——〈痴人说梦〉所记抄本考辨》，《红楼梦学刊》1993 年第 1 辑。
周祜昌、周汝昌《石头记鉴真》，北京：书目文献出版社，1985 年。
周汝昌《跋胡藏〈脂砚斋重评石头记〉》，《周汝昌与胡适》，天津：百花文艺出版社，2013 年，第 247—270 页。

周汝昌《红楼夺目红》，长沙：湖南文艺出版社，2018 年。

周汝昌《红楼梦新证（增订本）》，北京：中华书局，2016 年。

周汝昌《红楼梦新证》，北京：华艺出版社，1998 年。

周汝昌《红楼梦新证》，北京：人民文学出版社，1976 年。

周汝昌《红楼梦新证》，上海：棠棣出版社，1953 年。

周汝昌《红楼无限情·周汝昌自传》，北京：北京十月文艺出版社，2005 年。

周汝昌《刘铨福考》，《红楼梦新证（增订本）》，北京：中华书局，2016 年，第 858—874 页。

周汝昌《真本〈石头记〉之脂砚斋评》，《燕京学报》1949 年第 37 期。

周汝昌《周汝昌与胡适》，天津：百花文艺出版社，2013 年。

周绍良《读甲戌本〈脂砚斋重评石头记〉散记》，《红楼梦研究集刊》第 3 辑，1980 年。

周绍良《裕瑞〈枣窗闲笔〉跋》，《红楼梦研究论集》，太原：山西人民出版社，1983 年，第 276—282 页。

朱淡文《曹頫小考》，《红楼梦学刊》1987 年第 1 辑。

朱淡文《红楼梦论源》，南京：江苏古籍出版社，1992 年。

朱南铣《〈红楼梦〉后四十回作者问题札记（下）》，《红楼梦研究集刊》第 7 辑，1981 年。

子午源《石墨留韵 古拓扬芬——海宁图书馆藏金石拓本四题》，《收藏家》2011 年第 2 期。

Butler University, "Butler Alumnal Quarterly (1925)". Butler Alumnal Quarterly.13. https://digitalcommons.butler.edu/bualumnalquarterly/13

http://www.zggdxs.com/Article/xlhy/mqxs/hlm/201212/4737.html

Mao PaoHeng.Chinese Secondary Education(Butler University, A Thesis Submitted as a Partial Requirement for the Degree of Master of Arts, 1925)

Wu Shih−Ch’ang. On The Red Chamber Dream(Oxford: Oxford at The Clarendon Press,1961).

后　记

去年这个时候，我还没有完全从这本小书要揭示的《红楼梦》靖藏本作伪案带来的震撼中走出来，翻看邮箱里的邮件，当时还在不断修订《毛国瑶辑“靖藏本〈石头记〉”批语辨伪》这篇论文，并寄给小圈子里几位熟悉此事的友人。发现毛国瑶辑抄所谓靖藏本《石头记》批语完全出于蓄意伪造，由此对150条毛辑靖藏本批语仔细析分，重新将这150条批语置于现存《红楼梦》三个古抄本（甲戌本、己卯本、庚辰本）中审视，也尝试尽力回到二十世纪六十年代毛辑靖藏本批语出现以及出现后那段时间《红楼梦》研究这样一个具体的历史环境中考察。当然，更重要的是国家图书馆于鹏先生得知我将150条毛辑靖藏本批语比勘俞平伯《脂砚斋红楼梦辑评》存世诸多版次，连续发现毛辑靖藏本批语承袭《辑评》的十余处特殊文本时，近一年中我们都在密集交换意见，也让我对这段学术史产生了一些新的看法和复杂的感受。

辨伪研究似乎不存在有意识预先自主选题的问题，大多数的辨伪工作是在做资料梳理工作时，突然意识到某些材料不对劲，这种不对劲或者始于对某一时段特殊文本语词的敏感，或是意识到文献在流传过程中出现的特殊情况，始有所疑，进而查考其源流，比勘其文本依据，斟酌其遣词用语，进而还原文本出现的具体场景、背后所依据的具体文本，综合析分其意图指向，诸如此类的多方面研究工作铺展开后，距离真正将其定为伪作，使学界、大众接受，还需要漫长的时间，文献证伪之类的研究大抵要经历这样的过程。

精妙的文献辨伪，的确是要有实实在在的证据，以凿实伪造文献所依据的具体文本，发现两个庞杂文本之间发生扣合关系的研究方法与路径，是文献学研究中常用的校勘。篇幅巨大的文本，往往会对人的认知构成巨大挑战，而精细的文本校勘，全面系统清理文本校勘结果，能够帮助我们认清巨量庞杂文本之间的关系。以 150 条毛辑靖藏本批语而言，虽然我早知道它的存在，但确实没有静下来认真阅读前面几位研究者，如任俊潮、于鹏的研究文章。幸运的是，我自己的兴趣一直偏重《红楼梦》文献研究，也有重新全面校勘《红楼梦》诸版本的野心，也就断断续续试着把几种抄本拿过来校勘。几十万字的小说，基于对现存版本的模糊理解，校勘该从哪里入手呢？当时就想先从存世篇幅较少的版本切入。在这个过程中就又开始关注《红楼梦》存世各版本的情况，也就将关注点再一次落到了靖藏本上。

我早就知道靖藏本有真伪之争，也担心介入以后会完全陷入其中而无法得出确凿的结论。重新回顾对靖藏本的研究时，我读到了于鹏那篇《“靖批”依据〈脂砚斋红楼梦辑评〉伪造补证》，这篇文章首先引了任俊潮发现的一处证据，比较早出版的《脂砚斋红楼梦辑评》辑录庚辰本第四十八回香菱学诗处批语时，脱漏“纨钗，风流不让湘黛，贤惠不让”十二字，作“细想香菱之为人也，根基不让迎探，容貌不让凤秦，端雅不让袭平”，毛辑靖藏本批语第 116 条竟然有同样的脱漏。稍稍对校勘学有感觉、知晓“连结性讹误(errores coniunctivi)”的人，看到这里以后，一定觉得这个发现太关键了。

为什么关键？发生文本脱漏的这段批语，出现的具体场景非常特殊，其发生变化的具体场景是：俞平伯在据庚辰本晒蓝本辑录这条批语时，因为这条批语的句式非常有规律（连续五个“×× 不让 ××”短句），恰恰是其中的“不让”二字，俞平伯对此疏忽，导致漏看了其中的“纨钗，风流不让湘黛，贤惠不让”十二字，变作“端雅不让袭平”。很明显，这段文本脱漏是由俞平伯疏忽或排版刷印时产生的，文本讹变的场景非常具体。我们知道，文本经历转抄、刊刻，是会发生一些讹变，尤其是宋代以后雕版印刷盛行，在讹乱不堪的版本环境中滋生出了校勘学这门学问，从而总结出文字抄写、刊刻致误缘由，诸如音近而讹、形近而讹等一些普遍规律。

当然，毛辑靖藏本批语作伪的这个证据被揭示以后，除了于鹏等几位研究者，竟然很少有人注意到这个文本变化的具体场景，所谓靖藏本的“荣玉”异文也是同样的道理。因此，甚至有研究者从下面这样的角度对此进行了解释，为靖藏本回护道：《红楼梦》抄本在流传过程中，就是存在过这样一个抄本，抄录时与俞平伯《辑评》辑录这条批语时发生了同样的问题，也把“纨钗，风流不让湘黛，贤惠不让”十二个字抄漏了，这个抄本就是靖藏本，毛国瑶如实据以誊抄，就是我们现在所见到的抄有150条批语的小册子。这种情况是否会出现呢？当然会出现，因为这是上文已提到的文本在传抄过程中常见的讹变。可是，若有一两处这样的文本讹变重合，还相对容易解释，如果两个文本中还有其他文本讹变产生这样的重合，就有点让人心惊了。与于鹏聊天中，我说，我很好奇，任俊潮先生是怎么想到去拿《辑评》与毛辑靖藏本批语做文本校勘的，从而发现了这一条批语，打开了揭示毛辑靖藏本批语作伪依据及过程的魔盒。直到现在，我也还没见到任先生，但我想象，大概是因为此事与俞平伯有关，又联想到当时市面上流通的载录脂砚斋批语的文献并不是很多，而《辑评》恰恰是当时影响较大且辑录批语最全的书。

于鹏的文章介绍完任俊潮的发现以后，接着又指出《辑评》另外两处特殊的文本情形（包括另一处脱漏），也被毛辑靖藏本批语承袭。这就更使人惊心动魄了。我在读到任俊潮揭示的第一条毛辑靖藏本批语承袭《辑评》文本脱漏例时，就产生了全面精细校勘150条毛辑靖藏本批语与《辑评》的想法，看到文中举出的另外两例文本，让我觉得，文本产生讹变的情况是比较复杂的，除了同文脱文和以前校勘者所总结的形近而讹等，还要注意具体的文本有一个镶嵌的文本结构，这个文本结构是系统的，其中的具体文本，在其特殊的结构中精密照应。这也让我在正式开始全面校勘之前，注意到具体文本和文本架构这两个重要的方面。

当我着手开始校勘，发现以上三例之外的第四例文本讹变，同样发生在《辑评》与毛辑靖藏本批语两个文本中时，我觉得150条靖藏本批语全部出于蓄意伪造可以定案了。通过校勘发现这些文本讹变的那天深夜，尽管身体已经很累，但强烈的兴奋感还是支撑我逐字逐句把150条毛辑靖藏本批语粗略校勘了一遍。每发现一处同误，那种兴奋感就像渴极之人走在四寂无人、茫茫无边的暗夜沙漠里，借着月光，突然发现半掩在荒草滩里的一汪清泉。东方既白，长舒一口气，总共发现十余处这样的文本讹变，同时出现于《辑评》与毛辑靖藏本批语这两个文本中。

前文提及回护靖藏本批语者，面对这十余处因俞平伯辑录批语所产生的文本讹变，同时又出现在毛辑靖藏本批语中，还能否以“曾有一个古抄本与《辑评》产生了同样的文本讹变”解释呢？我想，这个解释无论如何是不成立的。原因就是，这十余处文本讹变是在俞平伯据《红楼梦》抄本辑录批语这个具体场景中产生的，集中呈现在了《辑评》中，而在上百年前，有一个抄手在传抄批语时发生与《辑评》同样脱文、误字、错简等十余处不同类型文本讹变的概率几乎为零。因此，150条毛国瑶辑靖藏本批语赝鼎无疑。明白靖藏本之伪后，白天仍阅读书架上汗牛充栋的红学著作，晚上却时常梦到一位抱着书、窝在榻上呻吟的老人，他已病入膏肓，几乎无可救药。我时常从这样的梦里惊醒，睡意全无，在恍惚中继续回顾这段诡谲的学术史。

新红学到今天已有一百多年的历史，却有六十年一多半的时间被笼罩在蓄意伪造的毛辑靖藏本批语的影响之下。《红楼梦》抄本中有脂砚斋、畸笏叟等署名的批语，研究《红楼梦》版本，首先面临的核心问题就是脂砚斋与畸笏叟的关系，最为核心的研究内容，恰恰受到伪靖藏本批语的误导。毛辑靖藏本批语出现以前，研究者对比甲戌本、庚辰本的批语，尤其是对比前后呼应的脂砚斋、畸笏叟批语，认为畸笏叟是壬午以后脂砚斋更换的一个名号，脂畸实为同一人。自1964年以后，毛辑靖藏本批语第87条将原有批语“前批‘知者聊聊’，今丁亥夏只剩朽物一枚，宁不痛乎”增益，改作“前批‘知者聊聊’，不数年，芹溪、脂砚、杏斋诸子皆相继别去，今丁亥夏只剩朽物一枚，宁不痛杀”，以更“明确”的表述（“不数年，芹溪、脂砚、杏斋诸子皆相继别去”），使脂砚斋在丁亥夏以前“别去”，“丁亥夏只剩朽物一枚”的“朽物”当然不会再被认为是脂砚斋，只能被认为是另外一个人畸笏叟，但是这改变了这条批语原来的语境。这里凭空增出的十六字，使研究者认定脂畸为二人，自此而后，甲戌本、己卯庚辰本等早期抄本在人们的认识中发生了巨大变化，《红楼梦》版本研究自 1964 年起也因伪造的毛辑靖藏本批语偏离了方向，如今尚不知返。

更麻烦的是，毛辑靖藏本批语中还有些涉及八十回以后的批语，如妙玉瓜州渡口、贾芸探庵、黛玉证前缘等故事，还有如谢园送茶等直接涉及作者生平经历的一些批语，着迷探佚者少有不引用靖藏本批语为据的，就连我们最熟悉的 87 版电视剧，秦可卿“遗簪”“更衣”等情节，也都来自伪靖藏本批语。面对以上种种情况，也是研究者所反问的，作伪者有这样的能力伪造出足以乱真的批语？我至今不知道，该如何全面回答这个问题，才能让更多人接受这个事实。只能尽力做精细的研究，以还原当事人毛国瑶的家世生平，尽可能呈现其遭遇、情感，以及他的所思所想。

我不知道俞平伯的脂砚舅舅说，这“舅舅”两字是否曾在毛国瑶心底激起过波澜，但我们现在能看到的是，尽管毛国瑶在诸如脂畸二人说、卒年“壬午说”等观点上都是支持俞平伯的，唯独在脂砚舅舅说上，毛国瑶认为不妥，且着重强调裕瑞的《枣窗闲笔》明明记述脂砚为叔，脂砚怎么可能是曹雪芹的舅舅呢？不过回过头来仔细斟酌，尽管脂砚叔叔说仅有《枣窗闲笔》里的一条孤证，尚无明确证据否定，也确实自有其道理。这个道理就是，脂砚为曹雪芹的叔叔这种说法具有排他性，在信息流转过程中更不容易变形，仅此而已。在《红楼梦》研究中，多有这种微茫精细的交汇处，危险且需要审慎的判断。

在完成本书的核心部分第四章以后，国内疫情较为缓和，我只身去了南京、扬州，在南京几位师友的帮助下见到了九十年代努力揭毛辑靖藏本批语之伪的几位研究者，他们都已是耄耋老人。在我即将离开南京之际，经多方联系，蒙刘晓江先生协助，终于在海安见到了李同生先生。在海安的那个下午，李同生先生听我这个“熟悉的陌生人”突然又讲起三十多年前他曾倾力关心的事情，几次眼圈通红，几乎掉下泪来。他揭靖藏本之伪的论文在当时并没有得到多少人重视，因此他也没有再继续研究这一问题。我离开南京、扬州之后没几天，疫情突然爆发。此后，李先生又与我多次通信，且将石昕生先生多年前的书信原件，连并多年前研究靖藏本批语之伪的未刊稿寄来，高情厚谊，使我难忘。

去年暑期，在南京、浦口、扬州、合肥等地调查走访，积累下大量访谈视频、音频、照片等资料，我期待自己用多种形式去讲述这段真实的故事。田野调查，走访经历过这段历史的老人，录音、录像，尽力搜求当时诸人的通信，这些都是消除我们误解的具体路径。现在，那些沉睡在硬盘里的视频资料，期待着在未来某一天可以复活。我也原想用除了学术著作外，用镜头去重新讲述这个故事，在我的想象里，该是怎样的凄苦哀婉、惊心动魄！

在这段紧张的调查、研究过程中，我也有些其他的微小体会想与读者分享。以甲戌本中第一回的“甲午八日泪笔”批而言，同一文本，在不同研究者那里竟读出来四五种决然不同的意思，辨析《红楼梦》研究中这种纷繁复杂的解读，我想最能体现文献学研究的目的与旨趣。影响读懂古典文本的因素很多，在通向无限接近文本原意的路上，有多重因素影响，文本如何诞生、又如何变化，文献研究的基础任务就是辨析文本源流，综合各种方法，以达到无限接近文本原意的目的。如果您对这些问题也有兴趣，却不同意我的研究方法和结论，那不妨各自举证，以后回顾这些研究的时候，这些虽零星但闪烁光芒的举证，都会成为通往无限接近古典文本原意路上的重要凭靠。

这本小书涉及的研究方法，除了运用校勘解决靖藏本真伪这一核心问题，再就是通过近些年已数字化的近代报刊、图书资料复活与靖藏本相关的几位当事人。在追踪材料的过程中，尽管几位当事人距离现在时间并不是很遥远，但重要的几位当事人大都已作古，为抢救保存一些材料，深感时间紧迫。从南方返京时，我曾去过一趟合肥，辗转见到了毛国瑶大女儿。她眼睛刚做完手术，仍每天去收容流浪狗的废弃石料厂，那个厂建在郊区的一座荒山里。陪她打理了流浪狗一整天，也没有忍心说出，我出现在她面前的真实原因。太阳下山，我们在山脚下上了回城的公交。在到城里的那段路上，我们一前一后，坐着闲聊，现已全然记不清都聊了些什么，但我仍清楚地记得，她突然跟我说：“我不是本地的，我是南京人，那时候作为下乡知青来到这里。”

返校后，偶然与友人提起暑期的这段经历，他听了之后说：“有些事情，